Theresa hat früh gelernt, ihr Schicksal selbst in die Hand zu nehmen. Mit Ehrgeiz und Disziplin hat sie sich das Leben erschaffen, das sie immer haben wollte und ist nun mit Mitte dreißig Teilhaberin einer erfolgreichen Anwaltskanzlei und glücklich mit ihrer Partnerin Carolin liiert. Doch gerade als sie unerwartet noch ein letztes Puzzlestück zu ihrem Glück gefunden zu haben scheint, steht sie unversehens vor den Scherben ihrer Beziehung und bald auch vor einer Reihe von Fragen, die sie aus dem sorgfältig austarierten Gleichgewicht bringen. Was tun, wenn lang gehegte Pläne mit der Realität kollidieren? Und was, wenn sich plötzlich alles der so wichtigen Kontrolle zu entziehen droht?

Enni Rock, 1980 in Kassel geboren, studierte Germanistik sowie Medien- und Kommunikationswissenschaften im In- und Ausland. Sie ist freie Autorin und hat für verschiedene Zeitungen und Zeitschriften gearbeitet. „Aus dem Tritt“ ist ihr Debütroman.

ENNI ROCK

# AUS DEM TRITT

Roman

Impressum

Bibliografische Information der Deutschen Nationalbibliothek: Die Deutsche Nationalbibliothek verzeichnet diese Publikation in der Deutschen Nationalbibliografie; detaillierte bibliografische Daten sind im Internet über http://dnb.dnb.de abrufbar.



Coverdesign: Verena Förster, d.signbar – Grafik Design & Werbung (www.d-signbar.com)
Lektorat, Korrektorat & Satz: Maren Keller, Kontext-Kassel (www.kontext-kassel.de)
Verlag: Selfpublishing Kassel (www.selfpublishing-kassel.de)
Bestellung & Vertrieb: Nova MD GmbH, Vachendorf
Druck: CPI buchbücher.de GmbH, Birkach
ISBN: 978-3-96698-857-5

Für Charlotte

# Prolog

Der Richter hatte den Sitzungssaal schnell verlassen und Theresa hatte ihm ein wenig neidisch nachgesehen. Da ihre Mandantin aber in sich zusammengesunken sitzen geblieben war, hatte sie keine andere Wahl gehabt, als neben ihr zu verharren. Ein Seufzen unterdrückend wartete sie nun ab, während der gegnerische Anwalt und sein frisch geschiedener Mandant geräuschvoll zusammenpackten und unter Glückwünschen und Schulterklopfen endlich auf den Flur hinaustraten. Kaum dass die Tür hinter ihnen ins Schloss gefallen war, begann Theresas Mandantin zu schluchzen. Einen verstohlenen Blick auf die Uhr werfend versuchte Theresa auszurechnen, wie viel Zeit sie sich nehmen konnte, ohne ihre Folgetermine zu gefährden.

Ihre Mandantin griff schniefend nach ihrer Handtasche und begann, darin herumzuwühlen, offenbar auf der Suche nach einem Taschentuch. In Theresas eigener Tasche fand sich ein ganzes Päckchen, aber sie hatte es sich zur Regel gemacht, gar nicht erst mit derlei fürsorglichen Gesten anzufangen, um Mandantinnen nicht auch noch zu ermutigen, bei ihr Trost zu suchen. Sie war für die rechtliche Beratung zuständig, nicht für die Seelsorge, was ihre weiblichen Klientinnen mitunter zu vergessen schienen. Fast waren ihr die Männer lieber, die bestenfalls erleichtert waren und im ungünstigsten Fall fragten, ob sie nicht noch etwas trinken oder essen gehen wollten, um die wiedererlangte Freiheit gebührend zu feiern. Meist reichte ein sachlicher Hinweis auf anstehende Termine und das Thema war vom Tisch. Frauen hingegen schienen von ihr noch etwas zu erwarten, das sie nicht als ihre Aufgabe ansah. Sie war nicht herzlos oder kalt. Sie hatte Mitgefühl, sicher, sie konnte nachvollziehen, dass eine Trennung, die Auflösung einer Ehe, das Ende einer Lebensgemeinschaft etwas Schmerzhaftes und sogar Beängstigendes waren. Aber sie war weder Therapeutin noch beste Freundin. Ihre Aufgabe beschränkte sich auf den rechtlichen Vollzug der Scheidung – nicht die persönliche Verarbeitung der Trennung.

»Es tut mir leid«, schniefte ihre Mandantin, nachdem sie endlich ein Taschentuch gefunden und sich geschnäuzt hatte. »Ich weiß nur einfach nicht, wie es jetzt weitergehen soll.« Sie blinzelte ein paar Mal und versuchte, ihre Tränen fortzuwischen, ohne ihre Mascara zu verschmieren. »Ich weiß, ich weiß, agieren statt reagieren, aber jeder Plan, den ich jemals geschmiedet habe, basierte auf der Annahme, dass wir zu zweit sein würden.« Sie sah Theresa hilflos an. »Was soll ich denn jetzt nur tun?« Sie tupfte mit dem Taschentuch unter ihren Augen entlang und für einen kurzen Moment fürchtete Theresa, ihre Mandantin würde sie als Nächstes um ein Urteil zum Zustand ihres Make-ups bitten. Sie beschloss, ihren Abgang vorzubereiten.

»Ich sage Ihnen, was Sie jetzt tun werden«, erklärte sie in eingeübtem Ton, der ein wenig verschwörerisch und vertraut klingen sollte, als wäre sie dabei, ein wohlgehütetes Geheimnis zu teilen. Ein Trick, den Sebastian ihr verraten und den sie zunächst abgelehnt, aber schließlich übernommen hatte. Die mitgebrachte Akte demonstrativ in ihrer Tasche verstauend stand sie auf. »Sie fahren jetzt nach Hause und sagen alle Termine ab, die Sie vielleicht noch für heute geplant hatten.« Sie schlüpfte aus ihrem Talar und begann, ihn sorgsam zusammenzulegen. »Dann öffnen Sie die teuerste Flasche Wein, die Sie im Haus haben. Und während Sie sie trinken, lassen Sie im Geiste noch einmal die schönen Zeiten passieren. Wie Sie sich kennengelernt haben, Ihren Hochzeitstag, gemeinsame Urlaube, all die Momente, in denen Sie gemeinsam glücklich waren.« Sie machte eine Kunstpause, um ihre Worte wirken zu lassen. Dann packte sie die gefaltete Robe in ihre Tasche. »Und dann wischen Sie sich die Tränen ab, gehen zu Bett, und wenn Sie morgen aufwachen, beginnen Sie, neue Pläne zu machen. Nur für sich. Denn ich garantiere Ihnen, es gibt tausend Dinge, die Sie jetzt tun können, die Sie andernfalls nie gewagt hätten.« Sie warf ihrer Mandantin einen aufmunternden Blick zu und bedeutete ihr mit einer Geste, ebenfalls aufzustehen, was diese auch tat. »Am Ende des Flurs ist eine Toilette, falls Sie sich kurz frisch machen wollen«, erwähnte Theresa hilfreich und machte sich bereit für das große Finish. »Und dann verlassen Sie das Gericht erhobenen Hauptes. Morgen fängt ein neues Leben an.«

Keine Minute später war sie auf der Treppe nach unten, während ihre Mandantin in Richtung Toilette aufgebrochen war. Vermutlich würde sie Theresas Rat befolgen und wahrscheinlich würde es ihr danach sogar besser gehen. Zufrieden warf Theresa einen Blick auf die Uhr und stellte fest, dass sie pünktlich wieder in der Kanzlei sein würde.

# MAI

# 1

»Ach, Entschuldigung, könnten Sie mir vielleicht sagen, ob ich den richtigen Tee erwischt habe?«

Theresa wandte sich der alten Dame zu, die mit freundlichen Augen zu ihr aufblickte. Selbst ohne ihre hohen Schuhe hätte Theresa einen deutlichen Höhenvorteil gehabt. Ihr Gegenüber konnte nicht viel mehr als einen Meter sechzig messen. Was ihr aber an Größe fehlte, machte sie durch ihr Auftreten wieder wett. Sie trug eine elegante Bluse in Weiß- und Lilatönen über einer dunklen Hose, dazu eine lange, auffällige Halskette und einen ebenfalls violetten Hut. Um ihre Schultern hing ein leichter Sommermantel, der das Ensemble vervollständigte.

»Sie müssen wissen, meine Augen sind nicht mehr die besten«, erklärte sie, was Theresa angesichts der eleganten Kleidung schwer glauben konnte.

»Welchen Tee wollten Sie denn?«

»Also, um ganz ehrlich zu sein, wollte ich mehrere Sorten. Nur weil man alt ist, muss man sich ja nicht langweilen, oder?«

Die alte Dame zeigte ein spitzbübisches Lächeln, das Theresa irgendwie ansteckend fand. Sie warf einen Blick auf den schmalen Pappkarton in den zerbrechlich wirkenden, aber gut gepflegten Händen. »Also gerade haben Sie Kamillentee in der Hand.«

Die alte Dame schüttelte sich und verzog das Gesicht, während sie den Teekarton entrüstet von sich und mit spitzen Fingern zurück in das Regal schob. »Den könnt ihr aber behalten«, sagte sie laut und zu niemandem im Besonderen.

Theresa schmunzelte und in den Augen ihres Gegenübers blitzte es freudig.

»Gut, dass ich gefragt habe. Ach, bitte, ich bräuchte Hagebuttentee und noch etwas anderes. Rooibos vielleicht.«

Theresa ließ den Blick über die Reihen von bunten Verpackungen schweifen und fischte kurz darauf den ersten Karton hervor. »Hier ist schon mal die Hagebutte«, sagte sie und hatte kurz darauf auch die zweite Sorte entdeckt. »Rooibos-Vanille?«

»Oh ja, gern.« Die alte Dame streckte ihr dankbar ihren Einkaufskorb entgegen und Theresa legte beide Kartons hinein. Sie bemerkte, dass er bereits eine Packung Knäckebrot, Quark und ein Glas Marmelade enthielt und fragte sich erneut, wie schlecht es wohl um die Augen der alten Dame bestellt sein konnte.

»Haben Sie vielen Dank.«

»Gern geschehen«, winkte Theresa ab. »Kann ich sonst noch etwas für Sie tun?«

»Nein, nein, meine Liebe. Sie haben es sicher eilig. Die jungen Leute heute sind doch ständig auf dem Sprung. Und ich halte Sie hier auf.«

»Überhaupt kein Problem«, hörte Theresa sich sagen. »Ich habe Feierabend.« Das entsprach der Wahrheit und zu Hause wartete statt einem gemütlichen Abend zu zweit nur ein Stapel Akten. Carolin war auf Geschäftsreise und würde erst am kommenden Abend zurückkehren.

»Feierabend? Ist es schon wieder so spät?«, fragte die alte Dame. Sie warf einen Blick auf ihr Handgelenk und die Uhr, die dort saß. Ein blass schimmerndes Ziffernblatt in goldener Fassung, das auf einem zarten Goldband ruhte. Sie kniff die Augen zusammen und drehte ihr Handgelenk in verschiedene Richtungen, aber scheinbar, ohne das gewünschte Ergebnis zu erzielen.

»Nein, es ist gerade einmal kurz nach vier«, sagte Theresa.

Die alte Dame blickte sie erstaunt an. »Und da haben Sie jetzt schon Feierabend? Sind Sie etwa Lehrerin?« Theresa lachte kurz auf und wieder nahm das Strahlen in den Augen der alten Dame um eine Nuance zu, streckten sich ihre Schultern ein klein wenig durch und schien sie regelrecht zu wachsen. »Aber da hätten Sie ja quasi Überstunden gemacht«, schob sie hinterher und winkte ab.

Theresa schüttelte amüsiert den Kopf. »Nein, aber ich bin sozusagen meine eigene Chefin und da ich keine weiteren Termine hatte, habe ich mir den Rest des Tages freigegeben.«

»Na, das haben Sie richtig gemacht.« Die alte Dame nickte energisch. Dann hielt sie plötzlich einen Einkaufszettel in der Hand. »Also wenn es Ihnen nichts ausmacht, könnten Sie mir tatsächlich behilflich sein.«

Theresa unterdrückte ein Lächeln und nickte. »Gern.«

»Ich bräuchte Sauerkirschen. Zwei Gläser. Das müsste einen Gang weiter sein.«

Sie zogen los und die alte Dame dirigierte sie durch den Supermarkt, wobei schnell weitere Artikel zusammenkamen, obwohl auf dem Einkaufszettel nur wenige Wörter notiert waren. Theresa quittierte es mit einem Schmunzeln und achtete darauf, zwischendurch auch ihre eigene Liste abzuarbeiten. So bewegten sie sich also systematisch durch die Reihen und Gänge, während sich in ihrem Wagen zwei getrennte Stapel bildeten. Der kleine Korb der alten Dame wäre längst hoffnungslos überfrachtet gewesen.

»Wenn Sie wollen, helfe ich Ihnen noch einpacken«, bot Theresa an, als sie schließlich an der Kasse standen.

»Ach, das wäre ganz lieb.«

Theresa bezahlte und verstaute also zunächst ihren eigenen Einkauf, ehe sie auch die Waren der alten Dame auf den Einkaufskorb und eine Papiertüte verteilte. Die machte sich nun ans Bezahlen. Dabei zog sie ein paar Scheine aus einem Fach ihrer Geldbörse, hielt sie prüfend gegen das Licht und reichte sie schließlich der Kassiererin, die sie wortlos entgegennahm.

Als sie kurz darauf vor dem Supermarkt standen, atmete die alte Dame erleichtert auf.

»Ich kann Ihnen wirklich nicht genug danken. Das finde ich ja ganz wunderbar, dass Sie hier Ihre Zeit opfern, um mir zu helfen. Einer Wildfremden!«

»Gern geschehen«, winkte Theresa ab.

»Nein, nein, das ist wirklich nicht selbstverständlich. Sie kennen mich ja gar nicht. Ich könnte ja irgendjemand sein. Und Sie auch.«

Endlich verstand Theresa und hielt ihrem Gegenüber die Hand hin.

»Theresa. Theresa Stein.«

Die alte Dame strahlte und schüttelte ihr erfreut die Hand. »Charlotte Richter. Aber bitte sagen Sie Charlotte.« Sie zog

Theresas Hand noch ein bisschen näher zu sich heran, beugte sich vor und raunte, wieder mit diesem spitzbübischen Lächeln: »Sonst komme ich mir so alt vor.« Sie zwinkerte erneut und Theresa lachte unwillkürlich.

»Gern. Charlotte. Aber darf ich fragen, wie alt Sie eigentlich sind?«

»Raten Sie mal.«

Theresa zögerte kurz und zog höflichkeitshalber ein paar Jahre von dem Alter ab, das sie eigentlich vermutete. »Achtundsiebzig.«

Charlotte lachte erfreut. »Wenn Sie die Zahlen umdrehen, sind Sie schon mal näher dran.«

Theresa hob erstaunt die Brauen. »Siebenundachtzig?«

»Achtundachtzig«, korrigierte Charlotte und nickte auf Theresas ungläubigen Blick hin. »Fast neunundachtzig. Ich bin neunzehnhundertdreißig geboren.«

Theresa schüttelte den Kopf. »Das sieht man Ihnen wirklich nicht an.«

Charlotte winkte ab. »Nochmals: ganz lieben Dank.«

»Nochmals: gern geschehen.« Theresa sah fragend auf die Papiertüte, die nun in ihrem Einkaufswagen stand. »Schaffen Sie es denn ab hier?«

»Aber natürlich. Ich bin doch nicht aus Zucker«, erwiderte Charlotte in beinahe entrüstetem Tonfall. Sie griff mit der rechten Hand nach der Papiertüte und hob sie entschlossen aus dem Einkaufswagen. »Oh, die ist aber schwer«, ächzte sie Augenblicke später und Theresa sah, wie sich die Tüte gefährlich dem Boden näherte. Charlottes rechte Körperhälfte schien in sich zusammenzusacken.

»Wo müssen Sie denn hin?«

»Ach, ich wohne keine zwei Minuten von hier. Das geht schon«, sagte Charlotte, machte aber keine Anstalten, sich wieder aufzurichten.

Ihr kleiner Körper schien windschief zwischen der sekündlich weiter absackenden Papiertüte auf ihrer rechten und dem auf Hüfthöhe baumelnden Korb auf ihrer linken Seite zu hängen.

»Na, kommen Sie, ich bringe Sie noch das Stück«, sagte Theresa. »Lassen Sie mich nur kurz meine Einkäufe im Auto verstauen und den Wagen wegbringen.«

»Ach, ich will wirklich nicht noch mehr Ihrer Zeit in Anspruch nehmen, meine Liebe«, wehrte Charlotte halbherzig ab, ließ die Tüte aber vorsichtig auf den Boden gleiten und sah Theresa erwartungsvoll an.

»Ich bin gleich wieder da«, nickte diese und beeilte sich, wie angekündigt ihre Sachen ins Auto und den Einkaufswagen zurück zur Sammelstelle zu bringen. Als sie wieder zu Charlotte zurückkehrte, nahm sie die Papiertüte auf und machte nach kurzem Zögern eine Geste, ihr auch den Korb noch abnehmen zu können.

Charlotte schien augenblicklich um mehrere Zentimeter zu wachsen, die Schultern wieder zurückgezogen, der Rücken durchgestreckt. »Nein, nein, soweit kommt es noch. Den kann ich schön selbst tragen.«

Theresa zog ihre Hand zurück und hielt sie ergeben in die Höhe.

»Dann kommen Sie«, sagte Charlotte, machte auf dem Absatz kehrt und ging eiligen Schrittes in Richtung Straße. Theresa blieb kurz stehen und schüttelte amüsiert den Kopf, ehe sie ihr nacheilte.

Charlotte hatte nicht untertrieben – sie waren keine zwei Minuten unterwegs, ehe sie erst in eine kleine Seitenstraße einbogen und dann direkt durch eine neben einer Garage versteckte und beinahe zugewachsene Pforte auf einen langen, geraden Gartenweg gelangten.

Theresa staunte und hätte nun ihrerseits beinahe die Papiertüte auf den Boden sacken lassen. Vor ihr erstreckte sich ein dicht bewachsener, aber gut gepflegter Garten. In einem beinahe perfekten Quadrat links des gepflasterten Weges säumten ein Rosenbeet und eine Reihe von Topfpflanzen eine saftig grüne Rasenfläche. Theresa erkannte Pfingstrosen und Hortensien, ein Stück weiter Fingerhut und Lavendel, einen großen weißen Fliederstrauch und diverse andere Pflanzen und Stauden, die sie nicht benennen konnte. Dahinter waren eine hohe Mauer und erst mit einigem Abstand weitere Gebäude zu erkennen.

»Kommen Sie, Theresa, die Sachen müssen in den Kühlschrank«, rief Charlotte, die sich kurz zu ihr umgedreht hatte und jetzt wieder flotten Schrittes voranging. Augenblicke später hatte sie das Haus erreicht.

Zweistöckig und mit einem großzügigen Balkon schräg versetzt über einer ebenfalls von Blumen und Sträuchern gesäumten Terrasse wirkte das Haus in gleichem Maße hell und einladend wie klein und verwunschen. Wie seine Besitzerin war es deutlich in die Jahre gekommen, aber trotzdem bestens in Schuss und sehr gepflegt. Die weiße Fassade war von schweren Holzschaltern an den Fenstern geprägt, die im gleichen Braun gestrichen waren wie Balkon und Giebel.

An der ebenfalls großzügig bepflanzten Terrasse vorbei führte der Weg zur linken Seite des Hauses und der massiven

Haustür, die Charlotte bereits geöffnet hatte und nun mit dem Fuß aufstieß. »Da sind wir«, rief sie über ihre Schulter.

»Sie wohnen ja einfach traumhaft hier«, stieß Theresa hervor. »Das glaubt man von der Straße aus nicht.«

Charlotte ließ ein zufriedenes Lächeln erkennen und bedeutete Theresa, ihr ins Innere zu folgen. »Ja, wir hatten auch ein bisschen Glück damals. Nach dem Krieg lag hier doch alles in Schutt und Asche, und dieses Grundstück war wohl beim Wiederaufbau anfangs übersehen worden, weil das Vorderhaus teilweise stehengeblieben war und dann von der Straße her erst mal kein direkter Zugang bestand. Mein Schwiegervater hat es dann entdeckt und mein Mann hat es damals schon mit aufgebaut.« In ihrer Stimme schwang hörbar Stolz mit. »Die ganze Familie hat geholfen, das waren alles sehr tüchtige Menschen. Mein Friedrich ist ja später auch ein sehr erfolgreicher Geschäftsmann geworden, obwohl er sich alles allein erarbeiten musste.« Sie hielt kurz inne und ihr Ton wechselte in etwas leicht Missbilligendes. »Das hat sich ja leider nicht unbedingt auf die nächste Generation übertragen.« Sie seufzte kurz und bedeutete Theresa dann, ihr weiter zu folgen.

Sie betraten eine großzügige Diele, von der mehrere Türen und ein Flur abgingen, und während Charlotte aus ihrem Sommermantel schlüpfte und diesen an einer ebenfalls hölzernen Garderobe aufhängte, wies sie auf den Flur. »Ach bitte, wenn Sie einfach alles in die Küche stellen wollen. Gleich die erste Tür.«

Theresa ging die paar Schritte durch den Flur und betrat die Küche, die geräumig und ein wenig urig und offenbar um einen großen massiven Ofen herum errichtet worden war. Alles wirkte ordentlich und gepflegt, kein Staubkorn und keine Brotkrume waren zu sehen. Charlotte musste also entweder eine Putzfrau haben oder ihr Sehvermögen war in der Tat deutlich besser, als sie behauptet hatte.

Theresa trat an die Arbeitsfläche und begann die Einkäufe auszupacken. Charlotte, die nun hinter ihr ebenfalls in die Küche trat, begann sogleich, einzelne Teile in unterschiedlichen Schränken zu verstauen.

»Wo kommen denn die Sauerkirschen hin?«, fragte Theresa und hielt die schweren Gläser in die Höhe.

»Die kommen in die Speisekammer. Zum Wochenende will ich Kuchen backen.«

Charlotte wies auf eine kleine Tür in einer Ecke und Theresa trat in eine begehbare Speisekammer mit einer Reihe selbstgezimmerter Fächer und Regale. Sie erspähte Backzutaten und stellte die Sauerkirschen dazu, entdeckte aber, dass ein Stück dahinter bereits mehrere Gläser ordentlich aufgereiht waren.

Als sie wieder hinaus in die Küche trat, hatte Charlotte die übrigen Einkäufe bereits verschwinden lassen und schloss gerade die Tür des unter der Arbeitsfläche eingelassenen Kühlschranks.

»Und jetzt trinken wir erst mal einen Kaffee«, sagte sie und streckte sich nach der beinahe altmodisch anmutenden Filtermaschine. »Oder kann ich Ihnen sonst noch etwas anbieten? Es ist ja schon bald Abendbrotzeit«, sagte sie und begann, Kaffeepulver in den Filter zu löffeln.

Theresa warf einen erstaunten Blick auf die altmodische Küchenuhr. Viertel nach fünf. War wirklich schon eine Stunde vergangen, seit sie Charlotte im Supermarkt begegnet war?

»Ich habe noch etwas Kuchen da oder ich könnte Ihnen ein schönes Ahle Wurscht-Brot anbieten«, fuhr Charlotte unbeirrt fort und füllte auch schon das Wasser in die Maschine.

»Nein, nein, danke Ihnen«, lehnte Theresa ab. Sie hatte sich eben an der Salatbar ihr Abendessen zusammengestellt und freute sich schon, dazu ein schönes Glas Wein zu trinken. »Das ist auch wirklich nicht nötig.« So unterhaltsam der Nachmittag gewesen war, es wurde Zeit, sich zu verabschieden.

»Schlagen Sie einer alten Frau doch nicht ihren Wunsch ab. Sie wissen nie, ob es nicht der letzte ist«, kokettierte Charlotte und Theresa musste grinsen. Sie gab nach.

»Okay. Einen Kaffee.«

Charlotte lächelte zufrieden und wies auf die Tür. »Dann zeige ich Ihnen noch schnell das Haus, während der Kaffee durchläuft.«

Sie führte Theresa durch das Haus, das sich als deutlich größer herausstellte, als das Äußere hätte vermuten lassen. Die Einrichtung war offensichtlich noch aus einer länger zurückliegenden Dekade, überwiegend aus massivem Holz und viel zu dunkel für heutige Verhältnisse. In einem Arbeitszimmer stand eine antike Standuhr, die beharrlich vor sich hin tickte, aber zugleich das Gefühl noch zu verstärken schien, dass die Zeit hier stehengeblieben war. Um einen offenen Kamin im Wohnzimmer herum waren zwei Sofas und ein Paar Sessel angeordnet, auf denen schon lange niemand mehr gesessen zu haben schien, und auf einem Absatz stand ein gerahmtes Bild, an dem Charlotte einen Augenblick verweilte, ehe sie sanft über den Rahmen strich.

»Mein verstorbener Mann«, erklärte sie mit hörbarer Hingabe in der Stimme und Theresa warf einen Blick auf die

Fotografie, die einen sympathisch wirkenden älteren Mann zeigte, der mit hinter dem Kopf verschränkten Armen in einem Sonnenstuhl saß und über etwas zu lachen schien. »Mein Friedrich. Tja, der ist nun auch schon über zehn Jahre tot.«

Sie gingen weiter und Theresa stellte zu ihrem Erstaunen fest, dass sie sich seltsam wohl fühlte in diesem alten Haus, obwohl sie selbst einen ganz anderen Geschmack hatte. Sie konnte sich nicht recht erklären, warum, aber sie empfand die Atmosphäre als irgendwie behaglich und auf eine Art vertraut.

Schließlich standen sie vor einer Treppe, die ins Obergeschoss führte, und Charlotte wies flüchtig hinauf. »Oben befinden sich nur mein Schlafzimmer, ein kleines Gästezimmer und das Bad.« Theresa runzelte erstaunt die Stirn. Angesichts der Größe des Hauses schienen das mehrere Zimmer zu wenig. »Der Rest gehört zu einer Einliegerwohnung«, erklärte Charlotte. »Den Balkon vorn haben Sie gesehen?« Theresa nickte stumm. »Nach hinten geht auch noch einer raus und über die Außentreppe zur Wohnung kommen Sie auch direkt in den hinteren Garten.« Charlotte schien nur darauf zu warten, dass Theresa erstaunt die Brauen hob. »Ja, hinten ist auch noch Garten«, lächelte sie. »Ungefähr so groß wie der vorn. Und von dort gibt es auch noch mal ein größeres Tor und eine Zufahrt. Vorn durch die kleine Pforte kriegen Sie so ein Grundstück ja nicht versorgt.«

Charlotte stand der Stolz deutlich ins Gesicht geschrieben und Theresa war seltsam beeindruckt. Das Haus rührte an irgendetwas in ihr, ohne dass sie eine Erklärung dafür hatte.

Sie waren wieder in der Küche angekommen und Charlotte ging schnellen Schrittes zur Anrichte und goss den inzwischen fertigen und herrlich duftenden Kaffee in eine altmodische Porzellankanne. »Ja, hier steckt viel Arbeit drin und viel Planung«, erklärte sie und stellte die Kanne, zwei passende Tassen, eine Zuckerdose und einen Milchgießer auf ein Tablett, ehe sie damit auch schon wieder auf dem Weg aus der Küche hinaus war. Theresa folgte ihr und kurz darauf waren sie vom Wohnzimmer aus in einen gemütlichen Wintergarten gelangt, der auf den Garten hinausging. Um einen kleinen Kaffeetisch herum standen bequeme Polstersessel und Charlotte bedeutete ihr, in einem davon Platz zu nehmen, ehe sie das Tablett abstellte und sich ihr gegenüber niederließ.

»Anfangs haben mein Mann und ich in der Einliegerwohnung gelebt und meine Schwiegereltern hier unten. Später sind wir dann heruntergezogen und mein Schwiegervater hat oben gewohnt. Aber das ist lange her.« Sie goss den Kaffee in die offenbar zum selben Service gehörenden Tassen. »Mit Milch und Zucker?«

»Etwas Milch, danke.«

»Tja, und dann haben wir ja gedacht, dass vielleicht eines der Kinder hier einziehen würde«, fuhr Charlotte fort und in ihrer Stimme lag nun Enttäuschung. »Aber das wollten sie beide nicht.«

Theresa ließ sich in das tiefe Polster zurücksinken und genoss den Ausblick durch die große Fensterfront in den grünen Garten. Sie konnte immer noch nicht glauben, dass sie sich keine zweihundert Meter von der vielbefahrenen Hauptstraße entfernt befanden. Sie wusste, dass gerade Wehlheiden und Wilhelmshöhe viele Hinterhäuser boten, war schon in einigen gewesen, zu Besuch bei Freunden oder Bekannten, auf Geburtstagsfeiern oder auch der einen oder anderen Gartenparty. Aber nichts, was sich mit diesem versteckten Schmuckstück vergleichen ließ, auch wenn es sicher nicht das einzige in Kassel war.

»Und Sie sind sicher, dass ich Ihnen nicht doch noch etwas anbieten kann?«, unterbrach Charlotte ihren Gedankengang.

»Ganz sicher, vielen Dank. Der Kaffee ist ausgezeichnet.«

»Also schön. Dann genießen Sie ihn und ich höre auf, Ihnen noch mehr aufdrängen zu wollen.«

Theresa nahm einen weiteren Schluck von dem Kaffee, der in der Tat mindestens genauso gut schmeckte wie der, den der sündhaft teure Automat in ihrer eigenen Küche ausspuckte. Sie sah in den Garten hinaus und für einen langen Moment saßen sie in einvernehmlichem Schweigen.

»Sie sehen aus, als dächten Sie über etwas nach, meine Liebe«, brach Charlotte schließlich die Stille und Theresa schaute auf die Kaffeetasse in ihrer Hand. Das Service musste ebenso alt sein wie das Mobiliar und offenbar genauso gut erhalten.

»Die Einliegerwohnung oben«, hörte sie sich zu ihrem eigenen Erstaunen fragen, »vermieten Sie die?«

»Oh nein, die steht schon lange leer«, winkte Charlotte ab. Dann sah sie Theresa aufmerksam an. »Wieso?«

Theresa stellte ihre Tasse auf den Tisch zurück. »Entschuldigen Sie, das ist vielleicht völlig unangemessen, aber haben Sie schon mal daran gedacht, sie vielleicht doch zu vermieten?«

Charlotte legte den Kopf schief, als müsste sie darüber nachdenken. »Na ja, meine ehemaligen Klassenkameradinnen haben es schon mehrfach vorgeschlagen, damit ich hier nicht so allein bin, aber ich weiß nicht, wildfremde Menschen im

Haus ...« Sie machte eine vage Handbewegung. »In meinem Alter stellt man sich nicht mehr so leicht auf Neues ein. Und das wäre ja doch eine ganz schöne Umstellung, plötzlich wieder Leute hier zu haben, Wand an Wand.« Sie sah hinaus in den Garten und ihr Blick schien an den Apfelbäumen in der entlegenen Ecke haften zu bleiben. »Andererseits«, fuhr sie fort und Theresa hielt unwillkürlich den Atem an. »Es wäre schon schön, wenn hier wieder etwas mehr Leben wäre.«

Einen Augenblick verharrten sie so, Theresa still auf Charlotte schauend und Charlotte beinahe sehnsüchtig zu den Apfelbäumen hinüber starrend.

»Wieso fragen Sie, meine Liebe?«

Theresa räusperte sich und zögerte noch einen Moment, weil sie keine Ahnung hatte, woher ihre nächsten Worte kamen. »Weil ich sofort hier einziehen würde.«

Charlotte lachte kurz auf, ehe sie zu erkennen schien, dass Theresa es durchaus ernst meinte. »Tja, also, ich weiß nicht, das kommt jetzt etwas plötzlich.« Sie schien sich sammeln zu müssen und griff nach kurzem Zögern zu ihrer Kaffeetasse.

Theresa tat es ihr gleich und nahm ebenfalls einen Schluck.

»Also ich habe immer gesagt, wenn ich die Wohnung vermiete, müssten die Leute jung sein und sie müssten anständig sein.« Charlotte musterte Theresa über ihre Tasse hinweg. »Jung sind Sie ja.«

Theresa zögerte einen Augenblick, bemerkte dann aber den Schalk, der sich wieder in Charlottes Augen gestohlen hatte.

»Sie sagten vorhin, dass Sie Ihre eigene Chefin sind«, fuhr diese fort. »Wie habe ich das denn zu verstehen?«

Theresa atmete innerlich auf. »Ich bin Anwältin und habe mit zwei Freunden vor einigen Jahren eine Kanzlei gegründet.«

Charlotte nickte wohlwollend. »Aber sind Sie dafür nicht reichlich jung? So ein Jurastudium dauert doch eine ganze Weile.«

Theresa verkniff sich ein Lachen. »Ich bin sechsunddreißig und seit gut neun Jahren mit dem Studium fertig.«

Charlotte nickte erneut anerkennend. »Eine eigene Kanzlei. Das finde ich großartig. So als Frau.« Sie nippte erneut an ihrem Kaffee. »Ja, für Sie ist das heute sicher nichts Besonderes mehr, aber zu meiner Zeit – undenkbar. Ich durfte noch nicht einmal Abitur machen, geschweige denn studieren.« Sie winkte ab. »Na ja, das waren andere Zeiten.«

»Verzeihen Sie, aber warum durften Sie nicht?«, fragte Theresa aus ehrlichem Interesse.

»Meine Eltern wollten es nicht«, erklärte Charlotte leichthin, aber es schien eine Spur von Bitterkeit in ihrer Stimme zu liegen. »Sie fanden wohl, es führe ohnehin zu nichts. Und dann war ja auch der Krieg gerade erst zu Ende, da konnte man sich glücklich schätzen, wenn man einen Ausbildungsplatz oder eine Arbeitsstelle bekam und Geld nach Hause bringen konnte.« Sie beugte sich leicht vor und zwinkerte Theresa zu. »Und dann haben wir die Kinder damals natürlich auch viel früher bekommen, als das heute üblich ist.«

Theresa bemerkte die Fotos an der Wand hinter Charlotte. »Sind das Ihre Kinder?«, fragte sie mit einer Kopfbewegung in Richtung der vielen Bilder, die akkurat über- und untereinander hingen und alle in den gleichen silbernen Rahmen steckten.

»Ja, das ist der ganze Verein«, bestätigte Charlotte und wandte sich auf ihrem Stuhl um. Sie wies auf eines der Bilder. »Das ist mein Sohn mit seiner Frau und den beiden Jungs. Die sind aber mittlerweile auch schon fast dreißig und der Papa wird auch schon vierundsechzig.« Sie machte ein Gesicht, als werte sie das Alter ihres Sohnes nicht zu seinem Vorteil. »Na ja, dann kann er wohl bald ganz aufhören, zu arbeiten.« Das Missfallen in ihrer Stimme war deutlich. Sie wies auf ein anderes Foto, das eine hübsche junge Frau mit einem Mann und einem ihr sehr ähnlich sehenden Kind zeigte. »Das ist meine Tochter mit meiner Enkeltochter. Den Mann gibt es inzwischen nicht mehr«, sagte sie und wandte sich wieder Theresa zu. »Geschieden«, raunte sie. »Aber das ist ja heute auch nichts Verwerfliches mehr.« Ihr Ton und ihr Gesichtsausdruck ließen indes keinen Zweifel daran, dass sie es genau dafür hielt.

Theresa studierte die übrigen Bilder. Hier und da erkannte sie Aufnahmen jüngeren Datums der einzelnen Familienmitglieder, dazwischen deutlich ältere. Schnappschüsse, die Kinder in Strampelhöschen oder Badesachen zeigten, beim Essen, beim Spielen, vor Dünen, in den Bergen. Mindestens zwei Bilder mussten hier im Garten entstanden sein. Glückliche Eltern und entspannte Mienen. Die jüngeren Bilder hingegen wirkten formaler, angestrengter und waren deutlich weniger an der Zahl.

»Haben Sie denn Kinder?«, fragte Charlotte unvermittelt.

»Nein«, sagte Theresa und unterdrückte ein Schmunzeln. Wenn Charlotte wüsste, wie sie aufgewachsen war, hätte sie die Frage nach Kindern vielleicht nicht gestellt. Aber sie hätte vielleicht auch nicht mehr automatisch angenommen, dass Theresa aus *anständigen* Verhältnissen kam.

»Kinder sind doch etwas ganz Wunderbares, Theresa«, sagte Charlotte und schaffte es, in der Folge kritisch und hingebungsvoll zugleich zu klingen. »Ich halte ja nichts von dem Tamtam, das heute darum gemacht wird. Wir haben die Kinder früher unter ganz anderen Bedingungen bekommen und nicht so ein Gewese gemacht, aber es gibt tatsächlich nichts, das Ihnen so vor Augen führt, wie unbegreiflich und geheimnisvoll das Leben ist und wie simpel zugleich. Ein bisschen Liebe, Nahrung und Licht –« Sie schaute wieder hinaus in den Garten und grinste schelmisch. »Am Ende brauchen wir auch nicht viel mehr als die Pflanzen da draußen.«

Theresa war unsicher, was sie darauf erwidern sollte, aber Charlotte erlöste sie, ob aus Rücksicht oder Unaufmerksamkeit hätte Theresa nicht sagen können. »Aber verheiratet sind Sie doch sicher?«

»Auch das nicht«, verneinte Theresa. »Aber seit etwas mehr als acht Jahren in einer festen Beziehung.«

Charlotte versuchte, ihre Enttäuschung zu verbergen, aber es gelang ihr nicht besonders gut. »Na, dann brauchen Sie das verflixte siebte Jahr zumindest nicht mehr zu fürchten. Acht Jahre sind ja schon mal was.« Sie seufzte tief, als wäre sie selbst nicht ganz von ihren Worten überzeugt. »Den meisten Leuten scheint es ja heute an Ausdauer zu mangeln. Sie ziehen viel zu schnell zusammen und dann trennen sie sich und einer muss ausziehen und der andere kann sich die Miete allein nicht mehr leisten –« Sie zuckte mit den dürren Schultern. »In meinem Alter ist man nicht mehr so flexibel. Ich könnte nicht ständig neue Leute dahaben. Deshalb wäre es mir schon wichtig, wenn überhaupt, jemanden zu finden, der in einer stabilen Beziehung ist.« Sie sah Theresa eindringlich an und machte dann eine Handbewegung, als wollte sie etwas zur Seite wischen. »Was macht denn Ihr Lebensgefährte?«

»Meine Lebensgefährtin«, sagte Theresa, »ist auch Anwältin, aber mit einer anderen Spezialisierung und in einer großen Kanzlei.«

»Ah«, sagte Charlotte und nickte wiederholt, während sie das Gesagte zu verarbeiten schien. Ihr Gesichtsausdruck blieb einen Moment unlesbar, dann legte sich ein erfreutes Lächeln über ihre Züge. »Zwei Anwältinnen, das passt ja sicher gut.« Sie nickte nochmals und strahlte Theresa schließlich über den Tisch hinweg an.

»Also ich finde das ganz wunderbar. Zu meiner Zeit gab es das ja nicht oder es wurde zumindest nicht darüber geredet. Aber heute ist das alles anders.« Theresa lächelte achselzuckend. »Aber sagen Sie, wenn auch diese Frage erlaubt ist«, fuhr Charlotte fort, ohne Theresa eine Chance zu geben, ihre Erlaubnis zu erteilen oder zu verweigern, »möchten Sie denn nicht heiraten? Das ist doch jetzt gesetzlich erlaubt, oder?«

Theresa zögerte kurz. Sicher würde die Aussicht auf eine baldige Hochzeit ihre Chancen auf die Wohnung steigen lassen und es war der nächste logische Schritt für sie und Carolin. Aber sie hatten sich nie auf einen Zeitraum festgelegt und gerade war auch nicht die Zeit dafür.

»Es geht mich im Grunde ja nichts an«, fuhr Charlotte fort, »aber wissen Sie, ich war fast sechzig Jahre verheiratet, bin es im Grunde immer noch, auch wenn mein Mann nicht mehr bei mir ist. Das ist doch etwas anderes, als nur so zusammenzuleben.« Sie legte ihre Hände zusammen und schaute kurz auf die beiden Goldringe, die sie am rechten Ringfinger trug. »Und dann möchten Sie ja vielleicht auch Kinder?« Sie sah Theresa offen an. »Das ist ja heute wohl auch kein Problem mehr.« Theresa lächelte verlegen und widerstand Charlottes bohrendem Blick, bis diese wieder hinaus in den Garten sah. »Es wäre so schön, noch einmal Kinder auf die Apfelbäume klettern zu sehen. So ein Garten braucht doch Leben.«

Theresa suchte immer noch nach einer angemessenen Antwort, aber Charlotte winkte ab. »Sie müssen es mir nachsehen, Theresa. Da spricht das Alter aus mir. Das Alter und die Einsamkeit. Nichts für ungut.« Sie lehnte sich wieder in ihren Sessel zurück. »Ich kann mir auch denken, dass das heute alles komplizierter ist als zu meiner Zeit. Sie haben studiert und sich etwas aufgebaut, da wirft ein Kind natürlich alles über den Haufen.« Theresa blinzelte, aber Charlottes Worte schienen einfach nur eine Feststellung zu sein, ohne unterschwellige Missbilligung oder Kritik. »Wir hatten ja damals nichts zu verlieren«, sagte sie mit einem Achselzucken. »Wir haben gearbeitet, dann die Kinder bekommen und dann sind wir zu Hause geblieben und die Männer haben das Geld verdient und das Sagen gehabt. Wissen Sie, wann ich mein erstes eigenes Bankkonto hatte? Nachdem mein Mann gestorben war.« Wieder machte Charlotte eine wegwischende Handbewegung. »Das war ja das Normale. Kinder kriegen, großziehen, den Haushalt führen. Das wurde so erwartet. Wir kamen eher in Teufels Küche, wenn wir nicht schwanger wurden.« Sie sah Theresa wieder mit diesem spitzbübischen Ausdruck an. »Oder zu schnell. Siebenmonatskinder, sagt man das heute noch?«

Theresa schüttelte den Kopf, erleichtert, dass sie für den Moment aus der Schusslinie schien.

»Siebenmonatskinder. So hieß das, wenn die Geburt früher als die respektablen neun Monate nach der Heirat lag«, erklärte Charlotte eifrig. »Da ging die Schwangerschaft dann offiziell eben schneller und die Kinder kamen ein bisschen früher.« Sie beugte sich wieder ein Stück vor und näher zu Theresa hin. »Eine Klassenkameradin von mir hat ihr erstes Kind sogar noch vor der Hochzeit bekommen. Wissen Sie, wie wir das genannt haben?«

Theresa schüttelte den Kopf.

»Das Jesuskind«, raunte Charlotte und klatschte vergnügt in die Hände. »Natürlich hinter ihrem Rücken. Sowas wurde ja nicht offen angesprochen.« Sie lachte noch einmal und griff dann wieder nach ihrer Kaffeetasse.

Theresa warf einen versteckten Blick auf ihre Uhr und beschloss, die Unterbrechung in Charlottes Redefluss zu nutzen. »Könnte ich die Wohnung denn mal anschauen?«

»Natürlich.« Theresa trank ihren Kaffee aus und machte sich bereit, aufzustehen, aber Charlotte bremste sie. »Ja, aber nicht heute. Da muss ich schon erst mal nach dem Rechten sehen. Da war doch seit Jahren niemand mehr drin.«

Theresa hatte ihre Zweifel, ob des tadellosen und absolut staubfreien Zustands des übrigen Hauses, nickte aber nur. »Sicher.« Sie sank zurück in den weichen Polstersessel.

»Und ich würde dann natürlich auch gern Ihre Lebensgefährtin kennenlernen.«

»Selbstverständlich. Sie müsste sich das alles hier natürlich auch erst anschauen.«

»Wunderbar«, sagte Charlotte und schlug erfreut die Hände zusammen. »Vielleicht können Sie dann als Nächstes gemeinsam vorbeikommen.«

»Aber gern«, nickte Theresa und ging in Gedanken den Terminkalender für die kommenden Tage durch. Carolin würde morgen zurück sein und das Wochenende über bleiben, aber Anfang der neuen Woche schon wieder aufbrechen. Sie arbeitete in einer großen Kanzlei und war gerade in der letzten Zeit viel zwischen den einzelnen Standorten unterwegs.

»An wann hatten Sie denn gedacht?«

»Rufen Sie mich doch die Tage mal an, dann machen wir etwas aus«, antwortete Charlotte ausweichend, aber mit freundlichem Lächeln.

»Gern.«

Eine gute Dreiviertelstunde später schloss Theresa ihre Wohnungstür auf, ihre Einkäufe im Arm und ein zufriedenes Lächeln auf den Lippen. Daran konnte auch der kleine gelbe Zettel nichts ändern, den sie bei der Rückkehr zu ihrem Wagen hinter dem Frontscheibenwischer vorgefunden hatte und der jetzt in ihrer Handtasche lag. Sie hatte die maximale Parkdauer für Kunden des Supermarktes überschritten und wurde jetzt von der privaten Überwachungsfirma zur Kasse gebeten.

An jedem anderen Tag hätte das gereicht, Theresas Laune erheblich zu verschlechtern. Sie führte Dinge wie Strafzettel oder Mahnschreiben auf mangelnde Organisation und schlechtes Zeitmanagement zurück. Beides traf nicht auf sie zu, weshalb sie allenfalls Strafzettel bekam, wenn sie mit Carolin unterwegs war und diese zu Theresas Ärger mal wieder gänzlich darauf verzichtete, ein Ticket zu lösen. Sich selbst überlassen passierten ihr diese Dinge nicht. Entsprechend irritiert hatte sie auf den gelben Zettel geschaut, ihn dann aber kurzerhand unter dem Scheibenwischer hervorgezogen und in ihrer Tasche verschwinden lassen.

Gleich aus dem Auto hatte sie Carolin geschrieben.

*Hey! Wann bist du im Hotel?*

Dann war sie durch den Feierabendverkehr, den sie eigentlich hatte vermeiden wollen, nach Hause gefahren. Als sie jetzt ihre Küche betrat und die Einkäufe abstellte, ertönte das akustische Signal, das eine Antwort von Carolin verkündete. Zurück in den Flur gehend las sie die Nachricht.

*Wird spät. Gehen noch essen.*

Die Schuhe abstreifend seufzte Theresa. Erfahrungsgemäß würde Carolin am nächsten Morgen genauso wenig Zeit haben. Während sie ins Schlafzimmer ging, tippte sie eine Antwort.

*Arbeite ohnehin noch. Ruf einfach an, wenn du im Hotel angekommen bist.*

Sie tauschte die Arbeitsklamotten gegen etwas Bequemeres, machte sich kurz im Bad frisch und kehrte dann in die Küche zurück, wo sie gerade die Einkäufe verstaute, als ein weiteres Signal erklang.

*Okay.*

Sie legte das Handy auf den Küchentisch und atmete einmal tief durch. Dann schenkte sie sich ein Glas von dem offenen Weißwein aus dem Kühlschrank ein, sammelte im Flur ihre Aktentasche ein und ging hinüber ins Wohnzimmer. Während sie einen Blick aus dem großen Fenster auf den schmalen Grünstreifen zwischen der Hauswand und dem Zaun zum Nachbargrundstück warf, fragte sie sich, ob sie ihren Feierabendwein vielleicht schon bald in Charlottes Garten oder auf einem der Balkone würde genießen können. Sie ließ sich auf der Couch nieder, wo sie einen Schluck von ihrem Wein nahm, ehe sie das Glas auf dem kleinen Tisch davor abstellte. Vor ihr lag ein langer Abend mit den aus der Kanzlei mitgebrachten Akten. Zwischendurch würde sie den Salat verspeisen, den sie vorhin gekauft hatte, ein zweites Glas Wein trinken und dann warten, dass Carolin sich meldete. Sie holte ihre Arbeitstasche aus dem Flur. Aber zu allererst würde sie den lästigen Strafzettel bezahlen.

# 2

Theresa trank ihren Kaffee in der Küche neben der Maschine stehend. Wie jeden Morgen hörte sie dabei die Nachrichten zur vollen Stunde. Ihr Müsli hatte sie bereits gegessen und jetzt schaute sie leicht irritiert auf ihr Handy.

Carolin hatte sich nicht mehr gemeldet letzte Nacht und ein wenig enttäuscht, aber nicht sonderlich überrascht, hatte Theresa gegen Mitternacht beschlossen, ins Bett zu gehen. Sie hatte das zweite Glas Wein geleert und zusammen mit den Überresten ihres Abendessens in die Küche getragen, das Geschirr in die Spülmaschine geräumt und die Lichter gelöscht.

Als sie vor einer guten halben Stunde aufgestanden war, hatte es noch immer kein Lebenszeichen von Carolin gegeben. Erst als Theresa aus der Dusche gekommen war, hatte das Display ihres Smartphones eine neu eingegangene Nachricht angezeigt.

*Entschuldige, spät geworden. Wollte dich nicht mehr wecken. Jetzt schon unterwegs, früher Termin.*

Einen Schluck von ihrem Kaffee nehmend tippte Theresa eine kurze Antwort. *Okay.* Im Grunde konnte es ja bis heute Abend warten und es wäre ohnehin schöner, Carolin von Angesicht zu Angesicht von ihrer Begegnung mit Charlotte und dem traumhaften Grundstück zu berichten. Sie wollte das Handy gerade zur Seite legen, als eine weitere Nachricht eintraf, und Theresa stellte sich vor, wie Carolin in einem Meeting mit Klienten und Kollegen saß und verstohlen ihr Handy bediente.

Nein, das passte nicht. Carolin tat eigentlich nichts verstohlen. Schon eher würde sie, mitten in einer längeren, aber präzisen Einlassung zu den Feinheiten dieser oder jener gesetzlichen Regelung, beiläufig auf ihr Handy schauen, eine kurze Nachricht verfassen und abschicken, ohne ihren roten Faden zu verlieren oder auch nur ins Stocken zu geraten. Was immer Carolin tat, sie tat es mit absoluter Selbstsicherheit und Autorität.

*Sauer?*, hatte Carolin geschrieben und Theresa antwortete ebenso knapp.

*Alles gut.*

Augenblicklich erschienen die drei fluktuierenden Punkte, die anzeigten, dass Carolin eine Antwort tippte.

*Mache es heute Abend wieder gut!?*

Theresa zog unwillkürlich die Augenbrauen in die Höhe. Sie konnte sich einer gewissen Skepsis ob dieses Versprechens nicht erwehren. Carolin würde erschöpft von den vergangenen Tagen sein.

*Ich bin gespannt*, schrieb sie zurück und legte das Handy auf der Küchenanrichte ab, während sie den letzten Schluck ihres Kaffees trank. Dann spülte sie ihren Becher aus und stellte ihn zusammen mit der Müslischale zum Geschirr des Vorabends in die Maschine.

Im Wohnzimmer sammelte sie ihre Akten und Notizen ein, die in einem ordentlichen Stapel auf dem Couchtisch lagen, und packte sie in ihre Tasche. Im Schlafzimmer trat sie noch einmal kurz vor den Spiegel, strich ihr Kleid glatt und zog einen leichten Blazer darüber. Dann ging sie noch einmal in die Küche zurück, vergewisserte sich, dass Kaffeemaschine und Radio ausgeschaltet waren, und nahm ihr Smartphone wieder auf. Beim Blick auf das Display musste sie unweigerlich lächeln. Auch diese Nachricht bestand nur aus einem einzigen Wort.

*Hey.*

Sie rollte mit den Augen, konnte sich ein Grinsen aber nicht verkneifen und tippte eilig ihre Replik.

*Ho.*

Dann ließ sie das Handy in ihre Handtasche gleiten, trat in den Flur, nahm die Schlüssel aus der Schale auf dem kleinen Schränkchen und verließ mit einem schnellen Blick auf ihre Armbanduhr die Wohnung. Sie würde sich beeilen müssen, es aber wohl auch an diesem Morgen schaffen, trotz des Verkehrs pünktlich um halb neun in der Kanzlei zu sein.

Auf dem Weg in die Tiefgarage und bis das Autoradio sie aus dem Takt brachte, hallte ihr der Refrain des Lumineers-Song *Ho hey* in den Ohren.

»Na, dein Morgen hat offensichtlich gut begonnen.«

Theresa blickte auf und sah Sebastian in der Tür zu ihrer kleinen Kanzleiküche stehen, die Hände in den Hosentaschen, ein amüsiertes Grinsen auf dem Gesicht. Sie sah ihn fragend an.

»Du summst«, sagte er und kam herein.

Theresa zog die Schultern hoch. »Ohrwurm.« Sie wandte sich wieder dem Kaffeeautomaten zu, in den sie gerade frische Milch gefüllt hatte, und drückte auf die Starttaste. Dann sah sie zu, wie die dampfende Mischung aus Kaffee und Milch in ihre Tasse strömte. »Aber du hast nicht unrecht«, sagte sie mit einem Seitenblick auf Sebastian, der sich eben auch eine Tasse aus dem offenen Wandregal nahm.

»So?«, fragte er und wartete bis Theresa ihr fertiges Getränk aufnahm und einen Schritt zur Seite trat, ehe er sich selbst vor der Maschine positionierte.

Theresa rührte den Milchschaum in ihren Kaffee und lehnte sich neben Sebastian gegen die Anrichte. »Ich glaube, ich bin verliebt«, erklärte sie mit einem gespielten Augenaufschlag.

»Oookay«, sagte Sebastian gedehnt und grinste. »Weiß Carolin es schon?«

Theresa zuckte betont die Achseln. »Noch nicht.« Sie reichte Sebastian ihren Löffel. »Heute Abend.«

Sebastian begann ebenfalls in seiner Tasse zu rühren und sah sie fragend an.

»Ich schätze, ich habe mein Traumhaus gefunden«, erklärte sie. Anfangs war sie noch unsicher gewesen, was an dem Haus sie so in seinen Bann zog, aber spätestens mit dem Zubettgehen hatten sie jegliche Zweifel verlassen. »Oder meine Traumwohnung«, korrigierte sie sich. »Das Haus steht leider nicht zur Debatte, aber dieses Grundstück …« Sie seufzte. »Zum ersten Mal verstehe ich, warum manche Mandanten zum Äußersten bereit sind, um ihre Häuser zu behalten.«

Sebastian lachte auf. »Hast du etwa gerade Verständnis dafür geäußert, die Regeln zu brechen? Du? Du gehst doch nicht mal bei Rot über die Ampel.«

Sie wandte sich ihm zu. »Ich möchte zu Protokoll geben, dass ich gestern einen Strafzettel für das Überschreiten der Maximalparkdauer erhalten habe. Ohne jede Fremdeinwirkung.«

Sebastian nickte anerkennend. »Respekt. Du machst dich.« Er hörte auf, in seiner Tasse zu rühren, leckte den Löffel ab und legte ihn in die kleine Spüle. Theresa versuchte, es zu ignorieren. »Nur für den Fall also, dass du dich doch noch zu einer echten Regelbrecherin entwickelst, möchte ich dich darauf hinweisen, dass ich als dein Anwalt natürlich der Schweigepflicht unterliege, diese aber durch die Ankündigung einer Straftat aufgehoben wird.«

Sie schaute ihn empört an. »Du würdest mich verraten?«

»Ohne mit der Wimper zu zucken.« Er nickte und trank nun ebenfalls.

Theresa sah ihn vorwurfsvoll an und er grinste breit, während er sich mit der freien Hand die Brille zurecht schob. Zusammen mit dem ordentlich gestutzten Vollbart ließ sie sein ansonsten jungenhaftes Gesicht etwas reifer und erwachsener wirken.

»Ich wusste nicht, dass ihr eine neue Wohnung sucht.«

»Nicht wirklich. Aber wenn du dieses Grundstück und den Garten gesehen hättest ...«

»Seit wann bist du der Gartentyp?«, fragte Sebastian erstaunt, aber sie zuckte nur die Schultern. »Wie viele Parteien?«

»Ein Einfamilienhaus mit Einliegerwohnung. Ich habe die Wohnung noch nicht gesehen, um ehrlich zu sein, aber solange sie nicht völlig heruntergekommen ist ...«

Sebastian grinste amüsiert. »Du *bist* verliebt.«

Theresa zuckte einmal mehr die Achseln.

»Und Carolin?«

Sie winkte ab. »Solange die Wohnung funktional und sauber ist, dürfte es keine Rolle spielen. Und so selten wie Carolin zurzeit zu Hause ist, könnten wir wahrscheinlich in einen Plattenbau oder eine Notunterkunft ziehen und sie würde es nicht einmal bemerken. Momentan geht sie im Dunkeln und kommt im Dunkeln.«

»Dann passt es doch, solange eine Außenbeleuchtung vorhanden ist«, bemerkte Sebastian flapsig und Theresa machte eine zustimmende Geste.

Carolin hatte ihre Laufbahn in einer großen Wirtschaftskanzlei als Praktikantin begonnen und sich dann vom Associate zum Senior Associate hochgearbeitet. Mittlerweile hatte sie beste Aussichten auf eine Partnerschaft, die höchste Stufe der Karriereleiter für Anwälte in Großkanzleien.

Solange sie sich kannten, hatte Carolin viel und gern gearbeitet, sich klare Ziele gesetzt und alles getan, um diese zu erreichen. Wahrscheinlich passten sie deshalb so gut zusammen. Seit der Zeitpunkt immer näher rückte, an dem sich entscheiden würde, ob Carolin zur Partnerin berufen würde oder nicht, hatten ihre Arbeitslast und vor allem ihre Reisezeit allerdings noch einmal deutlich zugenommen. Sechzigstundenwochen waren die Regel und seit Monaten war sie zwischen den einzelnen Standorten der Kanzlei unterwegs, vernetzte und präsentierte sich. Theresa konnte sich nicht erinnern, wann sie sich das letzte Mal eine Woche am Stück gesehen hatten.

Sie leerte ihre Kaffeetasse. Wenn Carolin zur Partnerin berufen würde, wäre sie sicher weniger unterwegs, aber ihr generelles Pensum würde sich vermutlich nicht reduzieren. Theresa gratulierte sich im Nachhinein erneut für die Entscheidung, es nicht in einer großen Kanzlei versucht zu haben, sondern lieber ihre eigene Chefin zu werden. Sie arbeitete auch viel, aber zumindest konnte sie frei entscheiden, wie sie ihre Zeit einteilte und welche Mandate sie annahm. Carolin hatte definitiv den härteren Job von ihnen beiden, und auch wenn – oder gerade weil – sie aus einer Familie stammte, in der alles andere als ein Platz an der Spitze als Versagen galt, hatte sie sich alles hart erarbeitet. Theresa selbst hatte auch nichts geschenkt bekommen und war stolz auf das, was sie erreicht hatte, aber zwischen ihnen beiden war Carolin nicht nur das letzte Quentchen zielstrebiger, sie war auch schlicht die bessere Anwältin.

Theresa stieß sich von der Anrichte ab. »Und jetzt genug getratscht.« Sie fischte mit spitzen Fingern den benutzten Löffel aus der Spüle und ließ ihn im Vorbeigehen in Sebastians Tasse fallen. »Hast du nichts zu tun?«

»Nichts, das wichtiger wäre, als mir deine Liebesgeschichten anzuhören«, sagte Sebastian völlig unbeeindruckt und Theresa schmunzelte.

»Damit ich mir die leisten kann, müssen wir Geld verdienen. Also räum dein benutztes Geschirr weg und dann auf, auf«, rief sie über ihre Schulter und verließ die kleine Küche.

Sie ging schnellen Schrittes den Flur entlang, vorbei an Büros und Konferenzräumen. Sie erinnerte sich plötzlich, wie sie die Räume damals zum ersten Mal besichtigt hatten. Sie, Sebastian und Alexander, keiner von ihnen mit mehr als zwei Jahren Berufserfahrung, aber alle drei wild entschlossen, es auf eigene Faust zu versuchen.

Sie und Sebastian kannten sich seit Beginn des Studiums und hatten sich gemeinsam durch manche Klausur gequält und anschließend durch manche Nacht gefeiert. Sebastian und Alexander wiederum hatten sich nach dem Studium als Neulinge in einer großen Kanzlei kennengelernt und über das eine oder andere Feierabendbier schnell festgestellt, dass sie beide nach etwas anderem strebten als dem, was sie hatten. Inzwischen gingen sie mehrfach die Woche zusammen laufen oder klettern und waren auch schon ein paar Mal mit wechselnden Freundinnen zu viert im Urlaub gewesen.

Theresa und Alexander hatten keine direkte Verbindung über die Arbeit hinaus, aber es schien ihrem Verhältnis oder der Dynamik innerhalb der Kanzlei nicht zu schaden. Sebastian hatte die beiden damals zusammengebracht, nachdem er erkannt hatte, was ihnen gemein war und worin sie sich wesentlich unterschieden.

Alle drei waren sie getrieben von dem Wunsch, sich etwas aufzubauen, einen Namen für sich zu machen, wenn auch aus ganz verschiedenen Gründen. Alexander, um sich aus dem Schatten seiner Familie zu befreien, und Sebastian, weil er sich sein Leben lang nach Status und Respekt gesehnt hatte. Und im gleichen Maß, in dem sie sich in ihrem Willen zum Erfolg ähnelten, unterschieden sie sich in allem anderen. Wo Sebastian extrovertiert und einnehmend war, war Alexander zurückhaltender und unauffällig und lag Theresa irgendwo zwischen den beiden. Wo sie strukturiert und vorausschauend war, ließ Sebastian sich treiben und entschied situativ und spontan. Hier bildete Alexander den ausgleichenden Part zwischen ihren Extremen und vermittelte häufig, wenn es um grundsätzliche Belange der Kanzlei ging.

Schließlich ergänzten sich auch ihre verschiedenen Schwerpunkte. Sebastian hatte sich auf Kapitalanlagerecht und Erbrecht spezialisiert, Theresa ebenfalls auf Erbrecht sowie Ehe- und Familienrecht. Alexanders Expertise lag im Steuer- und Abgaberecht.

Sebastian hatte das Potenzial der drei früh erkannt und ein erstes Treffen initiiert, zunächst unter einem Vorwand, doch dann war er schnell mit seinem Vorschlag vorgeprescht: eine eigene Kanzlei, in die Alexander seine Verbindungen und einen Großteil des Grundkapitals einbringen würde, Theresa ihre strategische Weitsicht, ihre Disziplin und ihre Zielstrebigkeit und er selbst sein unbestrittenes Verkaufstalent. Es hatte ein wenig Überredungskunst und noch ein wenig mehr Alkohol gekostet, aber so hatten sie in einer Nacht den Grundstein für die gemeinsame Kanzlei gelegt.

Als sie jetzt auf ihr Büro zusteuerte, kamen Theresa plötzlich ihre eigenen Worte über Carolins Gleichgültigkeit hinsichtlich ihrer Wohnsituation wieder in den Sinn und sie runzelte die Stirn. Vielleicht waren sie und Carolin sich in dieser Hinsicht doch nicht so unähnlich, sondern legten ihre Prioritäten nur auf unterschiedliche Lebensräume. Denn als Theresa ihr Büro betrat, fiel ihr Blick sofort auf das exklusive Mobiliar. Ihr hätte etwas Schlichteres gereicht, aber ihre Partner hatten sie überstimmt und letztlich auch überzeugt: Wenn sie eine finanzstarke Klientel gewinnen wollten, durften sie nicht an den falschen Stellen sparen. Also hatte sie den beiden freie Hand gelassen, von den Schreibtischen und Bürostühlen über die Bilder an den Wänden bis hin zur Kaffeemaschine und der Fußmatte im Eingangsbereich. In diesen Dingen war sie leidenschaftslos.

Sie trat hinter ihren Stuhl und legte die Hände auf die elegant geschwungene Rückenlehne. Und plötzlich war auch die Erinnerung wieder da, wie Carolin zum ersten Mal in ihrer Tür gestanden hatte. Unangekündigt, ohne Termin, nachdem sie sich erst drei Tage zuvor kennengelernt hatten. Theresa war unvorbereitet gewesen und in ihrem Kopf, in dem es sonst so geordnet zuging, war plötzlich nur noch Chaos gewesen. Und Carolin hatte sich mit einer Selbstverständlichkeit durch ihr Refugium und auf sie zubewegt, dass Theresa nicht anders gekonnte hatte, als sich zu erheben und die Schutzzone hinter ihrem schweren Schreibtisch zu verlassen. Bis heute konnte sie nicht genau sagen, wieso, aber zum vielleicht ersten Mal in ihrem Leben hatte sie sich einfach fallen lassen. Und Carolin hatte sie aufgefangen.

Jetzt sah sie auf die Uhr. Noch zwei Minuten bis zu ihrem nächsten Termin. Sie warf einen letzten prüfenden Blick über die bereits herausgesuchten Akten und ihre Notizen. Er verfing sich in dem gerahmten Bild auf ihrem Tisch. Ein Schnappschuss aus ihrem ersten gemeinsamen Urlaub. Sardinien und gebräunte Haut, das Meer im Hintergrund, entspannte Körper und Wind in den Haaren, strahlende Gesichter mit vor Glück leuchtenden Augen. »War das wirklich schon so lange her?«, fragte eine Stimme in ihrem Kopf wehmütig.

Theresa schüttelte sich und schob den Gedanken zur Seite. Ihre Mandantin wartete sicher schon.

Als sie an diesem Abend die Wohnungstür aufschloss, spürte Theresa augenblicklich die Veränderung. Luft, die zirkulierte und nicht mehr stillstand, ein leichter Duft, der nicht der ihre war. Der Rollkoffer im Flur, daneben Carolins eilig abgestreifte Schuhe. Sie ließ die Haustür hinter sich ins Schloss fallen, legte Aktentasche und Schlüssel ab. Die Sporttasche behielt sie über der Schulter. Dienstags und freitags fuhr sie direkt von der Kanzlei ins Fitnessstudio, um eine knappe Dreiviertelstunde auf dem Laufband und noch weitere dreißig Minuten mit Gerätetraining zu verbringen.

»Hey«, rief sie in die Wohnung und erhielt Antwort aus dem Wohnzimmer.

Als sie über die offene Türschwelle trat, nahm sie die dezente Musik wahr. Carolin kam ihr entgegen, das lange Haar in ein Handtuch gewickelt und den Rest ihres Körpers in einen dünnen Morgenmantel. »Hey«, sagte sie und sie trafen sich in einer kurzen Umarmung und einem routinierten Kuss.

»Bist du schon länger da?«, fragte Theresa und ging an ihr vorbei ins Schlafzimmer und von dort in das angrenzende Bad.

»Eine halbe Stunde vielleicht«, rief Carolin ihr hinterher. »Ich musste erstmal duschen, im Zug war die Klimaanlage ausgefallen.«

Theresa beeilte sich, ihre Sportsachen aufzuhängen, und ging zurück ins Wohnzimmer, wo Carolin sich auf die Couch hatte sinken lassen. Theresa strich ihr im Vorbeigehen über die Schulter. »Hast du Hunger?«

»Ich dachte, wir gehen irgendwo schön essen. Ich habe ja noch etwas gutzumachen.«

Theresa rollte amüsiert mit den Augen und ging in die Küche, wo sie einen Blick in den Kühlschrank warf. »Lass gut sein«, rief sie über die Schulter. »Du siehst aus, als könntest du auf der Stelle einschlafen. Ich mache uns hier was.«

»Okay. Wenn es dir nicht zu viel ist. Oder wir bestellen?«

Theresa zögerte kurz, aber ihr Magen knurrte bereits, und was auch immer sie bestellten, würde sicher nicht unter einer Stunde hier sein. Es war Freitagabend. »Schon in Ordnung.«

Sie schnitt ein paar Scheiben Brot ab, belegte sie rasch mit etwas Schinken, Käse, Tomaten und Paprika und packte alles auf eine Servierplatte. Ein weiterer Griff in den Kühlschrank und sie legte noch ein paar Weintrauben dazu.

»Wein?«, rief sie in Richtung Wohnzimmer.

»Bitte!«

Als sie kurz darauf mit ihrem Abendbrot und zwei Weingläsern zurückkehrte, saß Carolin mit untergeschlagenen Beinen in der Sofaecke und streckte sich dankbar dem Weinglas entgegen. »Du bist die Beste.«

»Dass du mir das bloß nicht vergisst«, feixte Theresa und ließ sich neben sie fallen. »Auf ein ganzes Wochenende«, sagte sie in leicht spöttischem Tonfall und hob ihr Glas.

Carolin nickte nur müde und nahm einen ordentlichen Schluck. Dann streckte sie sich nach der Brotplatte. »Präferenzen?«

»Egal«, winkte Theresa ab.

Einen Augenblick saßen sie still da und schlangen hungrig die Brote hinunter, während im Hintergrund weiter die Musik lief. Die Neuigkeiten zu Charlotte und dem Haus brannten Theresa unter den Nägeln, aber sie wollte Carolin wenigstens eine Chance geben, erst einmal anzukommen. »Geht es denn voran? Du siehst aus, als könntest du vierzehn Tage am Stück schlafen.«

»Das klingt in etwa richtig«, räumte Carolin ein. »Und was deine Frage angeht: Die kurze Antwort lautet ja; die ehrliche Antwort würde länger dauern, als wir über meine Arbeit sprechen möchten.«

»Dann gebe ich mich mit der kurzen Antwort zufrieden«, versicherte Theresa.

Carolin warf ihr einen Blick zu und nahm einen weiteren Schluck von ihrem Wein. »Und bei dir?«

Theresa streckte sich nach den Weintrauben. »An der Arbeit nichts Besonderes. Aber ich habe jemanden kennengelernt.«

»Oh?« fragte Carolin und griff ebenfalls zu.

»Ja. Erst waren wir zusammen shoppen, dann hat sie mich auf einen Kaffee zu sich nach Hause eingeladen. Ich bin mitgegangen.« Sie spürte Carolins Blick auf sich und schob sich bewusst langsam eine Weintraube in den Mund. »Ich habe auch ihre Telefonnummer. Sie würde mich gern wiedersehen.« Als sie schließlich aufsah, wirkte Carolin doch etwas verunsichert, und Theresa musste lachen. »Sie ist achtundachtzig und hat mich im Supermarkt um Hilfe gebeten. Ich habe ihr die Einkäufe nach Hause getragen und zum Dank einen Kaffee bekommen.«

Carolin lachte erleichtert auf. »Und die Telefonnummer?«

»Die habe ich bekommen, weil sie eventuell eine Wohnung zu vermieten hat«, erklärte Theresa, wofür sie einen fragenden Blick erntete.

»Wen kennen wir, der eine Wohnung sucht?«

»Niemanden. Aber wenn du dieses Grundstück gesehen hättest ... « Theresa seufzte.

»Du willst umziehen?«, fragte Carolin ungläubig. »In die Wohnung einer Achtundachtzigjährigen?«

»In die Einliegerwohnung im Haus einer Achtundachtzigjährigen«, korrigierte Theresa. »Vielleicht. Das Haus liegt mitten in Wehlheiden, keine zweihundert Meter von der Hauptstraße, aber völlig versteckt und blickdicht, hat zwei Gärten, zwei Balkone und ist einfach ein Traum.«

Carolins Miene blieb unverändert. »Okay, noch mal zum Mitschreiben: Du hast einer alten Dame die Einkäufe nach Hause getragen und dich in ihr Haus verliebt.«

Theresa nickte.

»Und sie hat dir ihre Nummer gegeben, weil sie dir ihre Einliegerwohnung vermieten möchte.«

»Uns«, korrigierte Theresa.

»Okay, uns«, räumte Carolin ein. Sie sah aus, als sortierte sie ihre Gedanken. »Und das alles ist wann passiert?«

»Gestern. Ich hätte es dir ja am Telefon erzählt«, sagte sie neckend, »aber daraus ist ja dann nichts geworden.«

»Okay«, wiederholte Carolin. »Und das ist wirklich dein Ernst?«

Theresa zuckte mit den Achseln. »Es ist ja noch nichts entschieden. Ich habe die Wohnung noch nicht mal gesehen, nur das Haus und den Garten. Und Charlotte möchte dich vorher kennenlernen.«

Carolin nahm einen großen Schluck Wein und starrte dann auf den Rest in ihrem Glas.

»Hey«, sagte Theresa und rückte etwas näher. »Ich weiß, du hast gerade viel um die Ohren und ein Umzug ist wahrscheinlich das Letzte, was du jetzt gebrauchen kannst.« Sie strich eine dunkelblonde Strähne, die sich unter dem Handtuch gelöst hatte, hinter Carolins Ohr zurück und wartete, bis ihre Blicke sich wieder trafen. »Aber dieses Grundstück ... der

Garten. Charlotte hat mehrfach betont, dass ein Garten Leben braucht, also bin ich ziemlich sicher, dass wir den mitbenutzen dürften.« Sie zog ihre Hand wieder zurück und versuchte, Carolins Miene zu deuten. »Wir könnten abends draußen sitzen, Freunde oder Kollegen einladen und vielleicht ...«, sie machte eine vage Kopfbewegung, »Charlotte findet, ihre Apfelbäume haben die perfekte Kletterhöhe für Kinder.«

Carolin entschlüpfte ein Seufzer, aber ihre Miene blieb schwer lesbar, und Theresa entschied sich, das Thema wieder ruhen zu lassen.

»Lass uns doch wenigstens mal einen Blick darauf werfen«, erklärte sie stattdessen, »und wenn dir die Wohnung nicht gefällt, verliere ich nie wieder ein Wort darüber.«

»Nie wieder?« Carolin hob spöttisch eine Braue.

»Nie wieder«, bekräftigte Theresa und hob zwei Finger in die Höhe. »Versprochen.«

»Okay«, seufzte Carolin.

»Danke«, sagte Theresa und lehnte sich noch weiter vor, um Carolin einen schnellen Kuss zu geben. Ihre beinahe leeren Weingläser bemerkend erhob sie sich dann. »Charlotte wird dir gefallen«, rief sie auf ihrem Weg in die Küche. »Sie ist ... auf jeden Fall unterhaltsam.«

»Die Achtundachtzigjährige, die dich auf einen Kaffee abgeschleppt hat?«

Theresa lachte. »Das hat sie in der Tat.« Sie nahm die Weinflasche aus dem Kühlschrank und ging wieder zurück ins Wohnzimmer. »Sie ist ...«, sie schüttelte den Kopf und schenkte ihnen beiden nach, »manipulativ. Aber auf eine liebenswerte Weise. Furchtbar indiskret und direkt. Aber auch humorvoll und wirklich auf Zack für ihr Alter.«

»Das klingt tatsächlich unterhaltsam«, bemerkte Carolin und hob ihr frisch aufgefülltes Glas zu einem kurzen Dank. Theresa erwiderte die Geste und ließ sich wieder auf die Couch zurücksinken. »Sie hält auf alle Fälle nicht mit ihrer Meinung hinter dem Berg.« Sie zählte die einzelnen Punkte an den Fingern ihrer freien Hand ab. »Sie hält nichts vom Zusammenleben ohne Trauschein, findet Scheidungen verwerflich, hält *die jungen Leute* per se für nicht ausdauerfähig, scheint etwas gegen Lehrer und ihre eigenen Kinder zu haben und möchte nur an anständige Leute vermieten.«

Carolin runzelte die Stirn. »Und du glaubst, sie würde an zwei nicht verheiratete lesbische Frauen vermieten?«

Theresa hob die Schultern. »Anscheinend schon. Sie fand es *wunderbar*, dass wir das so offen leben. Zu ihrer Zeit sei das ja nicht gegangen.« Sie zögerte kurz. »Allerdings fände sie es sicher noch besser, wenn wir heiraten würden.«

Carolin sagte nichts und nahm einen weiteren Schluck aus ihrem frisch aufgefüllten Weinglas.

»Dafür kriegen wir Pluspunkte, weil wir beide Anwältinnen sind«, fuhr Theresa fort und Carolin lachte kurz und freudlos auf.

»Kriegen wir das nicht immer«, bemerkte sie trocken.

»Aber ich habe eine eigene Kanzlei«, stichelte Theresa. »Das hat ihr besonders imponiert.« Carolin lächelte müde. »Dir hat es auch mal imponiert«, erinnerte Theresa sie. »Weißt du noch?«

»Oh ja«, bemerkte Carolin spöttisch. Sie legte den Kopf schief und starrte an die Zimmerdecke, als sähe sie die Szenen ihrer ersten Begegnung dort noch einmal vorbeiziehen. »Ihr wart drei völlig unerfahrene Grünschnäbel, die gerade eine kleine Kanzlei eröffnet hatten, und ihr seid herumstolziert, als wärt ihr gekommen, um die ganze Stadt aufzumischen. Das war in der Tat imposant.«

Theresa lachte und hob die freie Hand in einer entschuldigenden Geste. »Vielleicht waren wir ein wenig ... euphorisch«, räumte sie ein und hatte nun ebenfalls die Bilder vor Augen. Es war ein Empfang der Anwaltskammer gewesen. Und sie hatten ihren Auftritt in der Tat etwas übertrieben. »Sebastian wollte, dass wir Eindruck machen.«

»Das ist euch gelungen«, sagte Carolin und sah Theresa über ihr Weinglas hinweg in die Augen. »Auf unterschiedliche Weise.«

Theresa grinste. »Wenn Sebastian von dem Abend erzählt, sagt er immer, ab dem Moment, als er uns einander vorgestellt habe, sei ich völlig nutzlos gewesen.«

Carolin machte eine gleichgültige Geste. »Ich fand den Abend bis dahin nutzlos.«

»Ach ja?«, sagte Theresa halb neckend, »Ich dachte immer, du genießt solche Anlässe. Feine Kleidung, teure Getränke, wichtige Leute ... die Chance, Kontakte zu knüpfen?«

Carolin legte kurz die Stirn in Falten und setzte zu einer Antwort an, schien es sich dann aber anders zu überlegen. Sie schüttelte den Kopf und lächelte zufrieden. »Einen wichtigen Kontakt habe ich ja in jedem Fall geknüpft.«

Theresa presste die Lippen aufeinander. »Trotz allem«, sagte sie, bis heute manchmal erstaunt, wie der Abend damals verlaufen war und welche unerwarteten Folgen er gebracht hatte.

Carolin zog eine Braue hoch. »Oder gerade wegen allem.« Sie lehnte sich vor und legte eine Hand auf Theresas Knie. »Ich laufe schließlich nicht jeder gutaussehenden Frau hinterher und dränge mich als Begleitung auf. Schon gar nicht, wenn ich dafür meine Geschäftspartner und meine Mandanten stehenlassen muss.«

Theresa sah auf und war erstaunt über die Intensität in Carolins Blick. Und ganz kurz fragte sie sich, was sie wohl in ihr gesehen haben mochte vor all den Jahren. Sie schluckte und lächelte dann. »Wie beruhigend. Sonst müsste ich mir ja Sorgen machen bei all den hübschen Anwältinnen, die dir so über den Weg laufen.«

Einen Augenblick tasteten sich ihre Blicke ab, dann bewegten sie sich aufeinander zu und küssten sich. Theresa spürte, wie Carolins Hand ganz langsam ihr Bein hinaufglitt, und sie streckte ihrerseits eine Hand aus, umfasste Carolins Nacken, strich über ihren Hals und die Schultern.

Als sie innehielten, um Luft zu holen, nahm Carolin ihre Weingläser und stellte sie auf der nächstbesten Oberfläche ab. »Hast du mir sonst noch etwas zu erzählen?«, fragte sie und fuhr Theresa durch die schulterlangen dunklen Locken.

»Im Moment nicht«, gab Theresa zurück und ließ die Hände unter Carolins Bademantel gleiten. Sie genoss die Wärme, das Gefühl von Haut auf Haut.

»Gut«, sagte Carolin, ihre Hände und ihr Mund auf Wanderschaft gehend. »Mir ist da nämlich gerade etwas eingefallen.«

»Ach ja?«, bekam Theresa mit etwas Anstrengung heraus und hörte Carolins Stimme ganz nah an ihrem Ohr.

»Wiedergutmachung.«

Und sie musste lachen.

# 3

Theresa atmete noch ein weiteres Mal durch und strich sich durch die dunklen Locken, dann betätigte sie die Türklingel.

Charlotte musste bereits im Flur gestanden und gewartet haben, denn es dauerte keine zwei Sekunden, ehe die Tür aufschwang.

»Theresa, wie schön, kommen Sie doch herein.« Charlotte strahlte über das ganze Gesicht. Auch heute trug sie eine auffällige elegante Bluse mit rotem Blumenmuster und darüber eine lange goldene Kette, an deren Ende ein Medaillon baumelte. Es passte zu ihrer Armbanduhr und den Ringen an ihren auch heute wohlmanikürten Fingern.

Theresa erwiderte die Begrüßung und trat an Charlotte vorbei ins Haus. Diese blieb stehen und schaute suchend in den leeren Vorbau hinaus, der zu ihrer Haustür führte. »Kommt Ihre Lebensgefährtin noch?«

Theresa unterdrückte ein Schmunzeln. Mit Sicherheit hatte Charlotte, so schnell wie sie an der Tür gewesen war, sie schon den Gartenweg entlangkommen sehen und gewusst, dass sie allein war.

»Es ist ihr etwas dazwischen gekommen, buchstäblich in letzter Minute. Es tut mir sehr leid. Aber ich war schon unterwegs hierher und ich wollte zumindest persönlich Bescheid sagen.«

Theresa war in der Tat bereits im Auto gewesen, als Carolin angerufen hatte, um ihr zu sagen, dass sie sie nicht wie geplant vor Charlottes Haus treffen würde. Ihr letzter Termin dauere länger und sie gehe nicht davon aus, dass sie es noch schaffen werde.

Leider war es nichts Ungewöhnliches, dass Carolin abendliche oder generell private Verabredungen nicht einhalten konnte, zumal in den letzten Monaten. Wochenenden wie das gerade vergangene waren eine Seltenheit, die sie umso mehr genossen. Samstag waren sie gemeinsam zum Badesee gefahren, um ein paar Stunden ohne Arbeit, Mobiltelefone oder andere Ablenkungen zu genießen. Es war ein heißer Maitag gewesen und sie waren geschwommen, hatten in der Sonne gelegen, vage Pläne für ihren nächsten Urlaub geschmiedet, und auf dem Rückweg hatten sie an ihrer Lieblingseisdiele angehalten und sich zwei große Eisbecher gegönnt. Theresa hätte nicht sagen können, wann sie zuletzt so viel Zeit für einander gehabt hatten. Am Sonntag waren sie zum Brunch verabredet gewesen, ehe Carolin aufgebrochen war, um ihre wöchentliche Trainingsstunde im Tennisclub wahrzunehmen. Den Rest des Tages hatten sie gemeinsam auf der Couch verbracht, jede mit ihrem Laptop und vertieft in irgendeinen Schriftsatz. Am Montag war Carolin dann wieder aufgebrochen und am späten Mittwochabend zurückgekehrt. Im Bett liegend hatten sie wieder kurz über Urlaub gesprochen. »Am liebsten würde ich einfach wegfahren und nicht mehr wiederkommen«, hatte Carolin gesagt und Theresa hatte gelacht. »Als ob.« Kurz hatte es gewirkt, als wäre Carolin beleidigt oder traurig gewesen, dann aber hatte Theresa sie abgelenkt. Bald darauf waren sie eingeschlafen. Jetzt war es Donnerstagabend, Carolin saß in einem Termin fest und Theresa selbst hatte sich auch bemühen müssen, pünktlich aus der Kanzlei zu kommen. Alles war wie immer.

»Das ist natürlich bedauerlich«, sagte Charlotte mit betonter Enttäuschung. »Ich hatte mich so darauf gefreut, Sie gemeinsam mit Ihrer Partnerin zu treffen.«

»Es tut mir wirklich leid, Charlotte. Wollen wir einen neuen Termin machen? Ich will Ihnen ja nicht Ihre Zeit stehlen«, sagte Theresa entschuldigend.

»Ach, jetzt kommen Sie erst mal richtig herein«, winkte Charlotte ab und schloss die Haustür. »Sie kennen sich ja aus. Ich habe im Wintergarten gedeckt. Ich war mir nicht sicher, ob Sie so spät noch Kaffee trinken, also habe ich uns eine Kanne Tee gekocht. Ich hoffe, das ist in Ordnung?«

»Aber sicher.«

Theresa ging wie geheißen voraus und folgte dem Weg, den sie noch von ihrem letzten Besuch kannte. Vom Flur aus erblickte sie in der Küche die dampfende Kanne Tee, offensichtlich ganz frisch aufgegossen.

»Soll ich die mitnehmen?«, fragte sie und Charlotte nickte.

»Ja, bitte. Es ist die Rooibos-Vanille-Mischung. Nehmen Sie Milch oder Zucker dazu?«

»Nein, danke.«

Sie gingen in den Wintergarten und nahmen auf denselben Sesseln Platz wie bei ihrer ersten Begegnung. Und obwohl sie eben bereits durch den Garten gekommen war, konnte Theresa nicht anders, als den Ausblick noch einmal auf sich wirken zu lassen.

»Gestatten Sie mir eine Frage, Theresa, aber hatten Sie als Kind einen Garten?«

Theresa fuhr überrascht herum und begegnete Charlottes Blick, der sie aufmerksam musterte. »Es ist nur, sie wirken so in den Bann gezogen und ich weiß, es ist ein schöner, ein sehr schöner Garten, mit Liebe angelegt und gepflegt, aber am Ende des Tages ist es doch nur ein Garten.«

Theresa presste die Lippen aufeinander, aber Charlotte sah sie weiter mit diesem wohlmeinenden, durchdringenden Blick an.

»Nein, wir hatten keinen Garten«, erklärte sie schließlich und hörte selbst, dass ihre Stimme plötzlich härter klang. Sie räusperte sich und versuchte, einen leichten Ton zu treffen. »Wir haben in einer kleinen Wohnung gewohnt, ohne Garten, ohne Balkon. Aber die Eltern meines Vaters hatten ein Haus mit einem sehr schönen Garten.« Ein sehr großes Haus mit einem sehr großen Garten. Als kleines Kind, nur die Hochhaussiedlung gewohnt, hatte sie es für ein Schloss gehalten. »Ich war nur ein paar Mal dort und noch ganz klein, aber ich schätze«, sprach sie aus, was ihr gerade erst klar wurde, »als ich Ihren Garten gesehen habe, Charlotte, war die Erinnerung plötzlich wieder zurück.«

Charlotte musterte sie noch einen Augenblick länger und Theresa überlegte, wie sie das Thema wechseln konnte. Sie mochte Charlotte und hatte auch nichts gegen ihre teilweise sehr direkten Fragen. Aber sie wollte nicht daran erinnert werden, wie sie als kleines Kind in dem großen Anwesen dieser fremden Leute, ihrer Großeltern, gesessen hatte, die sie jedes Mal wie etwas Unbekömmliches und Unerwünschtes betrachtet hatten. Etwas, das durch eine offengelassene Terrassentür oder ein gekipptes Fenster ins Haus geschlüpft war und das sie nun wieder hinausjagen mussten, ehe es sich einnisten konnte, möglichst, ohne es berühren zu müssen. Wie sie ihre Mutter jedes Mal angefleht hatte, nicht mitgehen zu müssen, zu diesen Leuten. Wie sie für die gesamte Dauer des Besuchs stumm und still auf einem Stuhl in der Bibliothek oder an warmen Tagen auf der Terrasse gesessen hatte, weil es ihr nicht erlaubt war, im Haus herumzulaufen oder im Garten zu spielen, etwas anzufassen oder Fragen zu stellen. Irgendwann hatte ihre Mutter ein Einsehen gehabt und die Besuche hatten aufgehört. Theresa hatte sich geschüttelt und über die Jahre waren dic Erinnerungen allmählich verblasst und schließlich ganz in Vergessenheit geraten. Bis zu ihrer Begegnung mit Charlotte und dem Eintritt in den Garten. Theresa konnte nicht sagen, was genau es war, das die Erinnerungen nun wieder heraufbeschwor. Charlottes Garten war kleiner, wilder – gepflegt, aber nicht gewaltsam einer willkürlichen Ordnung unterworfen. Er hatte nicht viel gemein mit dem herrschaftlichen Park, der das Haus ihrer Großeltern umgeben hatte und vermutlich immer noch umgab. Und doch war die Erinnerung augenblicklich greifbar gewesen.

Charlotte räusperte sich dezent und Theresa wurde gewahr, dass sie zulange geschwiegen hatte. Sie griff nach der Teekanne. »Darf ich?«, fragte sie und auf Charlottes Nicken hin schenkte sie erst ihrer Gastgeberin und dann sich selbst ein.

»Und wo Sie jetzt wohnen, haben Sie auch keinen Garten?«, hakte Charlotte nach.

»Nur einen kleinen Grünstreifen. Uns war es damals wichtig, zentral zu wohnen. Ein Garten war keine Priorität.«

Das entsprach der Wahrheit. Und bis vor einer knappen Woche hatte Theresa nicht einmal einen Gedanken daran verschwendet, dass ihr etwas fehlen könnte, geschweige denn ein Garten. Wenn sie raus ins Freie wollten, brauchten sie nur in den Park gegenüber ihres Mietshauses zu gehen, in die Karlsaue oder zu einer der vielen grünen Flächen in und um die Stadt herum. Für eine Großstadt war Kassel erstaunlich grün. Wozu brauchten sie schon einen Garten.

»Sind Sie eigentlich von hier?«, wollte Charlotte nun wissen.

»Waschechte Kasselänerin«, scherzte Theresa, aber Charlotte lächelte zufrieden und ein bisschen stolz.

»Ich auch. Väterlicherseits. Sie?«

»Beide Seiten«, antwortete Theresa wahrheitsgemäß. Sowohl ihr Vater als auch ihre Mutter waren in Kassel geboren worden, was Theresa selbst zu einer *Kasselänerin* machte, während in Kassel geborene Menschen *Kasselaner* und zugezogene einfach nur *Kasseler* waren. Die scherzhafte Definition ging vermutlich auf die Mitte des zwanzigsten Jahrhunderts zurück und erfreute sich großer Beliebtheit. Ein ehemaliger Oberbürgermeister hatte es so weit getrieben, dass er elf Jahre lang anlässlich des Jahresempfangs der Stadt eine zugereiste Person als *Kasseläner honoris causa* ausgezeichnet hatte.

»Und Sie sind nie weggewesen?«, fragte Charlotte jetzt. »Meine Enkelkinder sind ja in alle Welt verstreut, weshalb ich sie auch nie zu sehen bekomme.« Sie rümpfte kurz die Nase und beugte sich dann ein Stück vor. »Wollten Sie denn nicht mal raus und etwas anderes sehen?«

Theresa unterdrückte ein Seufzen. Mangelnder Wille war nicht ihr Problem gewesen. »Kassel hat ja keine juristische Fakultät, also habe ich in Göttingen studiert, aber weiter zu Hause gewohnt.« Sie zuckte mit den Schultern. »Ich wollte bei meiner Familie bleiben«, erklärte sie, was nicht direkt gelogen war, aber auch nicht ganz der Wahrheit entsprach.

Charlotte schien auf jeden Fall begeistert. »Das hört man ja heute auch nicht mehr oft, bei den vielen Möglichkeiten, die es mittlerweile gibt. Aber das finde ich toll, dass Ihnen die Familie so wichtig ist. Und dann sind Sie noch so erfolgreich – Ihre Eltern müssen stolz auf Sie sein.«

»Meine Mutter, ja«, erwiderte Theresa. »Mein Vater ist gestorben, als ich noch sehr jung war.«

»Oh, das tut mir sehr leid, Theresa.«

Theresa zuckte mit den Schultern. »Ich habe kaum eine Erinnerung an ihn.«

»Das muss ja ganz furchtbar für Ihre arme Mutter gewesen sein.«

Theresa wusste nicht, was sie darauf sagen sollte. Es war furchtbar gewesen. Für alle. Mit Unterbrechungen, aber für eine lange Zeit.

»Haben Sie denn noch Geschwister?«, fuhr Charlotte ungebremst mit ihrer Befragung fort.

»Einen jüngeren Bruder. Philipp.«

»Ach, wie schön. Geschwister sind doch eine wunderbare Sache.« Charlotte runzelte kurz die Stirn. »Ich fand immer, Einzelkinder, und da spreche ich ja aus eigener Erfahrung, haben es schwerer im Leben, anfangs, aber auch später. Ehemänner, Freunde, Bekannte, das alles ist ja vergänglich. Leider. Aber Familie, Theresa, die bleibt.«

Sie sah Theresa eindringlich an, die ihrerseits einmal mehr fasziniert war, wie Charlotte unterschiedliche Überzeugungen mühelos vereinbart zu bekommen schien. Kurz war sie versucht zu fragen, ob Charlottes letzte Bemerkung nicht im

Widerspruch zu ihrem heiligen Schwur auf die Ehe stand, aber sie wollte das Thema Familie nicht wirklich vertiefen.

»Was macht Ihr Bruder denn?«, fragte Charlotte.

»Er studiert noch.«

»Oh, dann ist er aber eine ganze Ecke jünger als Sie, oder?«, kombinierte Charlotte korrekt.

»Allerdings. Zwölf Jahre.«

»Zwölf?«, wiederholte Charlotte erstaunt. »Wie alt, sagten Sie, waren Sie, als Ihr Vater gestorben ist?«

Theresa dachte, dass sie gar nichts Konkretes gesagt hatte, aber Charlottes Neugier erschien ihr trotz allem eher wie ein charmanter Spleen denn als etwas Verwerfliches, obwohl sie sonst eine striktere Einstellung hatte. Zweimal hatte sie Angestellte der Kanzlei noch während der Probezeit gehenlassen, weil sie Gerüchte in die Welt gesetzt und sich über das Privatleben von Kollegen und Mandanten ausgetauscht hatten.

»Vier«, antwortete sie nun. Sie war vier gewesen, als ihr Vater gestorben war.

»Und Ihre Mutter?«

»Dreiundzwanzig.« Kurz konnte Theresa förmlich sehen, wie es hinter Charlottes Stirn arbeitete.

»Ihre Mutter muss Ihren Vater sehr geliebt haben«, stellte sie dann fest. Theresa begriff nicht sofort, worauf Charlotte hinauswollte, und es musste in ihrem Gesicht zu sehen gewesen sein. »Sechs Jahre sind eine lange Zeit, um zu trauern«, fuhr Charlotte fort, »zumindest in so jungem Alter. Zu meiner Zeit hätte sich eine Frau viel schneller wieder einen neuen Partner gesucht. Zwangsweise. Wie gesagt, wir haben die Kinder früher bekommen, als das heute üblich ist.« Sie zwinkerte Theresa zu. »Als mein Friedrich gestorben ist, war ich schon eine alte Schachtel. Da kommt nur noch die Trauer und dann nichts mehr.«

Theresa lächelte, dankbar für Charlottes Humor. Sie beschloss, die Umstände, die zur Geburt ihres kleinen Bruders geführt hatten, ebenso für sich zu behalten wie die Details zur *Trauerzeit* ihrer Mutter. Und zu allem, was danach gekommen war.

»Und studiert Ihr Bruder auch Jura?«

»Nein.« Theresa schüttelte amüsiert den Kopf. »Kunst.«

Charlotte legte die Stirn in Falten und schaute vermutlich genauso, wie Theresa selbst damals geschaut hatte, als ihre Mutter und Philipp ihr verkündet hatten, was er studieren wollte.

»Und was macht man damit?«, hörte sie ihre eigene Frage von damals nun aus Charlottes Mund.

»Kunst.« Theresa zuckte die Achseln. »Man wird Künstler.«

Charlotte nickte, aber ihre Miene blieb fragend. »Und davon kann man leben?«

Theresa lachte sarkastisch. »Das will ich hoffen.«

Charlotte schaute sie noch einen Augenblick irritiert an, schien dann aber beschlossen zu haben, das Thema ruhen zu lassen. »Und was macht Ihre Mutter?« fragte sie stattdessen.

Theresa war beinahe ein bisschen enttäuscht. Sicher hätte Charlotte noch das eine oder andere Interessante zu Philipps Berufswahl zu sagen gehabt. Wenn man es so nennen konnte. Sie liebte ihren kleinen Bruder über alles, aber seine Entscheidung für eine vollkommen unsichere, um nicht zu sagen perspektivlose Zukunft hatte sie nicht wirklich verstanden.

»Meine Mutter arbeitet in einem kleinen Zuliefererbetrieb«, sagte sie und schluckte den kurzen Geschmack von

Bitterkeit herunter. Ihre Mutter hätte so viel mehr werden können, aber durch die frühe Schwangerschaft und den Tod ihres Mannes hatte sie plötzlich allein mit einem vierjährigen Kind dagestanden und ihre Schwiegereltern, die schon vorher nichts von ihr gehalten hatten, vermochten nicht einmal, so zu tun, als würden sie sich genug für sie oder Theresa interessieren, um sie zu unterstützen. Also hatte ihre Mutter jede Arbeit angenommen, die Geld brachte und sich irgendwie mit der Rolle als alleinerziehender Mutter vereinbaren ließ. Eine Weile hatte sie sich tapfer geschlagen, aber dann war eine Zeit gefolgt, über die sie nur selten sprachen und die Theresa und Philipp insgeheim als *die Schattenjahre* bezeichneten und die mit Unterbrechungen angedauert hatte, bis Theresa bereits Studentin gewesen war.

Schließlich war es ihrer Mutter mit etwas Glück gelungen, eine Stelle in einem kleinen Zulieferbetrieb zu ergattern, zunächst in der Produktion, bis ihr Chef erkannt hatte, dass sie an anderer Stelle sinnvoller eingesetzt werden konnte. Sie hatte sich so weit nach oben gearbeitet, wie es ihr ohne die entsprechende Ausbildung möglich gewesen war, aber seit ihrer Erkrankung und deren Fortschreiten arbeitete sie nur noch in Teilzeit.

»Oh«, sagte Charlotte. »Dann kommen Sie nicht aus einer Akademikerfamilie?«

»Nein«, schüttelte Theresa den Kopf und verdrängte den Gedanken an die Eltern ihres Vaters.

Einen kurzen Augenblick schien es, als sei Charlotte enttäuscht, aber dann hellte sich ihre Miene auf. »Na, umso mehr Grund, stolz auf alles zu sein, was Sie sich erarbeitet haben, Theresa. Harte Arbeit wird doch immer belohnt.«

Theresa nickte und nahm einen Schluck von ihrem Tee.

»Sagen Sie, wie groß ist Ihre Kanzlei eigentlich?«

»Wie groß? Wir sind drei Partner, also Teilhaber, und ein paar Angestellte. Wieso?«

»Ach, meine Klassenkameradinnen waren gestern hier. Wir sind alle verwitwet und haben viel Zeit, und mittwochs spielen wir immer Bridge. Ich habe natürlich von Ihnen erzählt«, sagte Charlotte und obwohl sie bereits sehr aufrecht saß, schien sie noch einige Zentimeter an Größe zu gewinnen. »Meine Freundinnen waren sehr beeindruckt. Zwei haben nämlich selbst auch Mieter, aber das sind Handwerker.« Sie winkte ab und Theresa unterdrückte das Lachen, das in ihr aufsteigen wollte. »Ich meine, das könnte ja grundsätzlich ganz praktisch sein, wenn mal was im Haus zu machen ist, aber das sind Junggesellen«, fügte sie pikiert hinzu, »da muss man ja Angst haben, wie es in den Wohnungen nachher aussieht.« Theresa konnte ihr Lachen nicht mehr unterdrücken und Charlotte zwinkerte ihr amüsiert zu. »Sie müssen mir meine Macken nachsehen, Theresa. Aber wenn Sie in mein hohes Alter kommen, haben Sie jede einzelne entweder lieb gewonnen oder erfolgreich verdrängt. Und ein bisschen angegeben habe ich schon immer gern.«

Theresa hob ihre Tasse scherzhaft. »Es sei Ihnen gegönnt.«

Charlotte erwiderte die Geste und sie nahmen beide einen Schluck von ihrem Tee. »Aber an Alleinstehende würde ich trotzdem nicht vermieten. Da bringt mich niemand von ab.« Zur Betonung stellte sie die Tasse scheppernd auf der Untertasse ab. »Aber jetzt will ich Sie mal nicht weiter auf die Folter spannen, Theresa. Kommen Sie, wir schauen uns die Wohnung an.«

Theresa nickte überrascht. Sie hätte gedacht, Charlotte würde den eigentlichen Anlass für ihren Besuch noch ein wenig länger herauszögern. Sie schien die Aufmerksamkeit und das Gespräch zu genießen.

Stattdessen erhoben sie sich und gingen zur Haustür, wo Charlotte einen Satz Schlüssel von einem Haken nahm und dann vorausging, einmal um die Vorderseite des Hauses herum und zu einer Treppe, die seitlich am Haus hinaufführte. Hier gab es auch einen Durchgang, der wohl zum hinteren Garten führte. Theresa nahm sich vor, noch einen Blick hineinzuwerfen, wenn sie wieder herunterkamen.

Charlotte war bereits die ersten Stufen hinaufgegangen. »Die Wohnung ist an sich noch gut in Schuss, aber sie hat natürlich lange leergestanden. Hier und da müsste vielleicht etwas frische Farbe drauf.« Oben angekommen schloss Charlotte zunächst ein Sicherheitsschloss auf und dann das eigentliche Türschloss. »Dann mal hereinspaziert«, sagte sie und bedeutete Theresa voranzugehen. Sie betraten einen längeren Flur, von dem mehrere Zimmer abzweigten. »Hier links sind das Bad und die Küche«, erläuterte Charlotte und ging nun doch wieder an Theresa vorbei und voran. »Wegen der Wasseranschlüsse wurden die Zimmer nebeneinander gelegt. Und gegenüber sind das Schlafzimmer und ein kombiniertes Wohn- und Esszimmer.«

Theresa warf einen Blick in die Küche. Wie sie es schon erwartet hatte, war alles absolut sauber und ordentlich, sodass wohl auch eine genauere Suche kein einziges Staubkörnchen zutage gefördert hätte. Was sie aber überraschte, war, dass die Küche nicht nur vollkommen unbenutzt schien, sondern auch auf dem neuesten Stand der Technik.

»Sagten Sie nicht, die Wohnung habe lange leer gestanden?«

»Oh ja. Wir sind dreiundsiebzig runter ins Haus gezogen und mein Schwiegervater hat dann noch ein paar Jahre hier oben gewohnt. Aber in neunundsiebzig ist er dann gestorben, und seitdem ...« Charlotte deutete auf die ansonsten leeren Zimmer und drehte sich dann wieder zu Theresa herum.

Theresa betrat die Küche und wies auf den Induktionsherd. »Aber das ist eine brandneue Küche, Charlotte.«

Charlotte hüstelte und ihre Miene schien sich kurz zu verfinstern. »Na ja, vor einer Weile sah es so aus, als würde meine Enkeltochter hier einziehen. Also habe ich schon mal ein bisschen was machen lassen.« Sie blickte auf den Herd. »Die alten Geräte reichen den jungen Leuten ja nicht mehr. Das Bad habe ich auch herrichten lassen.«

Theresa hielt es für sicherer, keine Fragen zu stellen und zu warten, bis Charlotte von allein fortfuhr.

»Na ja, daraus ist dann nichts geworden. Aber ich konnte die Sachen ja schlecht zurückgeben.« Sie rümpfte die Nase und wandte sich ab. »Die übrigen Zimmer sind unmöbliert. Kommen Sie«, rief sie über ihre Schulter und Theresa folgte ihr.

Vom Flur aus warf sie noch einen Blick ins Bad und auch hier war alles nagelneu, von der Duschkabine über den Waschtisch und die Armaturen bis hin zu dem großen Spiegelschrank. Das Schlafzimmer wirkte hell und ging auf den hinteren Garten hinaus, auf den Theresa nun endlich ihren ersten Blick werfen konnte. In der Tat war er in etwa genauso groß wie der vordere Garten. Auch hier wirkte alles gut gepflegt und durchdacht angelegt. Die großen Büsche und einige Bäume sorgten für einen natürlichen Sichtschutz, ohne den Garten selbst einzuengen oder ihm Licht zu nehmen. Unter einer

Buche standen ein hölzerner Tisch und ein paar Stühle. Als Nächstes gingen sie ins Wohnzimmer, das ebenfalls nach hinten heraus ging und zu beiden Seiten große Fenster hatte. Theresa war begeistert.

»Tja, und hier ist noch ein Arbeitszimmer«, sagte Charlotte und wies auf das letzte Zimmer. Sie sah Theresa vielsagend an. »Oder ein Kinderzimmer.«

»Tut mir leid, dass ich es nicht geschafft habe.« Carolin ließ sich müde neben sie auf die Couch fallen.

Als Theresa im Anschluss an den Besuch bei Charlotte nach Hause gekommen war, war Carolins Stellplatz in der Tiefgarage noch immer leer gewesen. Sie hatte ihr eine Textnachricht geschickt und war hinauf in die Wohnung gegangen, um sich nach einer kurzen Dusche mit ein paar Akten auf der Couch einzurichten. Dort hatte sie noch immer gesessen, als Carolin vor einer Minute zur Tür hereingekommen war.

»Schon okay. Aber du hast was verpasst.« Sie saß mit angezogenen Beinen, den Rücken gegen die Seitenstütze des Sofas gelehnt.

Carolin hob die Brauen und sah sie fragend an.

»Ein kleines Verhör, mehr Vorurteile«, zählte Theresa auf, »und schließlich die Wohnungsbesichtigung.« Sie senkte die Stimme, als wollte sie ein Geheimnis teilen. »Handwerkern, insbesondere wenn sie Single sind, kann man offenbar nicht zutrauen, eine Wohnung in Schuss zu halten.« Sie zwinkerte. »Offensichtlich lassen die Junggesellen in den

Mietswohnungen von Charlottes Freundinnen es richtig rundgehen.«

Carolin schmunzelte. »Alleinstehende Handwerker, ja?« Der Klingelton ihres Handys ertönte, und sie warf einen müden Blick in Richtung des Gerätes, das mit leuchtendem Display auf dem Tisch lag, reagierte aber nicht weiter.

»Deine Eltern«, stellte Theresa fest, nachdem sie ebenfalls auf das Display geschaut hatte. »Willst du nicht rangehen?«

Aber Carolin schüttelte nur den Kopf. »Ich rufe sie später zurück.« Sie wandte sich wieder Theresa zu. »Wie war sie denn, die Wohnung?«

»Wirklich schön. Heller als ich gedacht hätte. Küche und Bad sind nagelneu, die Räume gut geschnitten und im Grunde guckt man von jedem Zimmer in einen der Gärten.«

»Du klingst überrascht«, sagte Carolin, während sie Theresas Füße in ihren Schoß zog und sanft zu massieren begann.

»Um ehrlich zu sein, ich hatte mit einer Einrichtung im Sechziger- oder Siebzigerjahrestil gerechnet, mit alten Möbeln, die wir übernehmen oder ausräumen müssten, und mit Sanierungsbedarf in Küche und Bad.«

Carolin lachte. »Und du wolltest trotzdem unbedingt einziehen?«

Theresa zuckte nur mit den Achseln und genoss die unerwartete Fußmassage.

»Okay«, stellte Carolin amüsiert fest. »Und habt ihr schon ein Datum für den Umzug vereinbart?«

Theresa hob erstaunt die Brauen. Entgegen ihrer flapsigen Bemerkung zu Sebastian hatte sie damit gerechnet, dass Carolin zumindest versuchen würde, ihr die Sache auszureden. Dass sie nicht begeistert wäre von der Idee, bei all dem Stress zurzeit auch noch einen Umzug zu planen. »Äh, nein«, sagte sie überrascht.

»Aber ihr seid euch grundsätzlich einig«, sagte Carolin und ließ ihre Fingerknöchel mit angenehmem Druck Theresas Fußsohle hinunter bis zur Ferse gleiten.

»Ich denke schon. Aber sie will dich nach wie vor erst noch kennenlernen.«

»Wenn du einen Termin findest, nur zu. Aber du weißt selbst, wie es bei mir im Augenblick aussieht.«

»Kein Problem«, versicherte Theresa. »Ich kümmere mich um alles und wenn es soweit ist, übernehme ich auch alles von der Planung bis zum Ein- und Auspacken. Du wirst gar nicht merken, dass wir umgezogen sind.«

Carolin lachte. »Na, ich hoffe doch. Sonst stehe ich hier irgendwann bei wildfremden Leuten vor der Tür.«

»Ich programmiere dein Navi rechtzeitig um.«

»Perfekt«, sagte Carolin und Theresa stöhnte, als Carolins Daumen auf einen besonders empfindlichen Punkt ihrer Fußsohle trafen.

»In der Tat.«

Und Carolin lachte leise.

# JUNI

# 4

Heftige Regenschauer prasselten auf die Straße und den Gehweg vor dem Amtsgericht und Theresa beschloss, dass sie noch etwas länger warten konnte. Sie hasste es, zu spät zu kommen, aber völlig durchnässt in einer Vorverhandlung in den Räumen der Gegenseite zu sitzen, war auch kein Vergnügen. Also blieb sie im Innenbereich stehen und schaute durch die dicken Glasscheiben hinaus.

Nach dem warmen Mai hatte der Juni mit einigen Regentagen begonnen, gefolgt von einer ersten Hitzewelle. Teilweise heftige Gewitter hatten in den vergangenen Tagen dann wieder Regen mit sich gebracht und heute schien sich das Wetter weder auf Sonne noch auf Regen festlegen zu wollen.

Theresa zog ihr Handy hervor und tippte eine eilige Nachricht an ihre Assistentin. Wenn sie schon zu spät kommen würde, dann wenigstens entschuldigt. Sie hatte die Mail an Sandra gerade abgeschickt, als sie eine Hand auf ihrer Schulter spürte.

»Na du?« Sie drehte den Kopf und sah Sebastian neben sich treten. »Hast du wieder am Rathaus geparkt?«

»Karlsplatz«, räumte sie ein. »Ich verbringe schon genug Zeit in geschlossenen Räumen, da bin ich dankbar für jeden Schritt an der frischen Luft.« Sie sah skeptisch in den wolkenverhangenen Himmel.

»Ich habe noch eine Verhandlung, aber ich habe den Praktikanten dabei«, erklärte Sebastian und wies mit dem Daumen über seine Schulter. »Der kann dein Auto doch holen.«

Theresa wusste, er meinte es zumindest teilweise ernst, und sie setzte eine vorwurfsvolle Miene auf. »Hat er einen Führerschein?«

»Ja.«

»Dann bring ihm doch etwas bei, das er noch nicht kann.«

»Wo ist denn da der Spaß?«, fragte Sebastian zurück und sie musste lachen, während der Regen draußen langsam nachließ.

»Wie macht er sich denn so?«

»Unser Praktikant?« Sebastian schob sich die Brille zurecht und schüttelte den Kopf. »Ich weiß nicht, was sich Alexander gedacht hat, aber der junge Mann ist eine völlige Fehlbesetzung. Ich tue ihm wahrscheinlich noch einen Gefallen, wenn ich ihn als Chauffeur trainiere.«

Theresa verdrehte die Augen. »Du weißt ganz genau, was sich Alexander gedacht hat. Und ich habe dich gewarnt.«

Sebastian seufzte. »Ja, ja, ich weiß. Die Söhne von Mandantinnen als Gefälligkeit zu beschäftigen, ist keine gute Idee.« Theresa sagte nichts, ließ ihren Blick aber für sich sprechen. »Nächstes Mal sage ich Alexander, er soll das mit dir klären.«

Theresa lachte. »Alexander weiß, was ich dazu zu sagen habe. Was meinst du, warum er dich gefragt hat?«

Sebastian schaute auf seine Schuhe. »Okay, okay, ich hab es ja verstanden.«

»Bestens.«

»Was macht der Umzug?«, wechselte Sebastian das Thema.

»Eigentlich gut. Die Möbelpacker sind bestellt, die alte Wohnung ist gekündigt, im Juli wird umgezogen.«

»Glückwunsch.«

»Danke.« Theresa zog den Schulterriemen ihrer Tasche zurecht.

»Und was läuft nicht nach Plan?«, fragte Sebastian, der sie einfach zu gut kannte.

Theresa sah ihn grimmig an. »Der Mietvertrag für die neue Wohnung ist immer noch nicht unterschrieben.«

Sebastian schaute sie einen Augenblick an, dann prustete er los. »Entschuldige, aber das muss dich doch zur Verzweiflung bringen. Ausgerechnet du?« Er lachte erneut. »Kannst du überhaupt noch ruhig schlafen?«

»Sehr witzig«, gab Theresa zurück. »Charlotte besteht darauf, Carolin vorher zu treffen, und wir haben es immer noch nicht geschafft, einen Termin zu finden. Wusstest du, dass Senioren beschäftigter sind als wir?«

»Oh ja, Gott sei Dank sind sie das. Sonst müsste ich wesentlich mehr Zeit mit meinen alten Herrschaften verbringen.«

Theresa schüttelte den Kopf. Sie schien die Einzige zu sein, die über freie Zeit verfügte. Anfangs war nur Carolin das Problem gewesen, aber mittlerweile schien auch Charlotte in einer Tour unterwegs zu sein oder selbst Besuch zu empfangen. Zumindest hatte sie diverse Terminvorschläge von Theresa abgelehnt, sodass sie sich nun – wenn es dabei blieb – erst wenige Tage vor dem Umzugstermin zusammensetzen würden.

»Und du hast wirklich die alte Wohnung gekündigt, bevor du den neuen Vertrag unterschrieben hast?«, fragte Sebastian ungläubig.

Theresa nickte. »Schweren Herzens.« Sie wäre natürlich nie auf die Idee gekommen, wenn nicht ihr alter Vermieter in Aussicht gestellt hätte, ihnen die bei Auszug fällige Renovierung zu erlassen und einer kurzfristigen Kündigung zuzustimmen, wenn sie die Wohnung noch im Juli räumen würden. Je früher desto besser. Er musste seine pflegebedürftige Mutter unterbringen und die Wohnung dafür ohnehin umbauen lassen. Also hatte Theresa gegen jeden anwaltlichen Instinkt zugestimmt. Sie hatte sich schwergetan, die Kündigung der alten Wohnung zu unterzeichnen und eine geschlagene halbe Stunde vor dem Dokument gesessen, ehe sie sich dazu durchgerungen hatte, ihren Namen darunter zu setzen. Carolin hingegen hatte wortlos und ohne es noch einmal durchzulesen unterschrieben.

»Manchmal bist du tatsächlich für eine Überraschung gut«, lachte Sebastian.

»Was tue ich nicht alles, um dich zu unterhalten.«

Sebastian setzte eine ergriffene Miene auf und legte eine Hand auf seine Brust. »Sag Bescheid, wenn ihr Hilfe braucht«, sagte er dann.

»Wozu? Schickst du den Praktikanten?«

»Genau.«

Theresa schüttelte den Kopf, lachte aber. Sie würde keine Hilfe brauchen. Sie hatte alles generalstabsmäßig geplant und ein Umzugsunternehmen beauftragt, das nicht nur die kompletten Möbel ab- und wieder aufbauen würde, sondern auch beim Ein- und Auspacken der Kisten helfen würde. Zumindest jene, die Theresa nicht persönlich handhaben musste. Die nach Alphabet sortierten Bücher etwa, die Küchenutensilien oder auch ihre CD-Sammlung ließen sich mit entsprechenden Beschriftungen problemlos an die bezahlten Helfer delegieren. Ihre Kleidung hingegen und natürlich ihre privaten und geschäftlichen Unterlagen wollte Theresa nicht in die Hände Fremder geben.

»Ich denke, wir kommen klar«, sagte sie und stellte zufrieden fest, dass der Regen schon wieder schwächer wurde. Sie überlegte, wie lange sie wohl um diese Zeit durch die Stadt brauchen würde.

»Na schön, ich muss los. Sehen wir uns nachher noch?«, fragte Sebastian.

»Das kommt darauf an, wolltest du nicht Golf spielen gehen?«

»Nach den Schauern heute? Ich will mir doch nicht die Schuhe ruinieren.«

Theresa warf ihm einen belustigten Blick zu. »Dann ja. Ich habe noch einen externen Termin, aber danach komme ich wieder rein.«

Sebastian nickte und winkte zum Abschied. Theresa sah ihm einen Augenblick nach und drehte sich dann wieder in Richtung Vorplatz um. Gerade brach die Sonne durch die ansonsten dichte Wolkendecke und kurz darauf schimmerte ein blasser Regenbogen am Himmel. Sie zog ihr Handy hervor und machte eine Aufnahme, die sie mit dem Zusatz *Love is in the air* an Carolin schickte. Dann schob sie das Gerät zurück in ihre Tasche. Sie rechnete nicht mit einer Antwort.

In den vergangenen Tagen war Carolin tagsüber noch schwerer zu erreichen gewesen als üblich, und auch sonst hatte Theresa ein vages Gefühl, dass irgendetwas nicht stimmte. Sie konnte absolut nicht sagen, was, und Carolin hatte ihr versichert, dass alles in Ordnung sei. Aber hin und wieder wirkte sie irgendwie anders, vielleicht noch ein bisschen müder als sonst, abwesend, selbst wenn sie da war, bemüht, aber nicht völlig bei der Sache. Theresa war unsicher gewesen, hatte es aber schließlich auf den Stress geschoben, den Carolin zurzeit an der Arbeit hatte.

Vor ein paar Tagen hatte Carolin sie dann überraschend in der Kanzlei abgeholt und sie waren spontan aus der Stadt gefahren und hatten in einem alten Landgasthof zu Abend gegessen. Carolin hatte müde gewirkt, aber gesprächig, und sie hatten über das bald anstehende alljährliche Sommerfest ihrer Eltern gesprochen, die ebenfalls nahende Geburt ihrer Nichte und die dezenten Hinweise ihrer Mutter, ob sie nicht auch endlich für Nachwuchs sorgen wollten. Carolins Familie lebte in Wiesbaden und obwohl geografisch nicht weit entfernt, waren die Besuche rar gesät und eher Pflichtübung als Vergnügen. Theresas Familiengeschichte mochte ihre dunklen Kapitel haben, aber Carolins Anhang entpuppte sich hinter der Bilderbuchfassade als wenig besser. Nur anders.

Sie hatten im Freien sitzen können und ein herrliches Abendessen genossen und Theresa hatte sich rundherum zufrieden gefühlt. Bis sie von der Toilette zurückgekehrt war und Carolin in einem vermeintlich unbeobachteten Moment am Tisch hatte sitzen sehen. Die Schultern schwer herabhängend, den Kopf tief in die Hand gestützt hatte sie ins Leere gestarrt, ihre Züge so traurig und so verloren, dass Theresa einen Stich bis ins Mark verspürt hatte. Sie war zu ihr gegangen, aber kaum, dass sie sich dem Tisch genährt hatte, war Carolin wie ausgewechselt gewesen, ihr Rücken gerade, ihr Gesicht fröhlich, und Theresa hatte sich gefragt, ob sie an Sinnestäuschungen litt. Sie war nicht mehr sicher gewesen, ob sie wirklich gesehen hatte, was sie geglaubt hatte, zu sehen, und da ihr auch kein Grund eingefallen war, warum Carolin sich so hätte verstellen sollen, hatte sie nichts gesagt. Sie hatten noch eine Weile gesessen und es war schön gewesen und sie waren erst aufgebrochen, als die Sonne bereits untergegangen war.

Theresa blinzelte. Endlich fielen draußen nur noch vereinzelte Tropfen auf den Asphalt. Sie trat hinaus ins Freie und ging in Richtung Fußgängerampel, um die mehrspurige Hauptstraße überqueren und zu ihrem Auto laufen zu können. Einen Blick auf ihre Armbanduhr werfend überschlug sie im Kopf, wie sehr sie sich verspäten würde.

Als sie nach einem langen Nachmittag endlich nach Hause kam, war Carolin noch nicht da. Sie hatte kurz geschrieben, dass sie noch einen späten Termin reinbekommen hatte und nicht sagen konnte, wie spät es werden würde.

Theresa hatte zu Abend gegessen, ihre To-do-Liste für den rasch nahenden Umzug vervollständigt und es sich dann wie üblich auf der Couch gemütlich gemacht. Sie hatte gerade den Fernseher ausgeschaltet und ein Buch zur Hand genommen, als sie Carolin zur Tür hereinkommen hörte. Sie vernahm die vertrauten Geräusche hoher Absätze durch den Flur und bis zur Garderobe.

»Hey«, rief sie, ohne von ihrem Buch aufzusehen, »deine Eltern haben schon wieder angerufen. Hast du immer noch nicht zurückgerufen?« Die Nachricht hatte sie beim Heimkommen auf dem Anrufbeantworter erwartet und sie hatte belustigt gedacht, dass Carolins Eltern wahrscheinlich der einzige Grund waren, weshalb sie überhaupt noch einen Festnetzanschluss hatten. Selbst ihre Mutter rief inzwischen immer auf dem Handy an.

Aus dem Flur war lediglich ein Geräusch zu hören, als wäre etwas zu Boden gefallen, dann ein paar unsichere Schritte und schließlich das Tapsen barer Füße. Theresa sah überrascht auf und erschrak, als Carolin schließlich im Türrahmen erschien. »Wie siehst du denn aus?«

Carolin war aschfahl und leicht vornübergebeugt. Sie versuchte, zu lächeln, aber es wirkte maskenhaft, beinahe grotesk. Ihr sonst auch um diese Tageszeit noch makelloses Make-up war fast spurlos verschwunden und ihre Augen wirkten glasig. Eine Hand lag vor ihrem Magen. »Ich muss etwas Schlechtes gegessen haben«, murmelte sie. Auch ihre Stimme war schwach und matt. Sie wandte sich in Richtung Schlafzimmer. »Ich lege mich hin.«

Theresa erhob sich und ging ihr nach. »Ist dir schlecht? Brauchst du etwas?«

Carolin winkte ab, hielt sich dann aber die Hand vor den Mund und eilte ins Bad, wo sie es gerade noch bis zur Toilette schaffte, ehe sie sich erbrach.

Theresa kniete sich neben sie und hielt ihr eine Hand unter die Stirn, während sie die andere in leichten Kreisen über ihren Rücken fahren ließ.

Als Carolin nur noch trocken würgte, erhob sich Theresa und hielt, während hinter ihr die Spülung betätigt wurde, ein Handtuch unter kaltes Wasser.

»Hier«, sagte sie und drückte es Carolin in die Hand, die es sich dankbar in den Nacken legte und erschöpft gegen die Badezimmerwand sank.

»Danke.«

Theresa setzte sich schräg neben sie und strich ihr sanft über die Schulter und den Oberarm. »Besser?«, fragte sie und Carolin nickte schwach, die Augen geschlossen. »Wo kommst du denn jetzt erst her?«

»Lutz und Blum haben im Anschluss an das Meeting noch ins Restaurant eingeladen.«

»Die Equity-Partner?«

Carolin nickte wieder und Theresa seufzte. Kein Wunder, dass es so spät geworden war. Niemand wollte ein Abendessen als Erster verlassen, bei dem die teilhabenden Partner der Kanzlei zugegen waren. Nicht wenn man selbst darauf aus war, Partner und vielleicht eines Tages Teilhaber zu werden.

»Meinst du, das war alles?«, fragte sie mit einem Blick in Richtung Kloschüssel und fühlte reflexhaft Carolins Stirn, die ihr zuvor eiskalt vorgekommen war, jetzt aber fast wieder Normaltemperatur zu haben schien.

»Denke schon.«

»Okay.« Theresa erhob sich und füllte ein Glas mit Wasser, das sie Carolin in die Hand drückte. »Hier.« Dann half sie ihr auf die Beine und führte sie ins Schlafzimmer, wo sie ihr beim Ausziehen half. »Versuch zu schlafen, ja?«

Carolin nickte schwach und nahm noch einen kleinen Schluck Wasser, ehe sie das Glas auf den Nachttisch stellte. Sie legte sich hin und Theresa deckte sie mit der leichten Sommerdecke zu.

»Und wenn es morgen früh nicht besser ist, melde ich dich persönlich krank.«

Carolin antwortete nicht und Theresa drückte ihr einen Kuss auf die Stirn, strich ihr eine lose Strähne aus dem Gesicht und sah sie noch einen Moment an. Dann ging sie hinaus, die Tür ließ sie offen.

Im Wohnzimmer angekommen atmete sie tief durch und warf einen Blick auf die Uhr. Dann räumte sie ihre Sachen zusammen, löschte das Licht und ging leise zurück ins Schlafzimmer.

Carolin schien eingeschlafen zu sein und als Theresa wenig später aus dem Bad kam und neben ihr ins Bett schlüpfte, hatte sie sich auf der Seite zusammengerollt und atmete tief und ruhig. Theresa hatte das starke Bedürfnis, sie in den Arm zu nehmen.

Sie drehte sich auf den Rücken und fragte sich, was Carolin wohl so auf den Magen geschlagen war. Aber wahrscheinlich war es einfach der Stress der vergangenen Wochen und Monate. Sie mussten endlich Urlaub machen, ausspannen, runterkommen.

Sie dachte an den bevorstehenden Umzug und presste die Lippen zusammen. In all diesem Durcheinander noch für zusätzlichen Stress zu sorgen, war idiotisch gewesen, auch wenn sie noch so gut geplant hatte.

Sie legte sich auf die Seite und betrachtete Carolin, die sich nicht einen Millimeter bewegt hatte und weiterschlief, ihr Atem ruhig, ihre Gesichtsfarbe langsam wieder normal. »Es tut mir leid«, flüsterte Theresa kaum hörbar und streckte unter der Decke den Arm aus. Sie tastete vorsichtig nach Carolins Hand und umschloss sie fest mit der ihren.

Theresa nahm die Tasse Kaffee mit hinüber an den kleinen Bartisch, an dem sie sich mit ihrem Laptop niedergelassen hatte. Ein Slider auf voller Bildschirmgröße spielte noch immer die Bilder einer Hotelanlage ab und lockte mit scheinbar endlosen Stränden, schier gemalten Sonnenauf- und -untergängen, klarblauen Pools und stilsicher eingerichteten Zimmern. Die Idee, einen Urlaub zu buchen und Carolin nachher damit zu überraschen, war ihr in der Nacht gekommen.

Sie hatte unruhig geschlafen und war schließlich hochgeschreckt. Das Bett neben ihr war leer und aus dem Bad das Brummen der elektrischen Zahnbürste zu hören gewesen. Sie hatte sich auf die Seite gedreht und als Carolin kurz darauf zurück ins Bett gekommen war, hatte sie sich wortlos mit dem Rücken an Theresas Vorderseite gepresst und nach hinten gelangt, um Theresas Arm fest um sich zu ziehen.

So waren sie eingeschlafen und so hatten sie auch am Morgen noch dagelegen, beide wach, bevor ihre jeweiligen Alarme sie hatten wecken können. Und Theresa hatte mit sich gerungen, die Aussicht, einfach so liegen zu bleiben, still, aber ganz nah beieinander, war so verlockend gewesen. Aber ihr Terminkalender war voll gewesen und Carolins zweifellos auch. Also hatte sie sich schließlich bewegt und ihren Arm zurückgezogen und Carolin hatte sich zu ihr herumgedreht, dieselbe Sehnsucht in ihren Augen, aber auch dieselbe Resignation. Und als Carolins Lippen sich bewegt hatten, um etwas zu sagen, hatte Theresa ihre Finger über sie gelegt. »Heute Abend«, hatte sie geflüstert, ihre Stimme seltsam rau und kratzig. »Okay?«

Carolin hatte kurz gezögert und dann genickt und Theresa hatte sich schließlich losgerissen. »Kann ich zuerst?«, hatte sie gefragt und war nach Carolins zustimmendem Nicken aufgestanden und ins Bad geeilt, um zu duschen und sich fertig zu machen.

Am Ende war sie pünktlich in der Kanzlei gewesen. Sie hatte ihre Termine abgearbeitet, Anhörungen im Gericht wahrgenommen und nach einer anstrengenden Verhandlungsrunde zu einem komplizierten Erbstreit beschlossen, den Rest ihrer Arbeit mit nach Hause und ins Wochenende zu nehmen. Sie hatte ihr übliches Programm im Fitnessstudio ausnahmsweise etwas abgekürzt und jetzt saß sie seit einer halben Stunde in ihrer Küche über Urlaubsangeboten und Hotelwebsites, anstatt eine Antragsbegründung fertigzustellen, die für heute auf ihrer To-do-Liste stand. Sie warf einen Blick auf die Uhr. Wenn sie sich beeilte, konnte sie immer noch beides schaffen, bevor Carolin nach Hause kam.

Sie beendete den Slider, verwandte noch ein paar Minuten, um sicherzugehen, dass sie keine Alternativen übersehen hatte, glich ein letztes Mal ihre digitalen Kalender ab und legte sich dann fest. Rasch öffnete sie ihr Mailprogramm und bat ihre Ansprechpartnerin im Reisebüro, bei der sie alle ihre Urlaube buchte, ihr ein Angebot für das entsprechende Hotel im angegebenen Zeitraum zu machen.

Sie lehnte sich zurück und nahm einen vorsichtigen Schluck von ihrem Kaffee. Dann stand sie auf und streckte sich gegen die bleierne Müdigkeit in ihren Gliedern. Urlaub war definitiv die richtige Idee. Der letzte lag zu lange zurück. Dabei fiel ihr ein, dass sie noch einen Blick auf die Unterlagen zu ihrer Reiserücktrittsversicherung werfen sollte.

Sie ging in das kleine Arbeitszimmer, das hauptsächlich von Carolin genutzt wurde, weil Theresa die Helligkeit des

Wohnzimmers oder der Küche bevorzugte. Sie zog einen Ordner aus dem Regal, der die Aufschrift *Versicherungen* trug, und blätterte, bis sie die entsprechenden Unterlagen gefunden hatte. Alles war in bester Ordnung.

Auf dem Weg zurück zur Tür hob sie zwei Bögen Papier auf, die zwischen Schreibtisch und Mülleimer auf den Boden gefallen waren. Sie stellten sich als ein an Carolin adressiertes Schreiben der Stadt heraus, in dem sie aufgefordert wurde, innerhalb der nächsten Tage das Bußgeld für die festgestellte Ordnungswidrigkeit, das Parken ohne Parkticket, zu begleichen. Theresa schüttelte belustigt den Kopf. Sie nahm sich vor, Carolin nicht nur an die Zahlung des Bußgeldes zu erinnern, sondern ihr später auch von ihrem eigenen Knöllchen zu berichten, das sie als Dank für ihre hilfreiche Tat im Supermarkt erhalten hatte. Sicher würde es sie erheitern, dass ausgerechnet Theresa für Falschparken aufgeschrieben worden war.

Sie strich das Schreiben glatt und öffnete den Schreibtisch, einen alten Sekretär, den sie Carolin zum Abschluss ihres ersten eigenen Mandats geschenkt hatte. Sie legte das Schreiben auf die Arbeitsplatte und wollte den Sekretär bereits wieder schließen, als ihr Blick auf einen dicken, längsseitig einmal gefalteten und leicht geknitterten DIN A4-Umschlag fiel. Er trug das Logo einer ihr bekannten Kanzlei und nach kurzem Zögern griff sie danach und zog einen Stoß Papiere heraus.

Als sie eine gute Stunde später die Schlüssel im Türschloss hörte, sah Theresa überrascht auf die Uhr. Kurz nach fünf. Sie konnte sich nicht erinnern, wann Carolin zuletzt so früh nach Hause gekommen war. Aber was war schon noch so, wie sie es kannte.

»Hey«, hörte sie Carolin aus dem Flur rufen, das Klirren der Schlüssel in der kleinen Schale, das dumpfe Poltern der abgestellten Tasche. Kurz darauf vertraute Schritte, die erst ins Wohnzimmer und dann in die Küche steuerten, wo Theresa noch immer an dem kleinen Bartisch saß, ein Glas Wein und die Papiere aus Carolins Schreibtisch vor sich.

»Hey«, wiederholte Carolin, als sie die Küche betrat. Sie sah besser aus, eine gesunde Gesichtsfarbe und ein tadelloses Äußeres, die Entschlossenheit zurück in ihrem Gang. »Ich dachte, ich mache mal früher Schluss«, sagte sie mit einem leichten Achselzucken und einem vorsichtigen Lächeln. »Ich dachte –«

»Wolltest du mir hiervon erzählen?«, unterbrach Theresa sie und hielt eines der Papiere hoch.

Carolin hielt in der Bewegung inne und sah verständnislos auf den weißen DIN A4-Bogen.

»Warum hast du einen Arbeitsvertrag von einer anderen Kanzlei in deinem Schreibtisch? Einem eurer größten Konkurrenten«, setzte Theresa nach und sah, wie Carolin kurz zusammenzuckte, ehe sie tief Luft zu holen und sich zu wappnen schien.

»Weil sie mir ein Angebot gemacht haben«, sagte sie schließlich tonlos.

Theresa warf ihr einen verächtlichen Blick zu und nahm den kompletten Stoß Papiere in die Hand. »Das hier ist kein

Angebot, Carolin. Verkauf mich bitte nicht für dumm. Das ist ein detailliert ausgehandelter Arbeitsvertrag.« Sie hatte die letzte Stunde damit verbracht, ihn wieder und wieder durchzugehen, und wusste genau, welche Stellen sprichwörtlich Carolins Handschrift trugen. »Das sind keine Standardklauseln.« Sie ließ die Papiere sinken und sah Carolin eindringlich an. »Erklär es mir.«

Aber Carolin wich ihrem Blick aus, plötzlich seltsam unsicher wirkend. Einen Augenblick stand sie in ihrer gemeinsamen Küche, als wüsste sie nicht, wie sie dorthin gekommen war.

»Bitte«, wiederholte Theresa. »Erklär es mir.«

Carolin schien mit sich zu ringen, aber sie blieb stumm, die Arme vor der Brust verschränkt, ihr Blick unruhig umherirrend, ehe er dann doch wieder auf Theresas traf.

»Erklär mir, warum du plötzlich weg willst«, versuchte Theresa es erneut, »und warum ausgerechnet nach München? Du hasst München. Und was ist mit der Kanzlei, mit der Partnerschaft, mit allem, was du dir hier aufgebaut hast?« *Mit mir*, wollte sie wirklich fragen, brachte die Worte aber nicht heraus.

Carolin lachte bitter auf. »Ist das deine Sorge? Meine Karriere?«

Theresa schaute sie irritiert an. Sie schüttelte den Kopf und breitete die Arme aus. »Okay – was ist mit uns?«, fragte sie nun doch.

»Uns?«, wiederholte Carolin und sah sie mit einem beinahe mitleidig wirkenden Ausdruck an. »Uns, Theresa? Wirklich?«

Theresa verstand nicht und es schien ihr deutlich ins Gesicht geschrieben, denn Carolin winkte ab.

»Schon gut.« Sie wandte sich ab und ging ein paar Schritte in Richtung Flur, aber Theresa sprang auf und folgte ihr.

»Nichts ist gut. Sagst du mir bitte, was hier los ist?« Carolin drehte sich wieder zu ihr herum, sagte aber nichts und Theresa hob frustriert die Hände. »Ich verstehe es nicht.« Sie deutete ein Kopfschütteln an und trat ganz dicht an Carolin heran. »Was passiert hier?«, fragte sie, leise, behutsam, ihre Stimme beinahe ein Flüstern.

Carolin seufzte und sah sie traurig an. »Ich kann nicht mehr«, gab sie ebenso leise zurück.

Theresa schüttelte erneut den Kopf und tastete vorsichtig nach Carolins Gesicht, umfasste es sanft mit beiden Händen. »Was kannst du nicht mehr?«

Für einen Moment schien Carolin nachzugeben, ihr Gesicht in Theresas Händen, ihre Augen geschlossen. »Alles. Das hier.«

Theresa zog Carolin noch fester zu sich, vergrub die Hände in ihren Haaren und legte ihre Stirn an Carolins. »Ich weiß, dass es zu viel ist zurzeit. Viel zu viel. Aber wir kriegen das hin.« Sie spürte Carolins Widerstand, aber sie hielt sie noch fester. »Wir müssen nur mal raus. Uns mehr Zeit für uns nehmen. Ich habe uns einen Urlaub gebucht und danach können wir –«

»Nein«, sagte Carolin und versuchte, sich Theresa zu entziehen.

»Wir brauchen nur eine Pause«, hielt Theresa dagegen.

»Nein«, sagte Carolin noch einmal und befreite sich aus Theresas Umklammerung.

Theresa hob die Hände und trat ebenfalls einen kleinen Schritt zurück. »Okay«, sagte sie, obwohl es alles andere als okay war. Sie verstand nicht. »Was dann? Was brauchst du?«

Carolin schluckte und zuckte mit den Schultern. »Ich muss hier weg.«

»Warum?«, wollte Theresa wissen und hätte Carolin am liebsten geschüttelt, bis sie etwas von sich gab, an dem Theresa sich abarbeiten konnte. Nichts von all dem, was gerade passierte, schien einen Sinn zu ergeben. Das Einzige, das sie wusste, das ihr schmerzhaft und vollständig klar war, seit sie die Unterlagen in Carolins Schreibtisch gefunden hatte, war, dass es ihr ernst war. Carolin machte keine halben Sachen, hatte sie noch nie gemacht. Sie traf keine leichtfertigen Entscheidungen und sie kannte nur eine Richtung, und die lag niemals rückwärtig. Alles Eigenschaften, die Theresa bewunderte und liebte. »Warum?«, wiederholte sie. »Warum musst du weg? Wovon weg? Warum jetzt?« Sie merkte, wie ihr Körper vor Energie zu vibrieren schien. Am liebsten wäre sie auf- und abgelaufen, aber sie hatte Angst, wenn sie den Augenkontakt mit Carolin aufgab, noch viel mehr verloren zu geben.

»Weil ich hier nicht mehr atmen kann«, stieß Carolin schließlich hervor.

Theresa schüttelte den Kopf. »Ich verstehe es nicht.« Und sie verstand wirklich nicht. Aber sie sah den Schmerz in Carolins Augen, ihrer ganzen Körperhaltung. Sie wirkte nicht mehr nur erschöpft, sondern besiegt. »Ich verstehe es nicht, aber wenn es das ist, was du tun musst.« Sie hob die Schultern und machte eine vage zustimmende Geste. »Okay. Dann kriegen wir das hin.« Sie versuchte, ihre Gedanken zu ordnen. München. »Ich hatte wirklich nicht vor, die Stadt zu verlassen. Ich habe die Kanzlei, ich kann nicht einfach alles stehen- und liegenlassen.«

»Ich weiß«, sagte Carolin schwach.

»Aber wir finden eine Lösung. Wir können erst einmal pendeln.« Im Grunde führten sie jetzt schon eine Wochenendbeziehung. »Und dann …« Sie zuckte mit den Achseln.

Carolin verzog das Gesicht zu einer traurigen Maske. Sie schien etwas sagen zu wollen, schüttelte dann aber nur den Kopf. Erst auf Theresas fragenden Blick hin erklärte sie leise: »Ich will nicht, dass du mitkommst.«

Es dauerte einen Moment, ehe Theresa die Worte wie einen Schlag in die Magengrube spürte. Unbewusst legte sie eine Hand auf ihren Unterleib.

»Es tut mir leid, Theresa.« Carolin machte einen Schritt auf sie zu, aber diesmal war es Theresa, die zurückwich. »Es tut mir leid. Aber glaub mir, ich tue dir einen Gefallen. Ich tue uns beiden einen Gefallen.«

Theresa bewegte sich weiter rückwärts, bis sie die Kante des Bartisches in ihrem Rücken spürte. Sie schüttelte den Kopf, hilflos und als könnte sie so irgendetwas abwehren zugleich. »Womit?«, presste sie schließlich hervor. »Womit tust du uns einen Gefallen?«

»Ich –«, begann Carolin, schien aber genauso erfolglos um Worte zu ringen. Auch sie schüttelte den Kopf. »Es tut mir leid. Ich …« Sie hielt inne und atmete tief durch. Dann streckte sie die Schultern durch und richtete sich auf. »Ich packe ein paar Sachen zusammen.«

Sie verließ die Küche und Theresa blieb stehen, wo sie war, wie sie war, unfähig, ihre Gedanken und ihren Körper zu einer Einheit zu koordinieren. Vielleicht hoffte sie auch, jeden Moment aufzuwachen oder in ihrer Schutzstarre den weiteren Verlauf noch aufhalten zu können.

Sie konnte nicht sagen, wie viel Zeit vergangen war, als Carolin wieder in der Tür auftauchte, ihren Reisekoffer und eine weitere Tasche neben sich.

»Ist das dein Ernst?« Theresa starrte auf das Gepäck. »Du packst und gehst? Einfach so?«

»Ich –«, setzte Carolin erneut an, aber auch diesmal, ohne den Satz vollenden zu können. »Es tut mir leid.«

Theresa begann, aus ihrer Erstarrung zu erwachen. »Das sagtest du bereits«, entgegnete sie tonlos und Carolin senkte kurz den Blick.

»Das war so nicht geplant.«

Theresa stieß verächtlich die Luft aus. »Das ist wirklich ein Trost.«

Carolin warf sich die Reisetasche über die Schulter. »Ich ...« Sie rollte mit den Augen, sichtlich genervt über ihre Unfähigkeit, sich in ganzen Sätzen auszudrücken. »Ich ziehe erstmal in ein Hotel. Ich melde mich wegen der restlichen Sachen. Oder wenn dir das lieber ist, kann ich auch kommen, wenn du nicht da bist.«

Theresa hatte keine Ahnung, wie die Dinge so schnell an diesen Punkt hatten kommen können. Aber sie spürte endlich, wie heiße Wut in ihr aufstieg. »Geh«, sagte sie leise und als Carolin nicht reagierte, schrie sie es. Einmal, kurz, mit schneidender Stimme. »Geh.« Dann griff sie nach dem Papierstoß hinter sich und schleuderte ihn Carolin entgegen. »Und nimm dein neues Leben mit.«

Sie wandte sich ab und schaute aus dem Fenster, während Carolin hinter ihr in die Knie ging und die verstreuten Papiere einsammelte. Sie hörte das Blut in ihren Adern rauschen und musste die Kiefer fest aufeinanderpressen, um nicht noch mehr die Beherrschung zu verlieren. Als die Wohnungstür kurz darauf ins Schloss fiel, blieb Theresa noch eine Weile so stehen, kontrolliert ein- und ausatmend, bis sie das Gefühl hatte, zumindest ihren Körper wieder im Griff zu haben. Dann ging sie hinüber zum Kühlschrank, nahm die Weinflasche heraus und füllte ihr Glas bis zum Rand.

Sie leerte es in einem Zug und füllte gleich noch einmal nach. Achtlos stellte sie die nun leere Flasche auf den Tisch. Kondenswasser hatte sich an ihr gesammelt und legte sich um den Flaschenboden. Es würde einen Ring auf der Tischoberfläche hinterlassen, aber Theresa konnte sich nicht dazu bringen, etwas zu unternehmen. Vielleicht war es angebracht, wenn diese Nacht ihre Spuren hinterließ.

# 5

Theresa spürte, dass es hell war, noch ehe sie die Augen aufgeschlagen hatte. Licht stach durch ihre geschlossenen Lider hindurch bis tief ins Innere ihres Kopfes, der vom Nacken bis zur Schädeldecke nur aus Schmerz zu bestehen schien. Sicher konnte es nicht hilfreich sein, in dieser Situation die Augen zu öffnen. Also zog sie sich das Kissen vors Gesicht, was ein bisschen gegen das Licht zu helfen schien, aber nichts gegen den Drang in ihrer Blase tat.

Sie stöhnte und schaffte es schließlich, sich auf die andere Seite zu drehen, weg vom Fenster und hin zum Badezimmer. Mühsam befreite sie sich aus der Decke, die sich über Nacht um ihre Beine geschlungen haben musste, und schaffte es schließlich, sich zur Bettkante und in eine sitzende Position zu kämpfen. Das schmerzhafte Pochen in ihrem Kopf ging in ein Dröhnen über und sie spürte Übelkeit in sich aufsteigen.

Die Augen weiter geschlossen blieb sie einen langen Augenblick sitzen und versuchte, ruhig zu atmen. Dann erst stand sie langsam auf und tastete sich ins Bad, wo sie die Tür sanft hinter sich zuzog, darauf bedacht, möglichst keine Geräusche zu verursachen. Nachdem sie es geschafft hatte, die Jalousien vor dem Fenster herunterzulassen, lehnte sie sich wieder gegen die geschlossene Tür und öffnete im Halbdunkel des Badezimmers langsam die Augen.

Beim Gang hinüber zur Toilette fiel ihr auf, dass sie noch immer ihr Kostüm trug, in dem sie gestern vor Gericht erschienen war. Sie hatte sich nicht noch einmal umgezogen, bevor Carolin nach Hause gekommen war, und danach ...

Sie verbannte den Gedanken und konzentrierte sich darauf, möglichst keine raschen Bewegungen zu machen. Beim Händewaschen mied sie den Blick in den Spiegel und beugte sich stattdessen vorsichtig hinab, um sich kaltes Wasser ins Gesicht zu spritzen. Blind griff sie nach Zahnpasta und Bürste. Die Bewegungen beim Zähneputzen waren mehr als unangenehm, aber zumindest war der Geschmack in ihrem Mund erträglicher. Sie sammelte sich kurz und machte sich dann auf, wieder ins Schlafzimmer zurückzukehren. Auch hier versuchte sie mit so wenig Bewegung wie möglich, das Fenster zu erreichen, um die Jalousien herabzuziehen und das grelle Sonnenlicht auszusperren, das tatsächlich direkt auf ihre Hälfte des Bettes und ihr Kopfkissen fiel.

Sie beschloss, noch kurz eine Flasche Wasser aus der Küche zu holen, ehe sie sich wieder in ihr Bett verkroch. Mit zusammengekniffenen Augen schlich sie durch den Flur und betrat die Küche, durch deren großes Fenster volles Sonnenlicht hereindrang. Sie fluchte stumm und hielt sich eine Hand vor die Augen, während sie auf den Kühlschrank zuging. Sie hatte noch keine zwei Schritte getan, als sie auf etwas Nassem ausglitt und – schneller als ihr Gehirn die Information verarbeiten konnte – auf dem Küchenboden aufschlug. Ein stumpfer Schmerz schoss ihr mit etwas Verzögerung in Gesäß und Hüfte.

Die Augen noch immer zusammengekniffen spürte sie die klebrige Flüssigkeit unter sich eher, als dass sie sie sah. Dann roch sie den Wein. Erneut fluchte sie und versuchte, wieder auf die Beine zu kommen. Beim Versuch, sich auf die linke Hand zu stützen, verspürte sie auch dort einen intensiven Schmerz, und sie unterbrach ihre Bemühungen und drehte sich stattdessen vorsichtig auf die offenbar unversehrte rechte Seite. Von weit weg drang das Geräusch der Türklingel in ihr Bewusstsein, während sie einen neuen Anlauf unternahm, sich aufzurichten. Es gelang mit einiger Mühe und kurz darauf stand sie.

Die Schmerzen in ihrer Hand und ihrer Hüfte schienen den Kopfschmerz kurzzeitig zu überlagern und sie konnte sich endlich dazu bringen, einen genaueren Blick auf das Chaos zu ihren Füßen zu richten. Sie erkannte eine geöffnete Weinkiste, deren Inhalt sich offenbar größtenteils über ihren Küchenfußboden ergossen hatte. Dazwischen waren Scherben zu erkennen. Sie versuchte, das, was sie sah, zu einem vollständigen Bild zusammenzusetzen. Was war in ihrer Küche geschehen?

Wieder läutete die Türklingel und Theresa ging mit wackeligen Knien zurück in den Flur. Sie trat vor die Videosprechanlage und schaute auf das graustichige Kamerabild und die ihr unbekannte Person vor der Haustür. Wie auf Autopilot drückte sie die Sprechtaste.

»Ja?«

»Hi, hier ist Lena. Ich wollte was für Carolin abgeben.«

Theresa konnte ihr eigenes Gehirn förmlich rattern hören. »Wer?«

»Lena«, antwortete die Frau, als sollte ihr Name Theresa bekannt sein. »Carolins Tennistrainerin?«, ergänzte sie in fragendem Tonfall.

Theresa spürte, wie ihr wieder übel wurde.

»Carolin hat ihre Sonnenbrille im Club liegengelassen.«

Sie musste sich irgendwo abstützen, aber weil ihre linke Hand immer noch furchtbar schmerzte, stemmte sie ihre rechte Hand gegen die Garderobe und ließ die Sprechtaste los. Sie schloss die Augen und atmete ein paar Mal tief durch.

»Hallo?«, fragte die fremde Frau vor ihrer Haustür und Theresa richtete sich wieder auf und entsperrte wortlos die Haustür zwei Stockwerke tiefer.

Sie ging die drei Schritte zur Wohnungstür und öffnete auch diese. Schneller als gedacht war ihre Besucherin die Treppen heraufgekommen und stand vor ihr, in kurzer Sporthose und weißem Poloshirt, die Haare zu einem schlichten Pferdeschwanz zurückgebunden. Sie war durchaus hübsch und hatte auffallend intensive Augen, aber ihr Gesicht war zu einem seltsamen Ausdruck verzogen und sie starrte Theresa unverhohlen an.

Theresa versuchte, höflicher zu sein und nicht zurück zu starren.

»Carolin ist nicht da«, sagte sie, um einen neutralen Tonfall bemüht. Es gab schließlich keinen Grund, ihre schmutzige Wäsche vor dieser wildfremden Frau ans Tageslicht zu zerren.

»Alles in Ordnung mit Ihnen?«, fragte die Frau und sah an Theresa herab und auf ihre Hand. »Das sieht böse aus.«

Theresa folgte ihrem Blick und wunderte sich kurz, warum ihre Hand das durch den Hausflur einfallende Sonnenlicht zu reflektieren schien. Dann erkannte sie das Stück Glas, das sich durch ihre Haut und in das Fleisch ihres Handtellers gebohrt hatte, nahe dem Daumenballen. Blut quoll hervor und rann ihre Hand hinab.

»Oh«, hörte Theresa sich selbst sagen und dann spürte sie, wie ihre Knie nachgaben. Sie sackte gegen den Türrahmen und begann, daran herunterzurutschen, aber die Fremde hatte sie bereits unter der Schulter gepackt.

»Okay, okay, ich hab Sie«, rief die Frau und zog Theresa ein Stück weiter in die Wohnung, ehe sie sie sanft auf den Boden gleiten ließ. »Vorsichtig«, sagte sie und bemühte sich, sowohl Theresas verletzte Hand als auch ihren Kopf zu stützen.

Theresa überlegte kurz, ob sie protestieren sollte, weil diese fremde Frau einfach in ihre Wohnung kam. Dann fiel ihr Blick wieder auf ihre Hand und die große Glasscherbe darin und sie dachte gar nichts mehr.

»Hey, hey, schön wach bleiben«, drang die Stimme der Frau durch das Dunkel und Theresa wurde gewahr, dass sie die Augen geschlossen hatte.

Sie nickte stöhnend, hielt die Augen aber weiter geschlossen. Sie hörte, wie etwas umgeworfen wurde, und kurz darauf wurden ihre Beine angehoben und auf etwas Hartem hochgelagert. Vermutlich der alte Holzstuhl, der in der Ecke des Flurs stand.

»Schön bei mir bleiben«, wiederholte die Frau und Theresa murmelte ihre Zustimmung. »Ist Ihnen schlecht?« Theresa nickte schwach. »Sagen Sie Bescheid, wenn Sie sich übergeben müssen, ja?«

»Hm.«

Sie hörte Schritte, die sich in Richtung Küche entfernten, das Aufdrehen des Wasserhahns, fließendes Wasser und dann zurückkehrende Schritte. Einen Moment später spürte sie ein nasses Geschirrtuch auf ihrer Stirn und in ihrem Nacken und sie hätte am liebsten laut aufgelacht, weil sie das Gefühl hatte, ein Déjà-vu zu durchleben, nur mit vertauschten Rollen. Aber ihr war noch immer übel und ihre Hand schmerzte und pochte immer stärker.

»Sie müssen Theresa sein.«

»Mhm«, stöhnte Theresa gegen den Schmerz.

»Lena«, wiederholte die Frau ihren Namen. »Haben Sie einen Verbandskasten, Theresa?«

Theresa schüttelte den Kopf.

»Kein Problem. Ich hab einen im Auto. Ist sonst jemand zu Hause oder kann ich einen Nachbarn verständigen?«

»Nein«, lehnte Theresa entschieden ab. Bloß nicht.

Lena schien kurz zu überlegen. Dann fühlte Theresa zwei Finger an ihrem Handgelenk, die ihren Puls ertasteten. »Tut außer der Hand noch etwas weh?«

»Der Kopf.« Theresa schluckte. »Aber nicht vom Sturz.«

Lena gab einen zustimmenden Laut von sich und Theresa war froh, dass sie die Augen bereits geschlossen hatte. Lena musste auf dem Weg in die Küche das Weindesaster gesehen und gerochen haben. Und an Theresa selbst war der offensichtliche Exzess der vergangenen Nacht sicher auch nicht spurlos vorbeigegangen.

»Können Sie mir sagen, welchen Tag wir heute haben?«

Theresa hätte die Augen verdreht, wenn da nicht das Pochen in ihrem Kopf gewesen wäre. »Samstag, der siebenundzwanzigste Juni.«

»Okay. Und wie viele Finger halte ich hoch?«

Sie öffnete vorsichtig ein Auge. »Drei.«

»Okay, Theresa. Ich gehe schnell zu meinem Wagen und hole den Verbandskasten. Schaffen Sie es, sich auf die Seite zu drehen, falls Sie sich übergeben müssen?«

Theresa bejahte und fing Lenas besorgten Blick auf.

»Ich bin gleich wieder da. Versuchen Sie, wach zu bleiben.«

Theresa nickte und eine Hand drückte sanft ihren Unterarm. Dann waren wieder sich entfernende Schritte und eiliges Getrappel auf der Treppe nach unten zu vernehmen. Sie hielt ihre Augen geschlossen und versuchte, sich auf ihre Atmung zu konzentrieren. Der Schmerz in ihrer Hand blieb konstant.

Es konnte nicht viel Zeit vergangen sein, da kniete Lena bereits wieder neben ihr. Ein Reißverschluss wurde geöffnet und Theresa erkannte das Geräusch von Einmalhandschuhen, die über Hände gestreift wurden. »Ich schau mir jetzt mal die Hand an.« Im nächsten Augenblick wurde Theresas linke Hand angehoben und vorsichtig betastet.

»Au«, stöhnte sie und zog das verletzte Körperteil instinktiv zurück.

»Tut mir leid«, sagte Lena, »aber ich muss es mir wirklich ansehen, okay?«

Theresa antwortete nicht, aber sie leistete auch keinen Widerstand, als Lena sich erneut an ihrer Hand zu schaffen machte.

»Okay«, sagte die schließlich. »Es blutet kaum noch, aber wir müssen trotzdem ins Krankenhaus damit.«

»Was?«, fragte Theresa entsetzt. Das Letzte, was sie in ihrem Zustand wollte, war, das Haus verlassen zu müssen. »Können Sie die Scherbe nicht einfach rausziehen?«

»Tut mir leid, aber das muss ein Arzt machen. Keine Ahnung, wie tief die Scherbe steckt und was vielleicht verletzt ist.«

Theresa stöhnte. »Ich kann nicht fahren«, sagte sie und merkte im selben Augenblick, wie lächerlich die Bemerkung war.

Sie hörte, wie Lena amüsiert die Luft durch die Nase ausstieß. »Schon in Ordnung.« Dann spürte sie, wie ihre rechte, unversehrte Hand angehoben und die verletzte linke hineingelegt wurde. »Können Sie das so einen Moment halten?«, fragte Lena. »Ich muss einen Druckverband anlegen.«

Theresa atmete tief ein und aus. »Ja.«

Sie hörte das Reißen und Rascheln von Plastik und kurz darauf umfassten die fremden Hände wieder die ihren.

»Ich versuche es ganz vorsichtig, aber ich muss die Scherbe fixieren, damit sie sich nicht weiter bewegt und die Verletzung vielleicht noch schlimmer wird.«

Theresa konzentrierte sich weiter auf ihre Atmung. Zumindest war die Übelkeit etwas schwächer geworden.

»Können Sie die Hand so halten?«, fragte Lena und positionierte Theresas rechte Hand jetzt unter ihrem linken Handgelenk.

Theresa nickte vorsichtig und schlug nun doch die Augen auf, um sehen zu können, was von ihr verlangt wurde. Ihre Augen trafen kurz Lenas, die ihr aufmunternd zulächelte. Dann wanderte ihr Blick zurück zu Theresas Hand.

Theresa sah ebenfalls hin und beobachtete, wie Lena zunächst sterile Kompressen um die Scherbe herum platzierte. Dann legte sie je eine noch in der Verpackung steckende Mullbinde auf beide Seiten des Glasstückes und begann, sie mit einer weiteren Binde zu umwickeln.

»Wie ist das denn passiert?«

Theresas Blick flackerte wieder zu Lena, aber die war weiter auf Theresas Hand fokussiert.

»Ich bin in der Küche gestürzt, kurz bevor Sie geklingelt haben.«

Sie sah zurück auf ihre Hand und beobachtete, wie Lena die Mullbinde zu Ende wickelte und einen fachmännisch wirkenden Knoten setzte.

»So, das hätten wir. Was macht der Kopf?«

»Ein bisschen besser.«

»Übelkeit?«

»Auch etwas besser.«

Lena nickte aufmunternd. »Prima. Dann probieren wir jetzt mal, aufzustehen.«

*Wir*, dachte Theresa spöttisch, aber schämte sich im selben Moment. Sie durfte gar nicht anfangen, darüber nachzudenken, welchen Eindruck sie auf Lena machen musste.

Die half ihr vorsichtig in eine sitzende Position. »Alles in Ordnung soweit?«

Theresa nickte und Lena zog sie ganz sanft in den Stand, einen Arm unter den Ellbogen der verletzten Hand gelegt und Theresas Arm um ihren Hals.

»Immer noch?«

»Ja«, log Theresa, vor deren Augen sich der Wohnungsflur leicht zu drehen begann.

Lena schien es zu ahnen oder ihr anzusehen, denn sie drängte sie nicht weiter, sondern blieb ruhig neben ihr stehen.

»Geht wieder«, gab Theresa schließlich Entwarnung.

»Prima. Dann sehen wir mal zu, dass wir Sie ins Krankenhaus kriegen.« Sie machten einen Schritt um den auf der Seite liegenden Stuhl herum in Richtung Haustür. »Kann Sie denn sonst jemand begleiten? Oder können wir Carolin irgendwie erreichen?«

Theresa schluckte bitter. »Nein«, sagte sie knapp.

»Okay. Sonst jemand?«

Theresa schüttelte den Kopf. Wenn es sich irgendwie vermeiden ließe, würde sie sich so niemandem zeigen, den sie oder der sie kannte. Schlimm genug, dass Lena sie so vorgefunden hatte und nun auch noch das Krankenhauspersonal in den Genuss kommen würde. »Ich kann mir ein Taxi nehmen.«

Lena warf ihr einen kurzen Seitenblick zu. »Brauchen Sie noch etwas?«, fragte sie dann. »Versicherungskarte? Portemonnaie?«

»In meiner Tasche«, sagte Theresa und wies mit der unverletzten Hand auf ihre Tasche, die am Fuße der Garderobe stand. Lena schnappte sie sich im Vorbeigehen.

»Alles klar. Dann wollen wir mal.«

»Wir?«

»Ich bin günstiger als ein Taxi und vor allem bin ich schon hier.«

»Aber das geht doch nicht«, protestierte Theresa, aber Lena führte sie unbeirrt weiter.

»Das geht ganz wunderbar. Ich hab einen Führerschein und ich kenne den Weg. Wohnungsschlüssel?«

»Auch in der Tasche.«

»Perfekt.«

Theresa wollte weiter widersprechen, ließ es dann aber bleiben. Ein Taxifahrer bedeutete eine Person mehr, die sie in diesem Aufzug sehen würde und der sie womöglich erklären musste, was passiert war. Was sie aber immer noch nicht konnte. Lena immerhin schien nicht an Einzelheiten interessiert zu sein.

»Sie kriegen wieder ein bisschen mehr Farbe«, bemerkte Lena, als sie am Treppenabsatz angekommen waren und kurz innehielten.

»Ja, ich glaube ... das Blut«, räumte Theresa peinlich berührt ein, bis ihr wieder einfiel, wie sie aussehen musste und in welchem Zustand ihre Wohnung war. Den Anblick ihres eigenen Blutes nicht zu vertragen, nahm auf der Liste der Peinlichkeiten dieses Morgens eher einen hinteren Platz ein. Sehr weit hinten.

Sie begannen den Abstieg und Theresa konzentrierte sich darauf, ihren trägen Körper zu koordinieren. Erleichtert stellte sie fest, dass die Übelkeit tatsächlich weiter nachließ und außer ihr selbst nichts mehr schwankte.

Sie gingen langsam und Theresa nahm Lenas Unterstützung dankend an, erleichtert, dass kein Nachbar auftauchte oder etwas von ihrer persönlichen Seifenoper mitzubekommen schien.

»Ich stehe direkt vor dem Haus«, sagte Lena, als sie die Treppe gemeistert hatten, und kurz darauf traten sie ins Freie.

Auf der gegenüberliegenden Straßenseite erkannte Theresa einen Mann, der seinen Hund spazieren führte, aber er schien sie nicht zu bemerken und ansonsten war niemand zu sehen. Sie fragte sich zum ersten Mal an diesem Tag, wie spät es wohl war, und registrierte, dass die Sonne noch hinter einem hohen Gebäude zu ihrer Linken verdeckt war. Es musste noch früh am Morgen sein. Was Sinn ergab, denn sie fühlte sich weder ausgeschlafen noch als hätte ihr Körper Zeit gehabt, zumindest Teile der Alkoholmengen abzubauen, die sie offensichtlich konsumiert hatte. Ihr nächster Gedanke war, dass ihr Vermögen zu klarem Denken und rationalen Schlussfolgerungen langsam zurückzukehren schien.

»Alles okay?«, riss Lena sie aus ihren Gedanken und Theresa log.

»Alles okay.«

Lena führte sie zu einem verbeulten, alten Sportwagen und öffnete die Beifahrertür. »Klappt das mit der Hand?«

»Geht schon«, sagte Theresa und biss die Zähne zusammen, als sich ihre Hüfte beim Einsteigen bemerkbar machte. Zumindest lenkte der neue Schmerz kurz von ihrer Hand ab.

Als sie saß, schloss Lena vorsichtig die Tür hinter ihr, ging um den Wagen herum und stieg ebenfalls ein. Sie half ihr dabei, den Gurt festzuschnallen und griff dann auf die Rückbank, wo sie in einer Sporttasche wühlte.

»Hier«, sagte sie und drehte sich mit einer Wasserflasche in der Hand wieder nach vorn. »Hilft der Hand nicht, aber vielleicht dem Kopf.« Sie öffnete die Schutzkappe und hielt Theresa die Flasche hin. Die nahm einen großen Schluck, während Lena kurz auf ihrem Handy herumtippte. »Dann mal los«, sagte sie dann, ließ das Handy in ihrer Hosentasche verschwinden und startete den Motor.

Die Fahrt zum Krankenhaus verlief in Stille und Theresa war dankbar, dass Lena keine weiteren Fragen stellte. Sie glaubte nicht, dass sie Antworten hatte.

Sie erinnerte sich an den Fund in Carolins Schreibtisch, an den Streit, der keiner war, weil sie noch immer nicht sagen konnte, was eigentlich der Streitpunkt war. Carolins Worte hallten in ihr nach und der Ausdruck in ihrem Gesicht, als sie Theresa eröffnet hatte, dass sie nicht wollte, dass sie sie nach München begleitete. Acht Jahre Beziehung, einfach so beendet, ein dicker Schlussstrich, unwiderruflich gezogen. Denn so gut kannte sie Carolin dann doch, auch wenn sie zurzeit nicht mehr viel verstand, dass sie wusste, dass es keine Kurzschlussreaktion gewesen war, die sich im Lichte des Tages wieder umkehren ließ. Für Theresa war das Ende ohne Warnung und ohne Erklärung gekommen, aber Carolin musste schon länger gewusst haben, was sie wollte. Der sorgsam ausgehandelte Arbeitsvertrag bewies es.

Theresa kramte weiter in ihrem Gedächtnis. Nachdem Carolin die Wohnung verlassen hatte, war sie mit ihrem Weinglas durch die Zimmer geirrt, hatte nach irgendetwas gesucht, das ihr eine Erklärung liefern konnte, nach Hinweisen, nach Antworten. Gefunden hatte sie die Kiste mit dem teuren Wein, den Carolin nach einer Weinprobe mit Geschäftspartnern gekauft hatte und die sie für einen besonderen Moment hatten aufheben wollen. Sie erinnerte sich noch, dass sie den Moment für gekommen gehalten hatte, und ab da verschwamm der Abend.

Sie hatte noch nie besonders viel vertragen und bei der Geschwindigkeit, mit der sie nach Carolins Abgang zu Werke geschritten war, konnte es nicht lange gedauert haben, bis sie komplett betrunken gewesen war.

»Da sind wir schon«, sagte Lena und bog auf einen Parkplatz ein, der in großen Lettern mit dem Wort Notaufnahme markiert war.

Theresa sah aus dem Fenster und erkannte, dass sie nicht zum nächstgelegenen Krankenhaus gefahren waren, sondern zu einer kleineren Klinik ein Stück weiter entfernt. Verwundert schaute sie Lena an.

»Ich dachte mir, hier geht es vielleicht schneller. Und ich kenne eine der Ärztinnen in der Notaufnahme.« Sie schaute wieder auf ihr Handy und tippte dann offenbar eine weitere Nachricht, ehe sie Theresa aus dem Wagen half. Die traute sich inzwischen zu, allein zu gehen. Die Luft war warm, aber nicht drückend, und das Sonnenlicht schmerzte nicht mehr so sehr, auch wenn sie die Augen immer noch unwillkürlich zusammenkniff.

In der Notaufnahme bat Lena sie, kurz zu warten, und hielt sich dann ihr Telefon ans Ohr. Theresa fühlte sich einigermaßen sicher auf den Beinen, lehnte sich aber trotzdem gegen die Wand und schloss die Augen. So hatte sie sich ihr Wochenende nicht vorgestellt. So hatte sie sich ihr Leben nicht vorgestellt. Noch immer durchforstete sie ihr Gehirn auf der Suche nach irgendeinem Hinweis, den sie übersehen, einer Erklärung, die sie überhört hatte. Sie war eigentlich immer gut darin gewesen, Chaos zu strukturieren. Aber gerade wollte es ihr absolut nicht gelingen.

»Theresa?« Sie öffnete die Augen, unsicher, ob sie vielleicht kurz eingedöst war. »Wir haben Glück. Um diese Uhrzeit haben es noch nicht zu viele Leute geschafft, sich selbst oder anderen Schaden zuzufügen.« Lena hielt die Tasche hoch, die sie noch immer bei sich trug. »Wir müssen nur kurz Ihre Versichertenkarte abgeben und ein paar Angaben machen, dann können wir durchgehen.«

Sie folgte Lena zu einem Empfangstresen, wo sie mit deren Hilfe ihre Versichertenkarte abgab und ein Formular ausfüll-te und unterschrieb. Danach wurden sie einen Flur entlang und in einen größeren Wartebereich weitergeschickt. Bevor Theresa Zeit hatte, sich zu setzen, glitt auch schon eine stählerne Schiebetür auf und eine Ärztin kam zielstrebig auf sie zu. Ihr langes Haar wogte über ihre Schultern und schien sich mit jedem Schritt an sie zu schmiegen, und Theresa ertappte sich dabei, mit der unverletzten Hand ihr eigenes, vom Schlaf zerzaustes Haar zu betasten. Ihr wurde schlagartig bewusst, dass sie noch immer die Kleidung vom Vortag trug, in der sie geschlafen und sich dann in Wein eingelegt hatte.

»Hey«, rief die Ärztin aus und Lena und sie umarmten sich zur Begrüßung, wobei sich ihre Hände fanden und noch einen Augenblick hielten. »Na, was treibt dich denn um diese Zeit hierher?«

»Ich dachte, du hast vielleicht Langeweile also bringe ich dir einen kleinen Notfall vorbei«, erklärte Lena und wies auf Theresa. »Das ist Theresa. Sie hatte eine Auseinandersetzung mit einer Weinflasche.«

Theresa zwang sich zu einem dünnen Lächeln und hob die verbundene Hand ein wenig an.

»Hallo Theresa«, sagte die Ärztin mit einem offenen Lächeln. »Ich bin Isabell.« Sie wies zurück in Richtung der Stahltür, durch die sie gerade gekommen war und hinter der ein Behandlungsraum zu erkennen war. »Dann werfen wir mal einen Blick darauf.«

Isabell ging voran und Theresa folgte ihr.

»Ich warte hier draußen«, erklang Lenas Stimme hinter ihnen und als Theresa sich zu ihr umdrehte, sah sie gerade noch, wie Lena der nun ebenfalls hinzukommenden Pflegekraft Theresas Tasche in die Hand drückte. Dann wurde die schwere Tür auch schon zugezogen und Theresa war mit Ärztin und Pflegerin allein.

»Wie ist das denn passiert?«, fragte Isabell und Theresa wünschte, sie könnte sie als Dr. Schwarz ansprechen, so wie es auf ihrem Namensschild stand. Es würde helfen, sich einzureden, dass die Medizinerin sicher schon ganz andere Sachen erlebt hatte und Theresa mit absoluter Professionalität und ohne jedes persönliche Urteil behandeln würde.

Aber es erschien ihr unhöflich, jetzt wieder zum Nachnamen zurückzuwechseln.

Theresa beschrieb mit wenigen Worten, wie sie auf dem Weg in ihre Küche in einer Pfütze ausgerutscht und in die Scherben einer Weinflasche gefallen war. Dass sie besagten Wein zuvor offenbar in größeren Mengen getrunken hatte, erwähnte sie nicht. Isabell waren ihre zusammengekniffenen und rot geränderten Augen sicher ebenso wenig entgangen wie ihre zweifellos vorhandene Alkoholfahne. Theresa wollte im Boden versinken.

Stattdessen kam sie der stummen Aufforderung der Pflegerin nach und nahm auf einem Stuhl Platz, den diese soeben neben einen Untersuchungstisch geschoben hatte. Vorsichtig legte sie den linken Unterarm auf die blankgeputzte Oberfläche.

»Dann schauen wir uns das mal an«, sagte Isabell und Theresa hätte ihr am liebsten gesagt, dass *sie* sich definitiv nichts anschauen wollte. Sie wandte den Blick ab, während Isabell, nun ebenfalls sitzend, den Mullverband vorsichtig abwickelte.

»Wie sieht es mit dem Gefühl in der Hand aus?«, fragte die Ärztin.

»Es tut vor allem weh. Die Finger kribbeln auch etwas, aber eigentlich erst, seit Lena den Verband angelegt hat. Es wird besser, wenn ich sie bewege.«

Isabell entfernte die beiden noch verpackten Mullbinden von der Wunde, die Lena als Polster benutzt hatte, um die Scherbe zu fixieren. Theresa hielt den Kopf weiter abgewandt, spürte aber, wie die Ärztin die Wunde vorsichtig befingerte, und sie biss sich auf die Innenseite ihrer Unterlippe.

»Können wir hier mal vorsichtig etwas sauber machen?«, fragte die Ärztin und kurz darauf trat auch die Pflegerin näher heran. Theresa spürte, wie ihre Hand feucht und die Haut um die Wunde herum vorsichtig vom Blut gereinigt wurde. Wieder vergingen einige Momente während einer erneuten Inspektion.

»Also, Theresa«, sagte Isabell dann und lehnte sich zurück. »Ich möchte den Handchirurgen auf jeden Fall einen Blick darauf werfen lassen. Bei Verletzungen dieser Art müssen wir ausschließen, dass Sehnen oder Nerven verletzt sind, und vor allem sichergehen, dass keine weiteren Fremdkörper in der Wunde sind.« Sie wartete, bis Theresa ihrem Blick begegnete. »Da Sie aber Gefühl haben und die Finger ja auch bewegen können, bin ich optimistisch.«

Theresa atmete erleichtert auf. Auf der Fahrt hatte sie sich einige Szenarien ausgemalt, die sie nicht gerade erfreut hatten. »Also keine OP?«

Isabell legte den Kopf schief. »Ich denke nicht, aber warten wir ab, was der Kollege sagt, in Ordnung?« Sie legte eine Hand auf Theresas Schulter. »Ich schaue mal, ob ich ihn direkt erwische. Wir sehen uns dann gleich wieder.«

Theresa lächelte matt und die Ärztin wie auch die Pflegerin traten auf den Flur hinaus und entfernten sich. Durch die halb offenstehende Tür warf Theresa einen Blick hinaus in den Wartebereich. Von Lena war nichts zu sehen.

Theresa seufzte und stellte sich auf eine ungewisse Wartezeit ein. Da sie keine Uhr trug und auch ihr Handy nicht griffbereit hatte, konnte sie nicht sagen, wie viel Zeit vergangen war, aber schließlich kehrte Isabell in Begleitung eines männlichen Kollegen zurück.

»So, da sind wir schon wieder. Das ist mein Kollege, Dr. Amiri«, stellte Isabell vor und der Mediziner lächelte freundlich, schien Theresa selbst aber keine weitere Bedeutung beizumessen, sondern sich direkt auf ihre Hand zu konzentrieren. Während er Platz nahm und die Wunde nun ebenfalls noch einmal eingehend untersuchte, starrte Theresa erneut die gegenüberliegende Wand an. Sie war sonst nicht so empfindlich, aber zum einen traute sie ihrem Kreislauf immer noch nicht vollends, zum anderen brauchte sie den Beweis für ihre Schmach nicht noch vor Augen geführt zu bekommen.

»Wir machen jetzt eine lokale Betäubung und dann ziehen wir die Scherbe raus«, erklärte der Arzt schließlich knapp und kurz darauf spürte Theresa auch schon die Nadelstiche. Dann spürte sie nichts mehr und fixierte weiter die Wand, bis irgendwann ein leicht klirrendes Geräusch zu hören war.

»Das war die Scherbe«, sagte der Chirurg und forderte Theresa auf, die Finger nacheinander und vorsichtig zu bewegen. Sie tat wie geheißen und der Arzt gab einen Laut von sich, der wohl seine Zufriedenheit ausdrücken sollte. Dann inspizierte er die Wunde noch ein weiteres Mal, ehe er sich schließlich erhob. »Gut. Scheint nichts weiter drin zu sein.« Er entledigte sich der sterilen Handschuhe. »Die Kollegin setzt noch schnell ein paar Stiche und legt einen Verband an.« Mit einem Nicken zum Abschied machte er kehrt und war aus dem Zimmer, ehe Theresa noch etwas sagen konnte.

Sie sah leicht irritiert zu Isabell, die sich grinsend auf den gerade frei gewordenen Hocker fallen ließ. »Tja, er ist kein großer Kommunikator, der Kollege, aber ein sehr guter Chirurg.« Sie warf einen Blick auf Theresas Hand. »Sie haben tatsächlich Glück gehabt. Die Scherbe hat keine Sehnen oder Nerven erwischt und auch nicht sonderlich tief gesteckt. Wir nähen das jetzt schnell und hinterher bekommen Sie von Sandra«, sie deutete auf die Pflegerin, die weiter unauffällig neben ihr stand, »noch etwas gegen die Schmerzen und ein paar Hinweise zur Wundversorgung.« Sie schaute Theresa erwartungsvoll an.

»In Ordnung.«

»Prima«, fuhr Isabell fort. »Dann wollen wir mal, solange die Betäubung noch anhält.«

Sie machte sich an die Arbeit und Theresa merkte, wie die Spannung von ihr abfiel. Die Aussicht auf eine mögliche OP hatte ihr doch zugesetzt. Nicht nur, dass sie deutlich mehr Zeit im Krankenhaus hätte verbringen müssen, eine Operation wäre ihrem näheren Umfeld nur schwer zu verheimlichen gewesen. Worauf sie angesichts der Umstände ihrer Verletzung gut und gern verzichten konnte.

»Sie hatten ja Glück, dass Lena so gute Erstversorgung geleistet hat«, riss die Ärztin sie aus ihren Gedanken. »Woher kennen Sie sich denn?«

»Sie gibt meiner Lebensgefährtin Tennisstunden«, sagte Theresa mehr oder weniger wahrheitsgemäß.

»Bei Ihnen zu Hause?«

Theresa zögerte, aber dann fiel ihr ein, dass sie selbst ihre Küche erwähnt hatte. Vielleicht war die Frage berechtigt? Ihr Kopf dröhnte wieder. »Sie wollte etwas vorbeibringen. Es war gerade passiert, als sie geklingelt hat.«

»Lena hatte schon immer ein Händchen dafür, im richtigen Moment am richtigen Ort zu sein«, kommentierte Isabell wie beiläufig. »Und Ihre Lebensgefährtin war nicht zu Hause?«

Irritiert fuhr Theresa herum, unsicher, worauf die Ärztin hinauswollte. Die aber war ganz auf ihre Hand fokussiert.

»Das wars schon.« Sie ließ die Instrumente in eine Schale fallen und wandte sich an ihre Kollegin. »Sandra, machst du das mit dem Verband?«, fragte sie und zog sich die Handschuhe aus. »Alles Gute für Sie, Theresa, wir sehen uns dann vielleicht zum Fäden ziehen«, erklärte sie noch und verschwand.

Theresa sah ihr kurz nach und widmete ihre Aufmerksamkeit dann Sandra, die ihr einen Verband anlegte und freundlich erklärte, wann und wie Theresa diesen wechseln sollte. Schließlich händigte sie ihr noch ein paar Schmerztabletten aus und riet ihr, den Termin zum Fädenziehen Anfang der Woche telefonisch auszumachen.

Theresa bedankte sich, nahm ihre Tasche und verließ den Behandlungsraum, um am Empfang zu fragen, ob sie ihr ein Taxi rufen könnten. Doch als sie den Wartebereich betrat, fiel ihr Blick auf Lena, die mit Isabell sprach, sich dann aber eilig von ihr verabschiedete, als sie ihrerseits Theresa bemerkte.

»Hey«, sagte sie und kam auf sie zu. »Alles gut?«

»Keine bleibenden Schäden und kein Glas mehr in der Hand.« Theresa schlang sich ihre Tasche über die gesunde Schulter und sah Lena verlegen an. »Ich dachte, Sie wären gegangen.«

»Nein, ich hab nur«, Lena machte eine vage Geste in Richtung Ausgang, »nur frische Luft geschnappt.«

»Das sollte kein Vorwurf sein«, erklärte Theresa schnell und lächelte unsicher. »Ich hätte es verstanden, wenn Sie, wenn du gegangen wärst.« Sie zuckte die Achseln. »Du hattest sicher andere Pläne.«

Lena winkte ab. »Schon okay.«

Theresa atmete hörbar aus. »Es ist sicher vieles, aber okay ist es nicht.« Sie schüttelte den Kopf und strich sich durch das wirre Haar. »Ich mache sowas sonst nicht. Ich meine ... nicht nur das mit der Scherbe, das übermäßige Trinken hauptsächlich, das zu der Scherbe geführt hat.«

Lena lachte und Theresa zögerte kurz, musste dann aber selbst lächeln. »Ja, okay, das ... klang wie ...« Sie ließ den Satz unvollendet und rollte mit den Augen, was sich als schlechte Idee herausstellte. Schmerz zuckte hinter ihren Augen.

Lena grinste. »Komm, ich fahr dich nach Hause.«

Theresa schluckte ihren Protest herunter. Er wäre an dieser Stelle nur noch unhöflich gewesen. »Danke.«

Als sie wenig später in Theresas Straße einbogen, war sie kurz davor, mit dem Kopf an der Seitenscheibe einzunicken. Ehe sie losgefahren waren, hatte sie eine der Schmerztabletten eingenommen und sie hoffte, dass die Wirkung bald einsetzen würde und dann nicht nur das Pochen und Stechen in ihrer Hand, sondern auch das Dröhnen in ihrem Schädel nachlassen würde.

Lena hielt wieder genau vor dem Haus, schaltete den Motor aus und zog die Feststellbremse an. Einen Augenblick saßen sie in der Stille des Wagens, während Theresa sorgenvoll in Richtung der Fenster im zweiten Stock schaute. Sie hatte kein direktes Verlangen danach, das Schlachtfeld der letzten Nacht wieder zu betreten.

Sie hörte, wie Lena hinter ihr Luft holte. »Carolin«, sagte sie dann in vorsichtigem Ton, »kommt nicht wieder, oder?«

Theresa fuhr herum und starrte sie an.

»Entschuldige, es geht mich nichts an, es ist nur ... ich an deiner Stelle hätte meine Lebensgefährtin dabei haben wollen und Carolin hat die restlichen Stunden abgesagt und ihre Mitgliedschaft im Club gekündigt.«

Theresa brauchte einen Augenblick, um diese Information zu verarbeiten, und wurde sich bewusst, dass sie Lena noch immer mit aufgerissenen Augen anstarrte. Sie ließ ihren Blick sinken und über den Innenraum des Wagens wandern. Langsam nickte sie. »Wann?«

»Irgendwann zwischen letztem Sonntag und gestern?«, antwortete Lena unsicher. »Da hab ich es erfahren.«

Theresa schaute auf die Tasche zu ihren Füßen und versuchte, nicht weiter darüber nachzudenken, was dieses neue Puzzleteil bedeutete. Bei nüchterner Betrachtung spielte es ohnehin keine Rolle. Carolin war weg. Sie hatte beschlossen, ihr Leben anderswo fortzusetzen. Ohne Theresa. So einfach war das.

Theresa öffnete die Beifahrertür und griff dann nach ihrer Tasche, ehe sie sich nochmals zu Lena umwandte. »Danke dir. Ich weiß nicht, was ich ohne dich gemacht hätte.«

»Verblutet wärst du nicht«, sagte Lena und sah sie mit schiefgelegtem Kopf an. »Und ich bezweifle, dass du wirklich versucht hättest, das Glas selbst rauszuziehen.«

Theresa verzog das Gesicht. »Eher nicht, nein.«

»Kann ich sonst noch was tun?«, fragte Lena ernst und Theresa deutete ein Kopfschütteln an.

»Danke. Ich komme schon klar.«

»Sicher? Ich kann gern noch mit hochkommen.«

Theresa lächelte und stieg dann aus. Wenn sie Lenas Hilfsbereitschaft und vor allem ihrem Mitleid noch ein wenig länger ausgesetzt blieb, lief sie Gefahr, zu einem kleinen Häufchen Elend zusammenzufallen.

Sie kramte im Gehen ihre Schlüssel aus der Tasche und öffnete die Haustür, winkte flüchtig in Richtung Lenas Auto und ließ die Tür dann hinter sich ins Schloss fallen.

Sie lehnte sich mit dem Rücken dagegen und atmete einige Male tief durch. Der Hausflur war kühl und dunkel und am liebsten wäre sie dort einfach geblieben.

*Sei nicht albern*, schalt sie sich und raffte sich auf. Sie stieg die Treppen in den zweiten Stock hinauf und schloss nach einem letzten tiefen Durchatmen die Wohnungstür auf.

Das Chaos im Eingangsbereich war überschaubar. Der Stuhl auf dem Boden, das nasse Geschirrtuch neben den Verpackungsresten und die offene Verbandstasche aus Lenas Auto. Sie ließ ihre Schlüssel in die Schale an der Garderobe fallen und sah die Sonnenbrille, die Lena irgendwann unbemerkt daneben abgelegt haben musste. Carolins teure Designerbrille.

Theresas Kopf dröhnte immer noch und ihre Hand machte sich wieder bemerkbar, jetzt da die örtliche Betäubung schneller nachzulassen als die Wirkung der Schmerztablette einzusetzen schien. Trotzdem stellte sie ihre Tasche ordentlich am Fuß der Garderobe ab, hob mit ihrer unverletzten Hand den Stuhl auf und stellte ihn zurück in die Ecke. Dann ging sie vorsichtig in die Hocke und sammelte die übrigen Gegenstände auf. Die Verbandstasche legte sie auf den Garderobentisch, nachdem sie den Reißverschluss zugezogen hatte. *Zeit, sich dem Tatort zu stellen*, dachte sie.

Sie stieg vorsichtig über Flaschen- und Weinreste hinweg und betrat die Küche. Sie warf die Verpackungsreste in den Müll und das Geschirrtuch ins Waschbecken. Dann holte sie ein Kehrblech und einen Handbesen hervor und machte sich daran, die Spuren der letzten Nacht so gut es ging zu beseitigen. Zumindest die, die sich zusammenfegen ließen.

# 6

Theresa trank ihren Kaffee neben der Maschine stehend. Ihr Müsli hatte sie bereits gegessen und lauschte jetzt den Nachrichten zur vollen Stunde. Es war Montag und sie konnte sich endlich wieder in die vertraute Routine ihres Alltags fallenlassen.

Nach ihrer Rückkehr aus dem Krankenhaus hatte sie den Samstag überwiegend damit verbracht, erst Küche und Flur und dann den Rest der Wohnung zu putzen. Da sie nur eine Hand zur Verfügung gehabt hatte, war es Abend geworden, ehe sie fertig gewesen war, und sie war früh zu Bett gegangen.

Den Sonntag über hatte sie sich mit Aktenlektüre und ihrer Steuererklärung beschäftigt gehalten. Erst hatte sie die Zeit nutzen und ein paar Dinge zusammenpacken wollen, aber schnell eingesehen, dass es keine gute Idee gewesen wäre. Es war leichter gewesen, sich mit trockenen Zahlen und Belegen auseinanderzusetzen.

Einmal hatte sie sich dabei ertappt, wie sie den Namen der Kanzlei, die Carolin einen Arbeitsvertrag geschickt hatte und für die sie in Kürze wohl arbeiten würde, in das Suchfeld ihres Internetbrowsers eingegeben hatte. Sie hatte sich schnell wieder etwas anderem gewidmet, aber eine Weile später dann doch erneut das entsprechende Browserfenster geöffnet. Sie hatte die Suche um einen Namen erweitert und ihr Verdacht hatte sich schnell bestätigt. Es handelte sich um eine der Partnerinnen der Kanzlei. Sie hatte eine neue Suche gestartet und nicht lange stöbern müssen, bis sie erneut fündig geworden war. Es war ein kurzer Beitrag, hauptsächlich aus Schnappschüssen mit Bildunterschriften bestehend, der zu Jahresbeginn veröffentlicht und Theresa schon damals in die Hände gefallen war. Einer der Schnappschüsse zeigte eine attraktive Frau im Businesskostüm – groß, brünett, entspannt – an einem Stehtisch lehnend. Sie hatte sich für den Schnappschuss der Kamera zugewandt, ein Sektglas in der linken Hand, die rechte auf den Unterarm ihrer Gesprächspartnerin gelegt. Die Bildunterschrift nannte ihren Namen, ihre Position und natürlich den Anlass der Aufnahme, ein Empfang zum Auftakt eines Seminars für Frauen in Führungspositionen. Ihre Gesprächspartnerin war nicht benannt oder erwähnt, aber Carolin war gut zu erkennen, ebenfalls in Richtung des Fotografen lächelnd, ebenfalls ein Sektglas in der Hand. Als hätten sie auf etwas anzustoßen.

Theresas Blick war auch heute unweigerlich zu der Hand auf Carolins Unterarm geglitten, zu dem strahlenden Lächeln der beiden Frauen, die irgendwie miteinander vertraut wirkten. Und Theresa hatte daran gedacht, wie oft Carolin zuletzt in München gewesen war. Dann hatte sie das Browserfenster geschlossen und sich wieder ihrer Steuererklärung zugewandt.

In ihrer Küche stehend trank sie jetzt den letzten Schluck ihres Kaffees, lauschte noch dem Wetterbericht und schaltete dann Radio und Kaffeemaschine aus. Nachdem sie das Geschirr in der Spülmaschine verstaut hatte, ging sie ins Schlafzimmer, um Outfit und Make-up zu kontrollieren, schlüpfte in die passenden Schuhe und zog weiter ins Wohnzimmer, wo sie ihre Tasche kurz kontrollierte und dann mit in den Flur nahm. Sie griff nach ihren Schlüsseln und nach kurzem Zögern nahm sie die kleine rote Verbandstasche an sich und verließ die Wohnung.

Als sie den Wagen aus der Tiefgarage fuhr, dankte sie sich selbst stumm, beim Kauf auf Automatik bestanden zu haben. Es erleichterte das Steuern mit einer Hand, auch wenn es glücklicherweise – und auch hierfür hatte sie am Wochenende mehrfach stumme Dankgebete gen Himmel gesandt – nur die linke Hand war, die außer Gefecht war. Die Wunde an sich schmerzte nicht mehr sonderlich, aber Verband und Nähte sorgten für eine stark eingeschränkte Beweglichkeit und sie wollte nichts riskieren.

Der Verkehr war nicht sonderlich dicht und sie fragte sich, ob es mit den sich rasch nähernden Sommerferien zusammenhing. Schneller als erwartet stellte sie den Wagen auf dem für sie reservierten Stellplatz ab und betrat die Kanzlei fünf Minuten vor halb neun.

»Bist du in eine Schlägerei gekommen?«, begrüßte Sebastian sie kurz darauf und schaute auf ihre bandagierte Hand.

»Du solltest mal den anderen Typen sehen«, entgegnete sie und hielt sich gerade noch selbst davon ab, *die andere* zu sagen. Es hätte ihre Fassade zum Einsturz gebracht.

Sebastian grinste, wurde dann aber ernst. »Was ist passiert?«

»Eine Weinflasche, ein Scherbenhaufen, und ich meinte, mich hineinsetzen zu müssen.«

»Aua.«

»Allerdings.«

»Genäht?«, fragte er.

»Ja.«

»Und du bist sicher, dass niemand sonst beteiligt war?«

Sie sah ihn mit gespielt trauriger Miene an. »Keine Schadenersatzforderungen. Tut mir leid.«

»Schade.« Er sah sie etwas genauer an. »Sonst alles in Ordnung? Du bist etwas blass.«

Theresa strich sich durch die Haare. »Alles okay. Nur schlecht geschlafen. Die Hand«, log sie.

»Okay.« Sebastian zuckte mit den Schultern. »Gehen wir heute Mittag was essen?«

Theresa zögerte. »Ich weiß noch nicht. Eventuell habe ich einen Termin. Ich sage dir noch mal Bescheid, ja?«

Sebastian streckte einen Daumen in die Höhe und verschwand in seinem Büro und auch Theresa ging schnellen Schrittes und gesenkten Hauptes auf die Tür ihres Refugiums zu. Sie hatte Sebastian noch nie angelogen. Sicher, in kleinen Dingen oder um sich einen Scherz zu erlauben, aber nicht, wenn es zählte. Und dass Carolin sie verlassen hatte und ein neues Leben ohne sie plante, das zählte wohl.

Sie würde es ihm sagen. Natürlich. Aber nicht jetzt. Nicht heute. Nicht, bevor sie etwas mehr Zeit gehabt hatte.

Der Arbeitstag verging viel zu schnell und Theresa hätte sich am liebsten an ihrem Schreibtisch vergraben, aber nachdem Sebastian sie im Verlauf des Tages noch zweimal auf ihre blasse Gesichtsfarbe angesprochen hatte, hatte sie sich schließlich genötigt gefühlt, bereits im Laufe des Nachmittags

Feierabend zu machen. Sie hatte ihm versprochen, direkt nach Hause zu fahren und sich richtig auszuschlafen, aber nun bog sie auf den Parkplatz der Clubanlage ein, auf der Carolin ihre Tennisstunden genommen hatte.

Die Sonne war wieder herausgekommen und die Spuren des Gewitters früher am Tag waren fast nicht mehr auszumachen. Sie parkte ihren Wagen und stieg aus, Lenas Verbandstasche unter den Arm geklemmt. Die Anlage lag direkt neben einem großen Park und war von alten Bäumen und dichten Hecken umgeben. Noch ehe sie die Plätze sehen konnte, war das rhythmische Knallen zu hören, wenn straff gespannte Kunstsaiten auf gelbe Filzbälle trafen. Sie folgte dem gepflasterten und von Blumen gesäumten Weg und bog kurz darauf um eine Ecke. Vor ihr lagen mehrere versetzt angeordnete rote Sandplätze und seitlich daneben das moderne und großzügige Clubhaus. Bei ihrem bislang einzigen Besuch waren Carolin und sie zum Abendessen hier gewesen und sie hatte überrascht bemerkt, dass trotz der eher versteckten Lage eine ganze Menge Nicht-Mitglieder die Bewirtung nutzten. Angesichts der schönen Lage und des guten Essens auch nicht verwunderlich.

Sie hatte vorgehabt, die Verbandstasche einfach im Clubhaus abzugeben, aber als sie ihren Blick über die Plätze streifen ließ, erkannte sie Lena auf einem der vorderen Plätze. Sie stand mit einem Schläger in der einen und zwei Bällen in der anderen Hand vorn am Netz und schien den beiden Mädchen, die keinen Meter von ihr entfernt auf der anderen Platzseite standen, etwas zu erklären. Mit dem Schläger beschrieb sie einen Bewegungsablauf und die Mädchen schauten und nickten. Kurz überlegte Theresa, ob sie nicht trotzdem schnell ins Haus gehen und ihrem ursprünglichen Plan treu bleiben sollte, aber in diesem Moment drehte Lena den Kopf in ihre Richtung und bemerkte sie.

Sie hob eine Hand und Theresa erwiderte den stummen Gruß schmallippig. Soviel zu ihrem Vorhaben, das letzte Beweisstück für den vergangenen Freitagabend und seine Folgen still und heimlich loszuwerden.

Lena sah auf die Uhr, wechselte noch ein paar schnelle Worte mit den Mädchen und kam dann zur Längsseite des Platzes hinüber. Hier standen zwei Bänke und die Umzäunung des Platzes reichte nur etwa bis auf Hüfthöhe. Theresa seufzte und ging auf Lena zu, die sich mit den Unterarmen auf den Zaun stützend vorbeugte und ihr mit einem Lächeln entgegenblickte. Hinter ihr hatten die Mädchen begonnen, die über den Platz verstreuten Bälle aufzusammeln.

»Hey«, rief Lena und sah ehrlich erfreut aus. »Was treibt dich denn hierher?«

»Ich wollte nur etwas zurückgeben.« Theresa reichte die Tasche über den Zaun.

»Danke. Wäre aber nicht nötig gewesen«, sagte Lena und legte die Tasche auf ihre offene Sporttasche, aus der mehrere Schläger, Getränkeflaschen und ein Handtuch hervorlugten.

»Wer weiß«, entgegnete Theresa und senkte ihre Stimme. »Vielleicht musst du bald mal wieder jemanden retten.«

Lena grinste. »Vielleicht solltest du sie lieber behalten. Immer gut, sowas im Haus zu haben. Selbst wenn *du* dem Alkohol ja wahrscheinlich für alle Zeit abgeschworen hast?«

»Mindestens«, seufzte Theresa, dachte aber, dass der Alkohol nicht ihr Problem war. Sie sah sich um. »Das ist also dein Arbeitsplatz, ja? Lässt sich aushalten, oder?«

Lena lachte. »Die meiste Zeit. Nur der rote Sand schleppt sich überall mit hin.«

Theresa sah an ihr hinab und auf die weißen Turnschuhe und die gerade noch hervorschauenden Sportsocken. Beides war in der Tat mit einer feinen roten Sandschicht überzogen und sie fühlte sich plötzlich über die Maßen fehl am Platz in ihrem Businesskostüm und den hochhackigen Schuhen.

»Wie gehts der Hand?«

»Gut soweit«, sagte Theresa und hob die linke Hand leicht an. Sie hatte ein paar Anläufe gebraucht, um den Verband nach dem Wechsel wieder ordentlich anzulegen, aber am Ende hatte sie es geschafft. »Ich kann nichts greifen, aber zum Glück ist es nur die linke Hand.«

Lena nickte zustimmend. »Glück im Unglück.« Sie schien kurz zu zögern. »Und wie gehts dir?«, fragte sie dann.

Theresa zuckte mit den Schultern und wich ihrem Blick aus. »Auch gut.« Sie spürte, dass Lena sie weiter ansah, und verschränkte die Arme vor der Brust, ehe sie sich ihr wieder zuwandte. »Wirklich.«

Lena hob eine Braue, sagte aber nichts.

»Ich muss dann jetzt auch wieder los. Ich wollte dir nur deine Sachen vorbeibringen und mich noch mal bedanken.«

Lena schüttelte den Kopf. »Dafür nicht.«

Theresa wollte widersprechen, beließ es aber bei einem kurzen Kopfschütteln. »Alles Gute für dich.«

»Für dich auch.«

Theresa lächelte und drehte sich dann um.

»Und immer schön vorsichtig mit Flaschen jeder Art«, rief Lena ihr nach, ehe sie zurück zu ihren jungen Spielerinnen joggte. Theresa schmunzelte, ging aber weiter in Richtung

Clubhaus. Sie wollte noch schnell auf die Toilette gehen, bevor sie wieder losfuhr. Ihr Kühlschrank war an diesem Morgen erschreckend leer gewesen, also würde sie noch irgendwo anhalten und etwas einkaufen müssen.

Sie hatte gerade die schön hergerichtete und halb überdachte Terrasse erreicht, als eine vertraute Stimme sie herumfahren ließ.

»Theresa? Theresa! Juhu!«

Sie wandte sich der Stimme zu und erkannte zu ihrer Verwunderung Charlotte, die in einem Kreis aus mehreren Damen ihrer Altersgruppe an einem der Tische saß. Sie trug wieder einen auffälligen Hut zu einer schicken Bluse mit ebenso auffälligem bunten Blumenmuster.

»Na, das ist ja ein Zufall, dass wir uns hier treffen.« Sie strahlte über das ganze Gesicht und machte eine einladende Geste, sodass Theresa nichts anderes übrigblieb, als zu dem Tisch hinüberzugehen.

»Hallo, Charlotte. Das ist in der Tat ein Zufall.« Mehrfach hatte Theresa am Sonntag daran gedacht, Charlotte anzurufen und ihr zu sagen, dass sich das mit der Wohnung erledigt hatte. Aber sie war nie über den Gedanken hinausgekommen.

»Mädchen, das ist Theresa, von der ich euch so viel erzählt habe«, rief Charlotte verzückt in die Runde und die übrigen Damen, drei an der Zahl, lächelten Theresa erwartungsvoll an. Die nickte allen dreien zu. »Hallo.«

»Sie ziehen also bei Charlotte ein?«, fragte eine der Damen, deren magerer Körper in einem türkisfarbenen Kleid steckte und die eine lange Kette mit einem gefiederten Anhänger um den Hals und ein Haarband mit einer eingesteckten Feder um den Kopf trug. Theresa versuchte, nicht darauf zu starren.

»Mit Ihrer Lebensgefährtin«, warf eine andere von Charlottes Begleiterinnen ein, die eine altmodische Hornbrille im Kontrast zu ihrer sehr modernen Frisur trug.

»Die auch Anwältin ist«, ergänzte die Dritte, die auffällig unauffällig war.

Theresas Gedanken überschlugen sich. Sie konnte nicht fassen, dass sie das gesamte Wochenende hatte verstreichen lassen, ohne einen Plan zu machen, wie sie Charlotte beibringen wollte, dass ihre langjährige, stabile Partnerschaft am Freitagabend zu Nichts zerfallen war.

»Ist sie das?«, fragte die Dame mit der Feder im Haar und Theresa wurde gewahr, dass die versammelte Runde nun zu Lena hinüberschaute.

Theresa schüttelte den Kopf und setzte zu einer Erklärung an. »Das ist –«

»Sehr hübsch«, stellte die Dame mit der Hornbrille anerkennend fest.

»Sie haben ja gar nicht erzählt, dass Ihre Lebensgefährtin Tennis spielt«, rief Charlotte erfreut aus. »Das ist ja wunderbar. Sie müssen wissen, ich bin begeisterter Tennis-Fan. Schon ewig.«

»Ja, das stimmt«, fielen ihre Freundinnen ein.

»Sie verpasst kein Spiel.«

»Nicht mal nachts.«

»Vor allem nicht nachts.«

Charlotte schüttelte lachend den Kopf. »Irgendwo ist immer Nacht. Als ob wir uns in unserem Alter noch mit sowas aufhalten müssten.«

»Aber die Nacht ist zum Schlafen da, Lottchen, sonst hätte der Herrgott sie nicht dunkel gemacht.«

»Ach, dein Herrgott, Klärchen«, wandte Charlotte sich an die unauffälligste ihrer drei Freundinnen, »der wollte vielleicht auch nur mal faul sein«, und hatte die Lacher auf ihrer Seite.

Theresa folgte dem Wortwechsel sprachlos. Sie bemerkte, dass ihr Mund noch immer offen stand und schloss ihn eilig.

»Aber wirklich, Theresa, das haben Sie mir nicht erzählt«, wiederholte Charlotte mit einer Spur Entrüstung. »Und dann gibt sie auch noch Unterricht.«

»Ich dachte, sie wäre auch Anwältin?«, warf ihre Freundin Klärchen fragend ein.

»Na, wahrscheinlich macht sie das hier ehrenamtlich, oder?«, entgegnete die Hornbrille.

»Da seht ihr mal, Mädchen, es gibt doch noch anständige junge Menschen, die nicht nur nehmen, nehmen, nehmen, sondern auch etwas zurückgeben.« Charlotte sah erst ihre Freundinnen und dann Theresa an, ein ergriffenes Strahlen in ihrem Gesicht. »Bravo.«

Auch die anderen Damen stimmten nickend ein und Theresa wusste nicht, wie ihr geschah. Sie wollte etwas sagen, aber sie bekam kein Wort heraus.

»Ach je, jetzt haben wir Sie ganz verlegen gemacht«, sagte die Hornbrille.

Charlotte hob die Hände und legte sie vor ihre Brust. »Das war nicht meine Absicht, Theresa, verzeihen Sie. Aber es ist so eine Freude, Sie hier zu treffen. Ich wollte schon ewig hierherkommen, müssen Sie wissen. Und ausgerechnet heute, wo es endlich klappt –« Charlotte schlug die Hände zusammen.

»Ja, sie wollte wirklich unbedingt hierher«, bestätigte die Federfrau.

»Sie hat uns keine Ruhe gelassen«, fiel die Hornbrille seufzend ein.

»Ich habe es lediglich ein paar Mal zur Sprache gebracht«, widersprach Charlotte erhobenen Hauptes. »Und wir waren schließlich auch in diesem unsäglichen Schnellrestaurant, in das du uns geschleppt hast, Mummelchen.«

»Das war kein Schnellrestaurant, sondern ein argentinisches Steakhaus«, verteidigte sich die Angesprochene mit der Hornbrille. Theresa sah sie verwirrt an. *Mummelchen?*

»Aber sie haben uns behandelt wie in einem Schnellrestaurant«, entgegnete Charlotte und bekam Rückendeckung von der Federfrau.

»Ja, das stimmt. Mich wollten sie überhaupt nicht bedienen.«

»Ach, Agathe, dich möchten sie nirgends bedienen, weil sie nicht sicher sind, ob bei dir noch alle Vögelchen im Nest sitzen, also ignorieren sie dich lieber«, erwiderte die Hornbrille – Mummelchen – und warf einen vielsagenden Blick auf den Federschmuck ihrer Freundin.

Theresa hätte die kurze Feuerpause in ihre Richtung nutzen sollen, um sich zu besinnen, aber sie schaffte es nicht, sich dem ihr bietenden Schauspiel zu entziehen.

»Mädchen, jetzt hört mal auf, wir überfordern die arme Theresa ja völlig«, versuchte Charlotte, ihren Freundinnen Einhalt zu gebieten.

»Oh«, entfuhr es Agathe und auch die anderen beiden schauten betroffen drein.

»Nein, nein, schon in Ordnung«, fand Theresa endlich ihre Sprache wieder. »Ich will Ihre Runde auch gar nicht weiter stören.«

»Ganz im Gegenteil, meine Liebe, Sie bringen Leben in die Runde«, winkte Mummelchen ab und griff sich an die Hornbrille.

»Ja, bleiben Sie noch, setzen Sie sich zu uns«, pflichtete Klärchen bei und Agathe winkte einer vorbeieilenden Bedienung, die aber in der Tat durch sie hindurchzusehen schien.

»Was hab ich gesagt«, flüsterte Mummelchen und rief der Bedienung hinterher. »Hallo? Fräulein? Könnten wir bitte noch einen Stuhl bekommen?«

Die Bedienung schaute etwas verwundert, drehte sich dann aber pflichtschuldig um und trug einen freien Stuhl von einem anderen Tisch herüber.

»Kommen Sie, Theresa, tun sie ein paar alten Schachteln den Gefallen. Leisten Sie uns noch einen Moment Gesellschaft«, sagte Charlotte und Theresa fluchte innerlich, konnte aber nicht anders, als sich den bittenden Blicken der vier Frauen zu ergeben. Sie nahm Platz.

»Ach, wie unhöflich von uns, jetzt haben wir uns noch nicht einmal vorgestellt.« Charlotte wies nacheinander auf ihre Freundinnen. »Das ist Klara oder Klärchen, daneben Hedwig, aber wir sagen nur Mummelchen. Ja, und das ist Agathe.« Die Letztgenannte hob die Hand und winkte.

»Schön, Sie alle kennenzulernen«, erwiderte Theresa höflich.

»Was ist denn mit Ihrer Hand passiert, Kindchen?«, fragte Klärchen besorgt.

»Ein kleiner Unfall im Haushalt. Nichts Ernstes.«

»Sehr ihr, die meisten Unfälle passieren in den eigenen vier Wänden, ich sag es ja immer wieder«, rief Agathe aus und griff nach ihrem gefiederten Anhänger, als böte dieser ihr Schutz.

»Ja, ja, das tust du«, pflichtete Mummelchen bei. Theresa konnte sich nicht einmal vorstellen, was hinter dem Spitznamen steckte. »Aber wenn Theresa demnächst bei Lottchen einzieht, ist ja keine von uns mehr ganz allein im Haus.«

Wieder spürte Theresa alle Blicke auf sich und sie räusperte sich, bereit, reinen Tisch zu machen oder zumindest die Vorbereitungen dafür zu treffen. »Charlotte, wegen des Mietvertrages –«

»Ach, keine Sorge, meine Liebe. Das ist doch nur eine Formalität. Ich muss gestehen, dass ich mich ein wenig despektierlich von Ihrer Lebensgefährtin behandelt gefühlt habe. Aber jetzt, wo ich weiß, dass sie in der Tat Besseres zu tun hat, als mit mir alten Schachtel Tee zu trinken, will ich mal nicht so sein.« Sie zwinkerte Theresa zu. »Zur Not können wir den Vertrag auch am Einzugstag unterzeichnen. Da wird sie dann ja wohl zugegen sein, oder?«

Theresa wollte widersprechen. Sie wollte erklären, dass Lena nicht ihre Lebensgefährtin war, dass genau genommen seit drei Tagen niemand mehr ihre Lebensgefährtin war. Dass sie leider unvorhersehbar zum Singledasein degradiert worden war, und dass sie damit wohl nicht mehr für Charlottes schöne Wohnung in ihrem wunderschönen Haus mit dem bezaubernden Garten infrage kam. Aber als sich ihr Mund öffnete, hörte sie zu ihrem eigenen Erstaunen etwas anderes herauskommen.

»Natürlich.«

»Bestens«, sagte Charlotte und nickte zufrieden. »Ich hatte schon angefangen, daran zu zweifeln, dass Sie überhaupt eine Lebensgefährtin haben«, sagte sie und lachte amüsiert auf. »Und dann hätten wir ein Problem gehabt, aber das ist ja jetzt vom Tisch. Ich freue mich wirklich sehr, Theresa.«

Theresa spürte, wie ihre Gesichtszüge sich zu einem zustimmenden Lächeln verzogen. »Wir uns auch.«

»Das verlangt doch nach etwas mehr als einem Bitter Lemon«, rief Mummelchen und winkte die Bedienung heran. »Fräulein, bitte bringen Sie uns eine Flasche Sekt und fünf Gläser.«

Die Bedienung zögerte und schaute unsicher zwischen ihnen hin und her. Vielleicht hoffte sie, dass sich die Bestellung noch als Scherz herausstellen würde, aber Mummelchen hatte sich bereits wieder ihren Freundinnen zugewandt und die schenkten der Bedienung keinerlei Beachtung. Also zog die junge Frau davon und kehrte wenig später tatsächlich mit der bestellten Sektflasche und den Gläsern zurück. Sie stellte alles demonstrativ auf dem Tisch ab und ließ sich Zeit, die Schutzkappe der Flasche zu entfernen. Als niemand Einspruch erhob, sondern sich im Gegenteil alle Augen auf die Flasche richteten, zog sie schließlich mit einem *Plopp* den Korken aus der Flasche und füllte die nebeneinander aufgereihten Gläser. »Dann Prost die Damen«, sagte sie und ging.

»Auf dich, Charlotte«, rief Agathe und reckte ihr Glas theatralisch in die Höhe, wo es im selben steilen Winkel stand wie die Feder in ihrem Haar.

»Und auf Sie, Theresa«, fiel Klärchen ein.

»Auf uns«, sagte Charlotte und nahm einen ordentlichen Schluck von ihrem Sekt. Die anderen taten es ihr gleich.

Theresa atmete tief durch und trank dann ebenfalls. Was hatte sie getan?

»Das ging aber schnell«, erklang eine Stimme hinter ihr und Theresa verschluckte sich. Hustend fuhr sie herum und erblickte Lena, die Tennistasche über der Schulter und ein spöttisches Lächeln im Gesicht. »Ich hab ja nicht wirklich geglaubt, dass du *nie* wieder Alkohol trinkst, aber mehr als drei Tage hätte ich dir schon zugetraut.«

Theresa konnte sie nur anstarren und war sich bewusst, dass sie wie das sprichwörtliche Reh im Scheinwerferlicht wirken musste. Lena schien es zu bemerken und runzelte leicht die Stirn, ehe sie den Blick in die Runde schweifen ließ und alle Augen auf sich gerichtet fand. Sie nahm es erstaunlich locker, als passierte ihr das öfter. Sie grüßte freundlich und wandte sich dann wieder Theresa zu. Die räusperte sich.

»Lena –«, begann sie, ohne eine richtige Idee, wie der Satz weitergehen sollte, was sich aber als nicht weiter tragisch erwies.

»Lena«, rief Charlotte aus und erhob sich aus ihrem Stuhl. »Ich bin Charlotte. Es ist mir ja so eine Freude, Sie kennenzulernen.« Sie gaben sich die Hand und Theresa presste die Augenlider fest aufeinander und wünschte sich zum wiederholten Mal innerhalb weniger Tage, im Boden versinken zu können. »Theresa hat so viel von Ihnen gesprochen, nur dass Sie Tennis spielen, das hat sie mir verschwiegen.«

»Hat sie das?«

»Oh ja. Sträflicherweise«, sagte Charlotte und ließ sich wieder in ihren Stuhl sinken. »Ich bin großer Tennis-Fan, müssen Sie wissen. Und ich finde es ganz wunderbar, dass Sie mit Ihrem Beruf auch noch die Zeit finden, nebenbei Tennisstunden zu geben.«

Jetzt schaute Lena etwas irritiert.

»Ja, Sie arbeiten ja sicher viel und dann noch so ein Ehrenamt, also, das finde ich ganz toll«, fuhr Charlotte fort.

Lena öffnete den Mund und schaute wieder zu Theresa, die sich endlich aus ihrer Starre lösen konnte.

»Jetzt habe ich ganz die Zeit aus den Augen verloren«, rief sie aus und erhob sich. »Wir müssen leider los. Wir haben doch noch eine Verabredung, erinnerst du dich?«, sagte sie und sah Lena eindringlich an.

Die nickte zögernd und setzte dann ein etwas schiefes Lächeln auf. »Richtig. Dann ... geh ich wohl mal schnell duschen«, sagte sie und hob symbolisch den Schulterriemen ihrer Tasche an. Sie winkte in die Runde. »Hat mich gefreut.«

»Ganz unsererseits«, versicherte Agathe und Mummelchen nickte mit einem etwas übertriebenen Grinsen. »Oh ja«, fiel auch Klärchen ein.

Theresa legte Lena die gesunde Hand an die Schulter und steuerte sie eilig in Richtung der Umkleiden, von denen sie wusste, dass sie auf der andere Seite des Clubhauses und somit in zumindest kurzzeitig sicherer Entfernung zur Terrasse lagen.

»Theresa, Sie melden sich, ja?«, rief Charlotte ihr nach.

»Aber natürlich. Vielen Dank, Charlotte. Ich rufe Sie an.«

Charlotte nickte erfreut und winkte ihnen nach.

»So ein hübsches Paar«, war Klärchen zu vernehmen und Lena stockte, aber Theresa schob sie entschieden weiter.

Als sie in den Gott sei Dank leeren Umkleiden angekommen waren, setzte Lena ihre Tasche auf einer der Bänke ab und drehte sich erwartungsvoll zu Theresa herum. Die hatte die Tür hinter ihnen geschlossen und lehnte mit dem Rücken dagegen.

»Theresa?«

Theresa hob abwehrend die Hände. »Es tut mir leid.«

»Was war das gerade?«, wollte Lena wissen, die immerhin nicht verärgert, sondern hauptsächlich verwirrt und ein wenig belustigt schien.

»Das war ein großes Missverständnis.« Eines, das Theresa leicht hätte aufklären können. Nur, dass sie es nicht getan hatte.

»Kann es sein, dass diese heitere Runde älterer Damen uns für ein Paar hält?«

»Ich werde das klarstellen«, versicherte Theresa, aber Lena sah sie weiter mit fragender Miene an und Theresa schloss kurz die Augen. »Sie glauben, du wärst Carolin. Oder vielmehr meine Lebensgefährtin. Offenbar habe ich Carolins Namen nie erwähnt.«

»Nicht, dass ich mich beleidigt fühle, aber warum glauben sie das? Und wer war das überhaupt? Sind das Kunden von dir?«

Theresa verschränkte die Arme vor der Brust. »Mandanten«, korrigierte sie automatisch. »Und nein.« Sie atmete tief ein. »Ich habe Charlotte neulich zufällig kennengelernt. Sie hat ein wunderschönes Haus und eine Wohnung, in die wir nächsten Monat einziehen wollten.«

»Du und Carolin.«

Theresa schnaubte. »Ja.«

Lena schürzte die Lippen. »Okay.« Sie breitete die Hände aus. »Und wo ist das Problem?«

»Das Problem ist«, setzte Theresa an und merkte, wie ihre Stimme kurz zitterte, »dass Carolin weg ist.« Sie räusperte sich. »Und dass ich zwar meine alte Wohnung gekündigt habe, aber noch keinen Mietvertrag mit Charlotte habe, die wiederum nur an Paare vermieten möchte. Sie glaubt nämlich an stabile Beziehungen und hält alleinlebende Menschen für ... unzuverlässig.«

»Also hast du mich für Carolin ausgegeben?«, fragte Lena ungläubig.

»Nein«, stellte Theresa entschieden klar, senkte dann aber den Blick. »Nicht direkt. Sie muss uns vorhin zusammen gesehen und falsche Schlüsse gezogen haben und ich ... habe es nicht gleich richtiggestellt und dann hat das Gespräch irgendwie seinen Lauf genommen.« Sie sah Lenas skeptischen Blick und fühlte sich plötzlich wie eine ihrer eigenen Mandantinnen, die genau wussten, dass sie etwas Unrechtes oder zumindest Ungeschicktes getan hatten, es aber einfach nicht zugeben konnten und sich stattdessen in Rechtfertigungen flüchteten. Sie hörte sich selbst, aber sie war unfähig, sich zu stoppen. »Ich war einfach überrumpelt. Ich habe nicht damit gerechnet, sie hier zu treffen.« Die Worte sprudelten regelrecht aus ihr heraus. »Es war nicht geplant. Und dann saß sie hier plötzlich mit ihren Freundinnen, denen sie offensichtlich schon von mir und meiner perfekten Lebensgefährtin erzählt hatte. Und sie schien so aufgekratzt und heiter und den Rest hast du ja miterlebt.«

Lena ließ sich auf eine Bank fallen und begann, sich die Socken auszuziehen. Die rot gefärbten Sandplatzschuhe hatte sie schon draußen abgestreift und in ein dafür vorgesehenes Regal gestellt.

»Nur dass ich das richtig verstehe: Du hast Angst, wenn du ... Charlotte?« Theresa nickte. »Wenn du ihr beichtest, dass du jetzt allein bist, dass du die Wohnung dann nicht bekommst?« Wieder nickte Theresa und registrierte, wie Lena die benutzten Socken achtlos auf den Boden warf. »Und du bist sicher, dass sie da nicht mit sich reden lässt?«

Theresa ließ sich ebenfalls auf eine der Bänke sinken. »Ziemlich sicher. Sie hat mehr als deutlich gemacht, dass sie definitiv nur an Paare vermieten würde. Eigentlich sogar nur an Verheiratete, aber für uns wollte sie eine Ausnahme machen.« Sie lachte bitter auf. »Wer hätte es gedacht, aber zwei lesbische Anwältinnen sind offensichtlich Stoff zum Angeben in gewissen Kreisen.«

Lena lachte. »Okay. Und es gibt keine Chance, dass du und Carolin ...«

»Nein«, sagte Theresa knapp und presste die Kiefer aufeinander.

Lena lehnte sich unter lautem Knarzen der Holzbank zurück. Sie schien nachzudenken. »Und wenn du es ihr nicht beichtest? Charlotte meine ich.« Theresa sah sie fragend an. »Oder zumindest nicht sofort. Wenn du ihr erst mal nicht sagst, dass Carolin weg ist. Oder dass ich nicht deine Lebensgefährtin bin. Sondern erst, nachdem du den Mietvertrag unterschrieben hast und eingezogen bist.«

»Aber das ...«, fing Theresa an.

»Wäre auch nur eine kleine Notlüge, oder?«, fuhr Lena unbeeindruckt fort, als wäre es die einfachste und logischste Sache der Welt. »Carolin beziehungsweise ich habe dich eben nicht vor ein paar Tagen verlassen, sondern erst unmittelbar nach dem Umzug. Charlotte wird dich schon nicht direkt wieder rausschmeißen. Ein paar Tränen, ein bisschen Drama ... wer weiß, vielleicht macht es das sogar noch spannender für sie und ihre Freundinnen.«

Theresa schluckte.

»Außerdem, du bist doch die Anwältin. Wenn du erstmal den Vertrag hast, kriegt sie dich doch so einfach gar nicht wieder raus.«

*Das stimmte natürlich*, dachte Theresa, ihren Verstand an den ersten rationalen Aspekt andockend. Aber sie wollte nicht gleich mit ihrer Vermieterin im Streit liegen. Sie sah Lena an. »Und für dich wäre das okay?«

Die zuckte mit den Achseln. »Ich muss ja nicht wirklich mit einziehen und ob Charlotte noch ein paar Tage mehr oder weniger glaubt, ich wäre deine Lebensgefährtin, hat keine Auswirkungen auf mich.« Sie runzelte die Stirn. »Oder glaubst du, sie ist öfter hier? Ich habe sie zumindest noch nie gesehen und ich glaube, diese Runde wäre mir aufgefallen.«

Theresa schüttelte den Kopf. »Nein, heute war wohl das erste Mal. Sie hat erzählt, dass sie schon immer mal hier essen wollte.«

Lena nickte. »Dann sehe ich kein Problem.«

Theresa schaute sie ungläubig an. Was Lena da vorschlug, war vielleicht nicht direkt illegal, aber auf jeden Fall moralisch fragwürdig. Und war sie nicht als Anwältin einem höheren moralischen Standard verpflichtet?

Sie schüttelte den Kopf. »Nein. Das geht nicht.« Sie konnte nicht unter Vorspiegelung falscher Tatsachen einen Vertrag unterzeichnen und auch noch eine unbeteiligte Dritte mit hineinziehen. »Entweder ich sage Charlotte die Wahrheit und versuche mein Glück oder ... oder ich schlage mir die Wohnung gleich aus dem Kopf.« Sie fuhr sich mit der unverletzten Hand durch die Haare. »Es ist wirklich lieb von dir, aber so geht es nicht.«

Lena hob die Hände. »War nur ein Vorschlag.«

Theresa lächelte sie dankbar an, war aber innerlich damit beschäftigt, sich Vorwürfe zu machen. Jetzt stiftete sie schon unschuldige Zufallsbekanntschaften zu fragwürdigen Aktionen an. Was war nur los mit ihr? Erst das Weingelage neulich Nacht, dann die Lügerei gegenüber Sebastian und jetzt das.

»Hey«, riss Lena sie aus ihren Gedanken. »Wir planen hier kein Verbrechen.« Sie schien kurz zu zögern. »Oder?«

Theresa schüttelte den Kopf. »Nicht direkt.«

»Siehst du. Es würde niemandem ein echter Schaden entstehen. Und der Wohnungsmarkt ist hart zurzeit.«

»Ich finde schon etwas«, sagte Theresa. Der Wohnungsmarkt war zwar in der Tat hart umkämpft, aber ob fair oder nicht, mit ihrem Verdienst und ihrem Beruf würde sie mit ziemlicher Sicherheit eine Wohnung finden. Zumal wenn sie ein paar Abstriche bei Lage und Ausstattung machte.

»Warum wolltet ihr überhaupt umziehen«, fragte Lena und Theresa strich sich durch die Haare und legte den Kopf in den Nacken. Tja, warum. Hätten die Dinge sich anders entwickelt, wenn sie nicht die fixe Idee gehabt hätte, unbedingt noch einen zusätzlichen Stressfaktor in ihr Leben zu bringen? Oder war es völlig belanglos gewesen, weil Carolin ihre Entscheidung längst getroffen gehabt hatte? Sie wischte die Gedanken beiseite und erhob sich.

»Es spielt keine Rolle mehr«, sagte sie und strich ihr Kostüm glatt. »Entschuldige, dass ich dich in mein Chaos mit hineingezogen habe. Und danke noch mal.« Sie lächelte matt. »Ich hoffe, ich habe dich nicht für alle Zeiten davon abgebracht, fremden Frauen zu helfen.«

»Keine Sorge.« Lena grinste.

»Alles Gute«, sagte Theresa und die beiden nickten sich noch einmal kurz zu, ehe Theresa die Kabine verließ.

Von einem Seiteneingang aus sah sie einen Weg, der direkt zum Parkplatz führte, und sie überlegte nicht lange. Sie wusste, sie würde Charlotte die Wahrheit sagen müssen, aber nicht heute Abend. Sie würde sie morgen anrufen oder noch besser bei ihr vorbeifahren, um die Sache geradezurücken.

Als sie in ihren Wagen stieg, spürte sie, wie das Handy in ihrer Tasche zum wiederholten Mal vibrierte, aber diesmal schien es ein Anruf zu sein. Sie zog es hervor, um einen kurzen Blick auf das Display zu werfen. Carolin. Sie drückte den Anruf weg und ignorierte auch die Nachrichten, die im Laufe des Tages eingegangen waren. Sie ließ das Handy in die Ablage fallen und legte die Hände um das Lenkrad, das in der abendlichen Sonne warm geworden war. Sie atmete ein paar Mal tief durch und fuhr dann los.

Als sie ein paar Stunden später mit einem Glas Wein auf dem Sofa saß, tippte sie eine kurze Nachricht an Carolin. *Du kannst deine Sachen morgen abholen. Ich fahre nach der Arbeit zu meiner Mutter.*

# 7

Der Verkehr war dicht, die Straßen schier verstopft mit Autos und Theresa fragte sich, worin der Reiz eines frühen Feierabends lag, wenn man dafür gefühlte Stunden im innerstädtischen Stau verbringen musste. Die Straßen waren bedeutend leerer, wenn sie sonst von der Arbeit kam, für gewöhnlich deutlich später. Aber heute hatte sie – zu Sebastians großer Erleichterung – die Kanzlei bereits am helllichten Nachmittag verlassen. Er hatte sich einmal mehr besorgt über ihre Gesichtsfarbe gezeigt und gefragt, ob sie überhaupt noch etwas essen würde.

Sie hatte auf den Besuch im Fitnessstudio verzichtet und war jetzt auf dem Weg zu ihrer Mutter, die in einem Viertel wohnte, das gerade noch um die Bezeichnung *sozialer Brennpunkt* herumkam. Theresa hätte sie gern zum Umzug in eine bessere Gegend bewogen, aber ihre Mutter hatte schon immer ihren eigenen Kopf gehabt. Auch das Angebot, ihr ein Auto zu finanzieren, hatte sie ausgeschlagen und Theresa hatte sie regelrecht beknien müssen, die Jahreskarte für das öffentliche Verkehrsnetz zu akzeptieren.

Theresa steuerte den Wagen geduldig durch den zähfließenden Verkehr und erreichte nach gefühlten Ewigkeiten endlich die Hochhaussiedlung, in der ihre Mutter noch immer wohnte, in derselben Wohnung, in der Theresa großgeworden war. Sie parkte den Wagen und nahm die Tüte mit den Einkäufen vom Beifahrersitz. *Lebensmittelspenden*, pflegte ihre Mutter zu sagen. Aber immerhin akzeptierte sie sie.

»Theresa, ich freu mich ja so«, rief ihre Mutter zur Begrüßung aus und umarmte sie mit aller Kraft, die ihr kleiner Körper vermochte. Mit ihren siebenundfünfzig Jahren maß sie knappe ein Meter fünfundsechzig und hatte so schmale Schultern, dass Theresa sich ihr gegenüber wie eine jamaikanische Sprinterin vorkam.

»Hallo Mama.«

Sie ließ sich in die Wohnung ziehen und stellte die Einkaufstüte in der Küche ab, wo sie gleich begann, die Lebensmittel und ein paar andere Dinge wegzuräumen. Ihre Mutter machte sich unterdessen daran, Kaffee zu kochen.

»Ich habe uns Kuchen mitgebracht«, sagte sie stolz und holte zwei große Stücke Schwarzwälderkirsch aus dem Kühlschrank. »Deine Lieblingstorte.«

Theresa lächelte. »Danke.« Sie brachte es noch immer nicht übers Herz, ihrer Mutter zu sagen, dass sie die Torte als Kind nur deshalb so geliebt hatte, weil es sie so selten gegeben hatte. Geld war in ihrer Kindheit immer knapp gewesen. Aber wie mit vielen Dingen im Leben war der Zauber schnell vergangen, als die seltene Köstlichkeit jederzeit erschwinglich geworden war.

Sie deckten den Tisch und setzten sich ins Wohnzimmer. Die Wohnung hatte auch einen kleinen Balkon, aber er ging zu einer belebten Straße hinaus und war um diese Uhrzeit keine Option.

»Was bringt dich denn hierher?«, fragte ihre Mutter, als sie Platz genommen hatten. »Ich habe mich ja sehr über deinen Anruf gestern gefreut, aber ein wenig überrascht war ich schon.«

»Ich hatte Zeit«, sagte Theresa, »und ich dachte, wir haben uns schon wieder eine ganze Weile nicht gesehen.«

Ihre Mutter goss ihr Kaffee ein und lächelte sie gutmütig an. »Du hast Zeit?«

Theresa spielte nervös mit dem Verband um ihre Hand.

»Und was ist überhaupt mit deiner Hand passiert?«

»Kleiner Unfall, nichts Schlimmes«, sagte sie und legte die Hand in den Schoß. »Mama, ich ...« Sie wusste nicht, wo sie anfangen sollte.

»Sags mir einfach«, ermutigte ihre Mutter sie und legte ihr eine Hand auf den Arm.

»Carolin und ich haben uns getrennt.«

Ihre Mutter nickte nachdenklich. »Das tut mir sehr leid.«

Theresa schluckte und schlug den Blick nieder.

»Wann?«

»Vor ein paar Tagen.«

Ihre Mutter drückte ihren Arm ein wenig fester. »Warum?«

Theresa unterdrückte ihre eigentliche Antwort. *Das musst du Carolin fragen.*

»Es passte einfach nicht mehr«, sagte sie stattdessen und wich dem Blick ihrer Mutter weiter aus, besorgt, dass sie zu viel preisgäbe, wenn sie es nicht tat.

Ihre Mutter schwieg, vielleicht ahnend, dass jetzt nicht die Zeit war. Sie tat Theresa ein Stück Torte auf und trank von ihrem Kaffee. »Was hast du jetzt vor?«, fragte sie schließlich und Theresa atmete auf.

»Ich muss mir eine neue Wohnung suchen.«

»Bleibt Carolin in eurer?«

»Nein. Wir müssen beide ausziehen. Der Vermieter braucht sie für seine Mutter«, entschied sich Theresa für eine einfache Variante der Wahrheit.

»Der Wohnungsmarkt soll ja gerade ziemlich schwierig sein. Hast du denn etwas in Aussicht?«

»Ich hatte. Aber das hat sich zerschlagen.« Eine weitere Simplifizierung der Wahrheit.

»Schade«, kommentierte ihre Mutter und eine Weile saßen sie beide einfach nur da und aßen von der Torte und tranken ihren Kaffee.

»Erinnerst du dich ...«, begann Theresa dann plötzlich, »an den Garten von Papas Eltern?« Sie wusste selbst nicht richtig, wo die Frage herkam.

Ihre Mutter ließ erstaunt die Gabel sinken. »Sicher.« Sie schloss kurz die Augen und schien sich das Grundstück ihrer Schwiegereltern in Erinnerung zu rufen. »Das war ein richtiger Park. Ich weiß noch, dass ich mich immer gefragt habe, wie viele Gärtner sie wohl beschäftigen mussten, um alles so gepflegt zu halten.« Sie hob die Gabel wieder und trennte ein mundgerechtes Stück Torte ab. »Ich habe deinen Vater mal gefragt, aber er wusste es nicht.« Sie zuckte mit den Achseln und aß weiter. »Wie kommst du jetzt darauf?«

Theresa stocherte in ihrem Rest Torte herum. »Die Wohnung, die ich in Aussicht hatte, gehört zu einem Haus mit einem wunderschönen Garten. Ganz anders als der von Papas Eltern, aber irgendwie muss ich seitdem immer daran denken.«

Ihre Mutter seufzte. »Dein Großvater war ein schwieriger Mensch. Ist es vermutlich immer noch. Aber wenn er über Architektur sprach und über die Gebäude, die er entworfen hatte...« Sie ließ den Satz unvollendet. »Den Garten hatte er auch selbst geplant und mitangelegt. Er war sein ganzer Stolz.« Sie seufzte einmal mehr. »Du warst so gern da.«

Theresa sah überrascht auf. »Wie bitte? Ich habe es gehasst.«

Ihre Mutter schüttelte den Kopf. »Nein, hast du nicht.«

»Doch. Natürlich. Ich habe dich angefleht, nicht mehr mitgehen zu müssen.«

»Das war später.«

»Später?«

Ihre Mutter spießte das letzte Stück Torte von ihrem Teller auf. »Dein Vater und ich waren oft mit dir dort. Auf der Wiese mit den Apfelbäumen hast du deine ersten Schritte gemacht.« Sie lächelte amüsiert. »Von der Picknickdecke schnurstracks ausgerechnet in die Arme deiner Großmutter. Den Gesichtsausdruck werde ich nie vergessen. Ich bin sicher, sie war nur zu uns rausgekommen, um sich über irgendetwas zu beschweren. Aber dann bist du auf sie zugestolpert und plötzlich hatte sie dich im Arm. Ihre Enkeltochter. Von da an haben sie sich wirklich Mühe gegeben. Zumindest für eine Weile.« Sie legte die Gabel zurück auf den Teller und sah Theresa mit beinahe leuchtenden Augen an, als wären die Erinnerungen plötzlich zum Greifen nah. »Phasenweise war ich zwei bis drei Mal die Woche mit dir dort. Sie haben dich mit Geschenken überhäuft.«

Sie lachte und Theresa dachte, dass sie Jahre jünger wirkte.

»Deine Großmutter hat es geliebt, dich auf dem Schoß zu haben und dir die Namen von jeder Pflanze und jedem Vogel laut vorzusagen. Und du hast irgendetwas gebrabbelt und gegiggelt und sie hat sich gefreut. Dein Großvater war etwas zurückhaltender, aber ab und zu hat er dich hochgehoben und mit dir Flieger gespielt. Das hat dir so gefallen, dass ich dachte, du erstickst vor Begeisterung.« Sie griff wieder nach ihrer Gabel, lachte dann aber erneut auf. »Einmal hast du ihm vor lauter Vergnügen auf Hemd und Krawatte gespuckt. Ich dachte, er würde schimpfen oder uns nach Hause schicken. Aber er hat dich nur von sich weg gehalten, dich kurz streng angeschaut und dann hat er tatsächlich gelächelt. Und ich habe deinen Großvater nicht oft lächeln sehen. Dann hat er dich an deine Großmutter weitergereicht und ist sein Hemd wechseln gegangen.«

Theresa starrte ihre Mutter mit offenem Mund an. Das alles hörte sie zum ersten Mal und konnte es nur schwer mit den wenigen Erinnerungen zusammenbringen, die sie an die Eltern ihres Vaters hatte. Ihre Mutter bemerkte ihren Blick und sah sie mit milder Miene an.

»Deine Großeltern hätten sich eine andere Schwiegertochter als mich gewünscht, das weißt du ja. Sie waren von Anfang an gegen die Beziehung und entsetzt, als ich schwanger wurde. Aber sie haben die Hochzeit ausgerichtet und deinem Vater den Job besorgt. Wir hätten auch bei ihnen im Haus wohnen können, aber das wollten wir nicht. Und als du dann da warst, da waren sie dann doch bemüht, die Familie zusammenzuhalten.« Sie zuckte mit den schmalen Schultern. »Zumindest, solange dein Vater noch am Leben war.« Sie aß den letzten Bissen ihres Tortenstückes und legte ihre Gabel quer über den Teller.

Theresa hatte das Gefühl, etwas in ihr habe sich losgerissen. Sie versuchte, diese neuen Informationen zu entschlüsseln, aber sie wusste weder wie noch wozu. »Ich kann mich nur an die Zeit nach Papas Tod erinnern. An die furchtbaren

Besuche, die Kälte, die Verbote.« Sie schüttelte sich, als ließe die bloße Erinnerung sie frösteln. »Ich hatte keine Ahnung, dass es mal anders war.«

»Du wolltest nie über sie reden«, wand ihre Mutter ein.

Das stimmte. Theresa hatte oft nach ihrem Vater gefragt. Wie sie sich kennengelernt hatten und wie er so gewesen war. Aber wann immer ihre Mutter von seiner Familie und seinen Eltern angefangen hatte, hatte Theresa abgeblockt.

»Warum auch. Sie waren furchtbare Menschen.«

Ihre Mutter seufzte. »Sie waren enttäuscht. Verletzt. Sie wollten mehr für ihren Sohn.«

»Verteidige sie nicht auch noch«, entfuhr es Theresa und sie legte entschuldigend eine Hand auf die ihrer Mutter.

»Tu ich nicht«, sagte diese und schloss ihre Finger um Theresas Hand. »Aber mit zunehmendem Alter und etwas Abstand sieht man vieles anders, Theresa. Ich heiße nicht gut, was sie getan haben, dass sie dir wehgetan haben.« Ihre Hand drückte fester zu. »Aber ich kann verstehen, dass sie für ihren Sohn nur das Beste wollten. Oder das, was sie dafür hielten.« Sie wartete, bis Theresa ihr in die Augen sah. »Das will ich auch für meine Kinder.«

Theresa nickte und versuchte, ihre Emotionen unter Kontrolle zu halten.

»Was ist wirklich passiert?«, fragte ihre Mutter und Theresa zog ihre Hand zurück, sicher, dass sie jegliche Kontrolle augenblicklich verlieren würde, wenn sie anfing, über Carolin zu sprechen.

Sie schüttelte den Kopf, und ihre Mutter schien zu verstehen. Sie nickte kurz und verschränkte ihre Arme vor sich auf der Tischplatte. »Gibt es etwas, das ich tun kann?«

Theresa schüttelte erneut den Kopf, blickte ihrer Mutter aber wieder in die Augen, auch wenn sie spürte, wie ihre eigenen feucht wurden.

»Gibt es etwas, das du tun kannst?«

Theresa schluckte und atmete einmal kräftig durch. »Weitermachen«, sagte sie dann. »Mein Leben leben.« Sie rieb sich die Augen und setzte ein Lächeln auf. Sie hatte nicht vorgehabt, ihre Mutter zu beunruhigen.

Die streckte einen Arm aus und ergriff Theresas linke Hand. Sie inspizierte den Verband und drehte die Hand dann so, dass sie in ihrer lag. »Versprichst du mir etwas?«

Theresa deutete ein vorsichtiges Nicken an. »Wenn ich kann?«

»Sieh zu, dass du auf nichts mehr verzichtest«, sagte ihre Mutter mit ernster Stimme und Theresa runzelte die Stirn. »Ich weiß, dass du auf so viel verzichten musstest. Wegen mir, wegen deines Vaters, wegen deiner Großeltern ...« Theresa wollte sie unterbrechen, aber ihre Mutter drückte ihre Hand ein wenig fester und bedeutete ihr mit einem Blick, sie ausreden zu lassen. »Es gibt so viele Dinge, die ich mir für dich gewünscht habe, und so vieles hat sich erfüllt. Ich bin so stolz auf dich und alles, was du erreicht hast. Aber ich wünschte, du hättest im Gegenzug nicht so vieles auslassen müssen. Und ich wünsche mir, dass du nie wieder auf etwas verzichtest. Nicht für mich, nicht für irgendwen. Wenn es also etwas gibt, das du willst, einfach nur, weil du es willst, dann lass dich durch nichts und niemanden stoppen.«

Theresa blinzelte gegen die Tränen an, die in ihr aufstiegen. »Mama –« fing sie an.

»Versprich es mir.«

Sie seufzte und fixierte ihre Mutter. Sie konnte sich nicht erinnern, dass sie jemals so gesprochen hatten. Ihre Mutter war nie der Typ Mutter gewesen, der sich besonders einmischte, hatte Theresa weitgehend selbst bestimmen lassen, selbst wenn es vielleicht besser gewesen wäre, sich einzumischen.

»Versprich es mir«, wiederholte ihre Mutter.

»Okay. Ja. Ich verspreche es.«

Ihre Mutter strahlte, drückte ihre Hand noch einmal fest und ließ dann los. »Willst du das noch?«, fragte sie mit einem Blick auf Theresas Teller und zog ihn dann zu sich heran, ohne wirklich auf eine Antwort zu warten. Sie stapelte die Teller übereinander und trug sie hinaus in die Küche.

Theresa blinzelte und versuchte, sich zu sammeln.

»Dein Bruder hat angerufen«, drang die Stimme ihrer Mutter durch die geöffnete Tür. »Er hat seine Prüfung bestanden.«

»Prima«, rief Theresa zurück und versuchte, ehrlich erfreut zu klingen, aber in Gedanken war sie weit weg.

Als sie viele Stunden später zu ihrem Auto ging, wurde es bereits dunkel und sie hatte noch immer das Gefühl, benommen zu sein. *Emotionales Schleudertrauma*, nannte man das nicht so? Nach den Enthüllungen am Kaffeetisch hatte ihre Mutter ausführlich berichtet, wie es ihrem Bruder ging, und Theresa solange ein schlechtes Gewissen gemacht, bis sie hoch und heilig versprochen hatte, sich bei ihm zu melden. Danach hatten sie einen Spaziergang durch die

Nachbarschaft und das angrenzende kleine Naturschutzgebiet unternommen. Das war, was Theresa an Kassel so mochte – selbst in den heruntergekommenen Gegenden war das nächste Naturschutzgebiet, der nächste grüne Abschnitt nie weit. Ihre Mutter hatte freundliche Worte für jeden, der ihnen entgegenkam, und schien tatsächlich die Mehrheit der umherstreifenden oder auf Bänken sitzenden Menschen zu kennen. Ab und zu erzählte sie Theresa von diesem oder jenem Schicksal und Theresa dachte wieder einmal, dass ihre Mutter ihre wahre Berufung verfehlt hatte. Theresa achtete darauf, dass ihre Mutter nicht zu sehr außer Atem geriet und sie Pausen einlegten, aber es schien ein guter Tag zu sein.

Anschließend hatten sie zusammen gekocht und ihre Mutter hatte von ihrer Arbeit erzählt, der schwierigen Auftragslage, den Sorgen ihrer Kollegen, die sie kannte, aber nicht zu teilen schien. Sie hielt nichts davon, sich vorzeitig aufzuregen.

Nach dem Abendessen hatten sie noch eine Weile auf dem Balkon gesessen und sich leise unterhalten, bis Theresa sich schließlich verabschiedet hatte. Sie versprach erneut, sich bei ihrem Bruder zu melden und anzurufen, wenn es Neues wegen ihrer Wohnsituation gab.

Gleich auf dem Weg zum Auto schickte sie Philipp eine Nachricht. Sie gratulierte zur bestandenen Prüfung und fragte, ob er an einem der kommenden Abende Lust hätte, mit ihr essen zu gehen. Es dauerte keine zehn Sekunden, bis eine Antwort eintraf und sie verabredeten sich für den übernächsten Abend.

Auf der Heimfahrt gingen Theresa immer wieder die Worte ihrer Mutter durch den Kopf. Sie konnte nicht glauben, dass ihre Großeltern jemals etwas anderes als Gleichgültigkeit ihr gegenüber empfunden hatten. Und sie konnte noch weniger glauben, dass sie das berührte.

*Die Wiese mit den Apfelbäumen.* Ob es das war, was sie an Charlottes Garten so in den Bann zog? Aber konnte das sein? Sie war noch so klein gewesen, sie hatte keinerlei Erinnerungen an diese Geschichte oder irgendetwas vor dem Tod ihres Vaters.

Sie schüttelte den Kopf und bog in die Tiefgarage ihres Wohnhauses ein. Erleichtert stellte sie fest, dass Carolins Stellplatz verwaist war. Sie parkte und machte sich auf den Weg nach oben. Sie war müde und wollte nur noch ins Bett, aber als sie die Wohnungstür aufschloss, bemerkte sie den Lichtschein in der Küche und dann die zwei Taschen am Fuße der Garderobe. Sie spürte Carolins Anwesenheit, noch ehe sie die Küche betrat.

»Hey«, sagte Carolin, die im Halbdunkel gegen die Anrichte lehnte.

»Was willst du?«, fragte Theresa und erschrak selbst ein bisschen über die Kälte in ihrer Stimme.

»Ich habe auf dich gewartet.«

Theresa verdrehte die Augen. »Das ist offensichtlich.« Sie wandte sich um und ging zurück in den Flur, um Schlüssel und Tasche abzulegen. Ihre Schuhe und die Jacke behielt sie an. »Hast du an der Straße geparkt?«, fragte sie über die Schulter und warf einen Blick in Richtung Arbeitszimmer. Durch die offene Tür sah sie mehrere gepackte Kisten.

»Um die Ecke«, räumte Carolin ein. »Ich war nicht sicher, ob du raufkommen würdest, wenn du mein Auto siehst.«

Theresa war zurück in der Küchentür und blieb dort stehen, die Arme verschränkt, die Hüfte und den Ellbogen an den Türrahmen gelehnt. »Wahrscheinlich nicht. Also? Was willst du?«

»Was ist passiert?«, fragte Carolin mit einem Blick auf ihre Hand und ihr besorgter Tonfall machte Theresa wütend.

»Ein kleiner Haushaltsunfall, nichts weiter«, wischte sie die Nachfrage beiseite. »Also?«

»Theresa«, sagte Carolin in einem Ton, als hätte Theresa etwas besonders Naives oder Dummes gesagt.

»Was, Carolin? Was?«, gab sie zurück, die Wut jetzt ganz nah an der Oberfläche.

»Ich will nicht, dass es so zu Ende geht«, sagte Carolin und Theresa lachte bitter auf.

»Das ist lustig. Ich wollte gar nicht, dass es zu Ende geht.« Sie sah Carolin herausfordernd an, die noch immer gegen die Anrichte lehnte, die Hände um die Kante der Arbeitsplatte gepresst.

»Theresa. Bitte. Es –«

»Wenn du noch einmal sagst, dass es dir leidtut«, unterbrach Theresa sie, ihre Stimme leise, aber schneidend. Sie schluckte Galle herunter. »Sag, was du sagen willst, und dann geh.«

Carolin zögerte, schien mit sich zu ringen, blieb aber stumm. Ihr Mund öffnete und schloss sich, ihr Blick fest auf Theresa gerichtet, ihr Gesichtsausdruck traurig und konsterniert. Nach einem langen Augenblick stieß sie sich ab, kam auf Theresa zu und blieb dicht vor ihr stehen. »Vielleicht verstehst du mich irgendwann.« Sie lächelte traurig. »Ich wollte dir wirklich nie weh tun.«

Theresa hielt ihren Blick und etwas zersplitterte in ihr. Sie merkte nicht, wie ihre Hand nach oben schnellte und ihr

Ziel traf, hörte nicht den Knall als ihr Handteller auf Carolins Wange traf. Aber sie sah die geweiteten Augen, die sie überrascht anstarrten, und dann die sich schnell rötende Haut. Und für einen kurzen Moment spürte Theresa etwas wie Genugtuung. Dann erschrak sie.

Sie trat einen Schritt zurück in den Flur, ihre Handfläche plötzlich unnatürlich warm und regelrecht pulsierend. Sie presste sie seitlich gegen ihren Oberschenkel und schloss sie schließlich zur Faust, während Carolin ungläubig ihre Wange betastete.

Theresa hätte nicht sagen können, wie lange sie so standen – eine Sekunde, zehn, mehr, weniger – bis Carolin schließlich von ihrer Wange abließ, schluckte und mit gesenktem Haupt an Theresa vorbei in den Flur ging. Die Wohnungstür fiel einmal mehr hinter ihr ins Schloss und Theresa zuckte zusammen.

Sie ließ die Luft aus ihren Lungen und schlug sich eine Hand vor den Mund. Ein leichtes Zittern durchlief sie. Sie hatte noch nie jemanden geschlagen, ihr ganzes Leben nicht. Ungläubig sah sie auf ihre rechte Hand, der bis auf das Pulsieren nichts anzumerken war, und versuchte, ihre Atmung und ihren Körper zu beruhigen.

Sie ging in die Küche und sah sich um, unschlüssig wonach sie suchte. Sie lief weiter ins Wohnzimmer und von da ins Arbeitszimmer. Überall standen Kisten, eilig gepackt und zugeklebt. Sie versuchte, sie zu ignorieren, und ging um sie herum zum Sekretär. Sie griff nach der kleinen Holzschachtel obenauf, in der sie stets Visitenkarten von Handwerkern oder anderen eher privaten Kontakten gesammelt hatten. Sie musste nicht lange suchen. Es war eine einfache weiße

Karte mit einem stilisierten gelben Tennisball vor roten Farbsprenkeln, die wohl den Sandplatzbelag darstellen sollte. Darunter nur ein Name, eine Telefonnummer und natürlich eine E-Mail-Adresse.

Theresa zog ihr Handy hervor und tippte die Nummer ein, gefolgt von einer kurzen Nachricht. *Gilt das Angebot noch? Theresa.* Sie atmete langsam aus und legte die Visitenkarte zurück in die Holzschachtel. Dann ging sie in die Küche zurück und öffnete den Kühlschrank.

# JULI

# 8

»Hey«, rief Lena und ließ ihren Schläger auf ihre Tasche fallen. »Da bist du ja.« Sie griff nach ihrer Trinkflasche und nahm einen kurzen Schluck, ehe sie den Rest der klaren Flüssigkeit über ihren Kopf goss.

»Hey«, erwiderte Theresa und versuchte, nicht auf Lenas durchnässtes T-Shirt zu starren. Der Juli hatte mit einer erneuten Hitzewelle begonnen und sie konnte beim besten Willen nicht verstehen, wie man bei diesen Temperaturen Sport treiben konnte. Zumal die Plätze bis auf einen Sonnenschirm auf Höhe des Netzes keinerlei Schatten boten.

»Gib mir zehn Minuten.«

»Ich warte auf der Terrasse.«

»Bis gleich«, rief Lena und packte ihre Sachen zusammen, während Theresa langsam in Richtung Clubhaus schlenderte.

Auf ihre Textnachricht neulich Nacht hatte Lena gleich am nächsten Morgen geantwortet. Natürlich stehe ihr Angebot noch. Sie hatten ein erneutes Treffen vereinbart, um die Details zu besprechen, und weil Theresa sich lieber früher als später zusammensetzen wollte, hatte Lena den Nachmittag des folgenden Tages vorgeschlagen. Sie habe eine freie Stunde zwischen ihren Nachwuchsgruppen und dem Privatunterricht am Abend. Wenn es Theresa nichts ausmache, könnten sie sich ja im Club treffen.

Jetzt ließ Theresa sich an einem Tisch nieder, der im Schatten lag, aber nicht unter dem Dach, das die Hitze noch zusätzlich zu stauen schien. Sie bestellte eine Apfelsaftschorle und ein Wasser und beschäftigte sich mit ihrem Handy.

»Entschuldige«, sagte Lena, als sie sich kurz darauf in den freien Stuhl neben ihr fallen ließ. »Wenn ich geahnt hätte, dass es so heiß wird, hätte ich einen anderen Treffpunkt vorgeschlagen.«

Theresa winkte ab. »Ich glaube, bei diesem Wetter ist es ziemlich egal, wo wir uns treffen. Heiß ist es überall.« Sie wies auf die Getränke. »Ich war nicht sicher, was du trinkst.«

»Passt beides für mich.«

Theresa griff zum Wasser und überließ Lena die Apfelschorle. »Musst du eigentlich bei jedem Wetter auf den Platz oder gibt es so etwas wie hitzefrei für Tennistrainer?«, fragte sie, nachdem sie beide getrunken hatten, noch nicht bereit, auf den eigentlichen Grund für ihr Treffen zu sprechen zu kommen.

»Bei Gewitter flüchten wir für gewöhnlich, aber sonst ist es die Entscheidung der Kunden. Bei den Kindern achtet der Club auf gewisse Grenzwerte. Und dann lässt sich natürlich was an der Trainingsintensität machen.« Sie nahm noch einen Schluck von ihrer Schorle. »Wie ist es denn bei euch Anwälten? Geht ihr bei dem Wetter ins Freibad statt ins Gericht?«

Theresas Mundwinkel zogen nach oben. »Touché.« Sie räusperte sich, wusste aber immer noch nicht recht, wie sie beginnen sollte.

»Du hast es dir also doch noch mal überlegt?«, kam Lena ihr entgegen und Theresa nickte dankbar.

»Ja.«

»Wie kommts?«

Sie starrte auf den langsam schmelzenden Eiswürfel in ihrem Glas. »Mir wurde geraten, mir zu nehmen, was ich haben möchte.«

»Guter Rat.«

Theresa war sich da nicht so sicher, aber nach dem Gespräch mit ihrer Mutter und der anschließenden Begegnung mit Carolin hatte sie lange wachgelegen. Sie hatte gegrübelt, wann sie das letzte Mal etwas nur für sich getan hatte. Nicht für Carolin oder deren Karriere, nicht für Sebastian oder die Kanzlei, nicht für ihre Mutter oder ihren Bruder oder weil sie davon ausging, dass es von ihr erwartet wurde. Sie hatte lange überlegen müssen.

»Also, was muss ich tun?«, riss Lena sie aus ihren Gedanken.

»Weiter so tun, als wärst du meine Lebensgefährtin. Und Anwältin.« Lena hob belustigt eine Braue, während Theresa noch einen Schluck von ihrem Wasser nahm. »Du müsstest den Mietvertrag mitunterzeichnen und dann auch weiter offiziell Mieterin bleiben, auch wenn du nicht mehr dort wohnst und wir offiziell getrennt sind.« Lena nickte. »Und es wäre gut, wenn wir für ein paar Wochen den Schein aufrechterhalten, dass wir zusammen dort wohnen.«

»Was heißt das konkret?«

Theresa hob die Hände. »Das hängt letztlich von dir ab, aber zuletzt war Carolin so viel unterwegs, dass es fast keine Lüge wäre, wenn wir behaupten, du wärst unter der Woche irgendwo auf Dienstreise. Wenn du dann ein- oder zweimal von Freitag auf Sonntag bei mir übernachten würdest, würde mir das etwas Zeit verschaffen, unsere Trennung glaubwürdig zu machen.«

Lena nickte. »Okay. Das sollte kein Problem sein.«

Theresa nickte erleichtert. »Sehr gut.«

»Aber sag mal, wenn Charlotte so vehement gegen das Vermieten an Alleinstehende ist, wer sagt dir dann, dass sie dich nicht einfach wieder rausschmeißt, sobald wir uns *getrennt* haben?«

Theresa seufzte. »Das Risiko besteht natürlich, aber zumindest habe ich dann einen gültigen Mietvertrag und eine Trennung ist kein rechtlich zulässiger Grund für eine Kündigung.« Sie schaute Lena prüfend an. »Im Idealfall schaffen wir es, dass Charlotte so viel Mitleid mit mir hat, dass sie mich auch so bei sich wohnen lässt.«

Lena lachte. »Soll ich dich in dieser fiktiven Beziehung vielleicht fiktiv betrügen?«, fragte sie und Theresa konnte sich ein Grinsen nicht verkneifen.

»Das wäre eine Option, aber darüber können wir uns ja noch Gedanken machen, wenn es soweit ist. Vielleicht können wir bis dahin auch besser einschätzen, was am erfolgversprechendsten ist.«

Lena nickte und Theresa kam zum nächsten Punkt auf ihrer mentalen Liste. »Bleiben das Finanzielle und das Rechtliche.«

»Ich vertrau dir, dass du mit deinem Anwaltseinkommen die Miete allein zahlen kannst und mich nicht um meine mageren Ersparnisse bringen willst«, erklärte Lena mit einem vielsagenden Blick.

»Das ist nicht mein Plan, aber neben der Miete wäre das Hauptproblem, dass wir nur gemeinsam kündigen können. Das heißt, wenn du aus irgendeinem Grund doch aus dem Mietvertrag raus wolltest, müsste ich entweder zustimmen und mitkündigen. Oder ich weigere mich, damit ich weiter einen gültigen Mietvertrag habe, aber dann kannst du nicht allein kündigen.«

Lena schien zu überlegen und ihr *Okay* klang dieses Mal etwas zögerlicher. »Aber ausziehen kann ich jederzeit?«

»Sicher. Aber du wärst eben weiterhin offiziell Mieterin.«

Lena seufzte.

»Ich habe natürlich nicht vor, dich gegen deinen Willen im Mietvertrag zu halten oder irgendwelche Kosten auf dich abzuwälzen«, ergänzte Theresa eilig. »Aber für alle Fälle habe ich noch eine Vereinbarung vorbereitet, die wir untereinander schließen können.«

»Und da steht was drin?«

»Da steht drin, dass ich für die Dauer des Mietverhältnisses auf alle Ansprüche gegen dich verzichte, also Miete, Nebenkosten oder was sonst noch an Sanierungsarbeiten, Reparaturen oder Schäden anfallen könnte.«

»Okay.«

»Um es ganz klar zu sagen, Lena: Das ist rechtlich eine Grauzone. Aber sollte es wirklich zum Äußersten kommen, hättest du etwas in der Hand, das vor Gericht vermutlich einen gewissen Wert hat.«

Lena grinste. »Ich schätze, wenn es zum Äußersten kommt, wäre der Gang zu Charlotte in der Tat einfacher, als gegen eine Anwältin vor Gericht zu ziehen.« Sie zwinkerte Theresa zu. »Oder zu einem meiner Freunde aus der Türsteherszene.«

Theresa schaute sie prüfend an. »Wirklich?«

Lena zuckte nur mit den Schultern. »Wer weiß.« Aber dann schlich sich doch ein schelmisches Grinsen in ihr Gesicht.

Theresa schüttelte den Kopf. »Wie auch immer«, kam sie wieder zur Sache, »Charlotte möchte dich nach wie vor noch einmal kennenlernen und Zitat ‚richtig vorgestellt bekommen'. Ich habe einen Termin mit ihr ausgemacht für das übernächste Wochenende. Den sie zweifellos nutzen wird, um dich schamlos auszufragen.«

»Auszufragen?«

Theresa schmunzelte. »Charlotte ist neugierig. Und sehr direkt in ihren Fragen.«

»Okay. Ist notiert. Gibt es Dinge, die ich wissen sollte? Hast du ihr schon Sachen über dich und Carolin erzählt?«

Theresa schüttelte den Kopf. »Nur dass sie, dass du auch Anwältin bist und in einer großen Kanzlei hier in der Stadt arbeitest. Deshalb geht sie ja davon aus, dass du hier nur nach Feierabend mal ein paar Stunden gibst. Ehrenamtlich.«

»Wie anständig von mir«, spöttelte Lena und beugte sich näher zu Theresa herüber. »Natürlich würden sich die Mitglieder hier niemals von einer Ehrenamtlichen trainieren lassen«, flüsterte sie. »Was nichts kostet, kann nichts wert sein.«

Theresa zögerte. »Häufig stimmt das ja auch.«

Lena sah sie amüsiert an. »Hm. Das sagen in der Regel nur Menschen mit sehr viel Geld.«

»Das eine hat nichts mit dem anderen zu tun«, stellte Theresa irritiert fest.

»Ach nein?«

»Nein«, bekräftigte Theresa, aber Lena sah sie noch immer mit hochgezogenen Brauen an. »Okay. Was kostet eine Stunde bei dir?«

»Kommt darauf an, ob du mich privat buchst oder über den Verein.«

»Privat.«

»Sechzig Euro aufwärts für die Einzelstunde.«

»Also sind sechzig Euro dein Basissatz?«

»Ja.«

»Und der ist bei allen Tennistrainern gleich?«

»Nein«, räumte Lena ein und schien zu verstehen, worauf Theresa hinauswollte. »Für gewöhnlich fängt er bei fünfunddreißig Euro an.«

»Und warum nimmst du mehr?«

»Weil ich besser qualifiziert bin und meine Zeit deshalb mehr wert ist.«

»Das heißt, bei einem Trainer, der nur fünfunddreißig Euro die Stunde nimmt, könnte ich nicht die gleiche Qualität erwarten?«

»Okay, okay, das war eine Steilvorlage«, sagte Lena und hob die Hände.

Theresa lächelte zufrieden.

»Aber wenn ich die Stunden wirklich ehrenamtlich geben würde, wäre die Qualität die gleiche. Die feinen Herrschaften würden nur einfach vermuten, dass ich weniger gut bin, weil ich kein Geld nehme.«

»Korrekt«, stimmte Theresa zu. »Und wie viele Menschen kennst du, die wirklich gut in einer Sache sind, was ja meistens der Fall ist, wenn man viel Geld und Zeit in etwas investiert hat, und die ihre Fertigkeiten dann umsonst anbieten?«

Lena lachte. »Okay, verstanden. Diskutiere nie mit einer Anwältin.« Theresa zuckte mit den Achseln und leerte ihr Glas. »Ich beantrage eine Unterbrechung der Beweisaufnahme.«

Theresa nickte. »Einverstanden.«

»Zurück zu Charlotte«, lenkte Lena das Gespräch wieder auf ihr eigentliches Thema und Theresa unterdrückte ein

Seufzen. Sie hätte liebend gern noch weiter über alles andere gesprochen als über ihren geplanten Betrug.

»Ich habe ihr erzählt, dass ich nach dem Studium mit zwei Freunden eine eigene Kanzlei eröffnet habe.«

»Okay.«

Theresa schluckte. »Sie weiß, dass *wir* seit über acht Jahren zusammen sind, und hat gefragt, ob wir nicht heiraten möchten, jetzt wo es legal ist.« Sie zögerte kurz. »Und ob wir Kinder möchten. Ich bin beiden Fragen ausgewichen und würde es bevorzugen, wenn wir es dabei belassen.«

Lena bedeutete ihr Einverständnis.

»Sie hat nach meiner Familie gefragt und ich habe ihr ein paar Dinge erzählt. Meine Mutter lebt hier in der Stadt und arbeitet in einem kleinen Betrieb, mein Vater ist gestorben, als ich noch ganz klein war. Ich habe einen Bruder, Philipp, zwölf Jahre jünger als ich, studiert Kunst.«

Lena hob die Brauen. »Ich hab das Gefühl, ich sollte mir Notizen machen.«

Theresa griff in ihre Tasche. »Nicht nötig.« Sie zog ein Blatt Papier hervor und Lena lachte.

»Ernsthaft?«

»Sicher ist sicher.«

Lena nahm den Zettel und faltete ihn auseinander. »Stehen hier auch deine Schuhgröße und dein Lieblingsessen?«

»Ich denke nicht, dass Charlotte danach fragt, und falls doch, darfst du dir etwas ausdenken. Ansonsten habe ich die Dinge aufgelistet, die Charlotte entweder schon weiß oder die du vermutlich wissen solltest.«

»Muss ich eigentlich wissen, was du genau tust? Oder was ich genau tue? Als *Anwältin*?«, fragte Lena zwinkernd.

»Ich bin auf Familien- und Erbrecht spezialisiert. *Du* bist auf internationales Wirtschaftsrecht spezialisiert. Ich denke nicht, dass Charlotte nach Einzelheiten fragen wird. Die wenigsten tun das, außer sie kennen sich damit aus.«

»Verständlich.« Lena faltete den Zettel wieder zusammen und legte ihn vor sich auf den Tisch. »Wir müssen also vor allem mit Fragen zu unserer Beziehung rechnen?«

Theresa nickte. »Davon ist auszugehen.«

»Okay. Wie habt ihr euch denn kennengelernt?«

Theresa schluckte und sofort waren die Bilder wieder da, die Erinnerungen an jenen Abend, als sie und Carolin sich begegnet waren. An den Moment, als Sebastian sie einander vorgestellt hatte, und die Minuten danach. An den Moment, der dem schönen Abend ein jähes Ende bereitet hatte, und an das, was danach passiert war. Die Autofahrt ins Krankenhaus, das lange Warten auf Antworten, die teilweise Entwarnung schließlich und die Erleichterung, die sich in einer ersten Umarmung Bahn gebrochen hatte.

Theresas Mund war wie ausgetrocknet und sie griff nach ihrem Glas, das aber leer war. Sie sah sich nach einer Bedienung um.

»Hey, wir können auch einfach sagen, wir haben uns über gemeinsame Freunde kennen gelernt.«

Theresa versuchte, sich zu entspannen, und ließ das leere Glas los. »Gute Idee.«

»Und die Dinge, die nicht auf deiner Liste stehen?«, fragte Lena und hatte wieder dieses leicht spöttische, verspielte Lächeln auf den Lippen. »Ich meine, wenn wir seit acht Jahren zusammen sind, kenne ich ja wahrscheinlich all deine Ticks und Macken.«

Theresa lehnte sich in ihrem Stuhl zurück. »Die kennst du wahrscheinlich jetzt schon«, sagte sie und wies auf den gefalteten Zettel. »Ich bin strukturiert und gründlich. Ich mag es, vorbereitet zu sein und wenn Dinge logisch sind und System haben. Ich bin Realist, pragmatisch und bis vor Kurzem dachte ich, mein Leben wäre perfekt.« Sie sah auf das leere Glas. »Vielleicht habe ich mich geirrt. Aber ich mochte es so, wie es war.«

Die Bedienung ging an ihrem Tisch vorbei und Theresa gab ihr ein Zeichen, dankbar für die Unterbrechung. »Noch ein Wasser, bitte, und –«, sie sah Lena fragend an, die nickte. »Und eine Apfelschorle.«

»Gern«, rief die Bedienung und verschwand wieder.

Lena räusperte sich. »Zeit, über mich zu reden, was?« Sie setzte sich zurecht und machte eine Bewegung, als wollte sie sich die imaginären Hemdsärmel aufkrempeln. »Was willst du wissen? Oder hast du ein Formular, das ich ausfüllen soll?«

Theresa legte den Kopf schief. »Führ mich nicht in Versuchung.«

Lena machte eine entschuldigende Geste.

»Wie alt bist du?«, stellte Theresa die aus ihrer Sicht nächstliegende Frage und Lena lachte.

»Einunddreißig.«

»Familie?«

»Mama, Papa, keine Geschwister.«

»Versteht ihr euch gut?«

Lena verzog das Gesicht. »Sagen wir, wir haben nicht das beste Verhältnis.«

»Aber wären wir wirklich seit acht Jahren zusammen, hätte ich sie wahrscheinlich schon einmal kennengelernt?«

Lena lachte. »Wenn wir wirklich acht Jahre zusammen wären«, sie schüttelte den Kopf, »dann hätte es sich wahrscheinlich nicht vermeiden lassen, nein.«

Theresa hob die Brauen. »Ist das wirklich so schwer vorstellbar?«

Lena grinste noch immer. »Schon.«

»Die acht Jahre oder wir beide?«

»Sagen wir einfach: Vor acht Jahren sah mein Leben sehr anders aus.«

Theresa runzelte die Stirn, ließ das Thema aber für den Moment fallen, als Lena keine Anstalten machte, mehr preiszugeben. »Bist du hier geboren?«

»Yep.«

»Nie weg gewesen?«, echote Theresa die Frage, die Charlotte ihr gestellt hatte.

»Hin und wieder.« Theresa sah sie fragend an. »Ich bin viel gereist, aber mein Wohnsitz war immer hier«, gab Lena wieder eine leicht kryptische Antwort.

Theresa zögerte kurz, beschloss aber, sich auf das zu konzentrieren, was mit Blick auf Charlotte wichtig war. Zum Beispiel die Frage, warum eine gut beschäftigte Anwältin nebenbei Trainerstunden in einem Tennisclub gab. Vielleicht half die Wahrheit, um eine glaubwürdige Lüge zu ersinnen.

»Wie bist du Tennistrainerin geworden?«

Lena lächelte spöttisch. »Ich bin zum Trainerjob gekommen wie fast alle, die als Trainer enden: Ich wollte Profispielerin werden.«

Theresa lachte. »Und?«

»Ich bin Profi geworden. Und dann hatte ich genug davon und bin Trainerin geworden.«

»Du warst Profi?«, fragte Theresa überrascht und Lena lachte verschmitzt.

»Ja. Aber es ist nur halb so glamourös, wie es klingt.«

»Was meinst du?«

Lena seufzte. »Im Grunde ist es wie mit jedem anderen Leistungssport auch: Du musst trainieren, trainieren, trainieren und wenn du nicht zur absoluten Spitze gehörst, fressen die Kosten für Training, Betreuerstab, Reisen etc. ganz schnell alles auf, was du an Preis- oder Antrittsgeldern verdienen kannst.« Sie zwinkerte Theresa zu. »Siehst du jetzt, warum ich es schwer vorstellbar finde, acht Jahre in einer festen Beziehung gewesen zu sein, noch dazu mit jemandem, der sich immer am selben Ort aufgehalten hat?«

Theresa nickte. »Wie lange warst du Profi?«

»Ein paar Jahre. Dann hat mein Körper gestreikt. Der Rücken, die Schulter, das Knie – irgendwas war immer verletzt. Zum Schluss hab ich mehr Zeit im Jahr mit Rehabilitation verbracht als im aktiven Turniergeschehen. Also hab ich aufgehört, den Trainerschein gemacht und hier bin ich. Der Club hat mich als Vereinstrainerin für die Kinder- und Jugendmannschaften angestellt und nebenbei darf ich ein paar Privatstunden geben.«

Theresa war nicht sicher, ob sie eine Spur von Bitterkeit heraushörte oder ob Lena wirklich so abgeklärt war, wie sie den Anschein erweckte. »Wenigstens kannst du noch spielen, oder?«

Lena zuckte mit den Achseln. »Mehr oder weniger. Für die Stunden reicht es und mit allem anderen bin ich durch.«

»Ich hoffe, ich trete dir nicht zu nahe, aber das klingt nicht, als wäre Tennis deine große Leidenschaft.«

Lena lächelte und wartete ab, bis die Bedienung, die ihre frischen Getränke brachte, wieder verschwunden war.

»Ich schätze, das ist es auch nicht mehr. Es war es mal. Es war eine Leidenschaft, dann war es ein Traum, dann ist es ein Beruf geworden und jetzt ist es einfach etwas, womit ich meinen Lebensunterhalt verdiene.« Sie hob ihr Glas und prostete Theresa zu.

Die erwiderte die Geste und trank ebenfalls. »Würdest du es wieder machen?«, fragte sie dann.

»Profi werden?« Theresa nickte und Lena schien nicht überlegen zu müssen. »Absolut.«

»Selbst wenn du wüsstest, wie es ausgeht?«

»Selbst dann«, bestätigte Lena, ohne zu zögern. »Damals war es die einzig richtige Entscheidung und ich hätte es immer bereut, wenn ich es nicht versucht hätte.« Sie machte eine Geste, als wollte sie sagen: *So einfach ist das.*

Theresa nickte nachdenklich. »Gibt es denn etwas anderes, das du heute gern tun würdest?«

Lena strich sich über die Haare, die sie wieder in einem simplen Pferdeschwanz trug. »Wenn ich könnte«, begann sie, schien aber Schwierigkeiten zu haben, den Satz zu vollenden, und Theresa runzelte überrascht die Stirn. »Ich hab immer gern fotografiert«, setzte Lena neu an. »Schon als ich noch auf der Tour war. Da war nie viel Zeit neben Training und Turnieren, aber wenn ich konnte, hab ich mir die Kamera geschnappt und draufgehalten. Hin und wieder hab ich mich mit den Fotografen auf der Tour unterhalten, Bilder ausgetauscht, den ein oder anderen Tipp gekriegt. Und über die Jahre ein paar Kontakte geknüpft.« Sie zuckte mit den Schultern. »Ich hab ein Angebot, bei einem sehr guten

Fotografen hier in der Stadt als Assistentin zu lernen. Das wäre eine Riesenchance.«

»Aber?«

»Es wäre ein Vollzeitjob. Keine geregelte Arbeitszeit. Ich müsste den Trainerjob hier aufgeben.«

»Und das willst du nicht«, vermutete Theresa, aber Lena schüttelte den Kopf.

»Ich kann ohne den Tennisplatz leben. Ich hab diesem Sport so viel geopfert, dass es für ein ganzes Leben reicht. Aber ich brauche das Geld.«

»Die Assistentenstelle wäre nicht bezahlt?«, fragte Theresa ungläubig.

»Nicht so, dass ich davon leben könnte.«

Theresa starrte sie weiter ungläubig an.

»Normale Ausbildungsvergütungen um die zweihundertfünfzig Euro sind im ersten Lehrjahr durchaus die Regel, später können es bis zu fünfhundert werden. Insofern hätte ich gleich doppeltes Glück mit diesem Quereinstieg. Ein bisschen mehr würde ich dann doch verdienen.«

»Noch nicht genug Glück, scheint mir.«

Lena nickte. »Leider. Und das bisschen, was ich noch an Erspartem habe, möchte ich ungern aufbrauchen, ohne zu wissen, wo neues Geld herkommt. Die Assistenz wäre ja nur der Anfang. Wenn ich mich danach selbstständig machen will, brauche ich auch Kapital.« Sie machte eine wegwerfende Handbewegung. »Es soll wohl nicht sein.«

»Das tut mir leid«, sagte Theresa und meinte es auch so. Sie hatte sich selbst alles hart erarbeiten müssen und auf wenig Unterstützung zurückgreifen können. Die Vorstellung, sie hätte ihre Träume aufgeben müssen, war schwer erträglich.

Sie sah, wie Lena ihre Enttäuschung hinter einem Lächeln zu verbergen versuchte. »Hey, ich schätze, ein Traum, der in Erfüllung gegangen ist, ist mehr, als die meisten Menschen kriegen. Zwei wären vielleicht zu viel des Guten.«

»Gibt es denn keine andere Möglichkeit?«, fragte Theresa vorsichtig.

»Ich könnte einen formalen Ausbildungsplatz suchen, aber das liefe letztlich auf dasselbe Problem heraus. Und für ein Studium fehlt mir neben dem Geld auch noch die Qualifikation. Ich war nicht gerade ein Streber in der Schule und bin früh abgegangen, um mich ganz auf mein Tennis konzentrieren zu können.« Sie nahm einen Schluck von ihrem Getränk. »Genug davon. Für Charlotte bin ich also Anwältin und gönne mir Tennis als Freizeitvergnügen.«

Theresa nickte. »Ja.« Dann schreckte ein plötzlicher Gedanke sie auf. »Könnte sie dich eigentlich kennen?« Lena sah sie fragend an. »Charlotte. Wenn sie so ein großer Tennis-Fan ist, könnte sie dich aus deiner Profizeit kennen?«

Lena schüttelte den Kopf. »Das kann ich mir nicht vorstellen. Ich war zwar gut genug, um ein paar Jahre dabei zu bleiben, aber um hierzulande in der Zeitung oder gar im Fernsehen erwähnt zu werden, musst du schon eines der großen Turniere gewinnen oder es bei einem Grand Slam ins Achtelfinale schaffen. Das ist mir leider nie gelungen.« Theresa atmete erleichtert auf und Lena lachte amüsiert. »Gern geschehen.«

»Entschuldige.«

»Schon gut.« Lena winkte ab. »Sofern sie also nicht zu Tennisturnieren rund um die Welt reist oder Spiele der deutschen Bundesliga besucht, was wirklich kaum jemand tut, sehe ich kein Problem.« Sie sah auf ihre Uhr. »Was meinst du, sind wir vorbereitet?«

»Nicht ansatzweise«, lachte Theresa, »aber es muss reichen. Ich schätze, wir sollten Fragen zu deinem Beruf einfach ausweichen und alles andere so einfach und detailarm halten wie möglich.«

»Klingt nach einem guten Plan«, stimmte Lena zu. Sie griff nach ihrem Getränk und leerte es. »Sag mal, was machst du eigentlich, wenn Charlotte wirklich hart bleibt und dich rauswirft, wenn du ihr sagst, dass wir uns getrennt haben?«

Theresa griff ebenfalls nach ihrem Glas. »Ich kann versuchen, sie etwas hinzuhalten. Sagen, dass ich noch Hoffnung auf eine Versöhnung habe.« Sie zwinkerte Lena zu, wurde dann aber ernst. »Letztlich haben wir einen gültigen Mietvertrag und solange du nicht kündigen willst, kann sie uns nicht einfach rauswerfen, egal, ob du nun mit mir dort wohnst oder nicht.«

Sie trank den letzten Rest ihres Wassers und genoss die kurze Erfrischung. Sie war nicht erpicht darauf, mit Charlotte auf Kriegsfuß zu stehen, aber zur Not würde sie um ihre Wohnung kämpfen.

Gut zwei Stunden später parkte Theresa ihr Auto im Königstor und betrat kurz darauf den Innenhof des Lokals, das sich mit dem Beinamen *Kassels älteste Kneipe* schmückte. Die Hitze schien zwischen den alten Mauern zu stehen und die Luft regelrecht zum Flimmern zu bringen, aber der Biergarten war dennoch gut besucht und die rund zweihundertfünfzig Plätze größtenteils besetzt. Philipp war es gelungen, einen kleinen Tisch zu ergattern, und er winkte Theresa, sich zu ihm zu setzen.

Der Besuch auf der Clubanlage hatte sie in Schweiß gebadet und sie war froh gewesen, erst einmal nach Hause fahren und duschen zu können. Ihr Kleid hatte sie gegen einen lockeren Sommerrock und eine luftige Bluse eingetauscht und ihre Pumps gegen ein paar offene Schuhe. Trotzdem ahnte sie, dass es keine fünf Minuten dauern würde, bis sie erneut durchgeschwitzt war.

»Philipp«, rief sie und er stand auf und nahm sie in den Arm. Auch nach all den Jahren war es immer noch ein seltsames Gefühl, dass ihr kleiner Bruder sie inzwischen überragte.

»Ich hätte uns schon mal was bestellt, aber ich wusste nicht, was du möchtest«, sagte er und ließ sich wieder auf den Klappstuhl fallen.

Theresa nahm ihm gegenüber Platz und musterte ihn. »Was ist denn mit deinen Haaren passiert?«

Philipps sonst eher unfrisierte Künstlermähne war einem modernen Schnitt gewichen und auch sonst wirkte er irgendwie anders.

»Mir war mal nach was Neuem«, sagte er achselzuckend, aber Theresa meinte, erkennen zu können, dass ihm eine leichte Röte in die Wangen stieg. »Und du«, er wies auf ihre legere Kleidung, »kommst du gar nicht aus der Kanzlei?«

»Ich habe früh Feierabend gemacht.«

»Schon wieder?« Theresa hob eine überraschte Braue. »Na, Mama hat erzählt, dass du sie Dienstag schon am frühen Nachmittag besucht hast.«

Theresa lachte. »Vielleicht war mir auch nach etwas Neuem.«

Philipp sah sie skeptisch an, aber in diesem Moment kam die Kellnerin an ihren Tisch und er bestellte eine große Cola und eine Ofenkartoffel statt des üblichen Steaks. Theresa warf ihm einen amüsierten Blick zu und entschied sich angesichts der Hitze für einen Salat und ein Wasser.

»Okay, was ist los?«, fragte sie, sobald sie wieder allein waren, aber Philipp heuchelte Unverständnis. »Seit wann isst du kein Fleisch mehr?«, hakte sie nach.

»Seit einer Weile«, sagte er und strich sich aus Gewohnheit durch die Haare, was witzig aussah, jetzt, wo die Seiten raspelkurz und nur das Deckhaar gerade noch lang genug war, dass es ihm in die Stirn fallen konnte. Er hatte zwar einen anderen Vater als sie, aber die gleichen dunklen Locken. Theresa fixierte ihn mit schief gelegtem Kopf.

»Was? Du solltest auch weniger Fleisch essen. Weißt du, was die alles in die Tiere reinschießen, ehe sie geschlachtet werden? Mal ganz abgesehen davon, dass sie leiden müssen.«

»Philipp?« Sie sah ihn weiter an, und einen Augenblick hielt er ihrem Blick stand, ehe er wie erwartet einknickte.

»Okay, okay. Sie heißt Marie.«

Theresa lächelte ihn amüsiert an. »Und?«

»Und ... wir haben uns auf einer Party kennengelernt.«

»Und ... seid ihr ...?«

Philipp sah auf die Tischplatte, die Hände zu beiden Seiten seiner Beine auf die Bank gestemmt. »Noch nicht«, murmelte er und Theresa lachte.

»Seht ihr euch wieder?«, fragte sie.

»Morgen Abend.«

Philipp sah auf und in seinen Augen stand eine fast greifbare Vorfreude.

»Was macht ihr?«, wollte Theresa wissen.

»Wir gehen in den Wald«, erklärte Philipp lakonisch, während die Bedienung ihre Getränke brachte. Theresa schaute ihn fragend an. »Eine Theatergruppe interpretiert Szenen aus Grimms Märchen an verschiedenen Stellen im Kaufunger Wald«, erklärte er und die Begeisterung, die in seiner Stimme mitschwang, mochte größtenteils seiner Begleitung gelten, aber sicher auch dem Rahmenprogramm. »Man geht in kleinen Gruppen, nur mit einer Laterne, ohne Taschenlampen oder Handys.«

»Das klingt ... romantisch«, gab Theresa zu.

»Ich weiß«, sagte Philipp, der die Hände mittlerweile auf den Tisch gelegt hatte und sich zurücklehnte.

»Hast du ein Bild von ihr?«, fragte Theresa, weil sie ein wenig neugierig war, wer ihrem Bruder so den Kopf verdreht hatte, und weil es viel schöner war, über junge Liebe zu sprechen als über erloschene.

Philipp zog sein Handy hervor und tippte nur ein, zwei Mal darauf herum, ehe er es auf den Tisch legte und zu ihr hinüberschob. Sie beugte sich vor und warf einen Blick auf das Bild, das eine junge Frau zeigte, die auf einer Wiese vor einen Baumstamm saß. Ihren Kopf hatte sie halb in den Nacken geworfen und irgendetwas außerhalb des Bildes musste sie zum Lachen gebracht haben. Ihr Lächeln offenbarte Grübchen und ein paar Lachfalten und Theresa schätzte, dass sie vielleicht etwas jünger als sie selbst war, aber definitiv deutlich älter als Philipp. Sie trug ein weißes T-Shirt mit aufgekrempelten Ärmeln, die den Blick auf ihre Arme und diverse Tattoos freigaben. Ein weiteres schien die linke Seite ihres Halses zu zieren.

»Wow«, sagte Theresa.

»Ja«, sagte Philipp und Theresa bemerkte, dass er wieder ein bisschen rot wurde. Sie musste lachen und schaute noch einmal auf das Bild. Marie war um einiges älter und tätowierter, als sie erwartet hatte, aber sie war zweifellos hübsch und ihr freies Lachen ließ sie sympathisch wirken.

»Studiert sie mit dir?«, versuchte Theresa diskret zu sein, aber Philipp gab ihr mit einem Blick zu verstehen, dass er sie durchschaute.

»Sie ist dreiunddreißig.«

Theresa grinste ertappt. »Und was macht sie?«

»Sie hat ihr eigenes Geschäft«, erklärte Philipp und in seiner Stimme lag ein Hauch von Stolz.

»Ah, ja?« Theresa hob interessiert die Brauen. Etwas Bodenständigkeit könnte Philipp sicher nicht schaden.

Der grinste. »Ja. Ein Tattoostudio.«

Theresa versuchte zwar, sich nichts anmerken zu lassen, aber Philipps Miene legte nahe, dass es ihr nicht ganz gelungen war, ihre initiale Reaktion zu verbergen. Ein Tattoostudio war vielleicht nicht die Art Geschäft, die sie im Sinn gehabt hatte oder mit Bodenständigkeit assoziierte. Vielleicht war sie doch spießiger, als sie dachte.

Sie schaute noch einmal auf das Bild einer lachenden Marie hinab und schob das Handy wieder zu Philipp hinüber. Der nahm es und warf ebenfalls noch einen kurzen, aber verträumten Blick darauf, ehe er es einsteckte.

»Du magst sie«, stellte Theresa fest und er nickte auf diese jungenhafte Art, mit hochgezogenen Schultern und einer Körpersprache, die sagte: Natürlich mochte er sie, was auch sonst.

Theresa legte die Hände vor sich auf den Tisch und schaute Philipp interessiert an. »Und was weißt du noch über sie, außer dass sie Vegetarierin ist und anderen Menschen gern Schmerzen mit Nadeln zufügt?«

»Sie steht auf Kunst und mag kreative Menschen«, erzählte er mit spürbarer Begeisterung. »Sie geht gern zu Ausstellungen oder Partys. Sie mag Country und Bluegrass und sie möchte gern in die USA und mit dem Camper durch Kentucky und den Mittleren Westen reisen. Sie liebt Whiskey und die Natur und sie ist witzig und hat ein ansteckendes Lachen.«

»Und der Altersunterschied macht dir nichts aus?«

»Warum sollte er? Du bist noch älter und dich hab ich auch gern.«

Theresa lachte und sah ein wenig neidisch in Philipps glückliche Miene. Wie konnte es sein, dass zwölf Jahre mehr das Leben so verkomplizierten?

Sie hob ihr Glas und bedeutete ihm, es ihr gleich zu tun. »Na dann, auf Märchen im Wald und dass sie dir Glück bringen.«

Sie stießen an und Philipp lächelte breit, die Röte zurück auf seinen Wangen. Theresa beschloss, das Thema zu wechseln. »Und sonst? Mama hat gesagt, du hast einen Job?«

Er nickte. »In einer kleinen Galerie, nichts Wildes. Ich helfe ein paar Stunden aus, dokumentiere, katalogisiere.«

»Das ist doch toll. Besser als Kellnern«, raunte sie mit einem verstohlenen Seitenblick auf die Bedienung, die gerade mit vollen Tellern an ihrem Tisch vorbeilief.

Philipp sah ihr nach und dann auf seine Hände, die jetzt gefaltet auf dem Tisch lagen. »Ja.«

»Macht es denn Spaß?«

»Geht so«, druckste er und im Nachhinein betrachtet, hätte Theresa gewarnt sein sollen.

»Ist das denn etwas Längerfristiges oder nur über den Sommer?«

Philipp schien zu seufzen und sah zu ihr auf, eine Spur von Verärgerung in seinen Zügen. »Ich weiß es nicht, Theresa. Es ist ein Aushilfsjob und er bringt Geld ein, okay? Mehr nicht. Es heißt nicht, dass ich Galerist werde.«

Theresa hob entschuldigend die Hände. »So habe ich es nicht gemeint, Philipp.« Sie sah ihn eindringlich an und er rollte mit den Augen. »Ehrlich.«

»Okay«, sagte er mit einem Achselzucken und sie atmete erleichtert auf.

Ihr Essen kam und Philipp machte sich über seine Ofenkartoffel her, während Theresa lustlos in ihrem Salat herumstocherte. Es machte sie traurig, dass Philipp und sie kaum noch miteinander reden konnten, ohne früher oder später über den einen Konflikt zu stolpern, den sie einfach nicht aufgelöst bekamen.

Philipp wusste natürlich, was Theresa über seine Zukunftspläne – oder aus ihrer Sicht seinen Mangel an Zukunftsplänen – dachte. Ab dem Moment, als er verkündet hatte, er habe sich für ein Kunststudium entschieden, waren sie zu Theresas großem Kummer mehrfach aneinandergeraten, obwohl oder vielleicht gerade weil sie ein so enges Verhältnis hatten.

Philipp war lange ziellos durch sein Leben geglitten, hatte seine Kindheit und seine Jugend weitgehend sorgenfrei genießen dürfen, während sie all die Jahre die volle Verantwortung für sich selbst und für ihn verspürt hatte. Sie war zwölf gewesen, als er zur Welt gekommen war, und ihre Kindheit hatte schlagartig geendet. Ihre Mutter hatte sich nach dem Tod ihres Vaters lange in die Arbeit gestürzt, später dann in wechselnde Affären und Alkohol. Theresa hatte nie sagen können, was zuerst und was in der Folge kam. Nicht dass es eine Rolle gespielt hätte. Ihre Mutter hatte Geld nach Hause gebracht, für ein Dach über ihren Köpfen, saubere Kleidung und ausreichend Essen gesorgt. Für alles andere war Theresa zuständig gewesen. Sie hatte Philipp vor der Schule zur Krippe und später zum Kindergarten gebracht, ihn nach Schulschluss wieder abgeholt, Pausenbrote geschmiert und Mittagessen gekocht, mit ihm gespielt und nebenbei ihre Schularbeiten erledigt. Und manchmal hatte sie auch erst ihn und dann sich selbst ins Bett gebracht. Während der *Schattenjahre* war ihre Mutter nur ein Schemen gewesen, der ab und zu aufgetaucht und wieder verschwunden, gekommen und gegangen war, oft in der Dämmerung, um noch *nach dem Rechten* zu sehen, bevor sie weiterzog.

Als Theresa für ihr Abitur gepaukt hatte, war Philipp eingeschult worden, und später hatte sie parallel zu ihrem Jurastudium Schulaufgaben mit ihm gemacht. Zu diesem Zeitpunkt war ihre Mutter bereits wieder zu einem geregelten Leben ohne Alkohol und Affären zurückgekehrt, aber Theresa und Philipp waren so aufeinander eingestellt gewesen, dass die Mutter den Alltag ihrer Kinder eher durcheinandergebracht als erleichtert hatte. Erst als Theresa längst im Hauptstudium und Philipp mitten in der Pubertät gewesen war, hatte sich die Lage langsam etwas normalisiert. Und als Philipp sein Abitur gemacht hatte, mit deutlich besseren Noten, als sie zu hoffen gewagt hatte, war Theresa so stolz auf ihn gewesen.

Sie hatte nicht erwartet, dass er in ihre Fußstapfen treten oder eine Banklehre machen würde, aber sie hatte doch gehofft, dass er sich für einen soliden und verhältnismäßig sicheren Beruf entscheiden würde. Im Gegensatz zu ihr war er schon immer kreativ gewesen und so hatte sie ihm über Sebastian ein Praktikum in einer Agentur besorgt.

Sie hatte gehofft, dass er sich vielleicht für Grafik oder Mediendesign entscheiden oder Gefallen am Marketing finden würde, in dem es ausreichend Jobs geben dürfte, solange es Unternehmen und Hersteller gab, die Produkte verkaufen wollten. Aber Philipp hatte abgelehnt und ihr eröffnet, dass er Kunst studieren wollte. Sie hatte gelacht, weil sie es kurz für einen Scherz gehalten hatte, und ab da war die Unterhaltung schnell eskaliert. Er hatte ihr vorgeworfen, ihn nicht ernstzunehmen, sie hatte ihm vorgehalten, nicht erwachsen werden zu wollen.

Zu einem späteren Zeitpunkt hatten sie es geschafft, ruhiger über das Thema zu reden, und Theresa hatte ihm vorgeschlagen, sich den Weg in den Schuldienst offenzuhalten. Diesmal hatte Philipp sie ausgelacht.

Sie hatte noch einen dritten Versuch unternommen, nachdem er die Aufnahmeprüfung der Kunsthochschule bereits geschafft und sich eingeschrieben hatte. Es war der Geburtstag ihrer Mutter gewesen und sie hatten um den Kaffeetisch herumgesessen, sie und Philipp, ihre Mutter und Carolin. Theresa hatte ihren Bruder mit sanftem Druck überzeugen wollen, doch wenigstens auf Produktdesign oder Visuelle Kommunikation umzuschwenken, weil es ihm später bessere Berufschancen eröffnen würde. Philipp hatte ihr vorgeworfen, sein Leben für ihn leben zu wollen. Was natürlich nicht stimmte. Sie wollte nur, dass er abgesichert war und ein gutes Leben hatte. Dass es ihm nicht wie ihrer Mutter erging, die ihr Leben lang hart gearbeitet hatte und trotzdem nie aus ihrer Hochhaussiedlung herauskommen würde. Von ihrer chronischen Herzschwäche und der verringerten Lebenserwartung ganz zu schweigen. Theresa wollte mehr für Philipp. Und es fiel ihr einfach schwer, zu sehen, was ihm ein Kunststudium später bringen sollte.

Ausgerechnet Carolin hatte die Situation damals entschärft. Sie und Philipp hatten immer einen guten Draht zueinander gehabt, auch wenn Theresa nie verstanden hatte, wieso.

Auf der Heimfahrt hatte Theresa sich noch einmal Luft gemacht und Philipps Naivität beklagt und Carolin hatte lange geschwiegen und sie reden lassen. Erst als sie schon fast zu Hause angekommen waren, hatte sie ihr vom Fahrersitz aus einen Blick zugeworfen und ihr ganz ruhig gesagt, dass sie aufhören müsse, Philipp zu bevormunden. Dass sie ihn selbst entscheiden lassen müsse, wer er sein und was er mit seinem Leben anfangen wolle. Dass es nicht Philipps Aufgabe sei, ihre Vorstellungen zu erfüllen.

Theresa war überrascht gewesen und verletzt. Sie hatte entgegnet, dass Carolin nicht wisse, wovon sie rede, dass sie nicht verstehen könne, wie das sei, aus unsicheren Verhältnissen zu kommen und sich alles selbst erarbeiten zu müssen. Das wiederum hatte Carolin verletzt, deren Familie unbestritten zur oberen Einkommensklasse gehörte und die sich ihr Leben lang dem gefühlten oder tatsächlichen Vorwurf ausgesetzt sah, ihr werde ohnehin alles geschenkt. Ein Wort hatte das andere gegeben und am Ende hatte ein handfester

Streit gestanden. Sie hatten sich entschuldigt und wieder vertragen, ehe sie zu Bett gegangen waren, aber sie hatten das Thema danach gemieden.

Jetzt saß Theresa Philipp gegenüber und suchte nach den richtigen Worten. Denn acht gemeinsame Jahre bedeuteten, dass Carolin ein Teil von Theresas Familie geworden war – und damit auch von seiner.

»Philipp?«

»Ja?« Er sah von seinem Essen auf, sein Gesichtsausdruck wieder wie zuvor, als wären sie nicht gerade an einem kleinen Abgrund vorbeigeschrammt.

»Hat Mama sonst noch was erzählt?«, fragte sie, aber Philipp schüttelte den Kopf.

»Nein. Wieso?«

Theresa legte ihre Gabel zur Seite und schob ihre Unterarme vor ihren Teller auf den Tisch. »Carolin und ich, wir haben uns getrennt«, sagte sie und hörte selbst, wie hölzern es klang.

»Oh«, sagte Philipp, »okay«, und sah sie bestürzt an. »Warum?«

Theresa zögerte. Wenn sie diese Unterhaltung noch öfter würde führen müssen, sollte sie wirklich langsam eine Standardantwort auf diese Frage parat haben. Aber Philipp sah sie abwartend an, echte Betroffenheit in seinem Blick, und etwas in ihr gab nach.

»Ich bin nicht sicher«, sagte sie und spürte zu ihrem Entsetzen, wie ihre Wange feucht wurde. Sie drehte schnell den Kopf zur Seite und wischte sich verstohlen eine Träne weg. Philipps Blick dann wieder begegnend zwang sie sich zu einem Lächeln. »Das Leben geht weiter.«

»Okay«, sagte Philipp, aber es klang eher nach dem genauen Gegenteil. Er stocherte einen Moment in seiner Kartoffel herum und schien es zu vermeiden, sie anzuschauen. »Und was jetzt?«

Theresa zuckte mit den Schultern und sah ihn mit hochgezogenen Brauen an, die Lippen fest aufeinandergepresst, solange sie ihrem Sprachzentrum nicht traute. Sie blickte auf ihren Teller hinab und nahm wie beiläufig ihre Gabel wieder auf.

»Carolin wird die Stadt verlassen«, sagte sie schließlich. »Sie hat einen neuen Job angenommen. In München.« Sie sah wieder zu Philipp auf. »Sie soll schon nächsten Monat anfangen. Also ..., wenn du ...« Sie konnte den Satz nicht vollenden, aber Philipp schien zu verstehen.

»Seid ihr«, fragte er zögernd, »ich meine, habt ihr euch, wie nennt ihr Anwälte das, einvernehmlich getrennt?«

Theresa dachte an die Ohrfeige und fast meinte sie, wieder das Pulsieren in ihrem Handteller zu spüren. »So ähnlich.«

»Also nicht«, sagte Philipp. »Habt ihr ... hat sie«, fing er an, aber Theresa unterbrach ihn und legte eine Hand auf seinen Unterarm.

»Es spielt keine Rolle, Philipp.« Sie schüttelte den Kopf und sah ihm fest in die Augen. »Es spielt keine Rolle.«

»Wenn du meinst.« Er sah auf ihre Hand und den Verband, den Theresa inzwischen immer schneller und immer besser anlegen konnte. »Hat das was damit zu tun? Mama sagte was von einem Unfall.«

Theresa verdrehte die Augen. »Nein. Das war meine eigene Dummheit.«

»Schlimm?«

Sie schüttelte den Kopf. »Nächste Woche werden die Fäden gezogen und dann bin ich wieder wie neu.« Zumindest auf ihre Hand würde das wohl zutreffen.

»Okay«, sagte Philipp wieder und wartete, bis sie seinen Blick erwiderte. »Kann ich irgendwas für dich tun?«

Sie lächelte. »Du kannst deine Ofenkartoffel aufessen, ehe sie kalt wird, und dann kannst du mir noch etwas über deine künftige Freundin erzählen.« Und als Philipps Züge sich sichtbar aufhellten und er wieder diesen träumerischen Blick bekam, fühlte sich das Lächeln auf ihrem Gesicht beinahe wieder echt an.

# 9

»Ach, nehmen Sie doch noch ein Stück Kuchen, bitte«, forderte Charlotte sie auf. »Ist doch ganz frisch und es wäre eine Schande, wenn ich ihn einfrieren müsste.«

Theresa stöhnte innerlich und dachte, dass sie wohl doch mehr Sport würde treiben müssen, wenn sie noch öfter bei Charlotte zu Besuch sein würde. Lena hingegen schien keine derartigen Bedenken zu haben.

»Gern«, sagte sie und hob ein weiteres Stück von dem Käsekuchen auf ihren Teller. »Der ist aber auch wirklich lecker. Vielen Dank.«

»Nicht wahr?«, bestätigte Charlotte und griff nach einer großen Porzellankanne. Heute hatte sie ein Service mit dunkelgrünem Motiv auf weißem Untergrund eingedeckt. »Und Sie können es sich ja erlauben. Kaffee?«

Theresa fing Lenas amüsierten Blick auf. »Danke«, sagte sie zu Charlotte gewandt und hielt ihr die Tasse entgegen. Sie warf einen verstohlenen Blick auf die Uhr. Sie waren seit einer guten halben Stunde hier und bisher war alles gut gegangen.

Charlotte hatte noch ein oder zwei Anspielungen auf die Schwierigkeiten bei der Terminfindung gemacht, aber das Thema dann fallen lassen. Sie hatte sich kurz nach Lenas Arbeit erkundigt, aber wie erwartet schnell das Interesse verloren, nachdem die Begriffe Wirtschaftsrecht, Bilanzierung,

Steuerrecht und internationale Finanzmärkte gefallen waren. Stattdessen hatte die Unterhaltung sich schnell dem Tennis zugewandt und Charlotte hatte unter anderem wissen wollen, wie Lena zu dem Sport gekommen war.

»Ich bin in den Tennis-Boom nach Boris Becker und Steffi Graf hineingeboren«, hatte Lena erzählt und in wenigen Sätzen das Bild einer Vierjährigen nachgezeichnet, die mit ihrem kleinen Holzschläger das erste Mal auf einem Tennisplatz gestanden hatte. Ab da sei sie dabeigeblieben und spiele noch heute gern ein paar Stunden die Woche, als Ausgleich zu den vielen Stunden am Schreibtisch.

Theresa hatte wissend genickt, aber sich plötzlich gefragt, ob Lenas zwiespältiges Verhältnis zum Tennis auch die Ursache für das schwierige Verhältnis zu ihren Eltern war.

Charlotte hatte nach den Trainerstunden gefragt und Theresa hatte wahrheitsgemäß geantwortet, dass sie Kinder und Jugendliche unterrichtete, aber natürlich den wahren Umfang und die Art ihres Engagements verschwiegen. Überhaupt schien Lena es äußerst gut zu verstehen, Fragen zu beantworten, ohne mehr preiszugeben, als sie musste, und Charlotte in ihren Annahmen zu bestätigen, ohne geradeheraus lügen zu müssen.

Theresa hätte sich also zurücklehnen können, aber sie blieb angespannt. Einerseits, weil sie immer noch fürchtete, eine unerwartete Frage oder eine unbedachte Antwort könnte ihr Lügenhaus zum Einstürzen bringen. Andererseits, weil sie ihr schlechtes Gewissen Charlotte gegenüber plagte. Sie hasste sich dafür, sie anzulügen, auch wenn Lena natürlich recht hatte und niemandem echter Schaden entstand. Trotzdem war ihr nicht wohl dabei, Charlotte so gezielt hinters

Licht zu führen. Neulich Abend im Tennisclub war es etwas anderes gewesen, da hatte sie nur spontan reagiert oder besser gesagt nicht reagiert. Aber heute handelten sie mit Vorsatz.

»Es ist ja nur eine Schande, dass man die Spiele heute nicht mehr frei im Fernsehen schauen kann«, beklagte Charlotte gerade, während sie auch Lenas Kaffeetasse noch einmal auffüllte. »Früher liefen die großen Turniere ja alle im öffentlich-rechtlichen Fernsehen. Ich bin schon zu allen möglichen Zeiten vor den Fernseher gezogen und wenn es mitten in der Nacht war. Kein Spiel habe ich verpasst. Aber heute«, sie machte ein trauriges Gesicht, »heute muss man ja irgendwelche privaten Sender abonnieren und teure Gerätschaften im Haus haben.« Sie winkte ab. »Das ist nichts für mich. Ich kenne mich mit diesen neuen Dingen nicht aus.«

»Sagen Sie Bescheid, wenn wir Ihnen helfen können«, sagte Lena und zwinkerte Charlotte zu. »Wäre doch gelacht, wenn wir es nicht hinbekämen, dass Sie sich demnächst wieder die Nächte um die Ohren schlagen können.«

Charlotte lachte und schaute zu Theresa. »Und Sie sind wirklich gar kein Tennis-Fan?«

Theresa schüttelte den Kopf. »Ich weiß, wie gezählt wird und was ein Grand Slam ist, aber das war es dann auch schon.«

Charlotte machte ein ungläubiges Gesicht. »Da müssen Sie aber noch dran arbeiten, Lena.«

»Ich habe noch nicht aufgegeben«, sagte die und Theresa spürte zwei paar Augen auf sich.

»Wie haben Sie beide sich denn überhaupt kennengelernt?«, fragte Charlotte und Theresa war fast schon erleichtert, dass die Fragen, die sie am meisten gefürchtet hatte, nun wohl endlich kamen.

»Über gemeinsame Freunde«, sagte sie wie vereinbart.

»Ach ja?«, fragte Charlotte interessiert und sah Lena erwartungsvoll an, die sich aber gerade eine Gabel Kuchen in den Mund geschoben hatte und es bei einem zustimmenden Nicken beließ.

»Der Freund eines Freundes war mit Lena an der Uni«, führte Theresa unverfänglich aus.

»Sie sind ein paar Jahre auseinander, oder?«, stocherte Charlotte weiter.

»Fünf Jahre«, bestätigte Lena, nachdem sie ihren Kuchen heruntergeschluckt hatte. Sie tätschelte Theresas Knie. »Deshalb kann ich mir ja auch noch ein zweites Stück Käsekuchen gönnen.«

Theresa hob eine Braue und versuchte, sich die kurze Irritation über die Hand auf ihrem Knie nicht anmerken zu lassen.

»Mein Metabolismus ist einfach noch besser in Schuss«, fuhr Lena mit einem Zwinkern fort.

»Oder es liegt an den Stunden, die du auf dem Tennisplatz verbringst«, hörte Theresa sich zu ihrer eigenen Überraschung in das Geplänkel einfallen.

»Wenn du einfach mal mitkommen würdest, könntest du auch noch ein Stück essen«, sagte Lena und zog ihre Hand zurück.

»Ich wüsste gar nicht, wo ich das hinstecken sollte«, winkte Theresa ab. »Ich bin wirklich satt.«

»Tja, langsamer Stoffwechsel«, kommentierte Lena und Charlotte lachte amüsiert.

»Mein Friedrich war sogar sechs Jahre älter als ich, das hatte mitunter auch seine Vorteile. Er hatte ja schon lange den Führerschein und ein eigenes Motorrad, als wir uns kennengelernt haben.« Einen Augenblick schien sie in Erinnerungen zu schwelgen. »Aber, wenn ich das fragen darf«, sagte sie dann und lehnte sich in ihrem Sessel ein Stück vor, »wie haben Sie denn gewusst, dass Sie ... also, wie merken zwei Frauen, dass sie beide ... aneinander interessiert sind?«

Theresa spürte, wie ihre Brauen nach oben schossen. Sie hatte versucht, auf jede mögliche Frage vorbereitet zu sein, die Charlotte ihnen stellen konnte. Mit dieser hatte sie nicht gerechnet.

Neben ihr erstickte Lena ein Lachen.

»Ja, entschuldigen Sie, das ist vielleicht eine naive Frage«, sagte Charlotte, »aber ich – oder vielmehr wir haben uns das wirklich gefragt. Und wir haben keine Antwort gefunden.«

Theresa schmunzelte. Das *Wir* bezog sich höchstwahrscheinlich auf Charlottes Klassenkameradinnen: Mummelchen, Klärchen und Agathe.

Sie sah hilfesuchend zu Lena, die immer noch in sich hinein zu grinsen schien. Theresa sah sie auffordernd an und Lena blinzelte und setzte sich in ihrem Sessel zurecht.

»Ähm, also«, fing sie etwas unsicher an Charlotte gewandt an, fing sich dann aber. »Ich würde sagen, es zeigt sich ziemlich schnell in der Begegnung oder im Gespräch. Ich meine, wenn ein Mann und eine Frau sich begegnen, merken sie doch auch ziemlich schnell, ob da ein generelles Grundinteresse ist. Eine Attraktion.« Sie warf Theresa einen kurzen Seitenblick zu. »Ein Blick, der einen Moment länger verweilt, Gesten, Mimik, die ganze Körpersprache. Bei zwei Frauen ist es genauso. Und dann kommen noch ein paar soziale Codes dazu, die vielleicht einen Hinweis geben. Wie ich mich kleide, wie ich mich style, welche Musik ich höre, welche Filme ich schaue«, sie zuckte mit den Achseln. »Bestimmte Wörter oder Redewendungen.«

Theresa runzelte die Stirn. Sie hatte sich nie Gedanken dazu gemacht, aber Lenas Erklärung klang einleuchtend.

»Ah ja«, sagte Charlotte, die interessiert zugehört hatte. »Aber stimmt es nicht auch, dass Lesbierinnen so ein Ding haben ... wie hat Agathe das noch genannt? Eine Art Radar ...« Sie schien nach dem richtigen Wort zu suchen und wieder spürte Theresa, wie Lena neben ihr dagegen ankämpfte, laut loszulachen.

»Einen *Gaydar*?«, fragte Theresa ungläubig.

»Ja«, rief Charlotte aus und strahlte. »Genau!«

Theresa fragte sich kurz, wie sie in die absurde Situation gekommen war, einer Achtundachtzigjährigen das Wort *Gaydar* erklären zu müssen.

»Damit ist letztlich dieselbe Sache gemeint«, kam Lena ihr zuvor. »Eine Art sechster Sinn, der uns empfänglich für all diese Signale macht.«

»Sehr interessant«, sagte Charlotte und sah von Lena zu Theresa und wieder zurück. »Und so war das bei Ihnen also auch, als Sie sich zum ersten Mal begegnet sind?«

»Definitiv«, sagte Lena, während Theresa sich noch fragte, ob Charlotte beabsichtigt hatte, auf diesem Weg wieder zu Fragen nach ihrer Beziehung zurückzukommen. »Anfangs war Theresa etwas abweisend, aber um ehrlich zu sein«, sie beugte sich zu Charlotte hin und senkte die Stimme zu einem konspirativen Flüstern, »war sie da auch etwas verkatert.« Sie zwinkerte Theresa zu. »Dann gab es definitiv Blickkontakt und viel Körpersprache und einen Moment später hatte ich sie schon im Arm.«

Theresa dachte an den Beinahezusammenbruch in ihrem Hausflur zurück, nachdem der Anblick der Scherbe in ihrer Hand in Kombination mit den Nachwirkungen ihres Alkoholkonsums in der Nacht zuvor etwas zu viel für sie gewesen war, und sie merkte, wie sie rot wurde. »Ich bin gestürzt«, fühlte sie sich zu einer Erklärung für Charlotte gezwungen. »Und Lena hat mich aufgefangen.«

Lena seufzte gespielt und legte kurz ihre Hand auf Theresas Unterarm. »Manchmal machen sich die fünf Jahre eben doch bemerkbar.«

Charlotte schaute amüsiert drein, sagte aber nichts und so fuhr Lena fort. »Ja, und dann haben wir ein paar sehr schöne Stunden verbracht. Besuch in der Notaufnahme inklusive.«

Theresa warf ihr einen finsteren Blick zu, der größtenteils ernst gemeint war. Hatten sie nicht vereinbart, ausweichend zu antworten? »Ich hatte mir ... den Knöchel verletzt«, sagte sie an Charlotte gewandt.

»Oh. Sie scheinen sich ja öfter zu verletzen, meine Liebe. Aber ich sehe, dass der Verband von neulich weg ist?«

Theresa betrachtete ihre Hand und die sauber verheilenden, feinen Narben. Seit die Fäden gezogen worden waren, brauchte sie die Wunde nicht mehr zu verbinden, und die diensthabende Ärztin, glücklicherweise nicht Isabell, hatte ihr Mut gemacht, dass sie schon bald keinerlei Beeinträchtigung mehr spüren würde. »Ja, alles wieder in Ordnung«, sagte sie und wollte ihre Hand gerade wieder schließen, als sich Lenas Finger zwischen die ihren schoben.

»Das höre ich gern«, sagte Charlotte. »Aber so ein Ereignis schweißt natürlich zusammen«, fuhr sie fort und schaute wieder Lena an, die sie offenbar als das schwächere, auskunftsfreudigere Glied in der Kette ausgemacht hatte. »Das kann ich mir schon vorstellen.«

»Oh ja«, stimmte Lena zu, ihre Hand noch immer mit Theresas verschlungen und auf ihrem Oberschenkel ruhend. »Seitdem sind wir sozusagen unzertrennlich.« Sie drehte sich zu Theresa um und warf ihr einen zuckersüßen Blick zu. »Manchmal muss man eben einfach nur zur richtigen Zeit genau am richtigen Ort sein.«

»Ach, junge Liebe«, rief Charlotte aus. »Ich hoffe, Sie sind genauso nachsichtig mit mir wie Theresa«, wandte die sich an Lena, »aber ich muss doch noch einmal fragen: Möchten Sie denn nicht heiraten, jetzt wo es gesetzlich möglich ist? Es ist ja offensichtlich, dass Sie beide zusammengehören.«

Theresa spürte, wie Lena ihre Hand kurz drückte. Vermutlich aus Erheiterung oder um ihr zu signalisieren, dass sie die Situation unter Kontrolle hatte.

»Theresa hat mir schon erzählt, dass Sie eine große Verfechterin der Ehe sind«, sagte Lena an Charlotte gewandt. «Ich kann mich da nur anschließen. Meine Eltern waren schon zu Schulzeiten zusammen und sind seit bald fünfunddreißig Jahren verheiratet. Sicher, es gab auch mal schwierigere Zeiten, aber am Ende zählt doch, dass man füreinander da ist, nicht wahr?« Charlotte nickte und ihr Gesichtsausdruck verriet, dass Lena ihr offensichtlich aus dem Herzen sprach. »Erst recht, wenn Kinder da sind. Ich meine, wer Kinder in die Welt setzt, sollte ihnen doch stabile Verhältnisse bieten.«

Theresa griff nach ihrer Tasse und ließ sich Zeit, einen großen Schluck Kaffee zu trinken. Sie hoffte inständig, dass Charlotte sich mit Lenas Antwort zufriedengeben würde, die streng genommen natürlich keine Antwort war.

»Theresa hat mir erzählt, dass Sie fast sechzig Jahre verheiratet waren?«, fuhr Lena fort und Charlotte legte ergriffen eine Hand auf ihre Brust.

»Ja, in der Tat. Im Grunde bin ich es ja noch immer, auch wenn Friedrich schon seit über zehn Jahren tot ist. Aber ich habe nie das Gefühl, wirklich allein zu sein, wissen Sie?«

»Wie haben Sie sich denn kennengelernt?«, hakte Lena nach und Charlotte setzte sich strahlend zurecht, offensichtlich zu einer längeren Erzählung ausholend.

»Friedrich und ich sind ja beide hier in Wehlheiden aufgewachsen. Das war damals noch wie ein kleines Dorf für sich. Jeder kannte jeden.«

Theresa beschloss, die Gelegenheit zu nutzen, und entschuldigte sich. »Ich müsste mal kurz Ihre Gästetoilette benutzen, Charlotte.«

»Aber sicher, Sie kennen sich ja aus«, unterbrach die kurz ihren Redefluss, ohne aufzusehen, und fuhr dann mit ihrer Erzählung fort. »Durch den Altersunterschied hatten Friedrich und ich natürlich erstmal keinen direkten Kontakt, aber seine jüngere Schwester war mit der älteren Schwester von Klärchen befreundet.«

Theresa stand auf und drückte kurz Lenas Schulter, so wie sie es vermutlich bei Carolin getan hätte, ehe sie in den Flur ging und von dort die kleine Gästetoilette betrat, die etwas versteckt hinter der Haustür lag. Sie hatte eigentlich nicht vorgehabt, Lena und Charlotte allein zu lassen, aber Lena schien sich bestens behaupten zu können.

Während Theresa sich die Hände wusch, schaute sie in den kleinen runden Spiegel über dem Waschbecken. Sie sah eigentlich aus wie immer, dasselbe vertraute Abbild, das ihr jeden Morgen entgegen schaute. Und doch hatte sie in letzter Zeit immer öfter das Gefühl, einer Fremden zu begegnen. Sie drehte den Wasserhahn zu und trocknete sich die Hände an dem kleinen Gästehandtuch ab. Sie fuhr sich durch die Haare und zupfte an ein, zwei Strähnen. Es änderte nichts.

Als sie in den Wintergarten zurückkehrte, hatte Lena ihren Sessel näher an Charlottes herangerückt und die beiden Frauen waren in ein vor ihnen auf dem Tisch liegendes Fotoalbum vertieft.

»Und das waren wir auf unserem ersten Ausflug. Sah er nicht schneidig aus?«, sagte Charlotte mit stolzerfüllter Stimme und Theresa meinte, ihre Augen feucht schimmern zu sehen. Sie musste ihren Friedrich wirklich geliebt haben.

»Sehr«, stimmte Lena zu und Theresa zog sich ihren Stuhl ebenfalls ein wenig zurecht, damit sie einen Blick auf die Bilder werfen konnte.

Sie blätterten sich weiter durch die Jahre, die Hochzeitsbilder und die Taufbilder der Kinder und bis hin zu ein paar Urlaubsfotos ohne die Kinder, mit denen das Album endete. Charlotte strich liebevoll über eine der letzten Aufnahmen, die ihren Friedrich zeigte, wie er als noch immer athletischer Mann neben einem Gipfelkreuz stehend ins Tal hinabblickte, tiefe Zufriedenheit in seinem Blick.

»Ja, wenn Sie noch mehr sehen möchten«, sagte sie mit einem Seufzer und klappte das Album zu.

»Wahnsinnig gern«, sagte Theresa und setzte eine zerknirschte Miene auf, die nur zum Teil gespielt war. »Aber wir haben leider noch einen Anschlusstermin.« Sie warf einen betonten Blick auf ihre Armbanduhr. »Wegen der Übergabe der alten Wohnung.« So gern sie auch weiter mit Charlotte in einer glücklichen und scheinbar sorgenfreien Vergangenheit schwelgen würde, wollte sie den Besuch doch kurzhalten und damit das Risiko gering, dass doch noch etwas schiefging.

Charlotte nickte. »Aber natürlich. Ich will ja nicht Ihren kompletten Samstag in Beschlag nehmen.«

»Beim nächsten Mal?«, fragte Lena und sah aus, als würde sie sich ebenfalls freuen, noch ein wenig länger durch die Lebensgeschichte von Charlotte blättern zu dürfen.

»Gern«, strahlte Charlotte und setzte sich zurecht, während Lena und Theresa ihre Sessel wieder in die ursprünglichen Positionen schoben. »Wegen des Mietvertrages«, fuhr Charlotte dann fort, »jetzt, wo ich Sie beide kennengelernt und zusammen erlebt habe, habe ich umso mehr ein gutes Gefühl, was Ihren Einzug betrifft.«

Theresa versuchte, sich nichts anmerken zu lassen, aber innerlich atmete sie erleichtert auf. Sie spürte Lenas Hand, die sanft ihren Unterarm drückte.

»Aber ich hätte noch eine Bedingung«, fuhr Charlotte fort. »Ich möchte den Vertrag gern zeitlich befristen.«

»Befristen?«

»Ja, wissen Sie, ich habe ein gutes Gefühl, ein sehr gutes, aber in meinem Alter hat man gelernt, dass Vorsicht besser ist als Nachsicht. Für den Fall, dass ich in den kommenden Monaten feststelle, dass mir das doch zu viel wird und ich mich unwohl fühle in meinen eigenen vier Wänden, hätte ich gern die Möglichkeit, es mir noch einmal anders zu überlegen.«

Theresa spürte, wie sie unwillkürlich die Luft anhielt, und sie zwang sich dazu, langsam und kontrolliert auszuatmen.

»Und was heißt das?«, fragte Lena, die unsicher von Charlotte zu Theresa und wieder zurück zu Charlotte sah.

»Ich würde das Mietverhältnis gern auf ein Jahr befristen.«

Theresa spürte, wie Lena ihre Hand zurückzog, aber sie war zu sehr damit beschäftigt, die Gedanken in ihrem Kopf zu ordnen. Eine Befristung war ihr nie in den Sinn gekommen. Warum auch. Es war praktisch nicht mehr zulässig, Mietverträge zu befristen. Nur in Ausnahmefällen, etwa wenn ... *Die Enkeltochter*, schoss es ihr durch den Kopf. *Natürlich.* Eigenbedarf war ein akzeptabler Grund für eine Befristung.

Theresa realisierte, dass Charlotte sie fragend ansah, und sie räusperte sich. »Charlotte, das kommt jetzt sehr überraschend. Darüber haben wir nie gesprochen.«

»Das stimmt. Ich habe mir das auch in den letzten Tagen erst überlegt. Wie gesagt, das soll keine Schikane sein, Theresa, Lena, bitte glauben Sie das nicht. Aber mir ist einfach wohler, wenn ich eine Absicherung für den Notfall habe. In meinem Alter ... bitte verstehen Sie das.«

Theresa schüttelte den Kopf. Sie verstand es in der Tat, aber Charlottes Plan machte ihr einen dicken Strich durch die Rechnung. »Ich verstehe Sie natürlich, Charlotte, aber verstehen Sie mich, verstehen Sie uns auch. Wir haben unsere alte Wohnung gekündigt und möchten natürlich ungern hier einziehen und Gefahr laufen, relativ schnell wieder auf der Straße zu stehen.«

»Ich glaube ja gar nicht, dass es soweit kommt, aber sollte ich wirklich merken, dass mir das alles zu viel wird, würde ich Ihnen natürlich ausreichend Zeit lassen, eine neue Wohnung zu finden. Wir müssten ja ohnehin rechtzeitig vor Ablauf der Befristung entscheiden, wie es weitergehen soll.«

Theresa sah zu Lena hinüber, die sie mit hochgezogenen Brauen ansah und ein Grinsen zu unterdrücken schien. Sie selbst konnte der Situation aber keinen Humor abgewinnen, also schaute sie wieder zu Charlotte.

Die hielt plötzlich ein paar bedruckte Bögen Papier in der Hand.

»Ich verstehe, wenn Sie erst noch einmal darüber nachdenken wollen. Hier ist der Mietvertrag.« Theresa erkannte einen vorgefertigten Mustervertrag. »Ich habe das mit der Befristung schon mal aufgenommen, aber Sie können das ja noch mal überprüfen. Für Sie als Anwältinnen ist das ja ein Klacks.« Charlotte reichte die zusammengeklammerten Blätter über den Tisch und Theresa nahm sie entgegen und überflog sie. Sie wurde schnell fündig.

»Ich würde mich wirklich freuen, wenn das klappt«, sagte Charlotte unterdessen an Lena gewandt. »Ich finde es immer noch ganz großartig, dass wir uns begegnet sind und dass Sie beide hier einziehen möchten. Ich habe ja schon ein wenig unter Einsamkeit gelitten in den letzten Jahren und ich habe so ein gutes Gefühl mit Ihnen beiden.«

»Das geht uns ganz genauso«, erwiderte Lena und Theresa war nicht sicher, ob sie ihr dankbar sein sollte, dass sie das Gespräch am Laufen hielt, während sie selbst nach einem Ausweg suchte, oder ob sie beleidigt sein sollte, weil Lena offenbar ihren Spaß an dieser jüngsten Entwicklung hatte. »Aber Sie haben ganz recht, Charlotte, wir müssen einfach noch mal darüber nachdenken.«

Theresa nickte und Charlotte legte die Hände in den Schoß und sah sie zufrieden an. »Dann machen wir das so.« Sie nickte in Richtung des Vertrages in Theresas Händen. »Sie dürfen natürlich beide Gärten mitbenutzen und es gibt noch eine Waschküche im Keller, die Ihnen ebenfalls zur Verfügung steht. Ach, und die Garage vorn an der Straße gehört auch zum Haus, hatte ich das erwähnt?«

Theresa schüttelte den Kopf.

»Doch, doch. Da ich selbst kein Auto habe, könnten Sie die auch benutzen. Aber jetzt gehen Sie erstmal, damit Sie pünktlich zu Ihrem nächsten Termin kommen. Und dann rufen Sie mich doch an, wenn Sie noch eine Nacht über alles geschlafen haben, ja?«

Charlotte erhob sich und strahlte sie an und Theresa steckte den Vertrag in ihre Aktentasche und stand ebenfalls auf. Lena im Schlepptau folgte sie Charlotte zur Haustür, noch immer etwas benommen.

Sie wurden überschwänglich verabschiedet und dann hinaus in die Kühle des Gartens entlassen. Der Juli blieb ein ständiges Wechselbad aus Hitze und Abkühlung und gerade waren sie in einem Temperaturtief mit Tageshöchstwerten um neunzehn Grad.

Theresa ging stumm den Gartenweg entlang, die rechte Hand fest um den Griff ihrer Tasche geballt. Erst als sie die Straße erreicht hatten, blieb sie stehen und drehte sich zu Lena um, die ihr Lachen jetzt nicht mehr unterdrückte. »Entschuldige«, sagte sie mit erhobenen Händen, »aber wenn du nicht die Leidtragende wärst, fändest du es auch witzig. Wir spielen hier Theater, um Charlotte auszutricksen, und am Ende hat sie unwissentlich uns ausgetrickst.«

Theresa schüttelte wütend den Kopf. »Sie weiß, dass wir praktisch keine Wahl haben.« Sie starrte zurück in Richtung Haus. »Sie ist gerissen, das muss ich ihr lassen.«

Lena schob die Hände in die Taschen ihrer Jeans. »Was willst du jetzt machen?«

Theresa seufzte. »Was kann ich schon machen? Ich kann versuchen, zu pokern und sagen, dass wir nur ohne Befristung unterschreiben, aber ich bin mir ziemlich sicher, dass mir mehr daran liegt, die Wohnung zu bekommen, als Charlotte daran, sie an uns zu vermieten.«

»Ist so eine Befristung denn überhaupt rechtens«, fragte Lena skeptisch.

»Unter Auflagen«, erklärte Theresa frustriert. »Genau genommen ist es ein Zeitmietvertrag, der nicht gekündigt werden muss, sondern zur vereinbarten Frist einfach abläuft, und der ist rechtens, wenn der Vermieter vorab einen gesetzlich anerkannten Grund für die Befristung angibt.« Sie hielt die Aktentasche mit dem Mustervertrag in die Höhe. »Und das hat sie.«

Lena sah sie fragend an. »Und zwar?«

»Eigenbedarf. Im Vertrag steht, dass ihre Enkeltochter im kommenden Sommer wieder herziehen will.«

Lena runzelte die Stirn. »Die Enkeltochter, für die sie schon mal alles renovieren lassen hat und die dann doch nicht eingezogen ist?«

Theresa lachte bitter. »Wer weiß. Es ist auch egal. Rein rechtlich genügt schon die Nutzung als Zweit- oder Wochenendwohnung, also lässt sich das Ganze schwer widerlegen.« Theresa schüttelte erneut den Kopf über ihre eigene Dummheit, während Lena nachzudenken schien.

»Und wenn wir mit Befristung unterschreiben?«, schlug sie vor.

»Dann stehe ich nicht nur vielleicht, sondern nach zwölf Monaten ganz sicher auf der Straße, weil Charlotte mir oder vielmehr uns noch nicht einmal kündigen müsste.«

Lena blickte auf ihre Schuhe und dann wieder zu Theresa. »Und wenn du die Karten auf den Tisch legst?«

»Nach dem Theater gerade?«, erwiderte Theresa und wies mit ihrer freien Hand in Richtung des hinter ihnen liegenden Grundstücks.

»Ja, okay«, räumte Lena ein und blickte betreten drein. »Tut mir echt leid.«

Theresa drehte sich um und schaute auf die kleine Pforte, die sie von ihrem Ziel zu trennen schien.

»Wir haben es versucht«, seufzte Lena hinter ihr, aber Theresa hörte wieder die Worte ihrer Mutter.

*Wenn es etwas gibt, das du willst, dann lass nichts dich stoppen. Du hast auf so viel verzichtet.*

Sie holte tief Luft. »Und wenn«, begann sie und drehte sich zu Lena herum, »du doch mit einziehst?«

Lena schaute sie unsicher an und lachte dann auf. »Auf Dauer?« Sie schüttelte amüsiert den Kopf. »Hey, ich mag dich, aber wir kennen uns nicht gut genug, um gleich zusammenzuziehen.«

»Es wäre ja nicht für ewig«, entgegnete Theresa und hörte selbst, wie sachlich und kühl sie plötzlich klang. »Nur bis wir den Anschlussvertrag haben. Also etwas weniger als ein Jahr.«

Lena schaute sie an, als rechne sie jeden Moment damit, dass Theresa selbst in Gelächter ausbrach. »Du veralberst mich.«

»Wieso?«

Lenas Blick wurde immer ungläubiger. »Weil das heiße, ein Jahr oder *etwas weniger als ein Jahr* Theater zu spielen. Schließlich würde Charlotte mitbekommen, wann wir gehen oder kommen und vor allem mit wem. Ich hätte ein Jahr kein echtes Privatleben mehr.« Lena sah sie auffordernd an, als erwarte sie Zustimmung. »Komm schon, das ist irre. Wie soll das funktionieren?«

Theresa zuckte mit den Schultern. »Hast du noch nie mit jemandem zusammengewohnt?«

Lena sah sie mit zusammengezogenen Brauen an, jetzt etwas weniger amüsiert. »Nicht das Problem.«

»Du hast gesagt, du hättest kein Problem damit, noch ein wenig länger meine Lebensgefährtin zu spielen«, hielt Theresa dagegen.

»Ja, vor Charlotte, heute«, sagte Lena ungläubig und hielt einen Finger in die Höhe. »Einmal. Und dann wegen mir in ihrer Vorstellung. Nicht buchstäblich vor ihren Augen und das jeden Tag für ein ganzes Jahr.« Sie schüttelte den Kopf, aufrichtig zerknirscht. »Sorry, ich hätte dir echt gern geholfen, aber das geht mir dann doch zu weit.«

Aber Theresa war noch nicht bereit, aufzugeben. »Es ist ja nicht so, als müssten wir jeden Tag bei ihr zum Kaffeetrinken sitzen. Und was in der Wohnung passiert, bekommt sie nicht mit.«

»Danke, aber ich habe eine Wohnung, für die ich keine Theateraufführungen geben muss.«

»Aber für die du Miete bezahlen musst. Hier könntest du mietfrei wohnen. Es gilt, was wir vereinbart haben: Ich übernehme alle Kosten und Pflichten.«

Lenas Miene verfinsterte sich schlagartig und sie verschränkte die Hände vor der Brust. »Was, wenn ich nicht mit dir zusammenwohnen will?«, fragte sie, auch ihr Ton jetzt eine Spur kühler. »Was, wenn ... ich andere Pläne habe? Was, wenn ich eine Freundin habe?«

»Ich denke, die hättest du mittlerweile erwähnt«, entgegnete Theresa nüchtern.

»Okay«, räumte Lena ein. »Was, wenn ich eine Freundin haben möchte? Was, wenn ich jemanden kennenlerne? Wir reden über ein ganzes Jahr.«

Theresa machte eine ausladende Geste. »Dann geh aus, lern jemanden kennen. Wegen mir bring jemanden mit. Wer sagt, dass wir keinen Besuch haben dürfen? Solange du es diskret hältst, wird Charlotte wohl nicht gleich Verdacht schöpfen.«

»Diskret?« Die Irritation in Lenas Gesicht wich offener Verärgerung. »Hörst du dir eigentlich selbst zu?«

Theresa notierte die zunehmende Abneigung in Lenas Zügen, aber sie weigerte sich, der Emotion Beachtung zu schenken. »Ich suche einfach nur nach einer Lösung«, erklärte sie.

»Dann such weiter«, entgegnete Lena. Sie seufzte und schien bemüht, ruhig zu bleiben. »Wie gesagt, ich hätte dir gern geholfen, aber alles hat seine Grenzen.«

Theresa schloss die Augen und atmete tief durch. Sie war sich bewusst, dass sie eine Grenze überschritten hatte. Eine weitere. Aber sie war noch nicht bereit, aufzugeben.

»Warum bist du so versessen auf diese Wohnung?«, wollte Lena wissen. »Warum ist dir das so wichtig, dass du dafür …«, setzte sie an, schien aber nicht die richtigen Worte zu finden oder sie nicht aussprechen zu wollen.

Theresa sah kurz auf die noch immer in frischem Rosa schimmernde Narbe auf ihrer Hand hinab. »Macht das einen Unterschied?«, murmelte sie und schloss beide Hände wieder fest um die Griffe ihrer Tasche.

»Nein«, räumte Lena ein. »Es tut mir wirklich leid, aber ich glaube nicht, dass ich helfen kann.«

Theresas Gedanken rasten. Es gab eine Lösung. Es gab immer eine Lösung.

»Sag mir Bescheid, was du entschieden hast«, hörte sie Lena sagen und sah aus dem Augenwinkel, wie sie sich zum Gehen wandte. »Oder wenn ich sonst noch was tun kann.« Und dann war die Lösung plötzlich ganz offensichtlich.

Sie fuhr herum und sah Lena direkt in die Augen. »Ich bezahle deine Ausbildung.«

»Was?«

Theresa hob das Kinn und drückte die Schultern durch. »Das Angebot dieses Fotografen, die Stelle als Assistentin«, sagte sie ganz ruhig und fühlte, wie sie wieder Boden unter die Füße bekam. »Du hast gesagt, das wäre *die* Chance für dich, aber du könntest es dir nicht leisten, weil du deinen Trainerjob dafür aufgeben müsstest.« Sie richtete sich noch ein wenig mehr auf und lockerte den Griff um ihre Tasche etwas. »Ich biete dir an, alle Kosten zu übernehmen. Ich kann dir ersetzen, was der Club dir zahlt, plus das mietfreie Wohnen. Oder du nennst mir eine Summe, die du im Monat brauchst.«

Lena starrte sie an. »Ist das dein Ernst?«

»Ja«, erwiderte Theresa.

Sie war jetzt ganz ruhig. Wie bei einer Verhandlung oder im Gerichtssaal. Sie wusste, wo sie hinwollte, und sah den Weg, der sie dorthin führen würde.

»Wow«, sagte Lena, und in ihren Augen lag jetzt etwas wie Verachtung. »Es muss toll sein, einfach mit Geld um sich werfen zu können, wann immer man etwas will.«

Theresa hielt ihrem Blick stand, aber etwas in ihr rollte sich zusammen und machte sich ganz klein und sie wurde das Gefühl nicht los, dass der nächste Blick in den Spiegel noch befremdlicher sein würde.

Lena starrte sie noch einen Augenblick länger an, dann drehte sie sich wortlos um und ging davon. Und Theresa sah ihr nach, bis sie an der nächsten Kreuzung verschwunden war, ihre Tasche wie einen Rettungsring in beiden Händen haltend.

# 10

»Du hast was?«, entfuhr es Sebastian und Theresa schloss die Augen und massierte sich die Nasenwurzel. Seit dem Aufstehen spürte sie einen unangenehmen Druck hinter ihren Augen und den Schläfen, der über den Vormittag nicht weniger geworden war.

»Ich habe einer Frau Geld angeboten, damit sie mit mir zusammenzieht«, sagte sie und sah von ihrem Bürostuhl hinter dem massiven Schreibtisch zu ihm auf.

Sebastians Miene drückte weiter Unverständnis aus und er kam ein paar Schritte näher.

»Noch mal von vorn, Theresa«, sagte er. »Zum Mitschreiben. Carolin –«

»Ich möchte nicht über Carolin reden«, fiel Theresa ihm ins Wort.

Sie hatte ihm die wesentlichen Ereignisse der vergangenen Wochen in groben Zügen beschrieben und keinerlei Interesse daran, das Thema zu vertiefen.

»Okay«, sagte Sebastian und hob abwehrend die Hände, »okay. Reden wir nicht über Carolin.« Er strich sich über den ordentlich gestutzten Vollbart und sah sie durch seine blankpolierten Brillengläser an. »Reden wir über ...?« Er sah sie fragend an.

»Lena.«

»Lena«, wiederholte Sebastian und nickte. »Schöner Name. Gefällt mir. Was macht Lena?«

Theresa seufzte innerlich. »Sie ist Tennistrainerin«, sagte sie und Sebastian prustete los.

»Tennistrainerin.« Er kam um den Schreibtisch herum und lehnte sich gegen die Tischkante. Noch immer lachend nahm er seine Brille ab und wischte sich über die Augen. »Wenigstens ist sie keine Stripperin. Oder Masseurin.« Er setzte die Brille wieder auf und schüttelte ungläubig den Kopf. »Woher kennst du eine Tennistrainerin?«

Sie warf ihm einen vielsagenden Blick zu und seine Augen weiteten sich. »Carolins Tennistrainerin?« Er fing erneut an zu prusten. »Die du ihr quasi zum Geburtstag geschenkt hast?« Er wischte sich unter der Brille über die Augen. »Oh, Theresa.«

Sie hatte mit seiner Reaktion gerechnet, warf ihm aber trotzdem einen leicht gereizten Blick zu. »Nur fürs Protokoll: Ich habe Carolin lediglich einen Gutschein für Trainerstunden geschenkt, nicht für eine spezielle Trainerin. Und wie ich dir gerade erklärt habe, hat sich das Ganze eher zufällig angebahnt als geplant.«

Sebastian fasste sich und rückte ein letztes Mal seine Brille zurecht. »Entschuldige«, sagte er und breitete die Hände aus, »aber ernsthaft: Was tust du? Erklär es mir.«

Theresa drehte sich in ihrem Stuhl und wandte ihm den Rücken zu. Sie sah aus dem Fenster auf die Baumkronen, die die Hauptstraße säumten. »Ich weiß es doch selbst nicht.«

Hinter ihr atmete Sebastian hörbar ein und durch die Nase wieder aus. »Hat sie wenigstens zugestimmt, deine Lena?«, fragte er dann und Theresa lachte kurz auf.

»Sie hat so reagiert wie du«, sagte sie und schwang ihren Stuhl wieder zu ihm herum, beide Hände um die Armlehnen geschlungen. »Sie hatte das Gefühl, ich will sie kaufen.«

Er legte den Kopf schief. »Wolltest du ja auch.«

Sie hob die Brauen und machte eine vage Kopfbewegung.

Sebastian verschränkte die Arme und schlug ein Bein über das andere. »Und jetzt?«

Theresa sah zu ihm auf und lächelte dünn. Das war die Eine-Million-Euro-Frage. Sie hatte den Rest des Wochenendes gegrübelt, sich aber zu ihrer eigenen Verwunderung noch zu nichts durchringen können.

Nachdem Lena sie am Samstagnachmittag an der Straße hatte stehen lassen, war Theresa langsam zu ihrem Auto zurückgeschlendert und nach Hause gefahren. Dort hatte sie weiter Umzugskisten gepackt, denn ob nun in Charlottes Wohnung, eine andere Unterkunft oder vorübergehend in einen angemieteten Lagerraum, irgendwohin würde sie ihre Sachen bringen müssen. Spätestens in der nächsten Woche musste die alte Wohnung ausgeräumt sein, das hatte sie mit dem Vermieter ausgemacht. Carolin hatte sie geschrieben, dass sie ihre Sachen gepackt oder ungepackt in das Arbeitszimmer räumen würde, wo sie alles abholen könne, sobald Theresa ausgezogen war. Sie legte keinen Wert auf eine weitere Begegnung und Carolin offenbar auch nicht, ihrer kurzen Antwort nach zu urteilen.

Während Theresa also am Wochenende die Bücherregale und dann die Kleiderschränke ausgeräumt und das eine oder andere Teil aussortiert oder auf den Stapel für Carolin geworfen hatte, war sie die Geschehnisse in Charlottes Haus und auf dem Bürgersteig davor noch einmal durchgegangen.

Sie war es völlig falsch angegangen. Lena hatte ihr einen Gefallen tun wollen, einen Riesengefallen, und zum Dank hatte Theresa sie bedrängt und völlig überfahren. Sie dachte an ihre Kommentare zu Lenas Privatleben und schauderte.

Sie hatte sich entschuldigt, immerhin. Sie hatte Lena abends bei einem Glas Wein eine Textnachricht geschickt und eingeräumt, dass sie über das Ziel hinausgeschossen war. Es tue ihr leid, sie habe sie nicht beleidigen oder ihr zu nahe treten wollen.

Sie hatte keine Antwort erhalten und sie rechnete auch nicht mehr damit.

*Ich kann dir ersetzen, was der Club dir zahlt, plus das mietfreie Wohnen. Oder du nennst mir eine Summe, die du im Monat brauchst.*

Grundsätzlich stand sie zu ihrem Angebot. Es war die logische Lösung ihrer beider Probleme: Theresa hatte Geld und Lena brauchte es, wohingegen Theresa dringend eine Mitbewohnerin brauchte und nichts Erkennbares dagegensprach, dass Lena diese Rolle übernehmen konnte. Es war eine perfekte Win-win-Situation. Aber offenbar hatte Theresa es nicht vermocht, Lena das zu vermitteln, ohne sie vor den Kopf zu stoßen.

»Und jetzt«, sagte sie an Sebastian gewandt, »brauche ich wohl dringend eine neue Wohnung.«

Sie hatte sich den ganzen Sonntag über erfolgreich davor gedrückt, Charlotte anzurufen, aber spätestens heute Abend wäre es wohl an der Zeit. Sie hatte nichts mehr zu verlieren, also konnte sie es ebenso gut noch einmal mit der Wahrheit versuchen, auch wenn sie sich kaum Chancen auf Erfolg ausrechnete.

»Ich habe irgendwie das Gefühl, wir hätten die Rollen getauscht«, bemerkte Sebastian mit einem amüsierten Ausdruck im Gesicht. »Sonst bin ich es, der fragwürdige Deals einfädelt oder verrückte Sachen macht, und du setzt dich dann hin und wäschst mir den Kopf.«

Sie warf ihm einen spöttischen Blick zu. »Keine Kopfwäsche nötig. Besorg mir lieber eine Wohnung.«

»Ich hör mich mal um«, sagte er. »Kann ich sonst noch was für dich tun?« Seine Miene war nun ernst und fast ein wenig besorgt.

»Nein.« Sie schüttelte den Kopf. »Aber danke.«

Er richtete sich auf und ging um ihren Schreibtisch herum, hielt dann aber inne und sah sie nachdenklich an.

»Was ist?«, fragte sie.

»Ich weiß, du hast gesagt, du willst nicht über Carolin reden, aber bist du sicher, dass –«

»Bitte, Sebastian«, unterbrach sie ihn. »Ich kann nicht.« Sie spürte, wie ihre Augen drohten, feucht zu werden, und fühlte sich bestätigt. Offenbar war sie nicht imstande, über Carolin zu sprechen, ohne in Tränen auszubrechen, und sie würde sich nicht auch noch selbst zu einem verlassenen, heulenden Häufchen Elend verkommen lassen.

Einen Moment schien Sebastian unentschlossen, dann nickte er kurz. »Okay.« Er wandte sich zum Gehen, drehte sich an der Tür aber noch einmal kurz zu ihr um, die Klinke bereits in der Hand. »Wenn du doch irgendwann kannst ... oder willst – du weißt, wo du mich findest. Jederzeit. Für was auch immer.«

Sie warf ihm ein dankbares Lächeln zu und er öffnete die Tür im selben Moment, als ihre Assistentin von außen dagegen klopfte. Sandra lächelte ihn schüchtern an und Sebastian trat einen Schritt zur Seite.

»Entschuldigung, Theresa, aber da ist eine Dame, die dich sprechen möchte. Ohne Termin. Sie sagt, du kennst sie. Lena Vogt?«

Theresa runzelte die Stirn und sah zu Sebastian, der im Türrahmen stehengeblieben war.

»Tennis-Lena?«, fragte er und Theresa nickte.

»Schick sie ruhig herein«, sagte sie zu Sandra und richtete sich in ihrem Stuhl auf, die Hände nervös über die Schreibtischplatte fahrend.

Sebastian wartete, bis Sandra verschwunden war, und schloss die Tür von innen. Die Hände in den Taschen seiner Anzughose vergraben, sah er Theresa amüsiert an. »Es wird nicht langweilig bei dir.«

Theresa stieß die Luft aus, die sie unwillkürlich angehalten hatte, und machte eine zustimmende Kopfbewegung.

»Soll ich dableiben, falls sie handgreiflich wird?«, fragte Sebastian mit einem Zwinkern und Theresa rollte gutmütig mit den Augen.

»Das wird wohl nicht nötig sein«, gab sie zurück.

»Ich weiß nicht«, entgegnete Sebastian feixend, »endete eure erste Begegnung nicht in der Notaufnahme?«

Sie warf ihm einen tadelnden Blick zu und wollte gerade etwas erwidern, als es wieder an der Tür klopfte. Sie stand auf und nickte Sebastian zu. Der lächelte ihr aufmunternd zu und öffnete dann die Tür.

»Hallo«, sagte er halb den Türrahmen ausfüllend und streckte der überraschten Lena die freie Hand entgegen. Die andere lag weiter auf der Türklinke, sodass Theresas

Blick auf Lena größtenteils verdeckt war und Lenas Sicht auf Theresa andersherum genauso. »Sebastian. Ich bin Theresas Partner«, stellte er sich vor. »Zumindest in allen juristischen Belangen. Und ihr Freund.«

Theresa ahnte mehr, als dass sie über Sebastians Schulter erkennen konnte, wie Lena ihn unsicher ansah, dann aber seine Hand zu ergreifen schien. »Lena.«

»Sehr erfreut«, erwiderte Sebastian in seinem charmantesten Tonfall und trat zur Seite, während er Lena bedeutete hereinzukommen.

Sie trat ein paar Schritte vor und stand in Jeans, T-Shirt und einer Kapuzenjacke auf halber Strecke zwischen der Tür und Theresas Schreibtisch. Ihre Gesichtszüge waren nicht offen feindselig, konnten aber bestenfalls als distanziert bezeichnet werden.

»Ich lass euch dann mal allein«, sagte Sebastian und trat auf den Flur hinaus, von wo er mit einem letzten Blick zu Theresa die Tür zuzog.

Theresa fing sich und wies mit einer Hand auf die Besucherstühle ihr gegenüber. »Willst du dich setzen?«

Lena zögerte kurz, kam dann aber näher und nahm Platz. Ihre Umhängetasche behielt sie auf dem Schoß, den Tragegurt fest in den Händen.

Theresa setzte sich ebenfalls wieder hin und stellte fest, dass sie keine Ahnung hatte, wie sie das Gespräch eröffnen sollte. »Kann ich dir etwas anbieten?«, versuchte sie, etwas Zeit zu gewinnen, aber Lena schüttelte den Kopf.

»Nein, danke.«

Theresa nickte und ließ den Blick kurz über ihren Schreibtisch wandern, als könne sie dort Hilfe finden.

»Schicke Kanzlei«, sagte Lena und Theresa sah überrascht auf. Sie konnte weder Spott noch Sarkasmus in Lenas Stimme ausmachen.

»Danke«, sagte sie etwas unsicher und setzte sich in ihrem Stuhl zurecht. Sie schlug die Beine übereinander. »Aber du bist sicher nicht hier, um zu sehen, wo ich arbeite.«

»Nein«, stellte Lena trocken fest und wieder herrschte einen Moment Stille.

»Es tut mir leid«, entschied sich Theresa, in die Offensive zu gehen. »Ich wollte dir nicht ... zu nahe treten und ich wollte dich schon gar nicht beleidigen.«

»Das hast du schon gesagt«, entgegnete Lena kühl. »Oder zumindest geschrieben.«

Theresa zuckte mit den Achseln. »Ich hätte angerufen, aber ich dachte nicht, dass du ans Telefon gehen würdest.«

Lena fixierte sie noch einen Moment, dann entspannte sich ihre Miene sichtlich.

»Okay«, sagte sie. »Zwei Dinge solltest du über mich wissen. Erstens: Ich mag es nicht besonders, wenn man versucht, mich zu etwas zu drängen oder zu zwingen.« Sie schaute Theresa eindringlich an, bis die ein Nicken andeutete. »Zweitens: Ich reagiere allergisch auf Menschen, die glauben, sie müssten nur mit Geld um sich werfen und alles läuft so, wie sie es wollen.«

»Verstanden«, sagte Theresa und verkniff sich jeden weiteren Kommentar, bis sie ein besseres Verständnis dafür hatte, welche Richtung ihr Gespräch nahm.

»Ich kenn dich nicht«, fuhr Lena fort. »Vielleicht hast du dich im Eifer des Gefechts im Ton vergriffen. Oder vielleicht bist du einfach gewohnt, immer das zu kriegen, was du willst.«

Jetzt wollte Theresa doch etwas erwidern, aber Lena hob die Hand und sprach weiter. »So oder so brauchen wir ein paar Spielregeln. Wenn dein Angebot noch steht.«

Theresa zögerte überrascht, nickte dann aber entschieden.

»Dann hab ich ein paar Bedingungen«, erklärte Lena.

Theresa lehnte sich tiefer in ihren Stuhl zurück und legte die Hände auf die Armlehnen. »In Ordnung«, sagte sie und hörte Sebastians Stimme in ihrem Kopf. *Am Ende ist fast alles im Leben Verhandlungssache.* »Welche?«

»Bevor wir irgendwas unterschreiben, will ich alle Verträge sehen und jemandem zeigen können, dem ich vertraue.«

Theresa war sicher, dass ihr deutlich ins Gesicht geschrieben stand, was sie von dieser Bedingung hielt. »Wem?«, fragte sie.

»Spielt das eine Rolle?«, entgegnete Lena. »Schreibst du was anderes rein, wenn du weißt, wer es liest?«

Theresa überging die Bemerkung. Nichts Gutes konnte herauskommen, wenn sie auf diesem Niveau miteinander redeten.

»Die ganze Sache ist nicht gerade etwas, womit ich Werbung machen würde«, erklärte sie stattdessen in ruhigem Ton. »Wenn wir also meine schmutzige Wäsche vor einem Kollegen ausbreiten –«

»Ich muss deinen Namen nicht erwähnen«, unterbrach Lena sie und war sichtlich ebenso erstaunt über ihr Entgegenkommen wie Theresa.

»Danke«, sagte Theresa in das etwas betretene Schweigen. »Was noch?«

»Ich will meine Wohnung behalten und einen Untermieter suchen.«

Theresa nickte und richtete sich unwillkürlich etwas auf. »Du wirst nicht dasselbe verlangen können, was du selbst für die Wohnung zahlst«, wandte sie vorsichtig ein. »Zumal wenn du nur auf Zeit vermietest, denn ich nehme an, du willst jederzeit wieder zurückkönnen, falls unser ... Arrangement schiefgeht?«

Lena nickte, schwieg aber und Theresa zögerte. Sie hatte ihr bereits angeboten, alle Kosten zu übernehmen. Aber sie hatte auch Lenas Worte von vor wenigen Augenblicken noch im Ohr. *Ich reagiere allergisch auf Menschen, die glauben, sie müssten nur mit Geld um sich werfen und alles läuft so, wie sie es wollen.*

»Was zahlst du für die Wohnung?«, fragte sie und Lena zögerte kurz, holte dann aber einen dünnen Schnellhefter aus ihrer Umhängetasche.

»Hier ist alles drin.«

Sie legte den Hefter auf den Schreibtisch und schob ihn zu Theresa herüber. Die nahm ihn auf und überflog die ordentlich abgehefteten Unterlagen, Kopien des Mietvertrages und der letzten Nebenkostenabrechnung. Es würde ein teures Jahr für sie werden mit zwei Wohnungen samt Nebenkosten, aber es würde funktionieren. Als Alleinverdienerin hatte sie ein mehr als gutes Auskommen und sie neigte nicht zu unnötigen Ausgaben.

»Ich will nur die Differenz zwischen Untermiete und Miete von dir«, erklärte Lena und Theresa sah überrascht auf. »Mit meinem Gehalt im Studio und was ich noch mit Privatstunden im Club verdienen kann, sollte ich über die Runden kommen. Zumal ich ja selbst mietfrei wohne.« Das *bei dir* klang unausgesprochen mit.

Theresa nickte bedächtig und überschlug im Kopf, was Lena mit ihrem Privatunterricht realistisch betrachtet einnehmen konnte. Zusammen mit dem spärlichen Gehalt für die Assistentenstelle, aber ohne Miet- und Nebenkosten sollte es in der Tat zum Leben reichen, ohne dass sie sich zu sehr einschränken musste. »Okay«, sagte sie und bemühte sich um einen neutralen Gesichtsausdruck.

Lena sah sie trotzdem mit einem leicht spöttischen Ausdruck an. »Hast du gedacht, ich halte einfach die Hand auf und lasse es mir auf deine Kosten gutgehen?«

»Ich hatte angeboten, für alles aufzukommen«, sagte Theresa diplomatisch, »aber du entscheidest, wie das konkret aussehen soll.«

Lena schüttelte den Kopf. »Der einzige Grund, dass ich überhaupt hier bin, ist, dass die Chance auf so einen Quereinstieg wahrscheinlich kein zweites Mal kommt.« Sie schien zu zögern. »Und dass ich es allein zurzeit nicht schaffe.«

»In Ordnung«, sagte Theresa, darum bemüht, das Thema Geld möglichst schnell hinter ihnen zu lassen. »Noch etwas?«

»Wenn ich mich darauf einlasse, setze ich alles auf eine Karte. Ich brauche irgendeine Sicherheit, dass du es dir nicht in drei Monaten wieder anders überlegst.«

Theresa hob eine Braue, aber Lena ließ sich nicht aus dem Takt bringen.

»Ich weiß, ich weiß, du willst diese Wohnung und du willst sie unbedingt. Das ist mehr als deutlich geworden.« Sie sah Theresa vielsagend an. »Aber wie gesagt, ich kenn dich nicht. Wer sagt mir, dass du deine Meinung nicht änderst oder dass du wieder mit Carolin zusammenkommst oder jemand Neues kennenlernst –«

»Okay, okay, ich habe verstanden«, unterbrach Theresa sie und überlegte einen Moment. »Im Grunde geht es um die Miete, ja? Für den Fall, dass unser ... Deal platzt, müsstest du entweder in deine Wohnung zurück und könntest nicht mehr untervermieten oder du müsstest eine andere Bleibe finden und die bezahlen. So oder so hättest du wieder deutlich mehr Kosten.« Sie schürzte die Lippen. »Wir machen eine zeitlich befristete Vereinbarung, in die wir reinschreiben, dass du ein Jahr mietfrei bei mir wohnen kannst, ich im selben Zeitraum die Mietkosten für deine alte Wohnung übernehme und du diese untervermieten und die Einnahmen behalten darfst. Das gilt dann automatisch für ein Jahr und ist nicht vorzeitig kündbar.«

»Aber ich wollte nur die Differenz haben.«

»Dann zahl den Rest zurück.«

Lena schien einen Augenblick darüber nachzudenken. Dann nickte sie.

Theresa atmete auf. »Ich setze etwas Entsprechendes auf und schicke es dir zusammen mit den übrigen Unterlagen.« Sie bemühte sich weiter um einen ruhigen, sachlichen Ton. »Noch etwas?«

»Wir sollten vorab klären, was wir voneinander erwarten.«

Theresa hob unsicher die Schultern. »Solange Charlotte glaubt, dass wir ein glückliches Paar sind, ist von meiner Seite alles gut.« Sie war davon ausgegangen, das sei selbstverständlich.

»Und das heißt konkret?«, hakte Lena nach.

»Das heißt konkret«, überlegte Theresa laut, »dass wir da weitermachen, wo wir am Samstag bei Charlotte aufgehört haben.«

»So einfach?«

»Was willst du hören?«, fragte Theresa unsicher. »Ich *erwarte*«, betonte sie das Wort, dass ihr nur mit einem unangenehmen Beigeschmack über die Lippen kam, »dass wir uns die Wohnung teilen und dass wir einen friedlichen, harmonischen Eindruck machen, wenn Charlotte oder jemand, den sie kennen könnte, zugegen ist, und dass wir nichts tun, das dem Eindruck entgegenwirkt, dass wir eine stabile, glückliche Beziehung führen.« Sie zuckte mit den Achseln. »Ich bin niemand, der zu theatralischen oder betont romantischen Gesten in der Öffentlichkeit neigt. Wir müssen also weder exzessiv Händchenhalten noch übereinander herfallen.«

Lenas Mundwinkel zuckten kurz, aber sie schaute Theresa weiter aufmerksam an.

»Okay«, sagte sie schließlich und schien kurz zu überlegen. »Hast du gemeint, was du gesagt hast? Dass ich ... machen kann, was ich will, solange ich diskret bin?«, fasste Lena zusammen und Theresa schluckte, ihre wenig charmante Wortwahl noch gut in Erinnerung.

Sie schlug den Blick nieder. »Natürlich kannst du machen, was du willst. Ich wollte nicht ...«, fing sie an, unterbrach sich aber und setzte neu an. »Ich habe mich vielleicht nicht besonders gut ausgedrückt.«

Wieder hatte sie das Gefühl, Lena hielte ein Lächeln zurück. »Ich hoffe, vor Gericht bist du wortgewandter.«

»Meistens«, erwiderte Theresa etwas verlegen.

Einen Augenblick sahen sie sich an, Lena mit einem forschenden Ausdruck im Gesicht. »Ich will dein Wort: Wenn ich raus will, bin ich raus.«

»Natürlich«, sagte Theresa und Lena nickte.

Theresa lehnte sich vor und legte die Hände auf den Schreibtisch. »Entschuldige, aber ... mein Wort?« Sie schüttelte ungläubig den Kopf. »Ich dachte, du traust mir nicht über den Weg.«

Lena schaute sie einen langen Moment an. »Ich bin nicht sicher.« Sie runzelte die Stirn. »Ich dachte, ich kann dir trauen. Ich dachte, ich mag dich.« Ihre Braue zuckte. »Ich dachte, wir verstehen uns gut.«

Theresa hielt ihren Blick. »Das dachte ich auch«, stimmte sie vorsichtig zu. »Gibt es etwas, das ich tun kann, um diesen Zustand wiederherzustellen?«

Sie war nicht sicher, was sie in Lenas Augen sah, aber ihr Blick wirkte zumindest nicht mehr direkt abweisend.

»Wir werden sehen«, sagte Lena schließlich und fügte dann mit einem angedeuteten Lächeln hinzu: »Scheint so, als würden wir viel Zeit miteinander verbringen in den nächsten Monaten.«

Theresa ließ die Luft aus ihrer Lunge strömen, die sie unwillkürlich angehalten hatte.

»Okay«, sagte Lena und sah auf ihre Uhr. »Ich muss los.«

Theresa richtete sich in ihrem Stuhl auf und schob die Unterlagen zu Lenas aktuellem Mietvertrag wieder in den Schnellhefter zurück. »Kann ich die behalten?«, fragte sie und Lena nickte. »Gut. Ich schicke dir die Verträge per Mail.«

»Wie viel Zeit hab ich, bis wir unterschreiben müssen?«

»Ich werde Charlotte gleich anrufen, aber ich denke, das hat Zeit bis zum Einzug Ende des Monats.« Theresa stand auf und trat um ihren Schreibtisch herum. »Ich dachte an den Fünfundzwanzigsten.«

»Gut. Ich geb dir Bescheid.«

Theresa folgte ihr zur Tür, aber Lena warf ihr einen halbwegs amüsierten Blick zu. »Ich finde schon allein raus.«

Theresa hob die Hände und sie nickten sich noch einmal zu, bevor Lena ihr Büro verließ.

Nachdem sie die Tür hinter ihr geschlossen hatte, ging Theresa langsam zurück zu ihrem Schreibtisch. Sie ließ den Blick über ihren Arbeitsplatz gleiten und versuchte, ihre Gedanken zu sortieren. In der Regel fiel ihr das nicht besonders schwer, aber wie schon mehrfach in letzter Zeit, ließ ihr für gewöhnlich scharfer Verstand sie im Stich. Wo sonst Ordnung und Übersicht herrschten, schienen Gedanken zusammenzukleben wie eine träge Masse, durch die sich nur schwer Wege bahnen ließen. Entnervt machte sie schließlich kehrt und verließ ihr Büro ebenfalls.

Sie ging zwei Türen weiter, klopfte und vernahm kurz darauf Sebastians Stimme. »Ja, bitte.«

Sie trat ein und ließ sich wortlos in einen der ledernen Sessel sinken, die vor seinem Schreibtisch standen.

»Na?«, fragte er. »Ich sehe keine Wunden, keine Schrammen.«

Sie lächelte gegen ihren Willen. »Der Kampf war unblutig.«

»Und der Ausgang?«

Theresa atmete tief durch. »Wir haben einen Deal.«

»Zu akzeptablen Konditionen?«

»Zu akzeptablen Konditionen«, bestätigte sie.

Sebastian legte den Kopf schief und musterte sie. »Und doch siehst du nicht wirklich zufrieden aus«, stellte er fest. »Was ist los?«

Theresa zuckte mit den Achseln und schüttelte den Kopf. »Ich bin nicht sicher.«

»Hast du bekommen, was du wolltest?«

Auf Sebastians Blick für das Wesentliche war Verlass, zumindest wenn es um Verhandlungen ging. Er war ein Meister darin, herauszufinden, was sein Gegenüber glaubte zu wollen und was er oder sie wirklich wollte. In den seltenen Fällen, in denen Theresa das Gefühl hatte, sich festgefahren zu haben, war Sebastian ihre Anlaufstelle, um wieder Klarheit zu gewinnen. Jetzt sah er sie abwartend an und sie wusste, sie sollte die Antwort auf seine Frage kennen.

»Du bist nicht sicher, was du wolltest«, schloss er überrascht.

»Ich wollte die Wohnung«, entgegnete sie.

»Okay. Also bist du zufrieden.« Er präsentierte es als Feststellung, sah sie aber fragend an.

Theresa seufzte und ließ ihren Blick durch sein Büro schweifen. Wann waren die Dinge so kompliziert geworden?

Sebastian stand auf und ging zu einem Sideboard, wo eine Flasche Wasser und mehrere Gläser standen. Er füllte zwei und brachte sie mit, als er sich neben Theresa in den zweiten Sessel fallen ließ.

»Die sind echt bequem«, sagte er und reichte ihr eines der Gläser, ehe er sich zurücklehnte.

Sie tranken und einen Augenblick versanken beide in Schweigen.

»Wir sollten öfter auf dieser Seite des Schreibtisches sitzen«, sagte Sebastian dann. »Ist gut für die Perspektive.«

Theresa warf ihm einen Seitenblick zu, verzichtete aber auf einen Kommentar.

»Du hast deine Meinung seit vorhin wahrscheinlich nicht geändert?«, fragte er.

»Nein.«

Theresa starrte auf das Wasserglas, das sie in ihrem Schoß umklammert hielt. Sie wollte noch immer nicht über Carolin reden. Konnte es nicht. Es war schwer genug gewesen, Sebastian überhaupt zu sagen, was passiert war. Zumindest die wesentlichen Punkte. Der Arbeitsvertrag, der Streit, Carolins Eröffnung, allein nach München gehen zu wollen. Ihre Flucht aus der gemeinsamen Wohnung. Die gepackten Kisten.

»Ich weiß einfach nicht, was ich jetzt tun soll«, hörte Theresa sich zu ihrer eigenen Überraschung sagen. Sie sah nicht von ihrem Glas auf, aber sie spürte Sebastians Blick und hörte das Knarzen des Leders, als er seine Sitzposition veränderte.

»Du tust doch etwas. Du wolltest die Wohnung, du kriegst die Wohnung«, sagte er, aber sie schüttelte den Kopf. Sie wusste nicht, wie sie es erklären sollte.

»Ich weiß nicht, wie mein Leben ab hier aussehen soll. Es fühlt sich an als –«, fing sie an und musste kurz nach Worten suchen, »als würde alles einstürzen.«

»Hey«, sagte Sebastian und legte ihr eine Hand auf die Schulter. »Nichts stürzt ein. Hörst du?« Theresa traute sich nicht, ihn anzusehen. »Nichts stürzt ein. Du hast immer noch die Kanzlei, deine Karriere, in Kürze deine Traumwohnung mit tollem Grundstück, deine Familie.« Er verstärkte den Druck seiner Hand. »Mich.«

Sie lächelte matt und warf ihm einen dankbaren Seitenblick zu. »Ich weiß.« Sie wischte sich über die Augen. »Aber ich habe trotzdem das Gefühl, als wäre mir alles, wofür ich gearbeitet habe, alles, was ich mir je gewünscht habe, einfach aus den Händen gerissen worden.«

Sebastian seufzte und zog seine Hand zurück. »Vielleicht muss das so sein. Was würde euch sonst von einer meiner Beziehungen unterschieden.« Theresa sah ihn erstaunt an und er rückte seine Brille zurecht. »Du sagst doch selbst immer, dass ich nicht in der Lage sei, eine ernsthafte und länger währende Beziehung zu führen, und wahrscheinlich hast du recht. Aber gerade weil meine Beziehungen oberflächlich bleiben, tut es nicht weh, wenn sie zu Ende sind.« Er machte ein beinahe schuldbewusstes Gesicht. »Zumindest mir nicht.«

Theresa musste gegen ihren Willen lachen. »Ich hätte nicht gedacht, dass ich das jemals in einer Unterhaltung über Beziehungen sage, aber vermutlich hast du recht.« Sie stand auf und stellte das Glas auf Sebastians Schreibtisch ab, bevor sie ihre Kleidung zurechtzog und sich ordnend durch die Frisur fuhr. »Mittagessen nachher?«

Er nickte. »Na klar.«

Theresa nickte ebenfalls und verließ mit zielstrebigen Schritten das Zimmer. Auf dem Weg zurück in ihr eigenes Büro hallten Sebastians Worte durch ihren Kopf. *Du bist nicht sicher, was du wolltest.* Und für einen kurzen Augenblick wollte sie umdrehen und zu ihm hingehen und ihm sagen, dass sie sehr genau wusste, was sie wollte. Ihr Leben zurück. Nur, dass das leider nichts daran änderte, dass sie es nicht bekommen konnte. Nicht mehr. Und genau deshalb hatte es keinen Sinn, sich noch länger damit aufzuhalten.

# AUGUST

# 11

Regen prasselte gegen die Fensterscheibe, als Theresa die Augen aufschlug. Die Schlechtwetterphase war in den August hinübergeschwappt und auch wenn sie die Hitze zuvor schwer erträglich gefunden hatte, sehnte sie sich jetzt doch beinahe danach zurück. Das schlechte Wetter schlug auf die Stimmung und sorgte für nörgelnde Mandanten und missmutige Richter.

Sie rollte sich zu ihrem Nachttisch herum und warf einen Blick auf die Uhr. Es war Samstag und sie hatte zwar keinen Grund, früh aufzustehen, aber auch keinen, um noch länger liegenzubleiben.

Sie verließ das Bett und zog ihren Morgenmantel über, ehe sie auf den Flur hinaustrat und ins Bad huschte. Sie musste zugeben, dass sie ihr direkt angrenzendes Badezimmer vermisste. Es waren nur ein paar Schritte über den Flur, aber es bedeutete eben, sich erst anziehen zu müssen und zu horchen, ob Lena vielleicht im Flur oder im Bad war. Unter der Woche war das kein Problem gewesen, da Theresa das Haus so früh verlassen hatte, dass von Lena noch nichts zu sehen oder zu hören gewesen war. Aber darauf verlassen hatte sie sich natürlich nicht.

Sie ging zum Waschbecken und putzte sich die Zähne. Der Umzug lag genau eine Woche zurück und langsam begann sie, sich zu Hause zu fühlen. Die ersten Abende hatte sie wie auf Autopilot den gewohnten Heimweg eingeschlagen, war einmal sogar in ihre alte Straße eingebogen, ehe ihr eingefallen war, dass es dort nichts mehr für sie gab. Sie hatte das Versehen auf ihre Müdigkeit geschoben, die sie nun wieder zuverlässig jeden Abend übermannte, nachdem die Tage in der Kanzlei wieder länger geworden waren. Einmal zu Hause hatte sie meist nur noch ein schnelles Abendessen in der Küche zu sich genommen, ehe sie sich in ihr Schlafzimmer zurückgezogen hatte. Außer gestern, als Sebastian sie überredet hatte, mit ihm auszugehen und einen Verhandlungserfolg mit ihm zu feiern. Sie hatte den Verdacht, dass es ein versteckter Versuch gewesen war, sie unter Leute zu bringen, zumal sie im Lokal noch auf weitere Kollegen getroffen waren. Sie war eine gute Stunde geblieben und hatte sich dann höflich, aber bestimmt verabschiedet. Glücklicherweise bevor sie jemand in den üblichen Smalltalk und die Fragen nach dem Privatleben hatte verstricken können.

Sie duschte lang und ausgiebig, versuchte erfolglos, ihre steife Nackenmuskulatur zu lockern, und stellte das angenehm warme Wasser nur widerwillig ab. Sie erledigte den Rest ihres Morgenrituals, wobei sie sich deutlich mehr Zeit ließ als unter der Woche und huschte schließlich zurück in ihr Schlafzimmer.

Sie legte den Morgenmantel ab und trat an ihren neuen Kleiderschrank, um ein geeignetes Outfit für den verregneten Sommertag auszusuchen. Ihre Kisten waren längst ausgepackt, ihr Kleiderschrank ordentlich sortiert und sie griff zielsicher nach Jeans, einer langärmeligen Bluse und einem leichten Cardigan. Schnell schlüpfte sie hinein und machte mit geübten Handgriffen ihr Bett, das ebenfalls neu war und in dem sie gut, aber noch nicht genauso erholsam schlief, wie sie es in ihrem alten Bett getan hatte. Wahrscheinlich musste sie die Matratze erst noch einliegen.

Sie ging in die Küche und warf vom Flur aus einen Blick auf die Tür zu Lenas Zimmer. Das Gästezimmer, offiziell, denn natürlich war Charlotte gleich am ersten Abend zum Antrittsbesuch erschienen, unangemeldet, aber nicht unerwartet. Sie hatte ein unbewohnt aussehendes Gästezimmer präsentiert bekommen und einen Blick in das aufgeräumte, aber mit ein paar von ihren und Lenas Kleidungsstücken dekorierte Schlafzimmer mitsamt dem großzügigen Doppelbett werfen dürfen. Sie war zufrieden gewesen und Theresa hatte erleichtert aufgeatmet.

Auch der Umzug war problemlos verlaufen, nachdem sie vereinbart hatten, dass Lena keine eigenen Möbel mitbringen und Theresa den Großteil ihrer alten Möbel zurücklassen würde. Sollte Carolin sich doch darum kümmern. So war nur ein Umzugswagen nötig gewesen, der zunächst Theresas Sachen und dann Lenas wenige Taschen und Kisten eingesammelt und dann hinter Charlottes Haus wieder ausgeladen hatte. Die übrigen Möbel waren in den vergangenen Tagen neu angeliefert und fachmännisch montiert worden.

Jetzt stand Theresa wie jeden Morgen an ihrer geliebten Kaffeemaschine, die sie natürlich mitgebracht hatte, und genoss den Geruch frisch gemahlener Bohnen, während sie zusah, wie die braune Flüssigkeit langsam in ihren Becher floss.

Beinahe hätte sie das Geräusch des Schlüssels in der Haustür überhört, aber sie drehte sich um, und kurz darauf stand Lena in der Küchentür, eine Brötchentüte in der Hand und einen leicht verlegenen Ausdruck im Gesicht. »Hey«, sagte sie und hielt die Tüte in die Höhe, »ich dachte, nachdem wir uns die ganze Woche aus dem Weg gegangen sind, könnten wir vielleicht zusammen frühstücken?«

Theresa schlug kurz den Blick nieder, ertappt, aber zugleich froh, dass es ausgesprochen war. »Gern«, sagte sie und wies mit dem Kopf in Richtung der Maschine. »Kaffee?«

»Unbedingt«, sagte Lena und legte die Brötchen auf die Küchenanrichte, ehe sie zurück in den Flur ging, um ihre Trainingsjacke auszuziehen und an die Garderobe zu hängen.

Theresa packte alles, was der Kühlschrank an frühstückstauglichen Lebensmitteln hergab, auf ein Tablett und brachte es hinüber ins Esszimmer, wo Lena inzwischen den Tisch gedeckt hatte. Sie nahmen Platz und Lena packte die mitgebrachten Brötchen aus.

»Ich wusste nicht, was du magst, also habe ich ein bisschen was von allem genommen«, erklärte sie und brachte Roggen-, Sesam-, Mohn- und Mehrkornbrötchen zum Vorschein sowie ein Croissant und eine Laugenstange.

Theresa lächelte kurz vor sich hin und fragte sich, ob Lena wirklich dachte, dass sie all das essen konnten, griff dann aber zu. »Danke.«

»Gern«, erwiderte Lena und eine Weile waren sie still damit beschäftigt, ihre Brötchen aufzuschneiden und die Auswahl an Belag und Aufstrich zu studieren.

»Ich hab übrigens gekündigt«, sagte Lena dann und Theresa sah von ihrem Teller auf. »Sie waren nicht begeistert, weil es so kurzfristig kam, aber zum Ende der Freiluftsaison bin ich raus.«

»Wann ist das?«

»Ende September.«

»Und die Assistenz?«, fragte Theresa interessiert.

»Kann zum ersten Oktober losgehen«, antwortete Lena und biss in ihr Marmeladenbrötchen.

Theresa versuchte, ihren Gesichtsausdruck zu deuten. »Freust du dich?«, fragte sie vorsichtig.

»Ja«, sagte Lena und schien kurz zu überlegen. Sie legte die Brötchenhälfte zurück auf ihren Teller und stützte die Unterarme auf den Tisch. »Hör mal, ich weiß, dass ich ... etwas dankbarer sein sollte.« Theresa schüttelte den Kopf, aber Lena nickte. »Doch. Sollte ich. Ich meine«, sie ließ den Blick durch das Zimmer schweifen, »es ist nicht gerade ein Opfer, hier wohnen zu müssen und ein bisschen früher aus dem Haus zu gehen als sonst.«

Theresa schwieg, speicherte die Information aber für später ab. Sie hatte sich die ganze Woche gefragt, ob Lena so früh aus dem Haus ging, um den Schein zu wahren, dass sie in einer Kanzlei arbeitete, oder um Theresa aus dem Weg zu gehen. So wie sie selbst es getan hatte.

»Und der Job im Fotostudio ... ohne dich wäre das wohl ein Traum geblieben.«

Theresa wollte etwas erwidern, Lena daran erinnern, dass sie ja durchaus eine Gegenleistung erhielt, aber sie fürchtete, wieder etwas Falsches zu sagen, und schwieg.

»Ich wurde die Woche mehrfach darauf hingewiesen, dass ich absolut kein recht habe, die beleidigte Leberwurst zu spielen«, fuhr Lena fort und auf Theresas fragenden Blick hin ergänzte sie: »Isabell hat mir den Kopf gewaschen.«

Theresa hob unwillkürlich die Brauen. Isabell? Die Ärztin in der Notaufnahme, die sie versorgt hatte und dabei so nett gewesen war, ihren Zustand nach einer offenbar durchzechten Nacht nicht zu erwähnen, dafür aber unangebrachte Fragen zu den Umständen ihrer Begegnung mit Lena gestellt hatte?

»Es könnte sein, dass ich ihr die letzten Tage mit meiner schlechten Laune auf die Nerven gegangen bin«, erklärte Lena kleinlaut. »Sie meinte, ich soll mein Ego irgendwo verstauen, wo niemand darüber stolpern und sich verletzen kann.«

Theresa schmunzelte und Lena tat es ihr gleich, offensichtlich erleichtert.

»Ich bin dir wirklich dankbar. Ich weiß, dass es eine Menge Geld ist und ich nicht die Einzige bin, die ein Risiko eingeht.« Sie zog die Schultern hoch, ein wenig ratlos wirkend. »Ich …«, fing sie an, schien aber nicht die richtigen Worte zu finden.

»Du hättest es lieber allein geschafft«, warf Theresa ein und Lena nickte. »Das kann ich verstehen. Und es geht mir nicht anders.« Lena sah sie überrascht an und Theresa deutete ein Augenrollen an. »Ich hätte auch liebend gern darauf verzichtet, jemanden dafür bezahlen zu müssen, mit mir zusammenzuziehen und eine im Grunde liebenswerte alte Dame anzulügen.« Sie seufzte. »Zumal ich nicht mal sicher bin …«

Lena sah sie fragend an. »Nicht sicher …?«

»Warum ich diese Wohnung unbedingt wollte«, räumte Theresa ein und biss sich gleich darauf auf die Zunge. Aber Lena machte nur eine wegwerfende Geste.

»Ist das so wichtig?«

»Schon«, stellte Theresa fest und Lena konnte sich ein Grinsen nicht verkneifen. »Was?«

»Nichts, nur …«, sie machte eine entschuldigende Geste. »Du bist echt verkopft.«

Theresa nahm es als Kompliment. »Ich verlasse mich eben lieber auf meinen Verstand.«

»Sicher. Aber meinst du nicht, dass es Dinge gibt, die mehr sind als nur Verstand?«

Theresa runzelte die Stirn. »Es gibt immer eine rationale Erklärung und wenn ich Dinge verstehe, kann ich bessere Entscheidungen treffen.«

Lena schaute sie neugierig an. »Glaubst du das wirklich? Dass sich alles immer rational erklären und entscheiden lässt?«

»Sicher.«

»Liebe lässt sich rational erklären?«, hakte Lena nach und Theresa spürte, wie sich etwas in ihr zurückzog.

»Natürlich«, antwortete sie dennoch. »Wir verstehen es vielleicht nicht immer, aber ... ja.« Sie bemerkte Lenas nachdenkliche Miene. »Siehst du es anders?«

Lena seufzte. »Wir haben ja schon festgestellt, dass ich keine Expertin für länger währende Beziehungen bin, aber ich war das eine oder andere Mal verliebt. Und meiner Erfahrung nach ist Liebe ziemlich unberechenbar.« Sie zuckte mit den Schultern. »Es gibt einfach Menschen, die sind gut für uns, und Menschen, die sind schlecht für uns, und wenn wir Glück haben, lieben wir die einen und nicht die anderen. Nur aussuchen können wir uns das leider nicht. Weil es eben keine rationale Entscheidung ist, wen wir lieben und wen nicht.«

Theresa wog ihre Worte kurz ab und dachte an ihre Mutter. Die sie offenbar nicht aufhören konnte, zu lieben. Trotz allem. An Philipp, den sie geliebt hatte, solange sie sich erinnern konnte. Und an Carolin. »Ich glaube, es gibt immer rational erklärbare Gründe, warum wir Menschen lieben. Manchmal ist es Genetik oder Biologie und manchmal ist es etwas, das wir suchen und in jemandem zu finden glauben.« Ihr wurde unbehaglich und sie beeilte sich, ihr Argument zu Ende zu bringen. »Aber unabhängig davon, warum ich etwas empfinde – ich habe immer die Wahl, dem Gefühl nachzugeben oder nicht.«

»Ich fürchte, wir sind nicht alle so diszipliniert, aber okay«, sagte Lena. Sie hatte ihre Brötchenhälfte längst wieder auf ihren Teller sinken lassen und lehnte sich jetzt nachdenklich in ihrem Stuhl zurück. Sie war offenbar noch nicht bereit, das Thema fallenzulassen, aber es schien ihr nicht darum zu gehen, recht behalten zu wollen.

»Okay, anderes Beispiel«, fuhr sie schließlich fort. »Beim Tennis geht es nicht einfach darum, den Ball übers Netz zu spielen und zu hoffen, dass dein Gegenüber ihn nicht mehr kriegt. Es geht darum, zu wissen oder herauszufinden, welche Stärken deine Gegnerin hat und welche Schwächen, ob du sie an der Grundlinie halten oder ans Netz locken willst. Es ist ein bisschen wie Schach, du musst vorausplanen, wie der Ballwechsel laufen soll, und vorhersehen, wie deine Gegnerin jeweils reagiert.« Sie untermalte ihre Ausführungen mit entsprechenden Gesten und Theresa unterdrückte ein Schmunzeln. Ob Lena es wusste oder nicht, die Leidenschaft für ihren Sport war noch immer da. »Aber manchmal musst du einfach all das vergessen.« Sie zuckte mit den Schultern. »Ich habe Punkte verloren, bei denen ich aus taktischer Sicht alles richtig gemacht habe, und ich habe Punkte gewonnen, bei denen ich selbst nicht hätte sagen können, warum ich einen Ball so gespielt habe, wie ich ihn gespielt habe.« Sie sah Theresa vielsagend an. »Manchmal musst du dich einfach auf deinen Instinkt verlassen, Vernunft hin oder her.«

Theresa dachte plötzlich an Philipp und stellte sich vor, wie er an Lenas Lippen hängen und wahrscheinlich Beifall klatschen würde. Er würde es nicht mit Sportmetaphern ausdrücken, aber im Grunde hatte sie diese Unterhaltung mit ihm auch schon geführt. Hatte er auch schon versucht, sie davon zu überzeugen, dass Vernunft nicht die Lösung für alle Fragen im Leben war, dass Vorausplanen ihn nicht zu Zielen führen konnte, von denen er noch nicht wusste, dass er sie erreichen wollte. Ja, Philipp und Lena würden sich auf Anhieb verstehen, wenn sie sich denn je begegneten.

Theresa schob diesen speziellen Gedanken beiseite und griff ebenfalls zu ihrem Kaffee. »Alles schön und gut«, sagte sie, »aber ich spiele kein Tennis und ich mache gern Pläne und halte mich dann daran. Und ich verstehe gern, warum ich Dinge tue. Und davon werdet ihr mich auch nicht abbringen.«

»Ihr?«, fragte Lena und Theresa biss sich auf die Zunge.

»Du«, korrigierte sie, gab aber keine weitere Erklärung und Lena hakte nicht weiter nach.

»Ich kanns versuchen«, sagte sie mit einem Zwinkern und einen Augenblick sahen sie sich über den Tisch hinweg an, ehe Theresa nach ihrem Messer griff.

»Und ich muss jetzt etwas essen«, sagte sie und streckte sich nach der Butter.

Lena nickte und widmete sich ebenfalls wieder ihrem Brötchen.

»Oh, bevor ich es vergesse, ich hab Charlotte auf dem Weg zum Bäcker getroffen. Sie hat irgendeine rechtliche Frage wegen des Nachbarn, der immer vor der Zufahrt parkt.«

Theresa verzog das Gesicht. »Bitte keine Nachbarschaftsstreitereien.«

»Ich hab ihr gesagt, dass du ihr da sicher eher weiterhelfen kannst.« Lena wies auf sich selbst und lächelte selbstzufrieden. »Du weißt, internationales Finanzrecht und so. Ich bin da leider überqualifiziert.«

Theresa lachte. »Schon klar.« Sie legte eine Scheibe Käse auf ihre frisch gebutterte Brötchenhälfte. »Ich schaue nachher bei ihr vorbei.« Eine frische Tomate oder ein Radieschen wären jetzt schön gewesen, aber leider hatte sie es die letzten Tage versäumt, einzukaufen. In Gedanken erstellte sie eine Liste, bis ihr einfiel, dass sie nicht allein wohnte und im Gegensatz zu sonst keine Ahnung hatte, was die zweite Person im Haushalt mochte. »Ich wollte nachher noch für die Woche einkaufen gehen«, sagte sie zwischen zwei Bissen, »falls du was brauchst ...?«

Lena, die das letzte Stück ihrer Brötchenhälfte gerade heruntergeschluckt hatte, sah sie kurz forschend an. »Okay.« Sie griff nach der zweiten Brötchenhälfte und ihrem Messer. »Wenn du den Kassenzettel mitbringst«, sagte sie etwas zu beiläufig und streckte sich nun ebenfalls nach der Butter.

Theresa unterdrückte ein Augenrollen und versuchte, Lenas Empfindlichkeit in diesem Punkt zu respektieren. »Sicher. Schreib einfach auf, was ich mitbringen soll, und wir rechnen später ab.«

Lena nickte zufrieden. »Danke.«

»Gern.«

Einen Augenblick war es still und Theresa fragte sich, ob sie die neue Lockerheit zwischen ihnen gleich wieder zerstört hatte.

»Hast du sonst noch was vor?«, fragte Lena und Theresa atmete ein wenig auf.

»Nichts Besonderes.« Sie musste jede Menge Rechnungen für den Umzug bezahlen, aber sie hielt es für besser, nicht ins Detail zu gehen. »Ein bisschen Papierkram, ein bisschen Aktenwälzen. Wäsche, Bügeln, wofür das Wochenende so da ist.« Sie nippte an ihrem Kaffee. »Und du?«

»Ich hab noch ein paar Privatstunden eingebucht und meine Mädels haben am Nachmittag noch ein Saisonspiel. Ich hab versprochen, dass ich vorbeischaue.«

»Bei dem Wetter?«

»Der Nieselregen ist nicht so schlimm«, winkte Lena ab. »Hauptsache der Platz weicht nicht durch. Aber heute Nacht war es trocken und ab mittags soll sogar die Sonne rauskommen.«

Theresa schüttelte den Kopf. »Man kommt noch auf die Idee, es wäre Sommer.«

»Ach, Theresa, was für eine schöne Überraschung«, rief Charlotte und schlug die Hände zusammen.

»Hallo Charlotte«, erwiderte Theresa und spürte, wie sich ein Lächeln auf ihren Zügen ausbreitete. Das gemeinsame Frühstück und die greifbare Entspannung zwischen ihr und Lena hatte ihre Laune bereits erheblich gebessert und Charlottes freudige Begrüßung ließ ihre Stimmung weiter steigen. Selbst der gerade wieder einsetzende Nieselregen konnte daran nichts ändern. »Ich wollte nur mal kurz vorbeischauen. Lena hat mir gesagt, Sie bräuchten einen Rat wegen Ihres Nachbarn?«

Charlotte nickte, winkte aber zugleich ab. »Oh ja. Aber so eilig ist es dann auch nicht, dass Sie gleich hier antanzen müssen.«

»Kein Problem. Was du heute kannst besorgen«, entgegnete Theresa und machte eine vielsagende Geste.

»Da haben Sie natürlich recht«, stimmte Charlotte zu und trat zur Seite. »Aber möchten Sie nicht hereinkommen? Im Hausflur besprechen sich die Dinge so schlecht.«

»Gern.«

Theresa trat über die Schwelle und wartete, bis Charlotte die Haustür geschlossen hatte und vorangegangen war. Sie trug einen schlichten dunklen Rock und darüber ein weißes T-Shirt mit dem Aufdruck *Not at your age*, kombiniert mit einem langen Schal, den sie mehrfach locker um ihren Hals geschlungen hatte.

Theresa folgte ihr ins Wohnzimmer, wo Charlotte es sich zuvor offensichtlich mit einem Kreuzworträtsel in einem der Sessel gemütlich gemacht hatte. Eine Brille lag gut sichtbar neben dem Rätselheft und Theresa wurde bewusst, dass sie Charlotte noch nie etwas hatte lesen sehen.

Charlotte musste ihren Blick bemerkt haben, denn sie beeilte sich, die Brille in ein Etui zu verbannen. »Auch Eitelkeiten sind natürliche Grenzen gesetzt«, erklärte sie mit einem Zwinkern und wies in Richtung des Wintergartens, in dem Theresa sich kurz darauf in dem mittlerweile vertrauten Sessel sinken ließ.

»Nur eine Bemerkung vornweg, Charlotte. Ich helfe Ihnen natürlich gern und so gut ich kann, aber Nachbarschaftsstreits sind immer hässlich, dauern lange und machen niemanden glücklich.« Dass sie ihrer Meinung nach außerdem reine

Zeitverschwendung waren und die ohnehin überlasteten Gerichte davon abhielten, sich um wichtigere Dinge zu kümmern, sagte Theresa lieber nicht. »Im Verhältnis zum Aufwand, also der Zeit, die Sie investieren müssen, und den Kosten, ganz zu schweigen von dem vielen Ärger, den so ein Rechtsstreit mit sich bringt, ist das Ergebnis selten lohnenswert. Deshalb würde ich Ihnen immer raten: Wenn es irgendwie geht, einigen Sie sich friedlich mit Ihrem Nachbarn.«

Charlotte sah sie aufmerksam an, schaute aber ein wenig skeptisch. »Da mögen Sie natürlich recht haben, Theresa. Aber diese Unverfrorenheit ärgert mich einfach maßlos.«

»Worum geht es denn?«

»Ach, dieser ungehobelte Mensch stellt sein Auto immer genau vor meiner Zufahrt ab. Er meint, weil ich kein eigenes Auto habe, brauche ich die Zufahrt ja nicht. Aber ich könnte ja auch Besuch kriegen oder Sie oder Lena könnten mit dem Auto zum Haus wollen. Und letzte Woche mussten die Möbelwagen durch. Da stand er aber glücklicherweise nicht dort.« Charlotte winkte ärgerlich ab. »Ich habe ihn neulich darauf angesprochen und höflich gebeten, dass er seinen Wagen doch bitte ein Stück weiter vorn oder hinten abstellen soll. Aber zum Dank gab es diese patzige Antwort. Und das muss ich mir doch wohl nicht bieten lassen, oder?«

»Natürlich nicht«, sagte Theresa. Nur dass Charlotte nicht viel anderes übrigbleiben würde. Sicher, sie konnte das Falschparken dem Ordnungsamt melden. Dazu würde sie die exakten Zeiten notieren müssen, denn das Halten vor Ein- und Ausfahrten war durchaus erlaubt. Erst wenn der Nachbar sein Auto länger als drei Minuten stehen ließ, griff die Falschparken-Regel. Aber dazu würde Charlotte die

Ordnungswidrigkeit beweisen müssen. Und ein Abschleppen des PKW kam nur infrage, wenn sie das Haus nachweislich just in diesem Moment dringend verlassen musste.

»Wie wäre es denn, wenn ich mal mit dem Herrn spreche?«, bot Theresa also an. Nicht, weil sie wirklich ein Interesse daran hatte, sich in diese Auseinandersetzung einzuschalten, sondern weil sie noch weniger Interesse daran hatte, in einen Rechtsstreit hineingezogen zu werden.

»Ach, das würden Sie tun?«, fragte Charlotte, aber es war eher eine dankbare Feststellung. »Das wäre ganz wunderbar. Bestimmt macht das Eindruck, wenn eine Anwältin ihn anspricht.«

»Na ja«, sagte Theresa. Sie hatte eher vorgehabt, sich als Mieterin von Charlotte vorzustellen und nicht als Anwältin. Manchmal stachelte das die Menschen eher noch an. Als neue Nachbarin konnte sie vielleicht eher etwas erreichen. »Schauen wir mal. Welcher Nachbar ist es denn?«

Charlotte nannte ihr einen Namen und eine Hausnummer sowie die Zeiten, zu denen der besagte Nachbar vermutlich zu Hause anzutreffen wäre. Entweder sie hatte ihn gezielt ausspioniert oder es gab generell nicht viel, das ihr entging. Theresa machte sich eine gedankliche Notiz, dass sie nie unterschätzen durfte, wieviel Charlotte von nun an von ihrem Leben mitbekommen würde.

»Ach, das erleichtert mich aber. Ich fühle mich schon viel besser«, rief Charlotte aus und klatschte in die Hände. »Darf ich uns einen Tee machen, Theresa? Oder haben Sie es eilig?«

Theresa überlegte kurz und blickte nach draußen, wo der Nieselregen alles in einen feinen grauen Schleier tauchte. »Ich habe Zeit.«

Charlotte strahlte und erhob sich, um in die Küche zu gehen. Theresa wollte ihr folgen, aber Charlotte bedeutete ihr, sitzen zu bleiben. »Das schaffe ich schon noch allein.«

Also ließ Theresa sich in den Sessel zurückfallen. Bis auf den geplanten Einkauf und den erwähnten Papierkram hatte sie tatsächlich nichts Besonderes vor. Und wenn sie nicht gerade angespannt war, weil sie Charlotte eine Riesenlüge auftischte, fühlte sie sich stets wohl in ihrer Gesellschaft. Insbesondere der Wintergarten erschien ihr wie geschaffen für Tage wie diesen. Auch jetzt war sie wieder in der Aussicht auf den Garten versunken. Vor dem Fenster ließen die schweren Hortensien die rosafarbenen und blauen Köpfe hängen, während der Sprühregen sich gemächlich in den grünen Blättern sammelte.

»Wo ist denn Ihre Lebensgefährtin an diesem Samstagvormittag?«, rief Charlotte aus der Küche. »Ich halte Sie doch hoffentlich nicht davon ab, das bisschen Freizeit, das Sie haben, miteinander zu verbringen?«

»Nein, nein«, antwortete Theresa. »Sie hatte noch ein paar Wege und wollte dann noch einmal auf den Tennisplatz. Angeblich soll heute Nachmittag noch die Sonne scheinen.«

»Ich hoffe, heute ist sie nicht mit dem Fahrrad gefahren.«

»Nein, heute hat sie das Auto genommen. Sie bekommt ja nachher noch genug Bewegung.«

Da Anwälte selten im Trainingsanzug aus dem Haus gingen, hatten sie Charlotte erzählt, dass Lena mit dem Fahrrad zur Arbeit fuhr und sich dort umzog. Das war noch nicht einmal gelogen, nur dass ihre Arbeitsstätte eben keine Anwaltskanzlei war und die Wechselkleidung nicht aus Businesskostümen bestand. Dank des nun auch für sie kürzeren Weges bevorzugte

Lena in der Tat das Rad und ihre Tennissachen ließ sie ohnehin im Club. So konnte sie ihr Auto auf dem Stellplatz vor dem Haus stehen lassen und das Haus nur mit einem Rucksack verlassen. Wie es werden würde, wenn Lena den Tennisclub gegen das Fotostudio tauschte und das Wetter im Herbst noch weniger fahrradtauglich wurde, mussten sie dann sehen. Im Zweifelsfall zog sie sich eben weiter in der fiktiven Kanzlei um und nutzte den ebenso fiktiven Wäscheservice.

»Sie arbeiten ja wirklich viel, Sie beide«, sagte Charlotte, als sie mit einem Tablett wieder in den Wintergarten kam. Sie lud Tassen, eine Zuckerdose und eine kleine Schale für die Teebeutel ab. »Meine Generation war ja fleißig, aber so spät wie Sie aus dem Büro kommen.«

Sie verschwand erneut in Richtung Küche und Theresa lächelte in sich hinein. Ja, sie musste wirklich aufpassen. Charlotte schien nichts zu entgehen, obwohl Theresa sicher war, dass an den meisten Abenden bereits die Jalousien heruntergelassen gewesen waren, als sie den Gartenweg entlang gekommen war.

»Und Lena scheint ja noch später zu kommen als Sie«, fuhr Charlotte übergangslos fort, als sie mit der dampfenden Teekanne zurückkam.

»Ja, sie arbeitet im Augenblick sehr viel«, sagte Theresa und wurde nachdenklich. »Mehr als sonst.« Lenas Worte von zuvor im Kopf, fragte sie sich plötzlich, ob Carolin wirklich so viel gearbeitet hatte in den letzten Wochen oder ob sie ihr genauso wie Lena schlicht aus dem Weg gegangen war.

»Da bleibt Ihnen aber nicht viel Zeit füreinander.«

Sie schüttelte den Gedanken ab. »Na ja. Man lernt, die Zeit, die man hat, bewusster miteinander zu verbringen«, hörte sie sich sagen und fragte sich im nächsten Moment, ob sie das wirklich getan oder sich nur etwas vorgelogen hatten.

Charlotte runzelte die Stirn. »Wenn das geht.«

Theresa zweifelte plötzlich selbst daran, verdrängte den Gedanken aber gleich wieder und sah zu, wie Charlotte den Tee einschenkte.

»Auf alle Fälle habe ich mich sehr gefreut, dass Sie neulich zusammen hier waren. Wenn Sie also mal Langeweile haben, sind Sie beide jederzeit willkommen.«

»Danke, Charlotte. Das ist lieb von Ihnen«, sagte Theresa und meinte es auch so.

»Und wenn ich das so sagen darf, Sie sind wirklich ein ganz reizendes Paar. Man spürt doch sofort, dass Sie schon lange zusammen sind.«

Theresa konzentrierte sich auf den Tee in ihrer Tasse und unterdrückte das bittere Lachen, das in ihrer Kehle aufzusteigen drohte.

»Ich muss gestehen, ich hatte meine Zweifel, weil Sie doch nicht verheiratet sind. Aber vielleicht kann man sogar in meinem hohen Alter noch etwas dazulernen.« Theresa sah überrascht auf und Charlotte zwinkerte ihr zu. »Ja, lachen Sie ruhig, Theresa, aber wenn Sie in mein Alter kommen, werden Sie merken, je länger man an Überzeugungen festhält, desto schwerer fällt es, sie aufzugeben.«

»Das glaube ich gern«, räumte Theresa ein und trank einen Schluck von ihrem Tee.

»Wissen Sie, was noch schwerer abzulegen ist?«, fragte Charlotte und Theresa schüttelte den Kopf. »Neugier«, sagte Charlotte und zwinkerte von Neuem. Sie strahlte und Theresa konnte nicht anders, als es ihr gleichzutun. »Deshalb müssen Sie mir einfach noch mal erzählen, wie Sie beide sich kennengelernt haben. Bis jetzt habe ich ja nur ein paar vage Andeutungen bekommen.«

Theresa hörte eine Alarmglocke schrillen und nahm einen langen Schluck aus ihrer Teetasse, während Charlotte sie erwartungsvoll anschaute.

»Na ja, was soll ich da erzählen«, begann sie vorsichtig. »Wir haben uns auf einer Feier kennengelernt.« So weit, so gut. »Ein guter Freund hat geheiratet und sein Trauzeuge kannte Lena von der Uni«, flocht sie die wenigen Informationen ein, die sie Charlotte bei ihrem letzten Besuch serviert hatten. »Die Feier war in einem Hotel und –«, sie erinnerte sich an einen festlich geschmückten Saal, einen langen Flur und eine breite Treppe hinauf zu den Zimmern. An das Knarzen von Holz und den Klang von Absätzen auf rotem Teppichstoff. An Carolin in einem Traum von einem Kleid. »Auf dem Weg vom Zimmer in den Festsaal bin ich auf der Treppe ins Stolpern gekommen«, verwob sie Erinnerung und Fiktion. »Lena kam mir zufällig entgegen und hat mich sozusagen aufgefangen, ehe ich stürzen konnte.« Sie suchte Charlottes Gesicht nach Anzeichen für Zweifel oder Skepsis ab, sah aber weiter nur Neugier. »Tja, und dann war sie so nett und hat mich ins Krankenhaus gefahren. Der Knöchel war ziemlich geschwollen und musste geröntgt werden. Aber Glück im Unglück: nur verstaucht.« Sie griff wieder nach ihrer Teetasse.

»Das können Sie wohl sagen«, warf Charlotte ein und legte eine Hand über ihr Herz. »Aber wie romantisch, auf einer Hochzeit.«

Theresa schmunzelte. Es war die Hochzeit eines Kollegen von Carolin gewesen und die erste Feier, die sie als Paar besucht hatten. Sie waren frisch verliebt gewesen und hatten die Nacht genossen, berauscht von all dem Glück, der Atmosphäre, dem Champagner. Sie hatten getanzt und sich unterhalten, den Anblick des strahlenden Brautpaares aufgesogen und ihm laut Sebastian ernsthafte Konkurrenz gemacht.

»Haben Sie denn gleich gespürt, dass sie füreinander bestimmt sind?«, fragte Charlotte und Theresas Antwort kam automatisch.

»Ja«, sagte sie schlicht. Sie war wahrlich kein Romantiker und nicht gefühlsduselig, aber mit der Erinnerung plötzlich so gegenwärtig – ja, sie hatte es an diesem Abend gewusst. Spätestens. Sie hatten es beide gewusst. Und als zu vorgerückter Stunde die ersten Takte von *Ho hey* erklungen waren und der Lumineers-Song die halbe Hochzeitsgesellschaft dazu gebracht hatte, sich paarweise in die Augen zu schauen und zu versichern, dass man zueinander gehöre, hatten sie gelacht und sich über das Klischee amüsiert, aber sich dennoch tief in die Augen geschaut und akzeptiert, dass Klischees eben meist einem Funken Wahrheit entsprangen.

»Ach, Theresa, Sie strahlen ja richtig«, riss Charlotte sie aus ihren Gedanken und Theresa wurde sich schlagartig bewusst, dass sie in Erinnerungen schwelgte, die zu einer abgeschlossenen Vergangenheit gehörten. Sie blinzelte und sah zu Charlotte auf, die sie ergriffen anschaute. Sie zwang sich zu einem Lächeln und versuchte, es ein wenig verlegen aussehen zu lassen.

»Sie kennen das doch«, sagte sie und schluckte alles herunter, was in ihr aufzuwallen drohte. »Wenn Sie von Ihrem verstorbenen Mann sprechen, ist auch offensichtlich, wie nah Sie sich standen.«

Die Ablenkung funktionierte und Charlotte setzte sich augenblicklich ein wenig aufrechter hin. »Ja, mein Friedrich«, schwärmte sie. »Das war aber auch ein feiner Mann. Schade, dass sie den nicht mehr kennengelernt haben.« Sie seufzte und streckte sich nach ihrem Tee. »Der hat mich übrigens auch mal vor einem Sturz bewahrt. Allerdings nicht auf einer Treppe, sondern auf einem Berggipfel.«

»Oh?«, fragte Theresa und wartete geduldig, bis Charlotte getrunken und die Tasse wieder abgestellt hatte.

»Ja, das war in, lassen Sie mich überlegen, das muss in Sechsundsiebzig gewesen sein. Also lange bevor Sie auf der Welt waren.« Sie lachte vergnügt. »Wir sind ja wahnsinnig gern wandern gegangen und das war unser erster Urlaub in Südtirol damals. Wir waren mit einem befreundeten Ehepaar unterwegs. Der Kurt war ein Geschäftspartner meines Mannes und er und Elisabeth waren schon öfter da unten gewesen und kannten sich gut aus. Und für diesen Tag hatten sie eine Tour von Wengen hinauf zur Kreuzspitze geplant. Das ist ein Zweitausender mit einem tollen Blick über das Gadertal. Wir waren später noch mehrmals da, weil die besagten Freunde dort Verwandtschaft hatten und wir sie immer mal besucht haben, wenn wir in der Nähe waren.«

Theresa nickte und lehnte sich in ihren Sessel zurück.

»Ja, wir sind also hinauf zur Kreuzspitze. Ein wunderschöner Weg, durch Wald und Wiesen, an Weihern und Weiden vorbei und dann zum Gipfelkreuz. Das steht, ja, wie soll ich das sagen, sozusagen auf Geröll. Und da haben wir gestanden und die Aussicht genossen und plötzlich bin ich ins Rutschen geraten.« Sie schüttelte den Kopf. »Ich weiß bis heute nicht, wieso. Aber auf diesem Geröll, da findet man ja nicht so schnell Halt.« Sie schaute kurz besorgt drein, bevor ein Strahlen ihr Gesicht überkam. »Aber Friedrich hat sofort reagiert und mich gepackt.« Sie zwinkerte Theresa zu. »Am Ende saßen wir beide auf dem Hosenboden und Friedrich hielt mich im Arm und ich hatte mich so erschrocken. Ich muss kalkweiß gewesen sein. Aber Friedrich hat nur gelacht.« Über ihre Gesichtszüge legte sich ein breites Lächeln. »Er meinte dann später, es hätte einfach so albern ausgesehen, wie ich mit den Armen herumgefuchtelt hätte. Und eigentlich hätte auch gar nicht viel passieren können, weil unterhalb von uns eine Weide mit Zäunen war. Also wäre ich schlimmstenfalls dort hineingerollt.« Sie winkte gutmütig ab. »Aber das wusste ich ja in dem Moment nicht. Mir ist das Herz ganz schön in die Hose gerutscht, das können Sie mir glauben.« Sie atmete tief durch, als erlebte sie den Schreck von damals erneut, lächelte aber gleich darauf wieder. »Friedrich hat mich dann den ganzen Rückweg über festgehalten. Er meinte, man könne mich offensichtlich nicht allein gehen lassen.«

Theresa spürte, wie sie ebenfalls lächelte. »Sind Sie denn immer Wandern gewesen?«

»Oh ja, eigentlich immer. Auch im Winter. Wir haben die Berge einfach so geliebt. Friedrich hat immer vermutet, dass wir in früheren Leben Berggämsen waren. Auch wenn er eigentlich gar nicht an so einen Unfug geglaubt hat.« Sie lachte, bevor sich ihre Miene ein wenig verdunkelte. »Ja, und später waren wir auch viele Jahre mit den Kindern wandern. Bis die erwachsen waren und lieber an irgendwelchen überfüllten Stränden liegen wollten.« Ihre Miene zeigte Unverständnis und Enttäuschung und Theresa ahnte einmal mehr, dass Charlottes Verhältnis zu ihren Kindern ein kompliziertes sein musste. »Aber das hat uns nicht abgehalten. Wir sind dann eben allein los oder mit Freunden. In späteren Jahren dann nicht mehr ganz so weit und nicht mehr so hoch hinauf. Und als Friedrich krank geworden ist, na ja, wir wussten ja, dass es wahrscheinlich nicht wieder wird.« Sie warf einen Blick hinüber zu dem Foto, das schräg hinter Theresa auf einer Kommode in der Zimmerecke stand. »Wir sind aber noch ein letztes Mal weggewesen. Im Kleinwalsertal. Da war er schon sehr schwach, aber es war trotzdem schön.«

Einen Augenblick hing die Stille zwischen ihnen, dann wandte Charlotte sich wieder Theresa zu. »Wohin verreisen Sie denn so?«

Theresa zögerte nur ganz kurz und entschloss sich dann für weniger Wahrheit und mehr Fiktion. Es minimierte das Risiko für nostalgische Gefühlswallungen. »Wir sind auch eher Aktivurlauber«, erklärte sie. »Lena ist ja gern in Bewegung und ich finde es auch schön, ein bisschen Abwechslung zu den langen Tagen am Schreibtisch zu haben.«

Tatsächlich hatten Carolin und sie auch zur Fraktion der Strandurlauber gehört, aber es war schwer, sich Lena in solch einem Szenario vorzustellen. Sicher würde sie unruhig werden, wenn sie den ganzen Tag auf einer Liege verbringen sollte.

»Wann steht denn der nächste Urlaub an?«, fragte Charlotte.

»Wir haben noch nichts gebucht, aber bei diesem Wetter hat man ja nicht das Gefühl, etwas zu verpassen«, blieb Theresa vage. »Vielleicht etwas später im Jahr.«

Ehrlich gesagt wäre sie gern ein paar Tage irgendwohin gefahren, weg von allem. Aber gleichzeitig fürchtete sie sich ein bisschen davor, zu viel Zeit für sich zu haben. Die Arbeit lenkte immerhin ab. Zudem konnte sie Lena schlecht bitten, sie zu begleiten, aber auch nicht ohne sie fahren, ohne dass Charlotte sich wundern würde. Vielleicht in der Tat etwas später im Jahr, wenn sich alles eingespielt hatte.

»Ja, vielleicht bekommen wir einen schönen Herbst. Wenn der Sommer schon so wenig Freude macht.« Charlotte wies in Richtung Fenster. »Sie haben den Garten ja noch gar nicht nutzen können.«

»Ach, das kommt bestimmt noch«, winkte Theresa ab.

»Oh«, rief Charlotte plötzlich aus. »Das hätte ich ja fast vergessen. Am ersten Septemberwochenende gebe ich hier im Garten immer eine große Grillparty. Sie sind natürlich eingeladen.«

»Vielen Dank. Eine Grillparty?«

»Ja, man muss die langen Abende und das normalerweise warme Wetter ja ausnutzen. Und Grillen ist doch eine schöne Sache. So gesellig.«

»Das stimmt. Wer kommt denn da so?«

»Ach, das wechselt immer mal«, sagte Charlotte mit einem Zwinkern, »je nachdem, wer es gerade verdient hat.«

Theresa lachte, zweifelte aber nicht daran, dass Charlotte die Einladungen tatsächlich wie Belohnungen verteilte oder verweigerte.

»Sie beide müssen natürlich unbedingt kommen«, sagte Charlotte und hob einen mahnenden Finger. »Sonst wäre ich sehr enttäuscht.«

»Ist notiert«, sagte Theresa und genoss einmal mehr den Schalk, der in Charlottes Augen aufblitzte.

»Oh, apropos Enttäuschung. Habe ich Ihnen schon von unserem Ausflug auf die Zugspitze erzählt?«

Theresa verneinte wahrheitsgemäß.

»Das muss Einundachtzig gewesen sein«, fuhr Charlotte augenblicklich fort. »Ich war so aufgeregt, weil ich doch noch nie Seilbahn gefahren war.«

# SEPTEMBER

# 12

Der August war schneller vorbeigegangen, als Theresa gedacht hätte, und endlich war auch der Sommer zurück. Die Temperaturen waren wieder gestiegen und die Tage sehr warm, aber nachts kühlte es sich angenehm ab. Theresa hatte endlich den Balkon nutzen und den Tag bei einem Glas Wein im Freien ausklingen lassen können. Auch heute hatte sie sich schon den ganzen Nachmittag darauf gefreut, nach der Hitze des Tages die laue Abendluft genießen zu können, zumal Freitag war und außer dem Besuch im Fitnessstudio nichts mehr auf ihrer Agenda gestanden hatte.

Charlotte hatte im Garten Tisch und Stühle aufstellen und Theresa und Lena wissen lassen, dass sie jederzeit willkommen waren, dort zu sitzen. Wie vermutet, werkelte sie zwar in der Tat jeden Tag selbst in ihrem Garten, aber es kam auch regelmäßig ein Gärtner vorbei, um die schweren Arbeiten zu verrichten.

Jetzt war es Abend geworden und Theresa saß mit ein paar Akten inmitten blühender Stauden und Pflanzen. Die Äste der Apfelbäume bogen sich unter der Menge an roten Früchten, die laut Charlotte aber noch nicht bereit waren, gepflückt zu werden.

Immer wieder unterbrach Theresa ihr Aktenstudium, um sich umzusehen, die klare Luft und die unfassbare Ruhe zu genießen. Trotz der nahen Hauptstraße und der nur wenige Meter entfernten kleineren Straße war es verhältnismäßig still und das Grundrauschen der Stadt ließ sich erstaunlich leicht ausblenden. Beinahe schien die Zeit stillzustehen und hätte die Dämmerung nicht eingesetzt und das Lesen unmöglich gemacht, Theresa hätte wohl noch ewig so sitzen können. So hatte sie die Akten zu einem Stapel zusammengeschoben und schaute wehmütig auf die sich bildende Gänsehaut auf ihrem Arm. Es war wohl Zeit, hineinzugehen.

Sie bemerkte einen schwachen Lichtschein vom Haus her und erkannte kurz darauf Lena, die mit einer Fackel in der Hand auf sie zukam.

»Planst du eine Nachtwanderung?«, fragte sie amüsiert.

»Nein, aber Charlotte meinte, wir könnten ja ruhig schon mal testen, ob die Fackeln auch angenehmes Licht spenden.« Sie bohrte den langen Stiel in eines der Blumenbeete, prüfte die Stabilität ihrer Konstruktion und ging in die Hocke.

Erst jetzt sah Theresa, dass Lena eine Kiste unter dem anderen Arm getragen hatte, die sie nun auf den Boden stellte. Sie entnahm ihr eine weitere Fackel, die sie an der ersten entzündete, ehe sie ein paar Schritte um den Tisch herum machte und auch diese im Boden verankerte. »Die sind für morgen Abend. Offenbar wird es ein Fest mit Stil«, erklärte Lena und ging wieder zurück zu der Kiste, deren Inhalt Theresa in der rasch zunehmenden Dunkelheit nicht ausmachen konnte.

»Ist dir kalt?«, fragte Lena und reichte Theresa eine Decke.

»Danke«, sagte Theresa mit einem leichten Stirnrunzeln.

»Dank nicht mir, dank Charlotte«, erwiderte Lena mit einem Zwinkern. »Sie findet offenbar, dass wir mal einen romantischen Abend verdient haben, wo wir doch so wenig Zeit für uns haben.«

Theresa lachte überrascht. »Hat sie das gesagt?«

»Nicht in exakt diesen Worten, aber es war sehr deutlich.«

Theresa schüttelte noch immer lachend den Kopf und sah fasziniert zu, wie Lena nun auch noch eine Weinflasche, zwei Gläser, einen Teller mit mehreren dicken Kerzen darauf und schließlich eine zweite Decke hervorzauberte. »Vielleicht will sie auch nur ihr schlechtes Gewissen beruhigen.«

Lena lachte. »Weil sie dich jede Woche um einen neuen Gefallen bittet?«

Theresa seufzte. »Vor allem, weil sie mich für die meisten Sachen gar nicht brauchen würde.«

»Na ja, sie braucht dich offenbar schon.« Theresa sah sie fragend an. »Nicht als Anwältin vielleicht. Aber sie braucht offenbar die Aufmerksamkeit«, erklärte Lena, während sie die Sachen auf dem Tisch verteilte. »Zu ihrer Familie hat sie ja offenbar kein allzu enges Verhältnis und so oft, wie hier irgendwelche Handwerker oder Nachbarinnen ein- und ausgehen, würde ich sagen, Charlotte ist nicht gern allein.«

Theresa betrachtete sie nachdenklich. So hatte sie die Sache noch nicht gesehen.

»Wein?«, fragte Lena und riss sie aus ihren Gedanken.

»Gern«, sagte Theresa und warf einen Blick auf die Flasche. »Die ist aber nicht von Charlotte.«

»Nein«, gab Lena zu, während sie erst Theresas und dann ihr eigenes Glas füllte. »Die ist aus unserem Kühlschrank. Ich hab dich hier sitzen sehen und dachte, ich leiste dir kurz Gesellschaft. Allerdings hätte ich es beim Wein belassen.« Sie stellte die Flasche ab und setzte sich.

»Offenbar brauchst du in romantischen Dingen noch etwas Nachhilfe von Charlotte«, frotzelte Theresa und Lena lachte.

Sie stießen an und Theresa kuschelte sich dankbar in die leichte Wolldecke. Es war nicht wirklich kalt, aber klamm und für ihre Bluse definitiv zu frisch.

»Apropos spät«, sagte Lena und wies mit dem Kopf auf den Aktenstapel auf dem Tisch, »hast du bis eben gearbeitet?«

»Ja«, sagte Theresa und nahm einen weiteren Schluck von ihrem Wein.

»Warum?«, fragte Lena.

»Weil ich die Akten noch lesen wollte.«

Lena schien einen Augenblick über ihre Antwort nachzudenken. »Warum?«

Theresa sah sie mit gehobenen Brauen an. »Ernsthaft?« Sie dachte, derlei *Warum*-Fragen waren das Vorrecht kleiner Kinder.

»Ich bin neugierig«, sagte Lena mit hochgezogenen Schultern. »Warum Freitagabend? Warum nicht Feierabend machen und die Arbeit bis Montagfrüh ruhen lassen?«

»Montagfrüh warten die nächsten Akten, die nächsten Mandanten, die mit mir sprechen wollen, Gerichtstermine«, zählte Theresa auf, »heute Abend ist entspannter.«

»Klingt eher gehetzt als entspannt«, stellte Lena fest und Theresa zog eine Braue in die Höhe.

»Warst du nicht professionelle Tennisspielerin? Hast du den Schläger Freitagabends in die Ecke gelegt und bis Montagfrüh ruhen lassen?«, fragte sie sarkastisch und Lena lachte.

»Erwischt.« Sie griff nach ihrem Glas. »Aber bei Entspannung fallen mir einfach andere Dinge ein als dir.«

»Ach ja?«, fragte Theresa amüsiert. »Was denn so?«

Lena hielt ihren Blick mühelos. »Mit dir hier sitzen, mich nett unterhalten«, sie hob ihr Glas, »Wein trinken. Das finde ich entspannend.«

Theresa zuckte mit den Schultern. »Ich auch.«

»Aber wenn ich nicht hier rausgekommen wäre, wie hoch ist die Wahrscheinlichkeit, dass du reingegangen wärst und dich entweder direkt schlafen gelegt oder drinnen sogar noch ein bisschen weitergearbeitet hättest?«

»Worauf willst du hinaus?«

»Ich schätze, ich frage mich einfach nur, ob es in deinem Leben noch etwas anderes außer deiner Arbeit gibt«, antwortete Lena, ihre Stimme neutral, aber interessiert.

»Muss es das denn?«, entgegnete Theresa und Lena wiegte den Kopf von links nach rechts.

»Nein. Es wirkt nur etwas ... eintönig«, sagte sie vorsichtig.

»Es macht mir nichts aus«, erklärte Theresa gelassen. »Ich mag meine Arbeit.«

»Warum?«, fragte Lena, nur um sich auf Theresas Augenrollen hin gleich zu verbessern, »Ich meine, was genau magst du? Was macht dir Spaß?«

Theresa überlegte kurz. »Ich helfe Menschen, Probleme zu lösen. Ich begleite sie durch manchmal schwere Zeiten, ich unterstütze und berate sie, ich verhandele für sie und versuche, ein möglichst gutes Ergebnis zu erreichen.«

Lena sah sie aufmerksam an, sagte aber nichts.

»Ich mag meine Arbeit«, wiederholte Theresa. »Ich tue die Dinge, die ich tue, gern und ich mache sie gut. Und das verschafft mir gewisse Sicherheiten. Freiheiten.«

Lena zwinkerte ihr zu. »Wie diese Wohnung. Inklusive Mitbewohnerin.«

Theresa legte den Kopf schief, konnte aber keinen Vorwurf oder Sarkasmus in Lenas Ton ausmachen. »Zum Beispiel.«

Eine Weile schwiegen sie, eingehüllt in ihre Decken und genossen die Stille des Gartens. Die Dunkelheit hatte nun fast vollständig eingesetzt.

»Kann ich dich noch was fragen?«, fragte Lena dann unvermittelt. »Zu Carolin?«

Theresa sah auf und in Lenas Gesicht, in dem sich das flackernde Licht der Kerzen widerspiegelte. Der heitere Ausdruck war verschwunden und vorsichtiger Neugier gewichen. Theresa nickte.

»Warum hast du ihr die Stunden geschenkt?«

Theresa runzelte die Stirn, unvorbereitet auf die Frage.

»Wenn ich Leute zum ersten Mal trainiere«, erklärte Lena, »frage ich sie, warum sie da sind, was sie erreichen oder verbessern wollen, und wenn sie Anfänger sind, warum sie Tennis spielen möchten. Carolin hat nur gesagt, dass die Stunden ein Geschenk von ihrer Lebensgefährtin waren.«

Theresa nickte erneut. »Ja.« Sie schaute Lena fragend an.

»Na ja, ich hab mich gefragt, warum jemand, der selbst kein Tennis spielt und keinen echten Sport treibt, seiner Freundin ausgerechnet Tennisstunden schenkt. Ein Fallschirmsprung, eine Kanutour, eine Fahrt mit dem Heißluftballon, das versteh ich. Alles Dinge, die du direkt machen kannst. Aber eine Sportart, und eine technisch anspruchsvolle dazu, musst du mühsam lernen. Das braucht Zeit.«

»Ich dachte, es könnte ihr helfen«, sagte Theresa, und nun war es Lena, die sie fragend anschaute. Theresa seufzte. »Carolin hat in einer großen Wirtschaftskanzlei gearbeitet und ihr Ziel war immer, Partner zu werden. Aber es ist sehr schwer, dahin zu kommen, zumal als Frau. Du musst von den anderen Partnern berufen werden. Es geht nach Leistung, aber letztlich auch nach Verbindungen und wer mit wem gut kann.« Lena schien zu ahnen, worauf sie hinauswollte, aber Theresa sprach dennoch weiter. »Es heißt ja immer, Männer netzwerken beim Bier nach Feierabend, wenn die Frauen nicht dabei sind, weil sie gar nicht eingeladen werden. Ich dachte, wir sorgen für ein bisschen Chancengleichheit. Einige der Partner in Carolins Kanzlei – oder vielmehr ihrer ehemaligen Kanzlei – spielen Tennis.« Sie zuckte mit den Schultern. »Apfelschorle statt Bier, Tennisplatz statt Kneipe. Das war der Plan. Carolin war immer sportlich und es scheint ihr ja Spaß gemacht zu haben.«

Lena sagte nichts.

»Kann ich dich etwas fragen?«, wechselte Theresa das Thema.

»Na klar.«

»Warum willst du Fotografin werden?«

Lena atmete hörbar aus und griff nach ihrem Weinglas. »Wie viel Zeit haben wir?«

»Im Zweifel, bis der Wein alle ist«, sagte Theresa und hob ihr Glas ebenfalls.

Lena lachte und nahm einen Schluck, bevor sie kurz nachzudenken schien. »Ich schätze, es sind zwei Dinge, die mich beim Fotografieren reizen.« Sie schien kurz zu überlegen. »Kennst du Live Photos? Wenn das iPhone nicht nur den Schnappschuss selbst, sondern auch die Sekunde davor und danach aufnimmt und dann in einer Art Kurzvideosequenz zeigt?«

Theresa nickte.

»Auf der Tour hatten wir einen Fotografen, der für die großen Szenemagazine geschossen hat. Die Bilder waren zwar reine Momentaufnahmen, ohne technische Spielereien, aber das Timing und die Komposition waren so perfekt, dass du das Gefühl hattest, die Sekunden davor und danach auch sehen zu können.« Sie zuckte mit den Schultern. »Insofern waren es doch keine Momentaufnahmen, die nur den isolierten Augenblick zeigen. Eher ... das Einfrieren eines Moments in seinem Kontext, das kurze Anhalten, bevor die Welt sich unweigerlich weiterdreht.« Sie sah Theresa an. »Das wollte ich auch können. Will ich immer noch. Etwas Lebendiges einfangen und in einem Augenblick festhalten, ohne ... dass es tot wirkt oder wie ein Stillleben.«

Theresa war nicht sicher, ob sie mit dieser Erklärung etwas anfangen konnte, aber sie beschloss, die Information für später abzuspeichern. »Willst du dich denn auf Sport konzentrieren?«

»Gerade muss ich ja erstmal das machen, was sich ergibt, und das ist zurzeit hauptsächlich Portrait- und Eventfotografie. Das finde ich auch ganz spannend. Aber klar, Sportfotografie wäre schon toll. Mal sehen, was sich noch ergibt. Mein Chef will mir ein paar Aufträge über Kollegen und Freunde organisieren.« Sie lachte. »Solange es kein Tennis ist.«

Theresas Skepsis schien sich in ihrem Gesicht zu zeigen.

»Was?«, fragte Lena, aber Theresa schüttelte den Kopf. Sie nahm Lena nicht ab, dass sie wirklich mit Tennis abgeschlossen hatte, aber sie kannte sie auch nicht gut genug.

»Nichts. Und die zweite Sache?«

Lena nippte an ihrem Wein. »Beim Tennis geht es immer darum, besser zu sein als dein Gegenüber. Du arbeitest natürlich in erster Linie ständig an dir selbst, verbesserst deine Technik, deine Grundschläge, deine Variabilität, aber am Ende geht es immer darum, wer gegen wen gewinnen kann, egal, ob du an dem Tag dein bestes oder dein schlechtestes Tennis gezeigt hast. Es gibt keinen absoluten Maßstab.« Sie schaute auf. »Wenn ich fotografiere, geht es nur um das Foto, um das Motiv, den Aufbau, den Moment, was ich festhalten und was ich sagen möchte. Nicht darum, ob ich besser bin als jemand anders. Fotografie ist ... nicht zählbar. Nicht vergleichbar. Wenn du fünf Fotografen ein Motiv vorgibst, wird dir jeder ein komplett anderes Bild vorlegen. Und wenn du diese fünf Bilder fünf Menschen zeigst, wird jeder von ihnen jede der Aufnahmen anders wahrnehmen oder beurteilen.«

Theresa nickte. Diese Erklärung konnte sie tatsächlich nachvollziehen. Früher hatte sie geglaubt, das Recht sei etwas Absolutes, das man entweder richtig oder falsch auslegen konnte. Dann hatte sie einsehen müssen, dass das allenfalls theoretisch stimmte. Sie war darüber hinweggekommen.

»Kann ich noch etwas fragen?«, wagte sie sich dafür jetzt doch hervor.

Lena lachte. »Hast du noch Wein?« Theresa hielt ihr Glas hoch, das noch gut zu einem Viertel gefüllt war. »Dann nur zu.«

»Kann es sein, dass du nicht Tennis hasst, sondern nur den Wettbewerb?«

Lena schien nicht wirklich darüber nachdenken zu müssen. »Wahrscheinlich. Aber im Augenblick kann ich die beiden Dinge nicht voneinander trennen. Vielleicht, wenn ich aufhöre, leistungsbezogen zu unterrichten.«

Theresa hatte noch eine andere Frage im Sinn, war sich aber unsicher, ob es ihr zustand, sie zu stellen.

»Na los«, sagte Lena, die ihren Zwiespalt zu ahnen schien. Sie hob ihr Glas. »Frag.«

Sie trank und Theresa räusperte sich. »Deine Eltern ... hat euer schlechtes Verhältnis etwas damit zu tun, dass du Tennis hasst?«

Lena verzog das Gesicht. »Ich hasse Tennis nicht. Ich mag es nur nicht mehr besonders.« Sie zwinkerte Theresa zu. »Vielleicht brauchen wir einfach mal eine Pause voneinander, Tennis und ich.«

Theresa lachte und versuchte, die Spur von Bitterkeit zu verdrängen. Wenn es nur so einfach wäre im Leben.

»Im Ernst«, sagte Lena. »Ich könnte Tennis nie hassen. Dazu hab ich ihm viel zu viel zu verdanken. Ich hab so viel gesehen, so viel erlebt, bin so vielen Menschen begegnet, und ohne den Sport, wer weiß.« Sie hob die Hände, um ihre Worte zu unterstreichen. »Ich weiß, das Klischee ist, dass die Eltern ihre Kinder zwingen, ihre eigenen Ambitionen zu erfüllen, und das mag auch oft der Fall sein.« Sie schüttelte den Kopf. »Aber meine Eltern haben mich nie zum Tennis gedrängt oder gezwungen. Sie haben nicht mal gespielt, nie selbst einen Schläger in der Hand gehabt. Ich war selbst die treibende Kraft und vielleicht bereuen sie es heute, aber sie haben mich nur nicht davon abgehalten. Sie haben mich stundenlang auf dem Platz gelassen, mich zum Training gefahren und wieder abgeholt, später die Trainingscamps und das Sportinternat bezahlt.« Lena seufzte. »Das Problem war nie, dass meine Eltern mich zu irgendwas gezwungen haben oder gar enttäuscht waren, als meine Profikarriere nicht so lief, wie ich es mir gewünscht hatte. Das Problem war, dass meine Eltern mich früh meine eigenen Entscheidungen haben treffen und meinen eigenen Weg haben gehen lassen. Und wenn du die meiste Zeit des Tages auf dem Tennisplatz stehst oder irgendwo meilenweit entfernt von deinen Eltern zur Schule gehst, allein zu Turnieren reist und schließlich um die halbe Welt, dann bleibt keine Zeit für irgendwas anderes.« Sie schaute auf ihr Weinglas und ließ die Flüssigkeit darin kreisen. »Das Problem ist nicht, dass meine Eltern und ich uns nicht leiden können. Wir kennen uns nur einfach nicht. Es ist, als würde ich Fremde besuchen. Und ich bin mir ziemlich sicher, dass es für sie genauso ist.« Sie hob ihr Glas und trank den Rest Wein darin in einem großen Schluck aus.

Theresa nahm ebenfalls noch einen Schuck. Sie fragte sich, wie das sein mochte, die eigenen Eltern nicht wirklich zu kennen. Sicher, sie hatte selbst keine Erinnerungen an ihren Vater, aber das lag daran, dass er gestorben war, als sie noch zu klein gewesen war, um ihn sich heute ins Gedächtnis rufen zu können. Und ihre Mutter hatte sie zwar phasenweise nicht verstanden und verstand sie manchmal heute noch nicht in gewissen Entscheidungen, aber im Grunde kannten sie einander.

Sie dachte an ihre letzte Begegnung und dass ihre Mutter sofort gespürt hatte, dass etwas nicht stimmte. Und sie dachte wieder an ihre Großeltern, Fremde für sie, die sie abgelehnt hatten, noch ehe sie eine Chance gehabt hatte, etwas zu tun, das diese Strafe verdiente.

»Hey.« Lenas Stimme riss sie aus ihren Gedanken. »Du sahst aus, als wärst du ganz weit weg.«

Theresa nickte. »War ich auch.« Sie trank ihr Glas ebenfalls aus und griff nach der Flasche, um den restlichen Wein zwischen ihnen aufzuteilen. Dabei gingen ihr Lenas Worte wieder durch den Kopf. Vom Einfrieren eines Augenblicks, vom Einfangen von etwas Lebendem.

»Kann ich dich noch etwas fragen, ohne dass du mir den Kopf abreißt oder dich angegriffen fühlst?«

Lena lächelte mit gerunzelter Stirn. »Das kommt darauf an, was du fragst, würde ich sagen.« Sie griff nach ihrem Glas. »Aber schön. Ich versuchs.«

Theresa hielt kurz inne, um sicherzugehen, dass sie die richtigen Worte fand. »Nach allem, was du erzählt hast, klingt es für mich nicht so, als ob Fotografieren eine sichere Einnahmequelle wäre.« Sie suchte Lenas Gesicht nach Zeichen von Missfallen oder Verärgerung ab, fand aber nichts dergleichen. »Und«, fuhr sie vorsichtig fort, »so wie du deine finanzielle Situation geschildert hast –«

»Du fragst dich, warum ich mich von einer brotlosen Kunst in die nächste stürze«, unterbrach Lena sie und Theresa wollte protestieren, aber Lenas Blick schien zu sagen, dass es okay war. »Weil es das ist, was ich tun will. So wie Tennis lange Zeit das war, was ich tun wollte.« Lena legte den Kopf schief und zog die Schultern leicht nach oben. »Ich hab mir nie etwas anderes vorstellen können, als Tennis zu spielen. Und seit klar ist, dass ich das nicht mehr will, ist Fotografieren das Einzige, bei dem ich ansatzweise dasselbe Gefühl habe. Nur nicht ganz so intensiv. Aber wenn man bedenkt, dass ich beim Tennis relativ schnell ausgebrannt bin, ist das vielleicht eine gute Sache.«

Theresa war erleichtert, dass ihre Frage keinen neuen Disput ausgelöst hatte. Trotzdem blieb sie vorsichtig. »Aber ... hättest du nicht gern etwas mehr Sicherheit?«

Lena schnaubte. »Du meinst Geld?«

Theresa zögerte kurz, nickte aber. »Geld ist Sicherheit«, sagte sie und hob die Hände in einer Art vorsorglichen Entschuldigung.

Lena wippte zustimmend mit dem Kopf, ihre Miene aber zeigte Skepsis. »Hätte ich gern mehr Geld? Sicher. Würde ich gern mehr zur Seite legen können für später? Klar. Aber ich seh mich einfach nicht an einem Schreibtisch sitzen oder schlaue Vorträge halten, wie man erfolgreicher wird und sein Leben verbessert.« Sie zuckte mit den Achseln. »Als ich mit dem Profisport aufgehört hab, gab es ein paar Angebote, und ich bin mir ziemlich sicher, wenn ich keine andere Wahl hätte, würde ich schon irgendeinen Job finden. Ich kenne genügend Leute. Aber wenn ich mein Leben jetzt nicht lebe, wenn ich die Zeit, die ich jetzt habe, nicht mit etwas fülle, das ich gern tue, das mir Freude macht und bei dem ich ganz ich sein kann, wo genau liegt dann der Sinn von diesem *Später*? Soll ich mich jetzt knapp fünfunddreißig Jahre lang mit etwas zufriedengeben, das mir nichts bedeutet, nur um mich für eine Zukunft abzusichern, die schlimmstenfalls nie kommt und bestenfalls immer mehr vom Gleichen bereithält? Wie viele Menschen kennst du, die sich im Rentenalter plötzlich noch selbst verwirklichen? Und selbst wenn, war das dann die vergeudeten Jahre davor wert?«

Theresa blies die Luft aus. »Aber wenn du die fünfunddreißig Jahre lang immer Angst haben musst, dass das Geld nicht reicht oder du vielleicht bald arbeitslos bist und auf der Straße sitzt, ist es das dann wert?«

Lena nippte an ihrem Wein. »Angst würde ich es nicht nennen. Irgendetwas findet sich doch immer und bevor ich auf der Straße sitze, würde ich eben in den sauren Apfel beißen und einen Job annehmen, der die Miete zahlt, auch wenn er mich nicht erfüllt«, räumte sie ein. »Aber zumindest könnte ich dann sagen, dass ich es versucht habe.«

Theresa ließ sich Lenas Antwort durch den Kopf gehen. Sie versuchte, sich vorzustellen, wie es gewesen wäre, wenn sie sich nicht für Jura, sondern für etwas anderes interessiert hätte. Etwas mit weniger guten Berufsaussichten. Hätte sie es trotzdem getan? Oder zumindest versucht? Hatte sie sich wirklich aus Überzeugung für die Rechtswissenschaften entschieden oder hatte der Reiz des Jurastudiums für sie von Anfang an darin gelegen, dass es gute Chancen für eine sichere Zukunft bot?

»Warum fragst du?«, riss Lena sie erneut aus ihren Gedanken und Theresa zögerte nur kurz.

»Mein Bruder«, hörte sie sich zu ihrer eigenen Überraschung sagen. »Philipp studiert Kunst«, erklärte sie. »Wir haben uns deshalb schon mehrfach gestritten.« Sie wich Lenas Blick aus, weil sie mit Unverständnis oder stummen Vorwürfen rechnete. »Ich weiß, es ist sein Leben, seine Zukunft, also seine Entscheidung. Aber ...« Erneut atmete sie lautstark aus. »Ich mache mir einfach Sorgen. Dass er davon nicht leben kann. Dass er scheitert.« Sie seufzte. »Ich will nur, dass es ihm gut geht.«

»Geht es ihm denn schlecht?«, fragte Lena und Theresa begegnete ihrem Blick. Sie konnte keinen Vorwurf erkennen.

Sie schüttelte den Kopf. »Nein.« Sie lachte. »Im Gegenteil. Er ist frisch verliebt.«

Lena fiel in ihr Lachen ein. »Schön für ihn.«

»Ja«, bestätigte Theresa und trank noch etwas Wein, den sie langsam zu spüren begann. »Weißt du, ich habe ihn praktisch großgezogen. Zwischen uns liegen zwölf Jahre. Er war nicht geplant und meine Mutter hat sich sozusagen ... für ein paar Jahre ausgeklinkt. Also blieb alles an mir hängen.«

»Du fühlst dich verantwortlich«, schloss Lena und Theresa nickte. »Aber du hast es selbst gesagt, es ist sein Leben.«

»Ich weiß«, stimmte Theresa zu. »Ich bin mir nur nicht sicher ...« Sie suchte nach den richtigen Worten. »Philipp hat es immer leicht gehabt im Leben. Ich habe ihm immer alles abgenommen, alles von ihm ferngehalten, was hart und schwer und hässlich war.« Sie schluckte. »Deshalb weiß ich nicht, ob er auf das Leben wirklich vorbereitet ist. Ob er es schaffen würde, wenn die Dinge nicht so laufen, wie er will. Wenn es schwer wird und ernst ist.« Sie fuhr sich mit der Hand über die Stirn und durch die Haare. »Das klingt furchtbar, aber ich weiß nicht«, sie biss die Zähne zusammen, »ob ich ihn nicht verzogen habe.«

Lena legte den Kopf schief. »Zwölf Jahre jünger, das heißt, er ist ... vierundzwanzig?«

Theresa nickte.

»Und bis hierher hat er es ohne größere Zwischenfälle oder Zusammenbrüche geschafft?«

Theresa rollte gutmütig mit den Augen. »Schon.«

»Dann kannst du ihn nicht allzu sehr verzogen haben«, sagte Lena in einem konspirativen Flüsterton. Und fügte dann etwas ernster hinzu: »Du machst dir Sorgen, dass er von der Kunst nicht leben kann, oder du machst dir Sorgen, dass er Kunst gewählt hat, weil er für alles andere zu ... weich ist?«

Theresa vergrub ihr Gesicht in ihrer Hand. »Beides«, sagte sie schließlich. »Wie viele Künstler kennst du, die gut von ihrer Kunst leben können?«

»Wie viele Künstler kennst du, die nicht davon leben können?« Lena schaute sie wieder mit diesem leicht spöttischen, aber nicht bösartigen Ausdruck an. »Wie viele Künstler kennst du überhaupt?«

Theresa konnte ein Lächeln nicht unterdrücken. »Touché.« Sie trank den letzten Schluck Wein in ihrem Glas und betrachtete Lena nachdenklich.

»Was?«, fragte die.

»Ist für dich wirklich immer alles so leicht, wie es scheint?« Die Frage hatte Theresa schon länger unter den Nägeln gebrannt. Eigentlich schon seit ihrer ersten Begegnung, mindestens seit der zweiten im Tennisclub, als Lena das Spektakel mit Charlotte und ihren Freundinnen so beiläufig akzeptiert zu haben schien und bereitwillig ihre Hilfe angeboten hatte.

»Natürlich nicht«, entgegnete Lena, aber selbst das sagte sie mit einer für Theresa bestechenden Leichtigkeit. »Aber die Probleme oder die Themen anderer Leute lassen sich immer einfacher lösen als die eigenen.«

»Sicher, aber du wirkst auch bei deinen eigenen Themen sehr entspannt.« Theresa hob eine Hand und zählte die Punkte an den Fingern ab. »Die Situation mit deinen Eltern, deine Profi-Karriere, der Wechsel zur Fotografie«, sie wies auf ihre Umgebung, »das Arrangement mit mir. Nichts davon scheint dich sonderlich aus der Ruhe oder um den Schlaf zu bringen.«

Lena lachte leise auf. »Fürs Protokoll: Du hast mich eine schlaflose Nacht gekostet.« Sie wurde etwas ernster. »Es ist mir nicht leichtgefallen, zu dir zu kommen, noch weniger, dein Angebot tatsächlich anzunehmen. Wie gesagt, ich habe meinen Stolz und reagiere etwas ... stark, wenn ich das Gefühl habe, man setzt mich unter Druck.«

Theresa unterdrückte den Impuls, sich erneut zu entschuldigen. »Warum eigentlich?«

Lena lachte kurz auf, bevor sie seufzte. »Wenn du gut in etwas bist, wirklich gut, dann sind plötzlich eine Menge Leute für dich da. Nur wenn du plötzlich nicht mehr so gut bist, dann merkst du, dass aus Hilfsbereitschaft und Begeisterung ganz schnell etwas anderes werden kann.«

Theresa war nicht sicher, dass sie verstand, und es musste in ihrem Gesicht erkennbar sein.

»Solange ich erfolgreich war«, führte Lena aus, »haben viele Leute viel in mich investiert. Mich gefördert und unterstützt, mit Geld oder anderen Dingen. Ohne dass ich sie dazu aufgefordert habe, übrigens, aber so oder so, als die Erfolge ausblieben ...« Sie winkte ab. »Mit jeder Niederlage, mit jeder neuen Verletzung wurde ihr Frust größer und der Druck auf mich größer. Und als ich gesagt hab, dass ich aufhören will«, sie verzog das Gesicht zu einer verächtlichen Miene, »es war nicht schön.«

Theresa runzelte die Stirn.

»Was heißt das?«

»Man hat mir Charakterschwäche vorgeworfen, Feigheit, Undankbarkeit. Ich würde mein Talent vergeuden. Mein Potenzial mit Füßen treten.« Lena machte eine Geste, die wohl die Wucht ihrer Worte abmildern sollte, aber es gelang ihr nur teilweise. »Erst hat man versucht, mich zu überreden, dann mit neuen Versprechungen zu überzeugen, und als das nicht half, gab es auch ein paar Drohungen. Alles hing mehr oder weniger immer mit Geld zusammen.«

Theresa schüttelte angewidert den Kopf. »Wie alt warst du?«

»Alt genug«, winkte Lena ab und tippte sich gegen die Stirn. »Du wirst schnell erwachsen im Profigeschäft und ich hatte schon immer meinen eigenen Kopf.«

Theresa lächelte. »Das glaube ich sofort.«

Einen Augenblick saßen sie wieder nur da und genossen die nächtliche Stille. Aber mit ihr kam auch die nächtliche Kälte und es wurde höchste Zeit, zu gehen.

»Danke«, sagte Theresa, ehe sie sich erhob und Lena sah überrascht auf.

»Für?«

Theresa seufzte, selbst unsicher. Sie hatte keine Ahnung wie oder warum, aber gerade fühlte sich ihr Leben nicht mehr ganz so aus den Fugen geraten an wie noch vor einer Weile.

»Für den schönen Abend«, sagte sie und Lena hob ihr Glas.

»Ebenso.«

Keine vierundzwanzig Stunden später saß Theresa wieder in Charlottes Garten. Die Grillparty hatte sich als perfekt geplantes Fest herausgestellt und den ganzen Tag über für ein reges Treiben in und um Charlottes Haus herum gesorgt. Zudem hatte sich herausgestellt, dass es sich um die Feier zu Charlottes neunundachtzigstem Geburtstag handelte, sie aber nicht darauf angesprochen werden wollte. Charlotte schien, so wurde es erzählt, nur ihre runden Geburtstage auch tatsächlich als solche zu feiern.

Bereits am Vormittag war plötzlich eine Handvoll junger Männer erschienen, um zunächst den Rasen zu mähen und dann eine ganze Kollektion an Gartenmöbeln aufzustellen sowie eine Art Bar inklusive Grill zu errichten. Alles unter Charlottes wachsamen Augen und gemäß ihren Anweisungen. Anschließend war eine Reihe junger Frauen verschiedener Nationalitäten mit einer ganzen Wagenladung voller Lebensmittel in Charlottes Haus verschwunden. Wie Theresa später herausfinden sollte, hatten sie Charlottes Küche in Beschlag genommen und die Köstlichkeiten vorbereitet, die es später in Form eines Grill-, Salat- und Beilagenbuffets zu bestaunen und zu verzehren gab. Schließlich hatte ein Kleintransporter mit dem Logo einer lokalen Gärtnerei vor dem Grundstück gehalten, dem ein Mann, eine Frau und ein knapp volljähriger Teenager entstiegen waren. Sie hatten sich zielsicher im Garten verteilt, um hier und da noch schnell ein paar welke Blüten auszuzupfen und übereifrige Triebe zurückzuschneiden. Dann hatten sie Schnittblumen und Gebinde auf Tischen und Bänken dekoriert, ehe sie wieder in ihren Transporter gestiegen und davongebraust waren.

»Bin gespannt, was als Nächstes kommt«, hatte Lena das Geschehen kommentiert, am Fenster stehend und einen Apfel essend. Sie war früh am Tag ein paar Stunden auf dem Tennisplatz gewesen, ehe es zu heiß geworden war, und dann zurückgekehrt, um Charlotte ihre Hilfe anzubieten. Das hatte sich freilich schnell als überflüssig erwiesen.

Am Nachmittag waren dann nach und nach die Gäste eingetroffen. Zuerst Charlottes Freundinnen, Klärchen, Mummelchen und Agathe, die in Begleitung einer jungen Frau auftauchten. Agathe trug ein rosa-knapp-an-der-Grenze-zu-pink-farbenes Kleid, ein passendes Haarband und statt einer einzelnen Feder ein ganzes Gesteck aus Federn und Schmuck, das sich um einen Großteil ihrer linken Kopfhälfte schmiegte. Mummelchen trug ihre dicke Hornbrille zu ihrer auch heute modisch gestylten Kurzhaarfrisur und einem vielleicht eine Spur zu jugendlichen Outfit, wirkte aber neben Agathe beinahe langweilig. Klärchen war auch heute wieder die Biederste der drei, in einer vermutlich gestärkten, langärmeligen weißen Bluse, die sie trotz der Wärme bis oben zugeknöpft hatte. Ihr dunkler Rock passte zu den geschlossenen dunklen Schuhen, während Agathe in Flip-Flops und Mummelchen in modischen Sandalen umherliefen. Charlotte selbst präsentierte sich in einer luftigen weißen Sommerbluse mit pinken Flamingos, einem plissierten wadenlangen Rock und einem weißen Sonnenhut mit breiter Krempe wie aus der Raffaello-Werbung.

Die junge Frau war in T-Shirt und Jeans erschienen und stellte sich als Mummelchens Enkeltochter vor, die sie und ihre Freundinnen hergefahren hatte und später auch wieder abholen würde. Sie unterhielt sich eine Weile mit Lena, warf aber immer wieder neugierige Blicke zu Theresa hinüber, ehe sie sich mit einem Winken in Richtung ihrer Großmutter verabschiedete. Auf dem Weg zur Straße begegnete sie dem Gärtner, der jetzt im Freizeitlook war, aber wie zuvor in Begleitung der Frau und des Teenagers, die er als seine Lebensgefährtin und seinen Stiefsohn vorstellte. Auch die jungen Männer von zuvor waren nach und nach wieder aufgetaucht und hatten sich größtenteils als Handwerker herausgestellt, die öfter im Haus ein- und auszugehen und nicht zum ersten Mal Teil dieser festlichen Veranstaltung zu sein schienen. Und Theresa hatte immer wieder an Lenas Worte vom Vorabend gedacht, dass Charlotte offenbar nicht allein sein wollte. Sie schien sich in der Tat einen weitläufigen

Kreis von Menschen aufgebaut zu haben, die ihr verbunden waren, teilweise vielleicht aber auch auf sie angewiesen. Die Trennlinien zwischen Privat- und Berufsleben schienen auf alle Fälle aufgeweicht.

Schließlich waren die jungen Frauen aus Charlottes Küche in den Garten hinausgekommen, mit Tellern und Schüsseln beladen und rasche Kommandos an die jungen Männer verteilend. Offenbar handelte es sich teils um die Lebensgefährtinnen, teils um weitere Nachbarinnen.

In Windeseile war der Grill entzündet und legte sich der Duft von frisch Gegrilltem über den Garten und noch ehe der Abend richtig angebrochen war, hatte Theresa das Gefühl gehabt, platzen zu müssen von all den Köstlichkeiten, die sie hatte probieren sollen. Sie war regelrecht belagert worden von den jungen Frauen, die sich ihr alle vorgestellt und sie mit Essen versorgt hatten. Lena war zwischenzeitlich geflohen und mit einigen der Männer ins Gespräch gekommen, dann aber von Charlotte zurückbeordert worden und saß nun wieder an Theresas Seite. Soeben verdrückte sie den letzten Bissen einer türkischen Nachspeise und wehrte sich dagegen, mehr auf den Teller geladen zu bekommen.

Theresa sah sich um und war einmal mehr fasziniert über die bunt gemischte Runde, die sich hier zusammengefunden hatte. Die überwiegend jungen Frauen um sie herum wiesen zum Teil russische, türkische oder afrikanische Wurzeln auf und hatten Charlotte mehr oder weniger zufällig auf die eine oder andere Weise kennengelernt, beim Einkaufen, auf der Straße vor dem Haus, beim Gang zur Bank oder zum Bäcker. Und sie alle hatten offenbar eine länger währende Verbindung zu Charlotte aufgebaut.

Zwei Frauen erzählten, dass sie öfter Besorgungen für Charlotte machten, im Gegenzug oft ihr Herz ausschütten durften und immer einen guten Rat erhielten. Egal, worum es ging. Sie schienen ihre alte Nachbarin zu bewundern. Dazwischen saßen die Freundinnen oder Frauen der Handwerker, die sich teilweise untereinander zu kennen schienen, teilweise auch schon öfter hier gewesen waren. Offenbar pflegte Charlotte, die bei ihr verkehrenden Handwerker zu verwöhnen, mit Speisen und Getränken und anderen kleinen Aufmerksamkeiten, und hin und wieder verrichteten sie dann auch andere Arbeiten für Charlotte, die sie nicht über ihre Arbeitgeber abrechneten, sondern nach Feierabend oder an den Wochenenden ausführten. Manchmal brachten sie dann ihre Partnerinnen oder sogar ihre Kinder mit, die von Charlotte mit frisch gekochtem Kaffee und selbstgebackenem Kuchen oder Saft und Keksen verwöhnt wurden.

Die Männer hatten sich zunächst etwas abgesondert, saßen jetzt aber mit Charlotte und ihrer Gang zusammen. Dem schallenden Gelächter nach zu urteilen, das in schöner Regelmäßigkeit erklang, schienen sich alle bestens zu amüsieren.

Als die Dämmerung hereinbrach, bat Charlotte Lena, die Fackeln zu entzünden, die bereits im Garten verteilt aufgestellt waren. Sie habe ja schon Übung damit. Lena grinste und warf Theresa einen amüsierten Blick zu, ehe sie sich erhob, um Charlottes Bitte nachzukommen.

Theresa sah ihr gedankenverloren nach. Sie war ein wenig unsicher gewesen, was der Abend wohl bringen würde, aber im Nachhinein betrachtet hätte sie sich natürlich überhaupt keine Sorgen machen brauchen. Mit Charlotte wurde es schließlich nie langweilig und Lena schien sich mehr oder weniger in jedem Szenario zurechtzufinden, wie sie ja schon mehrfach bewiesen hatte.

»Charlotte hat sich so gefreut, dass Sie beide hier eingezogen sind«, riss eine der Frauen Theresa aus ihren Gedanken. Sie hatten sich schon früher unterhalten. Miray wohnte in einem der Nachbarhäuser. *Hinter den Apfelbäumen*, wie sie selbst es ausgedrückt hatte. Sie war Anfang zwanzig, studierte und lebte in einer WG.

»Ich hätte ja nicht gedacht, dass sie das wirklich durchzieht.« Sie zwinkerte Theresa zu. »Wo Sie beide doch nicht verheiratet sind.«

Theresa lachte. Offenbar hatte sie die Bedeutung dieses Aspekts für Charlotte nicht überschätzt, wenn es sich auch bis zu ihren Nachbarinnen herumgesprochen hatte. »Sie sind ja gut informiert.«

»Du«, sagte Miray und Theresa nickte.

»Gern.«

»Kannst du dir vorstellen, was Charlotte zu mir gesagt hat, als wir uns damals kennengelernt haben und sie herausgefunden hat, dass ich mir die Wohnung mit fremden Männern teile?« Miray lachte mit all der Leichtigkeit, die sie ausstrahlte, und Theresa fand es ansteckend.

»Ich kann es mir ansatzweise vorstellen. Aber da du hier bist, muss sie wohl darüber hinweggekommen sein?«

»Es hat eine Weile gedauert, aber sie hat ihren Frieden damit gemacht«, lachte Miray. »Nach einer Weile fand sie es sogar ganz spannend, denke ich. Auf jeden Fall fragt sie jetzt öfter mal, wie es sich mit diesem oder jenem verhält bei uns. Also in meiner Familie oder auch in der WG.« Sie nahm einen Schluck von ihrem Bier.

»Sie hat eine gesunde Neugier«, sagte Theresa diplomatisch, aber Miray schaute sie nachdenklich an.

»Ich weiß nicht. Es ist eher ... in manchen Dingen ist Charlotte so festgefahren in ihren Vorstellungen. Aber zugleich ist sie einer der aufgeschlossensten Menschen, die ich kenne. Weißt du, was ich meine?« Theresa nickte zustimmend. »Sie ist so progressiv im einen Moment, schrecklich konservativ im nächsten und dann wieder so liberal, dass man sich anstrengen muss, hinterher zu kommen.«

Theresa lachte und sah zu Charlotte hinüber, die sich angeregt unterhielt und gerade vor Vergnügen die Hände zusammenschlug. »Ja, sie ist eine faszinierende Frau«, sagte sie, just in dem Moment, in dem Lena in ihr Blickfeld geriet, die schräg hinter Charlotte eine Fackel entzündete. Der Feuerschein erhellte ihr Gesicht und sie wirkte absolut entspannt und zufrieden. Theresa sah zu, wie Lena weiterging, kurz im Halbdunkel verschwand und dann wieder auftauchte, vermutlich unterwegs zur nächsten Fackel.

»Wie lange seid ihr denn zusammen?«

Theresa fuhr zu Miray herum, die sie amüsiert anschaute. »Acht Jahre«, antwortete sie dann, sich wieder erinnernd, dass sie eine Rolle zu spielen hatte.

»Das ist eine ganze Weile«, sagte Miray. »Meine längste Beziehung war eher acht Monate.« Sie warf Theresa einen belustigten Blick zu. »Nicht, dass ich offiziell überhaupt Beziehungen zu Männern habe.«

Theresa wollte etwas sagen, aber in diesem Moment ließ Lena sich neben sie auf die Bank sinken. »Dann bist du offiziell auch nicht an Roman interessiert?«, fragte sie Miray. Die errötete.

Theresa schaute zu den Männern hinüber und meinte, sich vage zu erinnern, dass einer von ihnen, ein gut gebauter Typ mit kurzgeschorenem blonden Haar und sehr feinen Gesichtszügen, sich als Roman vorgestellt hatte.

»Ich weiß nicht, wovon du sprichst«, sagte Miray in Lenas Richtung, aber ihr Gesichtsausdruck sagte etwas anderes.

»Okay«, sagte Lena. »Dann wird es dir egal sein, dass er dich auch schon den halben Nachmittag lang anschmachtet.«

Mirays Augen weiteten sich kurz und der Rotschimmer ihrer Wangen blieb bestehen. Freudige Erregung legte sich über ihre Züge. »Echt?«

Lena lächelte ebenfalls. »Immer, wenn ich geschaut habe, hat er zu dir rüber gesehen.«

Miray warf Roman einen kurzen Blick zu, dann Lena und griff schließlich nach ihrer Bierflasche. Sie nahm einen Schluck und drehte die offenbar leere Flasche demonstrativ um und schüttelte ein paar Tropfen in den Rasen. »Entschuldigt mich«, sagte sie dann, »ich muss mir mal was zu trinken holen.«

Mit einem Zwinkern und einem breiten Grinsen stand sie auf und ging zu den Männern hinüber, die sich strategisch geschickt um eine große Kühlbox herum platziert hatten. Im Halbdunkel und über die vielen Stimmen im Garten war nicht zu sehen oder zu hören, was genau passierte, aber es dauerte nicht lange und Miray saß mit einer Bierflasche in der Hand neben Roman und die beiden schienen sich gut zu unterhalten.

Theresa schüttelte lächelnd den Kopf. »Hat er wirklich den ganzen Nachmittag zu ihr rüber geschaut?«

Lena zuckte mit den Achseln und grinste zufrieden. »Keine Ahnung. Ich hab ihn genau einmal gucken sehen.«

»Und was hättest du gemacht, wenn es schiefgegangen wäre?«

Lena sah sie mit hochgezogenen Brauen an. »Welcher halbwegs intelligente Mann würde ein hübsches Ding wie Miray wegschicken, wenn sie auf ihn zukommt?«

»Jetzt klingst du wie eine Kupplerin.«

Lena lachte. »Weil ich zur Unzucht anstifte?« Sie warf einen kurzen Blick hinüber zu Miray und Roman.

»Weil du unterstellst, dass die beiden dasselbe wollen«, wandte Theresa ein, eine Spur Irritation in der Stimme, deren Ursprung ihr nicht ganz klar war.

Lena musste die Veränderung gehört haben, denn sie schaute sie überrascht an. Theresa verschränkte die Arme vor der Brust. »Was, wenn er sich wirklich nur geschmeichelt fühlt und mit ihr flirtet, weil sie hübsch ist. Was, wenn sie mehr will.«

Lena legte den Kopf schief. »Ist das nicht genau das, was sie zusammen herausfinden sollten?«

Theresa öffnete den Mund, um etwas zu entgegnen, schloss ihn aber wieder. Sie schlang ihre Arme noch ein wenig enger um sich.

»Bist du jemals ein Risiko eingegangen, Theresa?«, wollte Lena wissen, die sie mit einem neugierigen Gesichtsausdruck zu mustern schien. »Hast du dich jemals auf etwas eingelassen, ohne zu wissen, wie es ausgeht?«

»Muss ich das?«, fragte Theresa zurück und hörte selbst, wie defensiv sie klang.

»Nein«, erwiderte Lena. »Aber vielleicht entgeht dir was.« Sie legte den Kopf schief und ein leichtes Lächeln lag auf ihren Zügen. »Nicht alles, was unerwartet oder ungeplant ist, ist schlecht, Theresa.« Sie breitete die Hände aus. »Ich hab eine wirklich gute Zeit hier. Besser als ich erwartet hatte und definitiv ungeplant.« Sie hob ihr Bier. »Und ich meine nicht nur diesen Abend.«

Theresa sah zu, wie Lena einen langen Schluck von ihrem Bier nahm und wie das Licht der Fackeln sich im Glas widerspiegelte und Lenas Hand und eine Hälfte ihres Gesichts in warmes, oranges Licht tauchte. Und kurz fragte Theresa sich, ob die Haut sich auch warm anfühlen würde, wenn sie jetzt ihre Hand auf Lenas Wange legen würde.

Sie schüttelte den Gedanken ab und nahm einen Schluck von ihrem Getränk.

»Wir werden übrigens beobachtet«, sagte Lena. »Nicht hingucken, aber Charlotte und ihre Gang haben uns im Visier.«

Theresa lachte. »Können die uns im Dunkeln überhaupt sehen.«

»Die sehen alles«, raunte Lena.

»Das stimmt allerdings«, räumte Theresa ein.

»Sie haben uns schon den ganzen Nachmittag immer mal wieder im Blick gehabt.«

»So wie Roman den ganzen Nachmittag Miray im Blick gehabt hat?«, fragte sie neckend und Lena rollte lachend mit den Augen.

»In diesem Fall wirklich.«

Theresa lachte, aber sie hatte die Blicke von Charlotte und ihren Freundinnen auch immer mal wieder gespürt, vor allem, wenn Lena neben ihr gesessen hatte.

»Ich weiß. Ich bin mir auch ziemlich sicher, dass sie sich über uns unterhalten haben. Aufmerksam sind sie ja, aber nicht gerade unauffällig.«

»Ich find die vier nach wie vor faszinierend«, sagte Lena mit hörbarer Begeisterung. »Eine schräger als die andere.« Sie lachte, wurde dann aber eine Spur ernster. »Wusstest du, dass Mummelchens Mann am Bundesarbeitsgericht war?« Theresa schüttelte den Kopf. «Und du errätst nie, was Agathes Mann gemacht hat.«

Theresa grinste erwartungsvoll. »Na, sag schon.«

»Ich sage nur Rüstungsindustrie.«

»Nein«, stieß Theresa ungläubig hervor.

»Doch«, bestätigte Lena. »Er war wohl ein hohes Tier bei Henschel und unter anderem in der Rüstungssparte verantwortlich.«

Theresa konnte ein kurzes Lachen nicht unterdrücken. Ausgerechnet Agathe, die immer ein wenig in ihrer eigenen Welt zu existieren schien? Andererseits war das Familienunternehmen in der Nachkriegszeit phasenweise der größte Arbeitgeber in Kassel gewesen und die Rüstungsproduktion erst mit der Übernahme durch Rheinmetall kurz vor der Jahrtausendwende endgültig aufgegeben worden.

»Stell dir nur mal vor, wie viel Lebenserfahrung da zusammensitzt«, fuhr Lena fort. »Was die alles mitgemacht haben. Krieg, Evakuierung, Wiederaufbau ...« Sie schüttelte den Kopf. »Manchmal hab ich das Gefühl, die wissen Dinge, die wir noch nicht mal erahnen.«

Theresa lachte. »Vielleicht. Wer weiß.« Sie setzte ihre Flasche an und wollte gerade einen Schluck nehmen, als sie Lenas Hand auf ihrem Bein spürte.

»Ja, guck«, rief Lena und Theresa folgte ihrem Blick, und im Schein der Kerzen und Fackeln gerade noch erkennbar saßen Miray und Roman jetzt ganz nah beieinander. Ihre

Schultern waren aneinander gelehnt und fast sah es aus, als ob ihre Hand in seiner lag. Aber in der Dunkelheit konnte Theresa nicht sicher sein.

# OKTOBER

# 13

Das Klopfen an ihrer Tür riss Theresa aus ihrer Starre und sie wurde erst jetzt gewahr, dass sie die letzten Minuten damit verbracht hatte, aus dem Fenster und auf die langsam die ersten Blätter abwerfenden Baumkronen zu schauen.

»Ja«, rief sie und drehte sich in ihrem Stuhl herum. Zu ihrer Erleichterung war es nicht Sandra, die hereinkam, um sie an einen vergessenen Termin oder an einen wartenden Mandanten zu erinnern, sondern Sebastian.

»Hey«, grüßte er mit einem müden Lächeln und schlenderte auf ihren Schreibtisch zu. »Ich wollte nur hören, ob Alexander schon mit dir gesprochen hat.«

Theresa seufzte. »Nein, hat er nicht. Ich hoffe, es geht nicht wieder um einen Praktikanten.«

»Nein. Diesmal ist es eine Praktikantin.« Er strahlte über das ganze Gesicht und Theresa sah ihn fassungslos an.

»Sag mal, habt ihr den Verstand verloren? Es war schwer genug, den letzten loszuwerden, ohne dass die Kanzlei Schaden nimmt. Wenn ihr ein hübsches junges Ding braucht, um eure Egos zu streicheln, dann macht das in eurer Freizeit.«

Sebastians Brauen schossen in die Höhe und er hob abwehrend die Hände, genauso überrascht von der unerwartet heftigen Reaktion wie Theresa selbst. »Das war ein Scherz.« Er sah sie musternd an. »Was ist denn los mit dir?«

Theresa nahm einen tiefen Atemzug. »Entschuldige.« Sie lehnte sich in ihrem Stuhl zurück. »Worüber will Alexander mit mir sprechen?«

»Netter Versuch.« Sebastian ließ sich in einem der Stühle ihr gegenüber nieder. »Komm schon, was ist los? Du gehst doch sonst nicht wegen nichts hoch.«

Theresa verschränkte die Arme vor der Brust und schaute ihn abweisend an, aber Sebastian kannte sie einfach zu gut. Er hielt ihrem Blick mühelos stand und schaute seinerseits treuherzig drein. Also gab sie ihren Widerstand auf und beugte sich vor, um das Einladungsschreiben in die Hand zu nehmen, das vor ihr auf dem Tisch lag und das sie vor ein paar Minuten zum ersten Mal gelesen hatte. Sie reichte es ihm wortlos.

Er nahm es und überflog die Zeilen und sah sie verständnislos an. »Das ist doch diese kleine beschauliche Familienrechtskonferenz, zu der du jedes Jahr fährst.«

Sie presste die Kiefer aufeinander und sah ihn vielsagend an. Einen Augenblick später begriff er.

»Ah. Du bist mit Carolin hingefahren.« Er nickte nachdenklich. »Du fürchtest, dass dieselben Leute da sind und jemand nach ihr fragt.«

»Es sind immer dieselben Leute da.« Sie ließ sich erneut tief in ihren Sessel zurücksinken. »Deshalb ist die Tagung ja so klein und beschaulich.«

Sebastian faltete die Einladung zusammen und ließ sie auf ihren Schreibtisch fallen. »Theresa, komm schon, das ist nicht dein Ernst.« Sie wich seinem Blick aus. »Hör mal, es ist eine Sache, deinen Kollegen aus dem Weg zu gehen und jeden Anlass zu meiden, bei dem private Fragen gestellt werden könnten.« Er wartete, bis sie ihn nun doch anschaute, und in seiner Miene lag die Spur eines Vorwurfs. »Und da du neuerdings wieder rund um die Uhr zu arbeiten scheinst und unseren Umsatz in die Höhe treibst, kann ich mich nicht beschweren. Aber es ist eine andere Sache, wenn du jetzt schon Fortbildungen und Konferenzen schwänzt.«

Theresa wollte widersprechen. Sie war schließlich keine Schülerin, die eine Entschuldigung fälschen wollte. Aber Sebastian war in Fahrt.

»Ich verstehe, dass es dir nicht gutgeht. Ich verstehe, dass die Trennung dir sehr zugesetzt hat. Aber Theresa, ich erkenne dich nicht wieder. Wo ist die toughe, selbstbewusste, entscheidungsfreudige Anwältin hin, mit der ich sofort in jede Schlacht ziehen würde?«

Sie konnte nur stumm den Kopf schütteln. Dieselbe Frage stellte sie sich ja täglich selbst.

»Menschen trennen sich jeden Tag, niemand weiß das besser als du«, fuhr Sebastian fort. »Herrje, du hast die Leute doch tagtäglich hier sitzen. Und was rätst du deinen Mandanten und Mandantinnen in solchen Fällen immer?«

Theresa seufzte.

»Dass sie aufhören müssen, zu reagieren, und stattdessen anfangen, zu agieren«, wiederholte sie ihre eigenen Worte, die ihr immer logisch und zielführend erschienen waren. Statt sich von Schmerz und Enttäuschung lähmen zu lassen, galt es, selbst Entscheidungen zu treffen und in die Offensive zu kommen. Es klang vernünftig und sie hatte sich weitgehend daran gehalten, indem sie Carolin konsequent aus ihrem Leben gebannt hatte. Aber in einem Punkt wollte es mit der Offensive einfach nicht gelingen.

»Was hindert dich daran, deinen eigenen Rat zu befolgen?«, wollte Sebastian wissen. »Was ist so schlimm daran, wenn Leute wissen, dass ihr euch getrennt habt?« Er schob seine Brille zurecht. »Außer da ist etwas, das du mir nicht erzählt hast?«

Theresa dachte kurz an ein Foto, an Sektgläser und strahlende Mienen, an Hände auf Unterarmen. Aber sie schüttelte den Kopf. »Nein, nichts dergleichen.«

»Dann versteh ich es nicht.« Sebastian zog die Schultern hoch und ließ sie wieder sinken.

Theresa fuhr sich durch die Haare und legte kurz die Finger vor ihre Lippen, während sie nach Worten suchte. »Ich kann es nicht erklären«, sagte sie dann. »Es ist nicht, dass ich mich der Realität verweigere. Ich hege keine falsche Hoffnung, dass wir wieder zusammenkommen. Aber ...«, sie rang um Worte, »jeder, dem ich es erzähle ... fragt nach dem Warum.«

Sebastian sah sie verständnislos an. »Und?«

Theresa presste die Lippen aufeinander und spürte eine tiefe Verzweiflung, aber sie konnte sie nicht in Worte fassen. Also schüttelte sie schließlich den Kopf und riss sich zusammen.

»Nichts. Du hast recht.« Sie fuhr sich über die Augen und holte tief Luft, während sie sich etwas in ihrem Stuhl aufrichtete. »Ich muss einfach darüber hinwegkom-men.«

Sebastian nickte. »Fahr zu dieser verdammten Veranstaltung. Sag, dass Carolin krank ist oder verhindert oder sag gar nichts.« Ihm schien ein Gedanke zu kommen und er grinste spitzbübisch. »Oder nimm deine Mitbewohnerin mit. Dann fragt zumindest niemand nach Carolin.«

Theresa lachte matt. »Ja, genau.«

»Hey, du weißt doch, ein gutes Ablenkungsmanöver kann Gold wert sein. Und wenn ihr dann noch ihre Profikarriere erwähnt – die Aufmerksamkeit wäre euch sicher.« Er seufzte theatralisch. »Die Anwältin und die Ex-Weltranglisten-spielerin.« Er nestelte erneut an seiner Brille herum. »Und dann heißt es bestenfalls: Carolin ... wer?« Theresa lachte und Sebastian grinste zufrieden. »So gefällst du mir schon besser.« Er stand auf. »Meld dich zu der Konferenz an. Und wenn du willst, sorge ich dafür, dass Carolin von deiner neuen Lebensgefährtin erfährt.« Er zwinkerte ihr zu. »Ich bin sicher, sie wäre eifersüchtig.«

Theresa war sich da keineswegs sicher, verzichtete aber auf einen Kommentar. »Was wolltest du eigentlich von mir? Irgendetwas mit Alexander?«

Sebastian winkte ab. »Das kann er dir schön selbst erzählen.« Er lächelte und wandte sich zur Tür um. »Ich sag ihm schon mal, die Praktikantin muss über achtzehn sein.«

»Wir holen es nach. Zur Not im Frühjahr.«

Theresa hatte kaum die Schlüssel in der Haustür gehört, da hallte Lenas Stimme schon durch den Flur. Sie kam wie so häufig spät nach Hause, aber immerhin längst nicht mehr, weil sie Theresa aus dem Weg ging. Seit Monatsbeginn verbrachte sie ihre Tage entweder im Fotostudio oder begleitete ihren neuen Chef zu Kundenterminen, Fotoshootings und Ähnlichem, und die Abende verbrachte sie teilweise ebenfalls im Studio oder traf sich mit Freunden. Theresa bewunderte ihren Elan und ihre Energie. Sie selbst war meist zu müde, um noch etwas zu unternehmen, auch wenn sie die Abende zu Hause längst nicht mehr so genoss wie früher. Und ihrem Weinverbrauch nach zu urteilen, brauchte sie tatsächlich bald ein Hobby. Oder irgendwann eine neue Leber.

»Hey, deine Arbeit geht vor, alles gut«, sagte Lena zu wem auch immer, während sie den Geräuschen nach ihre Tasche abstellte und ihre Jacke aufhängte. »Und seien wir ehrlich, du bist ohnehin nicht in Form und hättest wahrscheinlich auf halbem Wege schlappgemacht.« Einen Moment später erschien sie in der Tür zum Wohnzimmer und winkte Theresa mit einer Hand zu, das Handy in der anderen. »Okay, okay, schon gut. Geh. Bis dann«, beendete sie ihr Gespräch und ließ das Handy sinken, ehe sie ihre Aufmerksamkeit Theresa zuwandte.

»Hey.«

»Hey«, erwiderte Theresa und schob das Lesezeichen zwischen die Seiten, in die sie eben noch vertieft gewesen war. Wie immer hatte sie auch heute ein paar Akten mit nach Hause gebracht, aber zum ersten Mal seit Langem keine Muße gehabt, diese auch nur aus ihrer Tasche hervorzuholen. Stattdessen hatte sie sich vorhin ein Buch geschnappt und es sich mit einer Decke und einem Tee auf der Couch gemütlich gemacht.

»Gutes Buch?«, fragte Lena, noch immer in der Tür stehend.

»Allerdings«, erwiderte Theresa und klappte den Buchdeckel zu.

»Nichts für die Arbeit heute?«

Theresa schmunzelte.

»Nein. Heute mal Vergnügen. Aber habe ich dich gerade sagen hören, dass die Arbeit vorgeht?«, fragte sie neckend.

Lena zuckte mit den Achseln. »Hin und wieder ist das so, ja.« Sie kam ins Zimmer und ließ sich auf die andere Seite des Sofas fallen. »Aber der Fairness halber, es ging um Isabells Arbeit und da geht es quasi um Leben und Tod, also hat das tatsächlich Priorität vor den meisten anderen Dingen im Leben.«

»Was hattet ihr denn vor?«

»Wir wollten am Samstag einen kleinen Wanderausflug machen, aber sie muss für eine Kollegin einspringen.« Theresa spürte, wie ihre Brauen nach oben schossen, und Lena sah sie fragend an. »Was?«

»Ach, nichts«, versuchte Theresa, ihre Reaktion abzutun, aber Lena sah sie weiter mit bohrendem Blick an. »Ich hätte Isabell nur nicht für den Outdoortypen gehalten.«

Lenas Mundwinkel hoben sich eine Spur. »Sondern?«

Theresa zuckte mit den Achseln. »Ich weiß nicht.« Sie wollte nichts Schlechtes über Isabell sagen, denn offensichtlich waren Lena und sie mindestens gut befreundet. Zudem war ihre kurze Begegnung in der Notaufnahme keine Grundlage, sich ein Urteil über die Ärztin anzumaßen. Auch wenn sie Theresa damals irritiert hatte. Sie versuchte, ihre Miene neutral zu halten, aber es schien ihr nicht ganz zu gelingen.

»Ist zwischen euch eigentlich irgendwas vorgefallen?«, fragte Lena mit gerunzelter Stirn.

»Vorgefallen?«, echote Theresa. »Du meinst, davon abgesehen, dass sie dabei war, als mir ein halber Flaschenhals aus der Hand gezogen worden ist?«

»Ja, davon abgesehen.«

»Nein.« Lena warf ihr einen skeptischen Blick zu und Theresa beschloss, das Thema zu wechseln. »Wo wolltet ihr denn wandern?«

»Ach, es gibt einen Premiumweg durch die Hessische Schweiz, den ich immer schon mal ablaufen wollte.«

Theresa horchte auf. »Die Hessische was?«

Lena lachte. »Die Hessische Schweiz.«

»Ich kenne nur die Sächsische Schweiz. Und natürlich die tatsächliche Schweiz.«

»Ich dachte, du bist von hier«, frotzelte Lena.

»Bin ich.« Sie warf Lena einen misstrauischen Blick zu. »Du veralberst mich.«

Lena griff in ihre Tasche und zog das Handy wieder hervor. Sie tippte schnell etwas ein und rückte dann näher, um Theresa das Gerät hinzuhalten. Die setzte sich auf und warf einen Blick auf das Display.

»Tatsächlich. Die Hessische Schweiz«, las sie ungläubig vor. »Eines der größten Bergsturzgebiete Deutschlands.« Sie strich mit einem Finger über das Display, um dem Text weiter folgen zu können. »Nördlich von Eschwege und östlich von Bad Sooden-Allendorf.« Sie reichte Lena das Telefon zurück. »Das ist ja praktisch um die Ecke.«

»Isabell hat es mir auch nicht geglaubt, bis sie es gegoogelt hat.« Lena warf selbst einen kurzen Blick auf ihr Smartphone und ihre Augen schienen zu leuchten. »Die Strecke soll zum größten Teil aus Naturwegen bestehen, überwiegend durch Buchenwälder führen und jede Menge Aussichtspunkte bieten.«

»Du gehst trotzdem?«

»Klar«, sagte Lena und steckte das Handy weg.

Theresa seufzte. »Eins ist klar, sollten wir irgendwann auffliegen, hast du größere Chancen, hier wohnen bleiben zu können als ich.« Lena sah sie verwirrt an. »Charlotte ist nicht nur ein Tennis-Fan, sondern früher auch eine leidenschaftliche Wanderin gewesen. Sie findet dich ohnehin schon zu gut, um wahr zu sein –«

»Womit sie ja richtig liegt«, warf Lena ein und Theresa musste schmunzeln.

»Wie auch immer, wenn du ihr erzählst, dass du auch noch wandern gehst, machst du dich unsterblich.«

Lena lachte. »Komm doch einfach mit«, schlug sie vor. »Dann können wir hinterher von unserem gemeinsamen Wanderabenteuer erzählen.«

Theresa schüttelte den Kopf. »Ich ... ich weiß nicht.«

»Du weißt nicht?«

»Ich ... ich war noch nie wandern«, gestand Theresa.

Wie erwartet, sah Lena sie etwas ungläubig an. »Du warst noch nie wandern?«

»Nein. Meine Familie ... wir waren nie im Urlaub. Nie in den Bergen.«

»Aber du lebst mitten im hessischen Bergland. Du bist von Wanderwegen umgeben.«

Theresa presste die Lippen aufeinander und zog die Brauen in die Höhe.

»Was soll ich dir sagen? Es hat sich nie ergeben.«

Lena schaute sie an, die Stirn gerunzelt, aber die Mundwinkel nach oben gezogen. »Okay«, sagte sie dann. »Du bist noch nie gewandert. Ein Grund mehr, mitzukommen.«

»Ich ... habe überhaupt keine Ausrüstung für so etwas«, wandte Theresa ein.

Lena schaute sie amüsiert an. »Wir gehen wandern, nicht klettern. Du brauchst weder Steigeisen noch Eispickel.«

Theresa ignorierte die Spitze. »Ich besitze noch nicht einmal Wanderschuhe.«

»Kann ich dir besorgen.«

»Bis übermorgen?«

»Klar. Welche Schuhgröße hast du?«

»Neununddreißig«, antwortete Theresa, ehe sie sich stoppen konnte.

»Alles klar.« Lena nickte. »Ich leih dir ein Paar von Freunden.«

Theresa schüttelte wieder den Kopf, aber Lena fing ihren Blick auf. »Theresa, denk nicht lange drüber nach. Willst du mitkommen?«

Theresa schluckte. Für einen Augenblick saß sie wieder mit Charlotte in deren Wintergarten und lauschte den Erzählungen von Wanderurlauben mit ihrem Mann, sah das Leuchten, das die leicht trüben Augen zum Strahlen brachte, und beneidete sie ein wenig um das, was auch nach so langer Zeit noch solche Hochgefühle verursachen konnte.

»Theresa?«, hakte Lena nach. »Ja oder nein?«

»Okay.« Theresa nickte.

Lena lächelte zufrieden. »Prima.« Sie stand auf, streckte sich und gähnte. »Ich muss morgen wieder früh raus. Ich geh schlafen.«

»Gute Nacht«, wünschte Theresa.

»Gute Nacht«, sagte Lena und ging in Richtung Flur. »Die Strecke ist fünfzehneinhalb Kilometer lang«, rief sie über ihre Schulter. »Ich denke, wir können es in sechs Stunden schaffen. Ohne Pausen gerechnet. Wir sollten also früh aufbrechen.«

Theresa sah ihr nach und schluckte. Vielleicht hätte sie einen Moment länger nachdenken sollen, ehe sie zugesagt hatte.

*Was habe ich mir nur gedacht?* Theresa wischte sich den Schweiß von der Stirn und versuchte, zu Luft zu kommen. Sie hatte geahnt, dass die Wanderung anstrengend werden würde, aber es war gleich zu Beginn steil bergauf gegangen und sie war sicher, dass ihr Puls seitdem konstant bei hundertfünfzig Schlägen pro Minute lag. Sie hatte sich nicht eingebildet, durch ihr bisschen Laufbandtraining auf echte Anstiege in der freien Natur vorbereitet zu sein, ob laufend oder gehend. Aber sie hätte nicht gedacht, so früh an ihre Grenzen zu stoßen. Dazu kamen die schweren Wanderschuhe, die zwar wie angegossen saßen, aber doch ungewohnt und deutlich schwerer als ihre Turnschuhe waren. Und dass Lena neben ihr frei ausschritt, als ob sie nicht den Hauch einer Anstrengung verspürte, verbesserte die Situation nicht. Zumal es wahrscheinlich auch noch der Wahrheit entsprach, denn Lena hielt sich offensichtlich zurück, um an Theresas Seite zu bleiben und nicht vorauszueilen. Anfangs hatten sie sich noch unterhalten, aber Theresa war schnell die Luft ausgegangen und Lena hatte es wohl irgendwann aufgegeben, das Gespräch allein am Laufen halten zu wollen. Jetzt herrschte Stille zwischen ihnen.

Theresa hatte keine Ahnung, wie lange sie schon unterwegs waren, traute sich aber auch nicht mehr, auf die Uhr zu schauen. Anfangs hatte sie es noch getan, aber jedes Mal frustriert festgestellt, dass kaum Zeit vergangen war. Wenigstens mussten sie nicht die gesamten fünfzehneinhalb Kilometer zurücklegen, denn Lena hatte schon nach knapp zwanzig Minuten erklärt, einen Teil der Strecke, der sie in einer weiten Schleife erst vom Hauptweg weg und dann wieder zurückführen würde, aussparen zu wollen. Offenbar hatte sie eingesehen, dass sie sonst noch ewig brauchen würden, um den Rundweg zu absolvieren und wieder zurück zum Auto zu kommen.

»Na, wie gehts dir?«

Theresa sah auf und in Lenas entspanntes Gesicht. Keine Spur von Schweißperlen oder Anstrengung. »Prima«, sagte sie und heftete den Blick wieder auf den Boden. Angeblich sollte es ja helfen, nicht zu weit vorauszuschauen, sondern nur auf das kleine Stück vor den eigenen Füßen.

»Sehr schön«, sagte Lena mit hörbarer Belustigung in der Stimme. »Ich hatte schon gedacht, du bereust es, mitgekommen zu sein.«

Theresa schnaufte, verkniff sich aber eine Antwort. Es wäre nicht fair, ihren Frust an Lena abzulassen. Sie konnte schließlich nichts dafür, dass Theresa sich hoffnungslos überschätzt hatte. Oder dafür, dass sie den größten Teil ihrer Tage im Sitzen verbrachte und offenbar so unsportlich war, dass eine Wanderstrecke, die als leicht bis mittelschwer ausgewiesen war, sie schon nach kurzer Zeit an den Rand der Erschöpfung brachte. Oder dafür, dass sie schon mehrfach von Menschen deutlich höheren Alters überholt worden waren. Lena hatte sie weder gezwungen noch überredet, mitzukommen. Theresa selbst hatte sich von Charlottes Erzählungen beeindrucken lassen und geglaubt ... ja, was eigentlich? Und damit war sie wieder bei der Frage, die ihr schon seit Beginn ihres Ausflugs durch den Kopf ging: Was hatte sie sich gedacht, als sie zugestimmt hatte, mit einer voll austrainierten Athletin wandern zu gehen?

Aus dem Augenwinkel nahm sie wahr, dass Lena zum Stehen gekommen war, und sie stoppte ebenfalls und sah auf.

Direkt vor ihnen lag ein kleiner Platz, in dessen Zentrum zwei Bäume und eine von Herbstlaub umgebene einfache Holzbank ohne Rückenlehne standen. Keine zwei Meter davor verlief ein ebenso einfaches Geländer aus vierkantigen Hölzern auf horizontalen Pfählen aus demselben Holz. Jenseits der Absperrung fiel der Hang steil ab und brach sich der herbstliche Buchenwald, der sie hier überall umgab, weiter unten in grünen Wiesen, die sich wie ein windstilles Meer um die Inseln aus bewaldeten und jetzt gold, gelb und rot schillernden Hügeln schmiegten. Theresa glaubte, den Weg zu erkennen, den sie gekommen waren, und erahnte die Schleife, die sie gelaufen waren. Sie hatte unwillkürlich die Luft angehalten und atmete jetzt tief durch, während sie auf die Absperrung zuging.

»Ist das ...?«, fragte sie und streckte den Arm aus, um auf eine Ansammlung von Häusern rechts unterhalb ihrer Position zu deuten.

»Wo wir losgegangen sind«, bestätigte Lena und trat neben sie. »Ja.«

Theresa hob den Blick und schaute in die Ferne. Es war ein klarer Tag und sie hatte das Gefühl, unglaublich weit schauen zu können.

»Wie hoch wir hier wohl sind?«

»Vierhunderteinundsiebzig Meter über Normalnull«, antwortete Lena und Theresa fuhr zu ihr herum.

»Woher –«, fragte sie, aber Lena wies auf ein Holzschild, auf dem in gelben Lettern *Salzfrau 471m üNN* zu lesen war. Theresa verdrehte amüsiert die Augen. »Dann weißt du bestimmt auch, warum dieser Platz hier *Salzfrau* heißt?«

Lena deutete hinter sie. »Deshalb.«

Theresa drehte sich um und ihr Blick fiel auf eine Statue aus leicht rötlichem Stein. Während der untere Teil einen ziemlich unförmigen Rumpf darstellen sollte, war der obere sehr detailliert ausgearbeitet und stellte das Haupt einer vermutlich älteren Frau mit rundem, aber hartem Gesicht dar. Um Kopf und Hals schien ein Tuch geschlungen zu sein, das ein kräftiges Doppelkinn erkennen ließ. Die Statue selbst war auf einen helleren Steinquader zementiert, der auf dem an dieser Stelle mit kleinen Steinbrocken übersäten Waldboden stand, als wäre die Statue noch vor Ort bearbeitet worden. Bei näherer Betrachtung schien auch der Rumpf eine ausgiebige Bearbeitung erfahren und eine gemusterte Oberfläche zu haben.

»Gibt es zufällig auch ein Schild, das verrät, was es damit auf sich hat?«, fragte Theresa.

»Ich sehe zumindest keins«, sagte Lena.

Theresa fühlte sich seltsam gebannt von dem steinernen Gesicht. Es wirkte zunächst abweisend auf sie, pausbäckig und etwas grobschlächtig und erinnerte sie am ehesten an die Darstellung feister Kaufleute im Mittelalter. Erst als sie etwas länger hinschaute, schienen ihr die Gesichtszüge plötzlich weicher und ein Ausdruck tiefer Zufriedenheit darin zu liegen. Sie trat einen Schritt zurück und die Statue kam ihr nun nicht mehr unförmig vor, mit ihrem groben Rumpf, sondern als stünde sie aufrecht und mit breiter Brust da, erhaben und in absolutem Gleichgewicht.

»Dann wird es wohl ein Rätsel bleiben«, murmelte Theresa, beinahe unfähig, sich von dem Anblick zu lösen, der etwas in ihr anzusprechen schien. Sie war nur nicht sicher, was.

Schließlich schaffte sie es doch, sich abzuwenden, und schritt auf den Aussichtspunkt vor dem Holzgeländer zu.

»Können wir eine kleine Pause machen?«

Ihren Rucksack abziehend ließ sie sich schwer auf die Bank fallen.

»Klar«, sagte Lena und gesellte sich zu ihr.

Theresa holte ihre Trinkflasche hervor und trank gierig von dem herrlich kalten Wasser, während sie ihre Augen über den Horizont wandern ließ.

Lena hatte ihren Rucksack ebenfalls abgesetzt und ihre Flasche hervorgeholt, setzte sich aber nicht, sondern lehnte sich rückwärts gegen das Holzgeländer. Theresa bewunderte ihr blindes Vertrauen in die hölzerne Konstruktion. Sie selbst bevorzugte die Bank, von der sie maximal einen halben Meter auf den Erdboden plumpsen konnte.

Sie ließ den Blick wieder in die Ferne schweifen und musste an Charlotte denken. Bevor sie weitergingen, würde sie ein Foto machen. Auch wenn Charlotte sicher nicht halb so beeindruckt sein würde wie sie selbst, hatte ihre Vermieterin doch schon deutlich höhere Berge erklommen.

Sie spürte Lenas Blick auf sich und schaute zu ihr auf. »Was?«

Aber Lena schüttelte nur den Kopf, ein zufriedenes Lächeln auf den Lippen. »Was macht die Luft?«

Theresa zögerte kurz und spürte ihre Atmung, die jetzt wieder ruhig und tief war. »Alles gut.« Auch ihr Puls schien auf Normalwerte zurückgegangen zu sein.

Lena deutete kurz einen gehobenen Daumen an und lächelte. »Sehr gut.« Sie nahm noch einen Schluck aus ihrer Flasche.

Theresa tat es ihr gleich und fühlte nun, dass auch ihr Körper sich deutlich entspannt hatte. Ihre Schultern schienen nicht mehr verkrampft, ihre Beine plötzlich wieder leicht, trotz des schweren Schuhwerks, und auch ihre Gesichtszüge hatten sich gelöst und einem breiten Lächeln nachgegeben.

»Das ist das Serotonin«, sagte Lena und Theresa sah sie fragend an. »Ein Glückshormon, das beim Sport vermehrt ausgeschüttet wird.« Lena sah sie mit schief gelegtem Kopf an. »Und die Tatsache, dass du noch vor zwei Minuten am liebsten umgedreht wärst, oder?«

Theresa lachte ertappt. »Schon.«

»Und jetzt?«, fragte Lena. »Umdrehen oder weitergehen?«

»Weitergehen«, antwortete Theresa, ohne zu zögern.

Sie packten ihre Trinkflaschen weg und schulterten ihre Rucksäcke. Theresa zog ihr Handy hervor und machte ein paar Bilder von der Aussicht, dem Aussichtsplatz mit der Bank und dem Schild im Hintergrund und nach kurzem Zögern auch von der seltsamen Steinfigur.

Dann zogen sie weiter. Über mit Herbstlaub bedeckte Waldwege und an steilen Felskanten entlangführende Pfade erreichten sie die nächsten Aussichtspunkte, die dem ersten in nichts nachstanden und fantastische Panoramen boten. Das *Pferdeloch* entpuppte sich als enge und tiefe Felsklamm, der *Wolfstisch* als eine tischförmige Muschelkalkplatte, die beinahe mannshoch gegen einen Baum gelehnt schien und einst als Gerichts- oder Opferstätte gedient haben sollte, wie Lena ihr erzählte. Wäre Theresa einige Jahrhunderte früher geboren, hätte dies hier also ihr Arbeitsplatz sein können, hatte Lena gefrotzelt. Ansonsten gingen sie meist schweigend nebeneinander her, aber anders als zuvor empfand Theresa die Stille nicht mehr als unangenehm.

Ein ganzes Stück weiter und nach einer erneuten kleinen Pause verließen sie den Hauptweg und wählten stattdessen eine Alternativroute. Über einen ehemaligen Kolonnenweg, auf dem die DDR-Grenztruppen früher den Todesstreifen patrouilliert hatten, gelangten sie zur sogenannten *Stasiröhre*, einer Betonröhre von vierzig Metern Länge und etwa einem Meter Durchmesser, durch die einst Agenten unter dem Todesstreifen hindurch von Ost nach West und andersherum gekrochen waren. Schließlich trafen sie wieder auf den Hauptweg und erreichten bald den nächsten Aussichtspunkt.

Von der *Schönen Aussicht* fiel das Gelände steil ab, was für einen atemberaubenden Blick auf das darunterliegende Tal und das Flussbett der Werra sorgte. Nach einer erneuten und diesmal längeren Pause machten sie sich auf den Weg zum *Hohestein*, dem höchsten Punkt ihrer Route. Erneut stellte Theresa fest, dass sie zwar außer Atem und ordentlich ins Schwitzen geriet, aber anders als im Fitnessstudio, wo sie sich zweimal die Woche quälen musste und ihr Programm nur mit eiserner Disziplin und als pure Pflichtübung durchzog, machte es ihr hier nichts aus.

Schließlich stiegen sie einen schmalen Pfad mit hölzernen Stufen hinab und von dort zum letzten Aussichtspunkt, der *Hörne*. Auch hier bot sich ein sagenhaftes Panorama. Sie blieben eine ganze Weile, obwohl sie deutlich hinter ihrem selbstgesteckten Zeitplan lagen, was Theresa erstaunlich gleichgültig war.

»Falls ich es nachher vergesse oder zu erschöpft bin«, sagte sie, den Blick weiter in die Ferne gerichtet, »danke, dass du mich mitgenommen hast.«

»Gern geschehen. Hauptsache, du hast eine gute Zeit.«

Sie spürte Lenas Blick auf sich, wandte sich aber nicht zu ihr um. Sie öffnete den Mund, um noch mehr zu sagen, schloss ihn dann aber wieder, unsicher, was es war, das sie zum Ausdruck bringen wollte. In den letzten Monaten hatte sie sich immer unsicherer und sich selbst fremder gefühlt. Heute hatte sie zum ersten Mal das Gefühl gehabt, wieder bei sich selbst zu sein. Dass sie sich vertrauen konnte.

»Hey, bedank dich bei Isabell«, frotzelte Lena, vielleicht um ihr auszuhelfen. »Oder vielmehr bei ihrer Kollegin, für die sie einspringen musste. Sonst hätte ich vermutlich nie gefragt.«

Theresa nickte. »Ist notiert.« Sie zögerte einen Moment und warf Lena dann einen kurzen Seitenblick zu. »Sag mal, Isabell und du ...« Sie ließ den Satz unvollendet, aber Lena schien zu verstehen. Sie lächelte und richtete den Blick nun ihrerseits in die Ferne.

»Hin und wieder«, sagte sie achselzuckend. »Schon länger nicht mehr. Wir funktionieren besser als Freundinnen und unser Timing stimmt auch nie.«

»Das Timing?«, fragte Theresa vorsichtig nach und war unsicher, welche Reaktion Lenas Erklärung in ihr auslöste.

»Na ja, eine von uns ist irgendwie immer auf der Durchreise.«

»Wie lange kennt ihr euch denn schon?«

Lena seufzte. »Zwölf Jahre, mehr oder weniger. Isabell war noch im Studium und ich vollauf mit meiner Tenniskarriere beschäftigt. Dass wir uns überhaupt kennengelernt haben, war ein Wunder.«

»Wieso?«

»Ich war ja nie auf Partys oder in Clubs unterwegs. Das war gar nicht mit meinen Trainingszeiten und meinen Gewohnheiten vereinbar. Und ich hatte ja kaum Freunde. Wenn du nie was mit deinen Schulkameraden unternimmst und dann irgendwann ganz hinschmeißt und nur noch auf Tennisplätzen unterwegs bist …« Sie ließ den Satz unvollendet, aber Theresa wusste nur zu genau, wovon Lena sprach. Sie schmunzelte.

»Ich dachte immer, ich wäre die Einzige, die ihre Kindheit komplett untypisch verbracht hat, weil ich nie Zeit für Dinge hatte, die die anderen gemacht haben.«

Lena zuckte mit den Achseln. »Sieht so aus, als hätten wir die verkorkste Kindheit gemein.«

Ihre Blicke trafen und verfingen sich für einen Moment.

»Jedenfalls war es totaler Zufall«, fuhr Lena dann fort. »Ich war nur für ein paar Tage in der Stadt und gerade erst darauf gekommen, dass ich auf Frauen stehe. Aber es war CSD, also bin ich abends auf eine Party gegangen. Isabell war auch nur zu Besuch in Kassel und ihrem schwulen Kumpel zuliebe mitgekommen.« Lena zog die Schultern hoch. »Wir sind dann irgendwie in Kontakt geblieben und immer, wenn wir mal am selben Ort sind, sehen wir uns.«

»Sehen?«

»Na ja«, sagte Lena und wiegte den Kopf hin und her. »Isabell hält es auch nie lange an einem Ort aus, also sind wir in einer ähnlichen Situation, was die sozialen Kontakte angeht. Jede Menge, aber über die halbe Welt verstreut und ohne wirkliche Konstanz. Über die Jahre sind wir damit sowas wie älteste oder beste Freundinnen füreinander geworden. Und das funktioniert für uns, egal wo wir sind.«

»Aber jetzt seid ihr doch in derselben Stadt«, wandte Theresa ein.

»Ja, für den Moment. Isabell ist vor einem Dreivierteljahr hergekommen, weil ihr Vater schwer krank war. Aber er ist vor ein paar Wochen gestorben, also zieht es sie wieder in die weite Welt hinaus. Sie hat ein paar Bewerbungen laufen und will wieder ins Ausland«, sagte Lena leichthin. Falls sie es bedauerte, dass ihre Freundin die Stadt verlassen wollte, zeigte sie es nicht.

»Und du?«, fragte Theresa und Lena sah sie mit einem zufriedenen Lächeln an.

»Ich bin genau da, wo ich sein will.«

Theresa wich ihrem Blick aus und wandte sich wieder dem Panorama vor ihnen zu.

»Außerdem«, schob Lena nach einer kurzen Pause hinterher, »hat Isabell eine Theorie. Ihre Sprungbrett-Theorie.«

Theresa lachte auf. »Sprungbrett? Was zum ...« Sie sah Lena fragend an.

Die lachte ebenfalls. »Es ist nicht so schlimm, wie es klingt.«

»Nein?«

»Nein. Sie meint, dass zwei Menschen, selbst wenn sie nicht wirklich zusammengehören oder auf Dauer funktionieren, für eine bestimmte Zeit oder für eine bestimmte Sache gut füreinander sein können. Dass sie sich voranbringen. Oder höher hinaus.« Sie machte eine erklärende Geste. »Wie ein Sprungbrett.«

Theresa sah sie ungläubig an und brach dann in Gelächter aus. »Das ist furchtbar.«

Lena zuckte mit den Schultern. »Ich weiß nicht.«

»Und wart ihr das füreinander?«

»Für eine Weile«, sagte Lena und zwinkerte Theresa zu. »Insofern liegt sie vielleicht nicht ganz falsch.«

Theresa blickte nachdenklich in die Ferne. Carolin und sie hatten sich zweifellos unterstützt und gegenseitig vorangebracht. Beruflich zumindest. »Wann gehört man denn zusammen?«, fragte sie gedankenverloren.

Lena atmete hörbar aus. »Wie gesagt, ich bin keine Expertin für Beziehungen, aber ich schätze, wenn man zusammen bleibt und trotzdem weiter glücklich ist.«

Theresa hob die Brauen. »Trotzdem?«

»Na ja, viele Menschen bleiben zusammen, auch wenn sie längst nicht mehr glücklich sind.«

Theresa sagte nichts. Aber für einen Augenblick ließ sie den Gedanken zu, ob Carolin und sie glücklich gewesen waren. Oder ob sie sich nur etwas vorgemacht hatte.

Dann griff sie nach ihrem Rucksack. »Wollen wir langsam weiter?«

# NOVEMBER

# 14

Theresa merkte nicht, wohin sie unterwegs war, bis sie sich auf der Heinrich-Schütz-Allee wiederfand und das Schild direkt vor ihr auftauchte. *Westfriedhof.* Sie bremste irritiert, schaute dann schnell in den Rückspiegel, um sich zu vergewissern, dass niemand hinter ihr war, und ließ den Wagen langsam weiterrollen. Als sie schon fast an der Einfahrt vorbei war, setzte sie schließlich doch den Blinker und bog auf den Parkplatz ein. Sie steuerte in eine der letzten freien Parklücken und schaltete den Motor aus.

Beide Hände um das Lenkrad geklammert, schloss sie die Augen und atmete tief durch. Sie hatte nicht vorgehabt, herzukommen. Sie hatte nicht einmal mehr daran gedacht, seit sie vor ziemlich genau vierundzwanzig Stunden den Anruf bekommen hatte.

»Mama?«, hatte sie sich besorgt gemeldet, als ihr Mobiltelefon mitten am Vormittag geklingelt hatte und im Display der Name ihrer Mutter aufgetaucht war. Ihre Mutter rief sie nie während der normalen Bürozeiten an.

»Hallo Theresa«, hatte ihre Mutter mit gewohnt ruhiger Stimme geantwortet und die plötzliche Anspannung war sogleich wieder etwas von Theresa abgefallen.

»Ist alles in Ordnung? Du hast mich erschreckt«, hatte sie gesagt und erleichtert aufgeatmet.

»Das tut mir leid. Das war nicht meine Absicht«, hatte ihre Mutter geantwortet, aber keine weitere Erklärung gegeben.

»Schon okay. Ich habe nur nicht damit gerechnet, dass du anrufst. Um diese Uhrzeit. Ist etwas passiert?«

»Nun ja«, hatte ihre Mutter etwas zögerlich geantwortet. »Doch.« Und nach kurzem Schweigen eingeräumt: »Ich war mir nicht sicher, ob ich anrufen sollte. Aber ich fand, du solltest es zumindest wissen.«

»Okay«, hatte Theresa ebenso zögerlich erwidert und in ihrem Magen hatte sich etwas zusammengezogen.

»Es geht um deinen Großvater«, hatte ihre Mutter gesagt und Theresa war augenblicklich versteift. Sie hatte gewartet und die Stille war plötzlich eine tonnenschwere Last gewesen, die auf ihre Schultern und ihre Brust gedrückt hatte.

»Er ist gestorben«, war ihre Mutter schließlich fortgefahren und Theresa hatte die Information aufgenommen und verstanden, aber nicht sagen können, was sie in ihr auslöste.

»Okay«, hatte sie wiederholt.

»Ich habe es heute per Zufall erfahren«, hatte ihre Mutter berichtet. »Ich war bei der Bank und eine Bekannte von mir ..., na ja, jedenfalls, er ist wohl schon letzte Woche gestorben. Herzversagen.«

Theresa hatte weiter geschwiegen.

»Die Beerdigung ist morgen.«

Sie hatte auf die Uhr geschaut.

»Ich vermute mal, dass du nicht hingehen möchtest«, hatte ihre Mutter gesagt.

»Ich wüsste nicht, warum.«

»Ich dachte nur, du solltest es wissen«, hatte ihre Mutter wiederholt und resigniert geklungen.

»Danke«, hatte Theresa erwidert und zum zweiten Mal innerhalb weniger Sekunden auf die Uhr geschaut. »Mama, es tut mir leid, aber ich habe einen Termin.«

»Schon gut. Ich wollte dir nur Bescheid sagen. Die Beerdigung ist um elf Uhr auf dem Westfriedhof. Ich werde hingehen.«

»Wieso?«, war es Theresa entfahren und am anderen Ende der Leitung war ein Seufzen zu hören gewesen.

»Weil dein Vater es so gewollt hätte. Und weil er trotz allem Familie war.«

Theresa hatte den Kopf geschüttelt, aber nicht mit ihrer Mutter streiten wollen. »Okay.« Sie hatte sich ihrem Computer zugewandt und einen Blick auf ihren Kalender und den bevorstehenden Termin geworfen. »Kann ich sonst noch etwas tun?« Sie hatte selbst gehört, wie formal sie geklungen hatte.

»Nein. Alles gut. Geh zu deinem Termin. Ich rufe am Wochenende mal an.«

»Mach das«, hatte Theresa gesagt und das Gespräch beendet.

Sie hatte sich ihrer Arbeit zugewandt und keinen Gedanken mehr an die ganze Sache verschwendet und doch saß sie jetzt hier, in ihrem Auto, auf dem Parkplatz des Westfriedhofs. Es war kurz vor elf Uhr.

Sie hatte einen Gerichtstermin gehabt und war eigentlich auf dem Rückweg in die Kanzlei. Sie hatte keine Ahnung, wie sie hierhergekommen war. Es lag nicht annähernd auf ihrem Weg. Sie starrte auf ihre Hände, die sich weiter am Lenkrad festzuklammern schienen, ehe sie sich schließlich einen Ruck gab und den Gurt löste. Wenn sie schon hier war, konnte sie ebenso gut hineingehen und nach ihrer Mutter sehen.

Sie stieg aus. Zumindest regnete es nicht, aber die Luft war kalt und sie zog ihren Mantel enger um sich. Sie verriegelte den Wagen und ging entschlossenen Schrittes in Richtung Friedhofskapelle. Auf dem Weg traf sie auf weitere in Schwarz gekleidete Menschen, die einzeln oder in Grüppchen zur Kapelle strömten, aber die große Mehrheit der Trauergäste schien bereits im Inneren versammelt zu sein.

Am Eingang lagen große Kondolenzbücher aus und offenbar hatten sich zuvor Schlangen gebildet, die gerade im Begriff waren, sich wieder aufzulösen. Hier und da wurde noch schnell etwas zu Papier gebracht, während zwei in dunklen Anzügen gekleidete Herren sich dezent an den Türen zu schaffen machten und so langsam, aber sicher zur Eile mahnten.

Theresa verlangsamte ihren Schritt bewusst und sah zu, dass sie als Letzte durch die Türen schlüpfte. Wie vermutet war die Kapelle bis auf den letzten Platz gefüllt und sie stellte sich neben ein paar weitere Trauergäste an die Rückwand und sah sich vorsichtig um. Sie rechnete nicht damit, ihre Mutter zu sehen, die sicher früh hier gewesen war, um einen Sitzplatz zu bekommen.

Die Trauerfeier begann und Theresa richtete ihre Aufmerksamkeit nach vorn. Sie lauschte den Worten des Pfarrers, der Rede eines engen Freundes der Familie, den vielen guten Worten über einen ehrenhaften, anständigen Mann, den das Schicksal nicht verschont hatte, der den einzigen Sohn so früh verloren hatte, der seine ihn liebende Frau hinterließ. Kein Wort über die einzige Schwiegertochter, kein Wort über die einzige Enkeltochter. Nicht dass Theresa es erwartet hatte. Nicht dass sie es gewollt hätte. Sie hatte nicht einmal hier sein wollen. Sie spürte keinerlei Verbindung zu diesem Mann, der hier verabschiedet wurde.

Bevor sie sich dagegen wehren konnte, tauchten die Bilder von damals wieder vor ihr auf. Von ihrem Großvater, wie er mit übereinandergeschlagenen Beinen und steifem Rückgrat auf dem Sofa ihr gegenüber saß, wie er mit herrischer und strenger Miene Fragen an ihre Mutter richtete. Wie er Theresa ignorierte und immer wieder auf die Uhr sah. Bis er schließlich aufstand und sie hinausbat. Hinauswarf. Sie hatte ihn gefürchtet, ohne dass er je laut geworden war oder sie bedroht hatte. Sie konnte sich nicht erinnern, dass er sie auch nur berührt hatte, ungeachtet der Erzählung ihrer Mutter. Sie versuchte, sich vorzustellen, wie dieser steife Mann mit den grauen Schläfen und dem finsteren Blick, den stets akkurat sitzenden Hemden und den steifen Bügelfalten in den Hosenbeinen sie durch die Luft gewirbelt haben sollte. Es gelang ihr nicht einmal ansatzweise.

Schneller als sie erwartet hatte, war die Trauerfeier vorbei, und der Sarg wurde hinausgetragen.

Theresa hielt sich im Hintergrund, aber sie hatte einen guten Blick auf den Trauerzug und keine Schwierigkeiten, die kleine, gebeugt gehende Frau mit dem grauweißen Haar als ihre Großmutter zu erkennen. Gestützt von dem Herrn, der eben noch ein Loblied auf ihren Mann gesungen hatte, und einem weiteren Herrn ging sie in angemessenem Abstand hinter dem Sarg her.

Reihe für Reihe schlossen die Trauergäste sich dem Zug an und die Kapelle leerte sich. Theresa erkannte ihre Mutter, die sich mit gesenktem Haupt und einem Taschentuch in der Hand ebenfalls eingereiht hatte. Sie sah nicht auf und Theresa versuchte auch nicht, auf sich aufmerksam zu machen, sondern blieb an ihrem Platz.

Schließlich war sie die Letzte, die noch in der Kapelle war, und sie trödelte absichtlich und folgte dem Trauerzug dann mit großem Abstand. Als dieser die Grabstätte erreicht hatte, ließ Theresa sich auf einer Bank am Hauptweg nieder, von der aus sie das Geschehen gerade noch erkennen konnte, ohne selbst aufzufallen. Sie hatte nicht vor, am Grab Abschied zu nehmen oder irgendjemandem ihr Beileid auszusprechen. Sie würde auf ihre Mutter warten, die zwangsweise an ihrem Beobachtungsposten vorbeikommen musste, und ihr anbieten, sie nach Hause zu fahren.

Ein Friedhofsgärtner lief an ihr vorbei und murmelte diskret etwas in sein Mobiltelefon, und Theresa wurde schlagartig gewahr, dass sie seit ihrer ungeplanten Ankunft am Friedhof nicht auf ihr eigenes Handy geschaut hatte. Sie holte das Gerät hervor und stellte fest, dass es nach dem früheren Gerichtstermin immer noch lautlos gestellt war, aber in der letzten knappen Dreiviertelstunde neun Anrufe eingegangen waren. Alle aus der Kanzlei. Sie sah sich um und entschied sich für einen kurzen Rückruf. Schließlich war niemand in ihrer unmittelbaren Nähe, den sie stören konnte.

Es klingelte genau einmal, ehe Sandra ranging. »Theresa?«

»Ja.«

»Wo steckst du denn?«, fragte Sandra, Erleichterung, aber auch ein Hauch von Panik in ihrer Stimme. »Wir haben uns schon Sorgen gemacht.«

Theresa seufzte. Es war in der Tat nicht ihre Art, Terminen fernzubleiben, ohne zumindest Bescheid gegeben zu haben. »Kein Grund, eine Vermisstenanzeige aufzugeben«, sagte sie, um sich etwas Zeit zu verschaffen, ihr Verschwinden zu erklären. Denn im Grunde wusste sie selbst ja nicht, wieso sie hier war.

»Okay«, sagte Sandra, als sie zu realisieren schien, dass sie erst einmal keine weitere Erklärung erhalten würde. »Und was sage ich deiner Mandantin und den Vertretern der Gegenseite?«, fuhr sie beinahe flüsternd fort. »Du hattest um elf Uhr den Schlichtungsversuch für –«

»Ich weiß«, unterbrach Theresa sie. »Frag Sebastian, ob er sie hinhalten kann.«

»Tut er schon. Aber er sagt, ihm gehen langsam die Ideen aus.«

Theresa musste trotz allem auflachen. »Sag ihm, er macht das schon und ich schulde ihm was.« Sie sah, wie sich die Trauergemeinde aufzulösen begann und die ersten Gäste langsam in ihre Richtung kamen. »Ich muss Schluss machen.«

»Was kann ich ihm sagen, wann du hier bist?«, wollte Sandra wissen.

Theresa presste die Kiefer aufeinander. Schlimm genug, dass sie zu spät war, aber wenn sie ihre Mutter noch nach Hause bringen wollte, würde sie es gar nicht mehr schaffen, ehe der Termin vorbei war. Das Gespräch war für eineinhalb Stunden angesetzt. Wenn sie jetzt gleich losführe, könnte sie immerhin noch die letzten zwanzig bis dreißig Minuten dabei sein, je nach Verkehrslage.

»Theresa?«, hallte es aus dem Telefon.

»Sag Sebastian, ich tue mein Bestes«, sagte sie und beendete das Gespräch.

Die ersten Trauergäste gingen schnellen Schrittes an ihr vorbei, offenbar ebenfalls in Eile und unterwegs zu weiteren

Terminen. Deutlich gemächlicher schlenderten die Vertreter der älteren Generationen vorbei. Sie sahen nachdenklich, teilweise betrübt aus, einige wirklich ergriffen, und Theresa fragte sich, wie sie ihren Großvater wohl erlebt hatten und in Erinnerung behalten würden.

Sie erkannte ihre Mutter, die sie jetzt ebenfalls gesehen hatte und auf sie zukam. Theresa wollte sich erheben, aber ihre Mutter bedeutete ihr, sitzenzubleiben. Kurz darauf nahm sie mit einem erfreuten Lächeln neben ihr Platz.

»Ich hätte nicht gedacht, dass du kommst«, sagte sie und klang ein wenig abgeschlagen.

»Ich hatte es nicht vor«, murmelte Theresa und sah ihre Mutter besorgt an. »Ist alles okay mit dir?«

Ihre Mutter winkte ab. »Nur ein bisschen müde. Ich hatte eine schlechte Nacht.« Sie holte ein Taschentuch hervor und schnäuzte sich diskret. »Warst du schon beim Gottesdienst dabei?«

Theresa nickte. »Ja.« Sie war froh, dass ihre Mutter nicht weiter nachhakte, warum sie gekommen war.

»Es war doch eine ganz schöne Trauerfeier. Also, so schön wie diese Dinge eben sein können. Sehr stilvoll und angemessen.«

Theresa hatte sich fest vorgenommen, nichts zu sagen, und sie zwang sich, einmal, zweimal tief durchzuatmen, um standhaft zu bleiben. »Bist du mit dem Bus gekommen?«, fragte sie stattdessen.

»Wie sonst«, sagte ihre Mutter leichthin.

Theresa nickte. »Ich kann dich nach Hause fahren, wenn du willst.«

»Musst du denn nicht arbeiten?«

Theresa seufzte innerlich, ließ sich aber nichts anmerken. »Ich muss bald wieder im Büro sein, aber so viel Zeit habe ich noch.« Ihren Termin konnte sie ohnehin vergessen. Und vielleicht würde es weniger Schaden anrichten, wenn sie nun gar nicht mehr auftauchte und einen plötzlichen Todesfall in der Familie als Grund anführte, anstatt mit über einer Stunde Verspätung zu erscheinen. Es wäre immerhin nur eine halbe Lüge.

»Dann gern. Ich müsste noch zur Apotheke, ein Rezept einlösen. Aber das kann ich auch zu Fuß erledigen, wenn du mich zu Hause absetzt. Ist ja nicht weit.«

»Kein Problem, das können wir auf dem Weg erledigen.« Anschließend würde sie Sebastian anrufen, um zu hören, wie es gelaufen war. Dann ihre Mandantin, um ihr die unvorhergesehene Abwesenheit zu erklären und die nächsten Schritte zu besprechen.

»Das ist lieb von dir«, sagte ihr Mutter, machte aber keine Anstalten, sich zu erheben. »Aber apropos zu Hause – wann sehe ich denn deine neue Wohnung mal?«

Theresa schluckte. »Bald, Mama.« Sie fuhr sich durch die Haare. »Bald. Ich bin nur immer noch nicht richtig eingerichtet. Irgendwie komme ich nicht dazu, alle Kisten auszupacken und die Bilder aufzuhängen und diese Dinge. Sobald die Wohnung vorzeigbar ist, ja?«

Ihre Mutter nickte lächelnd, »Natürlich«, aber ihre Miene verriet, dass sie ihr nicht glaubte.

Wieder einmal verfluchte Theresa die Fähigkeit ihrer Mutter, sie in den wesentlichen Dingen zu durchschauen, und eine kleine verletzte Stimme in ihr fragte, wo dieses Verständnis und Einfühlungsvermögen in all den Jahren ihres Heranwachsens gewesen war. Aber sie ließ die Stimme gleich wieder verstummen.

»Du arbeitest wieder zu viel«, stellte ihre Mutter mit besorgter Miene fest und Theresa rollte reflexhaft mit den Augen, war aber froh über den Themenwechsel.

»Ach, Mama, darüber haben wir doch schon so oft gesprochen. Ich mag, was ich tue. Es macht mir nichts aus, viel zu arbeiten«, sagte sie, was sie stets in diesen Fällen sagte, aber zum ersten Mal fühlten die Worte sich seltsam hohl an.

»Ist ja gut«, beschwichtigte ihre Mutter und tätschelte ihr einmal mehr den Unterarm. »Hast du deinen Bruder die Tage mal gesprochen?«

»Habe ich. Wir wollen uns nächste Woche vielleicht treffen, aber ich warte immer noch, dass er mir seine Freundin mal vorstellt.« Sie hatten sich in den letzten Monaten verhältnismäßig oft gesehen und sie wusste, dass Philipps romantisches Date im Wald Früchte getragen hatte und er und Marie seitdem ein Paar waren. Aber während Philipp seine bisherigen Liebeleien bereitwillig vorgezeigt hatte, so flüchtig und unverbindlich sie auch gewesen waren, schien er Marie versteckt zu halten. »Hast du sie schon getroffen?«

»Ja, sie waren neulich auf einen Kaffee da.«

Theresa nickte, ein klein wenig enttäuscht. »Und – wie ist sie so?«

»Monika?« erklang eine unsichere Stimme und ließ sowohl Theresa als auch ihre Mutter aufblicken.

Theresas Augen weiteten sich unwillkürlich, als sie erkannte, wer vor ihnen haltgemacht hatte. Ihre Großmutter hielt ein Taschentuch in der einen Hand, den Arm einer gleichaltrigen Frau in der anderen. Hinter ihr standen die beiden Herren, die sie in der Kirche gestützt hatten, und eine weitere Frau. Die Augen ihrer Großmutter waren rot und verquollen, aber ansonsten war sie noch genauso, wie Theresa sie in Erinnerung hatte. Ihre Kleidung war stilvoll und elegant, ihre Haltung kerzengerade und doch unangestrengt, ihr Haar hatte dasselbe Stahlgrau wie ihre Augen. Und nur, weil sie um Etliches gealtert war, hatte sie nichts von ihrer Ausstrahlung verloren.

Theresa schaute zu ihrer Mutter, die sich erhoben hatte. »Ingrid.« Sie lächelte traurig und streckte ihrer Schwiegermutter die Hand hin. »Mein herzliches Beileid.«

Theresa sah, wie ihre Großmutter einen Augenblick irritiert auf die ausgestreckte Hand schaute, und sie bereitete sich darauf vor, dass sie diese ausschlagen und ihre Mutter vor den Kopf stoßen würde. Einmal mehr. Stattdessen machte ihre Großmutter zwei Schritte vor und zog ihre Mutter in eine Umarmung.

Die schien kurz überrumpelt, legte dann aber einen Arm um ihre Schwiegermutter und erwiderte die Geste.

Die beiden verharrten einen Augenblick so, ehe sie sich voneinander lösten und Theresas Großmutter sich ihr zuwandte. In ihren Augen schienen frische Tränen zu blitzen.

»Theresa?«, fragte sie und sah für einen kurzen Moment beinahe aus wie jemand, der einen geliebten Menschen nach langer Zeit endlich wiedersieht.

Theresa blinzelte und schaute kurz zu ihrer Mutter, die noch immer traurig lächelte, und dann zu der kleinen Gesellschaft, die sich nun als Einheit hinter ihrer Großmutter formiert hatte und die allesamt freundlich, aber etwas verwirrt dreinschauten.

»Ja«, sagte Theresa schließlich, da alle sie anstarrten, und begegnete dem Blick ihrer Großmutter. Die feuchten Augen schienen sie einmal von Kopf bis Fuß zu mustern, aber seltsamerweise ohne die Missbilligung, die Theresa erwartet hatte.

»Mein Gott, du wirst ihm mit jedem Jahr ähnlicher«, sagte ihre Großmutter und schaute zu Theresas Mutter hinüber, die mit jetzt ebenfalls feuchten Augen zustimmend nickte.

Theresa schaute verwirrt zwischen den beiden hin und her. *Mit jedem Jahr?* Ihre Großmutter hatte sie nicht mehr gesehen, seit sie klein gewesen war.

»Es ist schön, dass ihr gekommen seid«, sagte ihre Großmutter und in ihrer Miene schien tatsächlich Dankbarkeit zu liegen.

»Ich habe es gestern erst erfahren«, hörte Theresa ihre Mutter sagen, »sonst hätte ich mich schon früher gemeldet.« Sie sah aus, als wollte sie erneut den Arm nach ihrer Schwiegermutter ausstrecken, schien sich dann aber dagegen zu entscheiden und legte ihre Hände ineinander. Theresa sah es mit einer gewissen Zufriedenheit. Zumindest schien ihre Mutter nicht komplett vergessen zu haben, dass die ältere Dame ihr gegenüber nicht so nett und harmlos war, wie sie sich gab.

»Ich wusste nicht«, begann ihre Großmutter, brach dann aber ab und fuhr sich ebenfalls nervös über die Hände. »Ich hielt es nicht für angebracht, dich einzuladen«, sagte sie schließlich und Theresa fühlte sich bestätigt. Sie sog hörbar Luft ein und machte sich bereit, laut zu verkünden, was *sie* für unangebracht hielt. »Es wäre nicht fair gewesen, euch nach allem, was passiert ist, zu bitten, bei Karls letztem Gang dabei zu sein.«

Theresa ließ die gesammelte Luft langsam wieder aus ihren Lungen strömen und starrte ihre Großmutter ungläubig an.

Der schien plötzlich etwas einzufallen und sie drehte sich zu ihren Bekannten herum. »Ihr müsst entschuldigen«, sagte sie und wies auf Theresa und ihre Mutter, »das sind meine Schwiegertochter und meine Enkeltochter.« Ganz kurz schien sie zu zögern. »Wir haben uns sehr lange nicht gesehen.«

Theresa musste sich beherrschen, um ihre Kinnlade nicht herunterklappen zu lassen. Sie schaute zu ihrer Mutter, die verlegen, aber wohl auch ein wenig erfreut zu Boden sah. Sie beobachte die Mienen der ihr Fremden, um eine Reaktion auszumachen, aber wenn sie schockiert waren, wussten sie es zu verbergen.

»Monika, Theresa, das sind gute Freunde von Karl und mir«, erklärte ihre Großmutter und die beiden Männer und die beiden Frauen, die jetzt eine Paarformation eingenommen hatten, nickten Theresa und ihrer Mutter freundlich zu.

Ihre Großmutter sah die Frau an, die sie den Weg hierher gestützt hatte. »Würdet ihr uns kurz alleinlassen.«

»Sicher, Ingrid«, sagte die Frau. »Wir gehen schon mal langsam vor in Richtung Parkplatz.« Ihre übrigen Begleiter murmelten Zustimmendes, verabschiedeten sich genauso anständig und lautlos von Theresa und ihrer Mutter, wie sie sie gegrüßt hatten, und gingen langsamen Schrittes den Weg hinauf in Richtung Ausgang.

»Es tut mir sehr leid, dass unser Wiedersehen so ausfällt«, sagte ihre Großmutter, nachdem sie sich wieder zu Theresa und ihrer Mutter umgewandt hatte, und hielt sich kurz die Hand vor den Mund, als wäre ihr gerade wieder bewusst geworden, was passiert war.

Ein Teil von Theresa wollte sagen, dass es ihr leidtat, dass sie sich überhaupt wiedersahen, aber sie hielt sich zurück. Ihre Mutter dagegen schien sich ein Herz zu fassen und legte nun doch eine tröstende Hand auf den Arm ihrer Schwiegermutter.

»Es tut mir wirklich leid, Ingrid.«

Ihre Großmutter schien tief Luft zu holen, hatte sich gleich darauf aber wieder unter Kontrolle.

»Danke, Monika. Das ist lieb gesagt.«

»Du weißt, ich habe euch nie etwas Schlechtes gewünscht«, entgegnete Theresas Mutter mit sanfter Stimme. »Auch Karl nicht.«

Ihre Großmutter nickte. »Ich weiß.«

»Du hast nie gesagt, dass er krank ist.«

Ihre Großmutter schien kurz auflachen zu wollen. »Als ob er mit mir darüber gesprochen hätte.« Sie schniefte dezent und wischte sich kurz mit dem Taschentuch über die Nase. »Ich habe es erst nach seinem Tod erfahren, aber er hatte wohl schon seit Längerem eine Herzschwäche. Unser Arzt hatte ihm Medikamente verordnet und ihm jeglichen Stress untersagt, aber du kanntest ihn ja.« Sie schien einen kurzen Schluchzer zu unterdrücken. »Er hat natürlich nicht auf ihn gehört.«

Theresa schaute überrascht zu ihrer Mutter und ihre Blicke trafen sich. Welche Ironie, dass ihr Großvater aus Sturheit an derselben Krankheit gestorben war, die ihre Mutter seit Jahren erfolgreich in Schach hielt.

»Monika«, wandte ihre Großmutter sich an Theresas Mutter. »Würdest du mir einen Augenblick mit meiner Enkeltochter gestatten?«

Theresa runzelte überrascht die Stirn, aber ihre Mutter nickte nur und drückte noch einmal den Arm ihrer Schwiegermutter. »Wenn du magst, melde ich mich die Tage bei dir.«

»Das würde mich freuen«, sagte ihre Großmutter und klang aufrichtig. Sie legte ihre eigene Hand über die ihrer Schwiegertochter und die beiden tauschten einen letzten Blick aus. Dann setzte Theresas Mutter sich in Bewegung und steuerte ebenfalls auf den Ausgang zu, wo in der Ferne noch die schwarzgekleidete Vierergruppe zu erkennen war.

Theresa sah ihrer Mutter irritiert nach und wandte sich dann ihrer Großmutter zu. Sie dachte, sie wäre gewappnet, aber der Blick in die stahlgrauen Augen löste irgendetwas in ihr aus, rührte an etwas, wie eine Erinnerung, die ganz nah schien, aber doch außer Reichweite lag.

»Du bist deinem Vater wie aus dem Gesicht geschniten«, sagte ihre Großmutter und ihre Augen strahlten trotz ihrer roten Ränder. »Ich weiß natürlich, dass du jetzt schon älter bist, als er je geworden ist, aber ...« Sie sprach nicht weiter und Theresa schluckte irritiert.

»Was hast du damit gemeint, ich werde ihm *mit jedem Jahr* ähnlicher. Du hast mich nicht gesehen seit ich sechs oder sieben Jahre alt war.«

»Deine Mutter hat mir ab und zu Fotos von dir geschickt und später habe ich mir selbst ein Bild gemacht.«

Theresa schaute sie fragend an, schwieg aber weiter. Zu viele Gedanken wirbelten durch ihren Kopf.

»Das erste Mal war ein Zufall«, erklärte ihre Großmutter mit ruhiger Stimme. »Ich wollte eine Freundin in Göttingen besuchen, aber es hatte geschneit, also bin ich mit dem Zug gefahren statt mit dem Auto.« Ein Lächeln schlich sich in ihre Züge. »Ich wusste ja, dass du in Göttingen studierst, aber es war natürlich eine Überraschung, dich plötzlich da sitzen zu sehen.« Sie schien die Erinnerung noch einmal zu durchleben. »Erst war ich nicht ganz sicher. Du warst in deine Bücher versunken, hast dich nicht für deine Umgebung interessiert, und ich kannte dich ja auch nur von Bildern und die waren schon wieder ein paar Jahre alt zu diesem Zeitpunkt.« Sie sah sie mit einer Spur von Sehnsucht an. »Aber als der Zugbegleiter kam, da hast du aufgeschaut und wie hätte ich nicht sehen können, wer dein Vater war. Du hast seine Augen, seine Nase, seine Wangen ...« Sie lächelte. »Nur das Kinn, das gehört deiner Mutter.«

Theresa starrte sie an, unfähig zu einer Reaktion.

»Ich habe dich dann noch ein paar Mal am Bahnhof gesehen und ich war auch bei deiner Absolventenfeier«, erklärte ihre Großmutter, jetzt ein wenig beschämt zu Boden schauend. »Und als Monika mir später verraten hat, dass du deine eigene Kanzlei aufbaust, habe ich auch dort ab und zu vorbeigeschaut.«

Theresa hatte plötzlich eine absurde Szene vor Augen: ihre Großmutter, wie sie hinter dem Lenkrad kauerte und verstohlene Blicke auf die andere Straßenseite warf, wo Theresa gerade mit Sebastian die Kanzlei verließ, um zwei Straßen weiter zu Mittag zu essen. Wäre sie dazu im Stande gewesen, hätte sie gelacht.

»Karl wusste nichts davon«, fuhr ihre Großmutter zögernd fort. »Er hätte es nicht verstanden. Aber ich ... ich musste einfach wissen, wie es dir geht.«

»Warum?«, löste Theresa sich endlich aus ihrer Starre und hörte erleichtert, wie Wut ihre Stimme vibrieren ließ.

»Warum das Interesse? Ihr habt doch sehr deutlich gemacht, dass für uns kein Platz in eurem Leben war.«

Ihre Großmutter schien zunächst unbeeindruckt von Theresas Ausbruch, aber dann drückte sie ihr Rückgrat noch ein wenig mehr durch und reckte das Kinn in die Höhe. »Dein Großvater war ein guter, bisweilen brillanter Mann, aber er hatte einen Fehler: Er konnte nicht eingestehen, wenn er sich geirrt hatte. Nicht sich selbst, nicht irgendwem.«

Theresa spürte, wie ihre Züge sich zu einer abschätzigen Miene verzogen und sie schüttelte den Kopf.

»Was soll ich damit anfangen? Soll das eine Entschuldigung sein?«

Ein trauriges Lächeln umspielte die Lippen ihrer Großmutter. »Nein. Aber eine Erklärung.«

»Wofür?«, fragte Theresa spöttisch. »Dafür, dass ihr nichts mehr von uns wissen wolltet, sobald mein Vater gestorben war?«

»Ich weiß, es klingt abgedroschen, aber du hast keine Kinder, Theresa. Du kannst dir nicht einmal vorstellen, wie es sich anfühlt, wenn das eigene Kind stirbt. Was es mit dir macht.«

»Das mag sein. Aber was konnten wir dafür? Es war ein Unfall. Papa saß allein im Auto.«

Ihre Großmutter sagte nichts, aber ganz kurz sah es aus, als zuckten ihre Mundwinkel. Dann führte sie die Hand mit dem Taschentuch zur Nase und schnäuzte sich diskret.

»Ihr wart doch von Anfang an gegen meine Mutter«, fuhr Theresa fort, als die Stille sich zu lang hinzog. »Weil sie nicht gut genug für euch war. Weil sie nicht aus euren Kreisen kam und mit einem silbernen Löffel im Mund geboren wurde.«

»Ich kann dir versichern, dein Großvater und ich wurden nicht reich geboren«, entgegnete ihre Großmutter, ihr Ton weiter ruhig und beherrscht, was Theresa nur umso wütender machte. »Wir sind beide in sehr einfachen, regelrecht ärmlichen Verhältnissen aufgewachsen. Alles, was wir hatten, hatte Karl hart erarbeitet. Und er wollte, dass Peter es einmal besser hat. Es stimmt, dass deine Mutter anfangs nicht unseren Vorstellungen entsprach. Nicht wegen ihrer Herkunft, sondern weil sie so viel jünger war. Wir hätten uns jemanden ... mit mehr Reife für Peter gewünscht. Aber wir haben sie akzeptiert. Sie war, sie ist eine herzensgute Frau. Und sie hat unseren Sohn sehr glücklich gemacht. Das konnte niemand bestreiten.« Wieder lag die Spur eines Lächelns auf ihrem Gesicht und Theresa schnaubte.

Sie verschränkte die Arme vor der Brust. »Aber als mein Vater gestorben war, gab es keine Verwendung mehr für sie?«

»So war es nicht, Theresa«, widersprach ihre Großmutter. »Aber jedes Mal, wenn deine Mutter mit dir zu Besuch kam, war alles, was wir sehen konnten, das, was wir verloren hatten.« Sie streckte die Hand aus, als wollte sie Theresas Gesicht berühren, und Theresa fuhr erschrocken zurück. »Du hast deinem Vater schon damals sehr ähnlich gesehen«, fuhr ihre Großmutter fort und zog ihre Hand zurück, als wäre nichts passiert. »Jedes Mal, wenn ich dich gesehen habe ... du warst eine ständige Erinnerung.« Sie schluckte, nun doch sichtlich aufgewühlt. »Ich habe es einfach nicht ertragen. Es war zu viel für mich, und Karl ..., ich denke, er wollte mich beschützen.«

Theresa schluckte und wischte sich überrascht Tränen aus dem Gesicht. »Andere Menschen verlieren auch Kinder und verstoßen deshalb nicht ihre Enkelkinder«, hielt sie dagegen, ihre Stimme bebend vor Zorn und Wut und vielleicht noch etwas anderem, Ohnmächtigerem.

Ihre Großmutter nickte traurig und hob die dünnen Schultern. »Es soll keine Entschuldigung sein.«

»Es ist auch keine Erklärung«, zischte Theresa.

»Das tut mir sehr leid«, sagte ihre Großmutter. »Gott weiß, du hättest eine verdient.«

Theresa wich zurück, die Worte unerwartet. Und plötzlich schien die Wut verpufft und sie war nicht mehr sicher, was sie spürte. Sie starrte ihre Großmutter an.

»Aber ich fürchte, ich habe keine bessere für dich«, fuhr diese fort und schaute ehrlich bekümmert. »Es tut mir sehr leid, Theresa.« Sie wandte sich zum Gehen und Theresa brauchte noch einen Augenblick, ehe sie aus ihrer Starre erwachte.

»Du hast gesagt, mein Großvater konnte keine Fehler eingestehen. Was ist mit dir?«

Ihre Großmutter blieb stehen und drehte sich wieder zu ihr herum. »Was glaubst du, warum ich Kontakt zu deiner Mutter aufgenommen habe?«

»Wann war das?«

»Du hattest gerade mit dem Studium angefangen.« Sie kam wieder einen Schritt auf Theresa zu. »Ich habe irgendwo gelesen: Je älter man wird, desto mehr Zeit hat man, Dinge zu bereuen.« Sie neigte den Kopf kaum merklich zur Seite. »Ich wünschte nur, ich hätte nicht so lange gebraucht.«

Theresa zuckte abfällig mit den Schultern. »Was für einen Unterschied hätte es gemacht? Wem hat es genutzt, dass du ein paar Fotos von mir gesehen und mir auf dem Unigelände nachgestellt hast?« Wieder spürte sie, wie ihre Wangen feucht wurden. »Warum die Heimlichtuerei? Warum hast *du* nicht zumindest zu uns gestanden?«

Ihre Großmutter runzelte die Stirn.

»Er war mein Mann.«

Als würde das alles erklären.

Theresa wischte sich ärgerlich die Tränen aus dem Gesicht und die feuchten Hände an ihren Oberschenkeln ab. »Warum hast du dich nie bei mir gemeldet?«, fragte sie und verfluchte ihre Stimme, die viel zu klein und schwach klang.

Aber auch ihre Großmutter wirkte plötzlich klein, ihre Schultern ungewohnt rund und tiefhängend. »Deine Mutter hatte mir gesagt, dass du nie über uns sprechen oder Fotos anschauen wolltest.« Sie sah kurz zu Boden, ehe sie Theresas Blick wieder begegnete. »Ich fand, dass es nicht fair wäre, dich zu belästigen, nur um meine Schuldgefühle zu kompensieren.« Sie hielt inne und frische Tränen standen in ihren Augen. »Aber vielleicht hatte ich auch einfach Angst.« Sie schien tief durchzuatmen und sich wieder etwas aufzurichten. »Ich weiß, es ist nicht entschuldbar. Aber es tut mir trotzdem leid. Sehr.«

Sie wandte sich erneut ab und diesmal sagte Theresa nichts. Sie hätte auch nicht gewusst, was. Stattdessen sog sie gierig die frische Luft durch ihre Nase ein, ließ sie bewusst in ihren Bauch und dann wieder hinaus in den kalten Novembertag strömen. Sie sah ihrer Großmutter nach, bis diese fast am Ausgang war. Dann taumelte sie ein paar Schritte zurück und ließ sich schwer auf die Bank fallen, auf der sie noch vor wenigen Minuten mit ihrer Mutter gesessen hatte.

Sie blieb eine Weile sitzen, ohne dass sie hätte sagen können, was ihr in dieser Zeit durch den Kopf ging.

Schließlich stand sie auf und schritt ebenfalls zum Ausgang. Von ihrer Großmutter und ihren Begleitern war nichts mehr zu sehen. Dafür sah sie ihre Mutter, die neben ihrem Wagen auf sie zu warten schien.

Theresa holte im Gehen ihre Autoschlüssel hervor, entriegelte die Türen und glitt einen Augenblick später wortlos in den Fahrersitz. Sie schnallte sich an und richtete ihren Blick stur nach vorn, während ihre Mutter auf dem Beifahrersitz Platz nahm, sie kurz anschaute, dann aber ebenfalls nach ihrem Gurt griff und das Schloss einrasten ließ.

Theresa startete den Motor und legte die Hände um das Lenkrad, fuhr aber nicht los. Einen Augenblick saßen sie gänzlich still da, nur der laufende Motor und in einiger Entfernung die Sirene eines Krankenwagens als Kulisse.

»Warum hast du mir nicht gesagt, dass ihr all die Jahre Kontakt hattet?«

Ihre Mutter sah sie an, aber Theresa starrte weiter geradeaus.

»Ich wusste nicht, wie.«

»Mit Worten, Mama«, entgegnete Theresa gereizt. »Mit Worten.«

»Deine Großeltern waren ein rotes Tuch für dich, du hast dich jedem Gespräch über sie komplett verschlossen. Und unser Verhältnis war damals auch nicht das beste. Ich wollte nicht riskieren, dass ...« Sie schluckte hörbar. »Ich wollte nichts tun, das dir weh tut. Mehr als ich es schon getan hatte.«

»Warum dann das Ganze?« Theresa fuhr zu ihr herum. »Wenn du wusstest, dass es mich verletzten würde, warum hast du ihr dann Bilder von mir geschickt, ihr Sachen aus meinem Leben erzählt? Ohne mich zu fragen, ob ich das will.«

Ihre Mutter verzog das Gesicht zu einer traurigen Grimasse. »Weil sie deine Großmutter ist und weil sie dich auf ihre Weise liebt.«

Theresa sah wieder durch die Windschutzscheibe. »Sie kennt mich nicht einmal.«

»Aber sie wollte es gern. Auch wenn sie es all die Jahre nie geschafft hat, sich gegen ihren Mann zu stellen.«

Theresa lachte verächtlich, sagte aber nichts.

»Sie hat mir eines Tages geschrieben«, fuhr ihre Mutter fort. »Dass sie kein recht habe, zu fragen, aber dass sie trotzdem gern wissen würde, wie es dir geht. Bekannte von ihr und Karl hatten wohl ein Enkelkind in deinem Abiturjahrgang und sie muss ein Bild von dir in der Abiturzeitschrift gesehen haben.«

»Also hast du ihr gleich noch ein paar mehr geschickt«, bemerkte Theresa spitz.

»Es tut mir leid, Theresa«, sagte ihre Mutter und wartete vergeblich, dass Theresa sich ihr wieder zuwandte. »Ich weiß, ich war wahrlich nicht die beste Mutter. Aber ich wollte dich beschützen. Und sie war Familie. Du bist ihr Fleisch und Blut. Und ich dachte, wenn sie dich kennt und doch noch irgendein Verhältnis zu dir hat, dann würde sie sich kümmern, falls ..., falls ich es doch wieder vermassele.«

Theresa schloss die Augen und holte tief Luft. Der logische Teil von ihr verstand ihre Mutter ja. Nur tat es deshalb nicht weniger weh.

Sie öffnete die Augen und schaute in das trübe Grau hinter der Windschutzscheibe.

»Du hast sie in mein Leben gelassen. Einfach so, ohne mir etwas zu sagen oder mich gar zu fragen.«

»Es tut mir leid, Theresa«, sagte ihre Mutter mit trauriger Stimme, aber in Theresas Kopf vermischte sie sich plötzlich mit einer anderen Stimme. *Es tut mir leid. Theresa. Ich will nicht, dass du mitkommst. Es tut mir leid. Aber glaub mir, ich tue dir einen Gefallen. Es tut mir leid.*

»Ja. Das sagtest du schon.« Sie schaute in den Rückspiegel und fuhr endlich los, rückwärts aus der Parklücke setzend. »Ich fahre dich nach Hause und dann muss ich in die Kanzlei.« Sie war es leid, dass andere für sie Entscheidungen trafen.

Ihre Mutter schien noch etwas sagen zu wollen, sich dann aber eines Besseren zu besinnen.

Sie fuhren schweigend und Theresa erinnerte sich, dass ihre Mutter noch ein Rezept einlösen wollte. Sie legten einen Zwischenstopp an der Apotheke ein und als sie schließlich vor dem Wohnblock ihrer Mutter hielten, hatten sie noch immer kein Wort miteinander gewechselt.

»Theresa«, fing ihre Mutter an, aber Theresa schnitt ihr das Wort ab.

»Ich rufe dich die nächsten Tage an, okay?«, sagte sie, den Blick stur geradeaus gerichtet.

Ihre Mutter zögerte. »Versprochen?«

Theresa weigerte sich weiter, sie anzuschauen, nickte aber.

Ihre Mutter stieg aus und erst als sie schon fast im Haus verschwunden war, sah Theresa ihr nach. Einen Augenblick blieb sie so sitzen, dann holte sie ihr Handy hervor und schrieb Sebastian eine Nachricht. Es tue ihr leid, aber sie würde heute nicht mehr in die Kanzlei kommen. Sie würde ihm morgen alles erklären. Dann schrieb sie Sandra und bat sie, alle übrigen Termine für diesen Tag abzusagen. Sie habe einen Trauerfall in der Familie.

Keine zwanzig Minuten später parkte sie auf dem Seitenstreifen vor Charlottes Haus. Sie stellte den Motor aus und löste den Gurt, konnte sich aber nicht aufraffen, auszusteigen.

Sie war plötzlich unendlich müde, ihre Glieder und ihre Gedanken von einer bleiernen Schwere. Sie ließ sich nach vorn sacken, lehnte die Stirn gegen das Lenkrad und schloss die Augen. Sie konnte sich nicht erinnern, sich jemals so ausgelaugt gefühlt zu haben.

Ein Klopfen gegen die Seitenscheibe ließ sie hochfahren, ohne dass sie hätte sagen können, wie lange sie so gesessen hatte. Sie schaute zur Beifahrerseite hinüber und in das besorgte Gesicht ihrer Vermieterin. Charlotte schien vom Einkaufen zu kommen und stand mit ihrem Korb am Arm auf dem Gehsteig und schaute mit gerunzelter Stirn ins Wageninnere. Ihre Lippen bewegten sich und durch die geschlossene Tür und gegen den Verkehrslärm war zwar nur ein dumpfes Murmeln zu hören, aber Theresa konnte leicht ihren Namen ausmachen. Sie fuhr sich schnell über die Augen und durch die Haare, warf einen Blick in den Seitenspiegel und stieg dann aus. Die Aktentasche von der Rückbank nehmend ging sie um den Wagen herum und trat auf den Gehweg.

»Theresa, meine Liebe, Sie haben mich zu Tode erschrocken«, sagte Charlotte und musterte sie mit offensichtlicher Sorge. »Wie sehen Sie denn aus? Ist etwas passiert?«

Theresa versuchte, zu lächeln, merkte aber selbst, dass es misslang. Sie zuckte mit den Achseln und wollte eine Erklärung bieten, einen harten Tag in der Kanzlei anführen oder eine Niederlage vor Gericht, aber ihr Gehirn schien in Zeitlupe zu arbeiten und sie brachte keine Worte heraus.

Charlotte kam ihr zuvor. »Kommen Sie, meine Liebe«, sagte sie und hakte sich bei Theresa unter, »wir gehen erst mal rein. Es sieht nach Regen aus.«

Theresa ließ sie gewähren und sich widerstandslos mitziehen, während Charlotte auf den Gartenweg und dann ihre Haustür zusteuerte, sie ins Haus bugsierte und schließlich in den Wintergarten, wo sie sie sanft in einen der Sessel drückte. »Ziehen Sie mal Ihren Mantel aus und ich mache uns einen Tee.«

Kurz ging Theresa durch den Kopf, dass sie aufstehen und hinauf in ihre Wohnung gehen sollte, aber sie hatte schlicht nicht die Kraft, sich wirklich zu erheben. Also blieb sie einfach sitzen, bis Charlotte wenig später mit zwei dampfenden Tassen zurückkehrte.

»Hier«, sagte sie und stellte eine der Tassen vor Theresa auf den Tisch. »Trinken Sie.«

Theresa hob die Tasse an und der Geruch von Alkohol kroch ihr in die Nase. Sie öffnete irritiert den Mund zu einer Frage, aber erneut war Charlotte schneller.

»Trinken Sie, Theresa. Es wird Ihnen guttun.«

Sie zögerte nur kurz, dann gab sie nach und nahm einen großen Schluck von der heißen Flüssigkeit, die nach Tee, aber vor allem nach Rum schmeckte. Sie schüttelte sich und nahm einen weiteren Schluck, ehe sie die Tasse vor sich auf den Tisch stellte.

»So, und jetzt erzählen Sie mal.«

Theresa sah auf und in Charlottes freundliches Gesicht, das immer noch eine Spur von Sorge zeigte. Falls es die übliche Neugier war, die aus ihr sprach, wusste sie sie geschickt zu verbergen.

»Mein Großvater ist gestorben.«

»Oh. Das tut mir sehr leid, Theresa«, sagte Charlotte mitfühlend. »Standen Sie sich nahe?«

Theresa konnte nicht anders, sie musste kurz auflachen. Sie hielt sich die Hand vor den Mund und schüttelte den Kopf. »Nein, wirklich nicht.«

Charlotte sah sie fragend an und plötzlich flossen die Worte nur so aus Theresa heraus. Sie erzählte von ihren Eltern und dem schwierigen Verhältnis ihrer Mutter zu ihren Schwiegereltern, von der frühen und ungeplanten Schwangerschaft, dem plötzlichen Unfalltod ihres Vaters und wie seine Eltern schließlich die eigene Schwieger- und Enkeltochter verstoßen hatten. Wie sie all die Jahre geglaubt hatte, ihrerseits ihre Großeltern und jeden Gedanken an sie erfolgreich aus ihrem Leben gebannt zu haben. Nur um jetzt zu lernen, dass sie in Wahrheit noch genauso machtlos war wie damals und dass sie tatsächlich nie die Kontrolle darüber gehabt hatte, wer in ihrem Leben war und wer nicht.

»Gestatten Sie mir die Frage, Theresa«, sagte Charlotte schließlich, nachdem sie für ihre Verhältnisse ungewöhnlich lange geschwiegen und einfach nur zugehört hatte, »aber was verletzt Sie mehr: dass ihre Mutter den Kontakt zu Ihrer Großmutter vor Ihnen verheimlicht hat oder dass Ihre Großmutter nicht so herzlos ist, wie Sie geglaubt haben?«

Theresa schaute überrascht auf, aber Charlotte fuhr bereits fort.

»Sie werden mir hoffentlich nachsehen, dass ich ein natürliches Verständnis für Ihre Großmutter aufbringe.« Sie lächelte gutmütig. »Ohne gutheißen zu wollen, was Ihre Großeltern getan haben – es waren andere Zeiten damals, besonders für uns Frauen. Ich bin nicht auf den Mund gefallen, wie Sie wissen, aber ich könnte nicht aufrichtig behaupten, dass ich mich anders verhalten hätte. Sicher, ich hätte Friedrich die Hölle heiß gemacht, zu Hause, unter vier Augen, aber nach außen hätte ich selbstverständlich hinter ihm gestanden.«

Theresa schüttelte den Kopf. »Warum?«

Charlotte hob die Schultern. »Weil es sich so gehörte.«

Theresa presste die Lippen zu einem schmalen Strich zusammen. Sie würde diese Einstellung nie verstehen. Diesen Gehorsam bis in die Unterwerfung.

»Ich sehe Ihnen an, dass Sie nicht einverstanden sind, und das ist Ihr gutes Recht, Theresa. Sie sind in einer anderen Zeit aufgewachsen und leben in einer anderen Welt mit Möglichkeiten und Freiheiten, von denen wir nicht einmal zu träumen gewagt hätten. Beurteilen Sie aber bitte nicht die Vergangenheit mit den Maßstäben der Gegenwart. Es wäre uns gegenüber nicht fair und es bringt Sie nicht weiter.«

Theresa seufzte. Zumindest in diesem letzten Punkt hatte Charlotte nicht unrecht.

»Und was Ihre Mutter angeht, so klingt es für mich, als ob sie versucht hat, Ihnen nicht wehzutun, aber Ihnen auch eine kleine Tür einen Spaltbreit offenzuhalten, falls Sie doch noch irgendwann hindurchgehen möchten.«

Theresa nickte. Selbst ohne die ganze Wahrheit zu kennen, lag Charlotte auch hier richtig. Theresa zweifelte nicht an den guten Absichten ihrer Mutter. Es tat trotzdem weh.

»Es ist Ihnen sicher nicht entgangen«, fuhr Charlotte fort, »dass ich ein … kompliziertes Verhältnis zu meinen Kindern habe. Ich weiß nicht, was da schiefgegangen ist. Was ich falsch gemacht habe. Und ich scheine auch nicht in der

Lage zu sein, es besser zu machen«, erklärte sie in seltener Kleinmütigkeit. »Ich liebe sie«, erklärte sie mit Nachdruck. »Sie sind meine Kinder. Aber die schmerzliche Wahrheit ist, ich verstehe mich nicht auf sie und ich fürchte, sie sich auch nicht auf mich. Und wenn man jemanden nicht versteht, ist es leicht, auch die besten Absichten in schlechtem Licht zu sehen.« Charlotte blinzelte kurz und Theresa glaubte, eine feuchte Spur in ihrem Augenwinkel zu erkennen. »Ich sage Ihnen das, damit Sie verstehen, dass mein Gerede über Familie kein bloßes Geschwätz ist. Man muss sich nicht mögen, nur weil man dasselbe Blut hat, man muss sich nicht automatisch gut verstehen. Aber bei aller Abneigung und allem Unverständnis gibt es in der Familie immer wieder einen Weg zueinander. Eine Verbindung, die nicht abreißt, nur weil man sie nicht pflegt. Freunde sucht man sich aus, Theresa, aber wo man ausgewählt werden kann, besteht auch immer die Chance, irgendwann wieder abgewählt zu werden. Familie ist für immer. Das glaube ich ganz fest.«

Theresa runzelte die Stirn. »Aber, Charlotte, dann verstehe ich nicht, warum sie so viel Wert auf die Ehe legen, denn die ist ja eben nicht für immer, sondern lässt sich verhältnismäßig leicht beenden.«

»Das sollte sie nicht«, entgegnete Charlotte mit erhobenem Zeigefinger, »und deshalb kappt selbst eine Scheidung nicht alle Verbindungen, wie Sie als Anwältin ja am besten wissen.«

Theresa nickte seufzend. »Sicher. Die Schwiegereltern bleiben die Schwiegereltern, auch nach der Scheidung. Dasselbe gilt für die Schwager und Schwägerinnen.«

Jetzt war es an Charlotte, zu nicken. »Die Ehe erweitert die Familie, Theresa, sie stärkt sie. Dagegen kann selbst eine

Scheidung nichts ausrichten.« Charlottes Ton wurde sanfter. »Oder der Tod. Ihre Großmutter bleibt Ihre Großmutter, trotz allem. Wenn Sie so wollen, hat die Familie zwei Teile: In den einen werden wir hineingeboren, den anderen suchen wir uns aus. Beides zusammen macht aus, wer wir sind.«

Theresa schüttelte heftig den Kopf. »Bei allem Respekt, aber meine Familie macht nicht aus, wer ich bin.« Sie hörte selbst die leichte Schärfe in ihrem Ton und hielt kurz inne, ehe sie – etwas ruhiger – weitersprach. »Sie haben es selbst gesagt, ich kann mir nicht aussuchen, in welche Familie ich hineingeboren werde. Sicher, meine Herkunft prägt mich, aber wir sind alle unseres Glückes Schmied.« Sonst hätte sie weder ein Jurastudium abschließen noch eine eigene Kanzlei gründen können, sondern würde wie ihre Mutter in einer Hochhaussiedlung wohnen und von einem Einkommen knapp über dem Mindestlohn leben. »Und eine Ehe sollte erst recht nicht ausmachen, wer ich bin.«

Charlotte legte den Kopf schief. »Sind Sie sich da so sicher? Ich meine natürlich nicht, dass die Frau sich dem Mann unterordnen soll, auch wenn das von uns durchaus noch erwartet wurde. Und ich meine auch nicht, wenn Frauen sich reiche Männer angeln.« Sie winkte mit einem Augenrollen ab. »Aber glauben Sie nicht, dass Ehepartner sich gegenseitig prägen? Glauben Sie nicht, dass Sie, Theresa, einen anderen Blick auf die Welt hätten, wenn Ihre Lebensgefährtin keine Anwältin, sondern sagen wir mal Schuhverkäuferin wäre?«

Theresa schwirrte der Kopf.

»Und nicht zuletzt suchen wir uns unsere Partner doch auch danach aus, was wir für uns selbst gern hätten. Mein Friedrich war schon immer äußerst tüchtig und zielstrebig, das war gar nicht zu übersehen. Insofern war er eine sehr gute Partie, weil klar war, aus dem wird mal was. Und so kam es ja auch. Aber verliebt habe ich mich auch deshalb in ihn, weil er bei allem Fleiß auch immer eine Spur waghalsig und abenteuerlustig war und viel sorgloser als ich. Das hat mir imponiert und ein bisschen hat es dann auch auf mich abgefärbt.« Sie lächelte und zuckte mit den Schultern. »Klärchen dagegen war schon immer schüchtern und ängstlich und hat sich natürlich einen Mann gesucht, der sie kein bisschen aus ihrem Schneckenhaus gezwungen hat. Einen Pfarrer.« Sie prustete verächtlich und zwinkerte Theresa zu. »Sie konnte den ganzen Tag beten und sich für andere aufopfern.«

Theresa lächelte höflich, aber in Gedanken war sie nicht bei Charlottes Freundin. Sie dachte an Carolin, in die sie sich nicht zuletzt deshalb verliebt hatte, weil sie ihre Selbstsicherheit bewundert und sie um ihre Furchtlosigkeit beneidet hatte. Aber sicher auch, weil sie sich ähnlich waren, in dem, was sie wollten und schätzten im Leben.

»Noch einen Tee?«, fragte Charlotte unschuldig und Theresa fuhr auf und schüttelte dann den Kopf.

»Besser nicht.« Sie musste ungewollt ein wenig lachen. »Ihr *Tee* hat es in sich, Charlotte.«

Charlotte giggelte vor Vergnügen. »Ein altes Hausrezept. Das hat noch jeden müden Geist wiederbelebt.«

# DEZEMBER

# 15

»Das wünsche ich Ihnen auch. Wir melden uns dann, sobald wir einen Termin haben. Auf Wiedersehen.«

Theresa schloss die Tür hinter ihrer Mandantin und warf einen Blick auf die Uhr. Drei Minuten bis zum nächsten Termin. Das reichte nicht mal für einen Kaffee.

Sie eilte zurück zu ihrem Schreibtisch und ließ sich in ihren Stuhl sinken, während sie auf dem Bildschirm ihren Terminkalender öffnete. Leider hatte sich ihre Agenda für den Tag nicht auf wundersame Weise gebessert. Ein Termin reihte sich nahtlos an den anderen.

Sie seufzte und plötzlich kam ihr eine Unterhaltung mit Lena wieder in den Sinn. Genau genommen ihre Erklärung, warum sie auch am Freitagabend zu Hause noch arbeitete. *Montag früh warten die nächsten Akten, die nächsten Mandanten, die mit mir sprechen wollen, Gerichtstermine …* Kurz darauf hatte sie Lena versichert, dass sie ihre Arbeit mochte. *Ich helfe Menschen, Probleme zu lösen.* Jetzt fragte sie sich, wann sie das letzte Mal das Gefühl gehabt hatte, jemandem wirklich mit einem echten Problem geholfen zu haben.

In den meisten ihrer Fälle ging es mittlerweile darum, rechtzeitig vor einer Trennung noch so viele Schäfchen wie möglich ins Trockene zu bringen oder nach einer Trennung ein möglichst großes Stück vom Kuchen herauszuschlagen.

Die Erbschaftsfälle waren nicht viel besser und je mehr Geld vorhanden war, desto erbitterter wurde darum gestritten – auch wenn es natürlich nie wirklich nur um das Geld zu gehen schien.

Theresa streckte sich und neigte den Kopf erst nach links und dann nach rechts, bis ein wohltuendes Knacken zu hören war. Sie hatte offenbar zu viel Zeit mit Lena verbracht und deren Abneigung gegen Geld und vermögende Leute auf sich abfärben lassen.

Sie schaute noch einmal auf den Tagesplaner und war sicher, sie würde mindestens einen Termin zu einem Fall finden, auf den ihre zynische Analyse nicht zutraf.

Sie wurde enttäuscht.

Sie ging in Gedanken die Liste all ihrer Fälle durch, aber auch das brachte sie nicht wirklich weiter. Frustriert lehnte sie sich in ihrem Stuhl zurück und überlegte, ob es ihre Fälle und Mandanten waren, die sich über die Jahre verändert hatten, oder sie selbst.

Ihr Telefon klingelte und Sandra kündigte die Ankunft ihres nächsten Mandanten an. Theresa bat sie, ihn hereinzubringen und legte auf. Sie setzte sich zurecht und warf noch einmal einen Blick über die Fallnotizen im Anhang an den Termineintrag. Doch der übliche Tatendrang wollte sich nicht einstellen.

Sie tröstete sich damit, dass nur noch wenige Stunden zwischen ihr und rund eineinhalb Wochen Urlaub lagen. Morgen war Heiligabend und den nächsten regulären Termin hatte sie erst wieder im Januar. Sie würde natürlich auch zwischen den Jahren in der Kanzlei sein, aber zumindest würde sie ihre Ruhe haben. *Ruhe vor wem*, fragte sie sich, aber in diesem Moment klopfte es auch schon an ihrer Tür und sie verschob die Frage auf später.

Als Theresa am späten Nachmittag durch den dichten Verkehr nach Hause fuhr, war sie froh, dass sie auf dem Weg aus der Innenstadt heraus und nicht hinein war. Offenbar mussten noch unendlich viele Menschen ihre letzten Weihnachtseinkäufe erledigen und sie wollte sich gar nicht ausmalen, wie es am kommenden Vormittag aussehen würde. Da Heiligabend in diesem Jahr auf einen Donnerstag fiel, würden die Geschäfte bis mittags geöffnet sein. Sie plante, das Haus definitiv nicht vor dem späten Nachmittag zu verlassen.

Zu Hause angekommen hängte sie Mantel und Schal an die Garderobe, streifte ihre Schuhe ab und ging in ihr Schlafzimmer. Sie stellte die Aktentasche ab und schlüpfte aus ihrem Blazer, den sie beinahe achtlos auf den Stuhl neben ihrem Kleiderschrank warf. Dann ließ sie sich erschöpft auf ihr Bett sinken. Sie konnte sich nicht erinnern, jemals so bereit für eine Pause von der Arbeit gewesen zu sein. Selbst vor den Urlauben hatte sie für gewöhnlich eher einen Extraschub Energie gehabt und voller Vorfreude gepackt und geplant. Jetzt war sie nur noch froh, zu Hause zu sein und die nächsten knapp vierundzwanzig Stunden nirgends mehr hinzumüssen.

»Na?« Lenas Stimme ließ sie aufschrecken und sie hob schwerfällig den Kopf vom Kissen und schaute zur Tür. »Müde?«, fragte Lena, ein halb amüsiertes, halb mitleidiges Lächeln im Gesicht.

»Du machst dir keine Vorstellung«, stöhnte Theresa. »Am besten verabschieden wir uns jetzt schon, denn ich sehe nicht, dass ich dieses Bett vor morgen Mittag wieder verlasse.«

Lena grinste. »Das ist wirklich schade. Dann muss ich die große Portion Lasagne, die ich gerade vorbereitet habe, wohl ganz allein essen.«

Theresa verdrehte die Augen und ließ sich zurück in die Kissen sinken. »Unfair«, knurrte sie und roch in diesem Moment tatsächlich die göttliche Mischung aus Bolognese und Bechamelsauce.

»Ich kann ja Charlotte fragen, ob sie etwas abhaben will.«

»Ist die nicht über die Feiertage zu ihrer Tochter gefahren?« entgegnete Theresa mit geschlossenen Augen.

»Oder ich schaue mal bei Miray vorbei. Roman ist ja bestimmt ein guter Esser.«

Theresa brachte die Energie auf, eines der Kissen neben ihrem Kopf zu packen und nach Lena zu schleudern.

Die fing es lachend auf. »Hey, du hast gesagt, du willst das Zimmer nicht mehr verlassen.«

»Das war, bevor ich von der Lasagne wusste.« Theresa seufzte. »Gib mir ein paar Minuten und ich bin wieder fit.«

Lena kam vorsichtig ins Zimmer, das Kissen in beiden Händen haltend. »Lass dir Zeit. Noch ist sie nicht im Ofen und es ist ja noch früh.«

Theresa schielte nach ihrer Armbanduhr. »Stimmt. Warum bist du überhaupt schon zu Hause? Und warum kochst du?«

Lena zuckte mit den Schultern. »Ein kleines Dankeschön, bevor ich verschwinde.« Sie zwinkerte. »Und ein paar Reste für die Fahrt morgen. Kalte Lasagne ist nämlich noch besser als kalte Pizza.«

Theresa hob eine Braue und sah sie skeptisch an. »Mit der Meinung könntest du allein dastehen.«

»Das halte ich aus«, entgegnete Lena. Sie legte das Kissen neben Theresa aufs Bett. »Also, ruh dich ruhig noch aus, ich geb dir Bescheid, wenn die Lasagne im Ofen ist.«

»Okay«, gähnte Theresa. »Aber ich brauch wirklich nur ein paar Minuten.« Sie schloss die Augen.

»Sicher«, hörte sie Lena im Hinausgehen sagen, aber es klang nicht, als meinte sie es auch. Sie hörte, wie die Tür geschlossen wurde, und nahm sich fest vor, in fünf Minuten aufzustehen, sich einen Kaffee zu kochen und eine lange, heiße Dusche zu nehmen.

Ein vorsichtiges Klopfen ließ sie erneut aufschrecken. Im Zimmer war es stockfinster. Sie schaute auf ihre Uhr. Kurz nach acht. Wieder ein leises Klopfen. »Ja«, rief sie und setzte sich erschrocken auf, als Lena den Kopf zur Tür hereinsteckte.

»Hey. Na, wach?«

Theresa rieb sich über die Augen. »Warum hast du mich auch einschlafen lassen.«

Lena sagte nichts und schaute sie nur amüsiert an.

»Hast du noch nicht gegessen?«, fragte Theresa schuldbewusst.

»Nein. Aber jetzt hab ich definitiv Hunger.«

Theresa erhob sich und fuhr sich durch die Haare. »Gib mir fünf Minuten, um mich präsentabel zu machen.«

Lena musterte sie kurz. »Du bist perfekt so, wie du bist.«

Theresa öffnete den Mund zu einer Antwort, aber ihr Sprachzentrum war wohl noch im Tiefschlaf.

»Ich warte in der Küche«, sagte Lena mit einer Kopfbewegung dorthin. »Wein? Oder lieber Wasser?«

Theresa schluckte. »Ich glaube nicht, dass der Wein mich noch müder machen kann, als ich es ohnehin schon bin.«

»Wein für die Dame«, sagte Lena und verschwand in Richtung Küche.

Theresa ließ sich zurück auf ihr Bett sinken und stieß die Luft, die sich in ihrer Lunge gestaut hatte, durch halb geschlossene Lippen aus. Sie presste eine Hand gegen ihre Stirn und fragte sich, was mit ihr los war. Sie schüttelte den Kopf. Die freien Tage kamen wirklich keinen Moment zu früh.

Entschlossen stand sie auf und schlüpfte aus ihren völlig zerknitterten Klamotten, die sie sogleich im Wäschesack entsorgte. Sie schnappte sich einen warmen Trainingsanzug aus ihrem Kleiderschrank und ein paar dicke Wollsocken. Nachdem sie beides übergestreift hatte, ging sie ins Bad, putzte sich die Zähne, schminkte sich ab und richtete ihre Haare, so gut es eben ging. Nach einem letzten kritischen Blick in den Spiegel machte sie sich ebenfalls auf den Weg in die Küche.

Der Geruch war schon im Flur überwältigend und der Anblick der noch leicht brodelnden Lasagne inmitten des gedeckten Tisches ließ ihr endgültig das Wasser im Mund zusammenlaufen. Sie ließ sich auf einen Stuhl fallen und fragte sich, wie unhöflich es wäre, ihre Gabel einfach direkt in die Auflaufform zu rammen.

Lena schien ihre Gedanken erahnt oder zumindest ihren Gesichtsausdruck gedeutet zu haben, denn sie lächelte breit und reichte ihr die Salatschüssel. »Bevor du dir den Mund verbrennst, fang erstmal mit etwas Kaltem an.«

Theresa warf ihr einen leicht missbilligenden Blick zu, kam der Aufforderung aber nach. »Ich hatte kein Mittagessen«, verteidigte sie sich.

»Schon gut«, sagte Lena und griff nach Theresas Teller, um ihr eine ordentliche Portion Lasagne aufzufüllen. »Ich will ja nur erneute Krankenhausbesuche vermeiden. Zumal ich diesmal keine diensthabende Ärztin per Kurzwahltaste erreichen kann.«

Theresa schüttelte den Kopf. »Ich kann mich beherrschen.« Sie streckte sich nach der Weinflasche und schenkte erst Lena und dann sich selbst ein. »Ich bin immer noch fasziniert, dass Isabell jetzt in Andalusien ist. Und ein bisschen neidisch.«

Lena, die sich nun selbst etwas auftat, legte den Kopf schief. »Ich weiß nicht, gerade ist es da einfach nur ziemlich nass und ziemlich kalt.«

»Das ist es hier auch, aber sie hat das Meer vor der Tür und spätestens ab April Mindesttemperaturen von zwanzig Grad und Sonne satt.«

»Ja, und ab Juli vierzig Grad und Hitze satt.«

»Erwähnte ich das Meer vor der Tür?«, entgegnete Theresa. »Und im Krankenhaus haben die sicher gute Klimaanlagen.« Sie prosteten sich zu und Theresa griff nach ihrem Besteck. »Vielen Dank noch mal fürs Kochen.«

»Gern.«

Theresa betrachtete das noch immer dampfende Stück Lasagne und versuchte, mit ihrer Gabel für etwas *Entlüftung* zu sorgen. »Wann fährst du morgen genau?«, fragte sie, ohne aufzusehen. »Ich kann dich zum Bahnhof bringen.«

»Nicht nötig, meine Abreise verzögert sich etwas«, antwortete Lena mit einem Seufzer und Theresa sah überrascht auf. Lenas Hand schien unbewusst zu ihrem Telefon zu wandern, das neben ihr auf dem Tisch lag. »Meine Mutter hat vorhin angerufen. Offenbar hat mein Vater sich einen

Magen-Darm-Virus eingefangen und jetzt haben sie sich selbst unter Quarantäne gesetzt.«

Theresa ließ ihre Gabel sinken. »Ausgerechnet. Und was willst du jetzt machen?«

»Ich fahre erst übermorgen und besuche zunächst mal meine Tante, bis die Luft wieder rein ist.« Sie stocherte nun ebenfalls in ihrer Lasagne herum.

»Heißt das, dass du Heiligabend doch hier bist?«, fragte Theresa und Lena nickte. »Du willst aber nicht allein hier herumsitzen?«

»Warum nicht«, sagte Lena leichthin. »Ich habe gehört, es gibt Lasagnereste und ein Netflix-Abo.«

»Was für ein Glück«, spöttelte Theresa und schüttelte den Kopf. Sie war vielleicht nicht im traditionellsten Familienmodell aufgewachsen und es hatte weder üppige Geschenke noch Gänsebraten gegeben, aber sie mochte Heiligabend und das Zusammenkommen der engsten Familie. Als Philipp noch klein gewesen war, hatte sie sich stets bemüht, dass er schöne Feiertage hatte und nie das Gefühl, er habe es schlechter als andere Kinder. Auch später hatten sie stets zu dritt bei Theresas Mutter gefeiert, bis Carolin schließlich dazugestoßen war. Seitdem waren sie zu viert gewesen. Philipp hatte keine seiner vielen Freundinnen eingeladen, von denen sich aber auch keine länger als ein Dreivierteljahr gehalten hatte. Mit seinem Aussehen und seiner offenen Art war es Philipp noch nie schwergefallen, Mädchen zu beeindrucken, aber richtig ernst war es ihm wohl bisher noch mit keiner gewesen. In diesem Jahr wollte er Marie mitbringen.

Theresa griff nach ihrem Weinglas, führte es zum Mund und zögerte kurz. »Oder du kommst mit zu meiner Familie.«

Sie nahm einen Schluck und spürte Lenas überraschten Blick auf sich. »Ich glaube nicht, dass meine Mutter Netflix hat, aber wir machen Raclette und es gibt Nachtisch und es ist bestimmt besser, als hier allein zu sein.«

»Hast du nicht gesagt, dass ihr Heiligabend immer im kleinsten Kreis verbringt?«

Theresa stellte ihr Glas ab und zuckte die Schultern. »Eine mehr hält der Kreis noch aus. Und Philipp bringt seine Freundin auch mit.« Sie biss sich auf die Zunge und nahm ihr Besteck wieder auf.

Lena schien ein Grinsen zu unterdrücken. »Bist du sicher?«, fragte sie dann.

»Sonst hätte ich es nicht angeboten.«

Lena schien sie kurz zu mustern, bevor sie sich ebenfalls wieder ihrem Teller widmete. »Dann vielen Dank für die Einladung.«

Entgegen ihrer großspurigen Ankündigung war Theresa am nächsten Tag nicht bis mittags im Bett geblieben. Stattdessen war sie zu ihrer gewohnten Zeit aufgewacht, in ihren Bademantel und warme Socken geschlüpft und nach einer verkürzten Morgenwäsche mit einem frisch gebrühten Kaffee und ihrem Buch auf die Couch gezogen. Nach einer guten Stunde war sie dort erneut eingenickt und erst aufgewacht, als Lena schließlich aufgestanden war. Sie hatten zusammen gefrühstückt und den Rest des Tages geplant. Lena hatte darauf bestanden, noch ein paar Kleinigkeiten für Theresas

Familie zu besorgen, aber sich schließlich überzeugen lassen, dass eine ordentliche Flasche Wein vollkommen ausreichen würde. Während Lena also losgezogen war, um ihr Mitbringsel zu besorgen, hatte Theresa sich daran gemacht, die Wohnung zu putzen, die Wäsche der vergangenen Tage zu waschen und den Schokoladenkuchen zu backen, den es am Abend als Nachtisch geben würde. Philipp würde das Eis mitbringen, ihre Mutter sich um das Raclette kümmern. Wie jedes Jahr. Nur dass Philipp in diesem Jahr wohl kein Fleisch in seine Pfännchen legen und noch zwei Personen mehr am Tisch sitzen würden. *Eine*, korrigierte sie sich. Denn jemand anders war dafür nicht länger dabei.

Lena hatte angeboten, zu fahren – *das Mindeste, das ich tun kann* – und noch immer ziemlich müde hatte Theresa dankend angenommen. Unterwegs war sie beinahe erneut eingenickt, aber als sie schließlich vor der Wohnung ihrer Mutter standen, hatte sie plötzlich zum ersten Mal an diesem Tag das Gefühl, tatsächlich wach zu sein.

»Hey«, rief Philipp, sobald er die Tür von innen aufgerissen hatte, und zog Theresa sogleich in eine feste Umarmung. »Frohe Weihnachten.«

»Frohe Weihnachten«, erwiderte Theresa und trat zur Seite, um den Blick auf Lena freizugeben, die mit der Weinflasche in der Hand hinter ihr stand. »Ich habe noch jemanden mitgebracht. Das ist Lena.«

»Mama hat schon gesagt, dass wir noch eine Last-Minute-Buchung hatten«, sagte Philipp und streckte Lena mit einem Zwinkern die Hand hin. »Schön, dich kennenzulernen.«

»Ebenso«, sagte Lena. »Ich hoffe, ich bringe die Planung nicht zu sehr durcheinander.«

»Ach Quatsch«, sagte Philipp und deutete auf die Weinflasche. »Willst du den zur Sicherheit bei dir behalten oder soll ich ihn in die Küche bringen?«

Lena grinste und reichte ihm die Flasche. »Ich glaube, ich komme klar.«

Philipp nahm den Wein und wandte sich mit einer einladenden Geste in Richtung Küche. »Kommt rein«, rief er über die Schulter und nachdem Theresa ihren Mantel und Lena ihre Jacke ausgezogen und an die Garderobe gehängt hatten, folgten sie ihm.

»Das ist Marie«, stellte Philipp nun seinerseits seine Freundin vor, die in der Küche stand und offenbar die letzten Vorbereitungen für das Abendessen traf. Gerade schnitt sie eine Karotte in flache Scheiben.

»Hey«, sagte sie und lächelte ihnen freundlich zu.

»Hi. Lena.«

»Theresa.«

»Ah. Die große Schwester. Ich hab schon viel von dir gehört«, sagte Marie und Theresa war nicht sicher, aber sie glaubte, noch etwas anderes als reine Freude in Maries Stimme mitschwingen zu hören. Sie hielt ihren Blick einen Moment, aber Marie lächelte nur weiter und wandte sich dann wieder dem Gemüse zu.

»Wollt ihr was trinken?«, fragte Philipp und zählte auf, was er anbieten konnte.

»Für mich gern erst mal ein Wasser«, sagte Lena und Theresa schloss sich an.

»Wo ist denn Mama?«

»In der Kirche.«

Theresa glaubte, sich verhört zu haben. »Bitte?«

Philipp zuckte mit den Schultern. »Es geschehen noch Zeichen und Wunder«, witzelte er und reichte ihnen zwei Wassergläser.

»Unsere Mutter war nie eine Kirchgängerin«, erklärte Theresa an Lena gewandt, »zumindest nicht, solange ich mich erinnern kann.«

Philipp griff nach der Wasserkaraffe und schenkte ihnen nacheinander ein. Er sah Theresa an und schien kurz zu zögern.

»Sie ist mit deiner ... ihrer Schwiegermutter hin«, sagte er dann, sein Ton weich und sein Blick ein wenig betreten. Theresa hatte ihm erzählt, was auf dem Friedhof passiert war, und auch wenn sie ihrer Mutter natürlich längst verziehen hatte, war das Thema immer noch ein wunder Punkt. Philipp hatte ihr versichert, dass er sie verstehen könne, aber auch zu bedenken gegeben, dass sie immerhin noch eine Großmutter habe. Er selbst wusste nicht einmal, wer sein Vater war, und die Eltern ihrer Mutter waren früh gestorben. »Ich denke, Mama wollte nicht, dass sie heute ganz allein ist.«

Theresa quittierte die Auskunft mit einem knappen Nicken. *Hätten Sie uns damals nicht verstoßen, säße sie jetzt nicht allein in ihrem Prunkbau*, dachte Theresa, aber die Bitterkeit, die sie all die Jahre mit sich herumgeschleppt hatte, schien ihr in den letzten Tagen abhandengekommen zu sein. Sie sah sich in der Küche um. »Kann ich noch irgendwas tun?«

»Solange du den Kuchen dabei hast, ist alles gut«, sagte Philipp und Theresa lachte und tippte auf die Tragetasche, die über ihrer Schulter hing. »Alles da. Keine Sorge«

Philipp schien erleichtert aufzuatmen und im selben Moment war aus dem Flur zu hören, wie die Wohnungstür aufgeschlossen wurde. »Und damit wären wir vollzählig«, rief Philipp.

Die Wangen noch rot von der kalten Winterluft kam ihre Mutter kurz darauf herein. »Ich hab mich so beeilt, aber jetzt seid ihr doch schon da«, sagte sie und Theresa entging der kurze Blick nicht, mit dem ihre Mutter sich zu vergewissern schien, dass Theresa nicht wütend oder böse auf sie war.

»Frohe Weihnachten, Mama.«

Sie umarmten sich und ihre Mutter hielt ihren Blick noch einen Augenblick, Erleichterung und Dankbarkeit in ihren Augen. Dann wandte sie sich Lena zu.

»Sie müssen Lena sein. Willkommen.«

»Vielen Dank, aber bitte, wenn Sie mich schon Heiligabend aufnehmen, sagen Sie doch wenigstens Du.«

»Gern. Monika.« Sie schüttelte erfreut Lenas Hand und wandte sich dann an Philipp. »Wie weit sind wir?«

Der drehte sich kurz zu Marie um, die einen Daumen in die Höhe streckte und gerade dabei war, Messer und Schneidebrett im Waschbecken abzuspülen.

»Kann losgehen«, sagte Philipp.

Kurz darauf saßen sie um den Esstisch herum, Philipp und Marie an einer Seite, Theresa und Lena ihnen gegenüber, Theresas Mutter vor Kopf. Während Letztere vom Gottesdienst erzählte und Philipp sie aufzog, dass sie aber noch viele Kirchgänge vor sich hatte, wenn sie die verpassten Jahre nachholen wollte, wurden erste Pfännchen mit Gemüse, Fleisch und natürlich Käse belegt.

»Philipp«, rief Theresa überrascht und ein wenig neckend. »Ich dachte, du isst kein Fleisch mehr.« Die Rinderstreifen in seinem Pfännchen verteilend schien Philipp leicht zu erröten.

»Ich hab ihm gesagt, nur weil ich mich sehr speziell ernähre, muss er nicht auf Dinge verzichten, die ihm schmecken«, warf Marie ein. »Aber es ist süß, dass er bereit war, es zu versuchen.« Sie drückte ihm einen schnellen Kuss auf die Wange und Philipp lächelte verlegen. Er schien noch immer genauso frisch verliebt wie im Sommer, als die beiden sich gerade kennengelernt hatten.

Theresa nutzte die Gelegenheit, um Marie etwas eingehender zu betrachten. Ihr Blick blieb auf dem Tattoo an ihrem Hals haften, das einen Vogel darstellte, dessen Schwingen sich bis unter ihren Kiefer und hinter ihr Ohr erstreckten. Kurz fragte sie sich, ob Tätowierer sich ihre Tattoos wohl selbst stachen, aber an dieser Körperstelle war das wohl eher ausgeschlossen. Die Tattoos auf ihren Armen, von denen Theresa wusste, seit sie ein Bild von ihr gesehen hatte, waren unter der langärmeligen Bluse nicht zu sehen, die Lachfalten und Grübchen dafür umso mehr, als Marie jetzt strahlend zu Philipp hinübersah. Der Altersunterschied zwischen ihnen war offensichtlich, aber zugleich fiel er auch nicht weiter auf. Fast schien es, als wirke Philipp reifer neben Marie, aber Theresa konnte nicht sagen, warum. An Maries Alter allein schien es nicht zu liegen.

»Du bist Vegetarierin?«, fragte Lena interessiert und Marie zuckte mit den Achseln.

»Nicht wirklich. Ich war einfach nie besonders versessen auf Fleisch und Wurst, also fällt es mir nicht schwer, lieber pflanzliche Proteine und Fette zu mir zu nehmen.« Sie spießte ein Stück Geflügel auf ihre Gabel. »Aber ab und zu darf es auch mal Huhn oder Fisch sein, je nachdem, wo es herkommt. Ich gönne also jedem sein Fleisch oder sein Fast Food« sagte sie mit einem kurzen Seitenblick auf Philipp, »aber ich versuche, den Anteil industriell verarbeiteter Lebensmittel für mich möglichst gering zu halten.«

»Also geht es dir eher um die gesunde Ernährung?«, hakte Lena interessiert nach, während sie selbst ein Pfännchen zusammenstellte, das überwiegend aus Gemüse zu bestehen schien.

Theresa, die der Unterhaltung aufmerksam gefolgt war, sah wieder zu Marie und bemerkte, wie diese zu zögern schien und Philipps Hand sofort nach ihrer suchte. Er umschloss sie mit seiner etwas größeren und schien sie aufmunternd zu drücken. Die beiden warfen sich einen kurzen Blick zu.

»Ich bin letztes Jahr an Brustkrebs erkrankt und seitdem versuche ich, so gesund wie möglich zu leben«, erklärte Marie mit fester Stimme.

Die plötzliche Stille am Tisch war greifbar, aber Philipp strahlte noch immer und mit einem Blick zu Marie drückte er einen Kuss auf ihre Hand in seiner. Sie sah kurz zu ihm hin und strahlte ebenfalls. »Ich bin seit sechs Monaten krebsfrei und die Ärzte sind sehr zuversichtlich«, sagte sie in die Runde und signalisierte mit ihrer Körpersprache, dass damit aus ihrer Sicht alles gesagt war und das Thema gern gewechselt werden durfte.

»Lasst uns mal anstoßen«, sagte Theresas Mutter und während allseits die Gläser erhoben und sich zugeprostet wurde, sah Theresa fasziniert zu Philipp hinüber. Vor nicht ganz sechs Monaten waren er und Marie sich gerade erst begegnet und sie konnte sich nicht ansatzweise vorstellen, was damals in Marie vorgegangen sein musste. Was hinter ihr gelegen und was sie vor sich gesehen hatte. Es musste, gelinde gesagt, eine emotional aufgewühlte Zeit für sie gewesen sein. Dass ausgerechnet Philipp, ihr verträumter, stets sorglos durch das Leben tapsender kleiner Bruder, Marie in dieser Phase begleitet hatte, war für Theresa schwer greifbar. Nicht, weil sie es ihm nicht zutraute. Er war hilfsbereit und einfühlsam und vielleicht war es auch gerade seine Unbekümmertheit, die Marie geschätzt und gebraucht hatte. Aber unter diesen Umständen eine Beziehung zu beginnen, erforderte in ihren Augen eine gewisse ... Bereitschaft zur Verantwortung und Verbindlichkeit. Und in seinen bisherigen Beziehungen hatte Philipp sich in dieser Hinsicht wahrlich nicht ausgezeichnet. Aber vielleicht wusste sie jetzt, warum er ihr reifer vorkam.

»Theresa?«

Die Stimme ihrer Mutter drang zu ihr durch und Theresa wurde gewahr, dass alle Blicke auf sie gerichtet waren. »Ja?«

»Deine Mutter wollte wissen, was du über die Feiertage noch geplant hast«, klärte Lena sie auf.

»Nicht viel. Vielleicht ein paar Freunde treffen«, log sie, um keiner Diskussion über ihre Arbeit und ihren vermeintlichen Mangel an Freizeit Vorschub zu leisten. »Und Silvester feiert Sebastian wieder groß, wie jedes Jahr.«

»Marie plant eine kleine Feier in ihrem Studio, falls du am Siebenundzwanzigsten noch nichts vor hast«, bot Philipp an.

»Feier ist wirklich übertrieben«, winkte Marie ab. »Ein paar Freunde kommen und jeder bringt mit, was er von den Feiertagen so übrig hat. Also eher eine kreative Resteverwertung.«

»Klingt spannend«, sagte Lena.

»Ihr seid herzlich eingeladen.«

Theresa stutzte. »Wir –«

»Ich bin leider nicht da«, begann Lena zeitgleich. »Ich fahre morgen zu meiner Familie.«

Theresa nickte und schob ihr Pfännchen in das Raclettegerät.

»Wie habt ihr euch eigentlich kennengelernt?«, fragte Philipp, der als Einziger in der Runde, von Lena abgesehen natürlich, um die besondere Wohnsituation der beiden wusste. Er hatte zwar versprochen, sein Wissen für sich zu behalten, aber das hielt ihn offenbar nicht davon ab, seinen Spaß zu haben. Auf Theresas Kosten.

»Zufall«, sagte Lena.

»Notfall«, sagte Theresa, erneut beinahe zeitgleich. Sie schauten sich an.

»Hauptsache, ihr seid euch einig«, frotzelte Philipp und Lena zog die Schultern hoch und sah Theresa an, als wollte sie sagen: *entscheide du*.

Theresa räusperte sich und schaute Philipp, Marie und ihre Mutter an, denen die Neugier in die Gesichter geschrieben stand. Sie hob die linke Hand und präsentierte ihre Handinnenfläche, in der die noch immer rot hervorstehende Narbe deutlich zu erkennen war. »Ich hatte ja im Sommer einen kleinen ... Haushaltsunfall.« Sie zuckte mit den Schultern. »Lena war zufällig da, um etwas abzugeben, und hat Ersthilfe geleistet.« Sie blickte von Philipp zu ihrer Mutter und wieder zurück. »Sie hat mich ins Krankenhaus gefahren und eine Freundin von ihr, die gerade Dienst in der Notaufnahme hatte, hat die Wunde genäht.«

Philipp seufzte theatralisch. »Wie romantisch.«

Theresa warf ihm einen leicht vorwurfsvollen Blick zu und öffnete den Mund, um etwas zu erwidern, kam aber auf nichts.

»Unglaublich romantisch«, sagte Lena spöttisch. »Was deine Schwester allerdings dezent verschwiegen hat, ist die Tatsache, dass ihr *Haushaltsunfall* mit einer Weinflasche zusammenhing, deren Inhalt sich über ihre Kleidung entleert hatte.«

Theresas Mutter schlug sich die Hand vor den Mund und Marie und Philipp lachten auf.

»Und ich kam gerade verschwitzt vom Training«, fuhr Lena fort und Theresa runzelte die Stirn. Diese Tatsache hatte sie damals nicht registriert. Aber sie war auch nicht ganz auf der Höhe gewesen. »Ihr könnt euch also vorstellen, was für ein Aroma wir um uns herum verbreitet haben«, erklärte Lena und das Lachen um den Tisch nahm noch einmal zu.

»Was trainierst du denn?«, fragte Marie.

»Ich bin Tennistrainerin.«

»Tennis?«, fragte Philipp und hob die Brauen. Er schaute kurz zu Theresa, als wollte er sichergehen, dass es wirklich in Ordnung war, weiterzufragen, aber gleichzeitig wirkte er wie ein junger Hund mit einem besonders leckeren Knochen. Diesen Teil der Geschichte hatte Theresa ihm vorenthalten. »Und was genau wolltest du bei Theresa abgeben?«

Jetzt war es an Lena, sich mit einem kurzen Blick bei Theresa zu versichern, dass es okay war, zu antworten.

»Lena hat Carolin Tennisstunden gegeben«, sagte Theresa, um die Sache abzukürzen. »Carolin hatte ihre Sonnenbrille im Club liegenlassen und Lena wollte sie bei uns vorbeibringen.«

»Carolin spielt Tennis?«, fragte Marie in offensichtlicher Verwunderung und Theresa sah überrascht auf.

»Nicht mehr«, kommentierte Lena. »Und es waren auch nur ein paar Stunden.«

»Hm«, machte Philipp und drückte wieder Maries Hand, deren Blick kurz unsicher wirkte, bevor sie sich zu fangen schien. »Und jetzt seid ihr ... befreundet«, frotzelte Philipp.

Theresa warf ihm einen irritierten Blick zu. »So etwas soll vorkommen. Menschen treffen sich, mögen sich, werden Freunde.«

Philipp grinste, sagte aber nichts.

»Und Lena, machst du das beruflich? Also in Vollzeit?«, fragte Marie.

»Bis vor Kurzem, ja. Jetzt nur noch nebenberuflich ein paar Stunden die Woche«, sagte sie und Marie nickte interessiert. »Ich hab im Oktober in einem Fotostudio angefangen.«

»Bist du Fotografin?«

»Na ja, ich kann Fotos machen und grundsätzlich kann sich ja jeder Fotograf nennen, aber ich hab keine formale Ausbildung«, antwortete Lena. »Zurzeit assistiere ich einem Fotografen mit eigenem Studio und versuche, so viel wie möglich von ihm zu lernen, damit ich mich dann hoffentlich irgendwann auch selbstständig machen kann.«

»Und auf die Ausbildung hattest du keine Lust?«, fragte Philipp, nun offenbar ebenfalls interessiert.

»Lust schon«, räumte Lena ein, »aber die Bezahlung ist bescheiden und mir fehlt auch die Geduld. Eine grundständige Ausbildung ist bestimmt sinnvoll und vielleicht entgeht mir auch echt was, aber ich bin ja schon ein bisschen älter und es ist auch nicht ungewöhnlich, es auf diesem Weg zu versuchen.« Sie zuckte mit den Schultern. »Und ehrlich gesagt war ich in der Schule auch nicht die hellste Leuchte.«

»Ich versteh dich«, sagte Marie. »Ich hab Design studiert. Das war interessant und ich hab coole Leute kennengelernt und einen Abschluss, aber für meinen Lebensunterhalt heute hat es mir unter dem Strich nicht viel gebracht. Ich glaube, wenn ich auch einfach direkt bei jemandem gelernt und dann das Studio eröffnet hätte, wäre ich heute genau an derselben Stelle. Nur vielleicht schon etwas etablierter und abgesicherter.«

Theresa sah betreten auf ihren Teller. Sie hatte nie darüber nachgedacht, aber dass Marie ein abgeschlossenes Studium hatte, wäre wohl nicht ihre erste Vermutung gewesen. Was mehr über sie aussagte als über Marie. Die sie im Übrigen nach wie vor für einen guten Einfluss auf Philipp hielt. Marie schien mit beiden Beinen im Leben zu stehen und es mit einer vernünftigen Portion Realismus zu betrachten. Zugegeben, vor einem halben Jahr hätte Theresa wohl noch anders darüber gedacht, aber vor einem halben Jahr war vieles noch anders gewesen. Und ob nun ein Tattoo- oder ein Fotostudio oder eine eigene Kanzlei, was zählte, war letztlich, dass man ein Ziel hatte und es mit dem nötigen Ernst verfolgte.

»Du bist Tätowiererin?«, fragte Lena nun und in Windeseile waren sie und Marie in eine angeregte Unterhaltung über Tätowieren und die verschiedenen Stilrichtungen und Techniken vertieft. Lena schien nicht viel darüber zu wissen, aber umso interessierter nachzufragen. Philipp erzählte seiner Mutter unterdessen von seinen neuesten Kunstprojekten und Theresa versuchte, ihre Aufmerksamkeit zwischen beiden Gesprächen aufzuteilen, was ihr aber nur teilweise gelang.

Als sie eine ganze Zeit später alle mit dem Essen fertig waren und das Raclettegerät bereits abkühlte, traten sie sich bei dem Versuch, Essensreste, Geschirr und anderes in die kleine Küche zu bringen, praktisch auf die Füße.

»Jetzt setzt euch endlich hin, trinkt noch etwas und verdaut, damit wieder Platz für den Nachtisch ist«, sagte ihre Mutter schließlich. »Ich mache das schon.«

»Wieso setzt du dich nicht eine Weile hin und ruhst dich aus und lässt uns das hier machen?«, entgegnete Theresa und wies auf sich und Marie. Die nickte sofort eifrig und ihre Mutter fügte sich, hob die Hände und ging mit einem dankbaren Lächeln zurück ins Wohnzimmer.

Theresa begann, Essensreste von Tellern und aus Schälchen zu kratzen, um diese dann an Marie weiterzureichen, die sie in die Maschine räumte. Eine Weile arbeiteten sie stumm Hand in Hand.

»Ich finde es übrigens schön, dass wir uns endlich kennenlernen«, sagte Theresa schließlich. »Ich hatte schon gezweifelt, ob es dich wirklich gibt.«

Marie sah sie fragend an, aber Theresa lächelte nur und winkte ab. Sie konnte schlecht sagen, dass Philipp ihr seine anderen Freundinnen wesentlich schneller vorgestellt hatte. »Ach, nichts. Aber ich freue mich wirklich.« Sie zögerte nur kurz. »Ich habe Philipp lange nicht so glücklich gesehen.« Wenn sie ganz ehrlich war, hatte sie ihn noch nie so glücklich gesehen.

Marie lächelte ihr zu und strich sich eine Strähne aus dem Gesicht. »Um ehrlich zu sein, ich war etwas nervös, dich zu treffen«, sagte sie und Theresa sah sie erstaunt an. War es Nervosität gewesen, die sie zu Beginn des Abends in Maries Stimme gehört hatte?

»Philipp spricht viel von dir. Er hat mir erzählt, wie ihr aufgewachsen seid und dass du ihn praktisch großgezogen hast.«

»Und?«, fragte Theresa unsicher.

Jetzt war es an Marie, sie erstaunt anzuschauen. »Weißt du wirklich nicht, welchen Einfluss du auf deinen Bruder hast?«, fragte sie ungläubig. »Philipp liebt dich nicht nur, er verehrt dich. Erfolgreiche Anwältin mit eigener Kanzlei, alles aus eigener Kraft …«, sie zuckte mit den Schultern. »Da kann man schon etwas ehrfürchtig werden.«

Theresa lächelte verlegen und reichte Marie den letzten Teller.

»Ich glaube, du überschätzt Philipps Meinung von mir. Und meinen Einfluss auf ihn. Philipp macht sein Ding, ganz unabhängig von mir.«

Marie legte den Kopf schief und sah sie nicht unfreundlich, aber mit leichter Skepsis an. »Ich glaube, du *unterschätzt* deinen Einfluss. Philipp macht sein Ding, ja, aber es ist ihm alles andere als egal, was du davon hältst.«

Theresa wich Maries Blick aus und widmete sich den Schüsseln, in denen noch Reste der Raclettezutaten lagen. Sie holte ein paar Tupperdosen aus dem Schrank und verteilte das übriggebliebene Fleisch, Gemüse und den Käse darauf. Dann reichte sie die leeren Schüsseln an Marie weiter, die auch diese in den Geschirrspüler räumte.

»Ich gehe mal raus und frage, ob jemand Kaffee möchte«, sagte Theresa und wandte sich zum Gehen.

»Theresa«, rief Marie ihr nach und sie drehte sich noch einmal zu ihr um. »Ich will dir nicht zu nahetreten, aber … warum interessierst du dich eigentlich nicht für Philipps Kunst? Es würde ihm so viel bedeuten.«

Theresa runzelte überrascht die Stirn. »Ich habe einfach keine Ahnung von Kunst. Ich verstehe nichts davon.«

»Aber du verstehst Philipp. Das genügt«, sagte Marie, als wäre es das Offensichtlichste der Welt.

Theresa starrte sie noch einen Augenblick an, dann drehte sie sich um und ging hinaus ins Wohnzimmer.

Alle wollten Kaffee und eine Weile später aßen sie tatsächlich noch etwas Kuchen mit Eis und Philipp erklärte Lena, warum beides Tradition hatte.

»Und dann hatte Theresa sich in den Kopf gesetzt, dass wir unbedingt noch Nachtisch brauchten. Leider war der Küchenschrank etwas spärlich bestückt, also hat sie einfach genommen, was gerade so da war.«

»Ich konnte nichts dafür, dass wir hauptsächlich Zucker und Butter im Haus hatten«, verteidigte sich Theresa.

»Und natürlich kein Rezeptbuch«, nahm Philipp den Faden wieder auf, »und das Internet war gerade erst geboren und wir hatten ohnehin keinen Zugang.«

Lena lachte ungläubig und schaute zu Theresa. »Also hast du auf gut Glück irgendwas zusammengerührt?«

»Was blieb mir anderes übrig?«

Lena starrte auf ihr halbes Stück Kuchen und die schmelzende Kugel Vanilleeis. »Und das Eis?«

»Das war noch im Tiefkühlfach und bitter nötig, um den Kuchen runterzuspülen«, erklärte Philipp. »Außer Zucker und Butter bestand der nur noch aus Kakaopulver und einer Handvoll Mehl.«

»Wie alt wart ihr?«, fragte Marie lachend.

»Sechzehn?«, schätzte Theresa.

»Vier?«, schloss sich Philipp an.

»Und seitdem gibt es dieses Wunderwerk jedes Jahr?«, fragte Lena ungläubig.

»Mehr oder weniger. Ich halte mich inzwischen an Rezepte mit etwas mehr Zutaten und klaren Mengenangaben«, erklärte Theresa und sah zu ihrer Mutter hinüber, die der Unterhaltung still beigewohnt hatte, ein trauriger Ausdruck in ihrem Gesicht, denn sie kannte die Geschichte auch nur aus der Erzählung. Theresa wartete, bis ihre Blicke sich trafen, und schenkte ihr ein aufmunterndes Lächeln.

Eine Weile später stand sie mit Philipp auf dem kleinen Balkon, der vom Schlafzimmer ihrer Mutter aus zur Straße hin ging.

Sie genoss die kalte, frische Luft, die ihre langsam wiederkehrende Müdigkeit etwas zurückdrängte. Daneben spürte sie aber allmählich auch den Alkohol. Lena hatte einen sehr leckeren Rotwein mitgebracht, der längst ausgetrunken war und schnell Nachfolger gefunden hatte.

»Und?«, fragte Philipp.

»Und ... was?«, stellte Theresa sich dumm, aber Philipp bedeutete ihr mit einem Blick, dass er sie durchschaute. Sie verdrehte die Augen. »Sie ist nett.«

»Nett?«, wiederholte er ungläubig. »Nett ist die kleine Schwester von –«

Theresa seufzte hörbar. »Okay. Ich mag sie.« Sie sah ihn von der Seite an. »Das ist was Ernstes mit euch, oder?«

Philipp nickte nur, sein Lächeln fröhlich und ernst zugleich.

»Gut«, sagte Theresa.

Philipp musterte sie nachdenklich. »Und Lena?«

Theresa sah ihn verwirrt an. »Was meinst du?«

Er hob eine Braue und sah sie beinahe vorwurfsvoll an. »Willst du mir erzählen, dass da nichts zwischen euch ist?«

Theresa schüttelte den Kopf. »Da ist nichts.«

Philipp sah sie skeptisch an, schien ihre Antwort dann aber zu akzeptieren. »Okay. Ich hatte gedacht ...«

»Was?«

Jetzt war es an ihm, die Schultern zu zucken. »Ich weiß nicht, du wirkst irgendwie ... anders.«

»Heute Abend?«, fragte sie belustigt. »Ich bin einfach nur todmüde, wenn du das meinst.«

»Nein«, er schüttelte den Kopf, »schon die ganze Zeit. Seit ...« Er ließ den Satz unvollendet.

Theresa verschränkte die Arme und lehnte sich gegen das Geländer. »Wie bin ich denn?«, wollte sie wissen und Philipp holte tief Luft und ließ sie dann lautstark entweichen.

»Ich weiß nicht. Entspannter irgendwie. Du redest nicht mehr nur über die Arbeit.«

Sie verdrehte die Augen. »Jetzt fang du nicht auch noch an. Ihr tut alle so, als bestünde mein Leben wirklich ausschließlich aus Arbeit.« Philipp sagte nichts, aber sein Blick sprach Bände. »Ihr übertreibt«, widersprach sie.

»Findest du?«, entgegnete er, sein Ton aber klang versöhnlich. »Dir war deine Arbeit halt immer wichtig. Und Carolins. Wenn du nicht über deine gesprochen hast, dann über ihre.«

*Apropos Carolin*, dachte Theresa, Maries verwunderten Ausruf von vor ein paar Stunden wieder im Ohr. *Carolin spielt Tennis?* Als wollte sie sagen: Das passt gar nicht zu ihr.

»Philipp?«, begann Theresa und Philipp ash sie erwartungsvoll an. *Warum kennt Marie Carolin?*, wollte sie fragen, zögerte aber und verwarf den Gedanken schließlich. Wahrscheinlich war sie paranoid. »Ach, nichts.« Sie winkte ab. »War die Einladung für den Siebenundzwanzigsten ernst gemeint?«

»Klar«, sagte er und seine Augen blitzten. »Willst du kommen? Echt?«

Sie machte eine vage Geste. »Mal sehen.«

»Ich würd mich freuen.«

Sie drehte sich um und eine Weile schauten sie beide hinaus in die dunkle Nacht. Es war spät geworden und der sternenklare Himmel sorgte für niedrige Temperaturen.

»Ich war wandern.«

Philipp sah sie erstaunt an. »Du?«

»Hey, ich gehe immerhin zweimal die Woche ins Fitnessstudio«, hielt sie ihm entgegen.

»Und hasst es.«

Sie legte den Kopf schief. »Hass ist ein starkes Wort.«

»Und? Wie wars?«, fragte er.

Sie sog die kalte Luft tief in ihre Lungen und schloss kurz die Augen.

»Toll.« Sie lachte auf und sah ihn erstaunt an. »Ich hatte wirklich keine Ahnung, dass ich es so genießen würde.« Sie zuckte mit den Achseln. »Ich hatte keine Ahnung, dass ich es aushalte, nichts zu tun, außer einen Fuß vor den anderen zu setzen und die Umgebung auf mich wirken zu lassen.« Sie schüttelte den Kopf. »Vielleicht werde ich alt.«

Philipp grinste. »Warst du mit Lena wandern?«

Sie seufzte. »Ja?«

Er nickte, noch immer grinsend. »Hm. Aber du bist sicher, dass da nichts ist zwischen euch?«

Und aus irgendeinem Grund hatte Theresa plötzlich ihre Unterhaltung aus dem Sommer im Kopf, als sie ihn gefragt hatte, ob er und Marie ein Paar waren, und er *noch nicht* geantwortet hatte. Sie schüttelte den Kopf und wollte gerade verneinen, als hinter ihnen die Tür geöffnet wurde und Marie den Kopf zu ihnen herausstreckte.

»Hey. Alles klar bei euch?«

»Sicher«, sagte Philipp und streckte die Hand aus. Marie griff danach und ließ sich in seine Arme ziehen.

»Brrrr ... ist das kalt hier.«

»Allerdings«, sagte Theresa. »Ich gehe mal wieder rein.«

»Glaub nicht, dass ich dich nicht durchschaue«, rief Philipp ihr nach, aber sie warf ihm nur einen betont verständnislosen Blick zu und verschwand nach drinnen.

Sie ging zurück ins Wohnzimmer und setzte sich zu Lena und ihrer Mutter, die sich gut zu unterhalten schienen. Eine Weile später kehrten auch Philipp und Marie zurück und die Gespräche setzten sich wieder kreuz und quer und in wechselnden Konstellationen fort. Erst als ihre Mutter immer schlechter verbergen konnte, wie müde sie war, verständigten Philipp und Theresa sich wortlos darauf, dass es Zeit war, aufzubrechen. Sie räumten zusammen und verabschiedeten sich von ihrer Mutter und vor dem Haus wiederholten Philipp und Marie die Einladung für den Siebenundzwanzigsten, und Theresa beteuerte, es sich überlegen zu wollen. Nach neuerlichen Verabschiedungen gingen sie in Pärchen zu ihren Autos und fuhren in entgegengesetzte Richtungen davon.

Lena saß wie vereinbart am Steuer. Sie hatte sich den ganzen Abend an Wasser und Kaffee gehalten und war trotz der fortgeschrittenen Stunde noch relativ fit. Theresa dagegen war mit dem Essen auf Wein umgestiegen und merkte nun, dass sie doch etwas mehr getrunken hatte, als sie gewohnt war. Sie war nicht betrunken, aber in Kombination mit ihrer Müdigkeit machte der Alkohol sie doch etwas benommen.

Auf der Fahrt lehnte sie den Kopf gegen die Fensterscheibe und schaute hinaus in die Nacht, auf die beinahe leeren Straßen und die gänzlich verwaisten Gehwege. Hier und da brannte noch Licht in Fenstern oder Hauseingängen, aber insgesamt schien die Stadt sich zur Ruhe gelegt zu haben.

Als sie vor Charlottes Haus parkten und Theresa aus dem Wagen stieg, spürte sie erst, wie wackelig ihre Beine plötzlich waren. Lena wollte sie stützen, aber Theresa bestand darauf, allein gehen zu können. Sie brauchte deutlich länger für den Weg bis zu ihrer Wohnungstür, aber sie schaffte es. Im Flur zog sie ihren Mantel aus und stolperte noch in Schuhen in ihr Schlafzimmer. Zum zweiten Mal innerhalb kurzer Zeit fiel sie erschöpft auf ihr Bett und wollte nur noch schlafen.

»Brauchst du Hilfe?«, fragte Lena von der Tür aus.

»Nein«, sagte Theresa, aber sie leistete keinen Widerstand, als Lena schließlich doch hereinkam und ihr wenigstens die Schuhe auszog.

»Bist du sicher?«, fragte Lena neben ihrem Bett hockend und im Gegenlicht der Flurbeleuchtung fielen Theresa wieder ihre Augen auf, die so intensiv schienen, dass ihr kurz der Gedanke kam, ob sie wohl auch im Dunkeln leuchten würden.

»Nein«, sagte sie, war sich aber nicht sicher, wozu genau.

Lena lächelte amüsiert und strich ihr schließlich eine verirrte Locke aus dem Gesicht.

»Du weißt ja, wo ich bin«, sagte sie. »Schlaf schön.«

Theresa wollte noch etwas sagen, aber ihr Hirn konnte die Worte nicht finden und ihre Hand streckte sich zu spät nach Lena, die bereits auf halbem Weg zur Tür war. Aber vielleicht war es auch besser, einfach zu schlafen, dachte Theresa noch, dann war es auch schon passiert.

# FEBRUAR

# 16

Das neue Jahr hatte der Stadt unerwarteten Schneefall beschert und für gut zwei Wochen hatte alles unter einer feinen weißen Decke geruht. Schneemänner waren aufgetaucht und Schlitten hervorgeholt worden, während der Straßen- und Schienenverkehr wie jedes Jahr vollkommen überrumpelt gewirkt hatte. Von einem Tag auf den anderen war der Spuk wieder vorbei gewesen und nach einer kurzen Trockenzeit war es jetzt dichter Regen, der sich in konstanten Schleiern vom Himmel zu wickeln und alles in ein trauriges Grau zu tauchen schien. Der Januar war in den Februar übergegangen und beim Blick an den Himmel schien es schwer vorstellbar, dass der Winter in knapp sechs Wochen dem Frühling weichen sollte.

Theresa hatte sich nach den freien Tagen einigermaßen lustlos, aber mit der vagen Hoffnung in die Arbeit gestürzt, dass das neue Jahr ihr auch neuen Antrieb geben würde. Bislang hatte sie vergeblich gewartet.

Für heute stand noch ein Gerichtstermin an und eine Verhandlung in den Kanzleiräumen der Gegenseite. Danach, so hatte sie beschlossen, würde sie früh Feierabend machen.

Sie packte ihre Sachen zusammen, fuhr ihren Computer herunter und war in Richtung Ausgang unterwegs, als sie Sebastian in der kleinen Küche stehen sah.

»Hey«, sagte sie und blieb in der offenen Tür stehen, ihre Tasche und ihren Mantel noch in der Hand.

»Hey. Gericht oder Konkurrenz?«, fragte er, gerade dabei, sich einen Kaffee zu ziehen.

»Beides. In der Reihenfolge.«

Er nickte. »Kommst du danach noch mal rein?«

»Nein.« Sie ließ ihre Tasche auf den Boden gleiten und zog den Mantel über.

»Heißes Date mit deiner Schein-Lebensgefährtin?«

Theresa rollte mit den Augen. »Warum erzähle ich dir überhaupt noch irgendetwas?«

»Weil du mich gern hast, aber vor allem, weil wir uns lange genug kennen, dass ich genau weiß, wie viel Alkohol es braucht, damit du alle deine Geheimnisse verrätst.«

Sie lachte.

Sebastian hatte wie jedes Jahr ein rauschendes Silvesterfest im kleinen, aber ausgesuchten Rahmen ausgerichtet und Theresa war tatsächlich weit entfernt von nüchtern gewe-sen, als sie am frühen Morgen in Sebastians Gästezimmer eingeschlafen war. Die Party war wie immer perfekt organisiert gewesen, ohne dabei steif oder gezwungen zu wirken. Um Mitternacht hatten sie sich auf dem Balkon versammelt, der einmal rund um die Penthousewohnung in Wilhelmshöhe herumlief und einen fantastischen Ausblick über die Stadt bot. Danach war die Feier drinnen weitergegangen. Theresa hatte getrunken, gelacht und getanzt und einen überraschend leichten und schönen Abend gehabt, obwohl sie mehrfach auf Carolin angesprochen worden war. Nein, sie wisse nicht, wie es ihr gehe, sie hätten sich getrennt. Es war mit jedem Mal einfacher geworden.

Allerdings hatte sie auch den Fehler begangen, Sebastian – in bereits ziemlich betrunkenem Zustand – zu erzählen, wie und vor allem mit wem sie Heiligabend verbracht hatte und was nach ihrer Rückkehr in die Wohnung passiert war. Oder eher, was nicht passiert war, aber vielleicht im Rahmen des Möglichen gelesen hatte. Seitdem machte er immer wieder kleine Andeutungen und spitze Bemerkungen. Die ersten Male hatte sie noch darüber lachen können, aber mittlerweile wünschte Theresa, sie hätte Silvester anders verbracht.

Am Morgen oder vielmehr am späten Vormittag nach Heiligabend war sie in einer leeren Wohnung erwacht. Lena hatte ihr eine Nachricht hinterlassen, dass sie einen frühen Zug genommen hatte, um rechtzeitig bei ihrer Tante einzutreffen, und dass sie vermutlich erst Anfang Januar zurück sein würde. Freunde aus längst vergangenen Profi-Tagen hätten sie eingeladen, Silvester bei ihnen in London zu feiern, und ihr Chef hatte ihr freigegeben.

Theresa war seltsam enttäuscht gewesen, aber hatte sich dann gesagt, dass ihr ein paar Tage allein vielleicht guttun würden.

Charlotte war zwischen den Jahren zwar kurz zurückgekehrt, aber ebenfalls gleich wieder zu einem Kurztrip aufgebrochen, um mit ihren Freundinnen in das neue Jahr hineinzufeiern. Lenas längere Abwesenheit war also gar nicht weiter aufgefallen. Inzwischen war auch sie längst zurück und sie hatten sich zunächst etwas steif und angestrengt begrüßt, waren dann aber schnell in die Lockerheit von vor den Feiertagen verfallen.

Theresa knöpfte ihren Mantel zu und richtete ihren Schal. »Wo ich dich gerade sehe«, sagte sie, während Sebastian in seinem Kaffee rührte. »Ich weiß noch nicht genau was, aber irgendetwas muss sich hier ändern. Bald.«

Sie hatte über die freien Tage lange darüber nachgedacht und sie wusste tatsächlich noch nicht, was es konkret war, aber sie war sich ganz sicher, dass sie etwas verändern musste. Seit Weihnachten hatte sie beim Blick in den Spiegel endlich nicht mehr das Gefühl, einer Fremden zu begegnen, auch wenn sie nicht mehr dieselbe war wie noch vor einem halben Jahr.

»Okay«, sagte Sebastian verwirrt, »reden wir über ein anderes Büro, eine neue Einrichtung ...?«

Theresa schmunzelte. »Nein.« Sie schlang die Arme um ihren Oberkörper und lehnte sich gegen den Türrahmen. »Wir reden über die Kanzlei und meine Rolle hier. Meine Fälle, meine Mandanten ...« Sie ließ den Satz unvollendet und Sebastian nickte nachdenklich.

»Okay. Mehr von beidem kannst du ja schlecht wollen, nach den letzten Monaten.« Er sah sie an, als wartete er auf ein Signal der Zustimmung. »Willst du weniger arbeiten? Das ist kein Problem.«

»Es geht nicht um mehr oder weniger«, entgegnete Theresa. »Ich ...«, sie schüttelte den Kopf, nach den richtigen Worten suchend. »Ich habe meine Arbeit immer gern gemacht. Unabhängig davon, wie viel oder wie wenig, wie anstrengend oder wie einträglich. Aber in letzter Zeit ... ich weiß nicht. Irgendetwas fehlt.«

»Verstehe«, sagte Sebastian.

»Wirklich?« fragte Theresa amüsiert.

»Nein«, gab er zu. Er stellte seinen Kaffee ab, nahm seine Brille von der Nase und rieb sich die Nasenwurzel »Was meinst du? Was fehlt?«

Theresa seufzte. »Sobald ich es herausgefunden habe, bist du der Erste, der es erfährt.«

Sebastian nickte wieder, aber seine Stirn war in tiefe Furchen gelegt. »Okay.« Er musterte sie aufmerksam. »Es ist viel passiert bei dir in letzter Zeit. Vielleicht brauchst du einfach mal eine Auszeit.« Er wirkte ernsthaft beunruhigt. »Muss ich mir Sorgen machen?«

»Nein«, entgegnete sie und lächelte. »Ich bin weder depressiv noch habe ich Burnout.« Sie zuckte mit den Achseln. »Es ist einfach nur Zeit, ein paar Dinge zu ändern.«

Sebastian setzte seine Brille wieder auf und bemühte sich ebenfalls um ein Lächeln, aber die Sorge war nicht ganz aus seinen Zügen verschwunden. »Dann lassen wir uns wohl mal überraschen. Das Jahr ist ja noch jung.«

»Eben«, stimmte Theresa zu. »Bis morgen.«

Sie verließ die Kanzlei, nicht ohne Sandra Bescheid zu sagen, dass sie heute nicht mehr zurückkommen würde. Dank einer kurzen Regenpause gelangte sie trockenen Fußes zu ihrem Auto und traf pünktlich im Gerichtsgebäude ein.

Die Anhörung war wesentlich schneller vorüber, als sie erwartet hatte, und nach einer kurzen Besprechung mit ihrer Mandantin verabschiedete Theresa sich und war auf dem Weg zurück zum Ausgang. Sie drückte die Taste für den Aufzug und überlegte gerade, was sie mit der plötzlich freigewordenen Zeit anfangen sollte, als die Türen sich auch schon mit einem dezenten *Pling* öffneten. Theresa schaute auf und erstarrte.

»Theresa«, entfuhr es Philipp, der nicht weniger überrascht als sie wirkte, und auch Marie sah peinlich berührt aus. Nur Carolin schien bis auf ein kurzes Flackern in ihrem Blick äußerlich ruhig.

Theresa wich unwillkürlich zurück.

»Hey, ich kann dir das erklären«, sagte Philipp, aber Theresas Blick haftete auf Carolin. Sie sah aus wie immer und die Art, wie sie Theresa jetzt anschaute, unterschied sich ebenfalls nicht von früher.

»Ich nehme die Treppe«, bekam Theresa schließlich heraus und wandte sich fluchtartig nach links in Richtung Haupttreppe.

Sie war bereits auf halbem Weg zum nächsten Stockwerk, als sie Philipp hinter sich hörte, der ihr mit schnellen Schritten nacheilte.

»Theresa! Theresa, bitte«, rief er und da sie keine Szene machen wollte, blieb sie schließlich stehen. Zu ihrer Beruhigung war er allein.

»Ich kann es dir erklären«, wiederholte er, als er vor ihr stand, aber sie sah ihn nur stumm an, verwirrt, wütend und enttäuscht. »Wir haben einen Termin. Eine Anhörung.« Er fuhr sich durch das lockige Deckhaar, das wieder ein wenig länger war. »Carolin ... hilft uns. Marie, genau genommen. Sie vertritt sie.« Theresa holte tief Luft, schwieg aber weiter und er lachte nervös. »Ich dachte nicht, dass wir uns wirklich über den Weg laufen. Wie groß ist die Chance, dass wir zeitgleich ...« Sie warf ihm einen ungeduldigen Blick zu und er stoppte seinen Redeschwall. »Okay, du bist sauer, das versteh ich.« Sie hob eine Braue und er hielt die Hände vor sich, als wollte er sich ergeben. »Ich hätte es dir sagen sollen. Es geht um Maries Studio. Als sie krank war, hat sie sich einen Geschäftspartner gesucht, weil sie ja nicht mehr arbeiten konnte. Aber der Kerl hat Mist gebaut und versucht, sie übers Ohr zu hauen, und wir haben kein Geld für einen Anwalt.«

Theresa schüttelte irritiert den Kopf. »Warum seid ihr dann nicht zu mir gekommen? Ich hätte euch doch geholfen.«

Philipp sah betreten zu Boden. »Ich weiß.«

»Warum dann? Warum ausgerechnet ...« Sie sprach nicht weiter und Philipp stand ebenfalls stumm da, nervös seine Hände knetend. »War es Marie? Wollte sie nicht, dass –«

»Nein«, winkte Philipp ab. »Marie wollte dich fragen.«

»Und warum habt ihr mich nicht gefragt?«

Philipp machte eine Geste, als wollte er andeuten, dass sie die Antwort kennen müsste, aber sie hatte keine Vorstellung, warum er sich hinter ihrem Rücken ausgerechnet Carolin anvertraut hatte. Sie sah ihn weiter fragend an und Philipp ballte eine Hand zur Faust und ließ sie gegen seine Handfläche klatschen. »Komm schon, Theresa, du glaubst sowieso, dass Kunst ein brotloses Geschäft ist und wir alle Träumer sind, die nicht mit Geld umgehen können. Glaubst du wirklich, ich war scharf darauf, ausgerechnet mit Geldproblemen zu dir zu kommen?«

Theresa starrte ihn lange an, dann drehte sie sich abrupt um und eilte weiter die Stufen hinab.

»Theresa«, versuchte er es noch einmal, nahm aber nicht erneut die Verfolgung auf. Er kannte sie gut genug.

Theresa lief direkten Weges zum Ausgang und zu ihrem Auto. Der Regen hatte wieder eingesetzt, aber sie spürte ihn kaum.

Einen Augenblick saß sie regungslos hinter dem Steuer, unfähig ihre Gedanken und ihre Gefühle zu ordnen.

Sie verstand, dass Carolin neben ihr die einzige Anwältin war, die Philipp gut genug kannte, um sie um Hilfe bitten zu können. Und die beiden hatten immer ein gutes Verhältnis gehabt. Aber warum hatte Carolin nicht jemanden aus ihrer alten Firma gebeten, Philipp und Marie zu helfen. Oder jemand anderen, der vor Ort war. Sie musste doch noch genügend Leute kennen, die ihr einen Gefallen schuldeten oder sofort tun würden, ohne lange zu fragen. Warum vertrat sie Marie selbst? Warum war sie für eine Anhörung den ganzen Weg aus München gekommen?

Hatte sie es extra getan? Hatte sie gehofft, dass Theresa es mitbekommen würde? Wollte sie ihr unter die Nase reiben, dass Philipp lieber zu ihr kam, als seine eigene Schwester um Hilfe zu bitten?

Theresa stieg wieder aus und eilte nur mit ihren Schlüsseln in der Hand zurück ins Gerichtsgebäude. Sie lief erneut zum Aufzug hinüber, drückte die Taste und wartete ungeduldig, bis sich die Türen endlich öffneten. Die Fahrt nach oben schien ewig zu dauern und mit ihrer Ungeduld steigerte sich auch ihre Wut. Sie ertappte sich dabei, dass sie die Hand mit dem Schlüsselbund immer wieder zur Faust ballte. Das Metall hatte bereits Abdrücke hinterlassen.

Oben angekommen stieg sie aus und brauchte nicht lange, um den Saal ausfindig zu machen, in dem die Anhörung in Maries Rechtsstreit sein musste. Es war ein kleiner Saal. Ein kleiner Fall. Nichts, wofür man eine Expertin für Wirtschaftsrecht brauchte. Oder extra aus München anreisen ließ.

Theresa sah immer wieder auf die Uhr und obwohl sie nicht lange warten musste, hatte sie das Gefühl, dass Ewigkeiten vergingen, bevor sich die Türen endlich öffneten. Ein kahlköpfiger Typ kam zuerst heraus, natürlich von oben bis unten tätowiert, dann sein Anwalt, noch in Robe. Nach einer kurzen Anstandspause kam Marie aus dem Saal, gefolgt von

Philipp und Carolin. Die drei waren im Gespräch miteinander, aber Carolin schien Theresas Blick sofort zu spüren. Sie sah auf und hielt inne.

Theresa machte ein paar Schritte auf sie zu.

»Theresa«, sagte Philipp erneut, der ebenso wie Marie stehengeblieben war und sie überrascht anschaute, aber Theresa ignorierte beide.

»Kann ich dich kurz sprechen?«

Carolin nickte nur und folgte stumm, als Theresa ein paar Schritte weiterging, um sich in einer Nische zwischen ein paar Sitzgelegenheiten und der Treppe zu positionieren. Es musste ja nicht gleich das ganze Gerichtsgebäude mitbekommen, was sie zu besprechen hatten. Was Theresa zu sagen hatte.

Carolin kam kurz vor ihr zum Stehen, ein zeitversetztes Spiegelbild von Theresa selbst, beide Hände um den Griff ihrer Aktentasche geschlungen, der Rücken gerade, die Schultern erhoben. Nur ihr Gesichtsausdruck war ein anderer. Statt Wut lag etwas anderes darin. Fast hätte Theresa es für Besorgnis gehalten. Oder gar für Angst. Aber Carolin hatte keine Angst. Nie.

Theresa verschränkte die Arme vor der Brust, die Schlüssel fest gegen ihre Handinnenfläche drückend. »Was machst du hier?«, fragte sie, ihre Stimme scharf, aber leise.

»Ich helfe Philipp und seiner Freundin in einer Sache«, sagte Carolin in ebenso gedämpfter, aber deutlich ruhigerer Stimme. »Sie haben mich gebeten –«

»Ich weiß, worum sie dich gebeten haben«, unterbrach Theresa sie. »Warum hast du *Ja* gesagt?«

Carolin schien erstaunt. »Hättest du gewollt, dass ich Philipp nicht helfe?«, fragte sie zurück.

»Ich hätte gewollt, dass du es mir überlässt«, zischte Theresa.

Carolin nickte. »Ich habe Philipp gebeten, sich an dich zu wenden. Oder dich zumindest einzuweihen.«

Theresa sah sie verächtlich an. »Und das soll ich glauben?«

Wieder wirkte Carolin überrascht. »Warum nicht?«

»Weil es eine gute Gelegenheit ist?«, entgegnete Theresa, aber Carolin sah ehrlich verwirrt aus.

»Für was?«, fragte sie und etwas in Theresa kam ins Wanken. Die Wut, die sie im Auto überkommen hatte und die sich mit jedem Schritt hierher gesteigert hatte, schien ihr plötzlich selbst übertrieben, während Carolins Blick zwischen ihren Augen hin- und herzuflackern schien, als versuchte sie, etwas darin zu deuten. »Glaubst du, ich bin hier, um ... was? Dir wehzutun?«

Theresa sagte nichts und schaute zu Boden. Laut ausgesprochen kam es ihr selbst absurd vor und sie wünschte, sie wäre in ihrem Auto sitzengeblieben oder noch besser gleich losgefahren. Sie spürte, wie sich ihre Wangen erhitzten.

»Theresa«, fing Carolin an, Unglauben und vielleicht Verletzung in ihrer Stimme und sie machte einen Schritt auf Theresa zu. »Ich weiß, dass ich dich verletzt habe«, sagte sie so leise, dass es beinahe ein Flüstern war, »die Art wie ich ...«. Sie schien um jedes Wort zu ringen. »Ich weiß, dass es nicht zu entschuldigen ist. Aber ich würde doch nicht –«

Theresa spürte, wie ihre Wut neue Nahrung erhielt, und sie verzog den Mund zu einem spöttischen Lächeln.

»Nicht zu entschuldigen«, wiederholte sie und dachte an ihre Großmutter. Die sie gar nicht erst um Verzeihung gebeten hatte, weil es ohnehin nicht entschuldbar war, was sie und ihr Mann getan hatten. War das eine neue Mode, sich auf Unentschuldbarkeit zu berufen, um sich den Versuch der Entschuldigung gleich ganz sparen zu können? Sie schüttelte den Kopf.

»Du hast recht. Es ist nicht zu entschuldigen«, raunte sie. »Aber vielleicht habe ich dir Unrecht getan, vielleicht wolltest du Philipp wirklich helfen.« Sie musterte Carolin, in deren Gesicht Enttäuschung, Erleichterung und Unsicherheit miteinander zu ringen schienen. »Was ich nicht verstehe, ist, warum du selbst herkommen musstest. Warum hast du nicht jemand anderen gebeten, die Sache zu regeln?«

Carolin runzelte die Stirn. »Es ist Philipp.« Sie schien kurz zu zögern. »Ich weiß, ich habe kein Recht darauf, aber ... er ist praktisch Familie.«

Beinahe wollte Theresa lachen. »Familie? Vor nicht allzu langer Zeit war dir die *Familie* herzlich egal. Und jetzt bist du den ganzen Weg aus München hergekommen? Für zwanzig Minuten Anhörung?«

Carolin öffnete den Mund, schloss ihn wieder und atmete tief durch, bevor sie antwortete, ihr Ton ruhig und vorsichtig. »Theresa, ich bin nicht aus München gekommen.« Sie schluckte. »Ich bin nie nach München gegangen.«

Theresa starrte sie an. Alles um sie herum schien sich zu drehen und ihr war plötzlich flau. Sie trat einen Schritt zurück und wandte sich dann ab, wortlos auf den Aufzug zusteuernd, der Gott sei Dank sofort da war. Sie betrat die Kabine, drückte die Taste für das Erdgeschoss und sah zu, wie sich die Türen schlossen, einen letzten Blick auf Carolin zulassend, die noch immer stand, wo Theresa sie zurückgelassen hatte, und ihr nachsah.

Als der Aufzug sich in Bewegung setzte, ließ Theresa sich gegen die Rückwand fallen, die Augen geschlossen, das Rauschen ihres Blutes in den Ohren.

Im Erdgeschoss bahnte sie sich einen Weg durch den Eingangsbereich und zum Ausgang, ihre Beine wackelig, als wäre sie gerade nach einer langen, harten Einheit vom Laufband gestiegen.

Im Auto konzentrierte sie sich auf ihre Atmung und wartete, bis ihre Hände aufgehört hatten, zu zittern. Dann fuhr sie los.

Sie schaffte es gerade noch rechtzeitig zu ihrem Anschlusstermin, aber sie hatte Schwierigkeiten, sich zu konzentrieren. Ihr war immer noch etwas flau und sie griff dankbar zu, als ein Teller mit Keksen auf den Tisch gestellt wurde. Eine knappe Stunde später endete das Treffen ergebnislos, was allerdings weniger an ihr, sondern an den sich zankenden Eheleuten lag, die eine effiziente Gesprächsführung so gut wie unmöglich machten. Die Anwälte warfen sich dezente Blicke zu und vereinbarten schließlich, einen neuen Termin anzusetzen. Wozu auch immer dieser gut sein sollte.

Theresa hörte sich noch bis auf den Parkplatz die Beschwerden ihres Mandanten an, ohne wirklich aufzunehmen, was er sagte. Anschließend fuhr sie zurück in die Kanzlei.

Sandra sah überrascht von ihrem Schreibtisch auf. »Ich dachte, du wolltest heute nicht mehr reinkommen?«

»Kleine Planänderung«, sagte Theresa nur. »Ist Sebastian noch da?«

»Ja, aber er hat gleich noch einen Termin«, rief Sandra, aber Theresa war bereits an ihr vorbei und kurz darauf in Sebastians Büro.

»Hey«, rief auch dieser überrascht, »ich dachte, wir sehen dich erst morgen wieder?«

Sie sagte nichts, sondern ging zielstrebig auf das Sideboard zu, auf dem die Wasserflaschen und Gläser standen. Sie öffnete eine der Flügeltüren und holte den Wodka heraus, den Sebastian hier aufbewahrte. Für *Glücks- oder Notfälle. Geruchsneutral*, pflegte er zu sagen, *falls noch Termine anstehen.*

Sie drehte den Verschluss auf und füllte eines der Wassergläser bis zur Hälfte, während Sebastian sich hinter ihr erhoben hatte und zu ihr herüberkam. »Theresa?«, fragte er, Besorgnis in seiner Stimme. »Gehts dir gut?«

Sie nickte und hielt die offene Flasche über ein zweites Glas, einen fragenden Blick in seine Richtung werfend. Er zögerte kurz und nickte dann, bedeutete ihr aber, ihm nicht so viel einzuschenken.

»Prost«, sagte sie, als sie beide ihr Glas in der Hand hielten, und stieß ihres gegen das seine, bevor sie einen langen Schluck nahm.

Der Wodka schmeckte okay und schien ihr direkt ins Blut zu schießen. Sie war froh, dass sie zumindest ein paar Kekse gegessen hatte.

»Verrätst du mir, worauf wir trinken?«, fragte Sebastian und sie nickte und nahm gleich noch einen Schluck.

»Sicher«, sagte sie und goss sich noch einmal nach, ehe sie von der Flasche abließ und hinüber zu seinem Schreibtisch ging, wo sie sich in einen der Besucherstühle fallen ließ. »Verrätst du mir, warum Carolin in der Stadt ist und seit wann du davon weißt?« Denn mit seinen Verbindungen war es undenkbar, dass er nicht davon gewusst hatte.

Sebastian atmete hörbar aus und kam zu ihr herüber, um sich neben ihr in den zweiten Stuhl sacken zu lassen. »Vornweg: Du wolltest nicht über sie reden. Du wolltest nichts sagen und nichts wissen.«

Theresa nickte schwerfällig. »Ich weiß.« Sie warf ihm einen kurzen Blick zu, um ihn wissen zu lassen, dass sie ihm keine Vorwürfe machte. Abgesehen davon, dass er recht hatte, glaubte sie auch nicht, die Kraft aufbringen zu können, auf noch einen ihr nahestehenden Menschen wütend zu sein. Die Liste war bereits zu lang. »Also?«

Sebastian seufzte und trank einen kleinen Schluck aus seinem noch fast vollen Glas. »Ich weiß nicht viel, aber was so geredet wird, hat sie die Stelle in München nie angenommen.«

Theresa nickte. Soweit war sie im Bilde. »Ist sie noch in ihrer alten Kanzlei?«

»Nein. Sie hat wohl gekündigt.« Sebastian suchte ihren Blick, aber Theresa schaute auf ihr Glas. »Die letzten Monate war sie abgetaucht. Anscheinend weiß niemand, wo sie war.«

»Aber jetzt ist sie wieder hier«, ergänzte Theresa.

»Scheint so.« Sebastian zuckte mit den Schultern. »Ein Kumpel aus ihrer alten Kanzlei, mit dem ich ab und zu golfe, hat mir erzählt, dass er sie getroffen hat. Sie sind wohl ins Gespräch gekommen und sie war auf der Suche nach einer Wohnung.«

Theresa nahm noch einen Schluck von ihrem Wodka.

»Woher weißt du, dass sie zurück ist?«, wollte Sebastian wissen und Theresa lachte.

»Was glaubst du? Ich habe sie auch getroffen. Im Gericht. Mit Philipp und seiner Freundin«, erklärte sie in einem Ton, als wäre das alles völlig normal.

Sebastian sah sie verwirrt an. »Warum warst du mit Philipp im Gericht?«

Theresa lächelte bitter. »War ich nicht. Er war mit Carolin dort.« Sie warf Sebastian einen Blick zu und schloss aus seiner Miene, dass er keine Ahnung hatte, wovon sie sprach. »Philipps Freundin hat wohl Probleme mit einem Geschäftspartner. Und Philipp hat Carolin gebeten, sie vor Gericht zu vertreten.«

Sebastian atmete hörbar ein. »Und du wusstest von nichts?«

Theresa schüttelte den Kopf. »Nein. Völlig ahnungslos.« Sie hob ihr Glas und nahm einen weiteren Schluck. »Offenbar wollte er mir nichts davon erzählen, weil er glaubt, dass ich ihn sowieso für einen Versager halte und eine miserable Schwester bin.«

»Hat er das gesagt?«

Theresa zuckte mit den Schultern und trank einen jetzt etwas kleineren Schluck.

Sebastian runzelte die Stirn. »Bist du sicher, dass er das so gemeint hat?«

Theresa seufzte. Der Wodka stieg ihr zu Kopf. Vielleicht war Alkohol auf fast leeren und ohnehin flauen Magen doch keine gute Idee gewesen. Sie schloss die Augen und fuhr sich mit der freien Hand durch die Haare. »Ich bin mir über gar nichts mehr sicher.« Gerade hatte sie noch gedacht, ihr Leben wieder im Griff zu haben, und alles, was es brauchte, war Carolin, die in ihr Leben zurückspazierte, und schon fand Theresa sich erneut in diesem Zustand tiefster Verunsicherung wieder. Sie hasste es. Sie nahm einen weiteren Schluck.

Sebastians Telefon klingelte und er fluchte. »Mist.« Er stand auf und griff über den Schreibtisch zu seinem Telefon. »Ich brauche noch einen Moment«, sagte er grußlos, hörte einen Moment zu und nickte dann. »Okay. Danke.« Er legte auf.

»Hör mal, ich habe noch einen Termin, aber –«

»Schon gut«, unterbrach Theresa ihn. »Ich sollte ohnehin nach Hause fahren.«

Sie leerte ihr Glas und stellte es auf seinen Schreibtisch.

»Oder vielleicht ein Taxi nehmen.«

»Das klingt nach einer guten Idee.«

Er griff wieder zum Hörer und drückte eine einzige Taste. »Bestellst du bitte ein Taxi für Theresa?«, sagte er kurz darauf, vermutlich zu Sandra. »Nein, sie fühlt sich nur nicht ganz wohl, hat sich den Magen verdorben.« Er bedankte sich und beendete auch dieses Gespräch.

Theresa stand auf, versicherte sich kurz, dass sie noch volle Kontrolle über ihre motorischen Fähigkeiten hatte, und ging zur Tür.

»Hey«, rief Sebastian ihr nach und sie blieb stehen. »Ruh dich aus, okay? Ich ruf dich nachher noch mal an.«

»Schon gut«, winkte sie ab. »Es ist ja niemand gestorben.«

Er lächelte dünn. »Ist Lena zu Hause?«

»Ich denke schon.«

»Prima. Sag ihr, sie soll sich um dich kümmern.«

Theresa winkte ab und griff nach der Türklinke. »Schon gut, Mama. Ich komme klar.«

Sandra hatte ihr bereits ein Taxi bestellt und Theresa beschloss, draußen zu warten. Vielleicht würde die frische Luft ihr guttun.

Der Regen hatte eine kurze Pause eingelegt. Sie musste nicht lange warten, ehe das Taxi hielt und sie aufnahm. Sie nannte ihre Adresse und sank in das noch leicht warme Leder zurück. Sie schloss die Augen und öffnete sie erst wieder, als der Fahrer ihre Ankunft verkündete.

Sie hatte geduscht, sich umgezogen und sich mit einer großen Flasche Wasser auf die Couch begeben. Zum Lesen hatte ihr die Konzentration gefehlt, also hatte sie den Fernseher eingeschaltet und sich berieseln lassen.

Das Geräusch der Wohnungstür ließ sie aufhorchen und kurz darauf stand Lena im Flur.

»Hey«, rief sie, den Kopf zur Wohnzimmertür hereinstreckend.

»Hey«, erwiderte Theresa und senkte die Lautstärke. Sie hatte ohnehin nicht wirklich hingehört.

»Alles okay mit dir?«, fragte Lena und entledigte sich ihrer Jacke und ihrer Schuhe, ehe sie ins Wohnzimmer kam.

»Klar. Wieso?«

»Weil ich dich in all den Monaten nicht einmal vor dem Fernseher habe sitzen sehen und noch viel alarmierender, weil du eine Seifenoper schaust«, erklärte Lena und wies auf den Bildschirm.

Theresa sah zum Fernseher und seufzte. Sie wollte nicht lügen, aber sie hatte auch kein Interesse, die Ereignisse der letzten Stunden noch einmal aufleben zu lassen. »Ich will wirklich nicht darüber reden«, sagte sie schließlich und Lena signalisierte ihr mit einem Blick, dass sie verstand. Sie legte eine Hand auf ihren Bauch.

»Hast du schon gegessen?«

»Noch nicht so richtig«, räumte Theresa ein. Sie hatte vorhin eine Scheibe Brot gegessen, aber ihr Magen meldete sich bereits wieder.

»Du warst nicht zufällig einkaufen?«, fragte Lena mit halbwegs hoffnungsvoller Miene, aber Theresa schüttelte nur den Kopf. »Dann fürchte ich, dass in unserem Kühlschrank der Notstand herrscht.« Sie zog eine Schnute. »Pizza?«

Theresa wollte gerade antworten, als die Türklingel durch den Flur schrillte. Sie hielt inne und Lena sah erstaunt über ihre Schulter in Richtung Flur und wieder zurück zu Theresa.

»Hast du etwa schon bestellt?«

Theresa schüttelte den Kopf und legte nun ebenfalls eine Hand auf ihren Magen, der sich soeben wieder bemerkbar gemacht hatte, aber diesmal nicht, um ihr Hunger anzuzeigen.

Lena verschwand in Richtung Wohnungstür und einen Augenblick später war ihr erfreuter Ausruf zu hören. »Philipp!« Theresa schloss die Augen. »Komm rein.«

Die Wohnungstür wurde wieder geschlossen und kurz darauf waren zwei paar Füße zu hören, die sich ihr näherten.

»Keine Pizza, aber dein Bruder«, sagte Lena, als sie wieder ins Zimmer kam. Hinter ihr trat Philipp in die Tür, blieb dort aber stehen, als wollte er einen Sicherheitsabstand wahren oder den schnellen Rückzug durch den Flur absichern.

»Hey«, grüßte er verhalten, aber Theresa warf ihm nur einen vagen Blick zu.

»Was willst du?«, fragte sie und bemerkte aus dem Augenwinkel, wie Lena verwirrt von ihr zu Philipp und wieder zurückstarrte.

»Mit dir reden?« Philipp zuckte die Achseln. »In Ruhe, hatte ich gehofft.«

Lena schaute erneut von einem zum anderen und beschloss dann offenbar, dass sie etwas beiwohnte, das nicht für sie bestimmt war. »Ich lass euch mal allein«, sagte sie und ging an Philipp vorbei in den Flur. Nach einem kurzen Zwischenstopp in der Küche verschwand sie mit einer Flasche Wasser in ihrem Zimmer.

Theresa hatte ihren Blick längst wieder auf den Fernseher gelenkt, auch wenn der Ton kaum noch zu vernehmen und das Programm ihr fremd war.

Philipp seufzte und kam langsam ins Zimmer hinein, ging um den kleinen Tisch herum und ließ sich neben Theresa auf die Couch sinken. Dicht genug, dass sie seine Präsenz körperlich spüren konnte, aber gerade so weit weg, dass er sie nicht berührte.

Eine Weile saßen sie stumm und starrten beide auf den Fernsehbildschirm, über den junge, hübsche Menschen flackerten, deren einziges Problem zu sein schien, dass sie keine echten Probleme hatten.

»Es tut mir wirklich leid.«

Theresa reagierte nicht. Zum einen, weil sie müde war und noch immer die Auswirkungen ihres vielleicht etwas zu ungestümen Wodkakonsums spürte. Zum anderen, weil sie nicht bereit war, es Philipp zu einfach zu machen.

»Ich wollte dich nicht anlügen oder hintergehen.«

Sie schwieg.

Philipp atmete hörbar ein und schien einen Moment nach den richtigen Worten zu suchen. »Ich dachte, wenn ich mit Maries Geschäftsproblemen komme, reißt das die alten Gräben wieder auf. Du sagst, dass du dir wünschen würdest, dass ich etwas mit mehr Sicherheit und Perspektive mache;

ich sage, dass du mich nicht bemuttern sollst; ein Wort gibt das andere …« Er drehte den Kopf zu ihr herum. »Wir sind uns gerade wieder nähergekommen. Ich wollte einfach nichts riskieren.«

Sie wandte ihm ebenfalls das Gesicht zu, fixierte ihn kurz und deutete dann ein Kopfschütteln an. »Was meinst du mit *wieder nähergekommen*?«

Er sah sie an, als müsste er ihr etwas Selbstverständliches erklären. »In den letzten Monaten hast du dir viel mehr Zeit genommen. Wir haben uns viel öfter gesehen, öfter telefoniert und ich hatte nicht immer das Gefühl, dass du eigentlich schon wieder auf dem Sprung irgendwo anders hin bist.« Er sah sie eindringlich an. »Das soll kein Vorwurf sein, ich weiß, du hattest zu tun.« Er hob die Schultern. »Aber ich finds schön so. Und ich wollte, dass es so bleibt.«

Theresa schaute wieder auf den Fernseher, ohne wahrzunehmen, was darauf zu sehen war. Philipp hatte ja recht. Seit der Trennung hatten sie tatsächlich mehr Kontakt als in den Jahren davor. Sie seufzte. »Okay.« Ihre anfängliche Wut, dass er hinter ihrem Rücken ausgerechnet zu Carolin gegangen war, hatte sich ohnehin schnell verflüchtigt. Schließlich hatten die beiden sich immer nahegestanden. Es war nicht wirklich verwunderlich. »Ich habe es nur satt, belogen zu werden. Oder bevormundet.«

Philipp legte seine Hand auf ihren Oberschenkel. »Es tut mir leid. Kommt nicht wieder vor.«

Sie nickte und legte ihre Hand auf seine. Eine Weile starrten sie wieder auf den Bildschirm und das alberne Vorabendprogramm.

»Wie lief es denn?«, fragte Theresa dann.

»Gut«, sagte Philipp. »Wirklich gut. Carolin hat uns echt geholfen und so wie es aussieht, können wir die ganze unschöne Sache bald zu den Akten legen.«

Theresa lächelte müde. *Natürlich*. Carolin war immer gut in dem, was sie tat. Etwas anderes als Erfolg gab es für sie nicht. »Das freut mich für euch.«

Philipp sah sie wieder an. »Heißt das, Carolin kann die Sache noch zu Ende bringen?«

Theresa nickte. »Sicher. Solange ich ihr nicht begegnen muss.«

»Wenn es das ist, was du willst.«

»Ist es«, bestätigte Theresa, ohne zu zögern, aber Philipp sah sie skeptisch an. »Was?«, fragte sie.

»Ich will mich nicht einmischen«, sagte er vorsichtig, »aber vielleicht solltest du doch noch mal mit Carolin reden.«

»Wozu?«

»Immerhin warst du wütend genug, dass du noch mal zurückgekommen bist.«

»Und?«

Philipp sah sie vielsagend an, als müsste sie wissen, worauf er hinauswollte. »Das findest du nicht ... bemerkenswert?«

Theresa runzelte die Stirn. »Nein.«

Philipp sah sie abwägend an. »Ich schon. Ich kann mich nämlich nicht erinnern, dich schon mal so in Rage erlebt zu haben.«

Er schien auf eine Reaktion von ihr zu warten, aber als keine kam, zuckte er mit den Achseln. »Ich bleibe dabei, du solltest noch mal mit ihr reden.«

»Und ich bleibe bei: Wozu?«

»Um Antworten zu kriegen.«

Theresa schüttelte den Kopf. »Was für Antworten? Was soll das bringen?«

Philipp hielt ihren Blick noch einen Moment, dann schüttelte er den Kopf. »Schon gut.« Er seufzte. »Ich hatte vergessen ... ach, schon gut.«

Sie sah ihn irritiert an. »Was hattest du vergessen?« Aber er winkte ab.

»Nichts.«

»Komm schon.« Sie sah ihn herausfordernd an.

Er schien einen Moment mit sich zu ringen, setzte sich dann aber auf und drehte sich zu ihr herum. »Du bist sehr gut darin, keine Fragen zu stellen, auf die du die Antworten nicht hören willst«, erklärte er dann in ruhigem Ton, ein leichtes, aber entwaffnendes Lächeln auf den Lippen. »Oder wenn du nicht sicher bist, ob du sie hören willst.«

Sie lehnte sich ein Stück zurück und musterte ihn irritiert. »Wovon redest du überhaupt?«

Er hob die Hände, als wollte er unterstreichen, dass es sich nicht um einen Angriff handelte. »Du hast mich immer wieder gefragt, warum ich nicht etwas mache, das mir eine bessere Perspektive bietet, mehr Sicherheit. Warum ich nicht lieber diese oder jene Ausbildung mache.«

Sie nickte. »Weil ich mir Sorgen mache und will, dass du abgesichert bist.«

»Ich weiß, schon gut«, sagte er beruhigend. »Aber weißt du, was du mich nie gefragt hast? Nicht einmal?« Sie schüttelte den Kopf, aber in der Tat war sie plötzlich nicht sicher, dass sie die Antwort hören wollte. »Warum ich das machen will, was ich mache.« Er zuckte mit den Schultern und sie sah ihn nachdenklich an.

»Und weißt du, warum du nie gefragt hast?«, fuhr Philipp fort. »Weil du mit meiner Antwort nichts anfangen könntest. Weil du diesen Teil von mir einfach nicht verstehst. Und das ist auch okay, aber du hältst es nur ganz schwer aus, wenn du etwas nicht verstehst. Also fragst du lieber erst gar nicht.«

Theresa starrte ihn an, wortlos. Hatte er recht? Sie hatte ihn tatsächlich nie gefragt, was es genau war, dass ihn an Kunst so faszinierte. Und sie konnte in der Tat nicht einmal erahnen, wie seine Antwort lauten würde. Aber vermutlich würde sie nichts damit anfangen können. Auch das stimmte wohl.

Philipp drehte sich wieder ab und sank gegen die Rückenlehne. »Deshalb verzeihst du übrigens auch unserer Mutter immer wieder ohne längere Diskussionen oder Streits«, schob er hinterher und Theresa war für einen Moment sprachlos.

Sie überlegte. Schluckte. Und suchte nach ihrer Stimme. »Was sollte das auch bringen? Wie soll ich verstehen können, warum jemand seine eigenen Kinder sich selbst überlässt?« Philipp umfasste einmal mehr ihre Hand und sie wurde erst jetzt gewahr, dass sie sie gestikulierend erhoben hatte.

»Hey«, sagte er in beschwichtigendem Tonfall, »ich hab nicht gesagt, dass es falsch ist. Oder richtig. Okay? Nur, dass du eben so bist.« Er machte eine beiläufige Geste. »Und manchmal hilft es dir wahrscheinlich. Und manchmal entgeht dir vielleicht etwas deswegen.«

Theresa schluckte einmal mehr und sah ihn nachdenklich an. »So wie du«, sagte sie in plötzlicher Erkenntnis. »Oder ein Teil von dir.«

Aber Philipp schüttelte den Kopf. »Ich weiß, was ich will und warum. Das genügt. Und du kennst und verstehst das meiste von mir.« Er lachte. »Ich versteh auch nicht alles von dir.« Sie sah ihn fragend an und er legte den Kopf schief. »Deine Arbeit zum Beispiel und warum du dich praktisch rund um die Uhr in ihr vergräbst. Oder diese Schnösel von Partner. Keine Ahnung, was du an den beiden Schaumschlägern findest. Aber hey, es ist dein Leben und ich muss nicht alles verstehen.«

Theresa seufzte und sie lehnten sich beide wieder gegen die Couch zurück, still auf den noch immer flackernden Fernseher starrend, aus dessen Lautsprechern nur ein kaum hörbares Stimmengewirr drang. Theresa dachte darüber nach, was er gesagt hatte.

»Es tut mir trotzdem leid«, sagte sie nach einer Weile. »Ich hätte dich mehr unterstützen sollen. Mich mehr interessieren sollen.«

»Hey, es ist okay«, beschwichtigte Philipp. »Wirklich.«

Und Theresa wollte ihm glauben und erleichtert sein. Aber ihr gingen Maries Worte nicht aus dem Kopf. *Warum interessierst du dich eigentlich nicht für Philipps Kunst? Es würde ihm so viel bedeuten.*

»Willst du mir sagen, warum?«

Er schaute sie fragend an.

»Kunst. Warum Kunst?«, fragte sie.

# MÄRZ

# 17

*Bist du heute Abend zu Hause?*

Theresa hatte die Textnachricht zwischen zwei Terminen geöffnet und im Gehen ein kurzes *Ja* zurückgeschrieben. Und noch während sie sich gefragt hatte, warum Lena, die so gut wie nie Nachrichten schrieb, es heute doch tat, war schon die nächste eingetroffen. *Es gibt etwas zu feiern. Besorge alles.* Inklusive eines gelben Emoticons mit Partyhut und Tröte. Theresa hatte gelacht und das Handy schnell weggesteckt, ehe sie die Tür zum Konferenzraum geöffnet und ihren Platz eingenommen hatte.

Jetzt war sie gespannt, was sich hinter Lenas Ankündigung verbarg. Schon durch die Wohnungstür vernahm sie Musik und vom Flur aus eindeutige Geräusche aus der Küche. Lena stand am Herd und rührte in einer Pfanne.

»Hey«, rief sie und warf einen Blick über die Schulter. »Du kommst genau richtig.« Sie wies in Richtung Wohnzimmer. »Tisch ist schon gedeckt und das Essen«, sie hob die Pfanne kurz an, »kommt auch gleich.«

Auf ihren Zügen lag ein strahlendes Lächeln und sie wirkte regelrecht beschwingt.

»Okay«, sagte Theresa, während ihre Mundwinkel sich unweigerlich ebenfalls nach oben verschoben. »Kann ich noch irgendwas mit rübernehmen?«

»Die Tortillas«, sagte Lena und wies auf einen runden Behälter, der mit einem Geschirrtuch abgedeckt war. »Es gibt Fajitas.«

Theresa wusch sich schnell die Hände, nahm dann den Behälter mit den Tortillas und ging hinüber ins Wohnzimmer. Auf dem Tisch standen Gläser für Wasser und Wein sowie zwei Sektgläser, dazu Teller, Besteck und ein dickes Holzbrett, auf dem Lena kurz darauf die dampfende Pfanne abstellte. Theresa spürte, wie ihr das Wasser im Mund zusammenlief. Sie stellte die Tortillas neben eine Reihe von Schüsselchen und Schälchen mit geriebenem Käse, Mais, Tomaten, Salsa und Guacamole sowie Salat, während Lena noch ein letztes Mal in der Küche verschwand, um mit einer Flasche Prosecco in der Hand zurückzukehren. Mit einem Zwinkern machte sie sich am Verschluss zu schaffen.

»Verrätst du mir auch, worauf wir anstoßen«, fragte Theresa.

»Sicher. Ein Kumpel meines Chefs ist Sportfotograf und fliegt in ein paar Tagen in die USA, um ein paar Turniere mitzunehmen. Leider ist sein Assistent kurzfristig ausgefallen und dreimal darfst du raten, wer als Ersatz mitfliegt.« Sie ließ den Korken mit einem dezenten Plopp aus der Flasche rutschen.

»Wow«, sagte Theresa und hielt ihr die beiden Sektgläser hin. »Glückwunsch.«

Lena strahlte und goss ein. »Danke.«

»Was für Turniere denn?«

Lena schien ein Lachen zu unterdrücken und rollte kurz mit den Augen. »Dreimal darfst du raten.« Sie hatte die Flasche abgestellt und Theresa eines der Gläser abgenommen.

»Tennis?«

Lena nickte und machte eine hilflose Geste. »Es soll wohl so sein. Indian Wells und Miami.«

Theresa lachte, verkniff sich aber einen Kommentar. »Auf neue Abenteuer«, sagte sie stattdessen und sie stießen an. Lenas Augen, die ohnehin schon von intensiver Farbe und Ausstrahlung waren, schienen noch mehr zu leuchten als sonst, und Theresa spürte dem Perlen des Proseccos in ihrem Mund und den ganzen Weg bis in ihren Magen nach.

»Danke«, sagte Lena und Theresa wollte mit der freien Hand abwinken, aber Lena griff danach und umschloss kurz ihren Arm. »Ohne dich würde ich immer noch Tennistraining geben und die Fotografie wäre weiter bloß ein Traum.« Sie sah Theresa fest in die Augen. »Danke.«

Theresa nickte verlegen. Sie nippte erneut an ihrem Glas und ignorierte das Gefühl in ihrem Arm. »Wenn sie dich dabeihaben wollen, dann weil du gut bist. Nicht weil ich eine Schnapsidee hatte.«

»Wie sich herausstellt, war sie gar nicht so schlecht«, sagte Lena mit einem Zwinkern und Theresa schluckte.

Sie wandte sich ab und nahm auf einem der Stühle Platz, ihr Glas neben den Teller stellend. »Das riecht fantastisch«, sagte sie und warf einen betonten Blick auf die Pfanne.

»Und so schmeckt es hoffentlich auch. Das ist hauptsächlich gebratenes Gemüse mit ein paar Geflügelstreifen. Und natürlich etwas Tomatensauce.« Sie hob das Tuch und bedeutete Theresa, sich eine Tortilla zu nehmen.

Die nächsten Minuten waren sie damit beschäftigt, ihre Tortillas mit den verschiedenen Zutaten zu füllen und zusammenzurollen. Und Theresa beobachtete amüsiert, wie Lena ihre *geheime Rolltechnik* demonstrierte und ihr kurz darauf die Tomatensauce an Kinn und Fingern herunterlief. Lachend reichte sie ihr eine Serviette. »Ich glaube, ich halte mich an die herkömmliche Methode.«

»Jede Innovation muss sich erst zum Erfolg scheitern«, bemerkte Lena und nahm die Serviette entgegen, um die Nebenwirkungen ihrer Fehlkonstruktion zu beseitigen.

Sie aßen zu der noch immer aus der Küche erklingenden Musik, während Lena weitere Details ihrer bevorstehenden Reise preisgab.

»Seit wir wieder deutsche Hoffnungsträger haben, sind die Turniere auch wieder attraktiver für die Berichterstattung geworden. Insofern habe ich doppelt Glück. Vor nicht allzu langer Zeit hätte es sich gar nicht gelohnt, hinzufahren.«

»Wo sind die Turniere?«, fragte Theresa.

»Indian Wells ist in Kalifornien und Miami, nun ja, ganz im Süden von Florida.«

»Meinst du denn, dass ihr Zeit haben werdet, auch ein bisschen was von Land und Leuten zu sehen?«

»Wahrscheinlich nicht, aber mal schauen. Morgen spreche ich mit dem Fotografen. Ich hab mir heute ein paar seiner Arbeiten angesehen. Der ist echt gut. Ich kann so viel lernen in den vier Wochen.«

»Vier Wochen?«

»Yep. Die Turniere gehen immer zwei Wochen, also sind wir Anfang April zurück.«

Theresa versuchte, sich nichts anmerken zu lassen, aber die Aussicht erfüllte sie nicht gerade mit Freude. »Was sagen wir Charlotte?«, fragte sie, schon um sich einem greifbaren Problem zuzuwenden.

Lena runzelte die Stirn. »Eine sehr lange Dienstreise?«

Theresa machte ein skeptisches Gesicht.

»Ein Praktikum? Ein Austausch?«, schlug Lena vor und Theresa lachte.

»Ich überleg mir was.«

Lena wurde ernst. »Ist das ein Problem?«

Und Theresa sah sie erstaunt an. »Würdest du auf die Chance verzichten, wenn es eins wäre?«, fragte sie, schüttelte aber sogleich den Kopf, um zu signalisieren, dass die Frage nicht ernst gemeint war.

»Na ja ... wie gesagt, ohne dich –«

»Wir hatten einen Deal und wir haben beide etwas bekommen und etwas gegeben«, unterbrach Theresa sie, sanft, aber nachdrücklich. *Und ich habe mehr bekommen, als ich gedacht hätte*, schoss es ihr durch den Kopf.

Sie griff nach einer zweiten Tortilla. »Wir können sagen, dass du ein internationales Unternehmen mit Standort in den USA betreust und für einen Monat vor Ort sein sollst, um das Geschäft kennenzulernen oder etwas in die Richtung.«

»Klingt glaubwürdig für mich.«

Theresa lachte. »So wie du strahlst, sollten wir jetzt gleich zu Charlotte gehen. Ich kann mir nicht vorstellen, dass sie an deiner Freude über die einmalige Gelegenheit zweifeln würde.«

»Lass uns erst essen«, frotzelte Lena und wandte sich wieder ihrem Teller zu.

Theresa beobachtete sie noch einen Augenblick. Sie freute sich für Lena, aber sie war auch ein wenig neidisch. Während sie selbst sich zunehmend lustlos in die Kanzlei schleppte, aber auch keine rechte Ahnung hatte, was sie ändern sollte, schien Lena rundherum zufrieden mit ihrem Leben. Sie fragte sich, wann sie selbst sich zuletzt so gut gefühlt hatte, aber sie kannte die Antwort. Und dachte an ein rotes Kleid, einen Festsaal voller Hochzeitsgäste und einen bestimmten Song. Was war nur in den acht Jahren seither passiert?

»Theresa?«

Sie schreckte aus ihren Gedanken auf. »Ja?«

»Wow. Du warst weit weg«, bemerkte Lena amüsiert und Theresa versuchte gar nicht erst, es abzustreiten.

»Entschuldige.«

»Kein Problem. Ich hab auch lang genug erzählt«, sagte Lena und stellte ihre Teller übereinander, ehe sie sich zurücklehnte. Sie legte den Kopf schief und schien Theresa einen Augenblick zu mustern. »Wie gehts dir eigentlich?«

Theresa runzelte die Stirn. »Gut? Wieso?«

»Ich weiß nicht. Du wirkst ... niedergeschlagen.«

Theresa deutete ein Kopfschütteln an. »Nein. Alles gut.«

»Sicher?«, hakte Lena nach.

»Ganz sicher. Ich hatte einen sehr schönen Abend«, sagte Theresa und das zufriedene Lächeln legte sich von ganz allein über ihre Züge.

»Sehr gut. Aber ich hatte gehofft, dass er noch nicht vorbei ist«, sagte Lena und zwinkerte verschwörerisch. »Es gibt noch Nachtisch.«

Theresa lachte und gemeinsam räumten sie den Tisch ab und die Küche auf, ehe sie sich mit zwei Portionen Tiramisu auf der Couch niederließen, sich mit untergeschlagenen Beinen gegenübersitzend. Im gedämpften Licht der Stehlampe redeten sie über die italienische Küche und Theresa erzählte von ihren Urlauben in Kampanien und auf Sardinien, Lena von einem Turnier in Palermo, das sie einmal gespielt hatte, und von da kamen sie schnell auf weitere Reisen und andere

Länder, lustige Geschichten und auch ein paar ernste und Theresa hatte längst jedes Zeitgefühl verloren, als Lenas Handy plötzlich klingelte. Überrascht sah sie auf die Uhr. Es war Schlag Mitternacht.

»Entschuldige«, sagte Lena und drückte das Gespräch weg, aber nicht, bevor Theresa den Namen des Anrufers gesehen hatte. Oder vielmehr der Anruferin.

»Warum ruft Isabell dich um diese Uhrzeit an? Ist sie in einer anderen Zeitzone unterwegs?«

Lena lachte. »Nein. Sie ist immer noch in Spanien.«

Theresa nickte, sah Lena aber weiter fragend an. Die schien sich um eine Antwort drücken zu wollen, erklärte den nächtlichen Anruf dann aber doch.

»Isabell ruft mich immer um diese Zeit an, weil ... heute mein Geburtstag ist.«

Theresa sah sie überrascht an. »Warum hast du denn nichts gesagt?« Sie warf ihr einen vorwurfsvollen Blick zu. »Herzlichen Glückwunsch.« Und einem Instinkt folgend umarmte sie Lena.

Die wirkte überrascht und im ersten Moment ebenso unsicher wie Theresa selbst, sodass sie sich zunächst etwas unbeholfen und hölzern in den Armen lagen. Dann ließ die Spannung in Lenas Oberkörper spürbar nach und auch Theresa ließ den Atem entweichen, den sie unbewusst zurückgehalten hatte. Für einen Augenblick schienen sie tiefer in die Umarmung zu sinken, und ein leichter Schauer rieselte Theresas Rücken hinab, als sie Lenas Hand auf ihrem Rücken spürte.

Viel zu schnell lösten sie sich wieder voneinander, aber Theresas Hände blieben auf Lenas Armen und ihr Blick verfing sich in Augen, die auch im Halbdunkel des Zimmers noch beinahe zu leuchten schienen.

»Theresa?«, flüsterte Lena schließlich, aber Theresa konnte sich noch immer nicht losreißen.

»Hm?«

»Was machst du?«

Fast hätte sie gelacht. »Etwas, von dem ich keine Ahnung habe, wie es ausgeht.«

Theresa überwand, was noch an Abstand zwischen ihnen gelegen hatte, und sie küssten sich. Vorsichtig zuerst und etwas zögerlich, als fürchteten sie beide, dass die andere doch noch zurückschrecken könnte, dann mutiger und entschlossener, forschend und neugierig. Und erneut wusste Theresa nicht, wie viel Zeit vergangen war, als sie innehielten, um durchzuatmen.

»Wow«, sagte Lena. »Ich dachte schon, wir kommen nie an diesen Punkt.«

Theresa presste die Lippen aufeinander und lachte leise. »Wolltest du denn schon früher an diesen Punkt kommen?«

»Ich hab zumindest darüber nachgedacht. Du nicht?«

Theresa schwieg, aber sie war sicher, dass die Antwort deutlich in ihrem Gesicht zu lesen war.

»Hätte ich gewusst, dass du einen besonderen Anlass brauchst, hätte ich meinen Geburtstag vorverlegt«, frotzelte Lena.

»Ha. Ha«, begann Theresa. »Willst du dich über mich lustigmachen, oder –«

Weiter kam sie nicht.

Die nächsten Tage stellten Theresas Zeitempfinden auf eine harte Probe. War sie in der Kanzlei, kam es ihr vor, als zögen die Stunden sich zäh in die Länge, betrat sie abends die Wohnung, verblasste die Erinnerung an den Arbeitstag so schnell und nachhaltig, als hätte er gar nicht stattgefunden. Und während die Abende und die Nächte sich ins Unendliche auszudehnen schienen, vergingen sie doch viel zu schnell.

»Woran denkst du?«

»Daran, dass ich noch unglaublich viele Urlaubstage habe«, antwortete Theresa und zog Lenas Arm etwas enger um sich herum.

Die lachte leise. »Soll ich ein gutes Wort bei deiner Chefin einlegen?«

»Den Versuch ist es wert, aber ich fürchte, sie kennt da kein Erbarmen«, entgegnete Theresa, während Lenas Finger kleine Kreise und Achten auf ihre Haut malten.

»Komm doch mit.«

»Du hast keine Vorstellung davon, wie verlockend das ist«, sagte Theresa und presste sich noch ein wenig mehr gegen den warmen Körper in ihrem Rücken.

»Was hält dich ab?«, fragte Lena, ihre Stimme ein wenig ernster, aber immer noch leicht. »Mal ehrlich? Und sag jetzt nicht Termine oder Mandanten, denn sonst müsste ich dich an ein Gespräch kurz vor Weihnachten erinnern.«

Theresa schmunzelte. Fast bereute sie, dass sie Lena an einem gemütlichen Abend bei einem Glas Wein gestanden hatte, dass die Beerdigung ihres Großvaters zumindest dafür gut gewesen war, ihr zu zeigen, dass die Welt nicht unterging und die Kanzlei nicht in den Ruin fiel, wenn sie unerwartet ausfiel. Es war ein seltsames, neues, aber auch befreiendes Gefühl gewesen.

»Ich kann mich nicht erinnern, belehrt worden zu sein, dass meine Worte gegen mich verwendet werden könnten«, entgegnete sie jetzt. »Aber nein, das ist es nicht.« Sie drehte sich auf den Rücken und legte sich so, dass sie Lena in die Augen schauen konnte. »Ich wüsste nicht, was ich lieber täte, als morgen mit dir in den Flieger zu steigen.« Sie spürte, wie ihre Mundwinkel sich immer weiter nach oben zogen. »Und die nächsten vier Wochen als Touristin, am Strand, beim Sightseeing oder sogar auf einer Tennisanlage zu verbringen, während du arbeitest.« Sie hob eine Braue. »Von den hübschen Frauen, die ich den ganzen Tag anschauen könnte, ganz zu schweigen.«

Lena grinste und Theresa drückte einen schnellen Kuss auf ihre nackte Schulter.

»Aber mal davon abgesehen, dass ich Sebastian oder Alexander umbringen würde, wenn sie mich ohne jede Vorwarnung einen ganzen Monat sitzen lassen würden, wäre es auch sonst keine gute Idee.« Sie streckte eine Hand aus und strich Lena über die Wange. »Eine sehr, sehr schöne. Aber keine gute.«

»Okay«, sagte Lena und griff nach ihrer Hand. Sie schien ein klein wenig enttäuscht, aber nicht überrascht.

»In den letzten Monaten ist so viel passiert, hat sich so viel verändert. Dinge, die ich als selbstverständlich angesehen oder zumindest nie hinterfragt habe.«

»Wie Carolin?«

»Auch«, räumte Theresa ein. »Nicht nur.« Sie dachte an ihre Mutter und an ihre Großmutter, an Philipp und wie er plötzlich erwachsen geworden zu sein schien. Beinahe ohne, dass sie es gemerkt hatte. »Meine Familie. Meine Arbeit.« Sie seufzte. »Ich würde liebend gern alles hinter mir lassen und einfach weglaufen, aber es wäre genau das: weglaufen.« Sie schüttelte den Kopf. »Und das bringt mich nicht weiter.«

»Verstehe«, sagte Lena.

»Wirklich?«

Sie nickte. »Ja.«

Theresa atmete tief durch und zog Lenas Hand auf ihre Brust, wo sie sie mit ihrer festhielt. »Wenn ich könnte, würde ich die Zeit anhalten und hierbleiben. In diesem Moment.«

Lena lachte. »Weglaufen, ohne sich bewegen zu müssen. Sehr clever.«

»Ich habe meine Momente«, entgegnete Theresa mit einem Zwinkern. »Was ist mit dir? Was würdest du am liebsten tun?«

Lena sah sie mit einer Selbstverständlichkeit an, die entwaffnend war. »Ich würde sehen wollen, wohin das hier führen kann.« Sie zuckte mit den Schultern. »Gerade möchte ich dich am liebsten einpacken und morgen mitnehmen, aber da wir diesen Plan verworfen haben, muss ich mich wohl vier Wochen gedulden.« Sie zog Lena wieder näher an sich. »Und wer weiß, vielleicht bist du in vier Wochen auch schon weiter.«

»Weiter?«, fragte Theresa skeptisch und ließ sich widerstandslos in Lenas Arme sinken.

»Ja. Du hast es selbst gesagt, es verändert sich gerade ganz viel in deinem Leben und ich hab so eine Ahnung ...«

»Ja?«

»Sagen wir so: Ich wette, dass, wenn ich wiederkomme, du eine Entscheidung getroffen hast, wie es für dich in Sachen Arbeit weitergehen soll.«

Theresa wandte sich erstaunt um. »Das ist nicht gerade viel Zeit.«

»Als wir uns kennengelernt haben, gab es für dich nichts Schöneres als deine Arbeit. Und jetzt siehst du morgens aus, als ob du zum Steineklopfen verurteilt worden wärst.«

Theresa lachte und hatte ein Bild von sich selbst, Sebastian und Alexander vor Augen, wie sie in schwarz-weiß gestreiften Anzügen mit Spitzhacken auf Steinbrocken einhieben, wie die Daltons aus den Lucky Luke-Comics.

»Ich glaube nicht, dass du dir das noch lange antust«, fuhr Lena fort. »Du?«

Theresa drehte sich wieder nach vorn und starrte ins Leere, während Lena sie von hinten fest umschlang. »Okay«, sagte sie, »die Wette gilt.« Aber sie war nicht sicher, dass sie gewinnen konnte. Sie hatte selbst das Gefühl, als zählte in ihrem Inneren ein Countdown herunter, unweigerlich und unaufhaltbar.

»Und was kriege ich, wenn ich gewinne?«, fragte Lena dicht an ihrem Ohr.

»Vermutlich mehr Zeit mit mir«, antwortete Theresa spöttisch. »Wenn ich nicht gerade beim Arbeitsamt anstehen muss.«

Sie redeten noch eine Weile und wandten sich dann unkomplizierteren, schöneren Dingen zu. Als sie endlich einschliefen, war es bereits früh am Morgen und ihnen blieben nur ein paar Stunden, bevor sie wieder aufstehen mussten, damit Lena rechtzeitig am Flughafen war.

Theresa brachte sie an den Bahnhof, aber sie hatten vorab vereinbart, sich im Auto zu verabschieden. Theresa hasste Abschiedsszenen auf dem Bahnsteig. Also schlängelte sie sich durch die enge Fahrbahnführung vor dem Haupteingang und hielt kurz auf dem Seitenstreifen. Sie umarmten sich ein letztes Mal und dann stieg Lena aus, wuchtete ihren schweren Koffer vom Rücksitz und verschwand mit einem letzten Winken im Innern des ICE-Bahnhofs. Theresa sah ihr kurz nach, reagierte dann aber auf das Hupen und Drängen eines Taxifahrers und fuhr los.

Es war Samstag und die Straßen stadteinwärts waren dicht befahren von Wochenendeinkäufern und Shoppingwilligen, die sich die mit Baustellen gespickte Wilhelmshöher Allee hinab- und hinter der Talsohle wieder hinaufquälten. Angesichts der kurzen Strecke zwischen Wohnung und Bahnhof wäre Theresa zu Fuß um ein Vielfaches schneller gewesen, aber Lenas Gepäck hatte das Auto notwendig gemacht.

Während sie wartete, ausscheren und um einen haltenden UPS-Transporter herumfahren zu können, gingen ihr immer wieder Lenas Worte der vorangegangenen Nacht durch den Kopf. *Ich glaube nicht, dass du dir das noch lange antust.* Und je länger sie darüber nachdachte, desto treffender schien ihr das Bild vom Steineklopfen.

Als sie endlich vor Charlottes Haus ankam und das Auto abstellte, war der Vormittag bereits stark vorangeschritten. Auf dem Weg durch den Garten sah sie Charlotte, die mit einem Stapel Post in der Hand von der anderen Grundstücksseite her in Richtung Haustür unterwegs war.

»Juchhu, Theresa«, rief sie schon von Weitem und winkte mit der freien Hand.

»Guten Morgen«, erwiderte Theresa den Gruß und steuerte nur zu gern auf Charlotte zu, statt auf die Treppe hinauf zu ihrer leeren Wohnung.

Die Temperaturen lagen noch immer im einstelligen Bereich und Charlotte trug einen wollenen Wintermantel in Rot-, Rosa- und Grautönen sowie den obligatorischen Hut in einem passenden Rot. »Na, haben Sie Lena gut verabschiedet?«, fragte sie. »Vier Wochen ist ja wirklich eine lange Zeit, aber Sie sind ja keine Frischverliebten mehr, da fällt der Abschied sicher etwas leichter.«

Theresa unterdrückte ein Seufzen und beließ es bei einem knappen Lächeln und einem Nicken.

»Haben Sie die Tage noch mal Zeit für einen Tee oder Kaffee«, fuhr Charlotte fort und wies auf einen Briefumschlag, der in ihrer Post gewesen war. »Ich hätte da noch mal eine kleine rechtliche Frage.«

Theresa unterdrückte ein Seufzen. Seit ihrem Einzug hatte Charlotte in schöner Regelmäßigkeit kleine rechtliche Fragen gehabt. Der Nachbar, der sich erdreistet hatte, auf ihrer Einfahrt zu parken, war nur der Anfang gewesen, und nachdem es Theresa gelungen war, ihn zu überzeugen, dass ein anderer Parkplatz für alle Beteiligten das Beste wäre, war Charlotte so begeistert gewesen, dass sie mit immer neuen Anliegen auf sie zugekommen war. Belanglosigkeiten größtenteils, wie das Überprüfen von Dienstleistungsverträgen oder Versicherungspolicen, aber Charlotte hatte stets versichert, dass sie ruhiger schlafen würde, wenn sie die Meinung einer Expertin gehört hätte. Also hatte Theresa sich selbstverständlich die Zeit genommen und da Charlotte stets noch andere Themen auf Lager hatte, Anekdoten und

Weisheiten von sich gab, die manchmal vorhersehbar und manchmal überraschend, hin und wieder verstörend und bisweilen urkomisch waren, genoss Theresa die Besuche bei ihrer Vermieterin nach wie vor.

»Sicher«, antwortete sie nun und versprach, in den kommenden Tagen vorbeizukommen.

Sie wechselten noch ein paar belanglose Worte, aber schließlich trat Theresa doch den Weg in ihre Wohnung an. Sie beschäftigte sich mit allem, was sie die letzten Tage vernachlässigt hatte, aber weder der Haushalt noch das Bezahlen einiger Rechnungen lenkten sie ausreichend von den Gedanken ab, die in ihrem Kopf Karussell zu fahren schienen. Entnervt rief sie schließlich Philipp an und verabredete sich mit ihm auf einen Kaffee.

Sie trafen sich in einem vollgepackten Café in Uninähe und die laute Kulisse hatte eine seltsam beruhigende Wirkung auf Theresa. Vielleicht weil das Chaos in ihrem Kopf hier übertönt wurde.

»Okay, aber wo ist jetzt das Problem?«, fragte Philipp, nachdem sie ihm von den Ereignissen der letzten Tage berichtet hatte. »Sicher, ihr seht euch erst mal vier Wochen nicht, das ist Mist. Aber sie kommt ja wieder und dann könnt ihr schauen, was ihr daraus macht.«

Theresa seufzte. »Du sagst das, als wäre es das Einfachste der Welt.«

»Ist es das nicht?«

Sie schüttelte den Kopf. »Ich weiß nicht, ob ich dafür bereit bin.«

»Wofür? Eine Beziehung? Verliebt zu sein?«, fragte er ungläubig.

Sie spielte mit dem Zuckerpäckchen ihres Kaffees und biss sich auf die Lippen. »Ich weiß nicht mal, ob ich das bin.«

»Ah«, sagte Philipp, als erklärte das alles. Sie sah ihn herausfordernd an und er lehnte sich grinsend vor und tippte ihr leicht auf eine Stelle knapp oberhalb der Brust. »Weniger Kopf, mehr Herz, Schwesterchen.«

Sie schlug seine Hand weg. Er lachte.

»Okay, im Ernst. Du weißt noch nicht, was du für Lena empfindest – das ist in Ordnung. Gib der Sache Zeit.«

Sie seufzte. »Es ist mehr als das.«

»Und zwar?«

Sie griff wieder nach dem Zuckerpäckchen und ließ ihre Finger über den feinkörnigen Inhalt streichen. »Ich weiß nicht ...« Sie atmete tief ein und wieder aus. »Bis zu dem Moment, an dem Carolin aus unserer Wohnung marschiert ist, war ich der festen Überzeugung, dass mein Leben ... perfekt ist. Oder zumindest so gut wie.« Sie zuckte mit den Schultern. »Aber das war wohl falsch. Denn sonst wäre sie nicht gegangen.«

Philipp musterte sie mit gerunzelter Stirn. »Okay.«

»Seitdem ergibt nichts mehr Sinn. Auch in der Kanzlei nicht. Ich bin plötzlich unsicher und stelle alles infrage. Ich komme einfach nicht darüber hinweg. Ich erkenne mich selbst nicht mehr.« Sie sah ihn eindringlich an. »Wie kann ich da weitermachen oder neu anfangen, geschweige denn eine neue Beziehung eingehen, wenn ich keine Ahnung habe, wie ich wieder Boden unter die Füße bekomme?«

Philipp lächelte schief und warf ihr einen vielsagenden Blick zu, aber sie schüttelte nur den Kopf und sah ihn irritiert an. »Was?«

Und Philipp seufzte. »Was glaubst du, warum Carolin dich verlassen hat?«

Die Frage traf Theresa unvorbereitet, aber heftig bis ins Mark. Auch wenn sie wusste, dass sie das nicht hätte tun dürfen.

Einen Moment lang starrte sie Philipp an, dann senkte sie den Blick. Sie spielte weiter mit dem Zuckerpäckchen herum. *Du bist sehr gut darin, keine Fragen zu stellen, auf die du die Antworten nicht hören willst.*

Sie seufzte.

»Siehst du«, erklärte er, eine Spur selbstzufrieden und Theresa brauchte ein paar Anläufe, ehe sie ihre nächste Frage stellen konnte.

»Hast du mit ihr ... habt ihr über uns gesprochen?«

»Das ist Schummeln. Du sollst nicht mich fragen«, wehrte er ab, aber auf ihren eindringlichen Blick hin schien er seine Antwort kurz abzuwägen. »Ein bisschen«, sagte er dann und spielte ebenfalls mit der Tasse seines Café au Lait.

»Was heißt das?«

»Als ich wegen Maries Problemen zu ihr bin, hab ich ihr gesagt, dass ich ihre Hilfe brauche, aber dass ich stinksauer auf sie bin.«

Theresas Mundwinkel zuckten leicht. »Und was hat sie gesagt?«

»Nicht viel. Du kennst sie doch – sie hat gesagt, dass sie das versteht. Und dass sie dir nie weh tun wollte.«

Theresa sagte nichts, aber ihre Miene musste ihre Gefühle verraten haben.

»Ja, ich hab ihr auch gesagt, wohin sie sich den schönen Vorsatz stecken kann.«

»Hast du nicht«, entgegnete Theresa, ein wenig entrüstet, aber auch ein wenig dankbar.

Philipp legte den Kopf schief und tat so, als müsse er überlegen. »Vielleicht nicht exakt in den Worten, aber die Botschaft war klar.« Er zuckte mit den Schultern. »Sie hat es so hingenommen und mehr haben wir erstmal nicht gesprochen. Aber als wir dann mit Marie zusammengesessen haben, um über die Eskapaden ihres feinen Geschäftspartners zu sprechen, da hat Carolin nach dir gefragt. Wie es dir geht.«

Theresa schwieg, weiter das Zuckerpäckchen befühlend.

»Ich hab ihr gesagt, dass sie kein recht darauf hat, das zu fragen.«

Theresa runzelte die Stirn. »Und wie fand sie das?«

»Nachvollziehbar, denke ich.«

Theresa zögerte, bevor sie ihre nächste Frage stellte, in der Tat unsicher, ob sie die Antwort hören wollte. »Und wie geht es ihr?«

Philipp seufzte, dann schüttelte er den Kopf. »Ich hab ihr auch nichts über dich erzählt.«

Kurz war Theresa beleidigt und ein bisschen verletzt, aber dann fiel ihr wieder ein, wie eng Philipp und Carolin immer gewesen waren, und sie nickte nur.

Den Rest der Zeit sprachen sie über andere Dinge. Philipp erzählte von Marie, die ihr Studio demnächst erweitern wollte, wenn der lästige Streit mit ihrem Ex-Partner endlich beigelegt war. Laut Philipp schwebte ihr – schwebte ihnen – mehr als ein reines Tattoostudio vor. Ein Ort, an dem Kunst und Künstler aller Art sich begegnen und zu neuen Formen der Kollaboration gelangen konnten. Eine Begegnungs- und Wirkungsstätte.

Theresa lauschte Philipps Ausführungen und Erklärungen interessiert, aber sie konnte sich nur bedingt etwas darunter vorstellen. Zudem spukte Carolin durch ihren Kopf und als sie schließlich auf dem Heimweg war und an einer Ampel stand, griff sie zu ihrem Handy.

*Können wir uns sehen?*

# 18

Sie hatten sich auf die Herkules-Terrassen geeinigt. Neutraler Boden sozusagen, hoch über der Stadt. *Ein Gipfeltreffen*, schoss es Theresa durch den Kopf, als sie jetzt vom Parkplatz kommend die letzten Stufen zum Restaurant erklomm. Es war erstaunlich leer für einen Sonntag, aber es war auch noch früh am Tag.

Carolin saß bereits an einem Tisch am Fenster, anscheinend in das Panorama aus grauen Wolkenschleiern und winterblauem Himmel versunken. Sie trug legere Kleidung, saß mit übereinandergeschlagenen Beinen, die Hände locker ineinander liegend und wirkte so selbstsicher und in sich ruhend wie am ersten Tag.

Theresa atmete tief durch. Sie wollte überall sein, nur nicht hier. Aber jetzt gab es kein Zurück mehr, ermahnte sie sich und ging auf Carolin zu.

»Hallo«, sagte sie und hörte selbst, wie seltsam es klang, aber das übliche, vertraute *Hey* wollte ihr nicht über die Lippen kommen.

»Hallo«, erwiderte Carolin nach kurzem Zögern.

Einen Augenblick blieb Theresa hinter dem Stuhl gegenüber Carolin stehen, die Hände auf die stabile Rückenlehne gestützt. »Du siehst gut aus«, entfuhr es ihr und es war keine Höflichkeitsfloskel. Carolin sah gut aus. Gesund. Trotz des

Wintermonats schien sie ein wenig Farbe bekommen zu haben und ihre Züge wirkten entspannt und ausgeruht. Auch die Augenringe, die sie zwar geschickt unter ihrem Make-up zu verstecken gewusst, aber nie ganz hatte verbergen können, schienen gänzlich verschwunden und Theresa hätte wetten können, dass sie ein wenig zugenommen hatte. Erst jetzt wurde ihr vollends bewusst, wie krank und erschöpft Carolin in den letzten Monaten vor ihrer Trennung gewirkt hatte. Der Kontrast war frappierend. Hatte sie es damals nicht sehen können? Oder hatte sie es nicht sehen wollen?

Sie schüttelte den Gedanken ab und gab sich einen Ruck. Die Rückenlehne loslassend trat sie um den Stuhl herum und nahm Platz.

»Danke«, sagte Carolin, die sie ebenfalls gemustert hatte. »Du auch.«

Theresa sagte nichts. Sie waren nicht hier, um Komplimente auszutauschen.

Sie griff nach der Getränkekarte. Auf dem Weg hierher war sie die Unterhaltung im Geiste durchgegangen, hatte sich die Worte zurechtgelegt, aber gerade kam ihr das Studium der verschiedenen Teesorten und Kaffeevariationen wie eine willkommene Gnadenfrist vor. Viel zu früh kam der Kellner und nahm ihre Bestellung auf.

*Warum bist du gegangen*, wollte Theresa fragen. Ganz nüchtern. Nicht: *Warum hast du mich verlassen?* Oder: *Warum habe ich dir plötzlich nichts mehr bedeutet?* Zu viel Emotion war nicht hilfreich. Sie brauchte nur noch einen kleinen Moment, um sich wieder zu sammeln. Carolins Präsenz hatte sie, aus welchem Grund auch immer, etwas aus dem Konzept gebracht.

»Wie geht es deiner Mutter?«, fragte Carolin schließlich, nachdem sie sich eine Weile stumm gegenübergesessen hatten.

»Gut«, antwortete sie knapp. »Stabil. Keine Veränderung.«

»Gut«, sagte Carolin. »Ich wollte sie mal anrufen.« Sie warf Theresa einen fragenden Blick zu. »Wenn das für dich okay ist?«

»Sicher«, erwiderte Theresa, aber ihr Gesichtsausdruck musste deutlich verraten haben, was sie wirklich von der Idee hielt. Carolin sagte nichts, nickte aber knapp, als habe sie verstanden.

Der Kellner kam und stellte zwei dampfende Kännchen vor ihnen ab. »Darf ich Ihnen sonst noch etwas bringen?«

»Im Moment nicht, danke«, entgegnete Carolin und schon waren sie wieder allein.

Erneut herrschte Stille zwischen ihnen, während sie ihre Tassen füllten und Theresa Milch in ihren Kaffee rührte und Carolin an ihrem Teebeutel nestelte.

»Ich muss gestehen, ich war etwas überrascht«, beendete Carolin schließlich das Schweigen. »Ich war nicht sicher –«

»Warum?«

Carolin stutzte und schien überrumpelt.

»Warum bist du einfach weg, ohne eine Erklärung?«, brach es jetzt aus Theresa heraus. »Warum hast du von heute auf morgen alles kaputtgemacht, was wir uns aufgebaut hatten?« Sie biss sich auf die Innenseite ihrer Wange, um sich zu stoppen, aber es war, als bräche sich alles Bahn, was sie monatelang zurückgehalten hatte. »Weißt du, dass ich gerätselt habe, ob du mich für jemand anderen verlassen hast? Ob du jemanden Neues hast, in München? Ob du deshalb einen Job dort angenommen hast?« Sie schüttelte den Kopf, ein bisschen wütend, dass sie ihrer Fantasie derart freien Lauf gelassen hatte – und offenbar komplett unbegründet. »Aber das war es ja offensichtlich nicht.«

Carolin hatte kurz die Stirn gerunzelt, aber jetzt lag nur noch eine gewisse Traurigkeit in ihren Zügen. »Nein.«

»Warum dann?«, setzte Theresa nach.

»Ich hatte nie vor, nach München zu gehen, und ich habe auch niemanden Neues, weder dort noch anderswo.«

»Und der Arbeitsvertrag?«

»Mit dem hatte ich nichts zu tun«, erklärte Carolin und schaute auf ihre Teetasse hinab. »Erinnerst du dich an den Abend bevor …«, sie zögerte, »als ich spät nach Hause gekommen bin und es mir nicht gut ging?«

Theresa nickte knapp, skeptisch, aber die Erinnerung war sofort wieder da. Carolins aschfahles Gesicht, ihre eiskalte Stirn, wie sie kraftlos an der Badezimmerwand gelehnt und dann wie tot im Bett gelegen hatte. Es war ihre letzte gemeinsame Nacht gewesen. Nur dass Theresa das damals noch nicht gewusst hatte.

»Wir hatten gerade eine langwierige Verhandlung erfolgreich zum Abschluss gebracht«, fuhr Carolin fort, »und die Oberbosse hatten zur Feier noch zum Abendessen eingeladen. Und kurz vor dem Dessert hat Blum mich zur Seite genommen und mir eröffnet, dass sie sich anders entschieden hätten. Dass sie mich nicht zur Partnerin berufen würden.« Theresa sah sie erstaunt an und Carolin lächelte dünn. »Ich vermute mal, dass er mir noch etwas Gutes tun wollte. Er wusste ja, dass ich ohne die Partnerschaft keine Bleibeperspektive habe.«

Theresa nickte unwillkürlich. Partner werden oder gehen, das war in vielen großen Kanzleien nach wie vor die Regel.

»Also hat er seinen Kumpel angerufen, der Chef einer anderen großen Kanzlei ist und nach einem kurzen Gespräch offenbar bereit war, mich zu übernehmen«, fuhr Carolin fort und sah Theresa eindringlich an. »Der Vertrag war ein Abschiedsgeschenk, Theresa. Ein Trostpflaster.«

Theresa schloss kurz die Augen und versuchte, das Gesagte zu sortieren. Zumindest wusste sie jetzt, was Carolin damals so auf den Magen geschlagen war. »Okay. Aber warum hast du nichts gesagt? Warum hast du mir das nicht erzählt? An dem Abend oder am nächsten Morgen? Oder spätestens, als ich dich mit dem verdammten Vertrag konfrontiert habe?«

Carolin presste kurz die Lippen aufeinander. »Ich konnte einfach nicht.«

»Wieso nicht?«, bohrte Theresa nach, langsam ungeduldig werdend. Etwas an der Art, wie Carolin sie ansah, wie sie sprach, machte ihr zu schaffen.

»Weil ich ...«, setzte Carolin an, brach ab und legte ihre Hände in den Schoß. »Du kennst meine Familie. Es war immer klar, was ich werden, was ich erreichen würde. Jeder Schritt war vorgeplant, jeder Erfolg einfach nur eine Bestätigung.« Sie schluckte. »Ich habe es geahnt, dass es nichts werden würde mit der Partnerschaft. In den Wochen davor. Es gab ein paar ... Anzeichen.«

Theresa dachte an die Wochen vor ihrer Trennung zurück. Daran, wie erschöpft und niedergeschlagen Carolin gewesen war. An den Abend im Landgasthof, als sie ihr so verloren erschienen war. An die verpassten und nicht erwiderten Anrufe ihrer Familie.

»Ich habe natürlich alles versucht«, fuhr Carolin fort, für einen kurzen Moment beinahe trotzig klingend. »Aber im Grunde wusste ich schon, dass es nicht reichen würde. Und ich konnte nur noch sehen, wie viele Erwartungen ich enttäuscht hatte und dass all meine harte Arbeit vergeblich gewesen war.« Sie zögerte kurz und Theresa registrierte beiläufig, dass Carolin etwas weniger selbstsicher klang als sonst. »In den letzten Tagen vor diesem Abend hatte ich das Gefühl, als hätte jemand mein Leben genommen und alles darin in einen großen ... Dampfkessel gepackt. Einen Schnellkochtopf. Und ich habe nur noch darauf gewartet, dass jemand den Deckel anhebt und alles herausschießt.« Sie schüttelte leicht den Kopf und zog ihre Hände zurück. »Blum war ... nur die Hand am Deckel. Ich wusste es ja im Grunde schon.« Sie sah auf. »Aber du ... ich konnte es dir nicht sagen.«

Theresa sah Schmerz in Carolins Augen und sie hatte keinen Zweifel, dass er echt war. Natürlich wusste sie um den immensen Erwartungsdruck, den Carolin durch ihre Familie und vor allem sich selbst verspürt hatte. Und sie konnte auch verstehen, wie bodenlos die Enttäuschung gewesen sein musste. Mit ihrem jetzigen Wissen zurückblickend war es nicht schwer, sich die Verzweiflung vorzustellen, die Carolin empfunden haben musste. Und fast tat sie ihr leid. Fast.

Sie verschränkte die Arme vor der Brust.

»Okay, schön. Druck, Enttäuschung, das kann ich verstehen. Aber Carolin, du hast nicht einfach nur nichts gesagt. Du hast mich in dem Glauben gelassen, dass München deine Idee, deine Entscheidung war.« Sie sah Carolin an und versuchte, ihre eigenen Emotionen in Schach zu halten. »Du hast mir gesagt, dass du nicht willst, dass ich mitkomme. Dass du nicht atmen kannst und dass du weg musst. Von allem. Von mir.« Sie spürte erleichtert, wie die Wut langsam zurückkehrte und alles andere zurückzudrängen begann. »Das ist mehr als nichts.«

Carolin nickte und hielt ihren Blick, aber in ihrer Stimme lag eine tiefe Resignation, die Theresa mehr zusetzte, als sie wahrhaben wollte. »Weil ich dachte, dass es so einfacher ist.«

Theresa zuckte zurück. »Einfacher?«

Carolin seufzte. »Du und ich, Theresa, das war ... ein perfektes Motiv. Zwei erfolgreiche Anwältinnen, die es geschafft haben. Ich, weil es mir in die Wiege gelegt worden ist und ich die Familiengeschichte fortschreiben musste, und du«, sie lächelte, ein echtes Lächeln und in ihrem Blick lag plötzlich so viel Stolz und Zuneigung, dass Theresa wegsehen musste, »weil du dich aus eigener Kraft hochgearbeitet hast und dich einfach nicht darum geschert hast, was dir vorherbestimmt war oder nicht. Ein perfektes Bild, ein perfektes Paar.« Sie biss sich auf die Lippen und ihr Lächeln schwand. »Aber es hatte einen Schönheitsfehler und früher oder später wäre dir das auch aufgefallen. Also war es einfacher, dich glauben zu lassen, dass ich dich verlasse, als darauf zu warten, dass du mich verlässt.« Sie lächelte bitter. »Wir waren beide nie gut darin, einfach abzuwarten.«

Theresa zog sich ganz eng an die Rückenlehne ihres Stuhls zurück und schlang die Arme noch etwas fester um sich. »Wovon redest du überhaupt?«, entfuhr es ihr, ehe sie sich plötzlich wieder ihrer Umgebung bewusst wurde. Die Tische um sie herum waren glücklicherweise immer noch verwaist, aber sie lehnte sich trotzdem wieder vor und senkte ihre Stimme etwas. »Was für ein Schönheitsfehler?«

Carolin seufzte. »Als Blum mir den Vertrag in die Hände gedrückt hat, ist meine Welt zusammengebrochen, aber im

Grunde hat er mir einen Gefallen getan. Ich war todunglücklich und ich konnte so nicht weitermachen, selbst wenn ich gewollt hätte. Und das war der Schönheitsfehler, Theresa. Irgendetwas musste sich ändern, ich musste mich ändern, und du«, sie lächelte traurig, »du bist nicht besonders gut mit Veränderungen. Oder mit Ungewissheiten. Du magst dein Leben so, wie es ist, genau nach Plan und ohne das Risiko, dass …«, Carolin schien kurz innezuhalten, »ohne Risiko.«

Theresa konnte nur starren. *Bist du jemals ein Risiko eingegangen, Theresa? Hast du dich jemals auf etwas eingelassen, ohne zu wissen, wie es ausgeht?*

»Du brauchst deine Welt sicher und geordnet und berechenbar, und irgendwann hättest du mich dafür gehasst, all das durcheinandergebracht zu haben. Und darauf wollte ich nicht warten.«

»Und du meinst, dich einfach ohne Erklärung aus dem Staub zu machen, hat nicht genau das getan?«, entgegnete Theresa wütend, aber im nächsten Moment fühlte sie, wie sich etwas in ihr zurückzog und in einen kleinen festen Ball zusammenrollte. Wäre sie doch nur nie hergekommen. Warum hatte sie ausgerechnet auf Philipp gehört, wo sie doch zweifellos die Vernünftige von ihnen beiden war? »Ich weiß nicht, von welchem Bild du dauernd redest«, sagte sie entschieden, »oder wie du darauf kommst, dass ich dich verlassen hätte. Selbst wenn du plötzlich keine Spitzenanwältin mehr gewesen wärst, heißt das doch nicht, dass ich dich weniger geliebt hätte.«

Carolin sah sie traurig an. »Doch, Theresa. Genau das heißt es. Weil du die erfolgreiche Anwältin geliebt hast. Und nicht mich.«

Sie sagte es so beiläufig und selbstverständlich, als spräche sie eine unumstößliche Tatsache aus, und Theresa brauchte einen Moment, bevor sie reagieren konnte.

»Das ist doch Blödsinn«, sagte sie, aber Carolin sah sie weiter mit einem Ausdruck tiefster Überzeugung an.

»Wirklich?«

Theresa gab einen verächtlichen Laut von sich. Natürlich war es Blödsinn.

»Dann nenn mir eine Sache«, forderte Carolin, »eine Eigenschaft, die du an mir geliebt hast, die nichts mit Karriere, Beruf oder Erfolg zu tun hat.«

Theresa öffnete den Mund, aber zu ihrem Erschrecken kam erst einmal nichts heraus. Erst als Carolin ihr einen Blick zuwarf, als sähe sie sich durch ihr Schweigen bestätigt, fand Theresa endlich ihre Sprache wieder.

»Vielleicht liegt es ja nicht an mir«, erwiderte sie trotzig und von dem plötzlichen Verlangen getrieben, Carolin weh zu tun. »Vielleicht ist einfach nichts wirklich Liebenswertes an dir.«

Einen Augenblick starrten sie sich an, offenbar beide überrascht von Theresas Reaktion. Dann schien es auch in Carolins Augen kurz zu blitzen.

»Okay. Dann sag mir doch, warum ich mich damals in dich verliebt habe.«

Theresa spürte den Stich augenblicklich. Sie war nicht sicher, warum, aber Carolins letzte Frage hatte getroffen, tief ins Mark. Und Carolin schien es ebenfalls bemerkt zu haben. Kurz sah sie schuldbewusst aus, als wollte sie die Worte zurücknehmen. Dann trat wieder dieser resignierte Ausdruck in ihr Gesicht.

»Du weißt es nicht, nach all den Jahren, und die traurige Wahrheit ist doch, dass du mich gar nicht kennst. Du hast keine Ahnung, wer ich unter der Fassade bin, und das ist genauso meine Schuld wie deine«, räumte sie ein, »aber so ist es nun mal.«

Das Klingeln ihres Handys riss Theresa aus ihrer Erstarrung und sie griff nur allzu gern nach ihrer Tasche, um das Smartphone hervorzuholen und einen Blick auf das Display zu werfen. Dass ihre Hände dabei ganz leicht zitterten, ignorierte sie.

»Philipp?«, fragte sie, nachdem sie seinen Namen gesehen und das Gespräch angenommen hatte.

»Hey, Theresa«, erklang die Stimme ihres Bruders und sie hörte leichte Sorge darin.

»Was ist los?«, fragte sie und drehte sich noch ein wenig mehr vom Tisch und Carolin weg.

»Nichts, ich wollte nur mal mit dir sprechen. Über Mama. Ich mach mir ein bisschen Sorgen um sie.«

Theresas Gedanken rasten. »Okay.« Sie sah zu Carolin auf. »Bist du zu Hause?«

»Ja«, sagte Philipp überrascht.

»Ich kann in zwanzig Minuten bei dir sein.«

»Äh. Okay. Ähm. Ja. Warum nicht«, stotterte Philipp, offenbar überfordert von ihrer ungewohnten Spontanität. Aber darum konnte sie sich später kümmern.

»Dann bis gleich«, sagte Theresa und beendete das Gespräch. Sie steckte das Handy ein und holte ihr Portemonnaie heraus. »Ich muss gehen«, sagte sie knapp und legte einen Fünf-Euro-Schein neben ihre Kaffeetasse.

Carolin unternahm nicht einmal einen Versuch, sie aufzuhalten.

Sie hatte es in etwas unter zwanzig Minuten zu Philipp geschafft und saß jetzt auf seiner Couch, während er in der Küche an der Espressomaschine herumnestelte. Sie war noch immer erregt. Fetzen der Unterhaltung mit Carolin schossen ihr immer wieder unkontrolliert durch den Kopf. Wenn sie sich gestattete, darüber nachzudenken, kamen ihr jetzt auch die Antworten in den Sinn, die sie Carolin gern entgegengeschleudert hätte.

»Hier«, sagte Philipp und stellte einen Espresso auf dem niedrigen Couchtisch vor ihr ab.

»Danke.« Ihren Kaffee im Restaurant hatte sie nicht angerührt, also stürzte sie sich gierig auf den Espresso, während Philipp ihr gegenüber Platz nahm.

»Ist alles in Ordnung mit dir?«, fragte er.

»Sicher.«

Er warf ihr einen skeptischen Blick zu, ließ das Thema aber fallen. »Schön, dass du gleich vorbeigekommen bist.«

»Ich war sowieso in der Nähe«, log Theresa und ignorierte Philipps Stirnrunzeln. »Du wolltest über Mama reden.«

»Ja«, sagte Philipp und seufzte. »Marie war gestern bei ihr und sagt, sie hatte Augenringe, als hätte sie eine Woche nicht geschlafen. Essen wollte sie auch nichts und ihre Füße und Beine waren wohl so geschwollen, dass sie vermutlich nicht in ihre Schuhe gepasst hätten.«

Theresa nickte bedrückt. »Ich hatte neulich auch das Gefühl, dass sie immer schlechter schläft. Und sie kommt die

Treppen zur Wohnung immer schlechter hoch.« Sie seufzte. »Ich habe sie natürlich darauf angesprochen, aber du weißt ja, wie sie ist.«

»Mir gehts gut, macht euch mal keine Sorgen«, sagte Philipp in einem Ton, der dem ihrer Mutter ziemlich nahekam. »Das hat sie ja selbst im Krankenhaus noch behauptet.« Er lachte bitter und Theresa schloss die Augen und hatte sofort wieder das Bild vor sich.

Ihre Mutter, kreidebleich und so furchtbar klein unter den weißen Laken. Kabel, die im Ausschnitt des dünnen Krankenhaushemdes verschwanden, Kanülen, die Medikamente in ihre Venen laufen ließen. *Mir gehts gut, macht euch mal keine Sorgen.* Aber das war später gewesen, als sie bereits wieder wach und ansprechbar gewesen war und Theresa vor Erleichterung geweint hatte.

Ein paar Stunden zuvor hatte sie Carolin kennengelernt. Sebastian hatte sie einander vorgestellt und sie hatten sich unterhalten und alles um sich herum vergessen, bis Theresas Telefon geklingelt und sie sich entschuldigend ein paar Schritte entfernt hatte. Der Anruf war vom Festnetzanschluss ihrer Mutter eingegangen. Es war eine Nachbarin gewesen, die sie informiert hatte, dass der Notarzt ihre Mutter soeben ins Krankenhaus gebracht habe. Nein, sie wisse nichts Genaueres, nur dass ihre Mutter sich schon den ganzen Tag nicht wohl gefühlt habe. Anscheinend habe sie den Notarzt noch selbst anrufen können, der sie, die Nachbarin, dann aber herausgeklingelt habe, weil Theresas Mutter nicht aufgemacht hatte.

Theresa hatte sich bedankt und war, schon während sie noch mit der Frau gesprochen hatte, in Richtung Ausgang gelaufen. Glücklicherweise war Philipp just in dieser Nacht nicht zu Hause gewesen, sondern hatte bei einem Schulkameraden übernachtet. So waren ihm der Anblick seiner bewusstlosen Mutter und das Trauma der eigenen Hilflosigkeit erspart geblieben. In aller Eile hatte Theresa ihren Mantel an der Garderobe abgeholt und war aufgebrochen. Nicht einmal Sebastian hatte sie Bescheid gesagt, geschweige denn Carolin. Die musste ihren Aufbruch dennoch bemerkt haben und ihr gefolgt sein.

Draußen hatte es geregnet und Theresa gerade fluchend nach ihrem Autoschlüssel gesucht, als Carolin plötzlich neben ihr aufgetaucht war. »Alles in Ordnung?«, hatte sie gefragt, noch in ihrem Kleid und im Gegensatz zu Theresa ohne Mantel. Offenbar hatte sie keinen Zwischenstopp an der Garderobe eingelegt.

»Ja«, hatte Theresa erwidert, »ich kann nur meine Schlüssel nicht finden«, und weiter in ihrer Tasche gekramt, den Kopf gesenkt, bis sie Carolins Hand auf ihrer gespürt hatte.

»Stopp.« Ihre Blicke hatten sich getroffen und Carolin musste die Panik in ihren Augen gesehen haben. Wortlos hatte sie ihr die Tasche abgenommen, kurz darin gesucht und dann den Schlüssel hervorgezogen. »Ich fahre. Okay?«, hatte sie halb festgestellt, halb angeboten und Theresa hatte – völlig untypisch für sie – nur genickt und war wortlos auf der Beifahrerseite in ihr eigenes Auto gestiegen. Sie war nicht kopflos oder in blinder Panik gewesen, aber plötzlich war es ihr so verlockend erschienen, jemand anderen das Kommando übernehmen zu lassen. Wenn auch nur für eine Weile.

Sie hatte den Namen des Krankenhauses genannt und Carolin war losgefahren, während Theresa sich zurückgelehnt und dankbar registriert hatte, wie sie schweigend durch die

Nacht geglitten waren, wie in einem Vakuum, isoliert von allem. Bis ihre Ankunft sie unweigerlich wieder in Raum und Zeit verankert hatte.

Im Krankenhaus hatten sie sich durchgefragt und schließlich in zu grellem Licht in einem kargen Flur gewartet. Carolin hatte einfach neben ihr gesessen und Theresa abwechselnd reden und schweigen lassen, bis endlich ein Arzt gekommen war. Dann hatte sie einen guten Schritt Abstand gehalten, weit genug, um nicht aufdringlich zu sein, nah genug, dass Theresa nicht das Gefühl hatte, mit allem allein zu sein.

Die Worte *Herzmuskelentzündung* und *viraler Infekt* waren gefallen, *akute Verschlechterung, schwere Herzrhythmusstörungen* und *Atemnot*. Für den Moment sei ihre Mutter stabil und nicht mehr in akuter Gefahr, mehr könne man zu diesem Zeitpunkt noch nicht sagen. Man werde sie informieren, sobald es Neues gebe oder sie ihre Mutter sehen könne.

Theresa hatte tief durchgeatmet und sich zu Carolin umgedreht, die sie aufmunternd angelächelt und sich ihr langsam genähert hatte. Einen Augenblick hatte Theresa mit hängenden Armen dagestanden, kurz die Augen geschlossen, um die Tränen zurückzuhalten, bis sie Carolins Hände auf ihren Schultern gespürt und sich ergeben hatte. Wortlos und beinahe lautlos war sie in Carolins Arme geglitten, hatte sich festhalten lassen, während stille Weinkrämpfe ihren Körper erschüttert hatten.

Sie hatte lange mit sich gerungen, ob sie Philipp Bescheid geben sollte, aber schließlich hatte sie doch die Eltern seines Schulkameraden angerufen und ihn wecken lassen. Wäre sie es gewesen, sie hätte ihm nie verziehen, sie nicht ins Krankenhaus geholt zu haben. Carolin hatte wie selbstverständlich erneut das Steuer übernommen und sie waren losgefahren, um Philipp abzuholen. Etwas verlegen hatte Theresa ihm Carolin als Arbeitskollegin vorgestellt, aber nicht darüber hinwegtäuschen können, dass sie bereits zu diesem Zeitpunkt etwas anderes, mehr als das gewesen waren.

Zurück im Krankenhaus hatten sie zu dritt gewartet, Philipp zu Theresas rechter, Carolin zu ihrer linken Seite. Sie hatte sich nicht aufgedrängt, aber schließlich sachte nach Theresas Hand gegriffen und stumm gedrückt. Falls Philipp es bemerkt hatte, hatte er sich nichts anmerken lassen.

Schließlich war der Arzt wieder aufgetaucht und hatte ihnen noch einmal versichert, dass es ihrer Mutter für den Moment *den Umständen entsprechend gut* gehe. Sie habe wohl eine Erkältung verschleppt und sich so eine Herzmuskelentzündung zugezogen. Neben der akuten Gefahr gebe es mögliche Langzeitfolgen, aber noch sei es zu früh, um irgendetwas bestätigen oder ausschließen zu können. Sie müssten jetzt abwarten.

Theresa und Philipp hatten sich bedankt und kurz darauf war eine Pflegerin erschienen, um sie zu ihrer Mutter zu bringen. Erschöpft und plötzlich verunsichert hatte Theresa Carolin nach Hause geschickt. *Wir kommen klar, vielen Dank. Du musst nicht länger bleiben. Es ist schon spät.* Das Angebot, ihren Wagen mit zurück zum Empfang zu nehmen, hatte Carolin ausgeschlagen und sich stattdessen ein Taxi gerufen. Sie hatte Theresa gebeten, sie am nächsten Tag anzurufen, um ihr zu sagen, wie es ihrer Mutter ging, aber Theresa hatte sich nicht gemeldet. Zu verunsichert war sie gewesen, zu überrumpelt von ihren Gefühlen und verängstigt von dem Chaos, das sie in ihr ausgelöst hatten.

Drei Tage hatte Carolin gewartet, dann war sie in der Kanzlei aufgetaucht, hatte einfach in der Tür zu Theresas Büro gestanden und sie angeschaut. Und Theresa hatte sich hinter ihrem Schreibtisch verstecken wollen, aber dann doch nicht anders gekonnt, als aufzustehen und auf sie zuzugehen. »Hey«, hatte sie gesagt und sich nervös die Haare gerichtet und Carolin hatte es zurückgesagt und war die Tür hinter sich schließend ebenfalls ein paar Schritte auf sie zugekommen.

»Du hast dich nicht mehr gemeldet«, hatte sie mit leicht fragendem Blick festgestellt und Theresa hatte geschluckt und sich geräuspert, aber keine Worte herausgebracht. »Wie geht es deiner Mutter?«, hatte Carolin stattdessen wissen wollen und Theresa hatte erleichtert Auskunft gegeben, dass ihre Mutter noch immer im Krankenhaus sei und unter Beobachtung stehe, ihr Zustand aber stabil sei.

»Gut«, hatte Carolin geantwortet und Theresa gemustert. »Steht ihr euch nahe?«

»Ja und nein«, hatte Theresa schließlich geantwortet, nachdem sie eine Weile um die richtigen Worte gerungen hatte, das diffizile Verhältnis zu ihrer Mutter zu beschreiben, ohne ihre unrühmliche Geschichte offenlegen zu müssen. Sie liebte ihre Mutter und sie hatte ihr vergeben, aber da war immer noch eine tiefe Verletzung, ein Schmerz, der nicht vergehen wollte.

Carolin hatte genickt. »Ich verstehe.« Und Theresa hatte lächeln und es bezweifeln wollen, aber etwas in Carolins Blick sagte ihr, dass sie es vielleicht tatsächlich verstand. Diesen Widerspruch aus Liebe und Schmerz.

»Und jetzt?«, hatte Carolin gefragt und war die letzten Schritte auf Theresa zugekommen, die in eine Art Schockstarre verfallen war. Für einen Augenblick hatte es ausgesehen, als wollte Carolin die Hand heben und sie berühren, aber dann hatte sie nur dicht vor ihr gestanden und sie angeschaut. »Soll ich wieder gehen?«, hatte Carolin gefragt und auf Theresas fortgesetztes Schweigen hin noch einmal gelächelt und sich dann abwenden wollen, als Theresa sie doch zurückgehalten hatte.

»... Jedenfalls findet Marie, dass wir mit ihr zum Arzt gehen sollten«, drangen Philipps Worte an Theresa heran, als sie jetzt langsam wieder aus ihren Erinnerungen auftauchte. Sie schluckte, ihr Mund plötzlich trocken, und versuchte, sich wieder auf die Gegenwart zu konzentrieren.

Sie sah auf und in Philipps erwartungsvolles Gesicht.

»Ja, sicher«, sagte sie. »Zum Arzt.«

Philipp hob eine Braue. »Okay. Gut, dass wir darüber gesprochen haben.«

Sie seufzte. »Entschuldige.« Sie schluckte. »Hast du ein Glas Wasser?«

Er stand auf und verschwand in der Küche.

»Ich kann natürlich bei ihrem Hausarzt anrufen, aber selbst, wenn er wollte, dürfte er mir gar keine Auskunft über ihren Gesundheitszustand geben«, rief Theresa ihm hinterher. Aus der Küche war das Geräusch fließenden Wassers zu hören. »Ich kann ihm höchstens sagen, dass wir besorgt sind und befürchten, dass sie nicht ausreichend auf sich achtgibt.« Philipp kam ins Zimmer zurück und reichte ihr das Wasserglas. »Was er dann damit anfängt...« Sie warf Philipp einen vielsagenden Blick zu, während sie ihm das Glas abnahm. »Danke.« Sie trank einen großen Schluck und gleich noch einen. Schließlich setzte sie das leere Glas auf dem Tisch ab.

Philipp sah sie mit leichtem Stirnrunzeln an. »Bist du sicher, dass es dir gutgeht?«

»Ja«, entgegnete sie knapp. »Haben wir denn eine Idee, seit wann es ihr schlechter geht?«

Philipp schien zu überlegen. »Also Weihnachten war noch alles in Ordnung. Aber vor ein paar Wochen waren wir mit ihr in der Stadt und die Treppenstraße rauf war sie ganz schön am Röcheln.« Er zuckte mit den Achseln. »Sie hat es auf eine Bronchitis geschoben. Aber im Nachhinein ...« Er biss sich schuldbewusst auf die Lippe.

»Wir können auch nur fragen, Philipp«, tröstete Theresa ihn. »Wenn sie uns nicht die Wahrheit sagt, weil sie uns nicht beunruhigen will, können wir es auch nicht ändern.«

Er nickte. »Also gehen wir mal davon aus, dass es irgendwann im neuen Jahr angefangen hat, schlechter zu werden?«

»Lieber vom Schlimmsten ausgehen und falsch liegen als andersherum«, stimmte Theresa zu. »Okay. Ich rufe ihren Hausarzt morgen mal an. Vielleicht kann er sie ja bitten, für eine Untersuchung vorbeizukommen.«

Philipp nickte.

»Okay.«

Einen Moment saßen sie sich schweigend gegenüber.

»Das war schon alles?«, fragte Theresa und Philipp zuckte mit den Achseln.

»Wenn uns sonst nichts einfällt.«

Theresa sah ihn vorwurfsvoll an. »Dafür bin ich extra hergekommen?«

»Hey«, Philipp hob lachend die Hände, »du hast dich eingeladen, vorbeizukommen. Ich hätte das am Telefon geklärt.«

Theresa seufzte und machte eine zustimmende Kopfbewegung. »Ja, okay.«

»Warum überhaupt?« Philipp sah sie erwartungsvoll an.

»Ich war sowieso unterwegs.«

Er grinste und sie hörte selbst, wie wenig überzeugend sie klang.

»Ist dir zu Hause die Decke auf den Kopf gefallen?«, fragte er. »Langeweile ohne Lena? Musstest du dich ablenken?«

Sie warf ihm einen Blick zu, als zweifelte sie an seinem geistigen Alter.

»Schon was von ihr gehört?«, fragte er.

Theresa seufzte. »Sie ist gut gelandet und hat deutlich besseres Wetter als wir. Morgen fängt das Turnier an. Ich glaube, sie ist ein bisschen aufgeregt, wieder bei einem Weltranglistenturnier zu sein, wenn auch nur als Zuschauerin.« Sie hatte mit ihrem Wasserglas gespielt und als sie jetzt aufsah, bemerkte sie das erneute Grinsen in Philipps Gesicht. »Was?«

»Nichts«, sagte er süffisant und Theresa hatte kurz das Bedürfnis, ihm die Zunge herauszustrecken. Sie fuhr sich durch die Haare und ließ ihren Blick durch den Raum wandern. »Und sonst?«, fragte sie. »Bei dir? Irgendwas Neues?«

»Seit gestern? Nicht wirklich.« Er zuckte mit den Achseln und musterte sie dann. »Bist du sicher, dass du nicht doch ein kleines bisschen verliebt bist?«

Sie öffnete den Mund, schloss ihn wieder und sah sich um. Dann warf sie ein Kissen nach ihm.

Philipp hatte sie überredet, gemeinsam zu Mittag zu essen, also waren sie von seiner Studentenwohnung in der Nähe der Kunsthochschule ein Stück durch die Karlsaue gelaufen und dann die Ebenen der *Schönen Aussicht* hinauf. Oben hatten sie auf der überdachten und mit Heizstrahlern versehenen Terrasse tatsächlich noch einen Tisch mit Blick hinunter auf Aue und Orangerie ergattert und nachdem Philipp gefragt hatte, ob es okay wäre, wenn Marie sich ihnen anschließen würde, hatten sie kurz darauf zu dritt zusammengesessen und sich schon bald über Burger, Quesadillas und Tacos hergemacht.

Die Sonne war herausgekommen und sie waren zu einem Spaziergang durch die Aue aufgebrochen, wo Philipp sich in eine Partie Boule hineinziehen lassen hatte, während sich Theresa und Marie etwas abseits in die bereits herrlich wärmende Sonne gesetzt hatten. Es war ein schöner Nachmittag gewesen und Theresa hatte es genossen, an der frischen Luft zu sein und spontan und nicht zuletzt abgelenkt. Sie hatte schlicht keine Zeit gehabt, noch weiter über ihre Begegnung mit Carolin nachzudenken.

Als der Nachmittag langsam in den Abend übergegangen war, hatte Theresa sich verabschieden wollen, aber Philipp und Marie hatten sie überredet, noch mit ihnen ins Theater zu gehen. Im Schauspielhaus hatte die Bühnenfassung eines Stückes auf dem Spielplan gestanden, das Theresa nur als Verfilmung kannte, und in Ermangelung eines besseren oder überhaupt eines anderen Abendprogramms, hatte sie schließlich eingewilligt.

Sie hatte es schon bald bereut, denn im dunklen Theatersaal hatte sie ausreichend Gelegenheit gehabt, ihren eigenen

Gedanken nachzuhängen, statt der Inszenierung zu folgen, so gut diese auch gewesen war. Immer wieder waren ihr Carolins Vorwürfe durch den Kopf gegangen, aber auch Philipps Worte von vor ein paar Wochen.

*Du bist sehr gut darin, keine Fragen zu stellen, auf die du die Antworten nicht hören willst*, hatte er gesagt. *Du bist nicht besonders gut mit Veränderungen. Oder mit Ungewissheit. Du magst dein Leben so, wie es ist, genau nach Plan und ohne Risiko*, hatte Carolin gesagt.

Noch aus dem Saal hatte Theresa eine Textnachricht an Sebastian geschrieben und als das Stück dann endlich zu Ende gewesen war, eine Antwort erhalten. Sie hatte sich verabschieden wollen, aber Philipp und Theresa hatten abermals auf sie eingeredet, sie bekniet, noch mit auf einen Absacker zu kommen.

»Komm schon, Theresa«, hatte Philipp mit einem Arm über ihrer Schulter gefordert. »Ich weiß ja nicht, was mit dir los ist, aber du siehst wirklich aus, als könntest du ein Bier oder zwei gebrauchen.«

Sie hatte schließlich zugestimmt und sie waren in eine Kneipe weitergezogen. Es war allerdings nicht beim Bier geblieben. Stunden später hatte Theresa sich in ein Taxi gesetzt, aber dem Fahrer auf Nachfrage nicht ihre eigene Adresse genannt, sondern jene, die Sebastian ihr früher am Abend geschickt hatte.

Sein Netzwerk in der Kasseler Anwaltsszene hatte sich mal wieder ausgezahlt und jetzt saß Theresa auf dem Rücksitz des Taxis in der Nähe des Bebelplatzes und schaute auf die erleuchteten Fenster eines Mietshauses. Eines davon gehörte zu Carolins Wohnung.

»Junge Frau, wie denn nun? Steigen Sie aus oder gehts noch weiter?«, fing der Taxifahrer wieder an und Theresa löste endlich ihren Gurt.

»Schon gut«, sagte sie und reichte ihm ihre Kreditkarte, nicht ohne einen gründlichen Blick auf den Fahrerausweis am Armaturenbrett geworfen zu haben. »Ich bin gleich wieder da.«

Sie stieg aus und ging auf den Hauseingang zu. Sie ging die Klingelschilder durch und drückte schließlich eines. Es dauerte eine Weile, bis Carolin sich meldete.

»Ja, bitte?« Sie klang verschlafen und irritiert, was nicht verwunderlich war angesichts der späten Stunde.

»Ich bin es.«

Carolin schien nur einen kurzen Augenblick zu zögern oder vielleicht hatte sie erst wach genug werden müssen, um zu reagieren. »Oberstes Stockwerk«, drang ihre Stimme aus der Sprechanlage und kurz darauf das Summen, als die Haustür entriegelt wurde.

Theresa betrat das saubere Treppenhaus und stieg in den Fahrstuhl. Alles wirkte ordentlich und verhältnismäßig neu.

Oben stieg sie aus und sah, dass die Tür zu ihrer Linken offenstand. Sie ging darauf zu, zögerte nur ganz kurz und trat ein.

Carolin stand in langer Schlafanzughose und Unterhemd am anderen Ende eines kurzen Flures und wirkte seltsam unsicher. Ihr Haar war verlegen und offensichtlich hatte sie tatsächlich bereits geschlafen. Theresa schloss die Tür hinter sich und lehnte sich schwer dagegen.

Carolin sah sie erwartungsvoll an.

»Du liegst falsch«, sagte Theresa und ihre Stimme klang trotzig. »Ich habe mich damals in dich verliebt, weil du der erste Mensch warst, der mir das Gefühl gegeben hat, der mir die Sicherheit gegeben hat, dass ich mich fallenlassen kann. Zum ersten Mal überhaupt. Dass ich nicht immer die Starke sein muss, die alles im Griff hat und keine Schwäche zeigen darf. Deshalb habe ich mich in dich verliebt. Und das hatte nichts mit Karriere oder Erfolg zu tun.«

Carolin schaute betroffen zu Boden, offenbar nicht unberührt von Theresas Worten.

»Und sicher: Es hat nie geschadet, dass du auch Anwältin bist und die gleichen Ambitionen und die gleiche Arbeitsmoral hattest.« Theresa zuckte mit den Schultern. »Und vielleicht hast du recht: Vielleicht bin ich nicht sehr gut mit Veränderungen. Vielleicht mag ich es, wenn alles nach Plan läuft. Aber das heißt noch lange nicht, dass ich dich nur ..., dass du nur Teil eines Plans warst.« Sie schluckte, überrascht von der Heftigkeit, mit der alte Gefühle wieder ans Licht drängten, jetzt wo sie sie benannt hatte. Also konzentrierte sie sich auf den einfacheren Teil. »Im Übrigen kenne ich dich sehr gut. Ich weiß, wer hinter der Fassade steckt. Vielleicht besser als du selbst.« Sie sah das kurze Zucken in Carolins Gesicht. »Ich weiß, dass dir das Recht viel bedeutet und du ungeachtet von Familientraditionen und Pflichten gern Juristin bist. Ich weiß, dass du die italienische Küche und die italienische Sprache liebst, Strandurlaube und Wellness, gute Hotels und stilvolle Feste. Du magst schnelle Autos und du magst es, ab und zu die Regeln zu brechen, und obwohl du sehr viel von Logik und Vernunft hältst, magst du es auch, ab und zu nur auf deinen Instinkt zu vertrauen.« Etwas, das Theresa stets ein wenig beneidet hatte. »Ich weiß, dass du damit haderst, dass du kein besseres Verhältnis zu deiner

Familie und insbesondere deinen Eltern hast.« Sie musste an Charlottes Erklärung denken, dass Familie nicht zwangsweise bedeutete, dass man sich mochte oder verstand. Sie wog ihre nächsten Worte kurz ab, entschied aber, dass der Zeitpunkt für Rücksichtnahme lange passé war. Trotzdem senkte sie unwillkürlich die Stimme und entließ ihre Worte deutlich langsamer in die Nacht. »Und ich glaube, dass du im Grunde selbst gern Kinder hättest, aber dass du nicht weißt, wie sich das mit deinem Leben vereinbaren lassen könnte, weil du nicht willst, dass deine Kinder so aufwachsen, wie du aufgewachsen bist.« Sie legte den Kopf schief und lächelte traurig. »Ich kenne dich sehr gut, Carolin. Vielleicht warst *du* unsicher, wer du hinter der Fassade bist und was übrig bleibt, wenn du nicht mehr die toughe Spitzenanwältin bist. Aber das gibt dir nicht das Recht, deine Selbstzweifel auf mich zu übertragen.«

Carolin stand noch immer reglos, nur in ihrem Gesicht schienen eine Reihe von Emotionen miteinander zu ringen.

Theresa verschränkte die Arme vor der Brust und stieß sich von der Tür in ihrem Rücken ab, plötzlich in Eile. »Es tut mir leid, dass sie sich gegen dich entschieden haben und dass es dir so schlecht ging und du dich so unter Druck gesetzt hast. Aber ich wüsste nicht, was ich getan haben soll, das dir das Gefühl gegeben hat, dass ich dich nur liebe, solange du ein bestimmtes Karriereziel erreichst.«

Carolin sah erneut zu Boden und fast meinte Theresa, ein kurzes Nicken auszumachen. Aber vielleicht war es auch nur ein tiefes Seufzen.

Theresa wandte sich um und hatte schon die Türklinke in der Hand, als ihr noch etwas einfiel. Sie zögerte, holte tief

Luft und drehte sich noch einmal zu Carolin herum. »Und nur fürs Protokoll: Du hast recht, ich habe keine Ahnung, warum du dich damals in mich verliebt hast.« Sie presste kurz die Lippen aufeinander und versuchte, ihre Emotionen unter Kontrolle zu behalten. »Und ich habe nie gefragt«, sie schluckte und brauchte viel zu lange, die nächsten Worte herauszubekommen, »weil ich mir absolut nicht vorstellen konnte, was du in mir gesehen hast.« Sie blinzelte und wischte eilig eine einzelne Träne fort, ehe sie Carolins Blick begegnete. »Ich bin niemand, dem Sympathien nur so zufliegen. Ich bin ehrgeizig, um nicht zu sagen verbissen. Und im besten Fall werde ich für meine Leistungen respektiert. Du, du bist immer so stark und in dir ruhend, so frei von jedem Zweifel. Du scheinst dich nie darum zu scheren, was andere von dir denken, und trotzdem brauchst du einen Raum nur zu betreten, und schon hört alles auf dein Kommando. Es war mir immer vollkommen unverständlich, dass jemand wie du jemanden wie mich liebt. Wenn überhaupt, habe ich darauf gewartet, dass du irgendwann einsiehst, dass ich nicht genug bin.« Sie atmete tief durch und fühlte sich plötzlich etwas leichter. Sie wischte sich noch einmal durch das Gesicht. »Philipp hat gesagt, dass ich Fragen meide, wenn ich glaube, die Antwort nicht verkraften zu können.« Sie lachte traurig. »Ich schätze, er hat recht.«

Sie atmete noch einmal tief ein und wieder aus, fuhr sich durch die Haare und warf Carolin einen letzten Blick zu. Die stand noch immer unbeweglich und Theresa wandte sich ab und verließ ohne ein weiteres Wort die Wohnung.

# APRIL

# 19

»Sorry, die Verbindung hat sich kurz aufgehängt – was hast du zuletzt gesagt?«

»Ich hab gesagt, dass das hier bestimmt auch was für deinen Bruder und seine Freundin wäre. Gestern haben wir uns den Architectural District angeschaut, das war irre. Du hast in jedem Straßenzug das Gefühl, in einem Postkartenmotiv zu stehen. Wenn Zeit ist, wollen wir noch ins Bass Museum, das ist hier wohl das wichtigste Kunstmuseum, und natürlich ins Science Museum. Aber langsam geht es auf die Endrunde zu, mal sehen, wie viel Zeit uns da noch für Sightseeing bleibt.«

Theresa lachte. »Gut, dass ihr die Alligatoren gleich am Anfang abgehakt habt, was?«

Auf dem Bildschirm schüttelte Lena bestimmt den Kopf. »Ich wäre nicht abgereist, ohne die gesehen zu haben. Warte nur, bis du die Fotos und Videos siehst. Obwohl das natürlich nicht ansatzweise an das Live-Erlebnis herankommt.«

Lenas Begeisterung war trotz der schlechten Verbindung deutlich zu sehen und zu hören. Ihre Augen strahlten und sie schien trotz der für sie späten Stunde und dafür, dass ihr Tag schon früh begonnen hatte, hellwach und aufgedreht.

Theresa unterdrückte ein Gähnen und griff nach ihrem Kaffeebecher. »Ich werde Philipp ausrichten, dass er Miami auf seine Reiseliste setzen soll.« Die neun Stunden Zeitunterschied bedeuteten, dass bei ihr früher Morgen war, zumal sie bereits seit einer ganzen Weile wach war und buchstäblich auf gepackten Koffern saß. »Was steht denn heute noch auf dem Programm? Oder gehst du etwa früh schlafen?«

Lena grinste. »Wo denkst du hin? Ein paar der Fotografen wollen Nick und mich noch in eine angesagte Cocktailbar mitnehmen und ich hab ein paar Leute wiedergetroffen, die ich noch aus meiner aktiven Zeit kenne und die jetzt Betreuer sind. Mal sehen, was wir noch anstellen.«

Theresa konnte nur ungläubig den Kopf schütteln. Lena schien eigentlich jeden Abend angesagte Bars oder Clubs zu entdecken, auf Dachterrassen, in Kellern, in Brauereien, Hotels oder Hinterhöfen und Theresa hatte bereits mehrfach vorgeschlagen, dass sie ihre Erfahrungen doch nutzen und einen eigenen Reiseführer zusammenstellen sollte. Fotos hatte sie ja sicher genügend. Wann immer sie per Videoanruf miteinander sprachen, was in der Regel alle paar Tage war, hatte Lena neue Geschichten zu erzählen, in denen neue Namen auftauchten, von Menschen, die sie kennengelernt oder wiedergetroffen hatte.

Tagsüber waren sie und Nick, der Fotograf, den sie begleitete und der sich offenbar als ebenso entspannt wie kompetent erwiesen hatte, meist auf der Anlage in den Miami Gardens mit ihren dreißig Plätzen unterwegs. Aber wann immer sie Zeit hatte, setzte Lena sich ab, um die Stadt zu erkunden. Während der erste Austragungsort, Indian Wells, ihrer Erzählung nach hauptsächlich aus Golf Ressorts, Spas und Restaurants bestanden hatte, kam sie in Miami nun voll auf ihre Kosten. In den ersten Tagen hatte sie eine Sumpfboot-Tour durch den berüchtigten Gator-Park gemacht, eine

Bootstour um Fisher-Island, die Insel der Superreichen, und sich einen Vormittag in South Beach umgesehen, dem ältesten Stadtteil Miamis, in dem auch der berühmte Ocean Drive lag. Vor zwei Tagen hatte sie Theresa voller Begeisterung von einem Ausflug nach Little Havana berichtet, einem kubanisch-lateinamerikanisch geprägten Viertel Miamis mit Restaurants, Kunstgalerien, handgerollten Zigarren und Musik sowie einem Hollywood nachempfundenen *Latin Walk of Fame* zur Würdigung lateinamerikanischer Stars. Ihre Ausflüge unternahm sie bisweilen allein, aber häufig in Begleitung, und sie schien keinerlei Schwierigkeiten zu haben, Anschluss zu finden.

»Und du – wann geht dein Zug?«, fragte Lena nun.

»Erst am Nachmittag, aber ich habe vorher noch Termine und fahre dann direkt von dort aus.« Die Familienrechtskonferenz, zu der sie sich vor Monaten angemeldet hatte, wurde am Abend mit einem kleinen Empfang eröffnet, ehe am nächsten Tag das eigentliche Veranstaltungsprogramm begann, das sich über zwei Tage erstreckte. Freitagabend wäre sie wieder zurück.

»Wo war das noch mal?«

»Lübeck«, antwortete Theresa. »Nicht ganz so glamourös wie Miami, aber immerhin an der Küste.«

Lena lachte. »Ist doch super. Ich liebe das Meer im Winter.«

»Tja, leider muss ich dir sagen, dass wir uns seit«, sie schielte auf den Kalender ihres Laptops, »fast zwei Wochen im Frühling befinden, zumindest kalendarisch betrachtet. Und das Meer werde ich wohl allenfalls auf einer Ansichtskarte zu sehen bekommen.«

»Wieso das?«

»Weil Lübeck zwar an der Küste liegt, aber noch ein ganzes Stück Küstenlandschaft zwischen Meer und Stadt liegt. Und schließlich bin ich ja nicht zum Vergnügen da. Das Programm ist eng getaktet.«

»Aber du wirst dich doch wohl mal eine Stunde ausklinken können, um ans Meer zu fahren.«

Theresa lachte. Sie verstand ja, dass es für Lena schwer vorstellbar war, zweieinhalb Tage in einem Tagungshotel zu verbringen, ohne rauszugehen und die Umgebung zu erkunden. »In Businesskostüm und High Heels?«

»Warum nicht? Am Strand kannst du die Schuhe ausziehen. Gerüchten zufolge sollt ihr ja schon Frühling haben.«

»Ich werde das überprüfen«, sagte sie belustigt und warf einen Blick auf die Uhr. »Ich muss leider gleich los.«

Lena nickte. »Steineklopfen?«

»Ja«, bestätigte Theresa lachend. »Aber hey, es könnte sein, dass du deine Wette tatsächlich gewinnst.«

»Oh?« Lena sah sie erwartungsvoll an.

»Es ist noch nicht ganz spruchreif«, schränkte Theresa ein, »aber ich bin in Gesprächen mit meiner alten Fakultät in Göttingen. Die wollen eine studentische Rechtsberatung im Bereich Familienrecht aufbauen und suchen jemanden, der das begleitet.«

»Du willst Studenten beraten?«, fragte Lena nach.

Theresa lachte. »Nein. Die Studenten sind diejenigen, die beraten.«

Die Idee war an die in den USA weit verbreiteten *Law* oder *Legal Clinics* angelehnt. Diese operierten allerdings unter völlig anderen Voraussetzungen, weil es in den USA keine staatliche Rechtshilfe für Bedürftige gab und die sogenannte

*Pro bono*-Tätigkeit, die Hilfe zum Wohle der Öffentlichkeit, wesentlich verbreiteter war. In Deutschland hingegen war es Anwälten lange Zeit grundsätzlich verboten, kostenlose Rechtshilfe anzubieten. Insbesondere im Zuge der Flüchtlingskrise boten nun immer mehr Universitäten kostenlose Beratungen durch ihre Jurastudenten an. Auch in Göttingen gab es bereits eine Refugee Law Clinic, in der Geflüchtete Unterstützung rund um Fragen zu ihrem Aufenthaltsstatus, ihrer Wohn- oder Arbeitssituation erhielten.

»Und wen beraten die Studenten?«, fragte Lena interessiert.

»Die meisten Angebote richten sich an Geflüchtete, aber es kommen immer neue Rechtsgebiete dazu: Medien, Internet, Existenzgründung, Verbraucherschutz, aber auch Mietrecht, Kaufrecht oder Sozialrecht. In Hannover zum Beispiel beraten Studenten bereits in Fragen des Familien- und Erbrechts.«

»Aber«, sagte Lena mit erkennbarer Skepsis, »Studenten sind ja nicht umsonst noch an der Uni. Können die das denn?«

»Sie sollen es ja lernen. Es gibt ihnen die Chance, neben der ganzen Theorie auch praktische Erfahrung zu sammeln und zu sehen, dass Jura mehr als Gesetzestexte und Aktenzeichen ist. Und sie werden ja von erfahrenen Anwälten angeleitet und betreut.«

»Ah«, stellte Lena fest. »Da kommst du ins Spiel.«

»Richtig.«

»Und das wäre ein Vollzeitjob?«

»Nein, nein. Erstmal stundenweise und ehrenamtlich«, erklärte Theresa. »Aber ich glaube«, sie machte eine zuversichtliche Kopfbewegung, »es wäre ein Anfang.«

Die zuständige Koordinatorin an der Universität hatte sie vor ein paar Tagen angerufen und Theresa hatte sofort zugesagt, ohne die Details zu kennen. Nachdem sie aufgelegt hatte, war sie kurz unsicher geworden, aber dann hatte sie sich an das letzte Mal erinnert, als sie übereilt gehandelt und einen Mietvertrag gekündigt hatte, ehe der neue unterschrieben gewesen war. Im Nachhinein hatte sich doch alles als gut herausgestellt.

»Cool«, sagte Lena, aber ihre Stirn lag immer noch in leichten Falten. »Aber ist das dann zusätzlich zu den Stunden in der Kanzlei, oder ...?«

Theresa lachte. »Ich habe schon mit Sebastian und Alexander gesprochen. Ich werde in der Kanzlei ein wenig kürzertreten.«

Tatsächlich war Sebastian zu ihrem Erstaunen sofort Feuer und Flamme gewesen, aber es hatte nicht lange gedauert, ehe er auch den Grund verraten hatte. Schließlich würde Theresas Engagement in ehrenamtlicher Funktion und die Hilfe für Mittellose oder sozial benachteiligte Menschen auch ein gutes Licht auf die Kanzlei werfen. Alexander war derselben Ansicht und beide hatten angeboten, ebenfalls die eine oder andere Stunde ihrer Zeit zur Verfügung zu stellen. Da die drei sich ihre Gehälter und Erfolgsbeteiligungen ohnehin entsprechend ihrer jeweiligen Umsatzbeteiligung ausschütteten, hatte auch keiner von beiden etwas dagegen einzuwenden, dass Theresa künftig etwas kürzertreten würde. Sie hatte außerdem angekündigt, sich ihre Mandanten und die Fälle etwas ... handverlesener auszusuchen.

»Ich muss wirklich los«, sagte Theresa nach einem erneuten Blick auf die Uhr. »Hab Spaß, bei was auch immer ihr tut.«

»Danke. Alles Gute für deine Konferenz. Und grüß mir das Meer.«

Theresa legte den Kopf schief. »Ich werde sehen, was ich tun kann.« Aber sie wusste, dass ein Spaziergang am Strand eine bloße Vorstellung bleiben würde.

»Hey«, rief Lena, als sie schon kurz davor waren, die Verbindung zu beenden.

»Ja?«

»Weniger als eine Woche.« Am Sonntag endete das Turnier in Miami und am Montag ging ihr Rückflug. In fünf Tagen würden sie sich wiedersehen.

Theresa lächelte. »Ich weiß.« Sie spürte, wie ihre Mundwinkel sich in Vorfreude nach oben zogen. Sie hatten bereits ausgemacht, dass sie Lena am Bahnhof abholen würde. »Hast du einen Wunsch für deinen ersten Abend zurück?«

»Hm«, machte Lena und legte den Kopf schief, als müsse sie überlegen. Dann grinste sie. »Überrasch mich.«

Theresa hatte es sich mit ihrem Laptop und ein paar Notizen im Speisewagen bequem gemacht. Sie hatte zwar wie immer eine Sitzplatzreservierung, aber sich direkt neben einem Menschen mit immensem Sendungsbedürfnis wiedergefunden, der abwechselnd in sein Handy krakeelte oder versuchte, sie in ein Gespräch zu verwickeln. Also war sie geflohen und hatte sich in dem mäßig besuchten Speisewagen an einen kleinen Tisch gesetzt und in aller Ruhe arbeiten können.

Sie war gerade dabei, eine Mail der Koordinatorin der Göttinger Universität zu beantworten, als ihr Handy zu brummen begann. Der Speisewagen war zwar grundsätzlich als

Ruhebereich gekennzeichnet, aber außer Theresa saßen nur zwei Männer mit eingestöpselten Kopfhörern im Wagon und der freundliche Kellner, der ihr vorhin ihren Kaffee serviert hatte, nickte ihr im Vorbeigehen nur gutmütig zu.

Theresa nahm das Gerät auf, sah die unbekannte Nummer im Display und nahm ab.

»Stein,«, meldete sie sich.

»Krause, Klinikum Kassel, guten Tag. Spreche ich mit Theresa Stein?«

Theresa atmete tief durch. »Ja«, sagte sie und wappnete sich.

»Frau Stein, wir haben –«, klang noch durch die Leitung, dann brach die Verbindung ab. Theresa bemerkte die veränderten Lichtverhältnisse und sah auf. Sie waren in einen Tunnel eingefahren.

Sie legte das Handy wieder vor sich auf den Tisch. Einen langen Moment starrte sie es an, dann wandte sie sich wieder ihrem Laptop zu, sicherte die offenen Dateien ab und versetzte das Gerät in den Ruhezustand, ehe sie den Deckel zuklappte.

Sie trank den letzten Schluck in ihrem Kaffeebecher und betrachtete wieder ihr Handy, dessen Display aber dunkel blieb. Kurz darauf waren sie aus dem Tunnel heraus und sie prüfte den Verbindungsstatus. LTE, drei Balken.

Sie verschränkte die Arme vor der Brust und lehnte sich in ihrem Sitz zurück. Sicher würde die Dame aus dem Klinikum es in Kürze noch einmal versuchen, sodass es Theresas beste Option war, einfach abzuwarten. Da sie ohnehin nicht wusste, ob sie vom Empfang, der Notaufnahme oder einer Station angerufen worden war, ergab es wenig Sinn, unnötig herumzutelefonieren und die Leitung zu blockieren.

Ihre Unterhaltung von vor ein paar Wochen mit Philipp ging ihr wieder durch den Kopf. Sie hatte Wort gehalten und den Hausarzt ihrer Mutter angerufen und ihm ihre Bedenken und Sorgen mitgeteilt. Dieser hatte versprochen, sich ihre Mutter anzusehen und sich selbst ein Bild zu machen, ob eine Verschlechterung eingetreten war und wenn ja, was unternommen werden konnte, um dem entgegenzuwirken. Tatsächlich war ihre Mutter kurze Zeit später auch in seiner Praxis gewesen und hatte sich – dem anhaltenden Drängen von Philipp und Theresa schließlich nachgebend – von Theresa begleiten lassen. Allerdings hatte der Arzt nichts festgestellt, was auf eine wesentliche Verschlechterung hindeutete, und Theresa war etwas beruhigt gewesen. Zumal der Arzt ihr erklärt hatte, dass die extremen Wetter- und Temperaturschwankungen ebenso wie ein harmloser Infekt, schlechter Schlaf oder andere Faktoren sich durchaus kurzfristig auf die Tagesform ihrer Mutter auswirken konnten, sich in der Regel aber schnell wieder nivellierten. Der Anruf nun ließ Theresa allerdings zweifeln, ob der Arzt nicht doch etwas übersehen hatte.

Wenn ihre Mutter im Krankenhaus war und nicht selbst anrief, konnte es nur bedeuten, dass sie mit dem Rettungswagen eingeliefert worden war. Hätte ihr Hausarzt doch noch einen Anlass zur Sorge gesehen, vielleicht durch nachgereichte Laborwerte oder Ähnliches, und hätte ihn dies zu einer sofortigen Einweisung seiner Patientin veranlasst, der Anruf wäre sicher aus seiner Praxis gekommen und nicht direkt aus dem Krankenhaus.

Theresa überlegte, was zu tun war. Sie konnte nichts entscheiden, ehe sie nicht wusste, weshalb ihre Mutter eingeliefert worden war. Handelte es sich doch eher um eine Vorsichtsmaßnahme, um ihre Mutter nach einer kleinen Krise noch eine Weile beobachten zu können, würde sie Philipp anrufen. Sie würde ihn bitten, ins Krankenhaus zu fahren und sie von dort aus anzurufen. Dann könnten sie zu dritt beraten, wie es weitergehen sollte und ob es Sinn ergab, dass Theresa ihre Reise vorzeitig abbrach und zurückkehrte. Handelte es sich tatsächlich um eine akute Verschlechterung – aber soweit wollte Theresa noch nicht denken. Sie hatte erst gestern mit ihrer Mutter telefoniert, die bester Laune gewesen war und begeistert erzählt hatte, dass ihr Chef ihr die Organisation des Sommerfests angetragen hatte. Nichts hatte darauf hingedeutet, dass es ihr schlecht ging.

Endlich brummte ihr Telefon erneut und Theresa atmete auf. Es war tatsächlich dieselbe Nummer wie zuvor.

»Entschuldigen Sie, ich sitze im Zug«, beeilte sie sich zu erklären, schon für den Fall, dass die Verbindung erneut abbrach.

»Kein Problem«, sagte die Frau in ruhigem Tonfall. »Frau Stein, ich muss Sie leider informieren, dass ihr Bruder bei uns eingeliefert worden ist.«

Theresa hatte den Mund bereits zu einer Antwort geöffnet, aber die letzten, unerwarteten Worte ließen sie erstarren.

»Sie sind im Notfallpass seines Telefons als Kontakt hinterlegt.«

»Ja«, bekam Theresa heraus.

Philipp hatte ihr vor einer ganzen Weile erklärt, wie sie den Notfallpass ihres Smartphones einrichten konnte, damit Ersthelfer auch im Sperrzustand des Gerätes auf wesentliche Informationen wie Vorerkrankungen, die Blutgruppe oder eben die im Notfall zu kontaktierenden Personen zugreifen konnten.

»Ihr Bruder ist mit dem Rettungswagen hier angekommen und wird im Augenblick bei uns notfallmedizinisch versorgt«, fuhr die Frau fort und Theresa spürte plötzlich, wie sich ihr der Magen umdrehte, denn wenn sie auf Philipps Notfallpass hatten zurückgreifen müssen, bedeutete das, dass er nicht ansprechbar gewesen war.

»Ich verstehe.« Sie brauchte einen Moment, um sich zu fangen. Dann begann sie, Laptop und Notizbuch hastig in ihre Tasche zu stopfen. »Was ist passiert?«

»Dazu kann ich Ihnen leider nichts sagen.«

»Können Sie mir dann wenigstens sagen, wie es ihm geht?«

»Im Augenblick wissen wir dazu noch nichts Genaueres, aber die Kollegen können Sie später wieder anrufen.«

»Ja. Ich sitze im Zug«, wiederholte sie und schaute irritiert aus dem Fenster. Sie hatte keine Ahnung, auf welchem Streckenabschnitt sie sich überhaupt gerade befanden. Hatten sie Hannover bereits passiert? Wie lange waren sie schon unterwegs? Sie starrte auf ihre Uhr, ohne dass die Zeiger ihr etwas verrieten. »Wo kann ich anrufen, um Näheres zu erfahren?«

»Es wäre besser, wenn sie warten, bis wir Sie anrufen, Frau Stein«, sagte die Frau am Telefon in weiterhin ruhigem, freundlichen Ton.

Theresa nickte, während sie nach ihrem Portemonnaie griff und Geld für ihren Kaffee auf den Tisch legte. »Ich verstehe«, wiederholte sie und sprang auf. Natürlich verstand sie. Es half niemandem, wenn panische Angehörige die Telefone läuten ließen.

Sie sah sich um und versuchte abzuschätzen, in welcher Zugrichtung sie wohl eher auf einen Schaffner treffen würde.

»Können wir sonst noch jemanden informieren?«, drang es aus dem Telefon und Theresa überlegte kurz.

»Nein«, lehnte sie ab. »Danke.« Es war besser, wenn sie erst einmal herausfand, was passiert war, ehe sie ihre Mutter verrückt machte. Oder Marie. Gott, Marie. Hatte sie überhaupt eine Telefonnummer von Marie?

»Alles Gute«, sagte die Frau noch, eine Art routiniertes Bedauern in ihrer Stimme und legte schließlich auf.

Theresa schnappte sich ihre Laptoptasche und zog ihren Koffer aus der kleinen Nische hinter ihrem Sitz hervor. Dann eilte sie zur Bordküche, wo der Kellner gerade einen Kaffee zubereitete. »Entschuldigen Sie?«, rief Theresa, »haben Sie eine Ahnung, wann wir den nächsten Bahnhof erreichen?«

Theresa starrte auf einen dunklen Fleck ein Stück vor ihren Füßen. Sie fragte sich, ob der Krankenhausflur in den letzten vierundzwanzig Stunden einfach nur nicht gründlich gereinigt worden war oder etwas den Fleck verursacht hatte, das hartnäckig genug war, sich gegen die sicher wirkstarken Reinigungsmittel durchzusetzen und permanente Spuren zu hinterlassen.

Neben ihr knarzte der Plastikstuhl, als ihre Mutter ihr Gewicht verlagerte. Rechts von ihr war das Geräusch unruhiger Schritte zu vernehmen, die sich regelmäßig entfernten und wieder näherten.

Theresa hatte Marie angerufen, nachdem sie in Hannover den Zug verlassen und – einer glücklichen Fügung sei Dank – einen direkt auf dem gegenüberliegenden Gleis haltenden Zug zurück nach Kassel erwischt hatte. Eine kurze Onlinesuche hatte ihr die Telefonnummer des Tattoostudios geliefert und ein paar Sekunden später war auch Maries Welt vorerst zum Stillstand gekommen.

Theresa hatte ihr mitgeteilt, was sie wusste, so unergiebig es auch war, und Marie hatte sofort ins Krankenhaus fahren wollen. Theresa hatte sie überzeugt, eher überredet, dass sie als Nicht-Familienmitglied vermutlich ohnehin keine Auskunft erhalten würde und es besser wäre, wenn sie zunächst zu Theresas und Philipps Mutter fahren würde. Theresa wollte ihrer Mutter nicht am Telefon berichten, was passiert war, zumal sie eigentlich nichts Konkretes berichten konnte. Wie auch immer es aktuell um den Gesundheitszustand ihrer Mutter bestellt war, war es besser, kein Risiko einzugehen. Marie hatte schließlich zugestimmt und sie hatten verabredet, dass sie mit Theresas Mutter ins Krankenhaus kommen würde. Theresa würde direkt vom Bahnhof aus ebenfalls dorthin fahren.

Als Nächstes hatte Theresa Sandra in der Kanzlei angerufen und sie nach kurzer Erklärung der Situation gebeten, ihr Hotelzimmer zu stornieren und sie von der Konferenz abzumelden.

Kurz darauf hatte Sebastian sie angerufen und so hatte Theresa die Rückfahrt nach Kassel gut herumbekommen, ohne viel Zeit zu haben, sich verrückt zu machen.

Im Krankenhaus war sie zur neurologischen Intensivstation geleitet worden, wo sie auf ihre Mutter und Marie getroffen war. Inzwischen wussten sie, dass Philipp mit dem Fahrrad verunglückt war. Ein Lkw hatte ihn beim Abbiegen übersehen und Philipp war vom Fahrrad geschleudert worden. Während Marie also den Flur auf- und ablief und ihre Mutter stumm in die Ferne starrte, hatte Theresa die letzte halbe Stunde damit verbracht, das Internet nach hilfreichen Informationen zu der Suchanfrage *Häufigste Verletzung nach Fahrradunfall* zu durchforsten. Es hatte wenig beruhigend gewirkt.

Aus dem Augenwinkel nahm Theresa wahr, dass Marie wenige Schritte von ihr entfernt abrupt stoppte, ein Anflug von Erleichterung oder Dankbarkeit in ihrem Gesicht. Im nächsten Moment setzte sie sich wieder in Bewegung und eilte schnellen Schrittes an Theresa vorbei.

Theresa sah ihr nach und hielt unwillkürlich den Atem an, als Marie niemand anderem als Carolin um den Hals fiel. »Danke, dass du gekommen bist.«

»Na klar«, war Carolin zu vernehmen und kurz trafen sich ihre Augen, ehe Theresa sich abwandte und tief durchatmete. Der Gedanke eines verzerrten Déjà-vus drängte sich auf und sie fühlte zu viele Dinge auf einmal, um sie separieren zu können. Eine Hand legte sich auf ihr Bein und sie sah zu ihrer Mutter hinüber. Und irgendwie ahnte sie die Wahrheit, bevor ihre Mutter sie mit gedämpfter Stimme aussprach.

»Ich hab Carolin angerufen und gebeten, zu kommen.«

»Warum?«, entgegnete Theresa, aber wiederum kannte sie die Antwort im Grunde, bevor ihre Mutter sie aussprach. Zumindest einen Teil davon.

»Weil sie Philipp auch liebt und er jetzt alle Menschen um sich braucht, die ihn lieben«, erklärte ihre Mutter ruhig und Theresa nickte stumm. Was hätte sie dagegen auch vorbringen können. »Und weil du vielleicht auch jemanden brauchst, der dich stützen kann«, fuhr ihre Mutter fort, »und wir wissen beide, dass ich nicht dieser jemand bin.«

Theresa schluckte und starrte ihre Mutter noch einen Augenblick an. Dann bemerkte sie die Bewegung aus dem Augenwinkel und blickte auf, um Carolin und Marie näherkommen zu sehen.

Ihre Mutter erhob sich und ging auf Carolin zu. »Danke, dass du gekommen bist«, sagte nun auch sie und Carolin erwiderte, dass es selbstverständlich sei und bedankte sich für den Anruf. Sie umarmten sich und Theresa kam nicht umhin, zu bemerken, wie ihre Mutter sich kurz anzulehnen und festzuhalten schien. Vielleicht hatte auch sie jemanden gebraucht. Jemanden, der Trost spendete, statt Fakten.

Theresa schaute auf ihr Handy hinab und steckte es in die Tasche. Dann sah sie wieder auf und nickte Carolin kurz zu, als diese an ihr vorbeiging und ebenfalls auf einem der unbequemen Stühle Platz nahm.

Für eine Weile saßen sie alle zusammen, Theresa neben ihrer Mutter, daneben Carolin und schließlich Marie, die mit gedämpfter Stimme das Wenige zusammenfasste, was sie bisher wussten, ehe Carolin ergänzte, dass sie mit dem zuständigen Polizeibeamten gesprochen und der Lkw-Fahrer die Schuld voll auf sich genommen habe. Theresa fragte sich, ob sie sich als Philipps Anwältin ausgegeben oder irgendwelche Beziehungen hatte spielen lassen. Dann wischte sie den Gedanken irritiert beiseite und erinnerte sich, dass es um Philipp ging und nur um Philipp.

Als sie anfingen, sich gegenseitig Mut zuzusprechen, dass Philipp schließlich jung und gesund sei, Marie einen schlechten Witz über seinen Dickschädel machte und ihre

Mutter anfing, von seinen ersten Fahrversuchen auf dem Rad zu erzählen, stand Theresa auf und machte sich auf die Suche nach einer Cafeteria.

Wenig später stand sie auf einer Zwischenebene oberhalb der Empfangshalle des Klinikums und schaute minutenlang orientierungslos auf die Auswahl an Getränken, die hinter der Theke auf großen Tafeln angeschrieben waren.

Sie bemerkte, dass jemand hinter sie getreten war, und fragte sich gerade, warum er oder sie nicht einfach an ihr vorbeiging und bestellte, als sie eine Hand an ihrer Schulter spürte.

»Bist du okay?«, fragte Carolin und Theresa widerstand der plötzlichen Versuchung, sich herumzudrehen und einmal mehr darauf zu vertrauen, dass Carolin sie auffangen würde. Stattdessen zwang sie sich, weiter blind auf die Tafeln zu starren, bis Carolin ihre Hand wieder zurückzog und um sie herum zur Theke ging.

»Zwei Kaffee, bitte.«

Theresa schlang die Arme um ihren Oberkörper und ging zu einem der leeren Stehtische hinüber, während Carolin bezahlte und ihre Getränke unter lautem Rattern und Zischen der Maschinen zubereitet wurden.

Kurz darauf schob Carolin ihr einen der Becher zu und Theresa konzentrierte sich ganz auf den Duft des frisch gebrühten Kaffees, ließ ihn sich in die Nase steigen und ihre müden Sinne etwas beleben. »Danke«, murmelte sie, ohne aufzusehen.

Eine Weile standen sie sich schweigend gegenüber.

»Ich bin wirklich wegen Philipp hier«, sagte Carolin schließlich. »Aber wenn ich etwas für dich tun kann ...«

Theresa nickte kurz, dann schüttelte sie den Kopf. »Ich kann mir nicht einmal vorstellen, dass er nicht wieder …« Sie schluckte die Emotionen herunter, aber ihr Atem strömte nur zitternd aus ihrer Lunge und dann lag plötzlich Carolins Hand auf ihrer und drückte sanft, aber bestimmt zu.

»Ich weiß«, sagte Carolin und jetzt sah Theresa doch auf. »Ich weiß«, wiederholte Carolin und zog ihre Hand zurück. Und natürlich wusste sie. *Löwenmama*, hatte sie Theresa immer amüsiert genannt, wenn sie sich wieder einmal über eine von Philipps Kurzzeitfreundinnen ausgelassen oder sich über seinen Leichtsinn in dieser oder jener Hinsicht aufgeregt hatte. *Wir brauchen doch keine Kinder*, hatte sie gesagt, wenn Theresa vorsichtig auf das Thema zu sprechen gekommen war, *wir haben Philipp. Und den hast du ja Gott sei Dank schon großgezogen. Warum noch mal von vorn anfangen, wenn gleich der erste Versuch so wohlgeraten ist.* Sie hatte immer verstanden, dass Philipp mitunter fast mehr Sohn als Bruder für Theresa war. So wie sie eben vieles einfach verstanden hatte.

Theresa wurde gewahr, dass sie Carolin noch immer in die Augen sah, und sie riss sich los. »Warum bist du hier?«, fragte sie und bereute es augenblicklich. Sie fühlte sich roh und entblößt, als fehlte ihr eine äußere Schicht, die sie sonst zu schützen vermochte.

»Wegen Philipp, das habe ich doch gerade –«

»Nein, ich meine, in der Stadt«, fuhr sie dennoch fort. »Du warst vielleicht nicht in München, aber du warst offensichtlich eine Weile weg. Warum bist du wieder zurückgekommen?«

Carolin seufzte und ließ ihre Fingerspitzen über den Rand des Kaffeebechers fahren. »Weil ich eingesehen habe, dass ich vor mir selbst weggelaufen bin. Ich bin eine Weile gereist, habe versucht, den Kopf freizubekommen, aber ein Heilmittel ist das auch nicht. Also dachte ich, dass ..., vielleicht ..., wenn ich an den Ort des Geschehens zurückkehre, dass ich dann einen Ausgangspunkt finde, um weitergehen zu können.« Sie schüttelte den Kopf und schaute Theresa etwas ratlos an. »Aber offenbar finde ich immer nur zu dir.«

Theresa zwang sich, auf ihre Hände und den Kaffeebecher darin zu schauen. Ein Teil von ihr wollte etwas erwidern, aber sie befahl ihm, still zu sein. Seit ihrem Gespräch vor einem knappen Monat hatte sie alles versucht, nicht an Carolin zu denken und all die Gefühle wieder zuzuschütten, die dieser Vormittag im Café und ihr nächtlicher Auftritt in Carolins Wohnung wieder aufgewirbelt hatten. Und sie hatte es fast geschafft. Sie freute sich auf Lena und sie hatte nicht die Absicht, sich von der Vergangenheit und allem, was gewesen, aber nun vorbei war, zurückhalten zu lassen.

»Es ist gut, dass du da bist«, sagte sie und schob ihren Kaffeebecher ein Stück von sich weg. »Für Philipp.« Sie trat einen Schritt zurück. »Darauf solltest du dich konzentrieren.«

Sie ging und ließ Carolin hinter sich.

»Hast du die Cafeteria nicht gefunden?«, fragte ihre Mutter, als Theresa wieder bei ihr und Marie angekommen war.

»Nein.«

»Carolin ist auch los«, sagte Marie. »Vielleicht hat sie mehr Glück.«

»Ja«, sagte Theresa und ließ sich wieder auf dem Plastikstuhl nieder, der sicher hygienisch einwandfrei, aber weder bequem noch hübsch war. Sie rutschte einen Moment umher, bevor sie eine Position gefunden hatte, die erträglich war.

Carolin kehrte eine Weile später zurück – mit einem entkoffeinierten Kaffee für Theresas Mutter und einem Chai Latte für Marie. Theresa wich ihrem Blick aus und Carolin ließ sich auf dem Platz am weitesten von ihr entfernt nieder.

»Die Angehörigen von Philipp Stein?«, schreckte eine Stimme sie alle auf und Theresa wandte sich der Pflegekraft zu, die den Kopf aus der Tür streckte, die zwischen ihnen und der Intensivstation lag.

»Ja.«

»Die Oberärztin würde jetzt mit Ihnen sprechen.«

Sie standen auf und folgten der Pflegerin, die sie in einen kleinen Besprechungsraum brachte. Erneut mussten sie kurz warten, ehe eine Ärztin in blauer Arbeitstracht und ohne den obligatorischen weißen Kittel hereinkam, was sie Theresa kompetenter und irgendwie vertrauenswürdiger erscheinen ließ.

»Guten Tag. Sie warten sicher alle schon eine ganze Weile, deshalb versuche ich, Ihnen das Wesentliche verständlich zusammenzufassen.« Sie schaute zunächst Theresas Mutter an und dann abwechselnd auch Theresa, Marie und Carolin. »Ihr Sohn hatte heute Nachmittag einen Fahrradunfall. Dabei ist er von seinem Rad geschleudert worden und hart auf der Straße aufgeschlagen. Er war beim Eintreffen der Ersthelfer am Unfallort nicht bei Bewusstsein, weshalb die Kollegen sofort alle Maßnahmen eingeleitet haben, um die Vitalfunktionen zu sichern. Das heißt, Philipp hat Medikamente erhalten, um seinen Kreislauf zu stabilisieren, und er wurde intubiert, um eine ausreichende Beatmung sicherzustellen. Er hat aber auf Schmerz reagiert, was ein gutes Zeichen ist. Wegen der Art des Unfalls und der Bewusstlosigkeit mussten wir bei Einlieferung neben seinen übrigen Verletzungen, auf die ich gleich noch eingehe, erst einmal von einem bestehenden Schädel-Hirn-Trauma ausgehen, also einer Kopfverletzung durch Gewalteinwirkung.« Die Ärztin machte eine kurze Pause, wohl um ihnen die Chance zu geben, das Gesagte zumindest ansatzweise zu verdauen. »Deshalb haben wir unter anderem ein CT gemacht, also eine Aufnahme des Schädels und der Halswirbelsäule, um sicherzugehen, dass keine Einblutungen, Quetschungen oder andere Verletzungen des Gehirns oder der Wirbelsäule vorliegen.« Endlich zeigte ihr Gesicht, das bis dahin freundlich, aber neutral gewirkt hatte, eine kleine Regung. »Philipp war zwar etwas länger bewusstlos, als uns lieb gewesen wäre, aber im Augenblick sind wir vorsichtig optimistisch. Die Aufnahmen haben keine Blutungsherde gezeigt und wir haben auch keine Hinweise auf einen steigenden Hirndruck. Auch die Wirbelsäule ist unverletzt und mittlerweile ist Philipp auch wieder bei Bewusstsein gewesen. Allerdings haben wir ihn wegen seiner übrigen Verletzungen leicht sediert.«

Theresa atmete auf und spürte, wie ihre Mutter neben ihr zu weinen begann.

»Für den Moment möchten wir Philipp erst einmal auf der Intensivstation belassen. Bei Kopfverletzungen dieser Art kann es leider auch Stunden später noch zu Komplikationen kommen. Deshalb führen wir regelmäßige neurologische Checks durch und überwachen ihn engmaschig«, sprach die Ärztin weiter, aber ihre Stimme klang nicht, als wollte sie ihnen die Hoffnung, die sie ihnen gerade gegeben hatte, gleich wieder nehmen.

»Was für übrige Verletzungen sind das?«, wollte Theresa wissen.

»Philipp hat diverse Schürf- und Schnittwunden, Stauchungen und Prellungen erlitten, die aber im Großen und Ganzen nicht weiter bedenklich erscheinen. Beim Aufprall hat er sich außerdem eine distale Radius- und eine Schlüsselbeinfraktur zugezogen, also einen Bruch des Handgelenks und des Schlüsselbeins. Das sind für den vermuteten Unfallhergang und die Umstände die üblichen Verletzungen, die man auch erwarten würde und die verhältnismäßig harmlos sind. Allerdings sind beide Brüche etwas komplizierter und müssen voraussichtlich operativ gerichtet werden.«

»Was heißt das?«

»Das wird der Unfallchirurg sicher noch mal im Einzelnen mit Ihnen besprechen, aber vermutlich wird Philipp unter Narkose eine kleine Metallplatte eingesetzt, damit die Knochen an der jeweiligen Bruchstelle wieder gerade und stabil zusammenwachsen können. Dann werden die betroffenen Körperregionen eine Weile ruhiggestellt, ehe man die Platten später wieder entfernt.«

»Das ist Routine?«, fragte Marie erleichtert und die Ärztin nickte.

»Das sind Routineeingriffe mit verhältnismäßig geringem Risiko. Im Augenblick gilt unser Hauptaugenmerk aber dem Schädel-Hirn-Trauma, weshalb wir auf jeden Fall noch etwas warten möchten, ehe wir ihm eine Vollnarkose zumuten. Bis dahin wird Philipp natürlich schmerzmedizinisch versorgt.«

Ihre Mutter weinte noch immer und Theresa fasste nach ihrer Hand, um sie zu drücken.

»Wann können wir zu ihm?«, fragte sie.

Die Ärztin warf einen Blick auf ihre Uhr. »Er wird gerade noch gewaschen und versorgt, aber dann können Sie ihn sehen. Die Kolleginnen von der Pflege geben Ihnen Bescheid, wenn es soweit ist. Am besten nehmen Sie solange noch einmal draußen im Flur Platz oder vertreten sich kurz die Beine. So zwanzig Minuten wird es sicher noch dauern.«

Sie waren wieder in den Wartebereich vor der Intensivstation zurückgekehrt und Carolin hatte sich ungeachtet der verhaltenen Proteste von Theresas Mutter verabschiedet, während Marie in Richtung Cafeteria verschwunden war, um mit Freunden zu telefonieren. Zuvor war sie Theresa und ihrer Mutter noch einmal um den Hals gefallen, weinend vor Erleichterung. Theresa war erst in diesem Moment klar geworden, was Philipps Unfall in Marie ausgelöst haben musste, die selbst gerade erst eine Situation überstanden hatte, die ihr die eigene Sterblichkeit mehr als nur vor Augen geführt haben musste.

»Ich gehe mal kurz Luft schnappen«, sagte Theresa zu ihrer Mutter und lächelte ihr kurz zu, ehe sie sich umdrehte und in Richtung Ausgang lief. Sie brauchte ein paar Minuten für sich, ein paar Minuten allein.

Draußen machte sich die Sonne gerade bereit, unterzugehen, und Theresa fröstelte leicht. Die Tage waren deutlich wärmer geworden, aber abends sanken die Temperaturen noch erheblich ab.

Sie rieb sich über die Arme und sah sich um. Der Vorplatz war verlassen bis auf eine Gestalt, die ein Stück in Richtung Straße auf einer Steinmauer saß. Carolin hatte ihr den Rücken zugewandt und Theresa hätte einfach bleiben können, wo sie war, oder wieder in das Klinikgebäude zurückgehen können. Stattdessen atmete sie tief durch und ging dann in ihre Richtung.

Sie ließ sich wortlos neben ihr nieder und Carolin sah überrascht auf. Sie schien in etwas auf ihrem Handy vertieft gewesen zu sein, steckte das Gerät jetzt aber weg. »Ich warte auf mein Taxi«, erklärte sie und Theresa nickte.

Einen Moment saßen sie still nebeneinander.

»Willst du wirklich nicht mit rein?«, fragte Theresa dann.

Aber Carolin deutete ein Kopfschütteln an. »Ich will nicht länger bleiben, als ich willkommen bin.«

Theresa seufzte und warf ihr einen kurzen Seitenblick zu. »Tust du nicht.« Sie zuckte mit den Schultern. »Meine Mutter hat recht: Philipp braucht seine Familie jetzt um sich und was immer war oder noch passiert, du gehörst dazu.«

Sie spürte Carolins Blick auf sich, aber sie drehte sich nicht zu ihr herum.

»Okay«, sagte Carolin. «Also konzentriere ich mich auf Philipp«, wiederholte sie Theresas Worte von zuvor, schüttelte aber gleich darauf den Kopf. »Ich weiß nicht, ob ich das kann.«

Theresa schloss die Augen und stützte ihre Hände neben sich auf die Steinmauer.

»Ich habe viel über das nachgedacht, was du neulich Nacht gesagt hast«, fuhr Carolin fort und sie klang plötzlich unsicher und zweifelnd. »Glaubst du wirklich, dass ich mich so geirrt habe? Dass es nichts zwischen uns verändert hätte?«

Theresa seufzte. »Ich weiß nicht, was du von mir hören willst. Dinge verändern sich ständig.«

Carolin lachte erstickt auf und schien einen Kommentar herunterzuschlucken. »Ich will nur verstehen, wie wir an diesen Punkt gekommen sind. Ob ich wirklich so falsch gelegen habe.«

*Ob du alles ohne Grund kaputt gemacht hast*, dachte Theresa, sagte es aber nicht. Sie zögerte noch einen Moment, aber vielleicht hatten sie beide eine ehrliche Antwort verdient. »Glaube ich, dass ich dich verlassen hätte, nur weil deine Karrierepläne den Bach runtergegangen sind?« Sie sah Carolin traurig an, die ihre Antwort zu erwarten schien. »Nein.« Sie zögerte einen Moment, selbst ein bisschen erstaunt über das, was sie als Nächstes sagte. »Glaube ich, dass wir noch immer glücklich und zufrieden wären, wenn du nicht gegangen wärst?« Sie schluckte. »Nein.« Wieder spürte sie Carolins Blick auf sich. »Nicht mehr. Ich habe lange geglaubt, dass unsere Beziehung perfekt war. Ich habe es nicht einmal hinterfragt, nachdem du abgehauen warst.« Theresa lächelte bitter. Wieder eine Frage, die sie aus Angst vor der Antwort nicht gestellt hatte. »Aber wenn alles so perfekt gewesen wäre, wärst du nicht gegangen und hätte ich gemerkt, was mit dir los war. Also lagst du wohl nicht ganz falsch.« Sie zuckte mit den Achseln. »Es stimmt, ich habe mich ein bisschen in dieses Bild von uns als erfolgreiches Anwaltspaar verliebt. Das heißt nicht, dass ich dich nicht geliebt habe, aber ich schätze, ich war so in die Idee von uns verliebt, dass ich die Realität dahinter irgendwann aus dem Auge verloren habe.«

Neben ihr atmete Carolin hörbar ein, beinahe als wäre sie erleichtert. »Ich hätte nicht einfach so abhauen dürfen.« Sie schüttelte den Kopf. »Wenn es eine Sache gibt, die ich all die Monate bereut habe, dann das. Ich hätte dir die Wahrheit sagen oder zumindest versuchen sollen, es dir zu erklären.«

»Warum hast du es nicht getan?«

»Als du mit dem Vertrag vor mir gestanden hast, war ich völlig überfordert. Und für einen Moment war es einfacher, dich in deinem Glauben zu lassen, als zu versuchen, etwas zu erklären, was ich selbst noch nicht ganz verstanden hatte. Der Druck, die Tage und Wochen davor, es war alles zu viel. Ich hatte das Gefühl, zu ersticken. Ich wollte nur noch weg. Und ich konnte es dir nicht erklären, also habe ich den ersten Ausweg genommen, der sich anbot.« Sie sah Theresa an und beinahe lag etwas Schmerzhaftes, Schmerzerfülltes in ihrem Blick. »Es war feige. Und es war nicht fair. Es tut mir leid.«

Theresa bemerkte ein Auto, aber es fuhr langsam vorbei und sie sah ihm gedankenverloren nach. »Ist es nicht interessant, dass ich sofort vom Schlimmsten ausgegangen bin? Als ich den Vertrag gefunden habe, meine ich. Statt zu fragen, was es damit auf sich hat, war ich sicher, dass du einen neuen Job angenommen hattest, ohne mir etwas zu sagen.« Sie sah, dass Carolin etwas einwenden wollte, aber sie ging darüber hinweg. »Ich schätze, tief drinnen habe ich doch gespürt, dass wir nicht glücklich waren. Dass du nicht glücklich warst.« Sie ließ den Kopf sinken und schaute auf ihre Schuhspitzen.

»Ich wollte dir die Wahrheit sagen«, sagte Carolin neben ihr. »Ich bin jeden Abend zu unserer Wohnung gefahren, um noch mal mit dir zu reden. Aber mit jedem Tag, mit jeder Stunde, die verging, ist mir immer klarer geworden, dass ich so nicht weitermachen konnte. Dass ich nicht einfach den nächsten Job annehmen und wieder in dasselbe Hamsterrad einsteigen konnte. Und ich war mir sicher, dass wir keine Zukunft hatten. Nicht, weil ich dich für so oberflächlich gehalten habe, dass du mich sofort verlassen würdest, wenn ich es nicht zur Partnerin bringen würde, aber ... mein ganzes Leben stand vor dem Umbruch und ich wusste, ich konnte mir einfach nicht vorstellen, dass du mir folgen würdest. Aber ich wollte dir zumindest die Wahrheit sagen.«

Theresa schluckte, Carolins Worte von damals wieder im Ohr. *Ich will nicht, dass es so zu Ende geht.* »Der Abend als ich von meiner Mutter kam«, sagte sie.

»Ja.« Carolin lachte traurig. »Ich hatte mir genau zurechtgelegt, was ich sagen wollte, aber als du dann vor mir gestanden hast – du warst so wütend und verletzt. Und ich war mir nicht sicher, ob ich es wirklich besser oder eher noch schlimmer machen würde. Also dachte ich plötzlich, dass es vielleicht besser für uns beide wäre, wenn ich einfach nur das Arschloch bin, dass dich ohne Grund verlassen hat, und du mich hassen und vergessen kannst.«

Theresa lachte freudlos.

»War es nicht.«

Carolin nickte. »Ich weiß. Es tut mir leid. Wenn ich könnte –«, begann sie, aber Theresa hob eine Hand und bedeutete ihr, nicht weiterzusprechen. Sie war nicht sicher, dass sie hören konnte, was Carolin im Begriff war, zu sagen. Und sie wollte etwas anderes wissen.

»Du hast neulich gesagt, dass ich mein Leben geordnet und berechenbar bräuchte.« Sie sah auf. »Was hast du damit gemeint?«

Carolin runzelte die Stirn. »Bist du sicher, dass –«, setzte sie an, aber Theresa lachte auf und schnitt ihr das Wort ab.

»Meinst du nicht, dass wir uns durch so viele Wahrheiten gequält haben, dass es auf eine mehr nicht ankommt?«

Carolin nickte. »Okay.« Sie schien tief durchzuatmen, ehe sie Theresa ansah. »Ich glaube, dass alles, was passiert ist, als du aufgewachsen bist, mit deinem Vater, deinen Großeltern, deiner Mutter, dazu geführt hat, dass du immer die Kontrolle haben willst. Dass du Veränderungen, insbesondere solche, die du nicht beeinflussen kannst und von denen du überrascht wirst, nicht gut erträgst. Also versuchst du, sie zu vermeiden, wo immer du kannst.« Sie hob die Schultern und machte eine beinahe entschuldigende Miene.

Theresa nickte langsam. »Und welches Risiko?«, fragte sie und ergänzte auf Carolins fragenden Blick hin: »Du hast gesagt, ich mag mein Leben so, wie es ist, ohne das Risiko, dass …?«

Carolin suchte die Straße nach ihrem Taxi ab, wandte sich dann aber wieder Theresa zu. »Ohne das Risiko, dass du abgelehnt wirst«, erklärte sie achselzuckend. »Dass du nicht gut genug bist.«

Theresa starrte sie an und Carolin schien noch etwas sagen zu wollen, sich dann aber umzuentscheiden. Sie schlug den Blick nieder und Theresa wandte sich ebenfalls wieder der Straße vor ihnen zu. Eine Weile saßen sie schweigend da, während Carolins Worte in Theresas Kopf nachzuhallen schienen.

»Weißt du noch, wie wir früher stundenlang über unsere Fälle geredet haben«, sagte sie schließlich. »Oder über einzelne Paragrafen und Auslegungen diskutiert haben?« Sie richtete sich auf und fuhr sich durch die Haare. »Wann haben wir damit aufgehört?«

Carolin machte eine hilflose Geste. »Wahrscheinlich als alles Routine geworden ist.«

Theresa nickte. »Und sind wir auch Routine geworden?«, fragte sie bitter. »Haben wir uns einfach nicht mehr genug füreinander interessiert?« Sie lachte kurz auf. »Ich habe dir Tennisstunden geschenkt, weil ich geglaubt habe, dass es deiner Karriere hilft.« Kein Wunder, dass Carolin unsicher geworden war, wo Theresas Prioritäten lagen. »Ich habe nicht einmal gefragt, ob du das überhaupt möchtest. Oder ob es dir Spaß macht.«

»Ich hätte etwas sagen können«, wandte Carolin ein.

»Eben. Wir haben beide geschwiegen.«

Carolin lachte zögerlich. »Ich habe es gehasst. Überall dieser rote Sand.«

Und Theresa fiel in das Lachen ein. »Ich war so sicher, dass ich dir einen Gefallen tue.«

»Ich mag auch keine Wellnessurlaube«, erklärte Carolin. »Am Strand halte ich es aus, da ist das Meer, die Weite. Aber warum ich mich freiwillig in einen geschlossenen Raum legen soll, nur um bei nervtötender Musik in der Sauna zu schwitzen, viel zu kleinen Pools zu baden oder mich von wildfremden Menschen anfassen zu lassen, habe ich nie verstanden.«

Theresa starrte sie an. »Warum hast du nie etwas gesagt?«

»Weil ich dachte, du magst es. Du hast dich immer so gefreut, wenn wir ein langes Wochenende in irgend so einem Relax-Tempel verbracht haben. Und weil ich meist ohnehin zu müde für alles andere war.«

Theresa schüttelte erneut den Kopf. »Was noch?«

Carolin schien zu überlegen. »Die ganzen Empfänge und Konferenzen? Ich weiß, du glaubst, dass mir diese Dinge unglaublich wichtig sind, und das waren sie auch. Ich fand es schön, mal für einen Abend das Businesskostüm im Schrank lassen und mich in schicke Abendgarderobe werfen zu können. Und ich hatte auch nichts dagegen, wenn du dabei warst und die Männer uns angestarrt haben, mit dieser Mischung aus Unglauben und Neid.« Sie warf Theresa einen vielsagenden Blick zu. »Aber ich hätte genauso gern mehr Zeit am See verbracht, eine Radtour oder wegen mir einen Campingtrip gemacht oder mich mit echten Freunden zum Picknicken, Grillen oder was auch immer getroffen.«

»Warum haben wir das dann nie gemacht?«, fragte Theresa, sich selbst genauso wie Carolin.

Die machte eine hilflose Geste. »Weil diese Dinge nicht in unsere Planung passten und genau wie echte Freunde Zeit brauchen, die wir nie investiert haben. Und die letzten Male, die wir ausgegangen sind oder irgendwo eingeladen waren, haben wir wahlweise über das Essen oder die Arbeit gesprochen und uns im Stillen nach Hause auf die Couch oder ins Bett gesehnt, noch ehe wir beim Nachtisch angekommen waren.«

Theresa musste ihr zustimmen. »Was hat uns überhaupt noch verbunden?« Sie sah traurig zu Carolin. »Wahrscheinlich hast du recht: Außer der Arbeit war da offenbar nichts mehr.« Sie schüttelte den Kopf. »Vielleicht kennen wir uns wirklich nicht.«

Carolin legte den Kopf schief. »Ich glaube, das zumindest hast du neulich Nacht eindrucksvoll widerlegt. Wir kennen uns. Aber es ist, wie du gesagt hast: Wir haben uns einfach nicht mehr genug füreinander interessiert.« Sie sah Theresa traurig, aber ohne jeden Vorwurf an. »Sonst hättest du mitbekommen, dass ich unglücklich war, und hätte ich verstanden, dass du daran zweifelst, dass ich dich liebe.« Sie schluckte und sah Theresa einen langen Augenblick an. »Das tue ich übrigens immer noch.«

Die Worte trafen Theresa unvorbereitet und sie spürte, wie ihr die Gesichtszüge entglitten. Sie schloss die Augen.

»Ich weiß, dass ich kein recht habe, das zu sagen«, flüsterte Carolin, leise und vorsichtig, als fürchtete sie, ein lautes Wort könnte das fragile Gleichgewicht zerstören, das sie gerade gefunden hatten. »Nach allem, was passiert ist, nach allem, was ich getan habe, steht es mir nicht zu. Aber ... seit ich zurück bin –«

»Carolin«, fiel Theresa ihr ins Wort, »du magst zurückgekommen sein, aber ich war die ganze Zeit hier. Ich habe buchstäblich in dem Scherbenhaufen gesessen, den du hinterlassen hast, und ich habe lange gebraucht, um mich vom Boden aufzufegen und wieder zusammenzusetzen. Ich kann nicht –«, sie unterbrach sich selbst und schüttelte den Kopf. Sie wandte sich wieder von Carolin ab. »Ich habe jemanden kennengelernt.« Die Hände noch immer neben sich aufgestützt, schaute sie auf ihre Beine hinab. »Genau genommen wohne ich mit jemandem zusammen.« Sie spürte Carolins Blick auf sich und unterdrückte ein plötzlich in ihr aufsteigendes Lachen. »Du erinnerst dich an Charlotte? Die Einliegerwohnung?« Sie sah kurz auf und Carolin nicken. »Ich habe jemanden gefunden, der sich als meine Lebensgefährtin ausgibt und mit mir dort eingezogen ist.« Die Falten auf Carolins Stirn wurden noch tiefer, aber ihre Mundwinkel schienen ganz leicht zu zucken. »Du darfst lachen«, sagte

Theresa. »Ich muss ja selbst lachen.« Sie schüttelte den Kopf und tatsächlich drohten kleine Lachsalven in ihr aufzusteigen, wie Blasen, die unweigerlich an die Oberfläche drängten. »Du kennst sie übrigens: Meine falsche Lebensgefährtin ist deine ehemalige Tennistrainerin.« Carolins Brauen schossen in die Höhe und Theresa musste noch mehr lachen. »Ja.« Sie wartete, bis sie sich wieder etwas beruhigt hatte. »Und es wird noch besser«, erklärte sie, ihr Lachen jetzt so gut wie erloschen. »Ich glaube, ich habe mich ein bisschen in sie verliebt.«

Schlagartig wich das Lächeln auch aus Carolins Zügen, aber es bereitete Theresa keinerlei Genugtuung. Sie hatte es nicht gesagt, um Carolin wehzutun. Wieder saßen sie einen langen Augenblick still da, während Carolin mit sich zu ringen schien.

»Du kannst fragen«, sagte Theresa schließlich, aber Carolin schüttelte den Kopf.

»Besser nicht.«

»Es tut mir leid«, bot Theresa an, aber erneut schüttelte Carolin den Kopf.

»Braucht es nicht.« Sie lächelte dünn. »Und hey, wie wir gerade festgestellt haben, waren wir wohl nie so gut zusammen, wie wir gedacht haben.«

Theresa hielt inne, Carolins Worte vorsichtig abwiegend. Aber noch ehe sie zu einem Urteil kam, sah sie das Taxi, das sich ihnen langsam näherte.

»Und jetzt?«, hörte sie Carolin neben sich fragen.

»Jetzt«, sagte Theresa und stand auf, eine tiefe Müdigkeit spürend, »jetzt gehen wir zu Philipp.« Sie wischte eine Träne fort, die sich unbemerkt auf ihre Wange gestohlen haben musste, und reichte Carolin die Hand. »Kommst du?«

# 20

Theresa wickelte sich noch enger in die dicke Wolldecke, aber sie würde nicht mehr lange hier sitzen können. Es war gerade einmal Anfang April, die Temperatur an diesem Morgen noch unter zehn Grad und sie fror trotz warmer Kleidung, Mütze und Decke.

Um sie herum erwachte der Tag gerade erst zum Leben, der Rasen schimmerte noch feucht und dort, wo sie ihn betreten hatte, mussten die langen Halme sich erst noch wiederaufrichten. Sie saß auf einem der Stühle um den kleinen Gartentisch, den Charlotte bereits herausgestellt hatte, und schaute gedankenverloren auf die Tulpen, deren Blätter sich in der morgendlichen Kälte ebenfalls noch eng aneinanderzuschmiegen schienen. Es war Samstag, noch nicht ganz sieben Uhr und von der Straße her waren nur vereinzelte Verkehrsgeräusche zu hören.

Ein Kälteschauer durchlief sie und sie schalt sich einmal mehr dafür, zu dieser Uhrzeit und bei diesen Temperaturen hier draußen zu sitzen, anstatt warm und gemütlich in ihrem Bett zu liegen. Aber nachdem sie die halbe Nacht an die Decke gestarrt hatte, hatte sie gegen Morgen den unwiderstehlichen Drang verspürt, die Wohnung zu verlassen. Und da es beim besten Willen noch zu früh war, um Philipp zu besuchen, war sie schließlich in den Garten geflüchtet.

Seit Philipps Unfall waren gut eineinhalb Wochen vergangen und in den ersten Tagen hatte Theresa jeden Morgen und jeden Abend an seinem Bett gesessen und sich mit ihrer Mutter und Marie praktisch die Klinke in die Hand gegeben. Aber Philipp war das schnell zu viel geworden. Es hatten sich zwar keine Komplikationen eingestellt, aber er wurde noch immer von Kopfschmerzen, Schwindel und Übelkeit geplagt. An den Unfall selbst hatte er keine Erinnerungen, was laut der behandelnden Ärztin ebenfalls nicht ungewöhnlich war. Die sichtbarsten Spuren waren ein paar üble Schürf- und Schnittwunden, die aber bereits gut verheilten, und sowohl das gebrochene Schulter- wie auch das Handgelenk waren inzwischen operiert und mit Metallplatten stabilisiert worden. Es würde noch eine Weile dauern, ehe er wieder Fahrrad fahren könnte – obwohl er, wenn es nach Theresa ginge, gar nicht mehr aufs Rad steigen würde –, aber nach dem Wochenende sollte er entlassen werden. Die Ärzte hatten ihn gewarnt, dass es noch Wochen dauern könnte, bis sämtliche Folgeerscheinungen, insbesondere die Kopfschmerzen, abklingen würden, aber sie gingen nicht von bleibenden Schädigungen aus. Alles in allem hatte Philipp unglaubliches Glück gehabt.

Theresa wusste, dass auch Carolin regelmäßig bei Philipp vorbeischaute, aber sie schien bewusst zu anderen Zeiten zu kommen und Theresa aus dem Weg zu gehen, sodass sie sich seit dem Unfalltag nicht mehr gesehen hatten.

Lena war am Dienstag wieder in Deutschland gelandet und Theresa hatte sie gegen Mittag am Bahnhof abgeholt. Sie hatte sich den Tag freigenommen und war mit Lena – deren Magen zwar noch in einer anderen Zeitzone, aber trotzdem leer gewesen war – zunächst etwas essen gegangen und dann zu einem langen Spaziergang in den Bergpark aufgebrochen. Lena hatte noch einmal ausführlich von den zurückliegenden Wochen erzählt und war trotz ihrer offensichtlichen Müdigkeit regelrecht aufgelebt, als sie von ihren täglichen Einsätzen auf den verschiedenen Tennisplätzen, den neu erlernten Tricks und Kniffen hinter der Kamera und nicht zuletzt dem regen Leben abseits der Anlagen berichtet hatte. Theresa hatte begeistert zugehört und das Strahlen in Lenas Augen genossen und für ein paar Stunden war alles andere in den Hintergrund getreten.

Als sie schließlich den Heimweg angetreten hatten, war es bereits späterer Nachmittag gewesen und Charlotte musste wohl schon auf sie gewartet haben, denn sie waren noch keine zehn Schritte auf dem Gartenweg gekommen, als ihre Vermieterin aus dem Haus getreten war.

Sie hatte Lena freudig begrüßt und ihr geraten, erst einmal in Ruhe anzukommen, ganz gemächlich die Koffer auszupacken und zu tun, was man sonst noch so tue, wenn man sich lange nicht gesehen habe. Dann hatte sie ihnen beiden zugezwinkert und war wieder in ihrem Haus verschwunden, während Lena und Theresa ihr noch einen Moment hinterhergeschaut hatten, ehe sie lachend hinauf in die Wohnung gegangen waren.

Ab Mittwoch waren sie beide wieder arbeiten gegangen und da Theresa anschließend noch bei Philipp gewesen war, hatten sie sich nur kurz gesehen. Lena hatte angeboten, sie am nächsten Abend zu begleiten, aber Theresa hatte abgelehnt.

»Das ist lieb von dir, aber nicht nötig.«

»Nötig vielleicht nicht, aber ich mag deinen Bruder«, hatte Lena entgegnet. »Ich würd ihn gern besuchen.«

»Ach, ich denke mit Marie und mir und unserer Mutter und den ganzen anderen Freunden und Kommilitonen hat er genug Besuch«, hatte Theresa abgewiegelt und schnell das Thema gewechselt. Seither plagte sie ihr schlechtes Gewissen, denn der wahre Grund, warum sie Lena lieber von Philipp fernhielt, war ein anderer. Zu groß war das Risiko, dass Carolin zur Sprache kam oder gar höchstpersönlich auftauchte, denn nicht nur hatte Theresa Lena gegenüber verschwiegen, dass Carolin zurück war, sie hatte auch Philipp nicht eingeweiht, weil sie fand, dass er schon genügend echte Probleme hatte.

Sie hatte es nicht geplant gehabt, aber als Carolin das erste Mal wieder in ihrem Leben aufgetaucht war, damals im Gericht mit Philipp und Marie an ihrer Seite, hatte Theresa keinen Grund gesehen, es Lena oder überhaupt irgendjemandem zu erzählen. Zumal es nach Heiligabend, aber noch weit vor Lenas Geburtstag gewesen war und alles zwischen ihnen noch unausgesprochen und nicht mehr als eine bloße Möglichkeit. Und später, als Carolin und sie sich gleich zweimal innerhalb von vierundzwanzig Stunden alles Mögliche an den Kopf geworfen hatten, war Theresa zunächst einmal verstört und Lena bereits in den USA gewesen. Und Theresa hatte ihr nichts erzählt. Nicht, weil sie es hatte verheimlichen wollen, sondern weil sie Carolin aus diesem neuen, vorsichtig hoffnungsvollen Teil ihres Lebens hatte heraushalten wollen. Also hatte sie Lena nicht erzählt, dass Carolin zurück war oder dass sie sich mehrfach begegnet waren und schon gar nicht, was Carolin bei ihrer letzten Begegnung gesagt hatte, am Tag von Philipps Unfall.

Nach ihrer Aussprache draußen vor der Klinik hatten sie das Taxi ignoriert und waren zusammen wieder ins Klinikgebäude hinein und in den Wartebereich der neurologischen Intensivstation zurückgegangen. Theresas Mutter und Marie waren bereits abgeholt und zu Philipps Bett geführt worden, aber da sie ohnehin immer nur zu zweit zu ihm durften, hatte Theresa mit Carolin gewartet und ihre Mutter und Marie dann abgelöst.

Philipp war noch deutlich benommen gewesen, von seinem Sturz, aber auch von den Schmerzmitteln, die in seinen Körper gepumpt wurden und verhindern sollten, dass er neben den Verletzungen noch zusätzlichem Stress ausgesetzt war. Es hatte trotzdem gutgetan, ihn zu sehen, auch wenn er sichtlich gezeichnet gewesen war.

Nach dem viel zu kurzen Besuch – ein Pfleger hatte sie schließlich mit dem Hinweis, dass Philipp Ruhe brauche, gebeten zu gehen – hatten sie beschlossen, noch eine Kleinigkeit essen zu gehen. Mittlerweile war es spät geworden und keine von ihnen hatte zu Abend gegessen. Sie hatten sich zu viert in Maries Auto gequetscht und waren zu einem kleinen Imbiss in der Nähe ihres Studios gefahren, dessen Besitzer eigentlich gerade schließen wollte, aber auf Maries Bitten hin eine Ausnahme für sie machte. Eine halbe Stunde später hatten sie alle eine warme Mahlzeit im Bauch und bis auf Theresas Mutter alle ein Glas Alkohol vor sich. Nach dem zweiten Glas hatte die Stimmung sich deutlich gelöst und nach dem dritten Glas gaben sie reihum Geschichten zum Besten, in denen Philipp die mehr oder weniger rühmliche Hauptrolle spielte. Marie hatte erzählt, wie sie und Philipp sich kennengelernt und wie er ihre anfänglichen Bedenken ob seines Alters schnell zerstreut hatte. Und Theresa hatte gelauscht und einmal mehr gestaunt, wie erwachsen ihr kleiner Bruder im letzten Jahr geworden war. Zumal Carolin kurz darauf endlich zugegeben hatte, dass entgegen der offiziellen Verlautbarung nicht sie vor Jahren eine Macke in Theresas Auto gefahren hatte, sondern der gerade frisch mit dem Führerschein ausgestattete Philipp. Theresa hatte es lange vermutet, aber nie etwas gesagt. Schließlich erzählte ihre Mutter, wie sie Philipp einmal dabei überrascht hatte, als er versucht hatte, Pfannkuchen zu machen. Nur dass er tatsächlich Kuchen in die Pfanne gelegt und angebraten hatte.

Irgendwann hatte Maries Freund seinen Laden dann doch schließen und nach Hause gehen wollen und Theresa hatte mehrere Taxen für sich selbst, ihre Mutter und Carolin bestellt. Ihre Mutter hatte protestiert, aber sich dann doch brav in das erste Taxi gesetzt, das am Straßenrand gehalten und mit dessen Fahrer Theresa einen Festpreis verhandelt und vorab bezahlt hatte. Marie hatte sich ebenfalls verabschiedet und war zu Fuß aufgebrochen. Sie wohnte ganz in der Nähe.

»Was für ein Tag«, hatte Carolin geseufzt, als sie allein zurückgeblieben waren, und Theresa hatte genickt. »Ich bin trotzdem froh, dass wir gesprochen haben, auch wenn ich andere Umstände bevorzugt hätte.«

Theresa hatte zu Boden geschaut und das Taxi herbeigesehnt.

»Theresa –«

»Carolin, wenn du dich noch mal entschuldigen willst, bitte nicht.« Sie war zu müde gewesen und zu erschöpft.

»Nein«, hatte Carolin versichert. »Nur weil ich es öfter sage, wird es nicht besser.« Ein weiteres Taxi hatte sich ihnen genähert und Carolin hatte die Hand gehoben und dem Fahrer gewunken. »Nur«, hatte sie gesagt und Theresa wieder angeschaut, »ich habe gemeint, was ich vorhin gesagt habe. Wenn das mit Lena etwas Ernstes ist, werde ich es dir nicht schwerer machen. Aber wenn es noch den Hauch einer Chance für uns gibt ...« Sie hatte den Satz nicht vollendet und einen Augenblick später hatte das Taxi vor ihnen gehalten und Carolin hatte die Tür geöffnet und Theresa bedeutet, einzusteigen. »Schlaf gut«, hatte sie gesagt und dann die Tür wieder geschlossen und ihnen nachgesehen, während Theresa dem Fahrer ihre Adresse genannt und der Wagen sich in Bewegung gesetzt hatte.

Und jetzt saß Theresa an diesem frühen Samstagmorgen in den wärmsten Klamotten, die sie auf die Schnelle gefunden hatte, und in eine Wolldecke gewickelt bei unter zehn Grad im Garten und fror. Anstatt drinnen mit Lena im Bett zu liegen.

Letzte Nacht waren sie mit Freunden von Lena ausgegangen und es war ein lustiger, fröhlicher Abend und alles so unkompliziert und mühelos gewesen und ein Teil von Theresa hatte sich gewünscht, einfach in diesem Moment bleiben zu können.

Aber dann waren sie nach Hause gefahren und Lena hatte sie geküsst und war zärtlich gewesen und Theresa hatte sich schrecklich gefühlt. Lena musste es gespürt haben, denn sie hatte sie nicht bedrängt und sie waren einfach nur zu Bett gegangen und eingeschlafen, Lenas Arm über Theresas Hüfte geschwungen, wo sie ihn selbst hingezogen hatte, aber wo er sich gegen Morgen plötzlich immer schwerer angefühlt hatte. Bis sie ihn sanft weggeschoben und sich aus dem Bett gestohlen und kurz darauf aus der Wohnung geschlichen hatte.

Sie bemerkte eine Bewegung und drehte den Kopf in Richtung Haus, wo Charlotte in dickem Morgenmantel und mit einer imposanten Haube auf dem Kopf in der Kälte stand und zu ihr herüberschaute. Trotz der Entfernung meinte Theresa, den vorwurfsvollen Gesichtsausdruck sehen zu können, und da Charlotte ansonsten unbeweglich blieb, stand Theresa schließlich auf und ging in ihre Richtung. Als sie etwa die Hälfte der Strecke zurückgelegt hatte, wandte Charlotte sich ab und stapfte in ihren gefütterten Stiefeln unter Pyjama und Morgenmantel zurück ins Haus. Die Tür ließ sie offenstehen, sodass Theresa sich seufzend einen Ruck gab und ihr folgte.

»Charlotte?«, rief sie halblaut, als sie im Hausflur stand. Sie erhielt keine Antwort, roch aber das Aroma frisch gekochten Kaffees und steuerte auf die Küche zu.

»Guten Morgen, meine Liebe«, sagte Charlotte bei ihrem Eintreten. »Ich habe uns mal einen Kaffee gemacht.« Sie deutete auf das Tablett mit Tassen, Milch und Zucker und Theresa nahm es vom Küchentisch und folgte Charlotte hinüber in den Wintergarten, wo sie auf ihren angestammten Sesseln Platz nahmen.

»Und jetzt verraten Sie mir doch mal, warum Sie bei dieser Kälte und zu dieser frühen Zeit in meinem Garten sitzen?«

Theresa schaute zu, wie Charlotte ihr Kaffee einschenkte und nahm ihn dankend entgegen, die kalten Finger um die schnell heiß werdende Tasse legend.

»Ich konnte nicht schlafen«, erklärte sie und schloss die Augen, um sich ganz auf den herrlichen Duft konzentrieren zu können. Oder vielleicht auch, um Charlottes forschendem Blick auszuweichen.

»So?«, fragte die, während sie sich nun selbst einschenkte und die Kanne dann zwischen sie auf den Tisch stellte. »Was liegt Ihnen denn auf der Seele?«

Theresa sah überrascht auf und in Charlottes Augen, die sie eindringlich musterten, ohne zu verraten, was hinter ihnen vorging. Sekunden verstrichen und Theresa brauchte zu lange, um eine Antwort zu finden. Nicht mal eine Lüge wollte ihr einfallen, obwohl sie Charlotte wirklich nicht schon wieder anlügen wollte.

»Ärger im Beruf?«, fragte Charlotte, aber ihr Ton ließ erahnen, dass sie die Antwort kannte.

»Nein«, gab Theresa zu.

»Geht es Ihrem Bruder schlechter?«, fragte Charlotte mit einer Spur von Sorge und Theresa schüttelte schnell den Kopf.

»Nein, es geht ihm weiter gut. Anfang der Woche kann er nach Hause.«

Charlotte schien erleichtert. »Sehr gut«, bemerkte sie zufrieden und nahm einen Schluck von ihrem Kaffee. »Dann bleiben nach meiner Erfahrung nur noch zwei Möglichkeiten und da ich nicht annehme, dass Sie Geldsorgen haben ...« Sie ließ den Satz unvollendet und Theresa schüttelte einmal mehr den Kopf, den Blick auf ihre eigene Kaffeetasse geheftet. »Dann bleibt wohl nur noch die Liebe«, stellte Charlotte fest. »Welche Dame ist es denn?« Theresa hob erschrocken den Kopf und begegnete Charlottes vorwurfsvollem Blick. »Die, mit der Sie hier eingezogen sind, oder die, mit der Sie die letzten acht Jahre zusammengelebt haben?«

Theresa war sprachlos. Sie wurde gewahr, dass sie Charlotte mit offenem Mund anstarrte und klappte den Unterkiefer nach oben und schluckte. »Woher ...?«

»Ich bin zwar alt, meine Liebe, aber nicht naiv. Glauben Sie, ich hole mir einfach wildfremde Menschen ins Haus, ohne mich zu erkundigen, mit wem ich es zu tun habe?«

Charlotte lachte. »Ich hätte gedacht, dass Sie mich besser kennen, Theresa.«

Theresa runzelte die Stirn, noch immer unfähig, einen vollständigen Satz herauszubringen. Offenbar war ihre Großmutter nicht die Einzige gewesen, die ihr nachgestellt hatte. Diesmal war es Charlotte, die sie mit Schlapphut und Trenchcoat hinter sich herschnüffeln sah. Nur dass der Hut nicht so abwegig war. Sie schüttelte den Kopf.

Charlotte lachte amüsiert. »Jetzt machen Sie doch nicht so ein Gesicht, meine Liebe. Es ist ja nicht so, als hätte ich Ihnen einen Privatdetektiv auf den Hals gehetzt oder Ihren Abfall durchwühlt.« Sie zuckte mit den Achseln. »Für so etwas besteht schließlich gar keine Notwendigkeit mehr. Offenbar findet man in diesem Internet tatsächlich alles, wenn man nur weiß, wo man suchen muss.«

Theresa kam sich langsam mehr als blöd vor. Sie schüttelte den Kopf. »Aber Sie ...« Charlotte besaß nicht einmal ein Smartphone, soweit Theresa wusste, und im Haus gab es nirgends Anzeichen auf einen Computer oder auch nur die Möglichkeit, sich mit dem Internet zu verbinden, von der Einliegerwohnung und ihrem eigenen, wohlgemerkt zugriffsgeschützten WLAN einmal abgesehen.

»Ja, ich habe natürlich nicht selbst nachgeforscht«, räumte Charlotte ein. »Ich kann mir nicht einmal vorstellen, was dieses Internet ist oder wie es funktioniert. Aber Mummelchens Enkeltochter ist nicht nur wortgewandt und neugierig, sie studiert auch hier in Kassel und möchte später Journalistin werden. Ist das nicht aufregend?«

Theresa erinnerte sich, die junge Frau auf Charlottes Gartenparty getroffen zu haben, und nickte.

»Ja, also dachten wir, als angehende Journalistin kann sie schon mal das Recherchieren üben und haben ihr einen kleinen Auftrag gegeben.« Sie zuckte mit den Schultern. »Mummelchen hatte die Idee. Sie meinte, es wäre doch eine schöne Übung für ihre Enkelin und mir sollte es einen ruhigeren Schlaf bescheren.« Sie lachte verzückt auf. »Ja, ich habe natürlich nicht damit gerechnet, dass so etwas dabei herauskommt. Ich muss sagen, ich war überrascht, Theresa. Soviel List hätte ich Ihnen gar nicht zugetraut.«

Theresa hatte das Gefühl, das Kompliment doppelt zurückgeben zu müssen, aber sie verzichtete. »Und diesen Rechercheauftrag haben Sie nach dem Gartenfest erteilt?«

»Oh nein, das wäre ja viel zu spät gewesen«, winkte Charlotte ab. »Nein, nein, das war gleich nach unserer Begegnung im Tennisclub. Ich muss gestehen, ich hatte mir nichts dabei gedacht, aber Mummelchen war sofort misstrauisch.«

Theresa wollte lachen. Charlotte hatte also schon bei ihrem ersten gemeinsamen Besuch Bescheid gewusst. »Aber, Charlotte, dann verstehe ich nicht, warum Sie uns überhaupt haben einziehen lassen?«

Charlotte schaute ein wenig verlegen auf ihre Kaffeetasse hinab. »Nun ja, wie Sie sich denken können, war ich zwar nicht begeistert, angelogen zu werden«, begann sie und Theresa spürte, wie ihr die Schamesröte ins Gesicht stieg. »Aber ich konnte mir auch nicht vorstellen, dass ich mich so in Ihnen getäuscht hatte. Ich halte Sie nach wie vor für eine grundsätzlich anständige Person, Theresa. Und für sehr liebenswert.«

Theresa schluckte betreten und zwang sich, Charlottes Blick zu begegnen, der milder war, als sie erwartet hatte.

»Und schließlich muss ich gestehen, dass ich ein wenig neugierig war. Ich wollte natürlich wissen, wie weit Sie das Spiel wohl treiben würden.«

Theresa seufzte. »Deshalb die plötzliche Befristung.«

Charlotte grinste verschmitzt. »Ich brauchte ja eine Absicherung. Und ein bisschen Spaß wollte ich auch haben.« Sie nippte an ihrem Kaffee und kicherte dann plötzlich. »Wir hatten ja kurzzeitig überlegt, ob wir Ihre, wie heißt sie noch, Ihre, na, Ihre echte Lebensgefährtin, also Ihre ehemalige Lebensgefährtin, nehme ich an, ob wir sie unter einem Vorwand hierherbestellen und es so anstellen, dass Sie sich zufällig begegnen.« Sie schlug sich auf die Schenkel und Theresa konnte nur immer weiter starren. »Ja, der Plan ist dann gescheitert, weil wir uns nicht auf den Vorwand einigen konnten. Mummelchen wollte ihre Enkelin anstiften, etwas zu *hacken* oder wie sich das nennt, damit wir eine Information bekommen, die wir nutzen können. Aber das wollte ihre Enkelin nicht.« Charlotte verdrehte die Augen, als halte sie Mummelchens Enkeltochter für eine ziemliche Spaßbremse. »Agathe wollte irgendeine Himmelskonstellation abwarten und eine Feder beschwören, die Ihrer Lebensgefährtin den Weg zu uns weisen sollte.« Sie winkte ab. »Und Klärchen ... nun ja.« Sie rümpfte die Nase.

»Ich nehme an, Klärchen war gegen den ganzen Plan?«

»Oh nein, meine Liebe, Klärchen wollte einen Blechschaden herbeiführen, damit Ihre Lebensgefährtin Kontakt zu uns aufnehmen muss.« Charlotte kicherte erneut, offenbar mindestens genauso amüsiert über Theresas schockierten Gesichtsausdruck wie über Klärchens diabolischen Plan. »Ja, stille Wasser sind tief, nicht wahr?«

Theresa nickte nur und schüttelte erneut den Kopf. Sie fragte sich, was Mummelchens Enkeltochter wohl im Internet gefunden hatte, aber bei näherer Betrachtung war es vermutlich nicht einmal besonders schwer gewesen. Da war der Eintrag im Telefonbuch für den gemeinsamen Anschluss von Theresa Stein und Carolin Althaus, der zwar inzwischen abgemeldet, aber mit Sicherheit noch irgendwo zu finden war. Hieß es nicht immer, das Internet vergesse nichts? Und auch wenn weder Carolin noch sie viel für Facebook und Co. übrig hatten, waren sie doch beide von Berufswegen auf den Karriereplattformen Xing und LinkedIn vertreten und ihre Profile miteinander verbunden. Und sicher kursierten irgendwo im Netz Bilder von ihnen, nicht zuletzt auf der Website von Theresas eigener Kanzlei, wie sie sich jetzt erinnerte, ein Schnappschuss vom Sommerfest des vorvergangenen Jahres, der sie mit Carolin und Sebastian und Alexander mit ihren damaligen Freundinnen zeigte.

»Also«, unterbrach Charlotte ihre Gedanken, »welche der Damen macht Ihnen denn das Leben schwer?«

»Charlotte«, begann Theresa, »es tut mir so leid. Ich ... hatte nicht vor, Sie anzulügen, wirklich nicht. Die Trennung war«, sie zögerte kurz, »für mich sehr überraschend.« Sie schluckte und versuchte, in Charlottes Gesicht abzulesen, ob ihre Worte auf irgendeine Resonanz stießen. »Carolin war einfach weg, von heute auf morgen und ich hatte die alte Wohnung bereits gekündigt und«, sie warf einen Blick hinaus in den Garten, »ich hatte mich doch so in das Grundstück verliebt.« Sie sah wieder zu Charlotte, deren Brauen leicht nach oben gezogen und deren Lippen geschürzt waren. »Ich wollte unbedingt hier wohnen. Und ich weiß, das macht es nicht besser. Es soll auch keine Entschuldigung sein.« Fast musste sie lachen, als sie realisierte, dass sie im Begriff war, ihr Handeln als *unentschuldbar* zu bezeichnen. »Es tut mir so leid«, sagte sie stattdessen.

»Schon gut, meine Liebe, darüber reden wir noch. Jetzt erzählen Sie erst einmal in aller Ruhe und am besten von Beginn an.«

Theresa seufzte. Sie konnte sich Schöneres vorstellen, aber sie war es Charlotte wohl schuldig. Schließlich hatte diese sich etwas Spannung und Unterhaltung versprochen, als sie Theresa hatte einziehen lassen, obwohl sie über ihren Betrug im Bilde gewesen war. Und wenn die Alternative die Rückkehr in ihre Wohnung war, konnte sie gut noch eine Weile hier sitzen bleiben. Schließlich war es gut möglich, dass es das letzte Mal war, dass sie in Charlottes Wintergarten saß, und sie schon bald zu packen würde beginnen müssen.

Sie begann, die Geschehnisse nach ihrer ersten Begegnung im Supermarkt in groben Zügen zu schildern, aber sie hätte wissen müssen, dass Charlotte nicht scheuen würde, nachzuhaken und Zwischenfragen zu stellen, und bald beschränkte ihre Erzählung sich nicht mehr nur auf die groben Züge, sondern ging durchaus ins Detail, auch wenn sie hier und da abkürzte oder großzügig paraphrasierte. Und zu ihrer Überraschung hatte es etwas Ordnendes und Beruhigendes, die ganze Geschichte noch einmal chronologisch durchzugehen. Als sie endlich fertig war, fühlte sie sich zwar erschöpft – was vermutlich mehr auf ihren Schlafmangel zurückzuführen war als auf alles andere –, aber auch seltsam erleichtert. Es tat gut, endlich mit jemandem reden zu können, denn Philipp wollte und konnte sie in seiner Situation nicht damit behelligen und ihre Mutter ... Nun ja. In jedem Fall war die Unruhe, die Theresa die ganze Nacht wachgehalten und sich im Bett hin- und herdrehen lassen hatte, verschwunden. Was blieb, waren das schlechte Gewissen und die Ratlosigkeit.

»Na, da haben Sie sich ja einen ganz schönen Schlamassel eingebrockt«, bemerkte Charlotte. »Wenn es nicht so früh am Tag wäre, würde ich uns einen Schnaps servieren.«

Theresa musste lachen und griff nach ihrer Tasse.

»Sie schulden mir übrigens fünfzig Euro«, bemerkte Charlotte wie beiläufig und Theresa, die gerade an ihrem inzwischen beinahe kalten Kaffee genippt hatte, verschluckte sich.

»Wie bitte?«

»Sie schulden mir fünfzig Euro«, wiederholte Charlotte. »Ich habe mit Mummelchen gewettet, dass Sie vor Ablauf des Jahres zu mir kommen und beichten, aber es zählt ja wohl kaum, dass ich Ihnen das Geständnis abgezwungen habe.«

Theresa seufzte. »Es tut mir wirklich leid, Charlotte.«

»Ja, ja, schon gut. Aber das Mindeste ist, dass Sie meine Schulden übernehmen.«

Theresa nickte und Charlotte erhob sich, um ihnen beiden nachzuschenken. »Seien Sie froh, dass ich nicht mit Agathe gewettet habe. Ihr Wetteinsatz war ein Regentanz bei Vollmond, natürlich nackt.«

»Und worauf wollte sie wetten?«, fragte Theresa zögernd.

Charlotte warf ihr einen amüsierten Blick zu. »Agathe war sicher, dass Sie und Lena sich vor Ablauf des Jahres ineinander verlieben. Offenbar stand diese Liebe in den Sternen.«

Theresa unterdrückte ein Stöhnen und griff stattdessen nach dem frischen Kaffee. »Danke«, sagte sie abwesend und trank einen Schluck. Sie mochte ja an manches glauben, aber ganz sicher nicht an den Einfluss von Sternkonstellationen auf zwischenmenschliche Beziehungen. Aber es war trotzdem interessant. Hatte die zugegeben etwas durchgeknallte, aber sicher auch sensible Agathe vielleicht auf etwas reagiert, das vermutlich von Anfang an zwischen Theresa und Lena existiert hatte? Sie dachte an das erste Kaffeetrinken hier in Charlottes Wintergarten zurück und an Lenas Erklärung, wie zwei Frauen merkten, dass sie aneinander interessiert waren. War da nicht immer eine gewisse Grundspannung gewesen? Oder war es einfach nur der Gesamtsituation geschuldet und natürlich gewesen, dass sie sich angesichts ihrer schauspielerischen Darstellung vor Charlotte früher oder später auch gewundert hatten, ob nicht etwas davon echt sein konnte? Nicht zuletzt war Theresa im Rahmen ihrer chronologischen Berichterstattung aufgefallen, dass sie erst in dem Moment auf Lena zugegangen war, als Carolin sich wieder zurückgemeldet hatte. Sie schloss Zufälle nicht grundsätzlich aus, aber es gab Zusammentreffen und Zusammenhänge – und in diesem Fall wäre das Timing des Zusammentreffens schon sehr kurios. Andererseits bedeutete es auch nicht mehr, als dass Theresa offenbar einen kleinen Schubs gebraucht hatte, um endlich ihren Mut zusammenzunehmen.

Sie unterdrückte ein erneutes Stöhnen und schloss die Augen, frustriert, dass sie erneut begann, sich im Kreis zu drehen.

»Sie machen einen sehr geknickten Eindruck, Theresa, für jemanden, der das große Glück hat, gleich von zwei Damen verehrt zu werden«, sagte Charlotte und zwinkerte ihr zu. »Ich kenne zugegebenermaßen keine Frauen, aber doch einige Männer, die sich glücklich schätzen würden, in Ihren

Schuhen zu stecken.« Sie kicherte und Theresa versuchte, zu lachen, aber es kam nicht besonders überzeugend heraus. »Na, schön, Ihnen ist nicht zum Scherzen zumute, was ich sogar verstehen kann. Schließlich wartet die eine Dame – wie ich vermuten würde in Ihrem Schlafzimmer – auf Ihre Rückkehr, ja?«

Theresa nickte stumm, peinlich berührt von Charlottes Direktheit.

»Und sie weiß nichts davon, dass die andere Dame, die, mit der Sie die letzten acht Jahre Ihr Leben geteilt haben, nicht nur wieder zurück ist, sondern Ihnen auch noch ein ..., nun ja, ein Liebesbekenntnis gemacht hat?« Beinahe musste Theresa lachen. Ein Liebesbekenntnis hätte sie es nicht gerade genannt. Und Carolin sicher auch nicht. »Die Frage ist also«, fuhr Charlotte fort, »weshalb sitzen Sie hier bei mir?«

»Theresa?«

Lenas noch vom Schlaf gezeichnete Stimme erreichte Theresa, sobald sie die Wohnungstür hinter sich geschlossen hatte.

»Ja«, rief sie zurück und befreite sich von Jacke, Schal und Mütze.

Kurz blieb sie im Flur stehen und versuchte, sich zu sammeln, ehe sie in die Tür zu ihrem Schlafzimmer trat.

»Hey«, begrüßte Lena sie, die noch im Bett lag und offenbar gerade erst aufgewacht war. »Wo warst du denn schon so früh?«

Theresa schluckte und ließ sich gegen den Türrahmen sacken. »Ich …« Sie seufzte.

»Für die senile Bettflucht bist du eigentlich noch zu jung«, scherzte Lena, aber Theresa war nicht zum Lachen zumute. Sie versuchte ein Lächeln, aber es fiel sehr dünn aus.

»Ich musste nachdenken«, sagte sie schließlich.

Lena musterte sie einen Moment, dann setzte sie sich auf. »Okay.« Sie zog die Decke um sich, offenbar fröstelnd in ihrem dünnen T-Shirt. »Willst du darüber reden?«

Theresa seufzte. Von wollen konnte keine Rede sein, aber Charlotte hatte recht. Lena hatte die Wahrheit verdient.

»Ich muss dir etwas …«, das Wort *beichten* kam ihr in den Sinn, »sagen.«

Lena sah jetzt eine Spur besorgt aus und Theresa wünschte, sie könnte die Zeit zurückdrehen und anhalten. Nur für einen Augenblick. Wenigstens für einen Augenblick.

»Okay«, sagte Lena erneut und sah sie erwartungsvoll an, aber Theresa war nicht sicher, wo sie anfangen sollte. Oder wie. »Es funktioniert für gewöhnlich besser, wenn du tatsächlich etwas, nun ja, sagst«, versuchte Lena es noch einmal mit Humor, aber sie sah selbst nicht mehr wirklich aus, als wäre ihr zum Lachen.

Theresa schluckte und gab sich einen Ruck. »Carolin ist zurück.«

Lenas Stirn legte sich in Falten und ihr Gesichtsausdruck verzog sich zu etwas Skeptischem. »Okay«, sagte sie, aber ihr Ton suggerierte etwas anderes.

»Erinnerst du dich an den Abend vor ein paar Wochen, als wir Pizza bestellen wollten und Philipp plötzlich aufgetaucht ist?«

»Als ihr euch ... ausgesprochen habt, weil ihr euch gestritten hattet oder sowas Ähnliches?«

»So etwas Ähnliches.« Sie strich sich eine widerspenstige Strähne aus dem Gesicht. »Philipp und Marie hatten ein Problem mit ihrem ehemaligen Geschäftspartner. Und weil Philipp damit nicht zu mir kommen wollte, hat er Carolin gebeten, ihnen zu helfen. Ohne mir etwas davon zu sagen.« Sie verschränkte die Arme vor der Brust. »An dem Tag hatten sie einen Gerichtstermin und ich bin ihnen zufällig im Gericht begegnet.« Lena hob den Kopf leicht, eine stumme Aufforderung, weiterzuerzählen. »Ich war nicht gerade begeistert«, fuhr Theresa fort, »und es könnte sein, dass ich etwas überreagiert habe, im ersten Moment.« Sie sah kurz zu Boden. »Deshalb ist Philipp an dem Abend noch einmal hier gewesen. Er hat sich entschuldigt, mir erklärt, warum er sich an Carolin gewandt hat und nicht an mich, und damit war die Sache für mich erledigt. Ich habe mir nichts weiter dabei gedacht.«

»Okay«, sagte Lena einmal mehr, aber inzwischen lag deutliche Skepsis in ihrer Stimme.

»Und dann«, tastete sie sich weiter voran, »als du abgereist warst ...« Sie seufzte. »Du musst zugeben, dass es alles ziemlich schnell ging. Im einen Moment waren wir ... Mitbewohnerinnen und im nächsten«, sie zögerte, »irgendwie mehr. Und dann warst du weg.«

Lena machte eine zustimmende Geste. »Das Timing hätte besser sein können«, räumte sie ein.

»Ich war unsicher«, erklärte Theresa, »was es bedeutete und ob ich überhaupt dafür bereit bin, dass es etwas bedeutet.« Sie suchte Lenas Gesicht nach einer Reaktion ab, aber ihre sonst offenen Züge wirkten verschlossen. »Also dachte ich, wenn ich mit Carolin spreche und erfahre, warum sie damals gegangen ist, könnte ich mit diesem Kapitel abschließen.«

Lena schloss kurz die Augen und schien tief Luft zu holen. »Kann ich dich unterbrechen?«, fragte sie dann.

Theresa schluckte. »Sicher.«

Lenas Mundwinkel zuckten, aber es war ein freudloser Ausdruck in ihrem Gesicht. »Ich nehme mal an, ihr habt euch getroffen und sie hat dir eine Erklärung gegeben, warum sie damals abgehauen ist?«

Theresa nickte. Das war stark verkürzt, aber nichtsdestotrotz zutreffend.

»Und wenn du sagst, sie ist *zurück*, meinst du damit, sie ist zurück in der Stadt oder zurück in deinem Leben?«

Theresa schlug einmal mehr den Blick nieder, unsicher, wie sie darauf antworten sollte. Wie sie erklären sollte, dass es nicht so einfach war, wie sie gedacht hatte, Carolin aus ihrem Leben zu schneiden.

»Verstehe.« Lena klang resigniert, auch wenn ihr Gesichtsausdruck noch immer blank war. »Ich schätze, sie war für dich da, als Philipp seinen Unfall hatte?«

Theresa runzelte die Stirn, aber Lenas Worte schienen eher traurige Feststellung als Vorwurf oder Spitze. »Sie war da. Nicht nur für mich, für uns alle. Carolin gehört praktisch zur Familie und sie und Philipp ... Wir waren zusammen, seit er sechzehn war«, erklärte sie seufzend. »Sie ist sowas wie eine Schwester für ihn.«

»Und was ist sie für dich?«

Theresa biss sich auf die Lippen und zog ihre Arme noch etwas fester um sich. Sie wünschte, sie hätte eine gute Antwort.

Sie wünschte, sie könnte einfach aussprechen, was ein Teil von ihr hören wollte. Sie wünschte, sie könnte einfach zum Bett hinübergehen und sich zu Lena legen, die Decke über sie beide ziehen und alles andere von ihnen fernhalten.

»Du liebst sie noch.«

Lena stellte es ganz trocken fest, ohne große Überraschung in ihrer Stimme. Und Theresa wollte widersprechen, aber sie konnte nicht.

»Trotz allem, was passiert ist?«, fragte Lena, jetzt endlich eine Spur irritiert. Verletzt vielleicht.

Theresa hob hilflos die Schultern. »Glaubst du mir, wenn ich sage, ich wünschte, es wäre anders?«

»Glaubst du dir denn selbst?«

Theresa seufzte. »Ich glaube, dass es einfacher wäre.« Sie schlug den Blick nieder und ließ ihn dann suchend durch den Raum wandern, als lägen die Worte, die sie suchte, irgendwo herum und warteten nur darauf, aufgespürt zu werden. »Du hast gefragt, ob sie mir eine Erklärung gegeben hat, warum sie damals weg ist. Ja, das hat sie und zuerst habe ich nichts davon wissen wollen, aber mittlerweile bin ich nicht mehr so sicher. Ich bin immer noch wütend und ich weiß nicht, ob wir uns davon erholen können, aber ich kann auch sehen, wie es so weit gekommen ist.« Sie rutschte mit dem Rücken am Türrahmen hinab und ließ sich mit angewinkelten Beinen auf den Boden sacken. »Zu dem Zeitpunkt lag schon so viel im Argen zwischen uns. Aber ich habe es einfach nicht gesehen. Oder nicht sehen wollen.«

»Und ihre Lösung war, einfach abzuhauen. Ohne eine Erklärung.«

Theresa presste die Lippen aufeinander.

»Ich denke, der Konsens ist, dass es keine Lösung war.«

Lena warf ihr einen vielsagenden Blick zu. »Und trotzdem liebst du sie noch.«

Theresa lächelte bitter. »Hast du nicht selbst gesagt, dass wir uns nicht aussuchen können, wen wir lieben?« Lenas Worte hatten sich ihr eingeprägt und waren ihr in den letzten Tagen immer wieder durch den Kopf gegangen. *Es gibt Menschen, die sind gut für uns, und Menschen, die sind schlecht für uns, und wenn wir Glück haben, lieben wir die einen und nicht die anderen.*

»Und hast du nicht dagegengehalten, dass wir sehr wohl rational entscheiden können, was wir daraus machen?«, entgegnete Lena jetzt.

Theresa musste unwillkürlich lachen. »Allerdings. Aber ich glaube, wir wissen beide, dass ich wohl etwas *verkopft* in dieser Hinsicht war. Um nicht zu sagen naiv.« Sie seufzte schwer. »Ich wünschte, ich hätte recht gehabt.« Denn sie war sehr sicher, dass Lena zu den Menschen zählte, die gut für sie waren. Nur half das nicht. »Ich sagte ja, es wäre einfacher, wenn ich Carolin nicht mehr lieben würde.« Sie schüttelte den Kopf. »Ich weiß nicht mal, ob wir noch eine Zukunft haben. Ob noch etwas zu retten ist.«

Lena fuhr sich mit der Hand durchs Gesicht und rieb sich die Augen.

»Es tut mir so leid«, sagte Theresa. »Ich war mir so sicher, dass ich über sie hinweg bin. Sonst hätte ich nie ...«

Lena ließ ein müdes Lächeln erkennen. »Wie solltest du – ihr hattet nie einen richtigen Abschluss.« Sie zuckte mit den Schultern. »Es ist leicht, jemanden zu vergessen, wenn man ihm nicht dauernd begegnet.« Sie klang, als wüsste sie sehr genau, wovon sie sprach, aber Theresa war in Gedanken noch bei dem Satz davor.

Hätte es etwas geändert, wenn sie es bei der einen zufälligen Begegnung mit Carolin belassen hätte? Wenn sie nicht auf Philipp gehört und die Sache auf sich beruhen lassen hätte? Oder hätten sich ihre Wege ohnehin wieder gekreuzt, spätestens im Krankenhaus, weil da immer noch etwas zwischen ihnen war, was auf einen Abschluss oder auch eine Fortsetzung wartete?

Theresa vergrub das Gesicht in den Händen, die Ellbogen auf die Knie gestützt.

Einen Moment war es still im Zimmer, ehe sie den Kopf wieder hob und Lena musterte, ihre Hände langsam ihre Beine hinabgleiten lassend. »Du bist erstaunlich ruhig«, stellte sie fest und Lena lachte bitter auf.

»Das wirkt nur so.«

»Ich wollte dir nicht wehtun«, sagte Theresa und zuckte zusammen, sobald die Worte ihren Mund verlassen hatten. Zu gut erinnerte sie sich, wie wenig tröstend sie waren. Sie presste die Kiefer aufeinander.

»Ich weiß«, seufzte Lena. »Was hast du jetzt vor?«

Theresa stöhnte. »Wenn ich das wüsste.« Sie streckte ihre Beine aus und legte die Hände in den Schoß. »Charlotte weiß übrigens Bescheid.«

»Du hast es ihr gesagt?«, fragte Lena ungläubig.

»Das war gar nicht nötig. Wie sich herausgestellt hat, wusste Charlotte von Anfang an Bescheid über unser kleines Theaterstück.«

Lena sah sie einen Augenblick verdutzt an, dann brach sie in Gelächter aus, in das Theresa kurz darauf mit einfiel. Es hatte etwas Befreiendes, zusammen zu lachen, auch wenn der Abstand zwischen ihnen plötzlich deutlich größer war als die paar Schritte von der Tür zum Bett.

»Eigentlich sollte ich nicht überrascht sein«, sagte Lena, als sie sich wieder beruhigt hatten. »Sie muss einen Mordsspaß gehabt haben die letzten Monate. All die kleinen Bemerkungen, die guten Ratschläge«, sie grinste, »und erinnerst du dich an den romantischen Fackelabend im Garten?« Sie schüttelte lachend den Kopf. »Gott, Charlotte wird mir fehlen.« Theresa zog die Stirn kraus und Lena sah sie vielsagend an. »Ich glaube nicht, dass unsere Wohnverhältnisse so bestehen bleiben können.«

Theresa stöhnte. Soweit hatte sie tatsächlich nicht gedacht.

»Selbst wenn Charlotte dich nicht rausschmeißt«, fuhr Lena fort, »ich glaube unser Arrangement hat sein Haltbarkeitsdatum überschritten.«

»Charlotte hat nichts gesagt, aber in jedem Fall haben wir einen gültigen Mietvertrag bis Ende Juli. Du musst nicht gehen.«

Lena sah sie mit einem beinahe spöttischen Lächeln an. »Ich bin verständnisvoll, Theresa, aber ich bin nicht aus Holz. Ich kann nicht einfach so tun, als wäre nichts gewesen und einfach zurück auf Freundschaft schalten. Nicht so schnell.« Sie zuckte mit den Schultern. »Gib mir etwas Zeit, hinterherzukommen.«

Theresa nickte. »Entschuldige, so habe ich es nicht gemeint. Aber wir hatten einen Deal. Du hast dich darauf verlassen, dass wir das durchziehen. Du hast deinen Job aufgegeben.«

Lena wiegte den Kopf hin und her. »In drei Monaten wäre unsere Vereinbarung ohnehin zu einem Ende gekommen.

Und ich hab ein bisschen was zur Seite legen können die letzten Monate.«

Theresa überlegte. »Vielleicht kann ich Charlotte fragen, ob du hier wohnen bleiben kannst. Wenigstens noch für eine Weile. Sie mag dich. Und sie weiß, dass das Ganze hier auf meinem Mist gewachsen ist.«

Lena winkte ab. »Lass gut sein. Ich finde schon was.«

»Bitte lass mich helfen«, versuchte Theresa es ein weiteres Mal. »Ich habe schon genug angerichtet, ohne dass du deine Wohnung verlierst oder deine Ausbildung abbrechen musst.«

»Es ist keine Ausbildung«, entgegnete Lena, »das ist ja das Schöne daran. Ich kann jederzeit aufhören, wenn ich meine, dass ich genug gelernt habe. Und ich werde schon nicht auf der Straße enden.«

Theresa stöhnte frustriert. Dann atmete sie tief durch und sah Lena eindringlich an. »Ich versuche nicht, das Problem mit Geld zu lösen oder dir zu sagen, was du tun sollst. Aber wir hatten eine Verabredung und ich möchte meinen Teil zumindest ansatzweise einhalten. Bitte lass mich helfen.«

Lena wandte den Blick ab und zog die Decke etwas enger um sich. Einen Augenblick war es still. »Willst du wirklich zu Carolin zurückgehen?«

Theresa biss sich auf die Lippe. »Ich weiß es nicht.« Sie lachte bitter auf. »Ich weiß nicht einmal, was *zurück* in diesem Zusammenhang heißt. Wohin zurück?« Sie schüttelte den Kopf. »Nur weil ich sie immer noch liebe, heißt das nicht, dass ich ihr verzeihen kann.«

# MAI

# 21

»Ich war nicht sicher, ob du kommen würdest.«

Theresa nahm auf dem Stuhl gegenüber von Carolin Platz. Sie zog die Sonnenbrille ab, klappte die Bügel ein und legte sie vor sich auf den Tisch. Erst dann sah sie auf. Gegen die Sonne blinzelnd zuckte sie leicht mit den Schultern, wie um der absurden Situation Rechnung zu tragen.

Natürlich war sie gekommen. Sie hatte ein paar Tage hin- und herüberlegt, aber am Ende war die Entscheidung ganz einfach gewesen. Es war Carolins Geburtstag und das gemeinsame Mittagessen in der Orangerie war eines der Rituale, an dem sie jedes Jahr festgehalten hatten, egal wie viel sie zu tun gehabt hatten. Meist war das Wetter gut gewesen und auch heute konnten sie bereits im Freien sitzen und die Sonne genießen. Carolin hatte die Ärmel ihrer Bluse hochgekrempelt und ihre Jacke über die Rückenlehne ihres Stuhls gehängt und Theresa ahnte, dass sie es ihr in Kürze nachtun würde.

»Kommst du direkt aus der Kanzlei?«, fragte Carolin. Sie hatten sich in den vergangenen Wochen das eine oder andere Mal kurz gesehen, zuletzt an Philipps Geburtstag vor zwei Wochen, aber Theresa war einer echten Unterhaltung ausgewichen, solange sie noch nicht sicher gewesen war, was sie zu sagen hatte. Also hatten sie sich stets in Smalltalk geflüchtet.

»Ja«, bestätigte Theresa. »Ich soll dich von Sebastian grüßen und dir ausrichten, dass er dir erst dann wieder etwas schenkt, wenn du den Gutschein aus dem letzten Jahr einlöst.«

Sebastian wusste um ihre vorsichtige Wiederannäherung, hatte sich in den vergangenen Wochen aber zurückgehalten und Theresa anders als zuvor bei Lena weder mit vagen Andeutungen noch mit direkten Fragen belästigt. Lediglich heute früh hatte er sich dezent erkundigt, ob sie Carolins Geburtstag zusammen verbringen würden. Theresa hatte bejaht und Sebastian hatte zufrieden gegrinst und seine Botschaft ausgerichtet.

Carolin schmunzelte. »Danke. Sag ihm«, sie zögerte kurz, »ich arbeite daran.«

Theresa hob neugierig die Brauen. »Was für einen Gutschein meinte er denn?«

Carolin winkte ab.

»Nicht so wichtig.«

Eine Weile saßen sie sich still gegenüber, ihrer beider Bedarf an Smalltalk offenbar erschöpft.

»Wie geht es Lena?«, fragte Carolin schließlich, ihr Ton um Neutralität bemüht, aber die wirkliche Frage dahinter klar.

»Gut«, antwortete Theresa. »Sie ist in Spanien, eine Freundin besuchen.«

In den letzten Wochen hatte ihr Zusammenleben wieder dem der ersten Wochen nach ihrem Einzug geglichen und vor ein paar Tagen hatte Lena dann plötzlich mit einer gepackten Reisetasche in der Küche gestanden.

»Ich fahre ein paar Tage zu Isabell«, hatte sie erklärt. »An der Arbeit passt es gerade und ich glaube, uns tut eine kleine Auszeit auch gut.«

Theresa hatte ihr widersprechen wollen, aber gewusst, dass Lena recht hatte. Ein wenig Abstand konnte die Lage nur entspannen. »Wann geht dein Flieger?«

»Heute Mittag.«

»Soll ich dich zum Bahnhof fahren«, hatte Theresa angeboten, aber Lena hatte den Kopf geschüttelt.

»Ich laufe gern die paar Schritte an der frischen Luft. Ich sitze nachher noch genug.«

Theresa hatte genickt und sie forschend angeschaut. »Hast du es dir noch mal überlegt?«, hatte sie gefragt, während sie sich ihren Kaffee eingegossen hatte, und Lena hatte sich seufzend am Tisch niedergelassen.

»Nach allem, was passiert ist, fühlt es sich einfach falsch an, dein Geld anzunehmen. Das wird sich durch Nachdenken allein nicht ändern.«

Theresa hatte sich mit ihrem Becher ebenfalls wieder auf ihren Stuhl gesetzt. »Okay. Aber vielleicht ändert eine andere Sichtweise ja etwas daran.«

»Und wie soll die aussehen?«

»Das Ganze hat als ein Gegengeschäft angefangen, ja? Ich kann mich noch gut erinnern, wie du in mein Büro marschiert bist und eine Absicherung für den Fall gefordert hast, dass ich es mir nach ein paar Monaten anders überlege.«

Lena hatte betreten gelächelt. »Oder für den Fall, dass du und Carolin wieder zusammenkommen.«

Theresa hatte betreten zu Boden geschaut. »Ja.« Ein Szenario, das sie damals für absolut ausgeschlossen gehalten hatte. »Wie auch immer: Du wolltest eine Sicherheit. Und genau deshalb haben wir vereinbart, dass ich dir für mindestens ein Jahr kostenfreies Wohnen und die Einnahmendifferenz zwischen Miete und Untermiete deiner alten Wohnung garantiere.« Sie hatte Lena vielsagend angeschaut. »Und genau der Fall, gegen den wir uns absichern wollten, ist eingetreten, also lass mich bitte wenigstens diesen Teil der Vereinbarung erfüllen.«

Lena hatte sich müde über das Gesicht gerieben.

»Das Problem ist nur, dass wir eben keine *Geschäftspartner* sind. Zumindest waren wir zwischenzeitlich mehr als das. Du kannst nicht von mir erwarten, dass ich das einfach ignoriere.«

»Aber du von mir?«, hatte Theresa dagegengehalten. »Natürlich sind wir mehr als das, also lass mich bitte neben allem anderen nicht auch noch die Frau sein, die deine berufliche Zukunft ruiniert hat.«

Lena hatte sie skeptisch angesehen. »Versuchst du gerade, mich mit deinem schlechten Gewissen emotional zu erpressen?«

Und Theresa hatte ein wenig hilflos gelächelt. »Wenn es dich dazu bringt, Geld anzunehmen, das dir absolut zusteht, sicher.«

Carolin räusperte sich und Theresa war zurück in der Gegenwart.

Sie begegnete den auf sie gerichteten Augen und sie war einmal mehr verblüfft über die Unsicherheit, die Carolin ausstrahlte. War das wirklich eine neue Entwicklung oder hatte Theresa früher nie genau genug hingeschaut? Sie gab sich einen Ruck.

»Lena wird ausziehen, wenn sie wieder zurück ist.«

Carolin nahm die Information mit einem Stirnrunzeln entgegen und in ihrem Gesicht standen tausend Fragen. »Ich dachte, du bist verliebt?«, schien sie sich schließlich für eine zu entscheiden und Theresa nickte, bevor sie ein Kopfschütteln andeutete.

»Es wäre nicht fair, etwas Neues aufbauen zu wollen, wenn ich noch nicht mit dem Alten abgeschlossen habe.«

Carolin schluckte und für einen Moment wirkte sie beinahe ängstlich, ehe sie sich wieder unter Kontrolle zu haben schien. »Und ist es das, was du willst? Mit dem Alten abschließen?«

Theresa seufzte. »Ich dachte, dass es das ist.« Sie musterte Carolin für einen Moment. »Du hattest recht: Irgendwo in den letzten Jahren haben wir uns verloren und nur noch einem Bild nachgehangen, das so nicht mehr stimmte.« Carolin wollte etwas sagen, aber Theresa bedeutete ihr mit einer Kopfbewegung, sie ausreden zu lassen. »Aber ich glaube auch, dass wir sehr wohl gut zusammen waren. Vorher. Und ich möchte uns nicht aufgeben, bevor wir nicht zumindest noch einen Versuch unternommen haben, uns wiederzufinden.«

Carolin war die Erleichterung anzusehen. Sie schluckte erneut und nickte dann, ein vorsichtiges Lächeln in ihren Zügen. »Okay.«

»Das heißt nicht, dass wir wieder zusammen sind«, stellte Theresa klar. »Und um ganz ehrlich zu sein: Ich weiß noch nicht, wie ich dir je wieder vertrauen können soll, dass du nicht beim nächsten Mal, wenn es hart wird, wieder abhaust.« Das zaghafte Lächeln verschwand aus Carolins Zügen, so schnell wie es gekommen war. Und Theresa musste sich zwingen, fortzufahren. »Ich weiß nicht, ob wir wieder werden können, was wir einmal waren. Oder überhaupt ein *Wir*.«

Carolin stieß die Luft aus, die sie offenbar angehalten hatte. »Ich weiß, du wolltest es nicht mehr hören, aber ich hatte wirklich nie die Absicht, dir wehzutun.«

Theresa seufzte. »Ich weiß. Ich säße nicht hier, wenn ich etwas anderes glauben würde. Und mir tut es auch leid. Dass ich nicht mutig genug war, genau hinzuschauen.«

Carolin nickte bedächtig. »Und hast du einen Plan, wie es jetzt weitergehen soll?«

»Wir verbringen Zeit miteinander«, schlug Theresa vor. »Du hattest recht: Ich bin nicht gut mit Veränderungen oder zumindest war ich es nicht. Aber es ist viel passiert im letzten Jahr.« Sie warf einen betonten Blick auf ihre Umgebung. »Und ich bin mir einfach nicht sicher, was uns wirklich ausmacht und was nur Gewohnheit ist.«

»Kann es nicht beides sein?«

Theresa zuckte mit den Schultern. »Vielleicht. Aber genau das müssen wir herausfinden oder nicht?« Erneut nickte Carolin nur und Theresa runzelte frustriert die Stirn. »Ich bin mir zum Beispiel auch nicht sicher, wie ich deinen plötzlichen Sinneswandel einschätzen soll.« Carolin sah überrascht auf und Theresa hob entschuldigend die Schultern. »Im einen Moment warst du bereit, alles hinzuwerfen, und im nächsten Moment kommst du zurück und sagst, dass du mich noch liebst. Und jetzt scheinst du bereit, über jedes Stöckchen zu springen, dass ich dir hinhalte, ohne dass du selbst irgendwelche Bedingungen stellst oder mehr als ein paar Worte dazu sagst. Wie soll ich das deuten?«

Carolin sah sie lange an und schien selbst darüber nachdenken zu müssen. Schließlich nickte sie. »Du hast recht«, räumte sie ein. »Ich habe alles hingeworfen und ich bin weggelaufen. Und ich war mir sicher, dass es die richtige Entscheidung war. Bis ich einsehen musste, dass es die falsche war. Also traue ich meinem Urteilsvermögen zurzeit nicht besonders und verlasse mich gern auf deins, wenn es um *Stöckchen* und *Bedingungen* geht.« Sie lächelte traurig. »Und was meinen *Sinneswandel* anbelangt –«, sie holte tief Luft und sah Theresa fest in die Augen. »Ich liebe dich.« Sie hob hilflos die Schultern, als wäre es eine Last, aber auch ein Geschenk. »Im Grunde vom ersten Abend an und wahrscheinlich bis ich alt und grau bin, egal was noch passiert, egal, ob wir es schaffen oder nicht. Ich liebe dich.« Sie lächelte, entwaffnend und schutzlos zugleich. »Ich weiß nicht, wie ich das zwischenzeitlich verdrängen konnte – ich schätze, weil ich überhaupt nur noch sehen konnte, was alles nicht in Ordnung war, was alles nicht stimmte. Also habe ich die eine Sache nicht mehr gesehen, die hätte zählen sollen. Aber sobald ich aufgehört habe, wegzulaufen, war es mir wieder klar.«

Sie legte den Kopf schief, ihr Blick beinahe verzweifelt und doch hoffnungsvoll.

»Ich weiß, dass ich die Zeit nicht zurückdrehen und die Dinge nicht ungeschehen oder wiedergutmachen kann. Aber vielleicht können wir es besser machen.« Sie schluckte sichtbar. »Ich weiß, das geht nicht von heute auf morgen. Dass es Zeit braucht. Aber eine Sache kann ich vielleicht gleich heute in Ordnung bringen, hier und jetzt.«

Theresa runzelte die Stirn und sie musste sich instinktiv ein Stück zurückgelehnt haben, denn Carolin lachte amüsiert.

»Keine Angst, das wird kein Heiratsantrag.«

Theresa wollte widersprechen, aber in der Tat hatte sie genau diesen Gedanken gehabt, so abwegig er auch war und so sehr es auch im Widerspruch zu dem gestanden hätte, was Carolin gerade erklärt hatte. Die warf ihr noch einen letzten amüsierten Blick zu, dann wurde sie wieder ernst.

»Du hast gesagt, dass du dich immer gefragt hast, wieso jemand wie ich jemanden wie dich liebt.« Kurz sah sie unglaublich traurig aus, aber dann hellte ihre Miene sich immer mehr auf. »Ich wünschte, ich hätte dir auch das schon früher gesagt, aber gerade weil ich mich für viele Dinge nie anstrengen musste, weil mir Dinge gegeben wurden, nur aufgrund meines Familiennamens oder meines vermeintlichen Status, habe ich es immer umso mehr bewundert, dass du auf all das nichts gibst. Für dich zählt nur, was jemand selbst erreicht hat, nicht was ihm gegeben oder geschenkt wurde. Bei dir hatte ich lange das Gefühl, dass mich jemand wirklich sieht, nur mich, nicht wo ich herkomme oder wer ich sein könnte. Sondern wer ich bin.«

Theresa schluckte. Und verstand plötzlich, warum es Carolin so hart getroffen hatte, als sie ihr zunehmend das Gefühl vermittelt hatte, auch nur die Karrierefrau und die erfolgreiche Anwältin in ihr zu sehen.

»Alles, was du hast«, sprach Carolin weiter, »alles, was du bist, hast du nur dir selbst zu verdanken. Und nebenbei hast du einen der fantastischsten Menschen, die ich kenne, großgezogen.« Sie deutete ein kleines Augenrollen in ihre eigene Richtung an. »Während ich noch damit beschäftigt war, mit meinem ach so schweren Schicksal zu hadern, hattest du deins längst in die Hand genommen«, stellte sie selbstironisch fest. »Die Wahrheit ist, Theresa, dass ich dich bewundert habe. Ich weiß nicht, woher du die Kraft genommen hast. Oder nimmst. Und wenn überhaupt, dann ist es mir unverständlich, wie du jemals denken konntest, dass du nicht genug sein könntest. Für mich, für deine Eltern, deine Großeltern oder für Charlotte und ihre blöde Wohnung.«

Theresa wurde plötzlich gewahr, dass sie Carolin offen anstarrte und sie riss ihren Blick los und versuchte unauffällig, die Tränen fortzuwischen, die unbemerkt begonnen haben mussten, ihre Wangen hinabzulaufen.

»Entschuldige«, sagte Carolin. »Du wolltest, dass ich etwas sage.«

Theresa lachte kurz auf. »Ja«, gab sie zu. Sie fand ein Taschentuch und versuchte, ihre Tränen zu trocknen, ohne ihr Make-up zu ruinieren. »Das habe ich jetzt davon.«

Die Bedienung, die mittlerweile mehrfach an ihnen vorbeigegangen sein musste, suchte sich diesen Moment aus, um nach ihrer Bestellung zu fragen, und Theresa hätte am liebsten gefragt, ob sie nicht sehen konnte, dass ihr Timing mehr als ungünstig war.

»Wir brauchen noch etwas, danke«, kam Carolin ihr zuvor.

Die Bedienung verschwand wieder und Theresa griff lustlos nach der Speisekarte, schon um etwas zu tun zu haben. Aus dem Augenwinkel sah sie, dass Carolin es ihr gleichtat, aber sie schien ebenso unmotiviert durch die Seiten zu blättern wie Theresa selbst.

»Um ehrlich zu sein, ich habe keinen besonderen Appetit«, sagte Theresa nach einem Moment und Carolin sah sie kurz an, ehe sie ihre Karte zuklappte und zur Seite legte.

»Wollen wir ein Stück gehen?«, fragte sie mit einer Kopfbewegung in Richtung Aue und Theresa musste nicht lange überlegen.

Sie standen auf und gingen die Stufen hinab, umrundeten die Karlswiese fuldaseitig und steuerten auf den Hirschgraben zu. Der künstliche Kanal war zu beiden Seiten von breiten Kieswegen und dichtem Baumbewuchs gesäumt.

»Ich werde mir wohl eine neue Wohnung suchen müssen«, sagte Theresa schließlich, nachdem sie eine Weile schweigend nebeneinander hergelaufen waren. »Der Mietvertrag bei Charlotte endet im Juli und ich gehe eher nicht davon aus, dass sie ihn verlängern möchte.« Neben ihr versuchte Carolin, ein Lachen zu unterdrücken, und Theresa hob fragend eine Braue.

»Entschuldige, aber ich bin immer noch fassungslos, dass ausgerechnet du ...«, begann Carolin, schüttelte den Kopf und machte eine hilflose Geste.

»Dass ausgerechnet ich, die ich nie die Regeln breche, eine arme alte Frau angelogen und mir unter Vorspiegelung falscher Tatsachen einen Mietvertag erschlichen habe?« Theresa lachte ebenfalls. »Ja, ich auch.«

Carolin fiel in ihr Lachen ein und schien sich endlich etwas zu entspannen. »Wie habt ihr das überhaupt angestellt?«

Theresa winkte amüsiert ab. »Offenbar haben wir es gar nicht angestellt, denn Charlotte«, sie machte eine dramatische Pause, »wusste von Anfang an Bescheid.«

Carolins Augen weiteten sich und Theresa erzählte lachend von ihrer zufälligen Begegnung mit Charlotte und ihren Freundinnen im Tennisclub, wie diese Lena versehentlich für ihre Lebensgefährtin gehalten und Theresa so überhaupt erst auf die Idee gebracht hatten. Wie sie selbst zunächst dagegen gewesen war, bevor sie dann doch alles daran gesetzt hatte, bei Charlotte einziehen zu können. Und während sie erzählte, fragte sie sich, ob Carolin vorhin recht gehabt hatte. Ob der Grund, warum sie so versessen auf die Wohnung gewesen war, in Wahrheit der war, dass sie sich einmal mehr dagegen gewehrt hatte, abgelehnt zu werden.

»Und wie seid ihr aufgeflogen?«, unterbrach Carolin ihren Gedankengang und Theresa erzählte von Charlottes Freundin, Mummelchen, die offenbar misstrauisch geworden und ihre Enkeltochter auf Theresa angesetzt hatte.

»Tja, wenn ihr mal einen externen Researcher in der Kanzlei braucht, kennst du jetzt auf jeden Fall jemanden«, bemerkte Carolin und Theresa berichtete von den Berufsplänen von Mummelchens Enkeltochter.

»Apropos Pläne«, sagte sie dann und sah Carolin fragend an. »Was hast du eigentlich vor?«

Carolin seufzte. »Ich habe mich noch nicht entschieden.« Sie hatten das Ende des Hirschgrabens erreicht und steuerten über einen Querweg auf das nördliche Ufer des Aueteichs zu. »Ich bin in Kontakt mit einer Headhunterin und habe ein paar Angebote.«

Theresa runzelte die Stirn. »Ich dachte, du wolltest nicht mehr in eine Kanzlei zurück.«

»Will ich auch nicht«, bestätigte Carolin. »Zumindest nicht mehr in eine Großkanzlei. Es sind hauptsächlich Stellen in den Rechtsabteilungen größerer Firmen hier in der Region, die international tätig sind oder expandieren möchten.«

»Und ist das etwas, was dich interessiert?«, fragte Theresa vorsichtig.

»Ich denke schon. Fachlich muss ich natürlich erst noch die Gespräche abwarten, aber ... geregelte Arbeitszeiten, ein fixes Gehalt, mehr Freizeit.« Sie machte eine vielsagende Geste. »Es klingt wie eine willkommene Abwechslung.«

Theresa nickte. »Das kann ich verstehen.« Sie schob die Hände in die Taschen. »Ich habe meine Stunden auch reduziert.« Sie spürte Carolins interessierten Blick auf sich und sie begann, von ihrem Projekt an der Uni zu erzählen, während sie den Aueteich passierten, ein Stück der Mittelachse folgten und durch das Rondell zum Küchengraben gelangten. Der zweite Wasserkanal führte stadtseitig ebenfalls von der Karlswiese in weitem Bogen um den Aueteich herum und bis zur Blumeninsel Siebenbergen. Es war eine schöne Runde, aber sie würden sie ein andermal angehen müssen.

»Ich muss zurück in die Kanzlei«, sagte Theresa, als sie auf Höhe einer kleinen Brücke herauskamen und bedauerte tatsächlich, dass sie noch Termine hatte. Sie hätte ihren Spaziergang gern fortgesetzt.

»Kein Problem. Wir können ja nicht alle den ganzen Tag faulenzen«, bemerkte Carolin. »Obwohl man sich erstaunlich schnell daran gewöhnt.« Sie klang ehrlich überrascht und Theresa musste lachen.

»Wenn uns jemand vor einem Jahr oder etwas mehr gesagt hätte, dass wir einmal so reden,« sie schüttelte den Kopf.

»Und nicht nur reden«, stimmte Carolin zu. »Wie es aussieht, haben wir beide einiges verändert.«

»Ja«, seufzte Theresa, »ich schätze nicht alles, was im letzten Jahr passiert ist, war schlecht.«

Sie überquerten die Brücke und lenkten ihre Schritte zurück in Richtung Orangerie, vorbei an der Kunsthochschule.

»Ich wette, Philipp freut sich, dass du so viel Zeit hast«, sagte Theresa. Er war weiter auf dem Weg der Besserung, hatte aber noch immer mit den Folgen seiner Kopfverletzung zu kämpfen und ließ es deshalb ruhig angehen.

»Nicht nur er«, antwortete Carolin. »Mir ist erst jetzt richtig klar geworden, wie selten wir ihn in den letzten Jahren gesehen haben.«

Theresa schwieg betroffen. Sie selbst hatte es erst realisiert, als Philipp sie darauf gestoßen hatte.

»Hat er dich auch für Freitagabend eingeladen?«, fragte Carolin und Theresa nickte. Philipp hatte ihr stolz berichtet, dass irgendein Tätowierer, der nicht mit der Maschine arbeitete, sondern die Tattoos von Hand stach, in Maries Studio zu Gast sein und vor ausgesuchten Gästen eine Kostprobe seiner Künste geben würde. »Gehst du hin?«, fragte Carolin.

»Ich denke nicht.« Sie sah amüsiert zu Carolin. »Du etwa?«

»Ich denke schon«, erwiderte diese achselzuckend und Theresa versuchte, sich Carolin zwischen Maries tätowierter Stammkundschaft vorzustellen.

»Du lässt dir aber kein Tattoo stechen, oder?«

Die Frage war als Scherz gemeint, aber Carolin machte ein nachdenkliches Gesicht, als zöge sie es in Erwägung. »Hm«, machte sie und kurz war Theresa unsicher, bis sie das Zucken um Carolins Mundwinkel bemerkte.

»Sehr witzig.« Sie gab ihr einen Klaps auf den Arm.

»Vielleicht ist es besser, wenn ich in Begleitung gehe, damit ich keine Dummheiten mache«, bemerkte Carolin achselzuckend.

Theresa unterdrückte ein Lächeln.

»Wollen wir zusammen hingehen?« Carolins Ton klang beiläufig genug. »Philipp würde sich freuen und wir könnten vorher noch irgendwo etwas essen gehen. Die Mahlzeit von heute nachholen.«

Theresa spürte Carolins Blick auf sich, aber sie zögerte. Sie hatte selbst gesagt, sie sollten Zeit miteinander verbringen, gleichzeitig wollte sie es langsam angehen, um nicht zu schnell in alte Gewohnheiten zu verfallen. Die Versuchung dazu war groß, zumal wenn Carolin sie anschaute, wie sie es vermutlich gerade tat.

Theresa drehte den Kopf zu ihr und begegnete den vertrauten Augen. Sie schluckte.

»Ein Abend mit deinem kleinen Bruder, seiner Freundin und einer Gruppe wildfremder Menschen, von denen mindestens einer mit einer Nadel bewaffnet ist«, sagte Carolin jetzt flapsig. »Was soll schon passieren?«

Theresa schmunzelte. »Okay«, sagte sie schließlich und Carolin lächelte zufrieden, bevor sie sich wieder abwandte und weiter ruhigen Schrittes neben ihr herging.

# Epilog

Charlotte hatte beschlossen, ihren neunzigsten Geburtstag gebührend zu feiern, und einmal mehr zu einem großen Fest in ihrem Garten geladen. Neben den bereits bekannten Gesichtern, den Nachbarinnen, dem Gärtner und seiner Familie, den Handwerkern mitsamt Anhang und natürlich Charlottes drei Freundinnen, war diesmal auch ihre Familie erschienen. Für sich genommen waren sie alle furchtbar nett und Theresa hatte sich sowohl mit Charlottes Tochter als auch mit ihrem Sohn sehr gut unterhalten. Nur gemeinsam und besonders in Kombination mit Charlotte selbst wirkten sie alle seltsam verstockt und kurz angebunden, als fehlte ihnen jede Kenntnis, wie sie sich um die anderen herum verhalten sollten. Entsprechend kurz war die Familienzusammenkunft ausgefallen und die einzelnen Parteien hatten sich recht schnell in unterschiedliche Ecken des Gartens verteilt.

Theresa ließ ihren Blick umherschweifen. Jemand hatte einen kleinen Bluetooth-Lautsprecher mitgebracht und an sein Handy gekoppelt und vor den Apfelbäumen tanzte Agathe mit einem jungen Mann mit Dreadlocks, der jüngst in die WG im Nachbarhaus gezogen war. Miray tanzte mit Roman und gerade gesellte sich noch ein weiteres Pärchen dazu.

Charlotte hatte darauf bestanden, dass Theresa ihre Familie mitbrachte, und ein paar Schritte hinter der improvisierten

Tanzfläche saß Theresas Mutter und plauderte mit Mummelchen, die ihr vermutlich gerade noch einmal die ganze Geschichte aus ihrer Sicht schilderte. Ihren Blick auffangend, hoben beide die Arme und winkten Theresa zu. Noch ein paar Schritte weiter saß Klärchen, die sich sichtbar fasziniert schon seit einer ganzen Weile Maries Tattoos zeigen und erklären ließ und dabei immer wieder die langen Ärmel ihrer auch heute bis oben geschlossenen weißen Bluse befingerte. Neben ihnen im Gras saß Philipp, der offenbar einen guten Gesprächspartner in einem der Handwerker gefunden hatte und sich vielleicht Tipps für eine Installation geben ließ, an der er gerade herumwerkelte.

Theresa schaute wieder zu Charlotte hinüber, der ihre neunzig Jahre nach wie vor nicht anzusehen waren und die noch etwas mehr als sonst zu strahlen schien. Auch heute trug sie wieder einen breitkrempigen Hut, denn die Sonne war noch einmal herausgekommen und brannte mit letzter Sommerkraft auf sie herab. Theresa war bereits zweimal hinauf in die Wohnung gegangen, um Sonnencreme und Kopfbedeckungen zu verleihen.

Charlotte hatte sie lange zappeln lassen. Erst nachdem Lena ausgezogen war, hatte sie Theresa zum Gespräch einbestellt und ihr schließlich angeboten, dass sie auch weiter bei ihr wohnen bleiben dürfe. Sie habe sich nun einmal an sie gewöhnt, hatte Charlotte erklärt, und es könne schließlich nie schaden, eine Anwältin im Haus zu haben. Zudem – und spätestens hier hatte der vertraute Schalk in ihren Augen geblitzt – sei sie jetzt auch neugierig geworden und wolle wissen, wie es mit Theresa und *der noch verbliebenen Lebensgefährtin* nun weitergehen würde.

Und jetzt stand Charlotte also da und unterhielt sich schon seit mehreren Minuten mit Carolin, die sie auf dem Weg zum Haus abgefangen haben musste. Es war nicht ihre erste Begegnung, aber das erste Mal, dass sie quasi unter vier Augen sprachen, und Theresa schwankte noch, ob sie Carolin erlösen oder ihrem Schicksal überlassen sollte.

In den vergangenen Monaten hatten sie mehr und mehr Zeit miteinander verbracht und auch wenn es ihnen beiden schwergefallen war, hatten sie sich im Großen und Ganzen an Theresas Plan gehalten, nichts zu überstürzen. Der entscheidende Moment war schließlich ein ganz unscheinbarer gewesen.

Sie hatten das Theater besucht und kurz vor Beginn der Vorstellung im Foyer plötzlich Theresas Großmutter gegenübergestanden. Zunächst hatten sie sich stumm angestarrt, dann etwas unbeholfen begrüßt und Theresa war so überrumpelt gewesen, dass sie nicht daran gedacht hatte, ihre Begleitung vorzustellen. »Sie müssen die Lebensgefährtin sein?«, hatte ihre Großmutter sich schließlich direkt an Carolin gewandt und die hatte etwas betreten gelächelt, offenbar unsicher, was sie darauf antworten sollte. Also hatte Theresa Tatsachen geschaffen. »Ja«, hatte sie bestätigt und kurz Carolins Blick auf sich gespürt, ehe die ebenfalls genickt und Theresas Großmutter die Hand gereicht hatte. Sekunden später war der Gong ertönt und sie hatten ihre Plätze eingenommen. Im dunklen Theatersaal hatten ihre Hände wie von selbst zueinandergefunden.

Eine Woche später hatten sie endlich Sebastians mysteriöses Geburtstagsgeschenk eingelöst, das sich als Gutschein für eine exklusive Vorführung im Planetarium mit anschließendem Candle-Light-Dinner erwiesen hatte. Und heute hatten sie Charlotte fragen wollen, ob es in Ordnung für sie wäre, den Mietvertrag zu erweitern.

Der Plan war gewesen, es im Anschluss an die Feier gemeinsam zu tun, aber wenn sie Carolins Gesichtsausdruck jetzt richtig deutete, hatte diese ihren Zeitplan gerade über den Haufen geworfen. Schmunzelnd ging Theresa auf die beiden zu.

Schon bei ihrer ersten Begegnung hatte Charlotte sich nicht zurückgehalten und Carolin sehr höflich, aber sehr deutlich zu verstehen gegeben, dass sie es grundsätzlich begrüßte, dass die beiden es noch einmal versuchen wollten, aber dass sie, Charlotte, nicht sehr beeindruckt von jemandem sei, der in schweren Zeiten einfach das Weite gesucht habe. Carolin hatte dünn gelächelt, sich aber zurückgehalten, während Charlotte nachgelegt und verkündet hatte, dass Theresa ihr sehr ans Herz gewachsen sei und sie sich eben für ihre alleinstehende Mieterin verantwortlich fühle. Sie werde also ein Auge auf Carolin haben.

Dann war sie nahtlos dazu übergegangen, ihr frischgebackenen Kuchen anzubieten und sich zu erkundigen, was sie denn nun beruflich zu tun gedenke. Wie Charlotte gehört habe, sei sie ja zurzeit ohne feste Beschäftigung.

Anschließend hatte Carolin Theresa – halb im Spaß, halb im Ernst – das Versprechen abgenommen, sie nie mit Charlotte allein zu lassen, wenn sie keinen offenen Schlagabtausch riskieren wollte.

Jetzt beschleunigte Theresa ihre Schritte ein wenig und kam genau in dem Moment bei den beiden an, als Charlotte zufrieden in die Hände klatschte.

»Na, also, geht doch«, rief sie aus und drehte sich zu Theresa herum. »Ich dachte schon, ich muss Ihnen auf die Sprünge helfen«, raunte sie verschwörerisch und lachte erheitert, ehe sie sich wieder Carolin zuwandte. »Sie denken über das nach, was wir besprochen haben, ja?«

»Sicher«, sagte Carolin und mit einem letzten zufriedenen Lächeln machte Charlotte kehrt, um hinüber zu ihren Freundinnen zu gehen.

Theresa sah ihr nach und dann zu Carolin. »Das sah ja ganz friedlich aus.«

»Oh ja«, bestätigte Carolin amüsiert, »wir werden langsam warm miteinander.« Sie streckte die Hände aus und Theresa griff danach und ließ sich zu ihr heranziehen.

»Und worüber sollst du nachdenken?«, fragte sie.

»Ach, nichts Besonders«, wich Carolin aus, aber Theresa hob eine skeptische Braue.

Sie sah erneut zu Charlotte hinüber, die jetzt bei Mummelchen und Klärchen angekommen war und mit selbstzufriedenem Gesichtsausdruck zu berichten schien.

»Sie hat gefragt, ob wir heiraten«, stellte sie fest und warf Carolin einen fragenden Blick zu. »Oder nicht?«

Carolin schürzte die Lippen. »Ich denke, darauf lief es hinaus, aber du bist gerade noch rechtzeitig gekommen.«

Theresa lachte stumm und schüttelte den Kopf. Dann sah sie auf und in Carolins Augen, die amüsiert blitzten. Sie legte den Kopf schief. »Und was hättest du gesagt?«

»Wenn Charlotte mich gefragt hätte, ob wir heiraten?«

Theresa nickte und Carolin seufzte gespielt.

»Dass du sie offensichtlich sehr gern hast und ich auch beginne, sie zu mögen, aber dass sie das nichts angeht.«

Theresa lachte und wollte gerade noch etwas sagen, als ein paar vertraute Takte sie aufhorchen und zu den Apfelbäumen hinüberschauen ließen. Philipp saß neben dem kleinen Tisch mit der Lautsprecherbox und sah grinsend von seinem Handy auf.

Theresa schmunzelte und wandte sich wieder Carolin zu, die das Lied ebenfalls erkannt hatte und jetzt nach Theresas Händen griff. »Ich glaube, sie spielen unser Lied«, zwinkerte sie und machte eine Kopfbewegung in Richtung der Musik und Theresa ließ sich von ihr mitziehen, während die vertraute Melodie eines Lumineer-Songs durch den Garten hallte.

Bevor Sie gehen …

Damit sind wir am Ende der Geschichte.
Oder fast am Ende.

Sie sind neugierig, wie es für Lena weitergeht?
Dann habe ich noch etwas für Sie:

Einfach auf www.enni-rock.de vorbeischauen und noch ein Bonuskapitel herunterladen.

AUS DEM TRITT

BONUSKAPITEL

Und wenn Sie mögen, können Sie sich bei der Gelegenheit gleich noch für meinen Newsletter anmelden. Ich verspreche, Sie nicht unnötig zu behelligen und Ihre Daten vertraulich zu behandeln und zu nichts anderem zu nutzen als zur Zustellung des Newsletters!

# Danksagung

Ein Buch zu schreiben, ist ein einsamer Prozess. Ein Buch fertigzustellen und zur Veröffentlichung zu bringen, ist ein Gemeinschaftswerk.

Ein aufrichtiges Dankeschön geht an Anna, Madeleine, Nicole und Rabea, die bereit waren, sich tapfer durch mehrere hundert Seiten nicht korrigierter Schreiberei zu kämpfen und ehrlich zu sagen, was sie davon halten. Nicht der dankbarste Job und dazu noch unbezahlt.

Ein besonderer Dank gilt Lydia, die mich nicht nur zu Charlottes Modegeschmack beraten, sondern die vor allem medizinische Unwahrheiten im Manuskript erkannt und verhindert hat. (Noch vorhandene Fehler sind gemäß Vereinbarung allein ihre Schuld.) Auch im Übrigen habe ich mir Mühe gegeben, örtliche Gegebenheiten in meiner Heimatstadt Kassel sowie rechtliche Themenkomplexe korrekt wiederzugeben. Alle Abweichungen sind unter dem Aspekt der dichterischen Freiheit einzuordnen.

Verena gebührt Dank, weil sie unsere vagen Vorstellungen in ein tolles Cover-Design umgesetzt und uns auch sonst mit Rat und Tat zur Seite gestanden hat.

Schlicht nicht genug bedanken kann ich mich bei meiner strengsten und kritischsten Testleserin überhaupt, meiner Mutter, die das Buch inzwischen öfter gelesen haben dürfte als ich selbst, und bei meiner Lektorin, Maren, ohne die ich nie den Mut gehabt hätte, nach den ersten hundert Seiten weiterzumachen, geschweige denn, bis zum Ende durchzuhalten.

Das letzte Wort soll meiner Großmutter gehören, weil sie es eigentlich immer haben wollte und oft genug hatte. Ein bisschen Charlotte steckt noch immer in ihr, auch wenn sie uns jeden Tag ein bisschen mehr verlässt.

## Und noch eine letzte Bitte …

Ich sagte es schon: Das Schreiben ist ein einsames Geschäft. Um so wichtiger ist es, Rückmeldungen zu erhalten. Schreiben Sie mir an enni@enni-rock.de. Ich würde mich freuen.

Ihre Enni

ENNI ROCK